Markolf Hoffmann
Nebelriss

Zu diesem Buch

Könige, Kaiser, Priester und Götter stürzen, als fremdartige Wesen, die Goldéi, über die Welt Gharax herfallen und die Quellen der Magie an sich reißen – jene geheimnisvollen Orte, die von verschiedenen magischen Orden gehütet werden. Nur eine Bündnis der letzten freien Reiche könnte die Goldéi aufhalten, doch zwischen diesen herrschen Hass und Intrigen. Erst der kluge Fürst Banister wagt das gefährliche Unterfangen, ins verfeindete Nachbarreich zu reisen, um deren Königin als Verbündete zu gewinnen. Unterdessen wird fern von Thax der junge Zauberlehrling Laghanos aus den Klauen der Goldéi befreit. Er allein hat die Gabe, in die bizarre, erschreckende Welt der Fremden einzutauchen. Ist Laghanos der Auserwählte, der die Welt vor den erbarmungslosen Goldéi retten kann?

Markolf Hoffmann, 1975 geboren, studierte Geschichte und Literaturwissenschaft, engagiert sich in Kurzfilmprojekten und schreibt phantastische Romane und Erzählungen. Der vielbeachtete Auftakt seines furiosen Zyklus »Das Zeitalter der Wandlung« machte ihn zum neuen Shooting-Star der deutschen Fantasy. Markolf Hoffmann lebt in Berlin. Weiteres zum Autor: www.nebelriss.de

Markolf Hoffmann

NEBELRISS

DAS ZEITALTER DER WANDLUNG 1

Piper München Zürich

Von Markolf Hoffmann liegen in der Serie Piper vor:
Nebelriss. Das Zeitalter der Wandlung 1 (8535)
Flammenbucht. Das Zeitalter der Wandlung 2 (8536)

Originalausgabe
November 2004

Deutsche Erstausgabe:
Ullstein Heyne List GmbH & Co. KG, München 2004
Umschlagkonzept: Büro Hamburg
Umschlaggestaltung: Nele Schütz Design, München
Umschlagabbildung: Mark G. Harrison via Agentur Schlück GmbH
Karte: Hjördis Hoffmann
Satz: Schaber Satz- und Datentechnik, Wels
Druck und Bindung: Clausen & Bosse, Leck
Printed in Germany ISBN 3-492-28535-x

www.piper.de

INHALT

DRAMATIS PERSONAE

Die Universität in Larambroge

Laghanos – ein Eleve der Magischen Universität von Larambroge

Sorturo – sein Lehrmeister und Wortführer der Malkuda in Larambroge

Charog – Großmeister der Universität

Der Hof in Larambroge

König Eshandrom – Herrscher über Kathyga

Periston Aderint – Baron von Locra und Ritter des Königs

Graman Serffa – erster Ritter am Hofe des Königs

Die Fürsten Sithars

Akendor Thayrin – Kaiser von Sithar, Fürst von Thax

Binhipar Nihirdi – Fürst von Palidon

Scorutar Suant – Fürst von Swaaing

Arkon Fhonsa – Fürst von Thoka

Perjan Lomis – Fürst von Morthyl

Baniter Geneder – Fürst von Ganata

Hamalov Lomis – Fürst von Varona, Bruder von Perjan

Ascolar Suant – Fürst von Vodtiva, ein Vetter Scorutars

Vildor Thim – Fürst von Palgura

Stanthimor Imer – Fürst von Aroc

Der Hof in Thax

Ceyla Illiandrin – Geliebte des Kaisers

Garalac – Leibwächter des Kaisers

Uliman – der Sohn Akendors, Erbe des Throns

Tundia Suant – Gemahlin des Barons von Condul, Schwester Scorutars

Suena – ihre Tochter

Die Familie Geneder

Jundala Geneder – Fürst Baniters Gemahlin

Sinsala Geneder – älteste Tochter des Fürsten

Gadon Geneder – Fürst Baniters verstorbener Vater

Fürst Norgon Geneder – Baniters Großvater, der »Verräter«

Hjele Geneder – Fürst Baniters Mutter

Baron Orusit Geneder – ein Onkel Fürst Baniters

Mirna Geneder – Orusits Frau

Die Gesandtschaft

Mestor Ulba – Siegelmeister des Kaisers

Lyndolin Sintiguren – Dichterin und Astrologin

Sadouter Suant – ein Neffe Scorutars

Merduk und Gahelin – zwei ganatische Ritter

Die Goldéi

Aquazzan – der »Wegführer«, ein Scaduif

Quazzusdon – ein Scaduif

Die Kirche des Tathril

Magro Fargh – Hohepriester, Oberhaupt der Kirche
Nhordukael – ein Priester und Vertrauter des Hohepriesters
Bars Balicor – Erzprior, Heermeister der Tempelritter
Ashnada – seine Leibwächterin
Rumos – ein Zauberer der Bathaquar
Alplaudo Carxives – Kurator von Vara

Oors Caundis, die Logenburg der Malkuda

Malcoran – der Logenmeister der Malkuda
Naikaya – eine Zauberin
Flanon – ein Zauberer
Andrast – der Koch von Oors Caundis

Der Hof in Praa

Königin Inthara – Herrscherin über Arphat, Tochter des Sonnengottes
Ejo – Schechim der Anub-Ejan-Sekte
Sentschake – ein Priester des Sonnengottes Agihor
Sai'Kanee – Priesterin des Totengottes Kubeth
Tene-Usfar – Logenmeister der Calindor-Loge
An'Chaki – eine Dienerin im Norfes-Tempel

Rochenländer

Cercinor der Unbeugsame – ein Aufständischer und Räuber
Duane – eine Kriegerin aus Cercinors Tross
Eldrom von Crusco – der Baron von Surgissa
Inja – Eldroms Gemahlin

Weitere lebende und historische Persönlichkeiten

Pushindra – ein Verräter aus Larambroge
Drun – Anführer der Weißstirne
Graf Tarmin – Anführer der Stadtgarde
Tarnac von Gyr – König von Gyr
Kaiser Torsunt – früherer Kaiser des Reiches, der verstorbene Vater Akendors
König Apetha – legendärer Gründer Arphats
König Brundir – vormaliger Herrscher von Arphat, Intharas Vater
Durta Slargin – der Bezwinger der Quellen, legendärer Zauberer, der die Logen gründete
Cladimor – ein Schüler Durta Slargins, erster Logenmeister von Oors Caundis
Kahida – legendäre Zauberin auf der Insel Tyran
Jenos Agur – Hohepriester der Tathrilya in den Zeiten der Kirchenspaltung
Bathos – Priester der Tathrilya, Gründer der Bathaquar
Ladeja – eine Priesterin des Tathril, Märtyrerin aus den Zeiten der arphatischen Besetzung
Welegar – ein Barde, Lehrmeister von Lyndolin Sintiguren
Teregon Horra – ein ermordeter Diplomat des Kaiserreiches

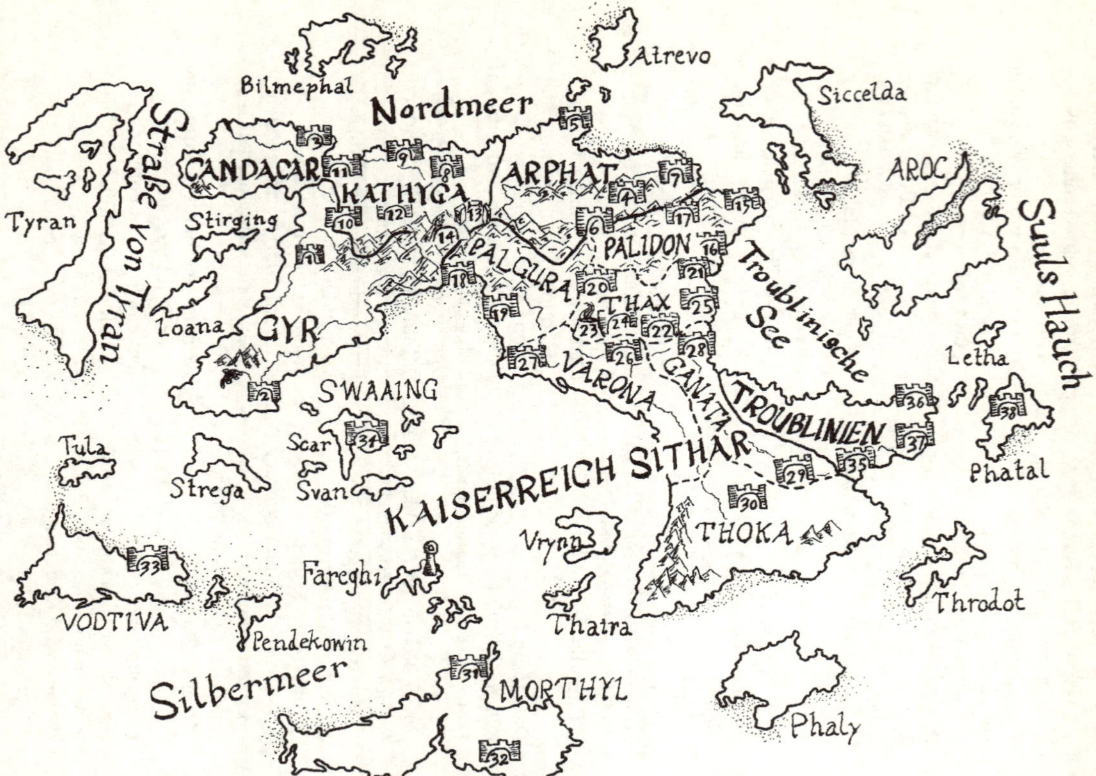
Atrevo
Bilmephal
Nordmeer
Siccelda
Straße von Tyran
Tyran
CANDACAR
KATHYGA
ARPHAT
AROC
Suuls Hauch
Stirging
PALIDON
PALGURA
Troublinische See
Loana
GYR
THAX
Letha
VARONA
GANATA
SWAAING
TROUBLINIEN
Tula
Scar
KAISERREICH SITHAR
Phatal
Strega
Svan
THOKA
Vrynn
Fareghi
Throdot
VODTIVA
Thatra
Pendekowin
Silbermeer
MORTHYL
Phaly

LEGENDE

Königreich Gyr

1 – Nagyra
2 – Gharjas, *Hauptstadt*

Königreich Candacar

3 – Kyrion, *Hauptstadt*

Königreich Arphat

4 – Praa, *Hauptstadt*
5 – Harsas
6 – Pryatt Parr – Golganor (Grenze Arphat/Palidon)
7 – Adep-Epta

Königreich Kathyga

8 – Larambroge, *Hauptstadt*
9 – Ghasren
10 – Crusco
11 – Tarosage

Rochenland (Teil von Kathyga)

12 – Surgissa
13 – Der Steinkreis von Ilmora
14 – Oors Caundis (Logenburg der Malkuda)

Kaiserreich Sithar

15 – Nandar (Palidon)
16 – Ronamot (Palidon)
17 – Jocasta (Palidon)
18 – Condul (Palgura)
19 – Persys (Palgura)
20 – Thax (Thax), *Hauptstadt*
21 – Movimar (Thax)
22 – Narva (Thax)
23 – Amos, der Brennende Berg (Thax)
24 – Blanvart (Thax)
25 – Travid (Thax)
26 – Mhenic (Varona)
27 – Vara (Varona)
28 – Gehani (Ganata)
29 – Bolmar (Ganata)
30 – Serys (Thoka)
31 – Galbar Arc (Morthyl)
32 – Miras Arc (Morthyl)
33 – Venetor (Vodtiva)
34 – Sawaar (Swaaing)

Troublinien

35 – Taruba, *Hauptstadt*
36 – Oublin
37 – Torquiat
38 – Iarac

PROLOG

Dünne Nebelschleier. Eiskalter Windhauch; leise pfiff er über die Menschenmenge hinweg und brach sich an den steinernen Hauswänden Larambroges.

Sonst aber herrschte Stille auf dem großen Platz. Nur wenige waren dem Aufruf gefolgt und zur Garnison geeilt, um den Einzug der Goldéi mit anzusehen. Ein-, zweihundert waren es wohl, die anderen verkrochen sich in ihren Häusern, taten so, als wäre nichts geschehen in Kathyga; oder sie waren geflohen mit Frau und Kind und all jenem, was sie zu verlieren fürchteten. Dicht drängten sie sich auf der fest getretenen Erde. In tiefen Furchen stand der Regen der vergangenen Tage. Das Himmelsgrau spiegelte sich darin und auch das eine oder andere Gesicht, verzerrt, reglos. Händler und Handwerker, Bauern und Bettler; manche in Lumpen gehüllt, die Gesichter gegerbt vom Wetter und der harten Arbeit, andere in dicken Mänteln, die Kapuzen über die Köpfe geschlagen – nicht wegen der Kälte, sondern um ihre Gesichter zu verbergen. Sie standen dicht beisammen und starrten regungslos auf das Tor der Garnison, ein Gebäude aus grauem Steinwerk. Das Tor war aus Eichenholz, eingefärbt mit schwarzem Harz. Hier hatten gestern noch die Wahrzeichen Kathygas gehangen: das Schwert und die Peitsche aus Silber. Doch Schwert und Peitsche waren verschwunden über Nacht, und nur die eisernen Haken, mit denen sie am Tor befestigt gewesen waren, erinnerten an die Insignien des großen, des gefürchteten kathygischen Volkes.

Wie ein Sturm waren sie über Kathyga gekommen. Niemand hatte sie erwartet, hatte man doch zuvor kaum um ihre Existenz gewusst. Es hatte nur Gerüchte gegeben, merkwürdige Geschichten, erzählt von Seeleuten, denen man ohnehin keinen Glauben schenkte, die alles Mögliche erzählten, wenn sie genügend Schnaps im Blut hatten. Mit ungläubigem Gesicht hatte man ihnen gelauscht, als sie von den Goldéi berichtet hatten: von goldenen Schiffen, die an den westlichen Küsten gesichtet wurden; von seltsamen Klängen, die der Wind über das Wasser trug; von der geheimnisvollen Besatzung, die niemand je gesehen hatte. Abstruse Geschichten, Lügenmärchen, Seemannsgarn. Keiner hatte auch nur ein Wort geglaubt.

Doch dann hatte man von der Eroberung der Insel Bilmephal gehört. Urplötzlich waren die goldenen Schiffe am Horizont erschienen, ohne jede Vorwarnung. Die Inselflotte des Reiches Candacar eingekreist, die Mächtigen verzweifelt. Ein aussichtsloser Gegenangriff hatte hunderten den Tod gebracht, und die Zauberer der Solcata-Loge, von denen man sich letzte Rettung versprochen hatte, hatten versagt. Zwar hatten sie den Zauber des Tobenden Meeres gewirkt, der das Wasser belebt, der die Wellen zu rasenden Ungeheuern gemacht hatte, der die Schiffe der unheimlichen Fremden hatte zerschellen und ihre Leiber zermalmen sollen. Doch dieser Zauber war ihr Untergang gewesen; die Sphäre war erzittert unter einem vernichtenden Sturm, und tot waren die Zauberer zusammengebrochen, mit Blut auf den Lippen. Dies war die Antwort der Goldéi gewesen!

Die Nachricht von Bilmephals Fall hatte sich in Windeseile verbreitet. Panik hatte um sich gegriffen, Angst vor dem fremdartigen Feind. Hastig hatte der König von Candacar versucht, ein Bündnis mit seinen Nachbarn zu schließen, um die Eindringlinge zurückzuschlagen. Doch zu spät, zu spät. Nur wenige Wochen später waren die Goldéi über die Inseln Stirging und Nordenden hergefallen. Dann hatten sie Candacar überrannt, und kurz darauf waren ihre Schiffe an den Küsten von Gyr gelandet.

Die mächtigen Königreiche des Nordens erzitterten. Lähmende Angst überall!

Nun waren sie auch nach Kathyga gekommen. Keiner hatte geglaubt, dass es so weit kommen würde. Man hatte auf das starke kathygische Heer vertraut, das so viele Siege errungen hatte. Ihm, so hatte man gehofft, würden die Goldéi unterliegen. Doch es hatte keine Schlacht gegeben. Der König hatte den Goldéi das Land kampflos überlassen.

Sie hatten ein Holzpodest errichtet. Etwa hundert Goldéi umringten es, schwer gerüstet und bewaffnet. Eine lächerliche Anzahl, so mochte es manchem durch den Kopf schießen, bis er sich daran erinnerte, dass tausende von ihnen unweit von Larambroge bereitstanden.

Ihr bloßer Anblick rief Furcht hervor – menschenähnlich nur in jenem Sinn, da sie aufrecht gingen, Arme und Beine besaßen; ansonsten aber waren sie Reptilien: ölig glänzende Schuppenhaut, der Kopf einer Raubechse, der stachelbewehrte Schwanz, der einem Pendel gleich über den Boden strich. Ihre Augen waren kalt und leer, wenngleich sie in allen Farben des Regenbogens schillerten.

Klirrend fielen zwei Dolche auf den Haufen, der sich vor der hölzernen Tribüne gebildet hatte. Die Garde des Königs entwaffnete sich selbst. Helme, Schwerter, Bögen; manche legten sie vorsichtig auf den Boden, andere warfen sie hinfort – die einzige Form von Rebellion, zu der ihr Mut reichte. In ihren Augen las man Hass. Hass auf die Eindringlinge und Hass auf den König, unter dessen Augen dies alles geschah.

König Eshandrom hatte einen weißen Pelzmantel umgelegt. Mit eingefallenen Schultern stand er auf der Holztribüne. In der linken Hand hing kraftlos das königliche Schwert, jenes Schwert, das man das ›Einende‹ nannte, geschmiedet für den Herrscher des kathygischen Volkes. Viele erinnerten sich an den Tag, als sie es zum letzten Mal erblickt hatten; vor wenigen Wochen, am Blutgerichtstag. Der Klang dunkler Pauken hatte über den Platz gehallt, und die kathygischen Adligen hatten Gericht gehalten über den Verräter Pushindra, der den König hatte stürzen wollen; der behauptet hatte, Kathyga werde dem Ansturm der Goldéi nicht standhalten können; der vorgeschlagen hatte, sich den Echsen zu ergeben, um nicht dasselbe Schicksal zu erleiden wie Gyr und Candacar, die sich widersetzt hatten. Eshandrom selbst hatte ihn enthauptet. Er hatte das Einende Schwert empor gerissen mit Pushindras Kopf, sodass ihm das Blut an den Armen herab gelaufen war. Tod unseren Feinden, Tod und Verderben den Goldéi und jenen, die ihnen die Wege ebnen! So hatte er es seinem Volk versprochen, der König, um es ein halbes Jahr darauf den Goldéi selbst auszuliefern, wie Pushindra es gefordert hatte.

Neben Eshandrom standen zwei kathygische Barone, die einzigen, die es gewagt hatten, nach Larambroge zu kommen. Sie hatten zwischen dem König und den beiden Goldéi, die das Podest erklommen hatten, Aufstellung genommen, gaben sich den Anschein, als wären sie zum Schutz des Königs bei ihm. Denn die Leibritter, die sonst an Eshandroms Seite harrten, waren geflohen. Es hieß, dass sie sich nach dessen Verrat wutentbrannt von ihrem König losgesagt hätten.

Die zwei Goldéi, die neben den Adeligen standen, unterschieden sich von den übrigen Echsen. Sie waren schmächtiger gebaut; ihre Schuppenhaut war kupferrot, nicht grün oder gelb. Ihre Augen waren schmal und tiefschwarz. Sie waren in purpurne Tücher gehüllt, und statt Schwertern trugen sie seltsam geformte Messer an den Gürteln. Flüchtlinge aus Candacar hatten das Gerücht verbreitet, dass es nur eine Hand voll dieser roten Echsen gebe; dass sie die Anführer der Goldéi seien, vielleicht gar als Götter verehrt würden. Die Candacarer nannten sie ›Scaduif‹; dies bedeutete ›die Rotgeschuppten‹.

Aufmerksam beobachteten die Scaduif, wie König Eshandrom sich aufrichtete. Sein langes dunkles Haar wehte im Wind und fiel ihm in das bärtige Gesicht. Sein Blick traf die Goldéi. Die Echsen verharrten regungslos. Nur die schuppige Haut an ihren Hälsen zog sich in Falten.

Langsam wandte der König sich seinem Volk zu. »Kathyga ist frei!«, klang seine Stimme über den Platz, nur leicht verzerrt vom Wind. Verständnislos lauschte das Volk seinen Worten. »Kathyga ist frei und wird es immer bleiben!« Er tauschte einen kurzen Blick mit den Goldéi aus. »Ich habe euch geschworen, dieses Land gegen jeden Feind zu verteidigen, der es wagt, einen Fuß über Kathygas Grenze zu setzen. Doch die Goldéi sind nicht als Feinde gekommen. Haben wir sie auch gefürchtet und gehasst – der heutige Tag soll beweisen, dass wir den Frieden mit ihnen suchen.« Er hob das Einende Schwert empor. »Wir wollen uns ihrer Macht beugen, nicht aus Zwang, sondern aus freiem Willen. Kathyga wird frei bleiben, und ich werde euer König sein, jetzt und immer.« Er richtete das Schwert auf den Kopf des Adeligen neben seiner Seite. Dieser senkte den Blick; kurz, ganz kurz nur. Dann küsste er die Spitze, und der andere trat vor und tat es ihm gleich.

Die Augen der Menschen hingen an ihrem König. Eshandrom zog das Schwert zögernd an sich. Umschloss es mit beiden Händen, so als wollte er es doch noch zum Kampf schwingen, den Echsen mit einem Hieb den Kopf vom Hals trennen. Dann aber ließ er die Arme sinken und reichte dem Rotgeschuppten das Einende Schwert.

Die Klaue des Goldéi schloss sich mit einem scharrenden Geräusch um das Eisen.

Die Universität von Larambroge lag weit entfernt von der Stadt auf einem Hügel. Sie wirkte klein mit ihren zwei dünnen Türmen und den flachen Mauern, die den Innenhof umgaben. Doch jeder wusste von den zahllosen Schächten, die in das Innere des Erdreichs führten, den Gängen und Kammern, die sich durch den Hügel zogen.

Hier war der Nebel dichter. Die Wachtposten konnten kaum die Hand vor Augen erkennen. Sie standen nebeneinander, ihre Lanzen mit schweißnassen Fingern umklammernd. Der Wind pfiff ihnen um die Ohren. Panisch blickten sie hin und her, kniffen die Augen zusammen, um etwas zu erkennen. Dort ... ein Schatten ...

Irgendwo am Fuß des Hügels lauerten die Goldéi.

Einer der Zauberer versuchte den Nebel zu bannen. Angestrengt schwang er sein silbernes Amulett, das er vom Hals genommen hatte, durch die Luft, wollte den Nebel niederringen. Für wenige Sekunden wichen die Schwaden zurück, ballten sich zusammen, nur um neuem Nebel Platz zu machen, der sich den Berg empor schob. Die Zauberkunst der Goldéi war nicht zu brechen.

Ein Rascheln war zu hören. Die Wächter zuckten zusammen, und einer von ihnen verlor die Nerven. »Bleibt stehen!«, schrie er, und seine Stimme überschlug sich. »Wagt es nicht heraufzukommen!«

Ein leises Lachen drang aus dem Nebel. Die Lanzen schossen nach vorne. Noch immer war nichts zu sehen.

»Feiges Echsenpack!«, brüllte ein zweiter Wächter.

Das Gelächter verstummte. Eine Stimme zischte aus weiter Ferne: »Feige ... feige nennst du uns, aber zittern tust du ... weißt doch, wie nahe wir sind!« Dann, von einer anderen Seite: »Warum lasst ihr nicht dies dumme Spiel ... habt es doch längst verloren ... warum lasst ihr nicht eure Waffen fallen ... müsst nicht sterben, weil euch die falschen Zauberer dazu treiben ...« Eine andere Stimme fiel ein: »Sie muss uns gehören ... Drafur muss frei sein ...« Und voller Zorn: »Lasst uns hindurch ... lasst uns hinein ... ihr müsst nicht sterben ... wenn ihr nur Vernunft annehmen wollt ...«

Der Zauberer verlor die Beherrschung. Mit einem zornigen Ruf schleuderte er die Hand, mit der er sein Amulett umklammerte, nach vorne, in die Richtung, aus der er die Stimme vernommen hatte.

Der Nebel vor ihm wirbelte auf. Ein Schrei war zu hören, unmenschlich, schmerzverzerrt. Dann klatschte in dicken Tropfen Blut aus dem Grau, rann an den erstarrten Gesichtern der Wachen herab.

Mit zitternder Hand warf Charog das Buch in die Flammen. Schnell fing das brüchige Pergament Feuer. Eine schwarz glänzende Schicht überzog die sich kräuselnden Seiten, und Rauch stieg in dicken Schwaden auf.

Charog weinte. Die Tränen liefen ihm an den faltigen Backen herab. Kraftlos strich er sich über die nackte Stirn, auf der Schweißtropfen perlten. »Vierhundert Jahre alt war dieses Buch! Vierhundert Jahre; nun verschlingt es das Feuer in wenigen Sekunden!«

Seit Stunden schon brachten die Eleven Bücher und Schriftrollen in den schmalen Innenhof der Universität. Viel zu spät hatte Charog sich zu diesem Schritt durchgerungen, erst als feststand, dass König Eshandrom sein Heer angewiesen hatte, die Waffen niederzulegen. Mit leiser Stimme hatte Charog den Befehl verkündet, die Bibliothek zu zerstören.

Er scharrte mit den Füßen in der Asche, die inzwischen knöchelhoch den steinernen Boden bedeckte. Die Bücher des Thamin Ernan – zu Asche geworden! Die Thesen Arquan des Blinden – zu Asche geworden. Die Weisungen des großen Durta Slargin, des Gründers der Logen, der vor langer Zeit die Quellen gebändigt hatte.

»Nichts bleibt zurück; für immer vernichtet ist all dies Wissen«, flüsterte Charog und starrte in die Flammen. Erneut traten Schüler in den von Fackeln erleuchteten Hof, mit den Armen Berge von Pergament umklammernd.

»Großmeister!«

Einer der Wächter hatte sich Charog genähert. In seinen Augen glitzerte Furcht. »Man meldet, dass sie den Hügel erklimmen. Es sollen über zweihundert sein!«

Charog schwieg. Seine Augen waren auf einen Schüler gerichtet, der neben ihm stand, den Blick gedankenlos abgewendet, die Arme ausgebreitet. Von der heißen Luft getragen, stob das Papier aus seinen Händen, wirbelte über das Feuer, das gierig danach griff.

»Sie sind bereits am Hügel, heißt es!« Die Stimme des Wächters klang wie ein Flehen. »Großmeister! Wir können doch nicht warten, bis sie uns …«

Charog beachtete ihn nicht. Stattdessen packte er den jungen Schüler und entriss ihm ein dünnes Pergament. Sein Mund verzerrte sich vor Wut. »Weißt du, was du hier verbrennst?«, brüllte er. »Hier! Sieh es dir an!« Der Junge – zwölf, vielleicht dreizehn Jahre alt – starrte ihn mit weit aufgerissenen Augen an und brachte kein Wort hervor. Charog schrie auf, riss dem Kind wie von Sinnen den Kiefer auseinander und stopfte ihm das Papier in den Schlund. »Das Traktat von Loana! Erinnerst du dich an dein erstes Lehrjahr, als man dir befahl, es auswendig zu lernen? Hast es nicht getan, nicht wahr? Hast Besseres zu tun gehabt, du Schwachkopf!« Der Junge hustete, schlug wild mit den Armen um sich. »Jetzt brennt es im Feuer«, schrie Charog, »brennt im Feuer, und du wirst es niemals wieder zu Gesicht bekommen, niemals wieder!« In ohnmächtiger Wut schlug er nach dem Jungen, bis eine Hand ihm Einhalt gebot.

Es war Sorturo, neben Charog der älteste Professor der Universität.

»Lass ihn in Ruhe.« Sorturos weiche Stimme ließ Charog erstarren. Er lockerte den Griff. Benommen brach der Junge zusammen, würgte das Papier hervor.

Einst waren Charog und Sorturo Freunde gewesen, vor langer Zeit. Beide waren sie im gleichen Jahr von ihren Eltern in die Obhut der Universität gegeben worden; sie hatten in einem gemeinsamen Zimmer gelebt, hatten gemeinsam die harten Lehrjahre durchlitten. Beide waren erst Gesellen, dann Lehrmeister geworden – und nach dem Tod des alten Großmeisters Anwärter auf dessen Amt. So war Freundschaft der Rivalität gewichen. Sie hatten gelernt, sich auf Kosten des anderen zu profilieren, sich erbittert zu bekämpfen, sich schließlich zu hassen.

»Ja, du hast Recht«, sagte Charog heiser. Eine große Müdigkeit überkam ihn, und unwillkürlich stützte er sich auf Sorturos Schulter; Sorturo, der kleiner war als er und etwas füllig; Sorturo mit seinem wirren, filzigen Haar und dem wüsten Bart, aus dem eine schmale Nase hervorragte. »Es ist die Verzweiflung«, flüsterte Charog. »All dies verlorene Wissen ... bring mich fort von hier.«

Charog war damals Großmeister geworden. Er hatte den Rat der Universität auf seine Seite gebracht, mit Lügen und falschen Versprechungen. Sorturo hingegen war von der Malkuda als Wortführer der Universität eingesetzt worden – ein Amt, das dem des Großmeisters an Macht kaum nachstand. Denn die Malkuda war die einflussreichste Loge Kathygas, des gesamten Nordens überhaupt; mächtiger als die Calindor oder die Solcata. Über die Hälfte der Zauberer, die an der Universität lebten, waren Logenbrüder der Malkuda; und so war Charog, wenn er auch Großmeister war, stets auf die Zustimmung Sorturos angewiesen. Sie hatten gelernt, sich zu arrangieren und den Hass zu begraben. Nur Misstrauen war geblieben – und die Angst, eines Tages doch vom anderen verdrängt zu werden.

Sorturo schob die Hand des Großmeisters fort. Der Widerschein des Feuers tanzte in seinen Augen. »Nein, Charog«, sagte er mit fester Stimme. »Du kannst jetzt nicht fort. Du bist der Großmeister. Du musst hier bleiben, bis sie kommen.«

Der Wächter drängte sich zwischen sie. »Zweihundert oder mehr!« Seine Stimme zitterte. »Großmeister, wir müssen fliehen! Sie werden uns alle umbringen!«

Sorturo stieß den Wächter beiseite. »Die Goldéi werden die Universität stürmen. Nimm endlich Vernunft an, Charog! Wir müssen die Quelle zerstören.«

»*Niemals!*« Charog richtete sich auf, bis er Sorturo um fast zwei Köpfe überragte. »Niemals! Sie werden nicht verstehen, wie man sie benutzt ... ohne die Bücher werden sie es nicht wissen!«

»Oh, sie werden!« Sorturos Stimme war voller Verzweiflung. »Sie sind nur wegen der Quelle gekommen. Lass es uns zu Ende führen! Wir werden es gemeinsam tun, Charog – sie zerstören, bevor es zu spät ist.«

»Nein! Das dürfen wir nicht! Seit Jahrhunderten dient sie dieser Universität. Generationen von Zauberern haben sie erforscht, haben aus ihr geschöpft, haben gelernt, sie in Zaum zu halten! Es steht uns nicht zu, sie zu schließen! Es wäre ein Verrat an unseren Lehrmeistern.«

»Du redest wirr!«, zischte Sorturo. »Wir hätten sie schon lange vernichten müssen, am selben Tag, als wir von den Goldéi erfuhren! Weißt du denn nicht, was geschehen wird? Die Goldéi werden sie aus ihren Grenzen lassen!«

»Was wissen diese Echsen schon!« Charog rang mit den Händen. »Sie werden die Quelle nicht verstehen.«

Sorturo packte ihn am Mantel. »Du bist blind, wenn du die Gefahr nicht siehst.« Er ließ Charog los. »Und wenn du die Quelle nicht schließen willst, werde ich es tun. Allein!«

❦

Das Kreischen hallte durch den Nebel, voller Schmerz, voller Wut. Es drang von allen Seiten heran. Hilflos starrten die Wachen in das graue Nichts. Hinter ihnen wichen die Zauberer voller Angst zurück.

Wieder stieß eine Wache mit der Lanze in die Nebelschwaden. Traf auf keinen Widerstand. Stieß wieder und wieder zu, immer hastiger in seinem Wahn. »Verdammtes Echsenpack!«, schrie er. Stieß erneut zu.

Dann kam blitzschnell die Kralle aus dem Nichts, griff nach seinem Hals und riss ihn mit sich. Der Nebel verschluckte ihn lautlos. Sekundenbruchteile, dann flogen die Lanzen der übrigen Wachen. Schon platzte der Nebel, und ein Goldéi fiel zu Boden, tödlich getroffen, in den Klauen den abgetrennten Kopf seines Opfers. Die Wachen stürzten sich auf ihn. In ihren Schreien mischte sich Entsetzen mit Erleichterung: den Feind endlich zu sehen, ihm endlich nahe zu sein. Schwerter blitzten auf, blankes Metall sang in der Luft.

Doch bevor sie ihn erreichten, sank der Nebel nieder wie ein schwerer Schleier. Und nun sahen sie die Goldéi. Glitzernd kalte Schuppen, Funken sprühende Augen, Krallen so scharf wie Klippen am Meeresgrund. Goldene Rüstungen glommen im Schein des Feuers, das sich plötzlich wie ein Wasserfall über die Zauberer ergoss. Ein Pfeil durchbohrte den Kopf eines Wächters. Und dort brach der Nächste zusammen, als schwarzes Licht aus seinen Augen hervorbrach und ihn verrecken ließ.

❦

Schritte hallten auf der Steintreppe.

»Bleib stehen, Sorturo!«, erklang Charogs Stimme, der die Stufen in großen Sätzen nahm. »Es ist Wahnsinn, was du tust! Bleib stehen!«

Sorturo hatte das Ende der Treppe erreicht. Fast stieß er mit dem schwarzhaarigen, bleichen Jungen zusammen, der ihn unten erwartete, ein etwa zwölfjähriger, auffallend schmächtiger Knabe. In der Hand hielt er eine Fackel, hinter der sein unverbrauchtes Gesicht mit den eingefallenen Wangen, den großen braunen Augen zu sehen war. Er war ein Lehrling Sorturos; seit vielen Jahren unterrichtete der Zauberer den Knaben, den er für einen der talentiertesten Schüler der Magischen Universität hielt.

»Laghanos – mein guter Junge!« Sorturo hielt inne, strich seinem Schüler über das kurze schwarze Haar. »Hast du das Buch mitgebracht?«

Laghanos nickte. Zögernd schlug er den Umhang zurück, den er über seiner Kleidung trug. Der lederne Rücken eines schweren Folianten wurde sichtbar.

Sorturo atmete hörbar auf. »Sehr gut, ja. Damit kann es uns gelingen.«

Charog tauchte aus der Dunkelheit auf, blieb auf der sechsten Treppenstufe stehen. »Woher hast du das Buch?«, schrie er. »Du hast es heimlich beiseite schaffen lassen, nicht wahr? Es muss verbrannt werden! Ich befehle dir, es ins Feuer zu werfen, damit die Goldéi niemals unser Wissen erlangen können!«

Sorturo drückte Laghanos den Gang entlang, an dessen Ende eine eiserne Tür den Weg versperrte. »Hör nicht hin, Laghanos! Geh einfach weiter.«

Charog wischte sich den Schweiß vom kahlen Haupt. »Ich befehle dir, stehen zu bleiben!«

Laghanos warf seinem Lehrer einen verunsicherten Blick zu. Doch Sorturo schob ihn weiter voran.

»Ich bin der Großmeister! Du hast meinem Befehl Folge zu leisten!«

Sorturo wirbelte herum. »Großmeister, ja, das bist du! Doch wie lange noch? Wann begreifst du endlich, dass unsere Zeit vorbei ist? Nun sind die Goldéi die Herren dieser Universität. Wir müssen die Quelle schließen, denn dies ist der letzte Dienst, den wir der Universität erweisen können!«

Charog stürmte die Treppen herunter, als wollte er sich mit den Fäusten auf den Zauberer stürzen. Doch dann brach er vor Sorturo zusammen.

»Ich bitte dich, tu es nicht!«, flehte er. »Die Goldéi werden nicht ewig herrschen. Irgendwann wird der Spuk vorbei sein. Eines Tages werden wir zurückkehren.«

Sorturo beugte sich herab und zog Charog zu sich empor. Sein Gesicht war müde und voller Trauer. »Es ist zu spät! Hilf mir, sie zu schließen, Charog! Allein kann ich es nicht schaffen!«

Ein kalter Wind fegte durch den Gang.

❦

Der letzte Wächter fiel.

Gespenstische Stille setzte ein, als die Goldéi sich neu formierten. Kein Laut war zu hören, während sie sich zum Sturm auf die Universität bereitmachten.

Vom Wachturm blickte einer der Zauberer, die Charog zur Verteidigung der Universität abkommandiert hatte, auf die Angreifer herab. Kalter Angstschweiß lief über seine Stirn. Vorsichtig streckte er die Hand aus und richtete eine Silberstele gegen die Goldéi; flüsterte unverständliche Worte in die Nacht, ordnete die wilden Sphärenströme, die ihn umgaben.

Dumpf barst das Holz, als die Goldéi das Tor mit bloßen Gesten zerspringen ließen. Der Zauberer stöhnte auf. Gegen die Macht dieser Wesen kam er nicht an. Er verfluchte sie, verfluchte sich selbst und die Tatsache, dass er sie nicht aufhalten konnte.

Er besann sich der Stele in seiner Hand. Mit einem Schrei der Verzweiflung trümmerte er sie auf den Steinfußboden. Blut schoss aus seinen Fingerkuppen.

Ein donnernder Klang peitschte durch die Luft, als der Zauber auf die Goldéi niedersank. Direkt vor dem Tor schob sich eine Wand aus gleißend grünem Licht aus der Dunkelheit. Jene Goldéi, die sich zu weit vorgewagt hatten, wurden von ihr zerrissen. Todesschreie gellten durch die Nacht.

Kurze Zeit schienen die Goldéi irritiert. Aufgeregt zischten sie sich Befehle zu, und als von den Zinnen des zweiten Turmes erneut Pfeile auf sie niedergingen, fielen etliche von ihnen. Doch dann stellten sie sich schützend nebeneinander auf und rissen ihre goldenen Schilde empor. Fauchend suchte einer von ihnen das Loch in der Sphäre, welches der Zauber gerissen hatte.

Der Turm erbebte. Der Zauberer brach zu Boden, und seiner Hand entglitt die Stele, als unter ihm das Gestein auseinanderklaffte und ihn verschlang. Mit letzter Kraft zeichnete er eine Warnung in die Luft. Dann barsten seine Knochen, wurde sein Körper zermalmt. Jäh brach vor dem Tor die Wand aus Licht in sich zusammen und erlosch.

Mit heiserem Gebrüll stürmten die Goldéi in den Hof.

❦

»Laghanos, entzünde die Kerzen!«

Niemals zuvor war Laghanos hier gewesen, im Heiligtum der Universität. Es war ein kuppelähnliches Gewölbe, der tiefste Punkt des Höhlenkomplexes. Die Wände bestanden aus grauem Kristall, sodass das Licht der Kerzen, welche im feuchten Erdboden steckten, sich brach und funkelte. Kalt kroch der Lehm zwischen Laghanos' Zehen empor, als ob Würmer sich zum Licht streckten. Den Raum der Kraft betrat man nur mit bloßen Füßen.

Erst im siebten Jahr war es den Eleven gestattet, der Quelle gegenüberzutreten. Die Gefahr war zu groß, dass sie den unfertigen Geist der Schüler erfasste und mit sich riss, selbst wenn der Rauch der Blutkerzen und die Kraft der Silberstelen sie in Zaum zu halten vermochten. Laghanos schwitzte, als er mit seiner Fackel die Kerzen entflammte, die Sorturo ihm gereicht hatte. Oft hatte Sorturo ihm von der Quelle erzählt; dass sie mächtig war, heimtückisch und gefährlich, und dass man sie fürchten sollte. Und er fürchtete sich, nun, da er nur wenige Schritte von ihr entfernt war. Er spürte sie in der Mitte des Gewölbes lauern: die Träne des Nordens, das Auge der Allmacht, der schlummernde Diener der Hügelfeste. Die Luft atmete ... er konnte sie sehen, konnte sie spüren. Sie hatte ihn sofort bemerkt, als er hinter Charog und Sorturo die Höhle betreten hatte. Sofort hatte sie ihre Aufmerksamkeit auf ihn gerichtet. Voller Angst umklammerte Laghanos die Kerzen, die er in den Händen hielt. Heißes rotes Wachs troff an seinen Fingern herab wie zähes Blut.

»Hab keine Angst vor ihr«, raunte Sorturo, der das Buch auf einem steinernen Pult aufgeschlagen hatte. Er vermied es, Charog anzusehen, der mit ausgestreckten Armen behutsam ein Loch in die Hülle der Sphäre riss. Der Großmeister presste angestrengt die Zähne aufeinander. Immer wieder sah er sich nach Sorturo und Laghanos um, bedachte vor allem den jungen Schüler mit angstvollen Blicken.

»Der Junge«, stieß er hervor, »willst du ihn nicht doch herausschicken, Sorturo?«

»Er bleibt bei uns«, sagte Sorturo entschieden.

Charog schüttelte den Kopf. »Es ist zu gefährlich! Sie hat ihn schon gewittert. Sie spürt, dass er zu schwach ist und zu jung!«

»Laghanos ist nicht zu schwach«, widersprach Sorturo. »Er ist mein Schüler, und ich habe ihn alles gelehrt, was er wissen muss, um der Träne des Nordens standzuhalten.« Er wandte sich Laghanos zu. »Du darfst keine Angst zeigen, hörst du? Denke an alles, was ich dir beigebracht habe. Und nun lass die Fackel beiseite.«

Laghanos nickte. Er strich sich über die kurzen schwarzen Haare und legte die Fackel zu Boden. Die Flamme knisterte, als sie den nassen Lehm berührte. Entschlossen richtete er sich wieder auf und starrte auf die Blutkerzen in seiner Hand.

Charog kniff die Augen zusammen. Erneut wollte er seine Bedenken gegen die Anwesenheit des Knaben äußern, doch ein kurzer Klang ließ ihn zusammenfahren.

»Was war das?«, flüsterte er.

»Ein Warnruf«, rief Sorturo verbittert. »Das äußere Tor ist gefallen. Die Wachen sind tot, und die Goldéi haben den Hof erstürmt. Wir haben nur noch wenig Zeit!«

In diesem Augenblick zerriss Charog die Hülle. Fauchend sprang die Quelle hindurch. Charogs Augen weiteten sich. Mit wuchtigen Gesten versuchte er sie in ihre Form zurück zu biegen, brüllte mit entschlossener Stimme: »Sie ist frei! Du musst dich beeilen!«

Sorturo hob seine Stimme und begann die Formeln aus dem Buch zu rezitieren. Es klang wie ein düsteres Lied, dessen Worte die Sinne betäubten.

Sie war frei. Frei, zum ersten Mal seit Jahrhunderten. Noch spürte sie es kaum, merkte nicht, dass Charog ihr den Weg geebnet hatte; und sie wusste auch nicht, dass dies nur geschehen war, um das Ritual ihrer Vernichtung einzuleiten.

»Wir haben dich benutzt, wir haben dich in diese Form gezwungen und aus dir geschöpft«, hallte Sorturos Stimme. »Nun schließen wir dich! Nimm deine Macht von uns für alle Zeiten!«

Sie begann zu kreischen, wand sich in Schmerzen. Sorturo fuhr zu Laghanos herum. »Es ist soweit! Geh auf sie zu! Fürchte dich nicht vor ihr! Sie kann dir nichts anhaben.«

Laghanos schluckte. Er streckte die Kerzen, die nun rote Flammen warfen, dem Herz der Quelle entgegen. Langsam setzte er Schritt vor Schritt. Dumpf seufzte der Lehm unter seinen Füßen. Die Träne des Nordens wich vor ihm zurück, begann sich zu verformen, zu verdichten.

»All die Jahre …«, wisperte Charog, während er die Quelle in Zaum hielt. »Wie mächtig waren wir durch dich …«

Sie zuckte im Todeskampf, während Laghanos ihr entgegen schritt. Schon tanzte ihre magische Kraft auf seiner Haut, ließ seine Haare hell aufflackern.

»Sei tapfer! Es ist gleich vorbei«, rief Sorturo.

Die Quelle schrumpfte. Immer dünner wurde ihre Präsenz, immer unwirklicher ihr Flehen. Zu spät hatte sie begriffen, zu spät. Nun musste sie sich schließen.

»Für immer …«, flüsterte Charog.

Ein wütender Schrei erklang hinter Sorturo, unverständlich, verzerrt. Ein Wurfbeil traf seine Schulter. Röchelnd sackte er nach vorn, riss das Buch mit sich.

Vier Goldéi stürmten den Raum. Ihre Mäuler waren vor Zorn aufgerissen. Zwei von ihnen stürzten sich auf Sorturo, ein weiterer auf Charog. Der vierte, eine Echse mit bronzefarbener Schuppenhaut, fegte mit kräftigen Tritten die Kerzen um und zischte ein Wort in seiner fremden Sprache.

Als die Goldéi Sorturo niederwarfen, kehrte die Macht der Quelle mit einem Schlag zurück. Laghanos wurde von ihrer Wucht durch die Luft geschleudert. Er prallte an die Wand, und die Kerzen entglitten seinen tauben Fingern. Sie erloschen. Dünne Rauchfäden schraubten sich in die Luft.

Und die Quelle brach aus sich heraus, füllte den Raum mit ihrer Macht. Frei! Ihre Energie tobte, begleitet von den Schreien der Goldéi. Risse zogen sich durch den erhärteten Lehm.

Charog sah, wie die Goldéi auf ihn zustürmten. Schon wollte er schützend die Arme heben, als er ein Knirschen neben seinem Ohr vernahm. Er wandte sich um. Für einen kurzen Moment schien es, als verharrte die Zeit. Gebannt starrte Charog in die Mitte des Raumes, wo sich nun tiefblau, schwarz, unergründlich die Wirklichkeit zerteilte.

Dann sah er das Wesen. Es kroch aus dem Nichts wie aus weiter Ferne und schoss ihm entgegen. Fleisch gewordener Albtraum. Ein hohes, gieriges Kreischen erreichte seine Ohren. Ein Sporn bohrte sich durch seinen Hals, durch seinen Schädel, und Charog verstummte für immer.

Ein Summen füllte den Raum. Es war der Gesang der Quelle, berstend vor Stolz über die Kreatur, die sie geboren hatte; jene Kreatur, die nun herumfuhr, besudelt von Charogs Blut, und Laghanos aus hasserfüllten Augen anstarrte.

Laghanos schrie auf. Er versuchte sich aufzurichten, als das Wesen mit rasenden Bewegungen auf ihn zuschoss. Doch bevor es ihn erreichte, wurde Laghanos zur Seite gestoßen. Es war einer der Goldéi. Seine Schuppen funkelten bronzerot. Schützend hielt er seine Klauen vor Laghanos und zischte einen wütenden Befehl. Mit einem schrillen Laut des Unverständnisses wich die Kreatur zurück. Doch noch immer starrte sie Laghanos an, und es war nichts als Mordlust in ihrem Blick.

Der Goldéi wandte sich Laghanos zu. Er musterte den Jungen für wenige Sekunden. Dann hob er die Klaue und versetzte ihm einen harten Schlag auf die Stirn.

»Drafur!«, hallten die Stimmen aus dem Gewölbe.

Die Quelle war frei.

VORREDE
DES ERSTEN BUCHES

Vierhundert Jahre …

Vor mehr als vierhundert Jahren gründeten zehn reiche Kaufleute den Südbund, eine Schutzgemeinschaft gegen die Tyrannei des Nordens. Arphat, Gyr und Candacar waren die Herrscher dieser Tage; die Alten Königreiche, die den Kontinent mit ihren Kriegen überzogen und die Völker des Südens unterjochten und ausbeuteten.

Arphats Herrschaft war die grausamste. Den arphatischen Kriegsherren ging es um mehr als um den bloßen Besitz des Landes und die Versklavung seiner Einwohner. Es dürstete sie nach Macht: sich an ihr zu berauschen, sie auszukosten. Selbst geringe Vergehen ahndeten sie mit Folter und Hinrichtung, jeden Aufruhr mit der Niederbrennung ganzer Dörfer. Mit gnadenloser Härte zwangen sie die Unterdrückten zum Gehorsam. Doch den langsamen Aufstieg des Südbundes vermochten auch sie nicht zu verhindern. Sie mussten mit ansehen, wie der Bund den Handel im Süden an sich riss, wie sein Reichtum unaufhaltsam wuchs, während die Königreiche sich in ständigen Kriegen gegenseitig schwächten. Als sie den Bund schließlich zu zerschlagen versuchten, war es längst zu spät. Der Süden erhob sich unter der Führung des Bundes gegen die Fremdherrschaft, und bald schlossen sich auch die versklavten Völker der Inseln im Silbermeer an.

Es war ein mörderischer Krieg. Zwölf Jahre lang tobte er und kostete unzählige Menschen das Leben. Am Ende siegte der Südbund. Candacar zerbrach in zwei Teile, als Kathyga sich nach einem Bürgerkrieg abspaltete;

Gyr und Arphat versanken im Chaos – und der Süden war frei.

Die Führer des Südbundes, die einst Kaufleute gewesen waren, machten sich zu Fürsten und errichteten ein Reich, an dessen Spitze ein Herrscher aus ihrer Mitte stand. So entstand Sithar, das Kaiserreich am Silbermeer. Es war ein gewaltiges Reich, fast unvorstellbar in seiner Ausdehnung; von den gewaltigen Inseln Morthyl und Vodtiva bis zu den Buchten Palguras, von den kühlen Ebenen Palidons bis zu den thokischen Steppen. Und es war ein mächtiges Reich; es besaß das größte Heer, das die Welt je gesehen hatte, seine Flotte beherrschte das Silbermeer, seine Kaufleute diktierten den Handel. Und Sithars Fürsten wurden mächtiger, als die Könige des Nordens es jemals gewesen waren.

KAPITEL 1

Laub

Im Palastgarten tanzten die Blätter. In einem wilden Reigen folgten sie dem Herbstwind, der sie durch das Geäst riss: mal sanft im Kreis, dann wieder wüst empor zu den Baumwipfeln. Goldgelb brach die Abendsonne durch die leeren Zweige. Es wisperten die Farne am Rand der marmornen Wege, und oben zogen rot gefiederte Kapuzenvögel ihre Kreise und sangen ihr melancholisches Lied.

Am Brunnen plätscherte Wasser aus den Mündern steinerner Figuren. Hier fand ein rauschendes Fest statt. Zwei Spielleute, kullernde Augen und Zwirbelbärte, in bunte Tücher gehüllt, spielten mit Laute und Flöte zum Tanz auf. Ein kleiner Meeraffe drehte sich auf einer Trommel, schielte traurig unter seinem grünen Hut hervor. Und dröhnendes Gelächter, lautstarkes Kichern, Ausgelassenheit. Auf weißen Seidenlaken lümmelte sich der Jungadel im Gras, die kostbaren Schuhe abgestreift, die Beine weit ausgestreckt. Manche tanzten mit hitzigen Gesichtern zu den übermütigen Melodien. Unzählige Bedienstete huschten über das Gras, in den Händen silberne Platten mit frischem Obst, geröstetem Fleisch und Fisch, dampfendem Honigbrot, kristallenen Karaffen voll Wein und Gerstentrunk.

Die Kaiserliche Hauptstadt Thax dämmerte dem Abend entgegen. Die Bürger gingen ihren Geschäften nach, eilten durch die Gassen, arbeiteten in ihren Kammern und Werkstätten. Nur hier, im Garten des Palastes, wurde gefeiert. Der Kaiserliche Hofstaat hatte immer etwas zu feiern.

Jung waren sie, die Männer und Frauen, die der Kaiser um sich versammelte. Niemand in ihrer Runde war über fünfundzwanzig; junge Töchter und Söhne aus dem Kleinadel. Allen gemeinsam waren ein niederer Stand und eine erlesene Attraktivität, denn dies waren die Kriterien, nach denen der Thronrat sie für das höfische Leben ausgewählt hatte.

Keine Frage, sie genossen es. Wo sie einst den Vätern bei der Verwaltung der Ländereien hatten helfen müssen, wartete jetzt ungezügelte Freiheit auf sie. Hier brauchten sie keine Verantwortung zu übernehmen, hier hatten sie lediglich mit ihrer Anwesenheit den Kaiser zu beglücken.

»Lang lebe der Kaiser!«, rief einer der Adeligen und riss sein Glas aus funkelndem Kristall empor, in dem der Wein perlte; riss es empor zur Sonne und sah, wie das Licht sich in den kunstvollen Verzierungen brach. »Lang lebe Kaiser Akendor«, rief er und lachte aus vollem Hals. Aus Dutzenden von Kehlen erklang der gleiche Ruf, ein weintrunkenes Jubeln; und glückselig umschlang der Jungadelige seine derzeitige Geliebte, eine hübsche Gräfin mit blondem Haar.

»Ja, lang soll er leben!«, wisperte sie und beugte sich zu ihm herab, legte ihr Gesicht auf das seine, bis ihre Wangen sich berührten.

Er blickte sie an, ihre blonden Haare, die sein Kinn kitzelten, ihre aufblitzenden Augen. Noch immer lachte er, lachte noch, als sie ihn küsste. Er blickte auf sein leeres Glas, auf ihr Kleid aus weißer Seide, an dem der Wein herab lief, über ihre Schulter und ihre Brüste, die sie an ihn presste, ihre Arme, die ihn umschlangen. »Lang lebe der Kaiser«, wiederholte er, packte ihre Taille und warf sich über sie, spürte die Seide zwischen seinen Beinen, und durch die Seide heiß ihren Körper und sie krallte sich in seinem Rücken fest, die Musik zischend im Hintergrund, und der Wind strich über ihre erhitzte Haut.

Vom Palast führte ein Weg aus weißen Marmorplatten zum Brunnen. Krachend schlug Binhipar seine Stiefel auf, immer wieder und wieder. Er traf die schmalen Steinplatten stets genau in der Mitte, unbewusst vielleicht; und dann klirrte die silberne Schnalle an seinem Stiefel.

Binhipar war kein Baron, kein Graf aus einem niederen Geschlecht; er war kein Abkömmling einer verkommenen Sippe, die sich selbstherrlich in ihrer kaum nennenswerten Macht sonnte, keiner jener bedeutungslosen Dorfdespoten, die sich auf ihren lachhaften Burgen und Gutshäusern lümmelten und ihre eingebildeten Blicke über die ihnen zugeteilten Wiesen schweifen ließen, krachend ging der Stiefel nieder, die sich bedienen ließen von hinten bis vorn, die ihre Teller nicht mit eigener Hand fort zu schieben vermochten, die sich vom Stallknecht auf ihr Pferd heben und von der Magd die Exkremente von den Schenkeln kratzen ließen, als wäre dies ein Ausdruck von Macht und nicht von Inkontinenz …

»Ihr seid zu schnell!«, klang hinter ihm die verärgerte Stimme Scorutars.

… all die Landgrafen und Markgrafen, die Kron- und die Stadtbarone, die sich ihre Titel gegenseitig um die Ohren schlugen, krachend ging der Stiefel, rasselte die Schnalle, Titel, die nichts wert waren, die im Dutzend verliehen wurden, mit denen der Kaiser um sich warf, wenn er guter Laune war …

Scorutar versuchte, ihn am Arm festzuhalten. »Nicht zu schnell, Binhipar! Ich höre schon die Musik. Wollt Ihr, dass man uns sofort erblickt?«

… Provinzadelige, die das im Namen des Kaisers eingezogene Steuergeld auf Bällen und Jagdfesten verprassten, anstatt ihre Ländereien in Ordnung zu halten, die gähnend sämtliche Verantwortung korrupten Vögten übertrugen; schwachbrüstige Grafen, in deren Frondörfern die Bauern tun und lassen durften, was sie wollten; hirnlose Dorftyrannen, die ihren Untertanen aus Geiz und Prunksucht den letzten Bissen Brot vorenthielten, sodass der Bauer den Pflug kaum zu ziehen vermochte und die Kinder den Müttern im Leib verreckten, Vergeudung wertvoller Arbeitskraft …

Zwischen den Zweigen tauchte der Brunnen auf. Binhipar blieb stehen. Abfällig betrachtete er die Spielleute, die Adeligen, die sich im Tanz wiegten, die Paare, die sich im Gras wälzten. Angewidert blitzten seine dunklen Augen auf. Nein, mit diesen dort hatte er nichts gemein. Binhipar war ein Fürst, einer der zehn Mitglieder des Thronrates, des Silbernen Kreises, einer der höchsten und wichtigsten Adeligen des Kaiserreiches: Binhipar Nihirdi, der Fürst von Palidon.

Er bot eine imposante Erscheinung; groß gewachsen und breitschultrig, ein grimmiges Gesicht mit der knochigen Nase und den fleischigen Lippen; schwarz sein wildes Haar und der Bart, der ihm kunstvoll geflochten bis zur Hüfte reichte; die Augen, die sich stets vor Zorn und Wut zu verzehren schienen, sodass nur wenige es vermochten, seinem Blick lange standzuhalten.

Ganz anders Scorutar. Er war schmächtig, sein Gesicht zierlich und schmal. Einst hatte er als ausgesprochen attraktiv gegolten, als unwiderstehlicher Liebhaber; damals, als noch Torsunt Kaiser gewesen war, als die höfische Gesellschaft noch in jeder Beziehung elitär gewesen war. Doch diese Jahre waren vorbei, und Scorutar hatte den richtigen Zeitpunkt verpasst, ab dem es würdig zu altern galt. Der Versuch, die Zeit mit Schminke und Puder zu überdecken, hatte die Züge seines schönen Gesichts zu einer Maske erstarren lassen. Die Wangen glatt und jugendlich gerötet, die Lippen feurig rot, das gelockte Haar kastanienbraun – seine Erscheinung rief inzwischen mehr Spott als Leidenschaft hervor.

Auch Scorutar war Fürst und Mitglied des Thronrates, Herr über den Swaaing-Archipel und zudem Oberbefehlshaber der kaiserlichen Flotte im Silbermeer.

»Mir scheint, hier wird gefeiert!«, stieß Binhipar hervor.

Scorutar spitzte spöttisch den Mund. »Wir kommen wohl früh genug, um mitfeiern zu können. Ein paar Karaffen Wein sind dort drüben zu haben, und auch die eine oder andere Baronin scheint noch unbesetzt.«

»Es ist eine Schande«, zischte Binhipar, »eine Schande, dies mit anzusehen.«

»Ihr seid zu prüde, Binhipar. An einem solch schönen Herbsttag sollte man seinen Gefühlen freien Lauf lassen! Wenn auch, ich muss es zugeben, früher etwas mehr Diskretion geübt wurde.«

»Mitten im Gras paaren sie sich!« Binhipars Stiefelspitze verirrte sich von der Marmorplatte, bohrte sich brutal in die Erdkrume. »Früher hätte ich sie dafür an den Pranger gestellt!«

Scorutar lachte auf. »Oh, das könntet Ihr auch heute noch. Wenn Ihr wolltet, könntet Ihr die Gardisten holen und mit dem Speer diese Gesellschaft auseinander treiben lassen.« Er strich sich belustigt über den dürren Hals. »Doch Ihr tut es nicht, und Ihr wisst den Grund dafür. Warum verflucht Ihr, was Ihr selbst heraufbeschworen habt – und das wir alle dulden, seit Jahren schon.«

Voller Wut fuhr Binhipar herum. »Ich benötige keine Belehrungen!«

Scorutar schenkte ihm ein mildes Lächeln. »Spart Euch Euren Zorn für die Thronratssitzung auf, Binhipar. Der Silberne Kreis ist nicht gut auf uns zu sprechen, und unser geschätzter Freund Baniter Geneder wird es sich gewiss nicht nehmen lassen, die Fürsten gegen uns aufzuhetzen.«

Binhipar stieß ein verächtliches Schnauben aus. »Baniter Geneder … ich hatte gehofft, von diesem Aufwiegler verschont zu bleiben. Ihr hattet mir Euer Wort gegeben, ihn von der heutigen Sitzung fern zu halten, Scorutar!«

Scorutar schüttelte voller Bedauern den Kopf, sodass seine kastanienbraunen Locken umher flogen. »Ich habe mein Möglichstes getan, doch der schlaue Hund hat sich dieses Mal nicht narren lassen. Wir müssen seine Anwesenheit wohl oder übel in Kauf nehmen.«

Binhipar starrte ihn zornig an. »Er wird uns erneut jedes Wort im Munde umdrehen. Falls Baniter Geneder die heutige Sitzung verdirbt, ist dies allein Eure Schuld!«

Scorutar spitzte die grotesk roten Lippen und formulierte

im Geist bereits eine gehässige Antwort, als ihn eine rasche Bewegung am Brunnen ablenkte.

Ein roter Mantel flatterte im Wind, peitschte über die Wasseroberfläche. Mit lautem Gelächter hatte sich ein junger Mann auf den Brunnenrand geschwungen, beklatscht und bejubelt von der Schar. Schneller wurde die Musik, als er sich das Haar aus dem schmalen Gesicht strich, seine Hand nach unten streckte. Eines der Mädchen – hinreißend ihr Gesicht – ergriff sie, und schon hatte er sie zu sich heraufgezogen, umarmte sie, lachte, strich über ihr braun gelocktes Haar, genoss das Lachen um sich herum, die stürmische Melodie und das Plätschern aus den Mündern der Steinfiguren, die stumm zum Himmel blickten.

»Mir scheint, unser Kaiser ist heute wieder besonders guter Laune«, sagte Scorutar. »Der Wein muss ganz hervorragend sein!«

Lachend riss der Kaiser die Arme empor, taumelte glückselig. Ein neuer Krug wurde ihm empor gereicht. Mit vollen Zügen trank er, bis ihm der Wein am Hals herab lief.

Scorutar ließ ein hässliches Lachen ertönen. »Wartet nur, er fällt noch in den Brunnen, wenn er weitertrinkt. Da – seht! Fast wäre er gestürzt, hätte ihn das junge Ding nicht festgehalten.«

»Wer ist die kleine Hure?«, fauchte Binhipar.

»Ihr Name ist Ceyla Illiandrin. Die Tochter eines verarmten Ritters aus Palgura. Niedrigste Herkunft.« Seine gierigen Blicke tasteten den Körper des Mädchens von oben bis unten ab. »Doch niedlich ist sie, das muss ich zugeben.« Genüsslich sah er zu, wie der Kaiser sich auf den Rand des Brunnens kniete und den voll gesogenen Mantel nach hinten warf. Vorsichtig zog er Ceyla zu sich herab, und sie kicherte, als sie ihren Kopf an seine Schulter legte. Akendor presste sie an sich, den Blick in die Ferne gerichtet. Sein sonst so bleiches Gesicht schien zu glühen.

»Sie ist gerade sechzehn, habe ich mir sagen lassen«, fügte Scorutar lächelnd hinzu, »und erst seit wenigen Wochen am Hof.«

»Sie führt sich auf, als wäre sie schon seit Jahren seine Mätresse!« Binhipar starrte finster zum Brunnen. »Wir müssen uns doch keine Sorgen machen, Scorutar?«

Scorutar zuckte mit den Schultern. »O nein, ich glaube nicht. Aber wir sollten sie zweifellos im Auge behalten.« Er bedeutete Binhipar, ihm zu folgen. Langsam schritten sie auf den Brunnen zu.

Es war mit einem Mal windstill geworden. Die Blätter lagen nun ruhig auf dem Gras. Der Kaiser hielt inne. Sein Blick streifte die beiden Fürsten, und sein Lächeln fiel in sich zusammen.

Binhipar blieb stehen. Er deutete eine Verneigung an. »Majestät!«, dröhnte seine Stimme.

Akendor beugte sich zur Seite, tauchte den leeren Becher ins Wasser und füllte ihn, um den Inhalt dann mit einer raschen Bewegung in Richtung der Spielleute zu schleudern. Kreischend sprang der Affe von seiner Trommel und flüchtete zu seinen Herren, die ihr Lautenspiel erschrocken abbrachen.

Akendor schob vorsichtig den Kopf des Mädchens von seiner Schulter. »Fürst Binhipar! Ich bin überrascht, Euch hier zu sehen.« Seine Stimme wirkte gefasst. »Ich wusste nicht, dass Ihr bereits eingetroffen seid. Man sagte mir, Ihr wäret noch in Palidon.«

Binhipar starrte finster zum Brunnen. »Wie kann ich in Palidon sein, wenn meine Pflicht mich nach Thax ruft? Als ich Eure Botschaft erhielt, brach ich sofort auf.«

»Meine Botschaft?« Akendor runzelte die Stirn. »Ich weiß nicht, was Ihr meint.«

»Euer Schreiben, in dem Ihr den Thronrat zusammenrieft«, half Scorutar ihm lächelnd. »Ich legte Euch den Brief damals zur Unterschrift vor.«

»Davon weiß ich nichts«, erwiderte Akendor. »Wieso habt Ihr mich nicht daran erinnert?«

»Aber das habe ich, Majestät!«, sagte Scorutar. »Dreimal habe ich in der letzten Woche bei Euch vorgesprochen! Heute Morgen ließ ich Euch nochmals eine Nachricht überbringen, in der ich Euch auf die heutige Sitzung hinwies. Habt Ihr sie nicht gelesen?«

Das Mädchen an Akendors Seite hatte sich auf den Brunnenrand niedergelassen. Ihren Blick hatte sie jedoch nicht von ihm abgewandt; sie hing an seinen Lippen. Scorutar schien es, als wartete sie auf einen zornigen Ausruf des Kaisers.

»Ich weiß nichts von diesem Treffen!«, beharrte Akendor. »Und wie Ihr seht, bin ich beschäftigt.«

»Der Silberne Kreis tagt, Majestät!«, entfuhr es Binhipar. »Sämtliche Fürsten des Reiches sind nach Thax gereist, haben wochenlange Strapazen auf sich genommen, um an dieser Sitzung teilzunehmen. Sie warten auf Euch, Majestät!«

Akendor blickte ihn verbittert an. Dann schüttelte er den Kopf. »Richtet den Fürsten aus, dass sie ohne mich tagen müssen. Ich bin müde und fühle mich unpässlich. Sagt ihnen, dass ich erst ab morgen den Beratungen beiwohnen werde.«

Binhipars Augenlider zuckten. »Das kann ich nicht akzeptieren!«, widersprach er. »Die Lage ist zu ernst.«

»Er hat Recht, Majestät«, fügte Scorutar beschwichtigend hinzu. »Die Ereignisse in Kathyga erfordern ein schnelles Handeln. Es müssen wichtige Entscheidungen getroffen werden, heute noch. Und ohne Euch ist der Rat nicht beschlussfähig.«

»Wir können auf Eure Anwesenheit nicht verzichten«, wiederholte Binhipar. Er starrte auf das Mädchen, das noch immer zu Akendor emporblickte. »Ihr müsst uns begleiten, Majestät.«

Leise, ganz leise pfiff der Wind. Scorutar spürte ihn über seinen Nacken streichen. Er warf Binhipar einen kurzen, giftigen Blick zu.

Akendors Körper spannte sich, schwankte kurz unter dem Einfluss des Weines. Doch er fing sich wieder. »Ich werde kommen«, sagte er leise. Dann entließ er die Fürsten mit einer unfreundlichen Geste.

Doch so schnell ließ Binhipar Nihirdi sich nicht fortschicken. Finster starrte er Akendor an. »Wir werden im Saal auf Euch warten, Majestät!«

Scorutar packte seinen Arm und riss ihn herum. Das Funkeln in seinen Augen sprach eine deutliche Sprache. Ohne ein weiteres Wort zu verlieren, wandte er sich zum Gehen.

Als Binhipar sich umdrehte, um ihm zu folgen, brach das schwarze Erdreich über seinem Stiefel. Er schien es eilig zu haben, Scorutar einzuholen. Bald waren seine wuchtigen Schritte nicht mehr zu hören; doch auf den Marmorplatten sah man die dunklen Krumen, die seine Stiefel zurückgelassen hatten.

Wind und Musik waren verstummt, das Gelächter verebbt. Die Blicke wanderten besorgt zum Brunnen, wo Kaiser Akendor sich das Haar zurückstrich und seine Kleidung zurechtrückte. Wie zuvor die Blätter trieb es nun die Paare auseinander, erhoben sich die Liegenden vom Boden. Jeder spürte, dass das Fest zu Ende gegangen war. Und kalt war es plötzlich geworden im Garten; unwillkürlich griffen sie nach ihren Umhängen und Überwürfen, die Jungadeligen, deren Aufgabe es war, den Kaiser glücklich zu machen, soweit dies möglich war.

Ergeben half Ceyla ihm, vom Brunnen herabzusteigen. Ihre kleine Hand umklammerte seinen Ellenbogen.

»Ich muss gehen«, sagte Akendor leise.

Ceyla lächelte. Die Sonne strich über ihre hübschen Gesichtszüge und färbte ihre Locken rot. »Mein Kaiser«, flüsterte sie, »kann ich nichts für Euch tun, gar nichts?«

Ein drahtiger, rotbärtiger Mann näherte sich ihnen. Er hielt einen zusammengelegten roten Mantel in den Händen, entfaltete ihn und wartete mit ausgebreiteten Armen auf Akendor. Es war Garalac, der Leibwächter des Kaisers, ein Söldner aus Troublinien. Noch nie hatte Ceyla ihn einen Ton sagen hören; manche hielten ihn für stumm. Sein Blick war zum Fürchten, denn seine wässrigen Augen schielten, und immer wieder kniff er sie grundlos zusammen, sodass Ceyla vor Ekel erschauderte.

Akendor strich Ceyla über den Handrücken. »Lass mich heute Nacht nicht allein«, sagte er leise. Dann wandte er sich ab und lief los. Anfangs taumelte er stark, den Wein im Blut; doch Garalac stützte ihn. So eilten sie zum Palast, und Ceyla blieb zurück, um unter den neidvollen Blicken der anderen ihr Kleid zu ordnen.

❦

»Reiche mir die Kutte«, sagte Magro Fargh. Er fuhr sich mit der faltigen Hand über den kahlen Schädel, der übersät war mit dunklen Flecken und Adern, kniff die winzigen Augen zusammen, halb erblindet, und sein vergilbtes Gesicht füllte sich mit Leben, »reiche mir die Kutte, Bruder«, mit jener hohen, schrillen Stimme, die Nhordukael niemals vergessen konnte.

›*Auf die Knie mit dir!*‹, hatte sie einst geschrieen, ›*Beine werde ich dir machen*‹, damals, als Nhordukael ein Kind gewesen war, ein Junge mit wüstem Haar und großen stummen Augen, ›*Demut sollst du üben, Staub sollst du fressen und Tathril danken, deinem Herrn*‹, so hatte sie ihm in den Nacken gezischt; er spürte noch die Tritte in den Magen, der vor Hunger schwer war wie ein Stein, er spürte noch, wie sich sein ausgedorrter Hals zusammenzog, ›*Beten sollst du, Nichtsnutz, beten und dein Haupt zu Boden senken*‹, schrill unerträglich gnadenlos, während die Schläge auf seinen Kopf niedergingen …

Nhordukael schritt zur Truhe und öffnete sie. Das weiße Gewand des Priesters lag sorgsam geordnet bereit. Vorsichtig ergriff Nhordukael den grün bestickten Saum und zog das Gewand in die Höhe. Die Seide knisterte unter seinen Fingern.

… er sah die weiße Gestalt vor sich, ihre rot glühenden Augen, der hassverzerrte Mund, ›*In die Reihe, elende Würmer, die ihr nicht den Schmutz wert seid, in dem ihr steht*‹, neben ihm die anderen Novizen, über ihnen die stechende Sonne, in ihren Händen lederne Eimer voll Schlamm, die sie die Straße entlang schleppten; sah sich mit bloßen Füßen über den Kies wanken, spürte die spitzen Steine unter den Fußsohlen, sah sich zusammenbrechen, spürte eine Hand im Nacken, die seinen Kopf brutal zum Himmel bog, ›*Sieh seine Herrlichkeit, sieh Tathrils Größe*‹, ein fauliger Atem, ›*Faulpelz, wie kannst du es wagen, ihm zu trotzen, ihm, Tathril, deinem Herrn*‹, und die rote Sonne brannte unerbittlich seine Wunden aus …

Würdevoll schritt Nhordukael zu dem alten Priester hinüber. Er verbeugte sich und strich das seidene Gewand glatt. Schwer atmend richtete Magro Fargh sich auf und streckte die knochigen Arme aus. Behutsam streifte Nhordukael ihm das Gewand über.

Ein Lächeln umspielte den schmalen Mund des Greises. »Ich danke dir, Bruder«, sagte er und zupfte sich die Ärmel zurecht, »sitzt sie gut?«

… er spürte die Fesseln um seine Handgelenke, roch den Rauch der Nebelkräuter, der ihm die Sinne raubte, rang nach Luft, und hörte wieder die Stimme neben sich, ›*Lerne Tathrils Macht kennen, glückliches Kind, schmecke sie, nimm sie in dir auf*‹, der Schmerz in seinem Hirn, während die Luft nach ihm griff, ihn durchtränkte, die Kraft, die seine Adern kochen ließ, ›*Wenn du dich wehrst, wird Tathril dich vom Angesicht der Erde tilgen*‹, so brüllte die Stimme, und er spürte unter sich das harte Strohlager, auf dem er nachts schreiend erwachte, wenn das Flüstern Tathrils ihn heimsuchte und seine Hände vibrieren ließ, als wären sie nicht Teil seines Körpers …

Nhordukael verschränkte die Arme vor der schmalen Brust. »Es gibt nichts auszusetzen«, hörte er sich sagen. »Euer Anblick ist erhaben und Ehrfurcht gebietend, so wie es eines Priesters des Tathril würdig ist.«

»Eines Priesters des Tathril würdig …« Magro Fargh lächelte. »Das habt Ihr schön gesagt, Bruder.« Das Gewand rauschte in der Luft, ballte sich pompös; nichts war mehr zu sehen von dem schwachen Körper des Priesters. Ehrfurcht gebietendes Weiß umgab ihn. Die Hand des alten Mannes legte sich auf Nhordukaels Schulter. Nhordukael konnte sie durch den Stoff seiner Kutte zittern spüren. »Und Priester sind wir beide, Nhordukael. Durch meine Hand hast du die Weihe empfangen, durch sie bist du zu Tathril gelangt. Nun soll mich deine stützen, Bruder.«

… jene Hand, die ihm den Kiefer auseinanderdrückte und ihm den Silberstab in den Mund trieb, bis er sein eigenes Blut trinken musste, ›*Tathrils Macht ist die Magie, nun lerne sie in seinem Namen zu nutzen*‹, die Kehle schien ihm zu bersten, er wünschte zu ersticken, den Tod zu empfangen, der Stimme zu entfliehen, die ihm befahl, Tathril zu lieben, bis er es aus Verzweiflung tat, bis er Tathril liebte, seinen Gott, seinen Herrn, sein Schicksal; und als er gelernt hatte, ihn zu lieben, ließ Tathril ihm Gnade zuteil werden; half ihm, den Schmerz abzutöten, abzustumpfen, alles zu ertragen; und gab ihm schließlich die Macht über die Magie. Sie wurde sein Gefährte – Tathrils Geschenk, der Lohn für alle Qualen …

Nhordukael schlang seine Arme um Magro Fargh, umfasste den Leib des Greises, der kein Gewicht zu haben schien. Die Seide floss um sie; und wie in einem absurden Tanz schritten sie durch die Tür auf den hellen Gang hinaus. »Schütze uns, Tathril, oh, schütze uns«, flüsterte Magro Fargh, »wenn sie kommen, um uns zu vernichten«, und Nhordukael glaubte Tränen an seinem Hals zu spüren.

❦

Sie hatten versucht, ihn zu betrügen, selbstverständlich vergebens. Allein der Versuch, ihm die Nachricht von der Einberufung des Thronrates verspätet zukommen zu lassen, mutete dilettantisch an: ein kümmerliches Ränkespiel, von Anfang an zum Scheitern verurteilt. Als ob man einen Baniter Geneder so leicht hintergehen könnte! Als ob ein Baniter Geneder auf die kümmerlichen Botschaften angewiesen wäre, die der Palast ihm gönnerisch zukommen ließ.

Dennoch, es war nicht einfach gewesen, Thax rechtzeitig zu erreichen. Eine halbe Woche lang war er durch den strömenden Herbstregen geritten, den letzten Tag davon ohne Unterbrechung; er spürte noch immer die aufgeweichten Fasern des Mantels auf seinem Rücken kleben, spürte seine milchig aufgedunsene Haut. Vergeblich hatten seine Begleiter ihn um eine Rast angefleht, müde und durchnässt wie sie waren; doch Baniter hatte nicht nachgegeben, war weitergeritten, um rechtzeitig in der Hauptstadt des Reiches einzutreffen.

Es war nicht der erste Versuch gewesen, ihn von einer Thronratssitzung fern zu halten. Schon oft hatte man ihm die Nachricht der Einberufung vorenthalten oder verspätet zugesendet – ein beliebter Winkelzug des ›Gespanns‹. Denn er, Baniter Geneder, war der einzige Fürst, der sich im Thronrat gegen das ›Gespann‹ wandte, der es wagte, gegen sie zu opponieren. Sie fürchteten seine Scharfzüngigkeit und seinen Witz, und sie hatten allen Grund dazu.

Baniter sah sich im Thronsaal um. Seine Augen wurden schmal. Er hatte diesen Raum schon immer gehasst: die hohen Wände, ausgeschlagen mit rotem Tuch, ein dicker Stoff, der jeden Hall schluckte; die flackernden Öllampen, die den Saal in ein gelbes, fettiges Licht tauchten; der hellbraune, gewachste Eichenboden, auf dem der Widerschein der Flammen tanzte. Der Saal wirkte wie eine muffige, zu groß geratene Gruft, düster und schäbig und kalt. *Hier sitzt der Silberne Kreis, der Rat der Zehn; die mächtigen Herren Sithars verkriechen sich in der Finsternis …*

Dabei war der Thronsaal noch der angenehmste Ort des Palastes. Thakstel war ein grässlicher, riesiger Bau, ein wirres Geflecht schmaler Gänge, gedrungener Kammern, Wendeltreppen und Erker. Nur selten erhellten kleine, schräge Fensteröffnungen die Räume, und so herrschte in weiten Teilen des Palastes trostlose Dunkelheit.

Das alles war freilich nicht verwunderlich. Thakstel war vor sechs Jahrhunderten von arphatischen Kriegsherren errichtet worden – nicht als eine Residenz, sondern als eine Trutzburg gegen das candacarische Heer. Ein Monument des Krieges und der Unterdrückung; denn natürlich waren es sitharische Sklaven gewesen, die Thakstels Steine geschlagen, geschleppt und aufeinander geschichtet hatten. *Erbaut auf den Knochen unserer Vorfahren!*, fuhr es Baniter durch den Sinn. *Ob ihnen die Arbeit leichter von der Hand gegangen wäre, wenn sie gewusst hätten, dass eines Tages einmal ihr Kaiser in diesen Mauern leben würde?*

Zwölf Jahre waren vergangen, seit das ›Gespann‹ die kaiserliche Residenz nach Thax verlegt hatte. Der prunkvolle Palast in Vara, der einstigen Hauptstadt, stand nun leer; gelegentlich wurden belanglose zeremonielle Feiern im einstigen Thronsaal abgehalten, oder eine Jagdgesellschaft des ›Fürsten‹ von Varona logierte in den prachtvollen Räumen. *Der Stolz sitharischer Baukunst ist zu einem Jagdschlösschen des Schwachkopfs Hamalov Lomis geworden!*, dachte Baniter verbittert. *Welch eine Schande!*

Die Hauptstadt des Kaiserreiches aber war nun Thax, eine kalte, unwirtliche Stadt mitten im palidonischen Hochland. Von den einstigen Zentren des Reiches lag sie weit entfernt; eine Reise nach Vara oder Nagyra konnte bei schlechtem Wetter mehr als fünf Tage in Anspruch nehmen. *Ein wahrhaft günstig gelegenes Örtchen … ein Hoch auf das ›Gespann‹, das uns diese neue Hauptstadt beschert hat.*

Das ›Gespann‹ – so nannte er sie: Seine Durchlaucht Fürst Scorutar Suant von Swaaing und Binhipar Nihirdi, Fürst von Palidon; die hohen Herren der Niedertracht, die Lenker der kaiserlichen Hand. Die Verlegung der Hauptstadt war ihr Werk gewesen, und noch heute bewunderte Baniter sie für diesen Schachzug. So hatten sie das Fundament für jenes beispiellose Intrigenspiel gelegt, das sie in den folgenden Jahren betrieben hatten – und an dessen Ende sich der Thronrat wie eine Schafherde hinter sie geschart hatte.

Schräg im Raum stand die mächtige Tafel, an der die Fürsten hockten. Sie kauerten auf schmalen, dreibeinigen Schemeln, den unbequemen ›Kaufmannsklappen‹: fellbespannte, hässliche Relikte, seit Gründung des Reiches Inventar des Thronsaals. Die Fürsten hatten ihre Ketten abgestreift und sie auf die Tischplatte gelegt, sodass sie sich gegenseitig berührten. *Der Silberne Kreis ... wir schließen ihn als Verbündete, als Herrscher Sithars, gemeinsam fügen unsere Hände die Geschicke des Reiches – so sagen es die Märchen; denn was wir auch fügen, es geschieht zu unserem eigenen Vorteil; was ist der Silberne Kreis denn ein Bund falscher Schlangen?*

Es herrschte eine ungute Stimmung im Thronsaal. Nervös starrten die Fürsten in die Runde und rutschen unruhig auf ihren Schemeln hin und her, sodass das Leder unter ihren ausladenden Gesäßen knirschte. Es bereitete Baniter helle Freude, sie zu beobachten; Perjan Lomis etwa, der gewiefte Stratege, dessen düsterer Blick nichts Gutes verhieß. Oder Arkon Fhonsa, der mächtige Fürst von Thoka, ein feister Mann mit dunkler, öliger Haut, dessen Finger ungeduldig auf der Tischplatte trommelten. Das sonst so überhebliche Grinsen in seinem Gesicht war zu einer verbissenen Grimasse erstarrt.

Auch die anderen Fürsten wirkten auf merkwürdige Weise angespannt. Fürst Ascolar, ein Vetter Scorutars, der sonst Speichel leckend an der Seite seines mächtigen Verwandten hockte, hatte sich demonstrativ an das andere Ende der Tafel gesetzt. Vildor Thim (ein typischer Abkömmling seiner Familie: fliehende Stirn, vorstehendes Kinn, einfältige Soldatenmentalität) stand zum mindestens siebten Mal auf, um seinen Schemel zurechtzurücken. Hamalov Lomis, der ›Fürst‹ von Varona, ein Trottel ohne jeden Funken politischen Verstandes, lächelte Mitleid erregend in die Runde. Und Stanthimor Imer, Herrscher über den Aroc-Archipel, beugte sich mit hochrotem Kopf über die Tischplatte und überlegte angestrengt, welche Meinung man wohl in der kommenden Debatte von ihm erwartete. Oder grübelte er lediglich über sein marodes Fürstentum nach, das er mit seiner Verschwendungssucht in den Ruin getrieben hatte?

Da saßen sie, die Narren, vollkommen ratlos und verstört; und ihr Zorn, fürchtete Baniter, würde sich über dem ›Gespann‹ entladen. Feige wie sie waren, würden die Fürsten die Schuld an der desaströsen Lage auf jene schieben, denen sie sich all die Jahre so willfährig untergeordnet hatten. *Und es wird mir eine Freude sein, meinen Beitrag dazu zu leisten!*

Baniter war ein schlanker Mann von mittlerer Körpergröße. Mit seinen vierunddreißig Jahren war er einer der jüngsten Fürsten des Silbernen Kreises. Sein Gesicht mit dem schmalen, leicht verbitterten Mund und der stolzen Nase zeigte deutlich seine Zugehörigkeit zum Geschlecht der Geneder, den Herrschern von Ganata. Baniter hatte kurzes dunkelbraunes Haar; zwar ging es bereits an den Schläfen etwas zurück, doch dies betonte nur die kühne Stirn, die seinem Gesicht einen Ausdruck von Stolz verlieh. Entspannt legte Baniter die Hände in den Nacken und massierte sich die Halswirbel. Seine dunkelgrünen Augen – auch sie ein unverkennbares Merkmal der Geneder – leuchteten voller Vorfreude. Verstohlen blickte er zur Spitze der Tafel, dem Platz des Kaisers. Akendor Thayrin sah von einem hohen Thron – ebenso wie die Krone aus schwarzem Sithalit-Stein gefertigt – auf die Fürsten herab. Seine Füße verschwanden unter der Tischplatte. Ein roter Umhang legte sich um den Thron, reichte bis zum Boden. Bei jeder Bewegung des Kaisers warf der seidene Stoff Wellen, die langsam an den Seiten herabrollten und sich im Saum verloren.

Akendors Gesicht wirkte bleich und leblos. Er hatte seine Augen in weite Ferne gerichtet; schwarz schimmerten sie im matten Licht. *Wie starker Wein aus dunklen Kellern!*, fuhr es Baniter durch den Kopf. Seine Majestät hatte offenbar Besseres vorgehabt, als dem Thronrat beizuwohnen. Binhipar und Scorutar hatten höchstpersönlich im Palastgarten erscheinen müssen, um ihn zu einem Meinungsumschwung zu bewegen. Zu gern wäre Baniter dabei gewesen.

Höhnisch beobachtete Baniter das ›Gespann‹. Binhipar, der bereits auf seinem Schemel Platz genommen hatte, starrte finster zum Kaiser empor. Seine Hände lagen geballt auf dem Tisch. Scorutar stand neben ihm, weit über Binhipars breite Schulter gebeugt, und redete in eindringlichem Flüsterton auf ihn ein. *Die Fürsten verstört, der Kaiser betrunken, und ich sitze hier, bereit, euch in der Luft zu zerfetzen!* Baniter fiel es schwer, seine Vorfreude auf das kommende Spektakel zu verbergen. Lächelnd verfolgte er, wie sich Scorutar aufrichtete und zu seinem Platz schritt. Eifrig winkte er einige Diener zu sich. Sie eilten herbei, Pergamentrollen in den Händen, breiteten diese auf der Tafel aus und beschwerten sie mit kleinen Sandbeuteln.

»Kaiserliche Hoheit, Fürsten des Reiches«, begann Scorutar, während er sich auf seinem Schemel niederließ, »mit Erleichterung sehe ich, dass die Angehörigen des Silbernen Kreises vollzählig erschienen sind. Selbst der ehrwürdige Fürst aus Ganata« – er warf Baniter einen spöttischen Blick zu – »ist rechtzeitig eingetroffen.«

Ja, lächle nur, Scorutar! Dein Grinsen soll dir im Gesicht festfrieren.

»Ich muss die Fürsten um Verzeihung bitten, dass ich diese Sitzung so überhastet einberief«, fuhr Scorutar fort. »Mir ist bewusst, dass viele aus unserem Kreis wichtige Geschäfte unterbrechen mussten, um nach Thax zu gelangen. Doch die Ereignisse in Kathyga ließen mir keine andere Wahl.« Er strich sich die Locken aus dem maskenartigen Gesicht. »Ich will keine unnötigen Worte verlieren. Wir alle sind uns des Ernstes der Lage bewusst. Seit geraumer Zeit haben wir das Auftreten dieser seltsamen Eindringlinge mit Sorge beobachtet. Schon in den letzten Sitzungen haben wir über die Gerüchte gesprochen, die uns aus Gyr und Candacar erreichten …«

»Gerüchte?«, entfuhr es einem der Fürsten voller Empörung. Es war Arkon Fhonsa, der Fürst von Thoka. Auf seiner dunklen Stirn perlte der Schweiß zorniger Erregung. »Nennt Ihr die Nachrichten von den grausamen Schlachten, in denen die Heere Candacars und Gyrs den Echsenwesen unterlagen, noch immer Gerüchte?«

»Inzwischen haben sie sich bewahrheitet«, fuhr Scorutar unbeirrt fort. »Die jüngste Meldung aus Kathyga hat uns bestätigt, dass die Goldéi, wie man sie in Candacar nennt, gefährlicher sind, als wir angenommen haben. Dies zwingt uns zu sofortigen Maßnahmen.«

Baniter spürte den wachsenden Unmut der Fürsten über Scorutars Worte. *Es wird Zeit, dass jemand diesem Heuchler ins Wort fährt.*

»Über diese Maßnahmen gilt es zu beraten«, fuhr Scorutar fort. »Zusammen mit Fürst Binhipar habe ich einige Erlasse vorbereitet, mit denen wir dem Problem begegnen werden. Dazu brauchen wir natürlich die Zustimmung des Rates – und ich hoffe, dass er sie uns in Anbetracht der bedrohlichen Lage auch erteilen wird.«

Baniter erhob sich. »›In Anbetracht der bedrohlichen Lage‹ … Wie schön Ihr das gesagt habt, Fürst Scorutar!«, rief er mit spitzer Stimme in den Saal. »Wenn ich mich allerdings an die letzte Sitzung erinnere, habt Ihr damals die Geschehnisse als weit weniger bedrohlich empfunden.« Zustimmendes Gemurmel erklang aus den Reihen der Fürsten. »Ich erinnere mich noch gut daran, wie Ihr sogar die Existenz dieser Echsen bezweifelt habt.«

»Wir haben keine Zeit für unangemessene Provokationen!«, donnerte Binhipar vom anderen Ende der Tafel. »Die Angelegenheit ist zu ernst!«

»Sie war es vor zwei Kalendern auch schon«, sagte Baniter lächelnd. »Es vergeht keine Woche, in der wir nicht von einem neuen Vorrücken dieser Kreaturen unterrichtet werden. Seit vielen Kalendern schon haben Fürsten aus dieser Runde gefordert, der Gefahr aufmerksam entgegenzutreten. Geschehen aber ist nichts!«

»Ein wahres Wort!«, pflichtete ihm Arkon Fhonsa bei.

»Wir wussten, dass sich die Echsen vor Kathyga sammelten.«

»Doch wir wussten nicht, dass König Eshandrom ihnen sein Land einfach schenken würde!«, schrie Binhipar zornig. »Wir hatten gehofft, er werde sich ihnen in einer Schlacht stellen. Das kathygische Heer hat bisher noch jeden Eindringling besiegt!«

»Eshandrom war schon immer ein Feigling!«, zischte Fürst Vildor. »Zwanzig Jahre ist es her, dass die kathygischen Truppen über den Rochen kamen, erinnert Ihr Euch?« Er rieb die knochigen Hände aneinander. »Sechstausend Soldaten, bis an die Zähne bewaffnet, und die Malkuda stand ihnen mit zweihundert Zauberern zur Seite.«

Fürst Vildor verstand es immer wieder, den Rat mit seinen Kriegsanekdoten zu langweilen; ein Thim eben, der Kopf voll gestopft mit Kriegsparolen und Heeresanordnungen. In den Kriegen gegen die Arphater hatte er zahlreiche Schlachten angeführt – immerhin erfolgreich, das musste man ihm zugestehen.

»Sechstausend Soldaten!«, dröhnte Vildors Stimme. »Sie hätten uns einfach überrennen können, hätten die Silberbucht einnehmen können, womöglich ganz Palgura. Aber Eshandrom war feige! Ein paar Misserfolge; zwei oder drei Stellungen fielen, frische Truppen aus dem Süden stießen zu unserem Heer. Schon verließ ihn der Mut. Sein Heer zog sich zurück, und er kroch zu uns und winselte um Gnade.« Die Verachtung in seiner Stimme war unüberhörbar. »Welch ein jämmerlicher Heerführer! Welch ein erbärmlicher König!«

»Und nun hat er sein Volk verkauft«, ergänzte Binhipar grimmig. »An Tiere! An eine widerwärtige Brut, die aus dem Nichts gekrochen ist.«

»Tiere – mag sein«, sagte Baniter. »Doch immerhin intelligent genug, um Eshandrom einen Vertrag anzubieten, der aus ihm einen Vasallen macht.« Er beobachtete Binhipar, der vor Zorn seine Hände an die Schläfen presste. Genüsslich hob er zum nächsten Satz an. »Einige aus unserer

Runde wollen noch immer nicht wahrhaben, dass wir die Echsen unterschätzt haben!«

»Was wollt Ihr damit sagen?«, fragte Binhipar drohend.

»Dass Eure Spione in Kathyga versagt haben«, erwiderte Baniter kühl. »Ihr wusstet weder, dass Eshandrom mit den Goldéi verhandelte, noch habt Ihr irgendetwas über ihre Vereinbarung in Erfahrung bringen können.«

»Ein Skandal!«, pflichtete ihm Arkon Fhonsa bei, der Fürst von Thoka. »Ich frage mich, was Ihr in den vergangenen Kalendern getrieben habt, Binhipar.«

»Ihr wisst, dass es in jüngster Zeit nicht einfach für uns war«, versuchte sich Scorutar zu verteidigen. »Wir hatten alle Hände voll damit zu tun, den Salzhandel vor dem Zugriff der troublinischen Kaufleute zu schützen. Dazu kamen die Meutereien auf Fareghi und Swaaing.«

»Deshalb habt Ihr die Lage in Kathyga vollkommen außer Acht gelassen?«, rief Arkon Fhonsa empört.

»Wer hätte denn eine solche Entwicklung für möglich gehalten«, tobte Binhipar, »wer konnte ahnen, dass ein König sein Land dahingibt?!«

Baniter zuckte mit den Achseln. »Offenbar wollte Eshandrom vor allem eines – seine Krone behalten.«

»… oder Schaden von seinem Land abwenden«, fügte Arkon Fhonsa hinzu. »Wir wissen, dass das Heer dieser Wesen stark ist und ihre Magie tödlich. Als sie Candacar eroberten, dachten wir noch, dass es eine Strafe für den Hochmut dieses Reiches sei, ein gottgewollter Todesstoß. Candacar war im Inneren verfault. Aber nachdem die Echsen Gyr überrannten, hätten wir misstrauisch werden müssen. Gyr war stark, seine Flotte mächtig. Dennoch unterlag es den Goldéi.«

»Den Echsen gelang es nur, den Norden Gyrs einzunehmen«, schränkte Baniter ein. »König Tarnac konnte in den Süden fliehen, und im ganzen Land toben Aufstände gegen die Eindringlinge. Sie sind nicht allmächtig – wenn man sie nicht unterschätzt.« Mit Genugtuung nahm er die verunsicherten Blicke zur Kenntnis, die sich Scorutar und Binhipar zuwarfen. »Ihr nennt sie Tiere, Binhipar«, fuhr Baniter fort. »Tiere, werter Fürst, kommen nicht aus dem Nichts. Sie bauen keine Schiffe, und sie besitzen keine magischen Kräfte. Es gibt sehr viel merkwürdiges Getier in unserer Welt – doch von so etwas habe ich noch niemals gehört.«

Scorutar winkte ab. »Ihr solltet dem Gefasel von den angeblichen magischen Kräften dieser Echsen und ihren goldenen Schiffen nicht zu viel Bedeutung beimessen«, sagte er abfällig. »Keiner weiß, wie viel von diesen Gerüchten der Wahrheit entspricht.«

»Schätzt Euch glücklich, dass Ihr die Wahrheit nicht kennt«, drang eine zitternde Stimme aus dem hinteren Teil des Saales, »denn die Wahrheit ist schrecklicher, als Ihr ahnt.«

Erstaunt blickte Baniter auf. Durch die breite Tür hatten zwei Männer den Thronsaal betreten. Den einen erkannte Baniter sofort: Es war kein Geringerer als Magro Fargh, der Hohepriester der Kirche des Tathril, ein alter, gebeugter Greis in einem weißen Umhang. Er stützte sich auf die Schulter eines jungen Priesters, ein wohl zwanzigjähriger Junge von schlaksiger Gestalt, dessen schmales Gesicht durch zahlreiche Narben verunstaltet wurde. Die unterwürfige Art, mit der er den Hohepriester stützte, ließ darauf schließen, dass es sich um Magro Farghs persönlichen Vertrauten handelte.

Baniter versuchte sich zu erinnern, wann er den Hohepriester zuletzt gesehen hatte. Es musste wohl ein Jahr her sein, bei einer der kirchlichen Feiern im Tempel zu Thax. Er war in der Zwischenzeit erschreckend gealtert; obgleich er schon damals gebrechlich und senil gewirkt hatte, schien er nun noch schwächer geworden zu sein. Seit Jahren wartete man auf sein Ableben.

Fürst Scorutar schien über die Anwesenheit Magro Farghs wenig begeistert. »Welch eine Ehre, dass der Hohepriester unserer Sitzung beiwohnt«, sagte er langsam. »Es ist lange her, dass Ihr uns mit Eurer Anwesenheit beglückt habt, Eure Heiligkeit!«

»Nicht länger, als dass Ihr den Tempel Eures Gottes mit Eurer Anwesenheit beglückt habt, Scorutar Suant«, erwiderte Magro Fargh voller Verachtung. »Ich bin gekommen, um Euch mit meinem Rat zur Seite zu stehen – so wie es meine Pflicht ist.«

Als Oberhaupt der Kirche besaß Magro Fargh das Recht, an den Thronratssitzungen als beratende Stimme teilzunehmen. Früher hatte Fargh von diesem Recht ausgiebig Gebrauch gemacht – und hatte den damals noch recht großen Einfluss der Kirche genutzt, um wichtige Entscheidungen der Fürsten zu beeinflussen. Doch seitdem im Thronrat das ›Gespann‹ die Zügel in der Hand hielt, war die Macht der Kirche empfindlich beschnitten worden. Magro Fargh wusste, dass er im Rat keinen Einfluss mehr besaß, und so hatte er es in den letzten Jahren gänzlich unterlassen, bei den Sitzungen zu erscheinen.

»Euer Rat ist uns stets eine unschätzbare Hilfe«, sagte Scorutar mit mildem Spott. Er wandte den Kopf zur Seite. »Bringt dem Oberhaupt unserer Kirche einen Schemel!«

Ein Diener kam augenblicklich dem Befehl nach. Langsam ließ sich der Greis mit Hilfe seines jungen Begleiters auf dem Schemel nieder. Angewidert beobachte Baniter, wie Magro Fargh auf dem Sitz in sich zusammensank, den Blick starr zur Decke gerichtet. Nur die Kinnlade bebte, und im offenen Mund glitzerte Speichel.

»Was habt Ihr uns mitzuteilen, Eure Heiligkeit?«, fragte Scorutar gedehnt.

Magro Fargh senkte den Kopf. Seine Augen waren geschlossen, als er zu sprechen begann. »Ich weiß, dass ich in Euren Augen nur ein alter Mann bin, alt und müde. Ich weiß auch, dass das Wort der Kirche in dieser Versammlung wenig zählt. Viele von Euch haben sich von Tathril abgewandt.«

Baniter stöhnte auf. War der Hohepriester gekommen, um eine Moralpredigt zu halten? *Ich spende dem Tempel nicht jährlich tausende von Goldmünzen, um mir dieses frömmelnde Gefasel anhören zu müssen.*

Magro Fargh hielt kurz inne. Dann fuhr er mit rascher Stimme fort. »Es wird eine Zeit kommen, in der Ihr es bereuen werdet, Euch vom Glauben entfernt zu haben! Und diese Zeit ist nicht mehr fern. Das Böse ist in unsere Welt gekommen! Ohne Tathril sind wir verloren.«

»Dann solltet Ihr in Euren Gebeten Tathril um Hilfe in unserem Kampf gegen die Goldéi bitten«, unterbrach ihn Scorutar ungeduldig. »Das ist Eure Aufgabe, Priester; unsere hingegen ist es zu handeln.«

»Ihr wisst nicht, was diese Kreaturen sind«, sagte der Hohepriester mit verbitterter Stimme. »Und wie solltet Ihr auch. Ihr wisst nichts von den Träumen, die mich Nacht für Nacht heimsuchen.« Er tastete mit seiner linken Hand nach seinem Begleiter, der ihn stützte. »Tathril hat mir die Gabe der Magie verliehen. Mit diesem Geschenk bin ich niemals leichtsinnig umgegangen; ich habe seine Kostbarkeit erkannt und nutze es nach Tathrils Willen. Jahr und Tag habe ich mein Wissen und meine Macht geschult, und heute ist sie so groß, dass ich mich ihr nicht mehr entziehen kann. Keine Sekunde, in der ich nicht ohne die Magie bin; mein Leben ist durch sie bestimmt, und auch mein Tod wird es sein.«

Zeit wäre es ja, dachte Baniter.

»Dies ist Tathrils Segen«, flüsterte Magro Fargh. »Doch manchmal erscheint er mir wie ein Fluch. Als die Goldéi aus dem Nichts zu uns kamen, spürte ich sofort ihre verdorbene Macht; sie legte sich wie flüssiges Blei um meine Sinne ...«, er fuhr sich mit der Hand über den Schädel, »... die Sphäre erzitterte vor ihnen und tobte. In der Nacht bin ich mit ihnen allein, bin ihnen ausgeliefert. Je näher sie zu uns dringen, desto stärker kann ich sie fühlen! Hass ist es, der sie beseelt, kalter, gottloser Hass; oft scheint es, als gälte er allein mir und meinesgleichen; und doch weiß ich, dass dies nicht die ganze Wahrheit ist.«

»Wer kennt schon die ganze Wahrheit«, höhnte Scorutar. »Tatsache ist, dass Ihr trotz Eurer magischen Fähigkeiten ebenso ratlos seid wie wir. Oder wisst Ihr, woher die Goldéi gekommen sind?«

Noch immer hielt der Greis die Lider geschlossen, auch wenn Baniter glaubte, hinter ihnen seine Augen hin und her tanzen zu sehen. »Nein, das ist mir unbekannt. Doch ich weiß, warum sie hier sind. Die magischen Quellen sind es, nach denen sie dürsten – die heiligen Orte, an denen Tathril die Magie band. Sie werden nicht ruhen, bis sie die letzte in ihre Gewalt gebracht haben.«

Baniter horchte auf. Der Sermon des Alten begann interessant zu werden. »Solche Gerüchte sind auch mir zu Ohren gekommen«, rief er. »Es heißt, dass die Goldéi sich während ihres Eroberungsfeldzuges besonders für die magischen Universitäten der Logen interessiert haben. In Candacar haben sie vier Schulen der Solcata dem Erdboden gleichgemacht, und aus Gyr hört man ähnliche Gerüchte.«

Perjan Lomis musterte Baniter mit besorgtem Blick. »Dann werden ihre magischen Kräfte dank der eroberten Quellen von Tag zu Tag größer.«

»Diesen gotteslästerlichen Kreaturen geht es nicht um Macht«, sagte Magro Fargh mit heiserer Stimme. Er hielt kurz inne; seine bläuliche Zunge kam zwischen den Lippen hervor und befeuchtete sie mit einem schmierigen Film. »Sie wollen die Quellen schänden und sie aus ihren Grenzen befreien, die der heilige Durta Slargin ihnen setzte, um das Gleichgewicht zwischen Eis und Feuer, zwischen Wachstum und Dürre zu wahren. Wenn die Quellen in die Hände der Goldéi fallen, werden die Kräfte der Natur wieder unkontrollierbar sein wie einst in der Alten Zeit. Dann werden wieder Feuerstürme über die Welt jagen, werden die Wälder unsere Städte überwuchern, die Moore unsere Dörfer verschlingen, die Meere unsere Küsten fortspülen. Der Fluch der Sphäre, vor dem Tathril die Menschheit rettete, wird uns ein zweites Mal heimsuchen.« Während dieser Worte öffnete er die Augen: winzige blinde Flecke, die im Licht der Öllampen trübe schimmerten.

Angewidert wandte sich Baniter von Magro Fargh ab. Sein Blick streifte das Gesicht des jungen Priesters, der Magro Farghs Körper stützte, und er bemerkte, dass dieser seinen Blick erwiderte. Für einen Moment glaubte Baniter in den dunkelgrauen Augen des Jungen Hass zu erkennen, hervorgerufen durch die Worte des Hohepriesters. Doch dann schlug der junge Priester rasch die Augen zu Boden.

Baniter erschauderte. Es gab etwas an diesem Jungen, das Unbehagen in ihm hervorrief. Der hasserfüllte Blick widersprach gänzlich der Unterwürfigkeit, mit der er zuvor den Hohepriester in den Raum geführt hatte. Aufmerksam beobachtete Baniter das narbengezeichnete Gesicht des jungen Priesters. Es drückte Teilnahmslosigkeit aus, doch Baniter war davon überzeugt, dass er das Gespräch sehr genau verfolgte.

»Die Zauberkunst der Goldéi ist zutiefst verdorben«, fuhr Magro Fargh fort. »Sie gewinnen ihre Macht auf eine fremde, mir unbekannte Weise. Doch ich versichere Euch: Diese Magie stammt nicht von Tathril, unserem Herrn!« Er streckte die knochige Hand aus. »Mein Kaiser! Ihr Fürsten des Reiches! Wir müssen diese Kreaturen vernichten. Wir müssen ihnen die heiligen Quellen, die sie erobert haben, wieder entreißen. Es ist Tathrils Wille!«

Baniter lächelte. Magro Farghs inbrünstig vorgetragene Worte hatten Eindruck bei den anderen Fürsten hinterlassen. Langsam erhob er sich. »Ihr hört, auch der Hohepriester der Kirche ist der Meinung, dass wir gegen die Bedrohung vorgehen müssen.«

Der Kaiser, der bisher eher abwesend gewirkt hatte, nickte zustimmend. »Ich denke, Fürst Baniter hat Recht. Es wäre unverantwortlich, die Gefahr weiterhin zu ignorieren.«

»Genau aus diesem Grund haben wir diese Sitzung einberufen, mein Kaiser«, behauptete Scorutar.

»Nachdem Ihr mehrere Kalender tatenlos zugeschaut habt!«, rief Arkon Fhonsa empört. Die meisten Fürsten nickten zustimmend. Baniter konnte nur mühsam ein Lächeln verbergen. *Die Stimmung wendet sich gegen dich, Scorutar! Wie willst du dich aus dieser Schlinge herauswinden?*

»Diese Unterstellung ist infam«, antwortete Scorutar gelassen. »Wir haben die Ereignisse mit wachsamen Augen verfolgt und so gehandelt, wie das Wohl des Reiches es erfordert.«

»Ist es im Wohl des Reiches, ein heranrückendes Heer bewaffneter, zauberkundiger Echsen zu ignorieren?«, höhnte Baniter.

Scorutar lächelte. »Wie wenig Ihr doch vom Kriegshandwerk versteht! Es gilt, den Feind zu beobachten und seine nächsten Schritte zu bedenken.« Seine Hand fuhr hastig über die ausgebreiteten Karten. »Unseren Informationen nach sammeln sich die Goldéi nördlich von Larambroge. Einzelne Horden durchstreifen das Land und besetzen die verbliebenen aufständischen Burgen und Städte.« Er zeigte langsam auf eine rot markierte Fläche östlich Kathygas. »Der Großteil des Heeres ist hingegen in Richtung Westen aufgebrochen. Es ist nur zu offensichtlich, was ihr nächstes Ziel werden soll … sie wollen auf Arphat marschieren!«

Schweigen.

Arphat! Es war erstaunlich, welche Gefühle dieses Wort noch immer auszulösen vermochte, nach all den Jahren. Von einem Moment auf den anderen schienen die Gesichter der Fürsten wie verwandelt, und ihre Augen glitzerten kalt, kaum dass jenes Wort gefallen war. Arphat! Der Name des Todfeindes. Das Land der Heimtücke und des Verrats, der Kriegstreiber, der Vertragsbrecher …

»Das ist nun einmal eine gute Nachricht«, geiferte es vom Ende der Tafel. Natürlich! Hamalov Lomis, die armselige Marionette des ›Gespanns‹. Er liebte es, die Dinge auf den Punkt zu bringen, vor allem, wenn dies überflüssig oder unangebracht war. »Ich hoffe, dass sie Arphat dem Erdboden gleichmachen; jedes Haus anzünden, jedes Feld verwüsten und die Arphater in Stücke reißen. Mir soll es recht sein.« Hamalovs Augen hingen an den Lippen des Kaisers, und als dieser nickte, fuhr er ermutigt fort. »Wie viele Kriege haben sie gegen uns angezettelt? Wie oft haben sie unsere Provinzen geplündert? Seitdem Arphat existiert, hat der Süden darunter gelitten. Unsere Vorfahren wurden unter der Sonnenflagge versklavt und ermordet, und als wir die Tyrannen vertrieben, planten sie unsere Vernichtung. Seitdem versuchen sie, unser Reich zu zerstören.«

»Und oft schien es, als könnte es ihnen gelingen«, pflichtete ihm Fürst Vildor bei. »Es ist kaum fünfzehn Jahre her, dass ihre Heere in Thax einmarschierten; dass ihre Krieger diese Stadt, die heute Hauptstadt unseres Reiches ist, mit ihren bluttriefenden Stiefeln schändeten.«

Welch ein pathetischer Schwachsinn, dachte Baniter verärgert.

Der Kaiser nickte. »Ja, ich erinnere mich. Es war ein furchtbarer Krieg.« Seine Stimme war leise, kaum zu vernehmen. »Ich weiß noch, wie ein Bote meinem Vater die Nachricht überbrachte. Wie zornig war er! Ich weiß, wie er vor mir stand und mich anschrie, als wäre es meine Schuld. ›Ich zahle es ihnen heim‹, schrie er, ›ich werde sie alle erschlagen, jeden Einzelnen!‹ – und dann zog er das schwarze Kaufmannsgewand an, ließ sich seinen Helm bringen, sein Schwert, und ging fort, ohne ein Wort zu sagen …«

Die Fürsten senkten betroffen den Blick. Kaiser Torsunt war gefallen in dieser Schlacht, während des letzten Sturms auf die fliehenden Truppen Arphats. Akendor hatte seinen Vater nicht mehr wieder gesehen – und war bald darauf Kaiser geworden, im Alter von fünfzehn Jahren. So hatte das Elend angefangen …

»Euer Vater hat damals die Arphater aus Thax vertrieben«, sagte Binhipar mit ungewohnter Milde. »Doch während er fiel – und mit ihm hunderte der tapfersten Krieger –, trug Arphat nur geringe Verluste davon.«

»Diesmal werden sie einen höheren Blutzoll zu entrichten haben«, fügte Scorutar hinzu. »Ihre Verluste gegen die Echsen werden verheerend sein.«

Baniter fuhr empor. »Ist etwa das Euer Plan, Scorutar? Wollt Ihr zusehen, wie die Goldéi Arphat erobern?« Seine Augen waren voller Verachtung. »Glaubt Ihr denn, sie werden vor unseren Grenzen Halt machen?« Er blickte in die

Runde der Fürsten. »Wenn die Goldéi Arphat schlagen, werden sie auch uns überrennen.«

Scorutar lächelte ungläubig. »Die Echsen können Arphat niemals besiegen. Und falls es ihnen doch gelingen sollte, werden sie so geschwächt sein, dass sie keine Gefahr mehr darstellen.«

Arkon Fhonsa blickte ihn misstrauisch an. »Immerhin haben die Echsen Gyr und Candacar besiegt, vergesst das nicht. Wir sollten nicht leichtsinnig auf einen Sieg Arphats vertrauen.«

»Das halte auch ich für falsch«, sagte Perjan Lomis, der Fürst von Morthyl. Er hatte sich bisher aus der Debatte herausgehalten, jedoch sämtliche Einwürfe Baniters mit einem zustimmenden Nicken abgesegnet. Nun ergriff der geschickte Stratege aus Morthyl selbst das Wort. »Ihr habt die Warnungen des Hohepriesters gehört. Vielleicht sind die Goldéi stärker, als wir ahnen. Man hört so einige Geschichten – etwa über die seltsamen Schiffe, die vor Gyrs Küste gesichtet wurden …«

Baniter lächelte. *Schiffe, die eines Tages auch vor der Küste von Morthyl auftauchen könnten … verständlich, dass du dir Sorgen machst, Perjan.*

»Nichts als alberne Märchen!«, zischte Scorutar.

Arkon Fhonsa fixierte ihn misstrauisch. »Es ist bekümmernd, mit welcher Sorglosigkeit Ihr diese Gefahr behandelt. Ich hoffe nicht, dass Ihr das Wohl des Reiches aus den Augen verloren habt!«

Jetzt wird es gefährlich!, dachte Baniter.

Scorutar wich Arkons Blick aus. »Keineswegs! Wie ich bereits zu erklären versuchte, habe ich mich mit Fürst Binhipar auf eine Verteidigungsstrategie verständigt, falls die Echsen einen Angriff wagen.«

»Eure ›Verteidigungsstrategie‹ ist es, geduldig mit anzusehen, wie die Goldéi quer durch Arphat bis an unsere Grenze marschieren?«, höhnte Baniter.

Scorutar blickte feindselig zu ihm herüber. »Wir gewinnen dabei wertvolle Zeit – Zeit, um in aller Ruhe ein Heer einzuberufen, das ihnen das Fürchten lehren wird.« Er zog eine schmale Schriftrolle empor. »Dies ist ein Erlass, der lediglich noch der Zustimmung des Silbernen Kreises bedarf – ein Erlass zur Verstärkung des Heeres um zehntausend Krieger. Weitere Aufstockungen betreffen die Flotte im Silbermeer und die Ritterschaft der Weißen und der Schwarzen Klippen. So werden wir den Goldéi die Stirn bieten können.«

Daher also weht der Wind, dachte Baniter verbittert. Die Ritter der Klippen waren Fürst Binhipar bekanntermaßen treu ergeben, und die Flotte stand seit Jahren unter Scorutars Oberbefehl. *Das ›Gespann‹ will sich von uns die Aufrüstung seiner persönlichen Schutzheere finanzieren lassen – ein raffinierter Plan.*

Auch Arkon Fhonsa schien die wahren Absichten Scorutars durchschaut zu haben. »Wozu soll das gut sein?«, fragte er misstrauisch. »Wir haben bereits das größte Heer des Kontinents! Allein die Bereitstellung der Krieger wird uns ein Vermögen kosten. Wozu sollen wir Unsummen in eine weitere Aufrüstung stecken?«

»Weil dies der richtige Zeitpunkt ist«, behauptete Scorutar. »Gyr und Candacar liegen in Trümmern, Kathyga ist von den Goldéi erobert, und Arphat muss sich gegen die Echsen behaupten. Es ist die beste Gelegenheit, unser Heer ungestört zu neuer Stärke zu bringen.«

»Wir haben weder Zeit noch Geld für diese irrsinnigen Pläne«, rief Baniter wütend. »Die Goldéi marschieren auf unsere Grenzen zu. Wir müssen ihnen entgegentreten, statt unsere Zeit mit Machtspielchen zu vergeuden.«

»Die Goldéi werden mindestens ein halbes Jahr mit Arphats Truppen beschäftigt sein«, behauptete Scorutar.

Baniter stieß ein grimmiges Lachen hervor. »Und wenn sich die Königin von Arphat den Goldéi unterwirft, so wie Eshandrom es tat? Habt Ihr auch diese Möglichkeit in Betracht gezogen, Fürst Scorutar?«

Es herrschte Stille im Thronsaal. Baniter studierte zufrieden die Gesichter der Fürsten. *Jetzt erst haben sie die Gefahr begriffen, diese armseligen Schwachköpfe.*

»Unfug!«, schrie Binhipar mit seiner donnernden Stimme. »Königin Inthara würde sich niemals den Echsen ergeben. Arphat ist zu stolz!«

»Was gilt schon Stolz gegen einen Feind, der Candacar und Gyr besiegt hat und dem sich der mächtige König Eshandrom beugte!« Baniter genoss, wie die Fürsten mit jedem seiner Worte bleicher wurden. »Nein, Binhipar, Ihr könnt Euer Versagen nicht leugnen. Ihr habt es versäumt, rechtzeitig das Heer einzuberufen. Ihr habt tatenlos zugesehen, wie sich Kathyga den Echsen ergab. Ihr habt zugelassen, dass die Goldéi dicht vor unseren Grenzen stehen. Und noch immer, so scheint es, habt Ihr die drohende Gefahr nicht erkannt und besitzt keine Strategie, um sie aufzuhalten.« Er hörte zustimmendes Gemurmel aus den Reihen der Fürsten. »Darum warne ich Euch, nun einen weiteren Fehler zu begehen! Wir dürfen nicht darauf vertrauen, dass uns ausgerechnet unsere Todfeinde, die Arphater, die lästigen Echsen vom Hals schaffen.«

»Genug, Baniter!«, brüllte Binhipar mit donnernder Stimme. »Ihr sprecht wie ein Feigling, nicht wie ein besonnenes Mitglied des Rates!«

»Nicht so besonnen wie Ihr, mag sein«, antwortete Baniter.

»Ich bin es leid, mir Eure Verleumdungen anhören zu müssen«, tobte Binhipar. »So hat schon einmal ein Mitglied Eurer Familie gesprochen – Euer Großvater! Ihr scheint sein würdiger Nachfolger zu sein!«

Baniter taumelte wie von einem Schlag getroffen. Seine Stimme zitterte. »Nehmt das zurück!« Und brüllte: »Nehmt das zurück, wenn Ihr nicht wollt, dass ich zwei Schwerter kommen lasse!«

»Lasst uns vernünftig bleiben!«, rief Scorutar beschwichtigend.

»Den Fürsten von Palidon hat die Vernunft verlassen, wenn er glaubt, mich beleidigen zu können!«, tobte Baniter. Sein Gesicht war rot angelaufen.

Scorutar hob beruhigend die Hände. »Er wird sich dafür

entschuldigen.« Er bedachte Binhipar mit einem stählernen Blick.

Binhipar öffnete den Mund, schien widersprechen zu wollen; doch dann fielen seine breiten Schultern nach vorne. »Ihr habt Recht – ja … Verzeiht mir, Baniter. Der Zorn hat mir falsche Worte in den Mund gelegt – unpassende Worte …«

»Ich will sie vergessen«, zischte Baniter. Er wandte sich dem Thron zu: »Ich weiß, dass meine Rede hitzig geführt war, Majestät. Doch Ihr müsst mir glauben, dass sie meiner Sorge um Sithar entsprang. Wenn die Goldéi erst an unseren Grenzen stehen, wird keine Zeit mehr für Bedenken bleiben. Dann werden wir um unser Leben kämpfen müssen.« Langsam setzte er sich. *Gib Acht, Baniter; du darfst dich nicht ein zweites Mal provozieren lassen.*

»Fürst Baniter hat uns lebhaft seine Ängste bezüglich der Goldéi geschildert – und ich teile seine Meinung in vielen Punkten«, hörte er Scorutar mit scheinheiliger Stimme sagen. »Dennoch – lasst uns nicht aus den Augen verlieren, dass unser Heer seit zweihundert Jahren keinen Krieg verloren hat! Auch die Echsen werden an unserer Stärke scheitern.« Er hielt erneut die Schriftrolle empor. »Mit diesem Erlass wird unser Schutz vollkommen sein. Wenn wir das Heer verstärken, wie es Binhipar und ich vorgeschlagen haben, wird jeder Ansturm der Goldéi vergeblich sein.«

Die Fürsten blickten verunsichert zu Baniter. Er spürte, dass sie auf ein Widerwort von seiner Seite warteten.

»Euer Erlass dient allein dem Schutz bestimmter Fürstentümer«, sagte er mit ätzender Stimme. »Für das gesamte Kaiserreich bringt es nur horrende Kosten und lenkt von der Gefahr ab, in der wir schweben. Wir müssen gegen die Goldéi vorgehen – jetzt und nicht erst in einem halben Jahr.«

»Wahr gesprochen«, rief Arkon Fhonsa, und Fürst Perjan nickte eifrig, um seine Zustimmung zu zeigen.

Scorutar starrte Baniter wütend an. »Ihr haltet Euch offenbar für den geborenen Strategen. Habt Ihr einen besseren Vorschlag?«

Baniter erwiderte den Blick mit einem kalten Lächeln. »Ja, den habe ich. Es wird mir eine Ehre sein, ihn dem Silbernen Kreis zu präsentieren.«

Arkon Fhonsa musterte ihn neugierig. »Lasst uns Euren Vorschlag hören! Vielleicht bringt er uns weiter.«

Scorutar hatte noch immer den Blick starr auf Baniter gerichtet. Man sah, dass in ihm der Zorn schwelte. »Ja, lasst ihn uns hören«, giftete er. »Ich bin außerordentlich gespannt auf Eure Ausführungen!«

Baniter schüttelte den Kopf. »Ich will nicht gegen einen Erlass das Wort erheben, der offen im Raum steht. Wenn Ihr mir jedoch etwas Zeit gewährt, werde ich einen offiziellen Antrag ausarbeiten und dem Rat vorlegen.« *Und bis dahin, Scorutar, werde ich die Fürsten auf meiner Seite haben, das schwöre ich dir.*

Die Augen der Fürsten wanderten erwartungsvoll zum Thron. Kaiser Akendor nickte langsam, die Hände auf dem Schoß gefaltet. »Dann werde ich die Abstimmung vorerst aussetzen. Lasst uns in drei Tagen wieder zusammenkommen. Ich denke, dass Fürst Baniter bis dahin einen geeigneten Entwurf vorlegen kann.«

»Drei Tage?«, schrie Binhipar voller Zorn und schlug mit der flachen Hand auf den Tisch, sodass dieser erbebte. »Sollen wir drei Tage verschwenden, um auf diesen Unsinn zu warten?«

Der Kaiser wich seinem Blick aus. »Drei Tage! Das ist meine Entscheidung«, sagte er leise. Hastig richtete er sich auf und stieg vom Thron herab, um jeden weiteren Widerspruch unmöglich machen.

Baniter lächelte zufrieden. *Drei Tage! Das ist mehr Zeit, als ich mir erhofft habe … und Zeit genug, um dem ›Gespann‹ zu zeigen, wozu ein Baniter Geneder fähig ist, wenn man ihm die Zügel in die Hand gibt!*

KAPITEL 2

Körper

Er konnte sie spüren. Sie war weit entfernt, weit genug, um seine Anwesenheit nicht wahrnehmen zu können; denn wäre sie dazu in der Lage gewesen, hätte sie bittere Rache geübt, hätte sich voller Zorn auf ihn gestürzt und ihn zerfetzt – ihn, der sie so lange geknechtet, der ihr solch unsägliche Schmerzen zugefügt, der schamlos von ihrer Kraft gezehrt hatte.

Die Träne des Nordens war weit entfernt; dennoch konnte Sorturo sie spüren. Die Sphäre war durchtränkt von ihr; und nun, da sie frei war und sich vollkommen entfaltet hatte, war der gleißende Schimmer, den sie ausstrahlte, überwältigend.

Sorturo fuhr auf, als ein feuchter Atemhauch seinen Nacken streifte. »Du bist schwach, so schwach«, hörte er eine zischende Stimme, und ein widerlich süßer, fremder Geruch drang in seine Nase. Als Sorturo die Augen öffnete, stöhnte er vor Furcht und Ekel, als er neben sich die schimmernden Schuppen erblickte, die nass glitzernden Augen. Er verspürte das jähe Verlangen, nach der Magie der Quelle zu greifen, sie zu einer zerstörerischen Woge zu biegen und der Echse den Kopf vom Hals zu reißen. Doch er riss sich zusammen. Zu gefährlich … noch würde er der Quelle nicht standhalten können, nicht in seinem jetzigen Zustand … musste erst zu Kräften kommen …

»Sie ist nun stärker als du«, zischte der Goldéi. »Deine Macht ist dahin.«

Angewidert wandte Sorturo den Kopf zur Seite und rang nach Luft. Doch das Geschöpf packte ihn mit seiner funkelnden Klaue am Kinn. Es klirrte metallisch in den Gelenken, als rastete ein Schloss ein, und warmes Blut rann über die messerscharfen Sporne. »So schwach bist du, und meintest doch, sie vernichten zu können«, zischte der Goldéi hasserfüllt. »Fast wäre er gelungen, dein feiger Plan!«

»Wohin habt ihr mich verschleppt?«, würgte Sorturo hervor.

»Dorthin, wo du keinen Schaden anrichten kannst«, geiferte der Goldéi, »wo wir dir die Gabe nehmen können! Hast sie dir erschlichen, hast sie missbraucht; nun werden wir sie dir nehmen für alle Zeit!«

Entsetzt blickte Sorturo in die schillernden Augen des Goldéi. Dann fuhr sein Blick herum. Er lag gefesselt auf dem nackten Boden inmitten einer tristen Wildnis, dunkles Gestrüpp und einige Birken. Unweit von ihm waren mehrere Goldéi damit beschäftigt, im nassen Sandboden eine Grube auszuheben. Sorturo blickte an sich herab und entsann sich seiner verwundeten Schulter. Sie war mit einem grauen Tuch verbunden, durchtränkt von Blut.

»Was habt ihr mit dem Jungen gemacht?«, stöhnte Sorturo. Panisch blickte er um sich und begann zu schreien, »Laghanos! Laghanos!«; doch seine Stimme erstickte, als der Goldéi ihm die Kehle zudrückte.

Er hörte einen rauen Befehlsruf. Die Echsen hielten in ihrer Arbeit inne und sahen sich um. Schließlich wichen sie zurück, bildeten eine Gasse und gaben den Blick auf eine Gestalt frei, die sich ihnen näherte. Augenblicklich ließ Sorturos Peiniger von dem Zauberer ab.

Hustend blickte Sorturo zu dem Goldéi auf, der ihm entgegen schritt. Er war schmächtiger als seine Artgenossen; seine Schuppen funkelten in einem dunklen Rot, und sein Schädel war schmal und länglich geformt. Er trug ein purpurnes Gewand; dieses aber war zerschlissen und mit dunklen Flecken bedeckt, gezeichnet von den Spuren eines Kampfes. Ein klobiger Gegenstand zeichnete sich unter dem Stoff ab.

Der Goldéi blieb vor Sorturo stehen. Mit starrem Blick

betrachtete er den Zauberer. »Du weißt, wer ich bin«, sagte er. Seine Stimme klang weich und monoton.

»Du bist ihr Anführer, nicht wahr?«, stieß Sorturo hervor. »Ein Scaduif.«

Der Goldéi beugte sich zu ihm herab. »Anführer … ein Wort deiner Welt! Wegführer, dies wäre die bessere Bezeichnung. Ich führte sie durch das Licht und durch die Dunkelheit.« Er hielt kurz inne. »Man gab mir den Namen Aquazzan. So sollst du mich nennen, Sorturo.«

»Woher kennst du meinen Namen?«, schrie Sorturo.

Aquazzan schlug den Umhang zurück, und Sorturo erkannte den ledernen Einband eines Buches. »Hier las ich ihn, in diesem Buch. Wie dumm von euch, es nicht zu verbrennen, wie ihr es mit den anderen Schriften getan habt. Dieses war das Wichtigste für uns.«

Sorturo senkte den Blick.

»Wie hinterhältig von euch, das Auge schließen zu wollen«, vernahm er die Stimme des Scaduif. »Beinahe wäre es euch gelungen. Doch rechtzeitig haben wir es befreit. Werden sie alle befreien …«

Sorturo schloss die Augen. »Ich wusste es«, flüsterte er.

»Sie werden frei sein«, sagte Aquazzan. »Die Tore werden aufgestoßen, die unseren Brüdern den Weg versperren. Und dann, eines Tages, wird Drafur zurückkehren.«

»Ihr widerwärtigen Kreaturen!« Sorturo bäumte sich auf. Ein stechender Schmerz schoss durch seine Schulter. Die Wunde war erneut aufgeplatzt.

Aquazzan starrte auf das Blut, das in den Sand sickerte. Er streckte seine Klaue aus und legte sie auf Sorturos Arm. Eine angenehme Kälte durchflutete die Schulter des Zauberers. Sorturo stöhnte auf. Er sah, wie Blut unter dem Tuch hervordrang und die Klauen des Goldéi benetzte. Dann riss der Scaduif mit einem Ruck das Tuch fort. Die Wunde hatte sich geschlossen.

Der Goldéi betrachtete das Blut, das an seinen Klauen herab rann. »Wir kamen nicht, um zu töten.«

»Willst du mich verspotten?«, schrie Sorturo. »Unzählige

haben im Kampf gegen euch das Leben gelassen! Mord und Angst – das habt ihr über die Welt gebracht.«

»Wir kamen, um zu leben.« Aquazzans Stimme klang verbittert. »Eure Gier hat uns zu euch geführt.« Er ließ seine Klaue sinken. »Es ist nur der Anfang …«

Sorturos Atem ging rasch. »Oh, ich weiß, wovon du sprichst! Ich sah das Wesen, das aus der Quelle hervorstieg – jenes Wesen, das Charog tötete!«

Der Blick des Goldéi blieb starr. »Manche von uns sind voller Hass. Sie wollen euren Tod. Doch sie werden euch nichts tun. Wenn Drafurs Herrschaft angebrochen ist, wird ihr Zorn sich legen.« Er richtete sich auf. »Werden dich deiner Macht berauben. Wirst sie niemals mehr gegen uns verwenden.«

Sorturo begann zu zittern. »Tut mir das nicht an! Ich bitte dich, schlage mich nicht mit dieser Strafe!«

»Wie kannst du es wagen, um Gnade zu betteln?«, zischte Aquazzan. »Ich habe dein Buch gelesen! Du wusstest von uns und unserem Leid, und doch wuchs deine Gier ins Unermessliche.« Er schleuderte das Buch zu Boden. Die Kanten gruben sich in den Sand. »Von uns kannst du kein Mitleid erwarten.«

»Aber der Junge!«, flüsterte Sorturo. »Laghanos, mein Schüler … er wusste von nichts. Er handelte allein aufgrund meiner Befehle. Er ist noch ein Kind!«

»Der Junge?« Aquazzan schien nachzudenken. »Seine Fähigkeiten sind von besonderer Art. Wird nicht nötig sein, ihm die Gabe zu nehmen. Denn nun ist das Auge befreit. Er ist zu unerfahren, um sich der Veränderung anzupassen.«

»Lasst mich ihn sehen!«, flehte Sorturo.

»Einmal noch wirst du ihn sehen – ein letztes Mal«, herrschte Aquazzan ihn an. »Danach wird er unser Schüler sein. Werden ihn lehren, seine Gabe in unserem Sinn anzuwenden. Bald wird das, was du ihm beibrachtest, nichts als Verachtung in ihm hervorrufen.«

»Ihr Dämonen!«, schrie Sorturo. »Ihr Tiere! Man wird euch vernichten, wie ihr es verdient!«

Aquazzan schwieg. Hinter ihm versammelten sich die Goldéi um die Grube. Sie knieten nieder und schoben ihre Klauen in den nassen Sand. Ein Zucken ging durch ihre Körper. Der Boden schien zu stöhnen; Sandfäden warfen sich auf wie schwere Wellen; tiefschwarze Löcher platzten im Erdreich auf, wurden größer, strebten aufeinander zu, vereinten sich. Ein Summen schwoll in Sorturos Kopf an, dumpf und bösartig, wurde lauter, je mehr sich die Grube mit flüssigem Silber füllte, das sie aus dem Erdreich zogen.

Wie beiläufig schlug Aquazzan ein Zeichen über das am Boden liegende Buch. Die Seiten bogen sich auseinander. Kleine Flammen trieben über sie hinweg und verwandelten sie in Asche. »Nun brauchen wir dein Buch nicht mehr, Sorturo. Wir rauben unsere Magie nicht aus den Quellen, wie ihr es tatet. Nehmen nur das, was sie uns zu geben bereit sind. Du aber, Sorturo, wirst die Kraft niemals mehr missbrauchen. Es ist eine milde Strafe für das Leid, das du geschaffen hast.«

Und während Sorturo zu schreien begann, ließ Aquazzan ihn zu der Grube hinüberschleifen, in der siedendheiß das geschmolzene Silber kochte.

❦

Laghanos hörte Stimmen. Aus der Finsternis drangen sie zu ihm, kaum zu verstehen; oft waren es fremde Worte einer fremden Sprache, die er nie zuvor gehört hatte; dann wieder schienen ihm die zischenden Laute vertraut zu sein. Es war ein Traum, doch er vermochte nicht aus ihm zu erwachen, konnte nicht die Augen öffnen, sich nicht bewegen. Er war in seinem eigenen Körper gefangen: er selbst sein eigener Kerker, und um ihn die Stimmen, die mal mit ihm sprachen, mal ungeachtet seiner Gegenwart verhallten.

War dies die Strafe? War dies der Augenblick, vor dem er sich gefürchtet hatte, sein Leben lang; seit der Stunde, in der er zum ersten Mal nach IHR gegriffen hatte in jäher Erkenntnis, dass SIE nicht ihm gehörte, dass es VERBOTEN war, SIE zu benutzen?

Er erinnerte sich an das verlorene Dreckloch an der Küste Kathygas, wo er aus dem ausgemergelten Körper seiner Mutter in den Schmutz gefallen war; an den Gestank der eitrigen Wunden, die ihren Körper bedeckt hatten; und wie hatte er diesen Geruch geliebt, der an ihm geklebt hatte wie eine zweite Haut.

In Gedanken sah er ihre verstörten Blicke, wenn sie ihn am Morgen allein zurückließ, an ihr bleiches Gesicht, wenn sie bei der Rückkehr den löchrigen Filz zur Seite schob, der ihren Lebensraum von der Außenwelt abtrennte; er hörte das Husten und die Schreie, die aus den Nachbarparzellen erklangen, Tag und Nacht; sah, wie seine Mutter sich stumm in die Ecke kauerte, sich die Ohren zuhielt und ihre Knie zusammenpresste. Er fühlte ihren Schmerz und ihre Todessehnsucht und war doch unfähig, ihr zu helfen, sie zu trösten; denn selbst die Berührung seiner kleinen Hände war ihr unerträglich; dann schrie sie ihn an, schleuderte ihn zu Boden, und Tränen schossen ihr in die Augen.

Doch dann, eines Tages, hatte Laghanos entdeckt, dass er sie allein durch seine Gedanken berühren konnte – ALLEIN DURCH SEINEN WILLEN. Er konnte sie streicheln, ihr Gesicht, ihr wunderschönes Haar; konnte ihr leise ins Ohr flüstern, wie sehr er sie liebte. Er konnte sogar ihren Schmerz lindern und den Ekel, den sie vor ihrem Körper empfand. Er konnte ihr Trost spenden, ohne dass sie es merkte – ALLEIN DURCH SEINEN WILLEN. So hatte er zum ersten Mal ein Lächeln auf ihren Lippen gesehen. Welch ein Hochgefühl – ein Rausch, den er steigern musste. Als die schleichende Krankheit sich immer weiter in ihrem Körper ausbreitete, ihr Leib blau und fahl wurde, nahm er ihr das Gespür für die Schmerzen und auch ihre Todesangst – es gelang ALLEIN DURCH SEINEN WILLEN. Dann versuchte er, ihre Wunden zu schließen, indem er mit den Fingern über sie strich – und es gelang!

Doch mit der Erkenntnis, ALLEIN DURCH SEINEN WIL-

LEN diese wundersamen Dinge bewirken zu können, war auch die Angst gekommen. Denn diese Kraft, über die er verfügte – er nahm sie sich einfach, griff sie aus der Luft, obgleich er spürte, dass SIE ihm nicht gehörte.

›Dann kamen sie und holten dich‹, zischte es neben seinem Ohr.

Ja, er erinnerte sich an jenen schrecklichen Abend. Er hatte ruhig in den Armen seiner Mutter gelegen und dem Schlaf entgegengedämmert. Plötzlich erhallte Lärm, Rufe, hastige Schritte; Hände rissen den Vorhang zurück, der Stoff zerriss, und zwei Frauen in grünen Gewändern drängten sich in den Raum; harte, strenge Gesichter, weiß geschminkt; sie eilten auf ihn zu, packten seinen Arm. Laghanos hatte sofort gewusst, weshalb sie gekommen waren, SIE KOMMEN, UM DICH ZU BESTRAFEN, sie rissen ihn empor, seine Mutter krallte sich in seinem Haar fest, weinte, brüllte, *Nehmt ihn mir nicht fort!*, doch die Frauen drückten sie mit sanfter Gewalt auf ihr Lager zurück und redeten in einem beschwörenden Tonfall auf sie ein; dass er, Laghanos, mit ihnen kommen müsse, dass sein Leben sonst in Gefahr sei und auch das ihre; und dass es ihm gut gehen werde in den Händen der Malkuda; die Malkuda werde sich um ihn kümmern; *und du, Frau, nimm das hier, nimm schon,* sie warfen ihr einen Lederbeutel in den Schoß. Sofort ließ die Mutter ihn los, ihr Weinen verstummte, und Laghanos war unfähig, sich zu rühren, sich zu wehren. So war das Letzte, was er von ihr gesehen hatte, ihr verfilztes Haar gewesen, hinter dem ihr Gesicht verschwand, während sie den Beutel mit raschen Fingern an sich nahm. Laghanos hatte geschwiegen, hatte noch immer geglaubt, dass sie gekommen waren, UM IHN ZU BESTRAFEN für den Gebrauch jener Kraft. Viel später erst sollte er erkennen, dass sie ihn geholt hatten, weil er war wie sie – genau wie sie …

›So nahm dich die Malkuda in ihren Besitz!‹, flüsterte die Stimme neben ihm. ›Machte dich zu einem der ihren, verdarben das unschuldige Kind, das du warst.‹

›Nein – das ist nicht wahr!‹, schrie es in Laghanos auf. ›Sie gaben mir die Kraft zu leben; sie lehrten mich, die Magie zu nutzen. Sie zeigten mir das Wissen der Welt.‹ Sein Zorn brachte das Dunkel zum Glühen, und er erkannte die kalten Augen einer Echse.

›Das Wissen der Welt‹, höhnte die Stimme. ›Glaubtest du wirklich, es bei der Malkuda erlernen zu können? Welches Wissen und welche Welt? Es gibt unzählige davon. Lebst selbst in mehreren, taumelst zwischen ihnen hin und her wie ein Fremder. Aus der Welt deiner Kindheit riss die Malkuda dich, als sie dich deiner Mutter fortnahm.‹

Laghanos zitterte. ›Die Malkuda gab mir ein neues Leben!‹ Zorn stieg in ihm auf. ›Und ihr habt es zerstört! Ihr habt die Universität vernichtet, habt Charog ermordet … ihr seid nichts als Mörder!‹

Sein Hass brach in siedend heißen Feuern aus ihm hervor, sodass die Augen des Goldéi dahinschmolzen: zwei schwarze Flecken, von denen sich die Haut schälte.

❦

Das Erwachen war grauenvoll.

Kalt pfiff der Wind um ihn. Die Dunkelheit wollte nicht weichen. Seine Glieder schmerzten. Die Hände, die ihm hinter dem Rücken zusammengebunden waren, schienen wie abgestorben. Sein Hals fühlte sich rau und trocken an.

»Es ist gut, dass du endlich erwacht bist, Laghanos«, hörte er hinter sich ein Flüstern.

Sorturo! Ja, es war Sorturos Stimme! Laghanos warf den Kopf herum. »Meister«, seine Stimme war heiser, »oh, Ihr lebt, Sorturo!«

»Ja, ich lebe«, flüsterte Sorturo. »Und ich bin bei dir, das ist das Wichtigste.«

Verzweifelt wand Laghanos den Kopf hin und her. »Ich kann Euch nicht sehen!«

»Ich habe sie gebeten, dir die Augen zu verbinden.« Sorturos Stimme zitterte. »Ich bin ihnen dankbar dafür; dankbar, dass du mich nicht sehen kannst.« Mühsam presste er die Worte hervor. »Dies ist das Ende; das Ende der Universität, das Ende unserer Macht. O Charog, warum haben wir nicht früher gehandelt? Wir kannten die Wahrheit – und wollten sie nicht wahrhaben!«

Langsam wälzte sich Laghanos in die Richtung, aus der Sorturos Stimme kam. Schmerzen zuckten durch seine Glieder. Doch er schob sich weiter.

»Sie haben uns nicht getötet«, wisperte Sorturo. »Doch ihre Strafe ist schlimmer als der Tod.«

Sorturos Stimme war ganz nah. Stück für Stück wälzte sich Laghanos weiter. Seine nackten Fersen schabten im Sand.

»Dich haben sie am Leben gelassen, Laghanos, doch nicht aus Barmherzigkeit, sei dir dessen gewiss. Sie haben etwas mit dir vor ...«

»Sie schlichen sich in meine Träume, als ich bewusstlos war«, erwiderte Laghanos. »Sie wollten in meine Gedanken eindringen. Doch ich habe sie vertrieben!«

Sorturo kicherte auf. »Du kannst sie nicht vertreiben! Auch jetzt hören sie uns zu, lauern auf jedes unserer Worte. Dass sie dich hierher brachten und uns allein ließen – glaubst du, sie taten es aus Güte? Nein, sie wollen uns belauschen, uns aushorchen. Sollen sie es nur tun, es ist gleich. Sie können hören, was ich dir zu sagen habe.«

Laghanos wälzte sich weiter voran. Dabei spürte er eine Berührung an seiner Schulter – und zuckte zusammen, als er Sorturo aufschreien hörte. »BLEIB FORT! RÜHR MICH NICHT AN, LAGHANOS!«

Tränen sammelten sich in Laghanos Augen. »Ich begreife Euch nicht! Warum helft Ihr mir nicht, all das zu verstehen, Meister?«

»Nenne mich nicht deinen Meister! Ich bin es nicht mehr und kann es nie mehr sein! Die Universität ist zerstört, dein Unterricht beendet. Die Goldéi ließen mich durch das Silber gehen.«

»Was bedeutet das?«, rief Laghanos verzweifelt.

»Sie nahmen mir meine magische Kraft und banden sie in Silber. Das heilige Metall fraß sich durch meinen Körper!« Sorturos Stimme klang wirr. »Ich wage nicht, meine Hände anzusehen, meine Arme! Das Silber ist in mir, begreifst du, Laghanos? Kein Mensch bin ich mehr, sondern ein Monster …«

»Ich will das nicht hören!«, schrie Laghanos.

»Ruhig … sei ruhig«, wisperte sein Lehrer. »Höre mir zu! Bald werden die Goldéi zurückkehren und dich mitnehmen. Sie haben dich verschont; du bist jung, und sie glauben, dich in ihrem Sinn formen zu können. Aber das darf ich nicht zulassen. Vom ersten Tag an bemerkte ich dein Talent – deine Fähigkeit. Wer kann sagen, weshalb die Gabe in dir so groß ist, weshalb du Möglichkeiten besitzt, die selbst mir nicht vergönnt waren? Ich erkannte dein Potenzial und machte dich zu meinem Schüler, bevor die anderen Zauberer dich verderben konnten. Doch das Schicksal will nicht, dass ich deine Ausbildung beende. Ich hätte dich längst fortschicken sollen, nach Oors Caundis, der Logenburg der Malkuda. Schon oft habe ich bewogen, den Großmeister der Loge zu bitten, dich als seinen Schüler aufzunehmen. Ich hatte bereits bei Malcoran vorgesprochen, ihm deinen Namen genannt und von deinen Fähigkeiten berichtet. Doch kaum hatte ich sein Interesse geweckt, siegte meine Eifersucht. Als Malcoran mich bat, dich bei meiner nächsten Reise nach Oors Caundis mitzunehmen, lehnte ich ab; behauptete, ich hätte mich in dir getäuscht, deine Begabung habe sich als Illusion erwiesen, dein Lerneifer trage keine Früchte mehr. Ich log, Laghanos, um dich nicht zu verlieren… und ahnte doch, dass ich bald alles verlieren würde.« Seine Stimme war leise, fast unhörbar. »Wir alle wussten es, spürten es tief in uns. Als die Goldéi in unsere Welt kamen, veränderte sich die Magie. Jeder Zauberer, gleich welcher Loge er angehört, gleich welcher Lehre er anhängt, spürte die Veränderung.«

Laghanos nickte. »Ich fragte Euch vor einigen Wochen,

warum die Sphäre sich ändert. Ihr gabt mir damals keine Antwort.«

»… obwohl ich die Antwort wusste, ebenso wie Charog«, flüsterte Sorturo. »Doch wir unternahmen nichts. Auch aus Oors Caundis hörten wir nur Schweigen, kein Wort zu der drohenden Gefahr. Wir ahnten, weshalb die Goldéi gekommen waren; dass sie die Quellen erobern wollen, um sie aus den Grenzen zu befreien, die Durta Slargin ihnen gesetzt hatte; dass sie die von uns gehütete Magie in ihrer Wildheit und Rohheit freisetzen wollen wie einst in der Alten Zeit.«

»Deshalb wolltet Ihr die Quelle schließen?«, fragte Laghanos.

»Zu spät – es war zu spät! Schon längst hatte ich geahnt, dass dies die einzige Möglichkeit war. Doch ich schob den Gedanken beiseite; unmöglich, so redete ich mir ein, sinnlos. Wie feige war ich! Ich fürchtete mich vor den Folgen – dem Verlust meiner Macht. Doch dies wäre der Weg gewesen … zu spät, zu spät!« Sorturos Stimme wurde lauter, überschlug sich in rasendem Zorn. »Hör mir zu, Echsengezücht; hör zu, Aquazzan, Scaduif, Wegführer, wie immer du dich nennen magst: Dieser Junge wird euer Verderben sein!« Und, wieder flüsternd: »Denn du, Laghanos, kannst ihnen entkommen! Ich kenne deine Fähigkeiten! Wenn du es willst, kannst du ihnen entfliehen. Denke daran, was ich dich gelehrt habe – das Ritual der Inneren Versenkung! Zeige keine Furcht vor ihnen. Du musst ihnen entkommen, bevor sie dich durch das Silber gehen lassen wie mich! Du musst ins Rochengebirge fliehen, nach Oors Caundis, um unseren Freunden den Weg zu zeigen …«

Laghanos horchte auf. Er hörte leise Stimmen aus der Ferne, Schritte über den Boden schnellen. Neben ihm hob Sorturo erneut die Stimme. »Die Welt hat sich verändert. Die Träne des Nordens ist frei; sie folgt nun ihrem eigenen Willen. Es ist gefährlich, ihre Kraft zu benutzen, denn sie wird dich wieder erkennen als Mitglied der Universität, als einen derjenigen, der von ihr zehrte. Bedenke das, wenn du ihre Magie benutzt. Du musst tun, wozu ich zu feige war.

Noch haben die Goldéi nicht alle Quellen erobert, noch sind nicht alle von ihnen in unserer Welt. Denn durch die Quellen kommen sie zu uns.«

Laghanos hörte ein wütendes Zischen neben seinem Ohr. Verzweifelt warf er den Kopf hin und her und versuchte herauszufinden, von welcher Seite sich die Goldéi näherten. Dann: ein schriller Schrei aus Sorturos Mund! Laghanos wurde am Arm gepackt, empor gerissen.

In diesem Moment, diesem entsetzlichen Moment, in dem sein Herz stillzustehen und sein Kopf zu zerplatzen drohte, griff Laghanos nach IHR. Wollte SIE einfach spüren, wollte sich IHRER vergewissern. Ein Zittern ging durch seinen Körper, als die Magie über ihn kam. Sie bohrte sich in ihn. Vergeblich versuchte er sie unter seine Kontrolle zu zwingen. Sie riss seinen Geist hinfort wie ein gewaltiger Strom; siedend heiß und giftig fraß sie sich in seinen Schädel. Schmerz.z.z.z… er schmeckte Blut in seinem Mund, röchelte. Dann – gleißend hell. Lichtsplitter. Er taumelte. Fiel. Wurde emporgehoben. Riss die Augen auf.

Zuerst sah er die Sonne, dünn, blass. Bäume. Seine eigenen, wild um sich schlagenden Arme. Und Klauen, die seine Handgelenke umklammerten, fremde Anhängsel. Drei Goldéi umringten ihn; einer stand direkt vor ihm, seine Haut bronzerot. In den Klauen hielt er einen schwarzen Tuchfetzen – die Augenbinde, die er Laghanos heruntergerissen hatte.

»Es ist sinnlos, Laghanos«, sagte die Echse. Ihre Stimme klang vertraut. »Die Magie ist zu stark für dich. Dies musst du begreifen – deine erste Lektion.«

Laghanos brachte kein Wort hervor.

Der Goldéi starrte ihn an. »Musst mit uns kommen; hast keine andere Wahl. Doch du brauchst dich nicht zu fürchten.« Er ließ die Augenbinde zu Boden fallen. »Ich weiß, dass du noch nicht verloren bist. Er aber«, er winkte abfällig auf etwas dicht hinter Laghanos, »er bleibt mit seinem Leid und seiner Schuld allein.«

Langsam, ganz langsam drehte Laghanos den Kopf.

»Ja, sieh ihn dir an«, zischte der Goldéi. »Wird das letzte Mal sein, dass du ihn erblickst. Lange genug lag dein Leben in seinen Händen. Nun sieh sein selbstverschuldetes Elend.«

Laghanos' Augen weiteten sich. Auf dem Sand war ein Körper zu erkennen: Arme, Beine, ein bleicher Nacken, entblößtes weiches Fleisch. Er erkannte feine Adern, die unter der Haut angeschwollen waren, sich umeinander schlängelten, ineinander übergingen. Und der Kopf – war es ein Kopf? Er schien zerborsten zu sein, geteilt von einem glitzernden Keil, der in ihn getrieben worden war – nein, der aus seinem Inneren hervor wuchs! Aus der klaffenden Wunde tropfte ein Sekret, langsam und beständig; und es war kein Blut, kein Blut; es glänzte!

Die Sonne brach zwischen den Wolken hervor und tauchte die Lichtung in ein trügerisches, gelbes Licht. Wie von einem Schlag getroffen heulte das Wesen auf und krümmte sich auf dem Boden. Funkelnd umspielte das Licht den geschundenen Körper. Die Kreatur bewegte den Kopf, stöhnte, und silberner Speichel rann aus ihrem Mund, als sie flehte: »Sieh mich nicht an … sieh nicht hin …«

Laghanos schloss die Augen. Er wollte schreien. Doch es kam kein Laut über seine Lippen; auch dann nicht, als sie ihn fortschleiften.

KAPITEL 3

Fackeln

Seine Hand fuhr über ihre Stirn, über ihre Wangen, durch ihr Haar; zögernd nur, um schließlich innezuhalten.

»Du verachtest mich, nicht wahr?«, stieß Akendor hervor. »Ich sehe es in deinen Augen.«

Erschrocken blickte Ceyla Illiandrin auf. Mit beiden Händen umklammerte sie die Decke aus schwarzem Samt, unter der sie sich nackt zusammengekauert hatte. Sie fror. Hastig schüttelte sie den Kopf.

Akendor verzog den Mund zu einem Lächeln. »Ja, feige bin ich. Gestern, als Binhipar mich am Brunnen beleidigte, sah ich deine Blicke. Ich sah, was du dachtest.« Er presste eine Faust an die Stirn. »Ich hätte ihn zurechtweisen sollen, ihm befehlen sollen, niederzuknien, sich vor mir auf den Boden zu werfen!« Akendor richtete sich auf. Matt schimmerte sein bleicher Oberkörper im Licht der Kerzen, die im Raum verteilt waren. »Ich hätte ihn zwingen sollen, seinen Kopf in das feuchte Laub zu pressen; und anschließend hätte er dir die Füße küssen sollen, Ceyla, zur Demütigung vor der gesamten Gesellschaft.« Er packte das Mädchen an den Schultern. »Oh, Ceyla, ich wünschte, ich hätte den Mut besessen!«

»Wovon redet Ihr bloß, mein Kaiser?«, rief Ceyla verzweifelt und versuchte sich seinem Griff zu entwinden.

»Von Binhipar Nihirdi, dem Fürsten von Palidon«, zischte Akendor. »Ihn hasse ich am meisten. Er glaubt, ich spüre seine Verachtung nicht, bemerke nicht, dass er mich für unwürdig hält, sein Kaiser zu sein! Er wünscht sich die Herrschaft meines Vaters Torsunt zurück. Wusstest du, dass er der engste Freund meines Vaters war? Torsunt nannte ihn seinen Waffenbruder, seinen Blutsgefährten. Mein Vater wuchs bei den Nihirdi auf, er wurde zusammen mit Binhipar erzogen. Als er Kaiser wurde, übertrug er Binhipar zahlreiche Ämter.« Akendor schlug die Decke zurück und streichelte mit zitternden Fingern über Ceylas Brüste. Sie wagte nicht, sich zu rühren. »Als ich gerade zwei Tage auf dem Thron saß, kam Binhipar zu mir und verlangte, ihm die Regierungsgeschäfte zu übertragen. Er stand vor mir, starrte mich an; du kennst seine donnernde Stimme, die einen zittern lässt. Fünfzehn Jahre war ich, Ceyla, ohne jede Erfahrung – ich konnte nicht widersprechen. Und als er mich zwang, den Silbernen Kreis einzuberufen – statt zweimal, wie es unter meinem Vater üblich gewesen war, nun achtmal im Jahr –, ließ ich es zu aus Angst vor seinen Blicken.«

Ceyla schlug die Augen nieder. Dann schlang sie ihre Arme um Akendors Hals. »Küsst mich«, bat sie leise. In ihrer Stimme klang Furcht.

Akendor starrte sie an. »Doch als er mir mein Kind wegnehmen wollte, Uliman, meinen eigenen Sohn – das ließ ich nicht zu! Er verlangte vor mir, Uliman zur Ausbildung nach Nandar zu schicken, der Hauptstadt seines Fürstentums. Dort sollte Uliman sieben Jahre als Knappe dienen, ebenso wie mein Vater einst Knappe am Hof der Nihirdi war.« Er lächelte. »Ich wusste, dass Binhipar alles versuchen würde, um Uliman zu verderben; dass er ihn so lange quälen würde, bis er mich, den eigenen Vater, hassen würde. Binhipar wollte aus ihm das machen, was ich ihm nie sein konnte – ein neuer Torsunt, ein Kaiser nach seinem Gefallen! Aber das ließ ich nicht zu! Ich habe dafür gesorgt, dass weder die Nihirdi noch die Suant meinen Sohn in ihre Krallen bekommen, und ebenso wenig die Lomis oder die Fhonsa. Ich habe ihn nach Troublinien bringen lassen, wo die Fürsten keine Macht über ihn besitzen. Und nicht als Ritter wird er zurückkehren, sondern als ausgebildeter

Kaufmann.« Akendor lachte auf. »Du hättest ihre Blicke sehen sollen, als ich meine Entscheidung im Thronrat verkündete. Der Thronfolger lässt sich in einer abtrünnigen Provinz zum Krämer ausbilden! Sie nannten es eine Schande für Sithar und eine Gefahr für die Sicherheit des Reiches. Aber sie konnten nichts dagegen tun – gar nichts!« Er nahm Ceylas Hand und presste sie an seine Wange. »Natürlich zahlten sie es mir heim in den Wochen danach. Sie ignorierten und übergingen mich. Aber es war mir gleich. Glaube mir, ich würde dieselbe Entscheidung wieder treffen – das schwöre ich, bei Tathril!«

»Warum küsst Ihr mich nicht?«, fragte Ceyla. In ihren Augen glänzten Tränen. »Und warum redet Ihr von all diesen Dingen? Ich will sie nicht hören!«

Akendor packte sie grob im Nacken. »Du wirst mir zuhören, Ceyla!«, fauchte er. »Jedes Wort, jede Silbe musst du dir einprägen. Denn falls ich dich jemals …« Er stockte. Sein Gesicht lag nun fast auf ihrem, sie spürte seinen Atem auf den Lippen, und ihr Nacken schmerzte unter seinem brutalen Griff. »Ich will, dass du ihre Falschheit kennst und ihre Bösartigkeit. Vor Binhipar musst du dich in Acht nehmen, und auch vor Scorutar Suant. Vor ihm warnte mich schon mein Vater. Ich erinnere mich an eine Unterredung im Thronsaal … ich war fünf Jahre alt, ein Kind noch. Ich saß auf dem Schoß meines Vaters, während er mit Fürst Scorutar sprach; ich erinnere mich, wie sie miteinander stritten und sich anschrieen. Plötzlich packte mich mein Vater, riss mir den Kopf zurück, sodass mir schwarz vor Augen wurde. ›Sieh ihn dir an, mein Sohn!‹, schrie er mir ins Ohr, ›und merke dir sein Gesicht – präge es dir ein! Ihm darfst du niemals trauen, hörst du?‹« Akendor lockerte seinen Griff; sein Arm sank auf Ceylas Schulter herab. »Und alles, was ich durch das Flimmern vor meinen Augen hindurch erkennen konnte, war dieser rote Mund, Scorutars böses Lächeln. Immer wieder denke ich daran.«

Ceyla weinte. Sie versuchte Akendor fort zu stoßen. Er sank auf sie herab, umklammerte ihre Handgelenke. »Dich werden sie mir nicht fortnehmen, Ceyla! Einmal schon haben sie mir meine Liebe genommen, diese Mörder. Doch dieses Mal werden sie verlieren! Um dich werde ich kämpfen. Dieses Mal …«, er drang in sie ein. Ceyla schloss die Augen. Nichts sehen. Nichts spüren. Ihr Herz raste, und sie wusste nicht, war es Verlangen oder Ekel, das ihr die Kehle zuschnürte bis zur Benommenheit.

❦

»Tretet ein, Baniter! Wir haben Euch schon erwartet«, rief Fürst Arkon überschwänglich durch den Saal. Sein dunkles Gesicht strahlte vor falscher Freude, während ein Diener den Gast zu ihm führte.

Neugierig ließ Baniter Geneder seine Augen umherschweifen, als er dem Diener folgte. Es war das erste Mal, dass Arkon Fhonsa ihn in seinem privaten Gemach empfing, einem großen, aber schlicht eingerichteten Saal im Nordflügel Thakstels. Die meisten Fürsten hatten ihre Räumlichkeiten in diesem Teil des Palastes, auch wenn sie sich nur während der Ratssitzungen hier aufhielten. Manche Fürsten hatten sich auch Herrenhäuser in der Stadt zugelegt, die einen größeren Luxus als die düstere Trutzburg boten.

Arkon Fhonsa schien auf Luxus wenig Wert zu legen. Abgesehen von ein paar goldbestickten Wandteppichen, auf denen das Symbol des Fürstentums Thoka – der dreifach gebrochene Pfeil – zu sehen war, hatte er auf jeglichen Schmuck und Tand verzichtet. Tisch, Truhen und Bett waren aus schlichtem Holz, der Boden war mit Hirschfellen ausgelegt, und unter der schmalen Fensteröffnung am Ende des Saals befand sich ein Marmortisch, dessen Füße in geschnitzten Löwenköpfen endeten.

An diesem Tisch saßen Arkon Fhonsa und Perjan Lomis, der Fürst von Morthyl. Perjan war ein sechzigjähriger, untersetzter Mann mit kurzen grauen Haaren und einem weißen Backenbart. Er galt neben Scorutar als reichster

Fürst des Thronrates. Die Silberminen Morthyls warfen hohe Gewinne ab, und dank Perjans Einfluss im Thronrat würde dies auch in Zukunft so bleiben.

Mit höflichem Lächeln erhoben sich die beiden Fürsten, als Baniter vor ihnen stand.

»Es freut mich, dass Ihr unserer Einladung nachgekommen seid«, sagte Arkon Fhonsa. Er bot Baniter einen Schemel an und bedeutete dem Diener, sich zu entfernen.

Baniter setzte sich. »Eine so seltene Einladung nehme ich gern an. Ich weiß diese Ehre wirklich zu schätzen.«

»So, wie Ihr Streitigkeiten im Thronrat schätzt«, fügte Arkon Fhonsa lächelnd hinzu. »Euer Auftritt im Rat war ausgesprochen forsch ...«

»... und von Erfolg gekrönt«, antwortete Baniter. »Hätte ich Scorutar nicht widersprochen, wäre sein Erlass zur Abstimmung gekommen. Zweifellos hätte der Silberne Kreis ihm zugestimmt.« Er gab sich Mühe, nicht überheblich zu klingen. »Ich denke, mein Widerspruch war auch in Eurem Interesse.«

»Sicherlich«, sagte Perjan Lomis zögernd. »Aber Ihr habt uns damit in eine schwierige Lage gebracht.«

»Diese Lage haben Scorutar und Binhipar verschuldet«, erwiderte Baniter. »Ihr ›Erlass‹ ist nichts weiter als ein Vorwand, um dem Silbernen Kreis zusätzliches Geld für die Flotte und die Ritterschaft der Klippen zu entlocken. Ein guter Schutz für Palidon und Swaaing – aber was hat das Kaiserreich davon?«

»Das wissen wir nur zu gut«, erwiderte Arkon Fhonsa. »Wir haben uns lange genug von Scorutar und Binhipar um unsere Rechte betrügen lassen!« Er richtete seinen Zeigefinger wie zur Anklage in die Luft. »Der Handel im Südmeer liegt seit mehreren Kalendern brach. Die Verluste meiner Kontore sind ins Unermessliche gestiegen. Auch das Debakel in Troublinien haben sie zu verantworten; Scorutar war es, der den Troubliniern ihre Unabhängigkeit zusicherte. Das hätte niemals geschehen dürfen.«

Fürst Perjan nickte. »Ich erinnere mich noch gut an den

letzten Krieg gegen Arphat, als Scorutar und Binhipar das Heer aus unserer Kasse bezahlten. Wenn wir jetzt gegen die Echsen ziehen, werden die Ausgaben noch höher sein.«

Baniter senkte verschwörerisch die Stimme. »Deshalb ist es an der Zeit, dass der Thronrat wieder seine Pflichten wahrnimmt.«

Die Fürsten blieben stumm. Baniters direkte Worte schienen sie zu erschrecken.

»Scorutars Erlass wird morgen zur Abstimmung gelangen«, fuhr Baniter fort, »gemeinsam mit dem Antrag, den ich dem Kaiser vorlegen werde.« Er beobachtete die beiden Fürsten lauernd. *Ihr würdet nur zu gern wissen, was in diesem Antrag steht, nicht wahr? Nur deshalb habt ihr mich kommen lassen, neugierig und verschlagen, wie ihr seid.*

Arkon und Perjan wechselten einen kurzen Blick. Dann zischte Arkon, die diplomatische Maske fallen lassend: »Ihr werdet Verbündete brauchen, Baniter. Euer Name ist im Thronrat nicht von allzu großem Gewicht.«

Gut, dass du mich daran erinnerst, du Heuchler!

»Weiht uns in Eure Pläne ein«, verlangte Perjan Lomis. »Ihr seid auf unsere Hilfe angewiesen.«

Baniter musste sich zusammenreißen, um nicht laut aufzulachen. *Wer benötigt hier wessen Hilfe? Ihr seid es, denen der Erlass Scorutars den größten Schaden zufügen wird. Ich habe bei diesem Spiel wenig zu verlieren.* Doch er beschloss, die Fürsten nicht länger auf die Folter zu spannen. »Wenn Ihr es wünscht, werde ich Euch gern meinen Plan enthüllen. Wir müssen ein weiteres Vordringen der Goldéi verhindern. Deshalb werde ich dem Silbernen Kreis empfehlen, ein Bündnis mit Arphat einzugehen.« Herausfordernd blickte Baniter die Fürsten an, die erschrocken den Atem anhielten. Er wusste, wie ungeheuerlich seine Worte in ihren Ohren klingen mussten.

Es war Arkon, der das Schweigen brach. »So etwas habe ich schon geahnt!«, rief er mit einer Mischung aus Respekt und Verachtung. »Nur Ihr, Baniter, könnt es wagen, einen solchen Vorschlag zu machen.«

Baniter lächelte. »Es ist der einzige Weg, die Goldéi aufzuhalten. Wenn wir uns mit Arphats Heer verbünden, können wir die Echsen besiegen, bevor sie in die Nähe unserer Grenzen gelangen. Der Krieg wird auf Arphats Boden stattfinden; Sithar hingegen wird unberührt bleiben. Statt des gesamten Heeres werden wir nur einen Teil unserer Krieger gegen die Echsen entsenden müssen. Das wird uns eine Menge Unmut von Seiten der Barone und Ritter ersparen, und die Kosten werden weitaus geringer sein. Nicht zuletzt aber ist dies die Gelegenheit, einen dauerhaften Frieden mit Arphat zu schließen. Wenn Arphat von den Echsen bedrängt wird und wir ihm zur Hilfe eilen, wird dies die Feindschaft zwischen unseren Ländern endgültig beenden. Es wird keine sinnlosen Kriege mehr geben – und auch für den Handel werden sich ungeahnte Möglichkeiten erschließen.«

»Euer Vorschlag klingt vernünftig«, gab Perjan Lomis nach kurzer Überlegung zu. »Doch er wird im Thronrat keine Zustimmung finden. Der Hass auf Arphat wurzelt zu tief in den Köpfen der Fürsten.«

»Ihre Angst vor den Goldéi wird stärker sein als ihr Hass«, versprach Baniter. »Wenn Ihr Euch zu meinem Vorschlag bekennt, werden auch andere Fürsten für ihn stimmen. Selbst der Kaiser scheint auf unserer Seite zu sein.«

Arkon dachte angestrengt nach. »Wer garantiert, dass Arphat einem Bündnis zustimmt? Unsere Gesandten haben nur selten Gehör in Praa gefunden. Entweder wurden sie abgewiesen oder kehrten nicht zurück. Ich weiß noch genau, wie wir vor zwei Jahren versuchten, den Waffenstillstand mit Arphat zu verlängern. Ich erinnere mich an die mit Geschenken reich ausgestattete Delegation, die der Rat nach Arphat schickte – und an die abgeschnittenen Köpfe, die uns Königin Inthara zurücksandte! Ich erinnere mich an Teregon Horra, einen hervorragenden Diplomaten, dessen versöhnliches Wesen uns in Candacar jahrzehntelang unbezahlbare Dienste geleistet hatte. Dann schickten wir ihn nach Arphat … bei Tathril, sie haben ihn am Ufer des Nesfers gesteinigt und seine abgetrennte rechte Hand, die er der Königin zum Frieden gereicht hatte, auf einer Lanze durch die Straßen getragen!«

Baniter winkte ab. »Ich kenne diese Schauergeschichten. Doch glaubt mir, wenn die Echsen in Arphat einfallen, wird es sich die Königin zweimal überlegen, ob sie unsere Hilfe zurückweist.«

»Wer sollte eine solche Gesandtschaft anführen?«, fragte Perjan Lomis. »Nur einer Person höchsten Ranges könnte es gelingen, bis zur Königin vorzudringen.«

»Auch daran habe ich gedacht«, sagte Baniter triumphierend. »Ich selbst werde mich für diese Aufgabe zur Verfügung stellen. Ein Mitglied des Silbernen Kreises kann Inthara nicht zurückweisen.«

Er bemerkte die misstrauischen Blicke, die sich Arkon und Perjan zuwarfen. »Das kann nicht Euer Ernst sein!«, rief Arkon. »Ein Fürst des Kaiserreiches darf sich nicht einer solchen Gefahr aussetzen.«

»Ich bin bereit, alle Gefahren auf mich zu nehmen«, bekräftigte Baniter. »Wenn ich Erfolg habe, werden Scorutar und Binhipar dem Thronrat die Macht zurückgeben müssen, die sie ihm geraubt haben.«

Arkon musterte ihn lauernd. »Ich frage mich, welche Rolle Ihr uns in diesem Spiel zuweisen wollt.«

Eine größere, als euch zusteht. »Es gibt nur zwei Fürsten, die Scorutar und Binhipar an Macht und Einfluss gleichkommen«, antwortete Baniter, »und sie sitzen an diesem Tisch. Nur unter Eurem Schutz kann ein Bündnis mit Arphat zustande kommen. Wenn Ihr einen Vertrag ausarbeitet, werde ich ihn mit der Königin aushandeln, Wort für Wort, wie Ihr es mir auftragt.« *Versteht ihr noch immer nicht? Ich werfe euch die besten Brocken hin, uneigennützig, wie ich bin … nun greift endlich danach, denn dass ihr hungrig seid, sehe ich an euren Blicken!*

Arkon Fhonsa zögerte. Er warf einen Blick zu Perjan hinüber. Als dieser langsam nickte, rang er sich zu einem Entschluss durch. »Nun gut, Baniter. Wir werden ein Bündnis mit Arphat durchsetzen und Euch zum Gesandten bestimmen. Doch denkt daran, dass Ihr die Verhandlungen in unserem Namen führt. Wenn Ihr versucht, uns zu täuschen …«

»Ich wäre schlecht beraten, Euch zu täuschen«, entgegnete Baniter.

»Ja, das wäret Ihr«, erwiderte Arkon. »Vergesst nicht, was Eurem Großvater einst das Genick gebrochen hat.«

Mühsam unterdrückte Baniter den Zorn, der in ihm aufstieg.

»Es hat ihn sein Leben und das halbe Fürstentum gekostet«, fuhr Arkon fort, »und Eurer Familie brachte es Schande bis zum heutigen Tag.«

»Schweigt über meine Familie!«, stieß Baniter hervor. »Falls Euch mein Wort nicht ausreicht …«

»Beweist es uns mit Taten, nicht mit Worten«, unterbrach ihn Arkon. »Wenn Ihr Euch loyal verhaltet, soll das Euer Schaden nicht sein.« Er machte eine gewichtige Pause. »Wir alle wissen, dass man Eurer Familie übel mitgespielt hat, als man Varona von Ganata abspaltete und somit ein neues Fürstentum schuf. Die Übertragung Varonas an Hamalov Lomis war nicht rechtmäßig. Man hätte Varona nach zehn Jahren an die Familie Geneder zurückgeben sollen, so wie es in der Prozessschrift gegen Euren Großvater vorgesehen war. Scorutar und Binhipar haben diese Bestimmung willkürlich außer Kraft gesetzt.«

Unter anderem mit deiner Stimme, dachte Baniter voller Verachtung. *Glaubst du wirklich, du könntest mit dieser Heuchelei meine Gunst gewinnen?*

»Ich habe mit Fürst Perjan über die Angelegenheit gesprochen«, fuhr Arkon fort. »Wir sind beide der Meinung, dass es an der Zeit ist, diese Ungerechtigkeit aus der Welt zu schaffen. Varona und Ganata sollten wiedervereinigt werden … unter Eurer Herrschaft, Baniter.«

Baniter gab sich Mühe, keine Gefühlsregung erkennen zu lassen. Doch innerlich kochte er. *Denkt ihr, ihr könnt mich kaufen? Denkt ihr, ein Baniter Geneder ist auf eure Hilfe an-*

gewiesen, um sich zurückzuholen, was ihm gestohlen wurde? »Wieso sollte die Familie Lomis auf Varona verzichten?«, fragte er vorsichtig.

Perjan Lomis lächelte. »Wir alle wissen, dass mein Bruder Hamalov als Herrscher Varonas versagt hat. Er hat den einst reichsten Landstrich Sithars ruiniert. Als Varona unserer Familie zugesprochen wurde, haben sich die Suant und die Nihirdi die wertvollsten Handelskontore unter den Nagel gerissen. Die Lomis mussten sich mit den kläglichen Resten zufrieden geben. Das werden wir ändern! Wenn meine Familie eine angemessene Entschädigung erhält, werde ich dafür sorgen, dass mein Bruder das Fürstentum an Euch zurückgibt. Ein wiedervereinigtes Ganata, geführt von einem starken Fürsten, ist auch im Interesse der Lomis.«

Ich verstehe, dachte Baniter grimmig. *Ihr wollt mich mit der Fürstenkette abspeisen und den Gewinn in die eigene Tasche stecken. Du musst mich für unglaublich dämlich halten, Perjan … Doch gut, spielen wir das Spiel mit.*

»Ein verlockender Gedanke«, sagte er. »Würde der Thronrat dem zustimmen?«

Arkon Fhonsa lächelte. »Zur Zeit wohl kaum. Doch der Silberne Kreis könnte seine Meinung in nächster Zeit durchaus ändern.«

… weil du glaubst, ihn bis dahin unter deine Kontrolle gebracht zu haben! Varona soll der Lohn dafür sein, das Geschirr der Macht einem neuen ›Gespann‹ anzulegen.

Arkon streckte die Hand aus. »Nun, Baniter, sind wir uns einig?«

Mit einem Nicken ergriff Baniter die Hand des Fürsten. In seinem Gesicht war keine Regung zu erkennen. *Ich bezweifle, dass du an diesem Handschlag große Freude haben wirst! Bald wird sich zeigen, wer nach wessen Melodie tanzt.*

❦

Fackeln! Die schmale Gasse glomm in ihrem flackernden Licht, Schatten zuckten über die Mauern der gedrungenen

Hauswände, unförmige Schemen. Und leise Stimmen waren zu hören, Rufe, gedämpft durch Wind und Regen.

Bars Balicor hielt sein Pferd an. Mit einer kurzen Geste bedeutete er seinen Begleitern, es ihm gleichzutun. Vorsichtig schlug er die Kapuze seines Umhangs zurück. Er horchte.

Ashnada ritt an seine Seite. Ihr schmales Gesicht verriet Ungeduld. »Was ist, Prior?«, fragte sie mit nur mäßig gedämpfter Stimme. »Wollt Ihr nicht weiter reiten, so kurz vor dem …«

»Schweig!«, zischte Bars Balicor. »Hörst du nicht die Stimmen vor dem Tempel?«

Ashnada zuckte mit den Schultern; ihr langes blondes Haar flatterte im Wind. »Es werden Bettler sein. Vielleicht beten sie oder warten auf eine Armenspeisung. Prior, ich denke wirklich, wir sollten …«

»Bettler? Nein, das kannst du mir nicht erzählen.«, schalt Bars Balicor sie. Seine Augen verdüsterten sich. »Vielleicht ist es eine Falle, ein Hinterhalt.«

Ashnada lachte auf. »Wer sollte uns ausgerechnet vor dem Tempel von Thax auflauern? Es hätte in den letzten Tagen bessere Gelegenheiten gegeben, uns zu überfallen.«

»Wir können nicht vorsichtig genug sein!«, bellte Bars Balicor. »Du weißt, dass ich nur wenige Freunde habe; und ich glaube kaum, dass ich während unserer Reise neue hinzugewonnen habe. Wer einmal in die hasserfüllten Augen eines Kurators geblickt hat, dem die Tempelkasse gepfändet wird, der weiß, dass er fortan keine ruhige Nacht mehr verbringen wird.« Er strich nervös über die ledernen Zügel in seiner Hand. »Denke etwa an diesen grässlichen Priester in Movimar, der unserer Kirche zwanzigtausend Goldstücke vorenthalten wollte. Hast du sein falsches Lächeln bemerkt, als er uns verabschiedete? Ich wette, dass er keinen Moment zögern würde, um eine Hand voll Mörder zu dingen!«

Ashnada lachte auf. »Ihr habt keine hohe Meinung von Kirchenmännern, obwohl Ihr selbst einer seid. Habt Ihr kein Vertrauen zu diesen geweihten Männern?«

»Diese ›geweihten Männer‹ halten sich Huren in den Tempeln und versaufen mit ihnen das Gold der Kirche«, antwortete Balicor. »Jeder lässt sich von einem Graf oder Fürsten, einem Pfeffersack oder Zuhälter kaufen und tritt das Ansehen Tathrils in den Schmutz.«

»Wie verdorben diese Welt doch ist«, spottete Ashnada.

Balicor starrte die hoch gewachsene Kriegerin argwöhnisch an. »In der Tat. Es ist bedauerlich, dass unser Hohepriester nicht mehr dazu fähig ist, in den Provinzen für Ordnung zu sorgen.«

»Wie gut, dass wenigstens der Prior ein Mann der Tugend ist!«, fügte Ashnada lächelnd hinzu.

»Hüte deine Zunge, Ashnada, ich rate es dir!«, entfuhr es Bars Balicor. Angewidert beobachtete Ashnada, wie sein fleckiges, entstelltes Gesicht im Fackelschein schimmerte, im Zorn verzerrt zu einer absurden Fratze. Das lange graue Haar des Priesters hatte sich gelöst, klatschte in nassen Strähnen um seine Wangen. »Ich habe dich nicht am Leben gelassen, um mir dein dummes Geschwätz anzuhören. Wenn du nicht lernst, mich zu respektieren, werde ich mich nach einer anderen Leibwache umsehen müssen – und dich dorthin zurückschicken, wo ich dich hergeholt habe.«

»Verzeiht mir, Prior!« Sie setzte ein unschuldiges Lächeln auf. »Kommt, wir sind müde und durchnässt; im Tempel warten ein heißes Bad und ein gutes Mahl auf uns.« Ohne eine Antwort abzuwarten, gab sie ihrem Pferd die Zügel.

Bars Balicor schaute ihr mit finsterem Blick nach. Dann wandte er sich seinen noch immer wartenden Begleitern zu. »Wir reiten in den Tempel«, befahl er. »Gebt auf das Gesindel Acht, das sich vor dem Tor versammelt hält!« Er wartete, bis ihre Pferde an seiner Seite waren. Dann ritt er los, die Augen misstrauisch zusammengekniffen.

Balicor war der Prior von Thax. Der Oberste Diener des Tempels zum Silbernen Mund Tathrils. Der Erste unter den Mönchen des Ordens der Erhabenen Heiligkeit. Der Heermeister der Lichtbewehrten Tempelritter. Dies waren nur einige seiner Titel, tatsächlich eine nahezu bescheidene Auswahl der Würden und Ämter, die er im Verlauf seiner Karriere angehäuft hatte. Nicht an alle konnte er sich entsinnen; viele hatte er vor langer Zeit erworben, als er noch Kurator der Insel Morthyl gewesen war. Morthyl ... er dachte nur ungern an die elende Insel, an die verlorenen Jahre zurück. Und doch, auf Morthyl hatte sein langsamer, hart erkämpfter Aufstieg begonnen, der steinige Weg, an dessen Ende die Ernennung zum Prior von Thax gestanden hatte: das zweithöchste Amt innerhalb der Kirche Tathrils, über ihm nur der Hohepriester – und Tathril selbst.

»Tathril selbst«, flüsterte Bars Balicor vor sich hin, »und bald er allein!« Ja, bald schon, wenn Tathril endlich seine Gebete erhörte, und das würde er, bestimmt. Zehn Tage lang würde Balicor ihm auf Knien dafür danken, im tiefsten und innigsten Gebet, ohne eine einzige Mahlzeit einzunehmen, das schwor er, und er würde den Tempel von Thax mit Gold ausschlagen lassen. Jeder Besucher sollte die Augen schließen, geblendet von dieser Pracht; keine geringere Gabe könnte seine Ergebenheit vor Tathril besser zum Ausdruck bringen!

Die Gasse führte zum großen, kreisrunden Tempelplatz. Dort erhob sich zwischen schmalen Steinhäusern die weiße Kuppel des Tempels zum Silbernen Mund Tathrils.

... Vielleicht sollte er ihn auch ganz abreißen lassen und das gesamte Viertel dazu, um stattdessen einen riesigen Dom zu errichten aus weißem Stein, größer noch als der Erhabene Dom zu Vara. Ja, ein Dom, strahlend hell, mit einem gigantischen Portal aus Silber; und während der Einweihungszeremonie würde er, Bars Balicor, der neue Hohepriester, Tathril ein großes Opfer darbringen ...

Nun, da sie sich dem Tempel auf wenige Fuß genähert hatten, sah Balicor, dass es tatsächlich Bettler waren, die sich vor dem Tempel versammelt hatten; etwa zwanzig zerlumpte Gestalten, die Körper ausgemergelt und gebeugt. Sie hatten dreckige Tücher um ihren Leib gewickelt, ihr Haar hing wirr und filzig herab. Einige von ihnen trugen Fackeln in den Händen. Sie hatten Ashnadas Pferd umkreist, in demütiger Haltung vor ihr geduckt. Der Prior konnte ihre Worte nicht verstehen, doch ihr Anliegen war unschwer zu erraten. Lächelnd kramte er aus dem Lederbeutel an seiner Seite einige Kupfermünzen hervor und ritt dann, von neuem Mut bestärkt, auf das Bettelpack zu.

Sie ließen augenblicklich von Ashnada ab. Angewidert blickte Bars Balicor auf die heruntergekommenen Menschen, deren Geschlecht er nur erahnen konnte. Ihre Münder waren aufgerissen, nicht mehr als schwarze Flecken in formlosen Gesichtern, und ihr Flehen klang in seinen Ohren wie das Winseln von Hunden.

Balicor wartete, bis seine Begleiter aufgeschlossen hatten. Dann richtete er sich hochmütig auf. »Tathril sieht euer Leiden«, sagte er mit fester Stimme. »Es wird nicht ewig dauern, ihr Sünder. Wenn euer Glaube fest ist, wird er sich eurer annehmen.« Das Stöhnen der Bettler wandelte sich zu hastig gesprochenen Gebetsformeln. Zufrieden beugte sich Bars Balicor vor und streichelte die zitternden Köpfe, die nun ganz nah bei ihm waren. Hinter ihm erklang unruhiges Getrappel. Seine Begleiter ritten vor, um die Bettelnden zurückzutreiben. »Ja, betet!«, rief Bars Balicor. »Jedes Gebet bringt euch Tathril näher, und wenn der Tod euch Erlösung bringt, werdet ihr seine Gnade erfahren! Er weint um seine verlorenen Kinder.« Er ließ die Kupfermünzen zu Boden gleiten. Geräuschlos sanken sie in den aufgeweichten Straßenschlamm. Ein dankbares Raunen ging durch die Schar der Bettler.

Balicor blickte auf. Er beobachtete Ashnada, die zum Tor geritten war. Mit der Faust hieb sie mehrmals gegen das schwarze Holz. Nach kurzer Zeit glitten die Flügel des Tors zurück. Einige Tempelritter in weißen Kutten erschienen, mit Speeren bewaffnet. Ashnada beugte sich zu ihnen herab und wechselte einige Worte mit ihnen.

»Kennst du mich noch, Prior?«

Erschrocken fuhr Bars Balicor zusammen. Einer der Bettler hatte sich aufgerichtet. Weißes, wirres Haar, das Gesicht starrend vor Schmutz. Nur die Augen funkelten; der Fackelschein tanzte in ihnen. Der Bettler riss die Hand empor, öffnete sie, und kurz blitzte im Handballen etwas auf. Balicor schreckte zurück.

»Kennst mich nicht mehr? Kennst mich nicht mehr?«, ein gehässiges Zischen, »hast mich schon vergessen?« Er war von auffallender Größe, eine lange, ausgemergelte Gestalt. Der saure Gestank seines Körpers stieg Bars Balicor in die Nase. »Ich bin wieder hier … bin nicht verreckt, Prior, wie du es dir gewünscht hast!«

»Was willst du, Abschaum?«, brüllte Bars Balicor. Endlich reagierten die Ritter neben ihm; ihre Pferde wieherten, Speere zuckten noch vorne, doch der Bettler tauchte unter den Spitzen weg, wich zurück und schrie weiter: »Unser gemeinsamer Schwur, erinnerst du dich noch daran? ›Der Rosenstock trägt keine Blüten mehr, und Mondschlund schweigt …‹«

Die Ritter preschten vor; ängstliche Schreie drangen aus der Schar der Bettler, die sich aufrafften, um humpelnd die Flucht zu ergreifen. Der unheimliche Alte entschwand Balicors Blicken; nur seine Schreie waren zu hören. Dann aber – Balicor riss entsetzt die Augen auf – drängte er sich wieder zwischen den Pferdeleibern hervor, das Gesicht voller Hass, rannte auf den Prior zu, die rechte Hand empor gerissen. »Hier bin ich, mein Bruder«, stieß er hervor. »Und du schuldest mir mehr als das!« Er schleuderte die Hand nach vorne. Ein kleiner, blinkender Gegenstand flog auf Balicor zu. Ohne zu überlegen, einem spontanen Reflex folgend, griff er danach. Öffnete die Hand.

Es war eine der Kupfermünzen.

Die Ritter hatten ihre Pferde gewendet. Sie preschten mit wütenden Schreien auf den Bettler zu, der sich nun abwandte und davonrannte. Sein Haar wehte im Wind. Schnell hatte er die Schar der flüchtenden Bettler erreicht und mischte sich unter sie, verschwand in dem Gedränge der abgemagerten Leiber und wehenden Lumpen.

Die Ritter brachten ihre Pferde zum Stehen.

Bars Balicor spürte Angstschweiß auf der Stirn. Sein

Herz raste. »Ergreift ihn!«, schrie er plötzlich. »Bei Tathril, bringt mir diesen Bettler!«

Ungläubig sahen sich die Ritter an. »Lasst das Lumpenpack doch laufen«, rief einer der Männer. »Die werden so schnell nicht wiederkommen.«

»Ich sagte, ihr sollt ihn ergreifen!«, schrie Balicor. »Er hat mich angegriffen! Habt ihr es nicht gesehen?«

Die Bettler hatten bereits das Ende des Platzes erreicht, teilten sich auf und strömten auf die Gassen zu, die in den Platz mündeten.

Der Tempelritter wendete sein Pferd. »Welcher von ihnen war es?«, fragte er verunsichert.

Verzweifelt suchte Bars Balicor die große Gestalt unter den fliehenden Bettlern. Konnte sie nicht finden – wo war er, wo?

»Bringt sie mir alle!«, brüllte er. »Tot oder lebendig, bis ihr ihn gefunden habt. Bei Tathril, worauf wartet ihr?«

Der Ritter sah ihn kopfschüttelnd an. »Das könnt ihr nicht ernsthaft von uns verlangen! Wir können unsere Waffen nicht gegen wehrlose Bettler richten. Wir sind Ritter der Kirche.«

»Und es ist MEINE Kirche!«, entfuhr es Balicor. »Es ist meine Kirche, und ihr seid meine Ritter; also bringt mir diesen Bettler, verdammt! Oder willst du, dass ich dich …«

Eine Hand legte sich auf seine Schulter. Balicor fuhr herum. Er blickte in Ashnadas Gesicht. »Beruhigt Euch, Prior«, sagte Ashnada leise. »Und sagt nichts, was Ihr später bereut.«

Balicor starrte sie hasserfüllt an. »Du wagst es, mir Ratschläge zu erteilen?« Er schlug ihr ins Gesicht. Sie nahm den Schlag hin, ohne mit der Wimper zu zucken.

»Wo bist du gewesen?«, fauchte Balicor. »Hast du nicht gesehen, dass mich der Bettler bedroht hat? Welch eine hervorragende Leibwache habe ich mir genommen! Tathril konnte mir deine Unfähigkeit nicht trefflicher unter Beweis stellen!«

»Sagt mir lieber, was geschehen ist!«, zischte Ashnada.

»Ich sah, dass Ihr mit einem der Bettler spracht und er Euch etwas zuwarf. Was hat er …«

Balicor wandte sein Pferd. »Es ist gleichgültig.«, murmelte er voller Verachtung. »Er ist fort.« Längst schon waren die Bettler in den dunklen Gassen verschwunden. »Bring mich zum Tempel«, befahl er harsch. »Und schweig; ich kann dein Geschwätz nicht mehr hören.«

Ashnada warf stolz die blonden Haare zurück und stieg von ihrem Pferd. Sie nahm Balicor die Zügel aus der Hand und führte beide Tiere auf das inzwischen weit geöffnete Tor des Tempels zu.

Bars Balicor schloss die Augen. Er musste sich zwingen, aufrecht zu sitzen, nicht in sich zusammenzusacken. Denn in seinem Kopf schien sich nun alles zu drehen … wüste Gedanken, Erinnerungen brachen hervor; ein grauenvolles Bild: ein Mann von großer Gestalt, der vor ihm kniete, schmutzig und verdreckt, die Augen höhnisch auf ihn gerichtet; er, Bars Balicor, in der Hand einen Dolch, den er langsam nach vorne richtete, bis die Klinge den faltigen Hals des Mannes berührte, seine Finger zitterten, als er zustieß; der Kopf des Mannes wippte nach hinten, ein gurgelndes Geräusch, dickes schwarzes Blut quoll hervor, ein dichter Strahl, zäh, klebrig, zäh …

Eine Münze fiel zu Boden.

Balicor stöhnte und presste die Handballen an die Schläfen. In seinem Magen breitete sich langsam, ganz langsam das beklemmende Gefühl schmutziger Angst aus; eine Angst, die er längst überwunden geglaubt hatte.

KAPITEL 4

Schlamm

›Du liebst sie, die Dunkelheit. Sie umgibt dich wie ein Schleier, dämpft deinen Schmerz, betäubt deine Sinne. Du fühlst dich in ihr geborgen, Laghanos.‹

Da war sie wieder, die Stimme. Sie drang aus dem Nichts, ruhig und körperlos, wie vom Wind getragen. Doch da war kein Wind; kein Wind und kein Licht – nichts als undurchdringliche Finsternis.

›Du liebst die Dunkelheit‹, fuhr die Stimme fort. ›Verkriechst dich in ihr; glaubst, sie könne dich vor uns bewahren. Welch ein Irrtum! Hörst du nicht meine Stimme? Sie kannst du nicht aus deinem Bewusstsein verbannen.‹

Stumm lauschte Laghanos dem Raunen, dem Wispern: ein wirres Geflecht sich wiederholender Worte, fremder Laute, irritierender Klänge. Und er wusste, dass es der Rotgeschuppte war, der zu ihm sprach: Aquazzan, der Anführer der Goldéi.

Wie viele Tage waren vergangen, seit sie ihn von jener Lichtung fortgeschleppt hatten? Nachdem er Sorturo ein letztes Mal gesehen hatte – den entstellten Körper seines Meisters, zusammengehalten durch Fleisch und Silber und nackte Furcht – war Laghanos in eine tiefe Ohnmacht gesunken. Sah nicht und hörte nicht, wohin die Goldéi ihn verschleppten, was sie ihm antaten. Um ihn war nichts als Dunkelheit. Und doch war er bei Bewusstsein, durchlebte jeden Augenblick der quälenden Finsternis. Ihm schien es, als wären seine Augen weit aufgerissen, ohne dass ein Lichtstrahl sie erreichen konnte, und wenn er schrie, hörte er die eigene Stimme nicht.

Der Zustand, in den sich Laghanos versetzt hatte, war eine Meditation der Malkuda, die ihm Sorturo beigebracht hatte. Man nannte sie die Innere Versenkung, und nichts fürchtete Laghanos mehr, als aus dieser Versenkung zu erwachen. Nur so war er vor den Goldéi sicher. Solange er schlief, konnte ihm der Rotgeschuppte nichts anhaben. Er mochte einen Weg gefunden haben, mit seiner Stimme zu ihm zu dringen, doch er hatte keine Macht über ihn.

›Ein armseliges Versteck hast du dir gewählt‹, wisperte Aquazzan. ›Gegen die Finsternis, die wir durchschritten haben, ist dein Schlaf ein jämmerliches Innehalten. Wirst bald erwachen müssen.‹

Laghanos wusste, dass der Goldéi die Wahrheit sprach. Die Innere Versenkung ließ sich nicht ewig aufrechterhalten. Seine Konzentration ließ nach. Lange konnte er das Erwachen nicht mehr hinauszögern.

›Wir können nicht warten‹, zischte der Goldéi verärgert. ›Es wird Zeit, dich zu formen.‹

›Nein!‹, dachte Laghanos im Stillen. ›Einmal schon habe ich dich aus meinem Traum vertrieben, und ich kann es wieder tun. Ich bin stärker, als du glaubst.‹ Seine Gedanken wurden zu einer Stimme, ebenso fremd und körperlos wie das Raunen des Goldéi.

›Wir erscheinen dir fremd und grausam‹, hörte er Aquazzan sagen. ›Als wir eure Welt erreichten, schien sie uns ebenso feindlich zu sein.‹

Nicht zuhören! Nicht zuhören! Laghanos versuchte, sich der Stimme des Goldéi zu entziehen. Doch da war sie wieder, lauter und fordernder als zuvor.

›Der erste Schritt war grauenvoll. Eure Luft zu atmen, euer Licht zu sehen, euren Boden unter den Füßen zu spüren. Die Schmerzen … denkst du, wir haben uns dieser Qual aus freiem Willen ausgeliefert?‹

›Niemand hat euch gebeten, über unsere Welt herzufallen!‹, schrie Laghanos. ›Lasst mich gehen! Ich bin nutzlos für euch.‹

›Sollst nicht für uns von Nutzen sein‹, antwortete der Goldéi. ›Für deine Welt, für euch Menschen. Wirst es schon bald begreifen! Nichts von dem, was du über uns zu wissen glaubst, was deine falschen Lehrer dir eingeflüstert haben, ist wahr. Deine Welt ist nicht, wie sie scheint, hat sich verändert, seit wir zu euch gekommen sind. Wir sind keine Rächer, keine Feinde. Die Wahrheit, Laghanos, reicht tiefer! Es wird Zeit brauchen, bis du sie verstehst – bis du denkst wie wir, bis du fühlst wie wir …‹

›Das wird niemals geschehen!‹, rief Laghanos entsetzt.

›Wirst uns aus freien Stücken folgen‹, erwiderte der Goldéi.

›Du kannst mich gegen meinen Willen festhalten, mich quälen und töten‹, schrie Laghanos, ›doch du kannst mich nicht zwingen, dein Schüler zu sein.‹

›Du täuschst dich‹, fauchte der Goldéi. ›Noch verbirgst du dich vor uns, und in deine Seele vermögen wir nicht zu dringen. Doch dein Körper gehört uns! Werden ihn formen, so wie Drafur es vorgesehen hat. Und bald wirst du erkennen, wieso wir gekommen sind.‹

›Ihr wollt die Quellen befreien!‹, stieß Laghanos hervor. ›Ihr zerstört die Grenzen, mit denen die Magie in Schranken gehalten wird.‹

›Es ist eure Schuld, dass die Quellen euch nichts als Hass entgegenbringen‹, wisperte Aquazzan. ›Ihr habt sie so viele Jahrhunderte gequält. Doch auch ihr Zorn wird sich eines Tages legen …‹

›… wenn Drafur kommt‹, flüsterte Laghanos – und verstummte. *Was habe ich gesagt? Dieses Wort, woher kenne ich es?* Er spürte sein Herz pochen, das Blut in seinen Adern pulsieren. Drafur … was bedeutete dieses Wort?

Ein Raunen setzte um ihn ein, ein rauer Klang wie aus zahlreichen Kehlen. Fast wie ein Lachen. ›Drafur … ich werde ihn dir zeigen‹, zischte Aquazzan, ›wirst ihn sehen, und nichts wird sein wie zuvor.‹

Die Finsternis wich. Laghanos spürte Schweiß auf seiner Stirn, spürte den Schmerz in seine Glieder zurückkehren;

und er wusste, dass es vergeblich war, sich weiter dagegen aufzulehnen.

Dann sah er eine Klaue aus dem Nichts auftauchen. Bronzefarben schimmerten die Schuppen der Echsenhand, die auf ihn zuschoss, sich auf sein Gesicht legte. Laghanos versuchte zu schreien, doch das Grauen erstickte jeden Laut. Und so blieb er stumm, als sich die Krallen mit einem hellen, mechanischen Laut in seinen Kopf bohrten, in seine Schläfen, seine Stirn, seine Wangen; tiefer und tiefer drangen sie, und in seinem Kopf hämmerte ein Schmerz, der ihn nicht mehr loslassen wollte.

❦

Sie standen dicht gedrängt, die Schultern müde nach vorn gebeugt, die Blicke gesenkt. Die Haare klebten ihnen in der Stirn und im Nacken, ihre Gesichter waren rau und unrasiert. Auf den ersten Blick wirkten sie wie heruntergekommene Banditen. Nur ihre Schwerter und Rüstungen, auf denen unter verkrustetem Schlamm das Wappen Kathygas zu erkennen war, verrieten ihre tatsächliche Herkunft.

»Ein Eid ist schon eine seltsame Sache – nicht wahr, meine Freunde? Tausende werden Tag für Tag auf der Welt geschworen, und in der gleichen Zeit werden doppelt so viele gebrochen. Menschen gehen für einen Eid in den Tod, andere morden in seinem Namen, stellen ihn über alles, vor allem über den eigenen Verstand … denn der Verstand und der Eid sind wie die Freiheit und die Weiber: beides kannst du nicht haben.«

Der Mann, der diese Worte sprach, lehnte unweit der beiden Ritter an einem der wenigen Bäume, die zwischen den Felsbrocken hervorsprangen. Er hatte die Arme theatralisch vor sich verschränkt. Mit belustigter Miene beobachtete er die müden Ritter; nur gelegentlich tauschte er kurze Blicke mit seinen Gefährten aus, die ihn umringten. Es schien, als wollte er sich vergewissern, dass sie ihre Säbel weiterhin gezückt hatten; denn obwohl die zwei Ritter kaum in der

Lage waren, sich zur Wehr zu setzen, wollte Cercinor kein unnötiges Risiko eingehen.

»Seien wir ehrlich«, fuhr er fort, »die meisten halten es mit dem Schwören wie mit einem sauer gewordenen Wein – sauf ihn ruhig, doch behalte ihn nur so lange im Magen, wie er dir keinen Ärger macht. Ansonsten steck dir rasch den Finger in den Hals, denn er raubt dir nur den Platz für das nächste offene Fass! So muss man saufen, und so muss man schwören – habe ich Recht, meine Freunde?«

Cercinor war von kleiner, kräftiger Statur. Auch wenn er das vierzigste Lebensjahr bereits hinter sich gelassen hatte, leuchteten seine blauen Augen noch immer voll jugendlichem Spott. Die schwarzen Haare, die ihm an den Schläfen bereits ausgingen, hatte er kurz geschoren. Sein einfaches Leinengewand unterschied sich nicht von der Kleidung seiner Kameraden. Zudem trug Cercinor weder ein Zeichen noch eine Waffe, die ihn als Anführer ausgewiesen hätten. Und so waren es allein die ehrfürchtigen Blicke seiner Gefolgsleute, die verrieten, dass er Cercinor der Unbeugsame war, wie man ihn im Süden Kathygas nannte.

Cercinor lächelte die Ritter an. »Ich will Euch ein Geheimnis anvertrauen. Auch ich habe einmal einen Eid abgelegt, vor vielen Jahren, kurz bevor ich zu dem wurde, was ich heute bin. Ich erinnere mich noch genau, wie ich die Worte mit treuherzigem Blick in das aufgedunsene Gesicht meines damaligen Herrn hauchte – eines fetten Kaufmanns aus Surgissa, dessen Geiz nur noch von seinem Misstrauen übertroffen wurde. Ich musste ihm schwören, sein Leben auch in höchster Gefahr zu beschützen, seinen Besitz mit all meiner Kraft zu verteidigen – und, ihr werdet es kaum glauben, seine Tochter weder zu berühren noch anzusehen … ein wunderhübsches Ding, fünfzehn Jahre alt und Haare wie aus geflossenem Gold.« Er grinste zu seinen Kameraden herüber. »Kurz darauf wurde ich zum dreifachen Eidbrecher.« Er fiel in das dröhnende Gelächter seiner Gefährten ein.

Einer der beiden Ritter hob den Kopf und starrte Cercinor voller Verachtung an. »Wenn Ihr vor uns mit Euren Schandtaten angeben wollt, habt Ihr Euch das falsche Publikum ausgesucht. Wir sind aus einem anderen Grund gekommen. Steckt endlich Eure Waffen weg und lasst uns vernünftig miteinander reden.«

Cercinor verschluckte mühsam sein Lachen. »Haltet Ihr meine Ausführungen für unvernünftig? Wie bedauerlich ... ich hätte darauf schwören können, dieses Mal etwas Geistreiches gesagt zu haben. Doch so ist das mit dem Schwören – Ihr gestattet doch, wenn ich darauf zurückkomme!« Er beugte sich zu einem seiner Gefährten herüber und ließ sich dessen Säbel geben. Dann schritt er langsam auf die Ritter zu. »Ich frage mich, was wohl Eure Eidesworte gewesen sind, als Ihr vor König Eshandrom, dem alten Narren, Euer Knie gebeugt habt. Habt Ihr geschworen, sein Leben mit Eurem eigenen zu verteidigen? Ihm in jeder Stunde der Gefahr zur Seite zu stehen?« Er tupfte mit seinen Fingern vorsichtig an die scharfe Klinge des Säbels. »Zweifellos habt Ihr ihm ewige Treue bis in den Tod gelobt – Euren arglosen Gesichtern zu entnehmen, gar noch darüber hinaus.« Er wies mit der Säbelspitze auf den ersten Ritter. »Periston Aderint, Baron von Locra und Schildträger des Königs. Man sagt, Ihr hättet König Eshandrom während des Krieges gegen Arphat dreimal das Leben gerettet. Und Ihr«, er deutete auf den zweiten Ritter, »seid Graman Serffa, der Ritter mit dem geborstenen Helm. Ihr tragt ihn zwar nicht bei Euch, aber ich habe Euch dennoch erkannt – der Schwertbruder des Königs, eine wahre Legende. Es heißt, Ihr führt Euer Schwert so schnell, dass die Klinge in der Luft zu glühen beginnt.« Cercinor lächelte die Ritter selbstzufrieden an. »Die Leibgarde König Eshandroms hat sich hier versammelt, hat trotz aller Eidesschwüre ihren König verlassen und ist in den Süden geflüchtet. Und warum?« Er breitete die Arme aus, als gälte es, lang verschollene Freunde zu empfangen. »Um mir ihre Aufwartung zu machen – mir, Cercinor dem Unbeugsamen, einem Schurken und Räuber und Gesetzesbrecher! Die zwei berühmtesten Ritter Kathygas statten dem verhassten Cercinor, der Geißel des Rochenlandes, einen Besuch ab. Nicht nur das, sie wollen sich ihm gar unterwerfen! Sie wollen an seiner Seite kämpfen, Schulter an Schulter mit dem Mörder, den sie all die Jahre vergeblich jagten.« Er ließ die Arme sinken. Ein Lächeln umspielte seine Lippen. »Wieso bloß glaube ich Euch nicht? Wieso glaube ich, dass Ihr mich vielmehr zum Narren halten wollt und ich Euch besser von meinen Leuten an diesen Baum hier knüpfen lassen sollte, so wie Ihr es mit unsereins zu tun pflegt?«

Die Ritter wechselten vorsichtige Blicke. Dann erhob einer der beiden – es war Periston Aderint, ein dreißigjähriger Mann mit braunem Haar und einem runden, fleischigen Gesicht – die Stimme. »Ich kann Euer Misstrauen verstehen, Cercinor. Uns geht es nicht anders. In meinen Augen seid Ihr ein Aufständischer und ein Verbrecher. Würde ich Euch unter anderen Bedingungen treffen, so zögerte ich keinen Augenblick, um Euch mit meinem Schwert für Eure Taten zur Rechenschaft zu ziehen.«

Cercinor lachte vergnügt auf. »Doch es herrschen andere Bedingungen, nicht wahr? Und was für welche! Aus mir, dem einstigen Aufständischen, ist über Nacht ein aufrechter Rebell des besetzten Kathygas geworden, aus dem einstigen König ein Verräter – und aus seinen Rittern flüchtige Eidbrecher.«

»Von Euch brauche ich keine Belehrungen über Eide!«, zischte Periston Aderint.

»Vielleicht braucht Ihr aber Belehrungen, wie Ihr Euch gegenüber dem Herrn des Rochenlandes zu verhalten habt«, schrie Cercinor in plötzlichem Zorn. »Seht Euch um! Seht Euch mein Reich an!« Mit der rechten Hand wies er über ihre Köpfe hinweg, und ihre Blicke folgten seiner Bewegung.

Sie standen auf dem Felsabsatz eines Hügels, der sich steil über den Wipfeln des Arkwaldes erhob. Bis zum Horizont erstreckte sich ein Meer aus bittergrünen Tannen, nur vereinzelt durchbrochen von den goldenen und roten Schleiern herbstlich gefärbter Laubbäume. In der Ferne sah man einige Rodungen und Dörfer, und der Arkensprung, jener schmale Fluss, der sich durch das Rochenland schlängelte, war nur als schwarzer, gewundener Riss in der Walddecke zu erkennen.

In ihrem Rücken aber warf sich wie ein grauer Schatten der erste Ausläufer des Rochen empor: raues, zerklüftetes Gestein, das in schroffen Felsvorsprüngen, in stelenförmigen Zacken den Wald auseinander riss. Wenn sie ihre Köpfe wandten, konnten sie in der Ferne – vom Nieselregen in grauen Dunst getaucht – den Rochen selbst sehen, jenes gewaltige Gebirgsmassiv, das wie eine Mauer Kathyga vom Silbermeer trennte.

»In seinem Schatten verblasst jede Macht«, sagte Cercinor. »Bereits die candacarischen Könige glaubten, dieses Gebiet sei ihnen untertan. Narren! Auf den Landkarten gehörte es ihnen, doch ihre Herrschaft endete bereits am Rand des Arkwaldes. Das Rochenland war niemals ein Teil Candacars, und ebenso wenig wurde es ein Teil Kathygas. Euer feiger König hat ganze Heere entsandt, um uns unserer Freiheit zu berauben; er hat sogar in Surgissa einen Baron berufen, damit dieser in seinem Namen unsere Dörfer ausbeutet und die Bewohner als Soldaten für das kathygische Heer missbraucht.« Er lachte grimmig auf. »An dieser Aufgabe hat er sich die Zähne ausgebissen, Euer König! Konnte er das Rochenland unterwerfen? Nein, denn es folgt mir, folgt Cercinor. In jedem Dorf sitzen meine Anhänger; selbst in Eurem Heer hört so mancher auf meinen Befehl. Ihr habt versucht, mich zu kaufen – umsonst! Ihr habt mich gejagt – vergeblich! Und selbst wenn Ihr mich gefasst und aufgehängt hättet: Schnell wäre dem Volk ein neuer Cercinor entwachsen. Das Rochenland wird niemals von einem König in Larambroge beherrscht werden.« Er richtete den Säbel auf Periston Aderint. »Ebenso werden auch die Echsen scheitern, von denen Ihr mir vorjammert! Sie mögen so stark und zahlreich sein, wie sie wollen – hier endet ihre Macht! Das Rochenland kann man besetzen, doch nicht beherrschen. König Eshandrom hat sich an die Echsen verkauft, um seine Krone auf dem Kopf behalten zu dürfen; und das Rochenland hat er ihnen als Morgengabe zu Füßen gelegt. Aber an diesem Geschenk werden sie schwer zu schlucken haben, das schwöre ich Euch.«

»Ihr habt uns nicht zugehört«, sagte der zweite Ritter: Graman Serffa, der einstige Schwertbruder des Königs, ein muskulöser Mann mit dunkelblonden Haaren. »Die Goldéi haben die Heere von Candacar und Gyr besiegt und beide Länder unterworfen. Glaubt Ihr tatsächlich, das Rochenland wird ihnen widerstehen können? Der Großteil ihres Heeres zieht zwar nach Osten, nach Arphat. Doch ein Teil hat sich abgespalten, um das Rochenland zu besetzen.«

»Besetzen heißt nicht beherrschen«, wiederholte Cercinor. »Und ob die Besetzer des Rochenlandes kathygische Rüstungen tragen oder eine Schuppenhaut, ist den Rochenländern gleichgültig.«

Periston schüttelte den Kopf. »Denkt nach, Cercinor! Wenn die Goldéi in Euren Dörfern angelangt sind, wird das Volk in Panik ausbrechen. Es sind Ungeheuer, Kreaturen aus einer anderen Welt! Wenn Ihr sie seht, werdet Ihr begreifen, wovon ich spreche. Die Rochenländer werden die Flucht ergreifen, und Ihr werdet Euer ›Reich‹ für immer an die Echsen verlieren.«

Cercinor ließ den Säbel sinken. »Es freut mich, welch große Anteilnahme die kathygische Ritterschaft am Schicksal des Rochenlandes nimmt. Glaubt Ihr, ich würde Euch diese Heuchelei abkaufen? Euer Eidbruch muss Euch stark mitgenommen haben, sonst müsstet Ihr Euch bei Eurem neuen Lehnsherrn nicht auf solch erbärmliche Weise einschmeicheln.«

»Wir haben unseren Eid nicht gebrochen«, erwiderte Graman Serffa. »Der König hat uns von ihm entbunden.« Er senkte den Blick. »Es ist wahr, dass wir seinen Entschluss, sich den Goldéi zu unterwerfen, nicht billigen wollten. So trostlos die Lage auch war – der Gedanke,

Kathyga kampflos aufzugeben, schien uns ein Verrat zu sein. König Eshandrom aber wollte nicht das Leben seiner Untertanen opfern, um am Ende doch zu unterliegen. So entband er uns von unserem Eid – und schickte uns zu Euch, Cercinor. Denn das Rochenland ist die letzte Hoffnung für Kathygas Freiheit.«

»Wir wissen, dass etwa zweitausend der Goldéi den Weg nach Süden eingeschlagen haben, um auf den Rochen zu marschieren«, fiel Periston Aderint ein. »Unter ihnen befindet sich einer ihrer Anführer, ein Scaduif. Wenn es uns gelingt, ihn gefangen zu nehmen …«

»Ich werde meine Gefährten nicht in einen sinnlosen Kampf gegen zweitausend Echsen führen«, entgegnete Cercinor mit ruhiger Stimme. »Einem Ritter mag es wenig bedeuten, seine Krieger in offener Schlacht in den Tod zu schicken. Doch hier im Rochenland führen wir keine Kriege. Wir töten unsere Feinde aus dem Hinterhalt. Das mag gegen Eure Rittertugenden verstoßen …«

»Wir sind keine Ritter mehr«, stieß Graman Serffa hervor. »Und wenn Ihr gemeinsam mit uns gegen die Goldéi kämpfen wollt, so werden wir uns nach Euren Befehlen richten. Ihr kennt das Rochenland, seine Schleichpfade und Geheimwege. Mit diesem Wissen können wir die Echsen überlisten.«

»Ohne ihren Anführer sind sie hilflos«, fügte Periston Aderint hinzu. »Wenn sie scheitern, das Rochenland zu besetzen, wird dies der erste Schritt sein, um Kathyga zu befreien.«

Cercinor blickte ihn nachdenklich an. »Ich frage mich nur, was Eure merkwürdigen Echsen in den Arkwald treibt. Wozu wollen sie das Rochenland besetzen, wo sich ihnen doch der Rest Kathygas ergeben hat?«

Periston Aderint zuckte mit den Schultern. »Das wissen wir nicht. Das Rochenland scheint für ihren Feldzug von Bedeutung zu sein.«

Cercinor wandte sich seinen Gefährten zu. »Ihr habt gehört, was uns die hohen Herren mitzuteilen haben. Tretet aus den Schatten, Rochenländer, so fordern sie, und nehmt Eure Schwerter und kämpft gegen die Eindringlinge. Ihr seid Räuber, Wilderer und Holzfäller gewesen – jetzt sollt Ihr Krieger sein! Was sollen wir von diesen Worten halten?« Er bemerkte die unsicheren Blicke seiner Untergebenen. »Ihr sagt nichts? Dann bin es wohl ich, der eine Entscheidung treffen muss.« Er betrachtete den Säbel in seiner Hand, und für einen kurzen Moment schwieg er. Dann sagte er mit ruhiger Stimme: »Wir sind keine Krieger; in einer offenen Schlacht wären wir ohne jede Chance. Es würde zu viele Tote geben. Doch es gibt andere Wege, einen Feind zu besiegen.« Er hielt Periston Aderint den Säbel entgegen. »Wenn Ihr mit uns kommen wollt, Eidbrecher, dann werdet Ihr nach meinen Regeln kämpfen. Denn Eure zählen nichts hier im Rochenland – sie sind ebenso nutzlos wie Eure Rüstungen.«

Periston Aderint nickte. Er streckte die Hand aus und nahm den Säbel entgegen. Dabei ließ er Cercinor nicht aus den Augen. Als dieser lächelte, ließ Periston die Klinge sinken, hob die linke Hand und verneigte sich, um …

»Und verschont mich mit Euren Schwüren!«, sagte Cercinor und wandte sich gelangweilt ab.

❦

Das Erste, was Laghanos wahrnahm, war der Gestank; ein Geruch klebriger Fäulnis, dicht und schwer und von einer Bitternis, die ihm den Atem nahm. Hustend brach er zu Boden, presste seinen Kopf in den Schoß, um Mund und Nase zu verschließen. Doch der Schmerz auf seiner Stirn, seinen Wangen, seinen Lippen ließ ihn wieder empor fahren. Sein gesamtes Gesicht brannte vor Schmerz – oder war es der glühende Wind, der ihm entgegenschlug? Ihm schien, als ob mit jedem Luftstoß Flammen an ihm empor leckten, tief in seine Haut drangen, in seinem Fleisch schwelten.

Fort waren die Dunkelheit und ihr Schutz; stattdessen blendete ihn grelles Licht. Mühsam versuchte er seine Augen nur so weit zu öffnen, dass der glühende Wind sie nicht erfasste. Unter sich erblickte er den Grund, auf dem er kauerte: eine schwarzgraue, schlierige Masse, zäh und klebrig wie Pech. Er hob die linke Hand empor, mit der er sich abgestützt hatte. In langen Fäden troff die schwarze Substanz zwischen den Fingern herab.

Laghanos bemerkte, dass er nackt war. Seine Knie waren tief in den teerigen Morast eingesunken. Nur mit aller Kraft konnte er sich aufrichten. Der Morast erstreckte sich bis zum Horizont. Kein Baum, kein Strauch war zu sehen; nur vereinzelt ragten seltsame Gebilde, die an Geröllhaufen erinnerten, aus dem Schlick. Auch unter den Füßen spürte Laghanos Gestein; er bemerkte es mit Erleichterung, denn so musste er nicht befürchten, in dem Schlamm zu versinken.

Er richtete seine Augen zum Himmel, dessen Färbung ihm fremd und unwirklich erschien: eine tiefe, rubinrote Glut, vor der sich düstere Wolken türmten. Der starke Wind trug sie über Laghanos hinweg; an vielen Stellen wurden sie von der Gewalt des Luftstroms auseinander gerissen, um sich in neuen Formen zusammenzufügen.

Wie war er an diesen entsetzlichen Ort geraten? Die letzten Worte des Rotgeschuppten kamen ihm in den Sinn. War dies sein Werk? Ein neues Trugbild?

Der Schmerz in seinem Gesicht machte ihn fast wahnsinnig. Vergeblich versuchte Laghanos nach seinen Lippen, seiner Nase zu tasten. Doch bevor seine Finger sie erreichten, schwoll der Schmerz an und steigerte sich ins Unerträgliche.

Ein Geräusch ließ ihn herumfahren. In einer Entfernung von wenigen Schritten entdeckte er ein Wesen, das wie aus dem Nichts erschienen war.

Nie zuvor hatte Laghanos eine solche Erscheinung gesehen. Die Umrisse des Wesens glichen denen eines Menschen, doch es war von schlankerem Wuchs. Seine Haut war weiß und unstet wie dichter Nebel. Es schwebte über dem Morast, ohne ihn mit den Füßen zu berühren. Allein die Augen und der Mund des Wesens waren schwarz.

»Wer bist du?«, flüsterte Laghanos.

Das Wesen antwortete nicht. Stattdessen streckte es seine Hand aus. Zögernd ergriff Laghanos sie. Seine Finger stießen auf eine glatte, feste Haut. Sie fühlte sich wunderbar kühl an; allein die Berührung genügte, um seinen Schmerz zu lindern. Laghanos umklammerte die Hand und führte sie an seine Lippen. Eine angenehme Kälte legte sich über sein Gesicht und betäubte den Schmerz.

›Es ist dir also gelungen‹, hörte er das Wesen mit einer Stimme sagen, die so zerbrechlich war wie seine Gestalt. ›Niemals hätten wir es für möglich gehalten, dass du so früh zu uns kommen würdest. Bist stärker, als wir ahnten.‹

›Wo bin ich?‹, stieß Laghanos hervor. ›Was ist mit mir geschehen?‹

›Hast deine Welt verlassen und eine neue betreten‹, antwortete das Wesen. ›Seit vielen tausend Jahren ist dies keinem deiner Art mehr gelungen. Du aber hast das Tor schon beim ersten Versuch durchschritten. Es ist ein Wunder.‹ Vorsichtig versuchte es seine Hand aus Laghanos' Umklammerung zu lösen, doch dieser verstärkte verzweifelt den Griff.

›Geh nicht fort‹, bat er, ›lass mich nicht allein!‹

›Es gefällt dir hier nicht?‹, fragte das Wesen. ›Dabei hast du nur einen winzigen Teil unserer Welt gesehen. Werde dir bei deinem nächsten Besuch mehr zeigen … all das, was ihr durch eure Gier zerstört habt!‹

Laghanos stockte der Atem. Ein furchtbarer Verdacht stieg in ihm auf. ›Wer bist du?‹ Entsetzt starrte er das Wesen an. ›Nein, es kann nicht sein – das ist nicht möglich …‹

›Endlich erkennst du mich‹, antwortete die Nebelgestalt. ›Erstaunt es dich, mich in meiner wahren Gestalt zu sehen? Nur in eurer Welt bin ich gezwungen, eine andere anzunehmen – jene Gestalt, die uns vor langer Zeit die Feuerschänderin gab, um den Menschen Furcht vor uns einzuflößen. Sind verflucht, in diese Hülle zu schlüpfen, sobald wir eure Welt betreten. Erst Drafur wird diesen Fluch von uns nehmen.‹

Laghanos stieß die Hand des Wesens von sich. ›Dann ist dies kein Traum, kein Trugbild! Du bist noch immer hier und verfolgst mich …‹

›Sagte ich dir nicht, dass du mich nicht vertreiben kannst?‹, flüsterte Aquazzan, und trotz der veränderten Stimme erkannte Laghanos ihn nun wieder, den Rotgeschuppten. ›Werde an deiner Seite bleiben, egal wohin du gehst.‹

›Was ist mit meinem Gesicht geschehen?‹, schrie Laghanos.

›Du trägst die Maske Drafurs‹, antwortete der Goldéi. ›Ohne ihren Schutz würde die Quelle deiner Lehrmeister dich wieder erkennen und in Stücke reißen. Bist zwar stark, doch noch kannst du ihr nicht gegenübertreten.‹

Laghanos wich vor dem Wesen zurück. Nur mit Mühe vermochte er im zähen Morast einen Schritt zu tun. Gleichzeitig wurde er sich erneut des grässlichen Gestanks bewusst, der in der Luft lag. ›Dies also ist die Welt, aus der ihr gekommen seid‹, stieß er hervor. ›Wollt ihr auch unsere in eine solche Hölle verwandeln?‹

›Was du siehst, ist nicht unser Werk‹, antwortete der Goldéi. ›Der Boden, auf dem du stehst, war einst ebenso weiß und durchscheinend wie mein Körper, und die Luft war kühl und voller Stille. Doch dann kam die Feuerschänderin und brach die Freundschaft, die sie uns geschworen hatte. Sie verriet uns und begann mit dem Raub, der unser Land zerstörte und unser Leben zur Qual werden ließ. Als sie starb, setzten ihre Schüler das Verbrechen fort. Wir konnten nichts dagegen tun; die Schänderin hatte die Tore zu eurer Welt verschlossen. Wir waren machtlos …‹

›Ich will das nicht hören‹, schrie Laghanos. ›Lass mich gehen! Bring mich zurück!‹

›Ich werde dich zurückführen‹, versprach der Goldéi, ›denn beim ersten Mal darfst du nicht zu lange bleiben. Es hat dich große Anstrengung gekostet, das Tor zu durchschreiten, und das Tragen der Maske zehrt an deiner Kraft. Wirst bald hierher zurückkehren. Dann werde ich dir unsere Welt zeigen; wirst lernen, deine Augen für die Dinge zu öffnen, die du noch nicht sehen kannst; wirst lernen, dich von Drafurs Atem tragen zu lassen, damit du an Orte gelangst, die deine Füße nicht erreichen können. Und du wirst …‹

Aquazzan verstummte plötzlich. Er wandte den schimmernden Kopf zur Seite, als hätte er ein Geräusch vernommen.

Laghanos wich weiter vor ihm zurück. ›Bring mich fort von hier!‹, wimmerte er.

›Still!‹, rief der Goldéi. Noch immer lauschte er.

Nun hörte es auch Laghanos; ein leises Plätschern, dunkel und schwerfällig. Entsetzt hielt er den Atem an und blickte um sich.

Dort! Eine Bewegung im Morast; Laghanos sah, wie sich unweit von ihm eine Welle aufwarf, wie Blasen aufstiegen und zerplatzten. Dann glättete sich die Oberfläche ebenso schnell, wie sie aufgewühlt worden war. Es blieb eine trügerische Stille.

Aquazzan war mit einer schnellen Bewegung an seiner Seite und baute sich schützend vor ihm auf. Laghanos spürte die Kälte, die der Körper des Goldéi ausstrahlte, über seine Haut streichen.

Dann – eine plötzliche Bewegung am Grund. Laghanos schrie auf! Ein klebriges Etwas umschlang sein Bein, zog ihn herab in den zähen Schlamm. Und über ihm erklang ein hasserfülltes Kreischen, ein Brüllen! Es war nicht das erste Mal, dass er diese Laute vernahm …

›Lass ihn‹, hörte er Aquazzan aufschreien, ›er gehört mir – er darf nicht sterben!‹

… es war die Kreatur, die Charog getötet hatte, DIE CHAROGS SCHÄDEL ZERSCHMETTERT HATTE, jene Kreatur, die ihn schon einmal hatte zerreißen wollen: sie war zurückgekehrt, hatte ihn aufgespürt, hatte ihn …

Eine Hand, kalt wie Eis, packte seine Schultern und zog ihn empor. Wieder hörte er ein wütendes Kreischen neben seinem Ohr. Doch dann entfernte es sich, wurde schrill und klagend, und schließlich brach es ab.

Angsterfüllt öffnete Laghanos die Augen. Er erblickte Aquazzans schimmernde Gestalt neben sich, der nun den Griff um seine Schultern lockerte.

›Sie werden es immer wieder versuchen‹, sagte der Goldéi leise, ›wann immer sie dich erblicken. Wir nennen sie die Gehäuteten. Sie sind unsere Brüder, die durch dieselbe Macht verstümmelt wurden, die unsere Welt zerstörte. Sie haben furchtbare Qualen erlitten und hassen euch Menschen.‹

›Was ist mit ihnen geschehen?‹, entrang sich Laghanos die Frage.

›Du weißt es noch immer nicht?‹, erwiderte Aquazzan. ›Hast du deine Lehrer niemals gefragt, woher die Kraft stammt, die sie den Quellen raubten? Woher du selbst die Kraft nimmst, um Magie zu wirken? Hast du niemals geahnt, dass sie nicht dir gehört – nicht dir, nicht der Malkuda, nicht deiner Welt?‹

Laghanos senkte den Blick. Er wollte die Worte des Goldéi nicht hören. Der Schmerz kehrte in sein Gesicht zurück, pochte unter seiner Haut wie Feuer. ›Wann bringst du mich endlich zurück?‹, stieß er hervor. ›Wann bringst du mich endlich fort von hier?‹

Er bekam keine Antwort.

Als Laghanos erneut aufblickte, war die nebelhafte Gestalt des Goldéi verschwunden. Kurz darauf erfasste ihn ein Taumel, schwanden seine Sinne. Die Wirklichkeit brach in sich zusammen; die Welt, die sich ihm aufgetan hatte, stieß ihn wieder von sich. Für einen kurzen Moment fühlte Laghanos entsetzliche Leere, und er erkannte, dass dies kein Traum gewesen war, kein Trugbild: dass sein Körper tatsächlich die Schwelle zu einer Welt übertreten hatte, von der er nichts geahnt hatte, und die er wünschte, nie gesehen zu haben.

KAPITEL 5

Botschaften

Es war vor allem ihr Gesicht, das er gehasst hatte; die großen, wässrigen Augen, die fleischigen Lippen, die kalkweißen Wangen und das dürre blonde Haar, das im Sonnenlicht grauen Spinnweben glich. Und ebenso hatte ihr hagerer Körper ihn angewidert, mit dem sie ihn um fast einen halben Kopf überragte; die Schultern, aus denen die Knochen wie Pfeile hervorstanden, der leicht gekrümmte Rücken, die dürren Finger, über die sich blaue Adern zogen, und die schwammigen Brüste, die sich unter dem eng sitzenden Kleid wölbten, zu groß und unförmig für ihre Figur.

Vor sechs Jahren hatte Akendor sie zuletzt gesehen. Er erinnerte sich genau an dieses Zusammentreffen – an den Tag, als sie mit Bliskor Thim, dem Baron von Condul und jüngeren Bruder Fürst Vildors, vermählt worden war. Akendor erinnerte sich, welche Erleichterung er verspürt hatte, als Tundia endgültig aus seinem Umkreis verschwunden war, für immer fort aus Thax, um ihrem Ehemann auf seine Burg zu folgen. Nie mehr würde er ihr Gesicht sehen, nie mehr würden ihn die Schuldgefühle heimsuchen, die ihr Anblick in ihm auslöste.

Akendor hatte versucht, Tundia Suant aus seinem Gedächtnis zu verbannen. Doch es war ihm nicht gelungen. Immer wieder kehrte die Erinnerung an das, was er ihr angetan hatte, zurück. Und auch die Worte, die sie ihm an jenem letzten Tag entgegengeschleudert hatte, waren ihm im Gedächtnis geblieben. Als sie von den Priestern zur Brautweihe gezerrt worden war, hatte Tundia ihn verflucht, ihn, der sie gedemütigt, der sie zur Hochzeit mit Bliskor gezwungen hatte. Ihr hassverzerrtes Gesicht, hässlicher als je zuvor, hatte ihn bis in seine Träume verfolgt.

»Sechs lange Jahre«, sagte Akendor leise. Er ergriff Tundias Hand und umschloss sie fest. »Es ist eine lange Zeit. So viel ist geschehen …«

Tundia lächelte. »Eine lange Zeit für dich, Akendor. Für mich sind die Jahre wie im Flug vergangen.«

Sie war fülliger geworden. Ihre Knochen standen nicht mehr hervor wie einst, und das blaue Kleid saß eng um ihre Hüften. Ihr Haar – sie trug es offen, es reichte ihr bis zu den Schultern – war voll und von einer kräftigen Farbe. Akendor stellte verwirrt fest, dass sie längst nicht so hässlich war wie in seiner Erinnerung. Ihre Gesichtszüge waren ihm früher grob erschienen. Nun erweckten das hervorspringende Kinn, die Nase, die breiten Backenknochen den Eindruck von Stolz; und ihr einst plumper Körper erschien ihm plötzlich weiblich und kräftig. Zwar war sie nach wie vor alles andere als attraktiv; nichts hatte sie von der filigranen Eleganz ihrer Familie geerbt. Sie war das Gegenteil ihres Bruders Scorutar, der mit seiner erstarrten Schönheit das Wesen der Suant vollkommen verkörperte. Doch Tundia hatte im Lauf der Zeit eine andere Art von Schönheit erlangt, die sich weder beschreiben noch erklären ließ.

»Ich wusste nicht, dass du am Hof bist!«, sagte Akendor. »Man hat es mir verschwiegen.«

»Es gibt vieles, was man dir verschweigt«, erwiderte Tundia. »Ich kam schon vor Tagen, zusammen mit Scorutar. Man brachte mich in einer Taverne in der Stadt unter. Ich wollte dir nicht über den Weg laufen.« Sie wich seinem fragenden Blick aus. »Ich habe mich in den Straßen umgesehen. Es hat sich nichts verändert in Thax. Die Menschen, die durch die Gassen strömen, scheinen dieselben zu sein wie damals. Ich sah dieselben Kaufleute am Steinmarkt ihre Waren verschachern, dieselben Bettler am Straßenrand sitzen, dieselben Spielleute ihre Gaukeleien treiben. In Thax ist die Zeit stehen geblieben, findest du nicht?«

»Ich bin lange nicht mehr dort unten gewesen«, gab Akendor zu. »Die ständigen Volksaufläufe und Jubeleien ertrage ich nicht. Die Freude der Menschen ist nicht ehrlich.«

»Natürlich ist sie das nicht. Warum sollte sich das Volk freuen, einen Kaiser zu sehen, der sich das ganze Jahr in seinem Palast verkriecht?« Tundias Stimme war voller Schärfe. »Einen Kaiser, dessen Name selbst vielen unbekannt ist.«

»Ich habe oft an dich gedacht«, unterbrach Akendor sie. »Immer wieder habe ich Scorutar nach deinem Befinden gefragt; wie es dir geht, wie du dich in Condul eingelebt hast.«

»O ja, ich hörte davon«, höhnte Tundia und ließ seine Hand los. »Und ich danke dir für die Perlen, die du mir zur Geburt meiner Tochter geschenkt hast. Es war eine große Ehre für mich, dass der Kaiser den Nachwuchs des Hauses Thim mit solcher Großzügigkeit bedenkt.«

»Wie geht es dem Mädchen?«, fragte Akendor gezwungen. »Ich würde sie gern sehen.«

»Das kannst du. Ich habe sie mitgebracht.« Tundia drehte sich um und gab dem Kämmerer ein Zeichen. Er nickte und verließ den Raum.

Akendor warf den Blick zu Boden. »Du musst mich sehr hassen, Tundia«, sagte er stockend, »und ich verstehe das. Dass ich dich bloßstellte … es zuließ, dass sie dich mit Bliskor vermählten.«

Tundia lachte grimmig auf. »Es muss dir nicht Leid tun. Bliskor ist ein guter Ehegatte, ein bisschen alt zwar und zuweilen etwas jähzornig, doch was macht es schon; immerhin ist er der Baron von Condul, ein Erbe des Hauses Thim…« Sie strich sich mit der Hand eine Strähne aus der Stirn. »Ach, vergiss es, Akendor, vergiss es!«

»Wenn er dir je etwas angetan hat«, zischte Akendor, »musst du es mir nur sagen, und ich werde ihn …«

»Er hat mir eine Tochter geschenkt«, sagte Tundia leise. »Das hat mich am Leben erhalten.«

Schritte. Akendor blickte sich um. Der Kämmerer war zurückgekehrt. An der Hand führte er ein Kind, ein kleines Mädchen in einem hellen Kleid. Kurzes braunes Haar, die Augen groß und schüchtern. Als es seine Mutter entdeckte, machte es sich von der Hand des Dieners los und rannte auf Tundia zu. Es klammerte sich an ihr Bein und starrte Akendor mit einer Mischung aus Furcht und Neugier an.

Akendor lächelte. Er kniete sich zu dem Kind herab, sah ihm in die Augen. »Ich grüße dich, Suena. Nicht wahr, das ist dein Name?« Das Mädchen nickte langsam. Akendor strich ihm über den Kopf. »Wie alt bist du?«

Verunsichert blickte Suena zu ihrer Mutter empor. Schließlich hob sie die Hand und streckte einige Finger aus. »Vier«, presste sie zwischen den Zähnen hervor.

Akendor seufzte. »Vier Jahre ...« Er ließ seine Zunge über die Unterlippe rollen. »Soll ich dir etwas erzählen, Suena? Als ich so alt war wie du, schenkte mir mein Vater einen Hasen; einen weißen Hasen mit roten, lustigen Augen. Es war mein erstes eigenes Tier, ich durfte ihn füttern, ihn im Palastgarten laufen lassen. Ich war überglücklich und umsorgte ihn den ganzen Tag.« Er warf Tundia einen kurzen Blick zu. »Aber weißt du, Suena, ich wusste noch nichts über das Leben. Ich streichelte meinen Hasen, drückte ihn an mich, genoss die Wärme und das Pochen seines kleinen Herzens. Und einmal drückte ich zu fest«, zufrieden beobachtete Akendor, wie das Kind den Atem anhielt, »hörte sein aufgeregtes Schnaufen und dann ein seltsames Knirschen neben meinem Ohr, wie von einem brechenden Ast; das Pochen verstummte, und meine Hand war voller Blut ...«

Tundia hob ihre Tochter mit einem Ruck auf den Arm. »Warum erzählst du das einem Kind?«, zischte sie. »Macht es dir Spaß, sie zu erschrecken?«

Akendor richtete sich auf. »Habe ich dich erschreckt, Suena?«, fragte er scheinheilig. »Verzeih mir – ich wollte nur ...«

»Es ist widerlich!«, herrschte Tundia ihn an. »Wie kannst du so etwas tun?«

Suenas Blicke ruhten noch immer auf Akendor, die Augen weit aufgerissen. Vorsichtig öffnete sie den Mund, dachte kurz nach. »Ich habe auch ein Tier. Einen kleinen Hund«, sagte sie mit fester Stimme. »Er heißt Reißer.«

Akendor erbleichte.

»Er blutet nicht, wenn man ihn streichelt«, hörte er Suena sagen. »Aber er jagt kleine Vögel und Mäuse.«

»Genug jetzt!«, befahl Tundia. Sie setzte das Mädchen ab. »Geh hinaus, warte draußen bei den Kammerdienern, Suena. Ich werde gleich nachkommen.«

»Ich will nicht draußen warten!«, murrte das Kind.

»Geh schon!«, wiederholte Tundia.

Akendor wandte sich ab, die Augen zu schmalen Schlitzen verengt. Er wartete, bis die tappenden Schritte des Mädchens sich entfernt hatten. Und fühlte dann Tundias Hand auf seiner Schulter, ohne jede Wärme, sah ihre Fingerspitzen über seinen Oberarm gleiten, hörte ihre beschwörende Stimme: »Hör zu, Akendor; ich bin nicht gekommen, um dir meine Tochter vorzuführen, und auch nicht, um dich wieder zu sehen. Ich wollte dich niemals mehr sehen, das kannst du mir glauben.«

»Was willst du dann?«, zischte Akendor. »Hat dich dein Bruder geschickt? Sollst du mir sagen, wozu er zu feige ist?«

Tundia ließ ihn los. »Du weißt, dass ich Scorutar ebenso hasse wie du; dass ich mich niemals, zu keiner Zeit, herabgelassen habe, mich an seinen falschen Spielen zu beteiligen! Er hat mich genauso benutzt und belogen wie dich.«

Akendor drehte sich um. »Was willst du?«

Ihre braunen Augen funkelten vor Aufregung. »Scorutar hat mir berichtet, was im Thronrat geschehen ist. Ich musste einfach kommen und mit dir reden.«

»Ich weiß nicht, wovon du sprichst!«

»Bist du denn blind, Akendor? Siehst du nicht, was um dich herum geschieht – seit Jahren schon?« Sie schüttelte ungläubig den Kopf. »Du bist der Kaiser von Sithar! Niemand in diesem Reich besitzt solche Macht wie du. Doch du hast diese Macht niemals genutzt. Du warst zu träge und zu feige. Du hast Scorutar und Binhipar das Regieren überlassen und dem Thronrat die Entscheidungsgewalt.«

»Und wenn schon!«, fauchte Akendor. »Sollen sie regieren – sollen sie herrschen! Sie können es besser als ich.«

»Es ist gut, dass du das eingesehen hast«, sagte Tundia. »Eben deshalb darfst du dich ihnen nicht in den Weg stellen – nicht in einer solchen Zeit.«

Akendor lachte auf. »Wann habe ich mich ihnen je in den Weg gestellt!«

»Immer wieder hast du dich ihren Plänen verweigert. Die Handelsverträge mit Gyr etwa, oder die Flottenbestimmungen im vergangenen Jahr. Die Auflösung deiner Leibgarde! Die Ausbildung deines Sohnes in Troublinien, als Zögling abtrünniger Kaufleute und Seefahrer! Und nun hast du zu allem Überfluss Fürst Baniter die Gelegenheit verschafft, den Thronrat zu spalten.«

»Baniter ist ein Mitglied des Thronrates wie jeder andere«, sagte Akendor verärgert. »Er hatte das Recht zu sprechen, und ich habe es ihm gewährt.«

»Baniter Geneder ist kein Mitglied des Rates wie jeder andere! Niemals, zu keiner Zeit! Er ist gefährlich – wie seine gesamte Familie.«

Akendor winkte ab. »Die Verschwörung … das ist doch alles Jahrzehnte her.«

»Hör mir zu!«, rief Tundia aufgebracht. »Glaube nicht, dass mein Bruder es zulassen wird, dass Baniter im Thronrat triumphiert. Die anderen Fürsten lauern nur darauf, Scorutar und Binhipar ein Stück ihrer Macht abzuringen, und Baniter ist schlau genug, sich das zunutze zu machen. Weißt du, was sein Vertrag vorsieht, den er heute im Thronrat präsentieren will? Er will ein Bündnis mit Arphat schließen – ein Bündnis!«

Akendor schien nur mit halbem Ohr zuzuhören. »Der Silberne Kreis wird darüber befinden, so wie es das Gesetz vorsieht.«

»Du darfst nicht zulassen, dass Baniter Geneder den Silbernen Kreis entzweit«, fuhr Tundia fort. »Du musst mit deiner Stimme den Erlass meines Bruders unterstützen!«

»Will mir Scorutar vorschreiben, wie ich bei der Abstimmung zu entscheiden habe?«, entrüstete sich Akendor.

»Die Lage erfordert es! Du musst ihm gehorchen«, beschwor ihn Tundia.

Akendor lachte. »Ich bin der Kaiser, hast du das vergessen? Ich muss niemandem gehorchen – mir wird gehorcht! Wenn dein Bruder das nicht begreifen will …«

»Du bist derjenige, der nicht begreift«, flüsterte Tundia. »Und da ist noch etwas, Akendor. Dieses Mädchen …«

Akendors Augen nahmen einen grausamen Ausdruck an. »Redest du von Ceyla?« Er packte Tundia am Arm. »Hat Scorutar von ihr gesprochen? Ich warne dich …«

»Es ist mir gleich, mit welchen Frauen du dich vergnügst«, zischte Tundia. »Aber ich beschwöre dich, mach nicht erneut den Fehler, eine Unstandesgemäße zur Frau zu nehmen. Der Thronrat wird es nicht dulden!«

»Oh, ich weiß!«, empörte sich Akendor. »Er will es nicht dulden, dass ich über mein eigenes Leben bestimme. Binhipar, dein Bruder, das ganze Geschmeiß: Was taten sie nicht alles, um Syllana zu demütigen, als ich sie zur Frau nahm. Ich habe nichts davon vergessen! Sie wollten mich zwingen, dich zu heiraten, ein solch widerwärtiges Weib, zehn Jahre älter als ich und ohne jeden Reiz – obwohl ich dich niemals hätte lieben können, nicht einmal mit dir schlafen, hässlich wie du bist – zumal du mich ohnehin verachtest!« Er verstummte, als er sah, wie sich ihre Augen mit Tränen füllten. Erschrocken schlug er die Hand vor den Mund. »Verzeih mir – ich wollte das nicht sagen.«

»Doch«, zischte sie. »Und du hast Recht. Ich verachte dich, heute noch mehr als zuvor.« Sie blickte ihn hasserfüllt an. »Hättest du nur damals unserer Vermählung zugestimmt, Akendor. Ich hätte dich zu einem Kaiser gemacht, der diesen Titel verdient. Was hätte es ausgemacht, dass wir uns nicht lieben? So sind wir beide nur unglücklich geworden.«

Akendor nickte matt. »Vielleicht hast du Recht. Es tut mir Leid, Tundia, all das ...«

Sie wandte sich von ihm ab. »Ich muss gehen, Akendor. Höre auf meinen Rat und stelle dich ihnen nicht in den Weg. Die Zeiten haben sich geändert, auch wenn dies in Thax noch unbemerkt geblieben ist.« Sie wartete seine Antwort nicht ab. Langsam schritt sie zur Tür und verließ den Raum.

Bevor sich die Tür hinter ihr schloss, warf sie einen kurzen Blick zurück; sah Akendor, den Kopf in den Händen geborgen – und einen Schatten, der sich aus einer Ecke des Raumes schob und auf den Kaiser zueilte, um ihn zu stützen: sein Leibwächter Garalac, der ihren Augen verborgen geblieben, doch dessen Anwesenheit ihr stets bewusst gewesen war.

Die Tür schloss sich. Der Kämmerer – sein Gesicht eine Fassade aus Abwesenheit – verbeugte sich vor Tundia. Er wies mit der Hand zur Wendeltreppe, die sich an den Gang des kaiserlichen Turmzimmers anschloss.

Langsam erhob sich Scorutars Gestalt von dem Treppenabsatz, die Arme vorsichtig um den kleinen Körper Suenas geschlungen. Ihren Kopf hatte sie auf die Schulter des Onkels gebettet, die Augen waren geschlossen, der Mund halb geöffnet.

»Sie schläft«, wisperte Scorutar mit gütigem Lächeln. »Und mit welcher Unschuld. Nur ein Kind vermag so auszusehen, findest du nicht?«

»Gib sie mir!«, sagte Tundia kalt. »Und dann verschwinde. Ich habe getan, was du wolltest. Nun lass mich in Frieden.«

Scorutar strich liebevoll über den Kopf des schlafenden Kindes. »Frieden? Es ist keine Zeit für Frieden, Schwester.« Es war mehr Wehmut als Spott in seiner Stimme.

Bette den schlaffen Körper auf die Liege, langsam, ganz langsam; nimm die Decke, schlage sie ihm um die bebenden Schultern, streiche sie mit der Hand flach – ja, so ist es gut! –; wisch den eitrigen Auswurf fort, der immer wieder zwischen seinen Lippen hervorquillt, ein nicht versiegen wollendes fauliges Loch … und nimm den süßen Geruch der Verwesung nicht wahr, den er mit jedem Atemzug ausstößt … ignoriere den Gestank, denke nicht daran, schlage deine Augen nieder …

Es waren stumme Befehle, die Nhordukael sich erteilte, und er folgte ihnen gehorsam. Nur so, nur auf diese Weise gelang es ihm, den Ekel zu verdrängen, der ihn in der Nähe Magro Farghs überkam – das Würgen in seiner Kehle, wenn er den fiebrigen Körper stützte, wenn er das bleiche, geschwollene Fleisch berührte. Doch wenn die Finger des Greises seine Haut streiften, zuckte Nhordukael noch immer zusammen in jäher Erinnerung an längst vergangene Qualen.

Er konnte sich nicht entsinnen, wie lange er schon diese Dienste für Magro Fargh verrichtete. Anfangs, als er ein Kind gewesen war, hatte er zusammen mit anderen Novizen dem Hohepriester gedient; sie hatten ihn zum Schlafen entkleidet, ihm am Morgen neue Gewänder angetan, sein Nachtgeschirr geleert, seine Kammer in Ordnung gehalten. Doch mit der zunehmenden Gebrechlichkeit Magro Farghs hatte sich die Schar seiner Leibnovizen verkleinert; bald hatten nur noch vier, schließlich nur noch zwei Jungen dem Hohepriester gedient. Die anderen hatte er wegen mangelnder Tauglichkeit fortgeschickt. Geblieben waren jene, die sich ihm widerspruchslos gefügt hatten, auch wenn er aufgrund zunehmender Schmerzen, die sein Körper ihm bereitete, immer launischer und seine Bestrafungen immer grausamer geworden waren.

Eines Tages war Nhordukael als einziger Leibdiener übrig geblieben, längst kein Novize mehr und seit Jahren nicht mehr zu diesem Dienst verpflichtet. Er war nun ein Priester, Magro Fargh selbst hatte ihm die Weihe erteilt. Nhordukael brauchte nur ein Wort zu sagen, und der Tempel würde einige verschwiegene Ordensschwestern zur Pflege des Hohepriesters entsenden. Er aber würde endlich frei sein … frei! In seinen Gedanken sah er sich die verhasste Priesterkutte abstreifen; sah sich durch die Tore von Thax schreiten, jener Stadt, die ihn seit so vielen Jahren gefangen hielt. Er sah sich in ferne Länder aufbrechen; er schritt durch die geheimnisvollen Moore Troubliniens, grub seine Hände in den warmen Sand der thokischen Wüsten, blickte von den Gipfeln des Rochens über das Ende der Welt hinaus. Doch dann erinnerte er sich, dass er noch immer in jener gedrungenen Kammer in den Kellern des Tempels lebte. Und jeden Morgen stieg er erneut die Treppe zum Gemach des Hohepriesters empor.

Nhordukael wusste nicht, was ihn dazu trieb, mit solcher Hingabe den Mann zu pflegen, der ihn all die Jahre mit einer noch größeren Hingabe gequält hatte. Manchmal redete er sich ein, dass er es tat, um sich an den Schmerzen des Greises zu weiden, um den langsamen Triumph des Todes über Magro Farghs Körper mit anzusehen. Er redete sich ein, es zu genießen, der täglichen Erniedrigung des Hohepriesters beizuwohnen; zu beobachten, wie der Mann, der einst solche Macht über ihn gehabt hatte, nun die Linnen seines Bettes bekotete oder in Augenblicken geistiger Abwesenheit wie ein Kind wimmerte und flennte. Doch in seinem Innersten wusste Nhordukael, dass dies nicht der Wahrheit entsprach. Es war Schwäche, die ihn daran hinderte, sich Magro Fargh zu entziehen. Der Hohepriester besaß noch immer auf eigenartige Weise Macht über ihn. Längst benötigte er keine Befehle oder Bestrafungen mehr. Nhordukael gehorchte jedem seiner Blicke, jeder Weisung seiner Hand, und es herrschte die stille Übereinkunft zwischen ihnen, dass diese Form des Untergebenseins niemals enden würde.

»Sie werden kommen, bald schon … bald …«

Nhordukael schreckte auf. Er hatte den Priester schlafend gewähnt. Doch Magro Fargh schlief nicht. Mit weit aufgerissenen Augen starrte er Nhordukael an. »Spürst du sie schon? Bald sind sie hier … und kommen, um uns zu vernichten …«

Nhordukael streckte zögernd die Hand aus und streichelte die Stirn des Alten. Magro Fargh tastete nach seinem Ellenbogen und umklammerte ihn. Sein Blick war voller Verzweiflung. »Nhordukael … mein guter Junge«, seine Stimme kaum zu verstehen, »siehst auch du sie in der Nacht? Kommen sie auch zu dir, wenn du wehrlos im Schlaf liegst?«

Nhordukael zog die Hand zurück. Er schüttelte den Kopf.

Magro Fargh starrte ihn ungläubig an. »Spürst du nicht ihre Macht? Du wirst sie bald erleben. Ich werde bereits tot sein, wenn sie über Thax herfallen. Doch du wirst sie mit eigenen Augen sehen … wirst ihre Magie spüren, und die Angst wird dir den Hals zuschnüren.«

Nhordukael senkte den Blick. »Ich werde keine Angst haben.«

Der Hohepriester lachte heiser auf. »Was redest du da! Weißt du nicht, was sie mit dir tun werden? Tathril sei deiner Seele gnädig, wenn sie dich durch das Silber gehen lassen.«

»Ich werde keine Angst haben«, wiederholte Nhordukael mit fester Stimme.

Magro Farghs Blick wurde kalt. »Schweig!«, schrie er in plötzlichem Zorn. »Habe ich dir nicht Demut beigebracht?« Er richtete sich auf. Seine knochigen Finger bohrten sich in Nhordukaels Schulter. »Wenn du keine Demut zeigst, wird Tathril dich vom Angesicht der Erde fegen. Die Weihe mag dich zu einem Priester gemacht haben, doch deine schwerste Prüfung steht noch bevor. Bald schon, bald …« Er atmete schwer. Langsam sank er auf das Bett zurück. »Lass mich allein. Ich will schlafen.«

Nhordukael richtete sich auf. »Wann wollt Ihr Bars Balicor empfangen? Er verlangt seit Tagen, zu Euch vorgelassen zu werden.«

»Ich will ihn nicht sehen!«, zischte der Hohepriester. »Ich habe schon zu viele Stunden mit diesem Heuchler vergeudet. Nichts von dem, was er mir zu sagen hat, ist von Bedeutung.« Wieder rannen Schleim und Speichel aus seinem Mund und verschleierten die hasserfüllten Worte. »Es ist eine Schande, dass dieser Mann mein Nachfolger werden soll! Seine Seele ist verdorben. Balicor verfügt über einen wachen Verstand, doch die Magie ist ihm fremd. Er spricht die heiligen Formeln, ohne an sie zu glauben, und wenn er die göttliche Macht benutzt, unterwirft er sich ihr, ohne sie zu begreifen! Tathril hat seine Schwäche längst erkannt. Als ich mit Balicor bei der Quelle war, beobachtete sie ihn voller Misstrauen. Wenn er sich ihr nicht beugt, wird sie sich eines Tages gegen ihn wenden.« Er wischte sich mit dem Handrücken den Speichel von den Lippen. »Wie konnte Tathril zulassen, dass dieser Schwächling zum Erzprior ernannt wurde? Wie konnte ich es zulassen?« Ein Husten schüttelte ihn. »Er wird die Kirche zugrunde richten! Schon lauert er darauf, dass ich die Augen für immer schließe …«

Nhordukael beobachtete den Hohepriester voller Neugier. Er wusste, dass Magro Fargh dem Erzprior nur wenig Sympathie entgegenbrachte. Doch mit solcher Deutlichkeit hatte er ihn noch nie von Bars Balicor sprechen hören.

»Es darf nicht geschehen«, stieß der Greis hervor. »Hörst du mich, Nhordukael? Wir müssen es verhindern. Die Feinde Tathrils nähern sich unseren Toren. Wenn die Goldéi die heilige Quelle entweihen, ist dies das Ende unserer Kirche und das Ende jeder Hoffnung. Wir müssen sie bekämpfen! Doch dazu muss die Kirche stark sein, stark bleiben. Wenn dieser Schwächling zum Hohepriester geweiht wird, sind wir verloren.«

Nhordukael blickte ihn erschrocken an. »Balicor ist Euer rechtmäßiger Nachfolger! Ihr selbst habt ihn zum Erzprior ernannt. Er genießt die Unterstützung der Tempelritter und des Thronrats!«

»Der Thronrat ist nichts als ein Haufen feiger Schurken, die sich von unserem Herrn abgewandt haben«, schrie Magro Fargh. »Du hast sie selbst gesehen! Sie sind ohne jeden Glauben, und sie erkennen nicht die drohende Gefahr! Mit ihren lächerlichen Schwertern wollen sie die Goldéi aufhalten. Glaube mir, Nhordukael, nur die Kirche vermag diese Kreaturen zu besiegen. Und deshalb darf Balicor niemals mein Amt übernehmen!«

Nhordukael fühlte das Blut in seiner Stirn pochen. »Aber wer dann? Wer soll dann Euer Nachfolger werden?«

Der Greis schwieg kurz. Sein Blick schien voll innerer Qual. »Ich muss weiterleben, Nhordukael. ICH MUSS WEITERLEBEN!« Sein Atem wurde schneller. »Ich habe den Tod nie gefürchtet. Als ich erkannte, dass Tathril mich zu sich rufen würde, habe ich mich diesem Schicksal gefügt, und ich sah dem letzten Tag mit Freude entgegen.« Die winzigen Augen füllten sich mit Tränen. »Doch ich darf nicht sterben! Nicht jetzt! Ohne mich ist die Kirche verloren! Ich muss weiterleben, verstehst du? Die Quelle …«

Nhordukael erbleichte. »Daran dürft Ihr nicht denken! Es wäre ein Verbrechen gegen Tathrils Willen.«

»Es gibt keinen anderen Weg«, sagte Magro Fargh. »Ich werde deine Hilfe brauchen.« Sein Blick wandelte sich. Voller Freundlichkeit ruhten seine Augen nun auf Nhordukael. »Mein Bruder … du bist der Einzige, der mich versteht. Du wirst mich auf diesem schrecklichen Weg begleiten. Ich brauche deine stützenden Hände, deinen wachen Geist – und den starken Glauben, der in dir wohnt, Nhordukael.«

»Es ist eine Sünde, das Gesetz des Todes zu verletzen!«, stieß der junge Priester hervor. »Ihr selbst habt mir dies beigebracht!«

»Tathril ist es, der unser Schicksal lenkt«, gab Magro Fargh zurück. »Wir können uns nicht dagegen auflehnen.« Er schloss die Augen. »Du wirst mich zur Quelle begleiten, morgen schon.« Sein Tonfall ließ keinen Widerspruch zu. »Und nun geh!«

Nhordukael wandte sich ab. Er rückte seine Kutte zurecht und wollte sich zurückziehen. Doch während er sich durch die Türöffnung schob, hörte er die heisere Stimme des Hohepriesters flüstern: »Und lerne wieder, Angst zu haben, Nhordukael«, mit einem bitteren Klang, »denn ohne Angst bist du nichts in diesen Zeiten.«

Nhordukael zog die Tür vorsichtig hinter sich zu. »Die Angst, von der Ihr sprecht«, murmelte er, »habt Ihr mir ausgetrieben.«

Seine Gedanken waren wüst und voller Grausamkeit.

❦

Die Mittagssonne stand hoch am Himmel; hell reflektierten die Marmorplatten des Tempelhofes ihr Licht. Es war die Zeit des Sonnengebetes; ein Dutzend junger Novizen umringte den Altarstein in der Mitte des Hofes und intonierte die Gebetsformeln. Sie streckten ihre Hände flehend zum Himmel, und ihr Vorbeter – erkennbar an seinem weißen Gewand – hielt eine Schale mit geweihtem Öl empor. Die religiöse Erleuchtung stand ihnen in die Gesichter geschrieben.

Auf Ashnada wirkte die gesamte Prozedur einstudiert und lachhaft. Mühsam unterdrückte sie ein Gähnen. Sie hockte auf der untersten Treppenstufe des Nordaufganges. Bars Balicor hatte sie angewiesen, an dieser Stelle auf ihn zu warten, solange er sich im Tempel aufhielt.

Ashnada war eine groß gewachsene, schlanke Frau. Sie hatte auffallend helles Haar, einen weißblonden Schopf, den sie meist unter ihrem Helm verbarg. Die ungewöhnliche Haarfarbe brachte ihr oft begehrliche Blicke ein. Trotzdem wurde Ashnada nur selten von aufdringlichen Männern belästigt. Ihr scharf geschnittener Mund, ihr herrischer Gang und die dunklen, stechenden Augen verrieten deutlich, dass sie keinen Wert auf Gesellschaft legte und dass sie durchaus bereit war, das Langschwert an ihrer Seite zu gebrauchen, wenn man sie nicht in Ruhe ließ.

Lustlos schob Ashnada mit der Schuhspitze einen Kieselstein auf den Marmorplatten herum. Sie hoffte, dass der Prior seine Besprechung mit den Tempelrittern bald beenden würde. Wenn sie Glück hatte, würde er sie für den Rest des Tages fortschicken. Seine Laune war bereits am Morgen schlecht gewesen, und Ashnada schätzte, dass die Bitten und Beschwerden der Tempelritter seinen Zorn noch vergrößert hatten.

»Bist du die Leibwächterin des Erzpriors?«

Ashnada blickte erstaunt zur Seite. Sie hatte den Jungen nicht kommen hören; ein acht-, neunjähriger Bengel mit kurz geschorenem Haar und verdreckten Leinenkleidern. Das grüne Halsband verriet, dass ihn ein Botendienst gesandt hatte. Er stand neben der Treppe; seine Hände umklammerten eine Schriftrolle. »Die Wachen sagten, dass ich sie hier finde.«

»Hast du eine Botschaft für den Prior?«, fragte Ashnada.

Der Junge schüttelte eifrig den Kopf. »Nein! Es ist eine Botschaft für seine Leibwächterin. Ich darf sie nur ihr überreichen.«

Ashnada blickte ihn voller Misstrauen an. »Eine merkwürdige Botschaft. Wer hat dich geschickt?«

Der Junge gab keine Antwort. Er zuckte nur mit den Schultern und starrte sie mit unverhohlener Neugier an.

»Gib schon her«, sagte Ashnada mürrisch und streckte die Hand aus.

Zögernd reichte der Junge ihr die Botschaft. Seine Augen waren auf ihr Schwert gerichtet, das sie auf eine der Stufen gelegt hatte. »Bist du eine echte Kriegerin? Du hast sicher in vielen Schlachten gekämpft. Meine Großmutter ist auch schon in einem Krieg gewesen. Aber sie hat nicht gekämpft, und sie hatte kein Schwert. Sie hat für die Krieger gekocht. Sie sagt, es sei furchtbar, wenn der Kampf beginnt – all die Todesschreie …«

Ashnada versuchte, das harte Siegelwachs mit ihren Fingernägeln aufzubrechen. »Ich habe keine Zeit für deine Fragen. Mach, dass du wegkommst.«

Der Junge blieb ungerührt stehen. »Du bist viel zu hübsch für eine Kriegerin. Wieso hast du keine Rüstung? Wenn ich ein Krieger wäre, würde ich niemals ohne Rüstung herumlaufen. Wer keine Rüstung trägt, dem kann man ganz leicht den Arm abschlagen, mit einem Hieb, sagt mein Vater.«

»Oder den Kopf«, zischte Ashnada und griff zur Einschüchterung nach ihrem Schwert.

Der Junge wich einige Schritte zurück, doch seine Neugier war größer als die Angst. »Mein Vater sagt, dass es bald wieder Krieg geben wird. Er sagt, dass Ungeheuer über den Rochen kommen werden, die Feuer speien und deren Zähne aus Gold sind. Er sagt, dass sie die ganze Stadt in Schutt und Asche legen wollen, in Schutt – und – Asche.« Diese Worte schienen ihm Spaß zu machen, denn er betonte sie voller Inbrunst. »Sie werden den Tempel kaputtschlagen und alles verbrennen, was drinnen ist. Dann werden sie den Kaiser töten und seinen Palast in Schutt – und – Asche legen.«

»Was für ein Unsinn!«, rief Ashnada ungeduldig. Sie zog ein Messer hervor und brach damit die Versiegelung auf. »Dein Vater ist ein Trottel, wenn er dir solche Märchen erzählt. Und jetzt troll dich.«

Enttäuscht drehte der Junge sich um und schritt zum Torhaus zurück. Einige Male drehte er sich noch zu Ashnada um, doch als diese ihm mit der Faust drohte, begann er zu rennen und verschwand bald im Schatten des Torbogens.

Verärgert schüttelte Ashnada den Kopf. *Ungeheuer, die Feuer speien und deren Zähne aus Gold sind.* »Was für ein Unsinn!«, wiederholte sie leise. Die Gerüchte über die Wesen, die Gyr und Candacar erobert hatten, wurden immer wilder. Mal wurde behauptet, dass sie sich mitsamt ihren goldenen Schiffen in die Lüfte erheben konnten; ein anderes Mal hieß es, dass sie sich von Gold ernährten und deshalb die Städte und Dörfer plünderten, um an Münzen und Schmuckketten zu gelangen. Jedes Gerücht schrieb ihnen neue unheilvolle Kräfte zu. Ashnada glaubte von all dem kein Wort. Sie vermutete, dass der Thronrat bald ein Heer aufstellen würde, um dem Spuk ein Ende zu bereiten.

Zweifellos würden die sitharischen Soldaten die Gelegenheit nutzen, um in Kathyga ein paar offene Rechnungen zu begleichen. Sie würden die Städte und Dörfer plündern, um mit prall gefüllten Taschen von diesem Feldzug zurückzukehren. Welch ein Jammer, dass Ashnada nicht mit ihnen ziehen konnte! Längst hatte sie den Dienst als Leibwache Bars Balicors satt. Sie verfluchte den Tag, an dem sie sich dem elenden Priester ausgeliefert hatte. Doch sie hatte geschworen, ihm zu dienen, bis er Hohepriester geworden war, und er hatte dafür ihr Leben geschont.

Wütend strich sich Ashnada das blonde Haar aus dem Gesicht. Sie besann sich der Schriftrolle in ihrer Hand. Langsam entrollte sie das Pergament. Die Botschaft bestand aus wenigen Worten, geschrieben mit wässriger Tinte. Die dünnen, ineinander verschlungenen Lettern hoben sich kaum vom Papier ab. Nur mit Mühe konnte Ashnada sie entziffern.

Ein scharrendes Geräusch ließ sie herumfahren. Am oberen Ende der Treppe hatte sich eine der Flügeltüren geöffnet. Ashnada erkannte die Gestalt des Priors, der mit hastigen Schritten die Stufen herabeilte. Rasch rollte Ashnada die Schriftrolle zusammen und ergriff ihr Schwert. Doch sie richtete sich nicht auf, sondern wartete, bis Balicor die letzten Stufen erreicht hatte. Erst dann erhob sie sich gemächlich.

Die Augen des Priors glitzerten vor Zorn. »Was sitzt du hier so faul herum?«, herrschte er sie an. »Weißt du nicht, dass du dich im heiligen Tempel des Tathril befindest, auf geweihtem Boden? Wenn ich wollte, könnte ich dich für diese Unflätigkeit drei Tage lang in den Kerker werfen lassen.«

Ashnada lächelte ihn an. »Drei Tage nur? Ich hoffe, Eure Mildtätigkeit wird nicht zur Gewohnheit.«

»Stell meine Geduld nicht auf die Probe«, zischte der Priester. »Ich habe bereits genug Unannehmlichkeiten.« Verächtlich blickte er zu den betenden Novizen. »Den ganzen Morgen habe ich mir das Gejammere der Tempelritter anhören dürfen. Ich fürchtete schon, es würde gar kein Ende nehmen.«

»Haben die Ritter ihren Obersten Heermeister so sehr vermisst?«, fragte Ashnada lächelnd.

»Eher ihren Tempelsold«, stieß Bars Balicor hervor. »Ihnen reicht die göttliche Gnade, die Kirche Tathrils beschützen zu dürfen, nicht aus. Stattdessen fordern sie mehr Geld für ihre Waffen und Pferde, angeblich, um gegen die Echsen gewappnet zu sein, von denen man in den Schankstuben munkelt. Habgieriges Pack! Sie faseln von einem Feldzug, den der Kaiser einberufen will.«

»Falls dies geschieht, wird die Kirche verpflichtet sein, dem Heer mit ihren Rittern zur Seite zu stehen«, erinnerte Ashnada ihn.

Balicor zupfte sich ungeduldig den Kragen seines Gewandes zurecht. »Für solch einen Unsinn hat die Kirche kein Geld. Wenn der Thronrat sein Heer nach Kathyga marschieren lassen will – Tathrils Segen sei mit ihm. Doch ich werde nicht einen Mann entsenden.« Er drehte sich dem Torausgang zu und bedeutete Ashnada mit einer unwirschen Geste, ihm zu folgen. »Der gesamte Orden befindet sich in einem miserablen Zustand. Die Ritter sind verweichlicht und aufsässig. Aber das wundert mich nicht im Geringsten! Unser verehrter Hohepriester hat sich schon seit mehreren Kalendern nicht mehr bei der Ritterschaft blicken lassen; und ihre Schwerter hat er zuletzt vor einem halben Jahr geweiht.«

Ashnada wusste nur wenig über das Ritual der Schwertweihe. Es handelte sich um einen mächtigen Zauber, mit dem der Hohepriester regelmäßig die Waffen der Tempelritter segnete. Was er bewirkte, war ihr unbekannt; doch es hieß, die legendäre Kampfkraft des Ordens beruhe auf diesem Ritual.

»Selbst die wichtigsten Pflichten versäumt er«, fuhr Bars Balicor fort. Es schien, als spräche er mehr zu sich selbst. »Und statt sie mir zu übertragen, verweigert er mir den Zugang zur Quelle.«

»Seid Ihr inzwischen zu ihm vorgedrungen?«, fragte Ashnada.

»Er lässt niemanden zu sich«, zischte Bars Balicor. »Selbst die Ärzte weist er ab, obwohl sich sein Zustand deutlich verschlechtert hat.« Seine Augen blitzen für einen kurzen Moment auf. Es war unschwer zu erraten, was in seinen Gedanken vorging.

Ein Ruf schallte durch den Tempelhof. Bars Balicor blieb stehen und beobachtete, wie die Novizen eine letzte Verbeugung vor dem Altarstein machten und dann schweigend den Weg zu einem der Seitengebäude einschlugen.

»Doch warum erzähle ich dir das alles?«, sagte Bars Balicor leise. Sein verschlagener Blick wanderte zu Ashnada. »Warum erzähle ich dies einer Verbrecherin, die nichts von den Angelegenheiten der Kirche versteht, die nicht einmal an jenen Gott glaubt, der sie vor einem elenden Tod bewahrt hat? Soll ich noch mehr sagen?«

Ashnada erstarrte.

»Ich sehe, du hast es nicht vergessen«, höhnte der Erzprior. »Es wäre auch sehr unklug von dir. Deiner Vergangenheit kannst du nicht entfliehen. Und mein Gedächtnis ist gut.«

»Wie könnte ich an Eurem Gedächtnis zweifeln«, stieß Ashnada hervor. »Ich weiß, dass ich Euch etwas schulde. Was verlangt Ihr noch von mir?«

»Mir genügt es vorerst, wenn du mich mit deinen frechen Reden verschonst«, erwiderte Bars Balicor und wandte sich von ihr ab. »Und nun komm! Ich bin von einigen Kaufleuten in der Stadt zum Essen geladen – noch mehr Gejammer, fürchte ich.«

Ashnada folgte dem Prior. Mühsam schluckte sie ihren Zorn herunter. Als sie den Torausgang passiert hatten, wurde sich Ashnada plötzlich der Schriftrolle gewahr, die sie noch immer in der linken Hand hielt. Erneut entrollte sie das Pergament und überflog es.

Bars Balicor warf einen Blick über die Schulter. »Was hast du da?«

»Eine Botschaft«, antwortete Ashnada. »Man brachte sie mir vorhin in den Tempel. Es scheint, als erlaubte sich jemand einen Spaß mit mir, denn ich kann in diesem Geschreibsel keinen Sinn erkennen. Oder sagen Euch diese Verse etwas?« Sie reichte dem Prior die Schriftrolle herüber. »Der Rosenstock trägt keine Blüten mehr …«

Bars Balicor blieb wie vom Donner gerührt stehen. Hastig riss er das Pergament an sich und verschlang die Worte mit den Augen, während Ashnada fortfuhr: »… und Mondschlund schweigt …«

Mit brutalem Griff packte der Prior ihren Arm. Sein Gesicht war fahl; selbst die dunklen Male, die es entstellten, waren erblasst. »Woher hast du diese Schriftrolle? WOHER?«

Ashnada entwand sich seinem Griff mit einem kühlen Lächeln. »Dann ist diese Botschaft wohl für Euch, Prior. Ein Botenjunge brachte sie mir. Er wollte mir nicht sagen, wer sie ihm gab, doch er beharrte darauf, sie mir zu übergeben.« Sie beobachtete genüsslich, wie Balicor mit weit aufgerissen Augen die Botschaft überflog. »Was bedeuten diese Worte? ›Der Rosenstock trägt keine Blüten mehr …‹«

Der Prior ließ die Schriftrolle sinken. Seine Augen waren voller Furcht. »›… und Mondschlund schweigt … noch herrscht der Tag, doch bald sinkt schwer die Finsternis in unsre Sinne, und hüllt in Schatten, was kein Mensch erblicken darf …‹« Er hielt erschrocken inne. Dann reichte er Ashnada mit zitternden Händen das Pergament. »Der Bettler. Er hat sie mir geschickt.«

Ashnada zog verwundert die Augenbrauen hoch. »Der Bettler, der Euch vor dem Tempel angegriffen hat?« Sie hatte die Begebenheit schon fast vergessen. »Er scheint Euch zu verfolgen. Kennt Ihr ihn?«

Balicors Mund war ein schmaler Strich. »Finde diesen Botenjungen«, befahl er. Sein Tonfall ließ Ashnadas Lächeln in sich zusammenfallen. »Er muss dir sagen, wer ihm die Botschaft gab. Und wage es nicht, mir unter die Augen zu treten, bevor du es in Erfahrung gebracht hast.«

Fürst Scorutar spielte seine Rolle hervorragend. Die Mundwinkel hatte er gequält nach unten gezogen; sein glattes Gesicht hob sich mit einer fast leichenartigen Blässe vom Hintergrund des wie immer dürftig beleuchteten Thronsaals ab. Am eindrucksvollsten wirkten seine Augen: Eingerahmt von scharf gezeichneten Brauen und blau schimmernden Augenringen, waren sie ein Fanal des Vorwurfs und der bitteren Anklage. Baniter fragte sich, wie lange Scorutar wohl vor dem Spiegel zugebracht hatte, um sich für seinen Auftritt herzurichten.

»In diesem Saal wurde schon manch abenteuerliche Rede geführt«, sagte Scorutar mit gebrochener Stimme. Er stand neben dem Kaiserthron und ließ seinen Blick durch den Saal schweifen. »Doch eine solche Ungeheuerlichkeit habe ich nicht vernommen, seit ich dem Silbernen Kreis angehöre. Ich gestehe ganz offen, mir fehlen die Worte!«

Von wegen!, höhnte Baniter in Gedanken. Er warf einen verstohlenen Blick zu Arkon Fhonsa und Perjan Lomis herüber, die mit unbeweglichen Gesichtern die theatralische Rede über sich ergehen ließen.

Mit spitzen Fingern hob Scorutar eine Pergamentrolle empor, die vor ihm auf dem Tisch lag. »Was sollte ich auch große Worte machen über diesen Antrag, den uns Fürst Baniter vorgelegt hat! Wir alle wissen, dass der Fürst von Ganata seine eigenen Ansichten über die Politik des Kaiserreiches hat.« Er machte eine gewichtige Pause, um die Schriftrolle angewidert auf den Tisch zurückzulegen. »Doch mit einem solch wahnwitzigen Vorschlag habe ich wahrlich nicht gerechnet! Ein Bündnis mit Arphat, mit den Feinden unserer Väter und Vorväter, die uns nichts als Hass entgegenbringen! Wenn ich nicht wüsste, dass Fürst Baniter es ernst meint, würde ich es für einen üblen Scherz halten und nicht solches Entsetzen verspüren.«

Wenn ich nicht wüsste, wer du bist, würde ich dir das beinahe glauben! Insgeheim vermutete Baniter, dass Scorutar spätestens seit seiner Unterredung mit Arkon Fhonsa und Perjan Lomis von seinem Plan wusste. Nicht umsonst hatte sich das ›Gespann‹ ein engmaschiges Netz von Kundschaftern und Spitzeln aufgebaut, das sowohl den Kaiserpalast als auch die Fürstenhäuser durchzog wie Pilzgeflecht.

»Und ruft es nicht in jedem von uns Entsetzen hervor?«, fuhr Scorutar fort. »Ein Bündnis mit Arphat! Ich hätte es nicht für möglich gehalten, dass der Silberne Kreis eines Tages über einen solchen Irrsinn debattieren, ja, dass einer aus unserer Mitte auch nur daran denken könnte. Selbst Euch, Fürst Baniter, hätte ich dies nicht zugetraut!«

»Wie bedauerlich, dass ich Eure hohe Meinung von mir erschüttert habe«, antwortete Baniter. »Aber wir sollten versuchen, die Dinge im rechten Licht zu betrachten. Ich habe die Gründe für ein Bündnis mit Arphat ausführlich dargelegt, und ich habe deutlich gemacht, dass es für unser Reich von Vorteil ist.« Er richtete sich gelassen auf. »Ein Bündnis mit Arphat – ja, es mag verwegen klingen, und unsere Gefühle mögen dagegen sprechen. Aber ein Bündnis ist keine Angelegenheit des Gefühls, sondern des Verstandes.« Er wies mit der Hand auf Arkon Fhonsa und Perjan Lomis. »Die Fürsten von Thoka und Morthyl haben einen Vertrag ausgearbeitet, der jeden überzeugen muss, der das Wohl Sithars im Sinn hat.«

In der Tat hatten Arkon und Perjan hervorragende Arbeit geleistet. Die Forderungen, die an Arphat gestellt wurden, waren klug und bedächtig formuliert. Sie boten eine Verhandlungsgrundlage, auf der sich ein für beide Seiten annehmbarer Vertrag aushandeln ließ. Das ›Gespann‹ allerdings hatte an dem Entwurf wenig Gefallen gefunden, sah er doch unter anderem vor, die Heeresgewalt dem Thronrat zu übertragen. Dies bedeutete, dass dem ›Gespann‹ beim Zustandekommen des Bündnisses alle Kompetenzen entzogen werden würden, die es in den letzten Jahren erworben hatte. Es war eine kaum verschleierte Kriegserklärung an Binhipar und Scorutar.

»Verträge!«, höhnte Binhipar, der unweit von Scorutar hockte. Sein grimmiges Gesicht war rot vor Zorn. »Wann haben sich die Arphater je an Verträge gehalten? Ein Bündnis mit diesen Hunden hat die gleiche Dauer wie der Treueschwur einer Gassenhure!«

»Wenn unser Heer in der Nähe ihrer Städte steht, werden es sich die Arphater genau überlegen, ob sie das Bündnis brechen«, erklärte Arkon Fhonsa, der sichtlich stolz auf sein Werk war.

»Es gibt in unserem Entwurf keine Lücke, kein Schlupfloch für arphatische Ränke und Ausflüchte«, bekräftigte Perjan Lomis.

»Ein Vertrag ist nichts als ein Stück Papier«, erwiderte Binhipar. »Königin Inthara wird ihn zerreißen, wann immer es ihr beliebt; von den Gesandten, die sich dann noch am Hof in Praa befinden, ganz zu schweigen.«

»Wobei wir beim nächsten Irrsinn angelangt wären«, ergänzte Scorutar. »Euer Vorschlag, Fürst Baniter, selbst die Gesandtschaft nach Arphat zu übernehmen, kann nicht ernst gemeint sein! Ihr seid, wenn ich mich recht entsinne, ein Mitglied des Silbernen Kreises! Kein Fürst darf solch eine Gefahr auf sich nehmen. Wenn Euch etwas zustieße, würde dies unweigerlich zum Krieg mit Arphat führen. Zudem könntet Ihr während Eurer Abwesenheit nicht Eure Stimme im Rat ausüben.«

Seit wann legst du Wert auf meine Anwesenheit, Scorutar?

»Die Gesetze des Südbundes kennen hier eine klare Regelung«, sagte Baniter. »Ein Fürst kann sich in schwerwiegenden Fällen von seinem Erben oder seiner Gemahlin im Thronrat vertreten lassen. Es ist bereits ein Brief an meine Frau Jundala unterwegs, in dem ich sie bitte, nach Thax zu kommen. Was die Gefahr angeht – ich fürchte, uns bleibt keine andere Möglichkeit, wenn wir das Vertrauen der Königin gewinnen wollen. Von allen Fürsten bin ich wohl der Einzige, der für diese Aufgabe in Frage kommt. Ich bekleide kein Hofamt, ich befehle kein Reichsheer und keinen Ritterorden, ich bin für kein Handelskontor verantwortlich.« *Denn dafür hast du in all den Jahren gesorgt, Scorutar, du und dein grimmiger Spießgeselle.*

»Lächerlich! Ihr verfügt über keinerlei diplomatische Erfahrung«, rief Scorutar.

Auf diesen Einwand hatte Arkon Fhonsa nur gewartet. »In der Gesandtschaft werden sich hervorragende Diplomaten befinden, um Fürst Baniter mit ihrer Erfahrung zur Seite zu stehen. Es ist mir gelungen, die ehrwürdige Dichterin Lyndolin Sintiguren als Gesandte zu gewinnen, und auch das Oberhaupt der Kaiserlichen Siegelei, Mestor Ulba, hat seine Bereitschaft erklärt, den Fürsten zu begleiten.«

Ein Raunen ging durch die Reihen der Fürsten. Die genannten Personen waren in der Tat eine gute Wahl. Lyndolin Sintiguren hatte sich als Astrologin, Heilerin und Dichterin einen Ruf erworben, der weit über Sithar hinausreichte. Auch in Arphat brachte man der inzwischen über siebzigjährigen Frau große Bewunderung entgegen. Und der Siegelmeister Mestor Ulba war als Kenner der arphatischen Kultur bekannt; er zählte zu den wenigen Leuten, die trotz ihrer offenkundigen Sympathie für Arphat am kaiserlichen Hof geduldet wurden. Baniter fragte sich, wie es Arkon gelungen war, diese Respektspersonen in solch kurzer Zeit für seinen Plan zu gewinnen.

»Ich denke kaum, dass sich bessere Gesandte finden lassen«, prahlte Arkon. »Sie besitzen die nötige Erfahrung für diese Mission.«

... und sie sind keine Speichellecker der Suant oder Nihirdi, ergänzte Baniter in Gedanken. Mit Schadenfreude sah er die verunsicherten Blicke, die sich Scorutar und Binhipar zuwarfen.

»Wenn wir Arphat einen Vertrag anbieten, wird es zu Aufständen im ganzen Reich kommen«, hob Scorutar erneut an. »Die Erinnerung an den letzten Krieg ist gerade unter den einfachen Leuten hellwach. Die Soldaten werden meutern, die Bauern die Getreideabgaben verweigern. Der Thronrat wird jegliches Ansehen im Volk verlieren.«

»Es wird ohnehin zu Aufständen kommen – mit oder ohne einen Vertrag«, erwiderte Baniter. »Ein Krieg gegen die Goldéi wird große Ängste im Volk hervorrufen. Schon jetzt erzählt man sich wilde Schauergeschichten in den Tavernen und auf den Marktplätzen; in den Städten beginnt die Furcht um sich zu greifen. Wir werden noch so manchen Aufständischen am Galgen baumeln sehen. Dieser Feldzug wird große Opfer fordern und …«

Ausgerechnet Hamalov Lomis fühlte sich berufen, Baniter ins Wort zu fahren. »Habt Ihr denn keinen Funken Stolz in Euch?«, geiferte er. »Wie könnt Ihr nur daran denken, mit unseren Todfeinden einen Vertrag zu schließen!?«

Baniter machte sich nicht die Mühe, dem Jammerlappen Lomis zu antworten.

»Soll sich das Kaiserreich Sithar seinen einstigen Sklavenhaltern unterwerfen?«, meldete sich nun auch Vildor Thim mit pathetischer Stimme zu Wort. »Wir werden uns vor der gesamten Welt lächerlich machen!«

Baniter richtete sich auf. »Ich weiß, was unser Land durch die Verbrechen Arphats erlitten hat; ich erinnere mich an die Kriege, an das sinnlose Morden. Auch die Familie Geneder hat viele Angehörige in diesen Schlachten verloren. Dennoch: Wir müssen den Echsen entgegentreten – und dies ist nur möglich, wenn wir unseren Stolz überwinden und gemeinsam mit den Arphatern die Gefahr aus der Welt schaffen.«

»Wir sind stark genug, um die Goldéi aus eigener Kraft zu schlagen«, rief Vildor Thim voll innerer Überzeugung, »stark genug, um ihnen die hässlichen Schädel zu zerschmettern und sie dorthin zurückzuscheuchen, woher sie gekommen sind.«

»Sehr richtig!«, fiel Scorutar ein. »Warum sollte sich das stärkste Reich der Welt vor den Arphatern erniedrigen?« Er wandte sich zum Thron um. »Mein Kaiser – was ist Eure Meinung in dieser Angelegenheit?«

Die Blicke der Fürsten wanderten zu Akendor Thayrin. Er hatte – anders als sonst – die Diskussion aufmerksam verfolgt, es bisher jedoch vermieden, das Wort zu ergreifen.

»Fürst Baniters Vorschlag muss bei Euch große Empörung hervorrufen«, fuhr Scorutar scheinheilig fort. »Niemand hat in den Kriegen gegen Arphat so viele Angehörige verloren wie die Familie Thayrin. Eure Brüder sind gegen Arphat gefallen, ebenso Euer Vater und dessen drei Geschwister. Und von allen Fürstentümern wurde Thax in diesen Kriegen am ärgsten verwüstet.«

Akendor blickte ihn kalt an. »Es ist nicht nötig, dass Ihr mich über die Geschichte meiner Familie belehrt.«

Scorutar deutete eine entschuldigende Verbeugung an. »Sicherlich nicht, mein Kaiser. Ich frage Euch nur nach Eurer Meinung zu Baniters absurdem Vorschlag.«

Kaiser Akendor ließ ihn nicht aus den Augen. »Schaut an … Ihr fragt mich nach meiner Meinung! Welch eine Ehre!« Er schien nur mühsam seinen Zorn unterdrücken zu können. »Ihr werdet sie erfahren, wenn der Thronrat zur Abstimmung schreitet. Und dieser Zeitpunkt ist jetzt gekommen.«

»Ja, lasst uns abstimmen«, rief Arkon Fhonsa. Er griff nach der Fürstenkette, die vor ihm auf dem Tisch lag.

»Das ist absurd!«, widersprach Scorutar hastig. »Lasst uns eine Entscheidung von dieser Tragweite nicht überstürzen.«

»Wir haben genug Zeit verschwendet«, erwiderte Kaiser Akendor. »Ich gebe die Abstimmung frei.« Er tastete nach der Kette unter seinem Mantel. »Wer den Vorschlag Fürst Baniters unterstützt, möge die Hand heben.«

Baniter blickte sich um. Langsam hob er die Hand. Mit hellem Klang spannte sich die Kette und wand sich um sein Handgelenk. Die Plakette mit dem Wappen Ganatas, der zum Sprung ansetzende Luchs, blinkte im Licht auf.

Arkon Fhonsa war der Erste, der Baniter folgte. Während er seine Hand ausstreckte, lächelte er Baniter triumphierend zu. Baniter erwiderte das Lächeln. *So stehen wir also nun auf einer Seite, Arkon … Ich hoffe, du erwartest nicht allzu viel Loyalität von mir.*

Wieder erklang der Laut einer Kette. Sie gehörte Perjan Lomis. Die beiden wichtigsten Fürsten standen damit auf Baniters Seite.

Fürst Ascolar war der Nächste. Er wich den zornigen Blicken seines Vetters Scorutar aus. *Das wird böses Blut im Hause Suant geben*, frohlockte Baniter.

Schließlich hob auch Stanthimor Imer die Hand, sichtbar unglücklich über die Tatsache, so eindeutig Stellung beziehen zu müssen. Aber es war allgemein bekannt, wie hoch er bei Arkon Fhonsa verschuldet war.

Baniter blickte auf die Tafel. Vier Ketten lagen noch dort. Es waren die Insignien von Scorutar und Binhipar, von Vildor Thim und – natürlich – dem Feigling Hamalov Lomis.

Scorutar verschränkte die Arme. Sein Mund war ein schmaler Strich, als er sich dem Thron zuwandte. »Fünf gegen vier Stimmen«, sagte er. »Was ist mit Euch, Majestät?«

Baniter fixierte den Kaiser. Akendors Stimme besaß doppeltes Gewicht, er konnte zugleich als Kaiser und als Fürst von Thax abstimmen. Nur er vermochte dem ›Gespann‹ jetzt noch zum Sieg zu verhelfen.

Akendor hatte die Kette abgestreift, umklammerte sie mit beiden Händen. Sein Blick war in weite Ferne gerichtet.

»Mein Kaiser! Ihr müsst abstimmen!«, beharrte Scorutar.

»Der Kaiser ist nicht verpflichtet, eine Stimme abzugeben«, erinnerte Baniter ihn. »Wenn er sich enthalten möchte …«

Scorutar schnellte herum. Seine Augen glühten. »Der Kaiser ist zugleich Fürst von Thax, und als solcher hat er die Pflicht, seine Stimme abzugeben. So will es das Gesetz!«

»Ich glaube kaum, dass man das Gesetz in einer solchen Situation anwenden kann!«, rief Arkon Fhonsa.

Tatsache war, dass es eine solche Situation noch nie gegeben hatte. Baniter konnte sich nicht entsinnen, wann der Thronrat zuletzt so gespalten gewesen war – und dass das ›Gespann‹ auf der Seite der Unterlegenen gestanden hatte.

Ein dumpfer Knall ertönte. Es war der Schemel Binhipars. Der Fürst von Palidon hatte sich erhoben; seine imposante Gestalt warf einen langen Schatten über die Tafel, unruhig bewegt im flackernden Licht der Öllampen. »Ihr müsst abstimmen, Akendor!« Seine Stimme klang gefährlich ruhig. »Es muss Klarheit herrschen, wie das Oberhaupt unseres Reiches in einer solch umstrittenen Angelegenheit denkt. Ich werde die Entscheidung des Silbernen Kreises nicht akzeptieren, wenn sie ohne Eure Stimme gefällt wird! Und fällt sie weise, Majestät.«

Akendor senkte eingeschüchtert den Blick. Dann, mit einer hastigen Bewegung, warf er die Kette auf den Tisch. Mit lautem Klirren prallte sie auf der Tischoberfläche auf.

Scorutars Schultern entspannten sich. Lächelnd wandte er sich Baniter zu. »Damit, fürchte ich, ist Euer Vorschlag abgelehnt, Fürst Baniter. Sechs Stimmen gegen fünf. Der Kaiser hat entschieden.« Er strich sich voller Stolz die Locken aus dem Gesicht.

»Ihr irrt Euch!«, rief Akendor mit höhnischer Stimme vom Thron herab. »Entschieden hat lediglich der Fürst von Thax.« Er griff nach der schweren Krone auf seinem Kopf, nahm sie vorsichtig ab und hielt sie mit schweißnassen Fingern empor, ohne Scorutar aus den Augen zu lassen. Seine Augen funkelten voller Spott. »Der Kaiser aber befürwortet den Vorschlag des Fürsten von Ganata.«

Es herrschte Totenstille im Thronsaal.

Baniter musste sich beherrschen, um nicht in lautes Gelächter auszubrechen. Hämisch beobachtete er, wie Scorutar und Binhipar sich Blicke zuwarfen. *Sechs Stimmen gegen fünf!* Das ›Gespann‹ hatte verloren!

KAPITEL 6

Wald

Niemals zuvor waren sie so tief in den Arkwald vorgedrungen. Zwar waren sie einige Male im nördlichen Rochenland auf Jagd gewesen, doch nie waren sie über Surgissa und Andelark, die großen Waldstädte, hinausgekommen. Der südliche Arkwald, so hieß es, war ein unheimliches, feindseliges Gebiet, in dessen undurchdringlicher Wildnis der Mensch nicht überleben konnte. Wölfe und Geister hausten hier, und wem das Leben lieb war, der mied diesen Ort.

Dennoch waren sie Cercinor hierher gefolgt. Sie wussten, dass sie sich ihm damit auf Gedeih und Verderben ausgeliefert hatten; denn in diesem Teil des Arkwaldes, wo es keine menschlichen Siedlungen und Pfade mehr gab, lag ihr Leben in seinen Händen.

Dicht standen die mächtigen Bäume beisammen, die gekrümmten Stämme der Fichten und Tannen, deren düsteres Grün jeden Blick auf den Himmel verwehrte. Vereinzelt waren sie ehrfürchtig zur Seite gewichen, um einer mächtigen Eiche Platz zu schaffen, deren Äste schlangengleich herabhingen und dort, durchwachsen von unentwirrbarem Strauchwerk und Efeuranken, den knorrigen Stamm abschirmten. Brombeeren prangten am Dornengestrüpp, überzogen vom pelzigen Fadengespinst seltener Spinnenarten. Darunter wanden sich Farne und Moose über den brockigen Humus, bedeckt von Laub und abgesprungenen Nadeln. Die Luft war feucht und schwer, durchsetzt von winzigen Mücken und dem Geruch nach Fäulnis und aufgedunsener Erde. Aus den Baumwipfeln hallte das Geschrei der Ammern und Finken; in regelmäßigen Abständen verstummte es, sodass nur noch das Knacken und Knirschen und Krachen berstender Äste zu hören war, ein unheilvolles Geräusch wie von einem prasselnden Feuer.

»Was schaut Ihr so säuerlich?«, hörten sie die spöttische Stimme Cercinors im Rücken. »Trauert Ihr noch immer um Eure Rüstungen, die wir Euch abgenommen haben? Vermisst Ihr das Gefühl eng anliegenden Eisens auf der Haut? Oder könnt Ihr Euch nicht mit der Landschaft anfreunden?«

Die zwei kathygischen Ritter blickten sich verärgert nach dem Gesetzlosen um. Cercinor, der nur wenige Schritte hinter ihnen lief, blieb amüsiert stehen. Seine Gefolgsleute drängten sich neugierig an seine Seite, um keines seiner Worte zu verpassen.

»Nun, wer die Lustgärtchen und Jagdwäldchen Larambroges gewöhnt ist, der mag sich im Arkwald zunächst unwohl fühlen«, fuhr Cercinor fort. »Hier müsst Ihr bedauerlicherweise auf Eure edlen Rösser verzichten und auf Eure sperrigen Schwerter, die sich zu leicht in den Dornbüschen verfangen. Doch glaubt mir, Ihr werdet Euch bald daran gewöhnt haben.«

»Macht Euch um uns keine Sorgen«, zischte Graman Serffa. Wütend betrachtete er seine Arme und Hände, die von den Dornen blutig gerissen waren. »Wir sind Entbehrungen gewohnt.«

»Das ist eine Antwort, wie ich sie von einem kathygischen Ritter erwarte«, lobte ihn Cercinor. »Tröstet Euch damit, dass auch die Echsen diesen Wald durchqueren müssen – und sie haben nicht Cercinor den Unbeugsamen an ihrer Seite.«

Periston Aderint, der zweite kathygische Ritter, blickte Cercinor misstrauisch an. »Seid Ihr sicher, dass die Goldéi diesen Weg eingeschlagen haben? Was suchen sie in dem gottverlassen Wald, wenn sie bereits die wichtigsten Dörfer des Rochenlandes in ihrer Gewalt haben?«

»Sie ziehen zum Rochen, so hat man mir berichtet«, sagte Cercinor achselzuckend. »Was sie dort wollen, werden wir früh genug erfahren. Unweit von hier haben sich meine Freunde und Gefolgsleute versammelt – das Heer des Rochenlandes, könnte man sagen. Von ihnen werden wir hören, was die Echsen im Schilde führen.« Mit einer aufmunternden Geste forderte Cercinor die Ritter auf, den Weg fortzusetzen. Ihre Stiefel hoben sich schwerfällig über den morastigen Grund; mühsam schlugen sie die Dornenranken beiseite und schützten ihre Gesichter vor den Stechmücken.

Es dauerte eine gute Stunde, bis sie die Lichtung erreicht hatten, von der Cercinor gesprochen hatte. Zwischen den Baumwipfeln tat sich ein sonniger Korridor auf; golden brach das herbstliche Licht durch die Zweige. Vor dieser Macht waren Bäume und Büsche zurückgewichen; Farne und Gräser streckten sich dem Licht entgegen, verblühende Waldorchideen und hoch gewachsene Fingerhüte.

Hier hatten sich Cercinors Gefährten versammelt; einige Dutzend Männer und Frauen, bewaffnet mit Säbeln und Dolchen. Die meisten trugen die schmucklose Alltagstracht des Rochenlandes, einfache Kleider aus Fellen und Leinen. Andere trugen kathygische Mäntel und Umhänge, gar Stadtgewänder mit schwarzer Bestickung. Sie mussten aus den Randgebieten des Arkwaldes stammen.

Als Cercinor in ihre Mitte trat, geriet die Menge in Bewegung. Freudestrahlend eilten sie auf ihn zu, unterdrückten nur mühsam ihr Jubeln. Und Cercinor schien wie verwandelt; lachend mischte er sich unter die Leute, tauschte Umarmungen und Küsse, wechselte scherzende Worte.

Die kathygischen Ritter beobachteten die Begrüßung mit düsteren Blicken. »Sie verehren ihn tatsächlich wie einen Herrscher«, zischte Graman Serffa. »Mit welchen Versprechungen hat er diese Menschen auf seine Seite gezogen?«

»Sie folgen ihm, weil er aus ihrer Mitte stammt«, erwiderte Periston Aderint, »weil er ein Rochenländer ist und kein verhasster Kathyger. Zudem ist er mutig und redegewandt.«

»In meinen Augen ist er nichts als überheblich«, sagte Graman Serffa abfällig, »und unbeugsam allein in seiner Selbstgefälligkeit.«

»Aber das Rochenland glaubt an ihn«, erinnerte ihn Periston Aderint. »Wenn er die Goldéi vertreiben will, werden diese Menschen alles tun, bis dieses Ziel erreicht ist. Darauf müssen wir hoffen.«

Nachdenklich beobachteten die beiden Ritter, wie die Rochenländer langsam von Cercinor abließen. Eine Frau war aus ihrer Mitte getreten und hatte sich mit verschränkten Armen vor Cercinor aufgestellt. Sie mochte beinahe vierzig sein, besaß jedoch einen schlanken und zähen Körper. Ihr dunkles Haar war kurz geschoren, und das runde, angenehme Gesicht strahlte Selbstbewusstsein und Kraft aus.

»Du kommst spät, Cercinor«, rief sie mit lauter Stimme. »Wir warten schon seit einem halben Tag auf deine Ankunft. Hast du dich im Arkwald verirrt?«

Cercinor lachte auf. »Du sprichst so frech wie immer, Duane.« Er legte die Hand auf ihre Schulter. »Ich bin von einigen meiner Begleiter aufgehalten worden.« Er blickte spöttisch zu den Rittern herüber. »Man sollte kaum glauben, wie langsam ein Larambroger Geck ist, wenn man ihn von seinem Pferd heruntersetzt.« Begeistert johlten die Gefolgsleute Cercinors auf.

»Dann sind dies deine neuen Freunde vom Königshof?«, sagte Duane mit einem abschätzigen Seitenblick. »Mit ihren verdreckten Gesichtern und zerzausten Haaren sehen sie beinahe aus wie gewöhnliche Menschen.«

»Der Anblick täuscht«, rief Cercinor vergnügt. »Unterhalte dich eine Weile mit ihnen, und du wirst ihre Herkunft bald bemerken! Sie glauben tatsächlich noch an merkwürdige Dinge wie Schwüre und Tugenden …«

»Die Tugenden der Ausbeutung und Unterdrückung«, ergänzte Duane grimmig. »Ich kenne diese gesetzestreuen Ritter nur zu gut.«

Cercinor lachte auf. »Sei beruhigt, Duane; diese Ritter sind Gesetzlose geworden – von ihren Eiden entbunden, von ihrem König verraten und nun von einem aufständischen Rochenländer in den Dienst aufgenommen. Sie haben mir aus Dank gar ihre Rüstungen und Schwerter geschenkt, für die sie keine Verwendung mehr hatten.«

Periston Aderint konnte sich nicht mehr beherrschen. »Habt Ihr genug über uns gespottet? Habt Ihr uns aus diesem Grund durch den Wald gejagt – oder sind wir hier, um zu kämpfen?«

Cercinors Blick wurde ernst. »Ihr werdet früh genug zum Kämpfen kommen, Periston.« Er ließ langsam den Arm von Duanes Schulter sinken. »Was gibt es über die Echsen zu berichten?«

Duanes Augen blitzten auf. »Selten habe ich so widerwärtige Kreaturen gesehen, und selten solch sinnlose Gewalt. Die Leute wussten zwar, dass die Echsen das Rochenland besetzen wollten; trotzdem brach Panik aus, als sie in den Dörfern erschienen. Zahllose Menschen ergriffen die Flucht; sie versuchen sich nach Arphat durchzuschlagen oder wollen sich im Wald verstecken. Andere erhoben die Waffen gegen die Echsen – und diese schlugen voller Grausamkeit zurück. Arktal stand in Flammen; in Neunwasser und Tandoge ließen an die hundert Menschen ihr Leben. Doch besonders furchtbar wüteten sie in Surgissa – unterstützt von der feigen Ratte Eldrom! Der Baron beeilte sich, die Echsen mit allen Ehren an den Stadtgrenzen willkommen zu heißen und sie persönlich in seine Burg zu geleiten. Dort hatten bereits Surgissas verängstigte Bürger Schutz gesucht. Als die Goldéi vor den Burgtoren erschienen, ließ Eldrom von Crusco die Menschen von seinen Kriegern auseinander treiben. Es war ein furchtbares Blutbad.«

Entsetztes Schweigen herrschte auf der Lichtung. Die Ritter spürten hasserfüllte Blicke aus der Menge.

»Es war zu erwarten, dass Eldrom von Crusco sich bei den neuen Herren des Landes einschmeicheln würde«, sagte Cercinor. »Doch diese Niedertracht hätte selbst ich ihm nicht zugetraut.« Er zog seinen Säbel. »Dafür werde ich ihn eines Tages zur Rechenschaft ziehen – mit dieser Klinge.«

»Seltsam war die Eile, mit der die Goldéi die Dörfer besetzten«, fuhr Duane fort. »Sie schienen von großer Hast getrieben zu sein. Kaum hatten sie die wichtigsten Burgen und Wehranlagen in ihrer Gewalt, zog der Großteil von ihnen weiter. In zwei Tagen hatten sie Andelark erreicht. Auch dort gab es Aufstände, und auch dort brachen sie den Widerstand mit rücksichtsloser Gewalt. Hier habe ich sie zum ersten Mal gesehen. Es war ein widerwärtiger Anblick, diese Ansammlung mannshoher Reptilien mit ihrer öligen Schuppenhaut …«

»War der Scaduif unter ihnen?«, unterbrach Periston Aderint den Bericht, »ihr rot geschuppter Anführer?«

Duane würdigte ihn keines Blickes. »Ja, er war dort. Er wurde stets von einer Gruppe gewöhnlicher Echsen bewacht; sie ließen ihn nicht aus den Augen. Und noch etwas fiel mir auf – sie trugen einige seltsame Kisten neben ihm her … Kisten aus Eisen, in die fremdartige Schriftzeichen eingeritzt waren. Mehrere Bürger Andelarks berichteten, sie hätten in der Nähe der Kisten seltsame Geräusche vernommen – Schreie wie von einem wilden Tier.«

Periston Aderint runzelte die Stirn. »Von diesen Kisten höre ich nicht zum ersten Mal! Auch in Larambroge hatten die Echsen solche Kisten bei sich. Sie scheinen etwas Wertvolles zu enthalten.«

»Ich müsste lügen, würde ich behaupten, dass diese Kisten mich nicht neugierig machten«, gab Cercinor zu. »Doch sprich weiter, Duane. Wann verließen die Goldéi Andelark?«

»Bereits nach zwei Tagen. Etwa hundert Echsen blieben in der Stadt zurück; der Rest brach voller Hast auf und zog Richtung Süden. Erst glaubte ich, sie wollten dem Arkensprung stromaufwärts folgen, um über den Rochen zu gelangen. Doch dann verließen sie das sichere Flussbett und schlugen die südwestliche Richtung ein. Sie ziehen nun etwa fünfzig Acker östlich von uns durch den Wald. Natürlich kommen sie nur schwer voran, und so war es ein Leichtes für unsere Späher, sie zu verfolgen.« Duane lächelte Cercinor tapfer an. »Fast zweihundert Männer und Frauen habe ich mitgebracht, Cercinor; sie alle sind bereit, gegen die Goldéi zu kämpfen. Die meisten halten sich bei den Ilmora-Steinen bereit, denn dort müssen die Echsen vorbeiziehen, wenn sie ihre Richtung beibehalten.«

»Hervorragend«, rief Cercinor grimmig. »Bei Ilmora ist der Wald dicht genug, um den Echsen eine Falle zu stellen.« Er wandte sich den Rittern zu. »Bald werdet Ihr sehen, wie man im Arkwald einen Feind zur Umkehr zwingt. Denn der Wald kämpft auf unserer Seite. Die Goldéi werden sich bald wünschen, ihn niemals betreten zu haben.«

❦

Die Kisten waren aus Metall gefertigt, einer matt schimmernden Eisenlegierung. Entfernt ähnelten sie Würfeln, doch ihre Seitenflächen waren von unregelmäßigen Ausbuchtungen und Vertiefungen durchbrochen, als hätte eine mächtige Hand an ihnen gezerrt. Sie waren mit goldenen Verzierungen versehen; manchmal, wenn ein Sonnenstrahl durch die Zweige fiel, glommen in seinem Licht fremdartige Zeichen auf, Symbole aus ineinander verwobenen Linien. Und dazwischen konnte man kleine Schlitze und Öffnungen erkennen.

Die vier Kisten ruhten auf hölzernen Bahren, die von jeweils sechs Goldéi getragen wurden. Langsam kämpften sich die Echsen durch das Gesträuch, wählten jeden ihrer Schritte mit äußerster Vorsicht. Doch immer wieder gerieten sie auf dem nassen, modrigen Untergrund ins Wanken. Dann tanzten die schweren Kisten bedrohlich über ihren Häuptern, und ein zischender Befehl ermahnte sie zu größerer Vorsicht. Der Rotgeschuppte, der Scaduif, Aquazzan der Wegführer, wachte über jeden ihrer Schritte; seine schwarzen Augen suchten fortlaufend den Boden ab, um

Vertiefungen und sumpfige Stellen, gefährliche Dornenranken und im Moos verborgene Äste zu entdecken.

Je näher sie dem Rochen kamen, desto modriger wurde der Grund. Immer häufiger quoll unter der Moosdecke schwarzer Humus hervor, stand regenbogenschillernd das Wasser in Pfützen und Erdlöchern. An den Baumstämmen wucherten ockerfarbene Schwämme, und unter Zypressengewächsen ragten zerfallene Baumleichen hervor, besetzt mit grellroter Fäule. Tief sanken die schweren Pranken der Echsen in den Schlamm, begleitet vom Sirren der Libellen und Mücken.

Plötzlich stockte der Zug der Goldéi. Der Rotgeschuppte hatte Einhalt geboten. Schweigend warteten die Echsen, und die Kistenträger setzten die Bahren ab.

Aquazzan beugte sich langsam zu einem klobigen, überwachsenen Gegenstand herab, der ihnen den Weg versperrte. Mit den Klauen kratzte er vorsichtig das Moos beiseite; einige Weberknechte und Asseln lösten sich aus der darunter verborgenen Erdkrume und hasteten aufgeschreckt über die Krallen des Goldéi.

Es handelte sich um einen überwucherten, wohl ein Schritt hohen Stein. Als Aquazzan die Flechten und Farne zur Seite zog, kam eine glatte, fleischfarbene Oberfläche zum Vorschein. Sie wies eine feine Struktur auf; dünne, silbrige Adern verzweigten sich in dem Gestein. Sie wirkten wie eine komplizierte Schrift, wie sorgfältig aufgetragene Tuschestriche.

Hastig richtete der Goldéi sich auf. Er wandte den Schädel, sodass sich die rote Schuppenhaut an seinem Hals spannte. Kurz stand er still, vollkommen unbeweglich. Dann aber schien er etwas entdeckt zu haben; mit eiligen Schritten stieg er durch das Gestrüpp, schlug ungeduldig die Zweige und Farne beiseite. Schließlich hielt er vor einer weiteren Erhebung inne, riss erneut das Moos fort: ein zweiter Stein, halb im Schlamm versunken, doch ebenso beschaffen wie der erste.

Langsam erhob sich der Goldéi. Seine Augen waren geschlossen; unter den dünnen Lidern sah man sie unruhig hin- und herwandern. Ein Zucken ging durch seinen Körper, und der dünne Schwanz schnellte empor, wand sich wie eine Schlange.

Dann aber ließ ihn ein ferner, schriller Klang herumfahren, ein mehrfach wiederholtes grelles Pfeifen. Hastig riss Aquazzan die Augen auf. Sein Blick fuhr empor zur Walddecke. Die Wipfel der Bäume waren in Bewegung geraten. Schwarze Schatten lösten sich aus den Zweigen, und gleichzeitig schwoll lautes Vogelgeschrei an, grell und klagend, das wie ein Echo aus allen Richtungen widerhallte. Unzählige große Vögel sanken herab; ihre Flügel peitschten durch die Luft, schlugen gegeneinander. Zahlreiche Vögel verloren das Gleichgewicht, taumelten mit klagenden Rufen herab. Schützend hielten die Goldéi ihre Klauen empor, als die aufgescheuchten Vögel auf sie niedergingen. Fauchend schlugen sie nach ihnen; und die Vögel, vollkommen verängstigt, schreckten wieder auf, versuchten zu den Baumkronen zurückzufliegen. Doch von dort stürzten weitere Vögel herab, panisch schreiend und mit den Flügeln schlagend. Ihr schrilles Pfeifen war zu einem ohrenbetäubenden Lärm angeschwollen. In diesen mischten sich plötzliche Rufe, der gequälte Aufschrei eines Goldéi, der Aufprall von Steinen gegen einen hohlen Stamm. Zwischen aufpeitschenden Vogelleibern, zuckenden Flügeln, umherschnellenden Zweigen brach ein Goldéi zu Boden.

Ein Brüllen löste sich aus Aquazzans Kehle, seine Augen glommen auf. Ein heftiger Windstoß erfasste die Vögel, riss sie empor. Ihre Leiber klatschten mit dumpfem Laut gegen die Äste und Baumstämme, und zwischen dem auseinanderstiebenden Gefieder perlte Blut hervor. Ihre Schreie erstarben. Es blieb das dumpfe Prasseln der Steine, die hundertfach zwischen den Zweigen hervor schossen und die Goldéi zu Boden streckten. Nun konnte Aquazzan auch mehrere Gestalten zwischen den Farnen ausmachen, sah Dolche aufblitzen; und dort taumelte ein weiterer Goldéi mit aufgeschnittener Kehle zu Boden.

Von überall drangen sie hervor, die Rochenländer; blitzschnell ließen sie ihre Säbel auf die Echsen niedergehen, noch bevor diese ihre Schwerter und Speere zücken konnten.

Mehrere Minuten vergingen, bis die Goldéi ihren Zauber zu wirken vermochten. Mannshohe Flammen brachen aus dem Erdboden, tanzten zwischen den Kämpfenden umher; und während die Goldéi unversehrt blieben, legte sich der entsetzliche Geruch versengten Fleisches über den Arkwald. Schwarze Rauchfahnen stiegen von den Baumstämmen auf; die pilzbewachsene Rinde schwelte mit Ekel erregendem Gestank. Eine junge Rochenländerin, die wild ihren Säbel in den Leib eines Goldéi stieß, fuhr herum, als sie hinter sich ein lautes Knacken vernahm; sah, wie ein Baumstamm über ihr auseinanderbrach, als hätte ein mächtiger Axthieb ihn geteilt. Dann zerschmetterte das berstende Holz ihr den Schädel, und der Säbel entglitt ihrer Hand.

❦

Wie mächtige Särge ruhten die eisernen Kisten am Waldboden; schräg von der Bahre gerutscht, die Verzierungen schlammverschmutzt. Schweigend ruhten sie inmitten des Lärmens und Sterbens. In den goldenen Vertiefungen, zwischen blutverschmiertem Laub und aufgeschleudertem Moos, wanden sich zuckende Vogelleiber.

Als Graman Serffa die Kisten zwischen den Farnen aufblitzen sah, stockte ihm beinahe der Atem. Schnell riss er den Dolch aus dem Rücken eines Goldéi, den er soeben niedergestreckt hatte; und obwohl dieser noch mit dem Schwanz nach ihm schlug, ließ er von der Echse ab. »Ich habe sie gefunden, ich habe sie gefunden«, brüllte er. »Periston! Die Kisten, ich habe sie gefunden!«

Er sprang über die niedergetrampelten Dornenbüsche auf die Kisten zu, stieß sich mit der Hand von einem Baum ab, der ihm im Wege stand. Dabei rutschte er aus und brach zu Boden. Faulige Erde drang ihm in den Mund, eine

Dornenranke riss ihm die Lippen auf. Panisch suchte er an einem zerfallenen Baumstumpf Halt, doch seine Finger glitten an dem nassen, butterweichen Holz ab.

Eine Hand packte seinen Ellenbogen und riss ihn empor. Es war Cercinor. »Nun komm schon«, zischte er. Seine Augen waren blutunterlaufen. Auf seiner Stirn klaffte eine breite Wunde, »jetzt holen wir uns unseren Lohn, mein ritterlicher Freund.« Er zerrte ihn mit sich. Hustend stolperte Graman Serffa dem Gesetzlosen nach, spuckte die Erde aus, schrie: »Der Scaduif! Wir müssen ihn töten, Cercinor! Wenn er stirbt, sind sie verloren! Wir müssen ihn töten!« Seine Augen suchten nach dem Rotgeschuppten, doch der war nirgends zu sehen ... dort, ein anderer Goldéi stürmte Cercinor entgegen, und dieser trat die Echse mit einem wütenden Schrei zu Boden, stieß ihr den Säbel in die Brust. Hinter ihm – ein Laut, ein Rascheln ... nein, es war Periston, das Gesicht blutüberströmt.

»Kommt, kommt schon«, schrie Cercinor, der sich über eine der Kisten beugte, »helft mir, sie aufzubrechen«, er setzte seinen Säbel an den eisernen Rand. Die Klinge bog sich unter dem Druck. Schon waren die beiden Ritter an seiner Seite, und zu dritt versuchten sie, die Kiste aufzustemmen ... da war kein Schloss ... der Deckel lag lose auf, ließ sich jedoch nicht öffnen ...

»Versuchen wir es mit dieser dort«, rief Periston Aderint. Er zeigte auf eine kleinere Kiste. Sie war von anderer Form, flach und ohne Ausbuchtungen und Vertiefungen.

Cercinor schüttelte den Kopf. »Wir bekommen sie nicht auf. Lasst sie uns fortschleifen, dann können wir sie ...«

Brüllend stürzte ein weiterer Goldéi zwischen den Bäumen hervor. Seine Klauen glühten rot, und als er Cercinors Schulter erfasste, brüllte dieser vor Schmerz auf. Doch es gelang ihm, die Echse zurückzustoßen. Sie verlor ihr Gleichgewicht und prallte auf die Kisten. Peristons Säbel traf den Goldéi zwischen den Schultern. Schwarzes Blut sprudelte hervor. Fauchend schlug die Echse nach Periston; er wich zurück, packte den Säbel mit beiden Händen, stieß ihn dem Goldéi in den Kopf. Die Klaue sank herab, prallte mit metallenem Laut auf die Eisenkiste und verglühte wie ein verbrennender Nachtfalter.

Cercinor packte den leblosen Echsenleib und schleuderte ihn von den Kisten. Dann packte er die flache Kiste. Sein Gesicht war schmerzverzerrt. »Nun helft mir endlich, verflucht, helft mir!«

Die beiden Ritter sprangen an seine Seite. Gemeinsam gelang es ihnen, die Kiste anzuheben. Sie war von geringerem Gewicht, als sie angenommen hatten.

»Dorthin, dort drüben«, befahl Cercinor mit gepresster Stimme, »dort sind wir in Sicherheit!«

Graman Serffa blickte sich panisch um. Der Scaduif musste irgendwo sein, irgendwo … doch noch immer konnte er den rot geschuppten Goldéi nicht ausmachen. Er schien wie vom Erdboden verschluckt.

Endlich hatten sie die Kiste hinter einen Baum geschleift. Eifrige Hände nahmen ihnen das schwere Gewicht ab. Graman Serffa sank erschöpft zu Boden. Er sah Duane zwischen den Bäumen hervoreilen, die Augen voller Angst aufgerissen.

»Cercinor! Wir können uns nicht mehr lange halten«, hörte er ihre atemlose Stimme, »sie sind zu stark … wir müssen unsere Leute zur Flucht rufen!«

»Erst, wenn die Kiste in Sicherheit ist«, zischte Cercinor. »Sie können uns nicht verfolgen.«

»Sie haben bereits die Oberhand gewonnen«, schrie Duane. »Dieser Wahnsinn muss aufhören! Lass die Kiste hier stehen; sie behindert nur unsere Flucht!«

»Nein!«, befahl Cercinor. »Gib uns noch zehn Minuten, Duane! Zehn Minuten …«

Duane schüttelte verständnislos den Kopf. »Du weißt nicht einmal, was in ihr verborgen ist! Warum machst du sie nicht auf, um zu sehen, ob es sich lohnt, dafür ein Dutzend Leute zu opfern?« Sie schritt an seine Seite und ließ ihre Hand über die kalte Oberfläche der Kiste fahren. »Siehst du diese Schlitze, Cercinor? Es sind Luftlöcher!

Vielleicht ist tatsächlich ein wildes Tier darin, wie die Bürger von Andelark gesagt haben.«

»Lasst sie besser geschlossen«, stieß Periston Aderint hervor.

Cercinor lachte auf. »Habt Ihr etwa Angst, Ritterchen?« Er legte sein Ohr auf die Kiste. »Ich kann keine Geräusche aus dieser Kiste vernehmen! Wir werden sie öffnen – jetzt gleich!« Einer seiner Gefolgsleute stürzte herbei, bewaffnet mit einem rostigen Haken. Er setzte ihn unterhalb des Deckels an und versuchte die Kiste aufzustemmen.

Wieder drang der lang gezogene Todesschrei eines Menschen aus dem Wald. Der Kampfeslärm schien näher zu kommen.

»Beeilt euch!«, stieß Graman Serffa hervor. »Wir dürfen keine Zeit mehr verlieren!«

Mit einem hässlichen Geräusch, dem Zersplittern eines Glasspiegels ähnlich, sprang der Deckel auf. Weißer Nebel stieg aus dem Inneren der Kiste, waberte schwerfällig über den Rand. Cercinor kniff die Augen zusammen und versuchte, die Konturen zu erkennen, die sich unter dem Nebel abzeichneten.

»Ein Kind!«, flüsterte er. »Ein Junge!«

Tatsächlich: im Innern der Kiste lag ein Junge, wohl zwölf Jahre alt, kurzes schwarzes Haar. Er war vollkommen nackt. Seine Haut glänzte blass und milchig. Sein Gesicht war nicht zu erkennen; es wurde unterhalb des Haaransatzes von einem weißen Tuch verdeckt.

»Lebt er noch?«, fragte Duane leise.

Cercinor beugte sich zur Kiste herab. Rasch zog er das Tuch zur Seite – und schreckte angewidert zurück. Ein goldenes Konstrukt blitzte unter dem Tuch auf; eine komplizierte Anordnung feiner Metallstäbe und Platten, ineinander verzahnt und miteinander verwoben. Sie bestanden aus reinem Gold; einige von ihnen bewegten sich, kreisten umeinander, zuckten wie kleine Muskeln. Zwischen den Stäben aber war das Gesicht des Jungen zu erkennen; die rosige Haut, die schmalen Lippen, auf denen ein rascher

Atem bebte, und auch die aufgerissenen, nussbraunen Augen, die zum Himmel aufblickten. An den Schläfen waren die goldenen Stäbe gebogen und mündeten in die Haut, obwohl keine Wunde, keine Narbe zu sehen war.

»Lebt er noch?«, wiederholte Duane.

Das Entsetzen in ihrer Stimme brachte Cercinor zur Besinnung. »Hebt ihn vorsichtig aus der Kiste«, wies er die Räuber an, »und dann ruft zum Rückzug. Ich denke, wir haben genug von diesen Echsen gesehen.«

KAPITEL 7

Glut

Schon von weitem konnte man den Rauch sehen. In dicken Schwaden stieg er auf; ein dunkelroter Staub, von heißem Dampf aus dem Schlund des Vulkans empor getragen. Jeder Wanderer, der von Süden her auf dem Weg der Pracht nach Thax zog, musste an ihm vorbei; an Amos, dem Brennenden Berg, der wenige Meilen vor den Toren der Hauptstadt lag. Wenn man ihn erblickte, hatte man das reiche Varona mit seinen fruchtbaren Feldern und den zahlreichen, sich verzweigenden Flüssen hinter sich gelassen. Nun lösten Geröll und verdorrte Sträucher die vielfältige Vegetation des Südens ab, und der Weg der Pracht führte beharrlich aufwärts, empor zum palidonischen Hochland, zu den Fürstentümern Thax und Palidon.

Am Brennenden Berg war einst die Grenze zwischen dem wilden, unzivilisierten Süden und dem Königreich Arphat verlaufen. Bis zu diesem Punkt war der legendäre König Apetha, Gründer des arphatischen Reiches, mit seinem Heer vorgedrungen, und hier war er in den Hinterhalt seiner Feinde aus Candacar geraten. Man erzählte sich, dass er im Angesicht des feindlichen Heeres zum Gipfel des Brennenden Berges geritten und dort mit seinem Pferd in der Glut verschwunden war.

Es war eine der vielen Legenden, die sich um den geheimnisvollen Berg Amos rankten, und die Bewohner der umliegenden Dörfer liebten es, sie den Durchreisenden zu erzählen; etwa jene vom wahnsinnigen Schmied Thak, der sich mit dem Gott des Berges verbündet und dessen hübsche Tochter zur Frau genommen hatte. Doch als sie ihn betrog, zerschmetterte der Schmied ihr den Kopf auf seinem Amboss, worauf der Gott des Berges Rache nahm und die Welt in Feuer ertränkte.

Doch am beliebtesten war die Sage vom heiligen Durta Slargin, dem größten Zauberer, den die Welt je gesehen hatte. Er hatte vor über tausend Jahren die Quellen bezwungen und den Menschen die Magie geschenkt. Auch zum Berg Amos war er gekommen, hatte die bösen Vulkangeister gebannt und die Quelle gezähmt; und schließlich hatte er eine Gemeinschaft gegründet, die dem mächtigen Gott Tathril huldigte. Aus diesem Orden, der Tathrilya, war bald die Kirche des Tathril entstanden, die den Menschen des Südens den Weg zur Wahrheit gewiesen hatte.

So war der Brennende Berg vieles zugleich: ein Symbol der arphatischen Schreckensherrschaft, ein Heiligtum der Kirche, ein Ort der Märchen und Sagen – und ein Zentrum der Magie. Denn unter dem Berg Amos, wo die Kräfte des Feuers wüteten, befand sich das Auge der Glut, die mächtigste Quelle des Südens. Seitdem Durta Slargin sie gebändigt hatte, wachte die Kirche über sie, und außer dem Hohepriester von Thax und seinen engsten Vertrauten durfte niemand die Hallen unter dem Vulkan betreten.

❦

Behutsam goss Nhordukael die Flüssigkeit in die Schale. Der betäubende Geruch des Öls stieg ihm in die Nase. Sorgfältig träufelte er die letzten Tropfen aus der silbernen Amphore.

ZWEIFEL … DAS BLEICHE KIND IST VOLLER ZWEIFEL … HAT SICH VOM GOTT DER WAHRHEIT ABGEWANDT … VERFLUCHT SOLL ES SEIN, VERFLUCHT …

Nhordukael blickte auf den Vulkansee: ein Felsenbecken, in dem glühend heiß die Lava brodelte. Zischend fuhren gleißende Fontänen geschmolzenen Gesteins empor; glühende Blasen warfen sich auf und zerplatzten mit dumpfem Knall; violett schimmernde Flammen sprangen über die unruhige Oberfläche des Sees.

Von dem dunkelroten Leuchten des Vulkansees hoben sich die Konturen vierer steinerner Gestalten ab; grob gehauene, übergroße Menschenstatuen, deren Schatten im Glutschein tanzten. Doch nicht nur ihre Schatten bewegten sich. Wenn man sie genau betrachtete, konnte man das Beben ihrer plumpen Gliedmaßen und ihrer gemeißelten Köpfe erkennen.

DAS HERZ VERDORBEN … KENNT WEDER MITLEID NOCH FURCHT … VERACHTET DAS LEBEN …

Ihre Stimmen schwebten als körperloses Grollen im Raum. Einen Mund besaßen sie nicht; ihr Gesicht war nichts als unbehauener Stein, durch den zwei Löcher geschlagen waren. Das rote Schimmern des Sees fiel hindurch, und so wirkten die Löcher wie glimmende, zornentbrannte Augen, die Nhordukael anstarrten.

In der Halle der Glut gab es beinahe hundert dieser Steinfiguren. Man nannte sie die Thiurone, die Stummen Wächter. Reglos bewachten sie die Zugänge des Heiligtums, die primitiv geformten Hände drohend erhoben. Doch vier der Thiurone waren beseelt. Ein mächtiger Zauberspruch hatte sie zum Leben erweckt. Mit schleppenden Schritten durchwanderten sie die Halle, ohne Richtung, ohne Ziel. Ihr unheimliches Flüstern drang von allen Seiten, unvollständige Sätze ohne Sinn.

MUSS FORT VON HIER … MUSS STERBEN … SEIN KÖRPER MUSS BRENNEN UND VERGEHEN …

Schweigend beobachtete Nhordukael die Thiurone. Dann blickte er zu Magro Fargh hinüber, der unweit von ihm auf einem Steinvorsprung kauerte. Der Hohepriester hatte sein weißes Gewand angelegt. Auf dem Kopf trug er die zeremonielle Seidenhaube, deren acht Schnüre unter dem Kinn zusammengebunden waren. Müde erhob der Greis die Hand gegen die Thiurone. »Geht aus dem Weg!«, stieß er hervor. »Lasst ihn in Frieden!« Dann wandte er sich Nhordukael zu. »Beachte sie nicht! Ihre Worte haben keine Bedeutung; sie entstammen einer anderen Zeit, handeln von Vergangenem und Vergessenem.«

In den Thiuronen, so sagte man, waren die Seelen vier mächtiger Priester der Tathrilya gefangen: von Jenos Agur, einem ehemaligen Hohepriester, und seinen drei engsten Vertrauten. Sie hatten vor über dreihundertfünfzig Jahren den Tod gefunden, hingerichtet von den Zauberern der Bathaquar-Sekte. Die Bathaquari hatten den Brennenden Berg erobert und dem Hohepriester einen grausamen Tod bereitet. Seine Seele hatten die Bathaquari in einen der Thiurone eingeschmolzen, um ihm ewige Qualen zu bereiten. Jenos Agur und seine drei Vertrauten waren für alle Zeiten in ihren steinernen Hüllen gefangen. Kein Zauberspruch, kein Ritual konnte sie erlösen.

Es war eine schreckliche Zeit für die Kirche gewesen – die Zeit der Spaltung. Begonnen hatte sie mit einem harmlosen Streit. Als die Tathrilya sich von einer magischen Loge zu einer religiösen Gemeinschaft wandelte, wurden zunehmend Priester in die Loge aufgenommen, die keine Zauberer waren. Einige der älteren Zauberer sahen dies mit Sorge; sie wollten die alte Struktur der Loge bewahren und wehrten sich gegen diese Entwicklung. Der bedeutendste der Kritiker war der scharfzüngige Zauberer Bathos, und die wachsende Gemeinschaft seiner Anhänger benannte sich bald nach ihm. Zunächst war die Bathaquar nur eine bedeutungslose Gruppierung innerhalb der Kirche; für sie war Tathril der Gott der Zauberer, der mit den gewöhnlichen Menschen nichts zu schaffen hatte. Doch als die Kirche Bathos einkerkern ließ und die Verbreitung seiner Ansichten verbot, gründeten seine Schüler einen geheimen Orden, der sich immer weiter von den Grundsätzen der Tathrilya entfernte. Die Bathaquari schmähten den heiligen Durta Slargin, und sie übten sich in unheilvollen Praktiken, die einem Priester des Tathril verboten waren.

Schließlich spaltete sich die Kirche; und die Bathaquari, die sich selbst als die wahren Diener Tathrils verstanden, griffen nach der Quelle von Amos, dem Auge der Glut. Mit der Macht, die ihnen die heilige Quelle verlieh, stand die Bathaquar dem Südbund im Freiheitskampf gegen die Königreiche des Nordens bei. Freilich tat sie dies aus reiner Berechnung. Fünfzig Jahre nach Sithars Gründung versuchte die Bathaquar, die Macht im Kaiserreich an sich zu reißen. Doch dieser Staatsstreich führte zu ihrem Untergang. Das Volk erhob sich gegen die Zauberer, und die wahre Kirche Tathrils kehrte unter den Brennenden Berg zurück. Die Bathaquar hingegen wurde zerschlagen, nachdem der Silberne Kreis im legendären Heiligen Prozess die Schuld der Zauberer bestätigt hatte. Die Bathaquari wurden in kochendem Silber ertränkt und fanden so den gerechten Tod …

Nhordukael kannte die Geschichte der Bathaquar in- und auswendig. Magro Fargh hatte sie ihm oft erzählt, und oft hatte er sie in den Kirchenbüchern nachgelesen. Obwohl Nhordukael wusste, dass in der Zeit der Spaltung unzählige Menschen den Tod gefunden hatten, ließ ihr Schicksal ihn auf merkwürdige Weise kalt.

»Beachte sie nicht! Was die Thiurone auch sprechen, sie sind nichts als lebloses Gestein«, hörte er den Hohepriester wispern. »Konzentriere dich ganz auf deine Aufgabe … nur darauf, Nhordukael.«

Vorsichtig stellte Nhordukael die Amphore zu Boden und strich mit der Hand über die Schale, die er umklammert hielt. Sofort begann das Öl in der Schale zu brennen; durchsichtige blaue Flammen schlugen empor. Nhordukael warf einen Seitenblick auf die Thiurone, die sich ihm auf wenige Schritte genähert hatten. Ihre Köpfe waren zur Seite geneigt, das rote Funkeln in ihren Augen erloschen.

Es war das siebte Mal, dass Nhordukael an der Seite des Hohepriesters die Halle der Ewigen Glut betrat. Zwar hatte Magro Fargh ihn auch in den vergangenen Jahren zum Brennenden Berg mitgenommen, doch niemals hatte er es Nhordukael gestattet, sich in unmittelbare Nähe der Quelle zu begeben. Nun aber stand er an Magro Farghs Seite; vor ihm die Glut des Vulkans, die ihm den Schweiß auf die

Stirn trieb; und über dem Lavasee schwebte das Auge Tathrils, die Quelle des Brennenden Berges.

Drei Schichten umgaben das Herz der Quelle. Die ersten beiden, so hatte Nhordukael als Novize gelernt, waren die Träger der Magie, die Äußere und die Innere Schicht. Sie erstreckten sich über das riesige Einflussgebiet der Quelle, das die Fürstentümer Thax und Palgura sowie einen Teil Palidons einbezog. In ihm flossen die Ströme der Magie wohl geordnet durch beide Schichten, und jeder Priester des Tathril konnte sie zum Wohl der Kirche verwenden.

Doch es gab eine dritte, die Heilige Schicht, die das Herz der Quelle umgab und die nur dort, in unmittelbarer Nähe, berührt werden konnte. Außer Magro Fargh durfte kein Angehöriger der Kirche ihr zu nahe kommen, es sei denn mit ausdrücklicher Erlaubnis des Hohepriesters.

Nhordukael wusste, dass er eigentlich zu jung war, um der Quelle entgegenzutreten. Wenn er auf die geschmolzene Glut des Sees blickte, spürte er ihr Aufpeitschen. Er wußte, dass er in ihrer Nähe keine Schwäche zeigen durfte; auch wenn sie gefesselt war, vermochte sie einen unerfahrenen Geist ins Verderben zu reißen.

»Dir wird nichts geschehen!«, hörte er neben sich den Hohepriester murmeln. »Wir stehen unter Tathrils Schutz. Er ist es, der das Schicksal meines Lebens lenkt. Er ist es, der mir befiehlt, dem Tod zu trotzen!«

Heiß brannte die Metallschale in Nhordukaels Händen. Blaue Funken sprangen an seinen Fingern empor. Langsam setzte Nhordukael die Schale an die Lippen. Als er den ersten Schluck nahm, bohrte sich die Hitze in seine Kehle.

Nun sah er sie: Tathrils Größe. Tathrils Erhabenheit. In einem gleißenden Licht tat sich das Auge der Glut vor ihm auf, das Herz der Quelle. Es war von einer überwältigenden Schönheit.

Er blickte an sich herab. Blau glühten seine Hände, als sie von der Wirkung des Sphärenfeuers erfasst wurden. Nhordukael stellte die Schale ab und konzentrierte sich auf die ihn umfließende Magie. Das Wispern des Hohenpriesters drang zu ihm herüber. »Gib mir die Kraft meiner Jugend zurück, Tathril! Nimm meinen Gliedern die Schmerzen, befreie meinen Körper von der Krankheit, die in mir wuchert. Du besitzt die Macht über das Leben. Du kannst das Undenkbare geschehen lassen, du kannst das Gefüge der Zeit ändern, um deinen Diener zu erretten.«

Sphärenströme stürzten auf Nhordukael nieder; gleißende Lichtbögen, die von der Glut des Vulkansees aufgeworfen wurden. Blitzschnell griff er nach ihnen, und während sie sich in seinen Fingern wanden, bog er sie zu einer neuen Form.

»Warum erhörst du mich nicht, Tathril?«, flehte der Hohepriester. »Beende meine Prüfung! Schenke mir neues Leben, damit ich der Vernichtung, die deine Welt bedroht, Einhalt gebieten kann.«

Nhordukael konzentrierte sich auf die Erscheinungen, die sich über dem glühenden See aufgetan hatten. In dem blutroten Rauch war das Schimmern seidenartiger Fäden zu erkennen. Sie leuchteten in klaren, hellen Farben; hier ein türkises Blau, dort ein strahlendes Grün – ein Netz aus hunderten von Farben, die den Rauch der Glut zerschnitten. Es war der Abglanz der Zauber, die von der Tathrilya im Lauf der Jahrhunderte an diesen Ort gebunden worden waren. Hier, im Herz der Quelle, ruhten die großen Werke der Kirche; der Zauber, der die Felder von Palidon fruchtbar hielt, oder jener, der den Schwertern der Tempelritter ihre tödliche Schärfe verlieh. Auch den Zauber des besänftigten Stroms entdeckte Nhordukael – der bedeutendste Zauber, den die Tathrilya hervorgebracht hatte. Durch ihn hatte die Loge Suuls Hauch bezwungen, den kalten Strom, der das Ostmeer in seinem eisigen Griff hielt. So hatte die Tathrilya den Seeweg zwischen Siccelda und Palidon vom Eis befreit und den Seefahrern eine neue Handelsstrecke erschlossen.

Manche Zauber waren für Nhordukael unverständlich und rätselhaft. Sie waren vor langer Zeit gewoben worden, von den Hohepriestern vergangener Jahrhunderte. Wenn die Legende der Wahrheit entsprach, gingen manche Zauber gar auf den Bezwinger der Quellen zurück, den großen Durta Slargin, Gründer der Tathrilya.

Andere Zauber leuchteten in düsteren Farben, schillerten schwarz oder gaben ein fahles Gelb ab. Dies waren die Zauber der Bathaquar; die Sekte hatte sie während ihrer Herrschaft über den Brennenden Berg an das Auge der Glut gefesselt. Wie Schlangen wanden sie sich durch die Sphäre, schienen nach Nhordukael zu greifen und ihn zu sich zu locken …

Eine Berührung an seiner Schulter! Erschrocken fuhr Nhordukael auf. Neben ihm stand der Hohepriester. Das greise Gesicht war wutverzerrt, seine Fingernägel bohrten sich in Nhordukaels Schulter.

»Bist du noch bei Trost?«, schrie Magro Fargh. Sein Kopf zitterte vor Anstrengung. »Merkst du nicht, wie nah du dem Auge der Glut gekommen bist?«

Erschrocken ließ Nhordukael die Hände sinken, von denen noch immer in blauen Flammen das Öl tropfte.

»Beinahe hätte der Zorn der Quelle dich erfasst!« Magro Farghs Stimme überschlug sich. »Noch wenige Augenblicke, und sie hätte dich zerrissen!«

Nhordukael fasste sich an die Lippen. Er spürte, dass warmes Blut seine Finger benetzte. Rasch kniete er sich zu Boden, und hustend spuckte er den roten Speichel aus, der sich in seinem Mund gesammelt hatte. Ein brennender Schmerz wallte durch seinen Hals, als hätten winzige Scherben ihm die Kehle zerschnitten.

Magro Fargh ließ sich neben ihm nieder. Er atmete schwer. »Jeden anderen Priester deines Alters hätte Tathril hinweggerafft. Dich aber hat er verschont, Nhordukael!« Er tastete nach der Hand des jungen Priesters. »Er spürt deine Kraft … und spürst du nicht die seine? Spürst du nicht, was er dir sagen will?« Seine Stimme klang so kalt und scharf wie ein Dolch. »Nur mit deiner Hilfe kann ich dieses Ritual beenden! Du musst dich endlich konzentrieren; du musst dich beherrschen! Nur so kann ich weiterleben!«

Nhordukael schloss angewidert die Augen. Er gab keine Antwort.

»Demut! Trete deinem Gott in Demut gegenüber – wie oft habe ich es dir gesagt«, spie der alte Priester aus. »Doch du willst meine Worte nicht hören! Dir bleibt nicht mehr viel Zeit! Du musst dich entscheiden, ob du Tathril gehorchen oder von seiner Macht verschlungen werden willst!«

Hass stieg in Nhordukael auf. *Tathril!*, höhnte er in Gedanken. *Hier ist er, dein Gott – nichts weiter als die jämmerliche, qualvoll verzerrte Magie einer geknechteten Quelle! Und du verdorbener Greis betest sie an in deiner Verblendung!* Erschrocken hielt er den Atem an. *Nein! Das habe ich nicht gesagt, nicht gedacht, nicht gefühlt … vergib mir, Tathril, vergib mir …*

Doch er spürte, dass sein Flehen lächerlich war und sinnlos; dass er den eigenen Gedanken keinen Glauben mehr schenkte, so wie er auch den Glauben an Tathril verloren hatte.

❦

Scorutar beugte sich vor. Kalt schlug ihm der Wind durch die Fensteröffnung entgegen, wirbelte sein Haar empor. Er legte die Hände auf die steinerne Brüstung und genoss die Kälte des Steins, die langsam von seinen Fingerspitzen Besitz ergriff.

»Noch nie bin ich so gedemütigt worden!«, hörte er hinter sich die erboste Stimme Binhipars. »Und dies ist allein Eure Schuld! Ich hätte mich niemals auf Euch verlassen dürfen!« Wütend schleuderte Binhipar den vor ihm stehenden Becher vom Tisch. Er zerbarst auf dem Boden mit einem dumpfen Klirren. Schwerfällig schwappte der Wein zwischen den Scherben hervor.

Scorutar blickte über die Schulter auf die Reste des tönernen Gefäßes. »Ihr langweilt mich«, sagte er. »Warum geht Ihr nicht in Euer Gemach und legt Euch schlafen? Heute können wir ohnehin nichts mehr tun.«

Entrüstet sprang Binhipar von seinem Schemel auf. »Spart Euch Eure Frechheiten!«, schrie er. »Ihr habt dieses Debakel zu verantworten! Wenn Ihr mit Euren Forderungen im Thronrat nicht so aufgetrumpft hättet, wäre unser Erlass von den Fürsten angenommen worden! Stattdessen haben sie sich für einen Bündnisvertrag mit Arphat entschieden, und wir dürfen dabei zusehen, wie Arkon Fhonsa und Perjan Lomis uns das Heer und die Flotte entziehen! Vor zwei Tagen hat Arkon sich die Erlaubnis vom Kaiser geholt, die Heereslisten und Ritterbriefe der letzten zehn Jahre einzusehen! Das hat noch kein Fürst gewagt.«

»Dann ist er wenigstens beschäftigt«, erwiderte Scorutar unbeeindruckt. »Dieser thokische Karawanenschieber könnte eine Heeresliste nicht von einem Kartenspiel unterscheiden. Es wird ein halbes Jahr vergehen, bis Arkon begreift, was die wundersamen Zahlen und Kürzel in den Listen zu bedeuten haben.«

»Ein oberflächlicher Blick genügt, um zu sehen, dass die Zahlen gefälscht sind«, bellte Binhipar. »Was das für Folgen haben kann, wisst ihr selbst! Die Ritterschaft der Klippen war ausgesprochen erbost, als ich ihr beichten musste, dass ich die Aufrüstung nicht durchsetzen konnte! Falls der Thronrat von den Rittern verlangen sollte, gewisse Gelder zurückzugeben, die ihnen unrechtmäßig zugestanden wurden, wird ein Aufschrei der Empörung durch ihre Reihen gehen!«

»Die Ritter sind Euer Problem«, unterbrach ihn Scorutar. »Wenn Ihr nicht in der Lage seid, Eure Gefolgsleute unter Kontrolle zu halten …«

Binhipar blickte ihn finster an. »Nach dieser katastrophalen Abstimmung sind die Ritter misstrauisch geworden. Sie fürchten, dass ich nicht mehr genügend Einfluss besitze, um ihre Anliegen im Silbernen Kreis zu vertreten. Und ich kann es ihnen kaum verdenken. Baniter Geneder hat uns dem Thronrat wie zwei Narren vorgeführt.«

Mit einem Schwung drehte sich Scorutar herum. »Baniter Geneder!«, äffte er Binhipars raue Stimme nach. »Habt Ihr solche Angst vor ihm, dass Ihr Euch nach Palidon verkriechen wollt?«

Binhipar schnaubte abfällig. »Ihr seid ein Narr, wenn Ihr ihn unterschätzt! Dass er sich mit Arkon und Perjan verbündete; dass er den Kaiser dazu verleitete, sich so offen gegen uns zu stellen; dass er sich bereit erklärte, die Gesandtschaft nach Arphat zu übernehmen – hinter all dem steckt ein hinterhältiger Plan!«

Scorutar winkte ab. »Schwachsinn! Baniter ist ohne jede Macht. Er besitzt kein Geld und kein Heer, sein Fürstentum befindet sich unter unserer Kontrolle – der Handel, der Getreideanbau, die Truppen. Baniter hat nichts, womit er uns gefährlich werden könnte. Seine frechen Reden im Thronrat – nichts als die üblichen Drohgebärden.«

»Selbst Eure scharfe Zunge konnte seinen Worten nichts entgegensetzen.« Binhipar ballte die Faust. »Es ist ihm gelungen, den Silbernen Kreis gegen uns aufzuhetzen. Die Fürsten haben sich auf die Seite von Arkon Fhonsa und Perjan Lomis geschlagen – und die werden nicht ruhen, bevor sie Sithar in ihrer Gewalt haben!«

»Unsinn! Arkon Fhonsa besitzt nicht die nötige Intelligenz und Perjan Lomis nicht den nötigen Mut, um das Reich zu führen. Sie wollen Mitsprache, eine Stärkung ihrer Position. Nun gut! Wir werden ihnen ein paar Brocken hinwerfen und ihnen das Gefühl geben, uns ebenbürtig zu sein. Ihr werdet sehen, bald sind sie wieder so zahm wie Lämmer.«

»Sobald dieser Vertrag mit Arphat ausgehandelt ist, werden wir den Befehl über das Heer und die Flotte verlieren«, zischte Binhipar.

»Wer sagt denn, dass dieser Vertrag jemals zustande kommt?«, entgegnete Scorutar lächelnd. »Königin Inthara soll eine schwierige Verhandlungspartnerin sein. Erinnert Euch an das Schicksal des guten Teregon Horra! In Arphat hat bisher noch jeder Gesandte den Tod gefunden.«

»Glaubt Ihr, Inthara wird ein Bündnis ausschlagen?« Binhipar winkte ab. »Den Gefallen wird sie uns nicht tun.«

»Das ist richtig«, erwiderte Scorutar. »Wir müssen wohl oder übel ein wenig nachhelfen.« Sein Blick wirkte verschlagen. »Baniter wird an seinen Begleitern, die mit ihm nach Arphat reisen, wenig Freude haben. Es gibt in der Gesandtschaft jemanden, der meinem Befehl gehorcht. Er wird dafür sorgen, dass die Verhandlungen in Arphat nicht so leicht werden, wie es sich Arkon und Perjan wünschen.«

Binhipar sah ihn nachdenklich an. »Baniter wird sich seinen Triumph nicht nehmen lassen.«

»Werdet nicht albern!«, sagte Scorutar mit schriller Stimme. »Ich garantiere Euch, alles wird nach Plan verlaufen.« Er schritt zu Binhipar, legte ihm beschwörend die Hand auf die Schulter. »Wir müssen einen klaren Kopf bewahren! Wir dürfen uns nicht ablenken lassen ... nicht von einer solch unbedeutenden Person wie Baniter Geneder.«

»Ihr unterschätzt ihn!«, zischte Binhipar. »Er ist schlau und gerissen – und er will die Macht zurückgewinnen, die seiner Familie abgerungen wurde. Er könnte uns gefährlich werden.«

»Die Zeiten sind vorbei, in denen die Geneder eine Gefahr darstellten«, erwiderte Scorutar. »Baniter mag den Thronrat mit seinen Reden auf seine Seite gebracht haben; doch er vergisst, dass die Fürsten im Ernstfall niemals auf ihn hören werden – auf den Enkel eines Verräters, eines Usurpatoren, der nach der Kaiserkrone gegriffen hat. Vergesst Baniter Geneder! Er ist unbedeutend. Wir müssen unsere Gedanken wichtigeren Dingen zuwenden.« Er senkte unwillkürlich die Stimme. »Wenn die Schauermärchen über diese Echsen auch nur ansatzweise stimmen, wird Sithar erzittern! Noch nie schwebte unser Land so nah am Abgrund. Nur wir, Binhipar, wir beide können die Katastrophe abwenden. Weder Arkon Fhonsa noch Perjan Lomis sind in der Lage, uns zu ersetzen. Sie wissen nicht, wie dieses Land geführt werden muss; sie kennen nicht das Geheimnis, das unser Reich umgibt. Wir müssen die Zügel in der Hand behalten, um Sithar zu schützen, denn sonst ist es dem Untergang geweiht.«

»Die Fürsten trauen uns nicht mehr«, erwiderte Binhipar. »Sie werden sich von Baniter aufhetzen lassen.«

»Wenn die Goldéi erst an unseren Grenzen stehen, werden sie sich wieder winselnd um uns scharen«, prophezeite Scorutar. »Die Fürsten müssen diesen Weg mit uns gehen, so rau er auch sein mag. Sie sind uns ausgeliefert.«

»Und der Kaiser?«, fragte Binhipar schroff. »Er ist uns bei der Abstimmung erneut in den Rücken gefallen.«

Scorutar wandte sich von Binhipar ab. »Seit wann ist Akendor ein Problem für uns?« Er schritt zum Fenster zurück. »Ihr wisst, wie leicht er sich einschüchtern lässt! Ich werde dafür sorgen, dass er sich so bald nicht mehr gegen uns stellt.« Gemächlich lehnte er sich an die steinerne Fenstereinfassung und ließ den Blick durch die Nacht schweifen; über die Dächer und Türme des Palastes, die im dunstigen Licht des Mondes schimmerten; über die Mauern hinweg auf die Kaiser-Akrin-Brücke, die zu der großen, gewaltigen Stadt Thax auf dem gegenüberliegenden Hügel führte und in deren verlassenen Straßen vereinzelt Fackeln aufleuchteten, schmale rote Lichter; und als der Wind seine Haut mit feinem Nieselregen benetzte, schloss Scorutar entspannt die Augen und lächelte voller Selbstzufriedenheit.

❦

Es war nicht einfach gewesen, den Jungen ausfindig zu machen. In der Stadt Thax gab es zahllose Botendienste, und sie beschäftigten ein ganzes Heer von Jungen und Mädchen. Zumeist waren es die Kinder von Bettlern und Huren, Lastenträgern und Kleinarbeitern, oder es waren Waisen und Findelkinder, die selbst für ihren Lebensunterhalt sorgen mussten.

Es hatte Ashnada große Geduld und so manche Kupfermünze gekostet, die Spur des Jungen aufzunehmen. Doch schließlich hatte sie ihn gefunden – das jüngste Kind eines Stadtbüttels, der nahe dem nördlichen Wachturm lebte. Ein paar Drohungen, ein paar Versprechungen, und schon hatte Ashnada erfahren, was sie wollte.

Mit fester Hand umklammerte Ashnada die Öllampe, deren Licht die Gasse erhellte. Eng drängten sich die heruntergekommenen Häuser und Hütten aneinander, vielstöckige Ungetüme aus Holz und Lehm. Sie standen so dicht beisammen, dass die Gasse an manchen Stellen selbst für einen schmalen Holzkarren unpassierbar war. Zwischen den flachen, gertengedeckten Dächern war nur ein schmaler Himmelsstreifen zu sehen. Nun, da die Nacht angebrochen war, verschluckte die Dunkelheit den Anblick des Elends, das in diesen Häusern herrschte: die ausgezehrten Gesichter der Menschen, die in den dunklen, türlosen Löchern hausten, den allgegenwärtigen Schlamm und Dreck, die streunenden Hunde und Ratten. Nur den Gestank konnte auch die Nacht nicht verbergen: ein bitterer Geruch nach Tier- und Menschenkot, nach verfaultem Gemüse, nach ranzigem Fett.

Vorsichtig setzte Ashnada ihre Schritte über den aufgeweichten Boden, stieg hier über die Reste einer alten Holzkiste hinweg, dort über einen Haufen verkrusteter Leinendecken oder einen durchgerosteten Kessel. Immer wieder blickte sie sich um, und die vorbeieilenden Bettler musterte sie voller Misstrauen.

Sie wagte sich nur ungern in diesen Teil der Stadt. Zwar verschaffte ihr allein ihre herrische Gangart genügend Respekt, sodass sie einen Überfall kaum befürchten musste. Auch das Schwert, das sich deutlich unter ihrem Mantel abzeichnete, musste jedem gierigen Schurken verraten, dass er es mit einer Kriegerin zu tun hatte, vor der man sich lieber in Acht nahm. Dennoch fühlte sich Ashnada unwohl; ab und zu befiel sie die Angst, sich in diesem Labyrinth der Trostlosigkeit zu verlieren und ihm nicht mehr entrinnen zu können.

Der Junge hatte ihr den Weg zu dem Haus genau beschrieben, mit stockender Stimme und tränenverhangenen Augen. Ihm war die Schriftrolle in einem leer stehenden Wirtshaus gegeben worden, das am Rand eines kleinen Platzes lag. Den Platz gab es längst nicht mehr; die Bewohner des Viertels hatten ihn mit ihren Hütten zugebaut. Doch das Wirtshaus, so behauptete der Junge, existierte noch – das einzige steinerne Gebäude in dieser Gasse, nicht zu verfehlen.

Ashnada hatte den Einbruch der Dunkelheit abgewartet, bevor sie aufgebrochen war. Denn das, was sie vorhatte, sollte so wenig Aufsehen wie möglich erregen; es sollte in der Nacht geschehen, wenn das ganze Viertel schlief, wenn sich niemand auf die Straße wagte außer den Heimatlosen und Unerschrockenen.

Je tiefer sie in das Armenviertel eindrang, desto weniger Menschen kreuzten ihren Weg. Sie schienen sich allesamt in ihre elenden Häuser zurückgezogen zu haben, um Schutz vor der Nacht und dem kalten Herbstwind zu suchen. Als sie das alte Wirtshaus erreichte, war sie allein in der Gasse, und es war so still, dass nur das Pfeifen des Windes zu hören war.

Das Haus war in einfacher thaxanisch-palidonischer Weise erbaut: kreuzförmig aufgerichtete Holzbalken stützten die Wände, die aus grauen Steinen gemauert waren. Ein eiserner Haken über der Tür zeigte, wo früher das Messingschild des Wirtshauses gehangen hatte. Es musste schon vor Jahren heruntergenommen worden sein. Seitdem war das Haus stark verfallen. Die oberen Stockwerke hatte wohl ein Brand dahingerafft; eine Wand war eingestürzt und notdürftig mit Holzpfeilern abgestützt worden. Die Balken des Hauses wirkten morsch und spröde. An vielen Stellen bröckelten die Steine. Die Fensteröffnungen waren mit Stroh und Decken zugestopft.

Ashnada betrachtete das Haus mit gemischten Gefühlen. Es wirkte verlassen. Dennoch hatte der Botenjunge behauptet, dass ihm hier die seltsame Schriftrolle ausgehändigt worden sei. Sie vergewisserte sich noch einmal, dass ihr niemand gefolgt war. Dann schritt sie zur Tür. Sie war aus dunklem Holz gefertigt; große Spalten klafften auf der rauen Oberfläche. Vermutlich war sie einst mit Eisennieten beschlagen gewesen. Vorsichtig legte Ashnada ihr Ohr an die Tür und horchte. Kein Laut drang von innen. Dann aber spürte Ashnada einen feinen Windhauch an ihrer Wange. Sie bemerkte, dass die Tür einen Spaltweit offen stand. Langsam zückte sie ihr Schwert. Horchte nochmals. Schließlich drückte sie mit dem Handballen vorsichtig gegen die Tür. Ächzend gab sie nach und schwang nach innen. Der flackernde Lichtschein von Ashnadas Öllampe schwappte in den Raum. Wie verängstige Fledermäuse wichen die Schatten zurück, flohen in die hintersten Winkel des Raumes und stürzten sich dort von Wand zu Wand.

Erstaunt sah sich Ashnada im Inneren des Wirtsraumes um. Sie hatte eine heruntergekommene, verstaubte Kammer erwartet, bewohnt von Ratten und Ungeziefer. Stattdessen erblickte sie einen behaglich eingerichteten Wohnraum. Auf dem Boden lag ein dunkelroter Samtteppich, darauf stand ein Holztisch, gedeckt mit Bechern und Tellern; eine erloschene Feuerstelle, über der ein Kessel kreiste; ein Deckenlager. Der Raum wirkte, als ob in ihm noch vor wenigen Stunden eine Gesellschaft getafelt hätte.

Vorsichtig zog Ashnada die Tür hinter sich zu und begann den Raum zu durchsuchen. Neben dem Tisch entdeckte sie eine eiserne Truhe, deren Verschlüsse offen standen. Ashnada steckte ihre Klinge in die Schwertscheide, stellte die Lampe zu Boden und hob den Deckel der Truhe an.

Der Inhalt war ernüchternd. Außer zwei Büchern und ein paar Kupfermünzen enthielt die Truhe lediglich einige Bündel aus schwarzem Stoff. Prüfend nahm Ashnada eines von ihnen in die Hand. Unter dem Stoff spürte sie einen schweren Gegenstand. Behutsam schlug sie das Tuch zur Seite. Ein Dolch kam zum Vorschein, seltsam geformt und mit Verzierungen versehen. Er bestand aus reinem Silber, die Klinge war stumpf und abgerundet; als Waffe war der Dolch offensichtlich unbrauchbar. In seinen Griff war das Abbild einer verblühenden Rose eingeritzt; am Kopf des dornenbesetzten Stiels hingen vertrocknete Blütenblätter; andere fielen herab.

Ashnada kamen die Verse der Schriftrolle in den Sinn. »Der Rosenstock trägt keine Blüten mehr«, flüsterte sie. Kopfschüttelnd legte sie den Dolch in die Truhe zurück und griff nach dem zweiten Bündel. Als sie den eingeschlagenen Gegenstand ausgewickelt hatte, war sie zunächst ratlos – ein längliches graues Etwas, unförmig und aus einem merkwürdigen Material. Dann erst begriff Ashnada, dass sie einen verblichenen Knochen in der Hand hielt – ein fingergroßes Knochenstück. Seine Oberfläche war glatt und schimmerte im Licht. Die Berührung zahlreicher Hände musste ihn im Lauf der Jahrzehnte glatt geschliffen haben.

Nachdenklich wog sie ihn in der Hand. Dann entdeckte sie an der Unterseite des Knochens ein winziges Symbol. Es war erneut das Zeichen der verblühenden Rose, sorgfältig in den Knochen eingebrannt.

Der Schatten ihres Kopfes fiel über ihre Hand. Ärgerlich hob Ashnada die Hand etwas höher, um das Zeichen näher betrachten zu können. Sie hatte Schriftzeichen unter der Rose entdeckt; hakenförmige Symbole, die ineinander übergingen, die sich …

Ihr Schatten! Erneut verdunkelte er Hand und Knochen. Mit einem Satz sprang Ashnada auf. Ihre Hand fuhr an den Schwertgriff, und mit hellem Kreischen sprang die Klinge hervor.

Am Ende des Raumes, nahe der noch immer verschlossenen Tür, stand ein alter Mann. Er war von auffallender Größe; sein Körper war schmal und leicht gebeugt. Er trug die Gewandung eines troublinischen Kaufmanns, einen edlen, rot bestickten Rock, der von Nadeln zusammengehalten wurde. Sein schlohweißes Haar und der graue Vollbart waren gut gestutzt. In der linken Hand hielt er eine Kerze, deren Schein sein faltiges, unfreundliches Gesicht in gelbliches Licht tauchte.

Ashnada blickte den Alten sprachlos an. Sie konnte sich nicht erklären, wie er in das Zimmer gelangt war, ohne dass sie die Tür oder seine Schritte gehört hatte. Nervös umklammerte sie ihr Schwert. »Wer in aller Welt seid Ihr?«, zischte sie.

Der Alte musterte sie mit funkelnden Augen. »Diese Frage steht wohl eher mir an«, antwortete er. Seine Stimme war rau und tief, und ihre Färbung verriet die troublinische Herkunft des Mannes. »Muss ich einer frechen Diebin, die in mein Haus eindringt, Rede und Antwort stehen?«

Ashnada hielt seinem Blick stand. »Diese heruntergekommene Taverne ist Euer Haus? Ein seltsamer Ort, um sich niederzulassen. Erregt Ihr mit Euren Besitztümern nicht den Neid Eurer Nachbarn?«

»Zumindest hat es bisher keiner gewagt, sich an ihnen zu vergreifen«, stieß der Alte hervor. »Und deshalb wirst auch du deine Finger von meinem Eigentum lassen, Ashnada.«

Ein kalter Schauer lief Ashnada über den Rücken. »Woher kennt Ihr meinen Namen?«, zischte sie.

Ein bösartiges Lächeln huschte über das Gesicht des Alten. »Du wärst nicht hier, wenn du das nicht wüsstest.« Langsam schritt er auf den Tisch zu und stellte die Kerze ab.

Ashnada nickte. »Ihr seid der Bettler, der den Erzprior vor dem Tempel bedroht hat. Von Euch stammt die Schriftrolle, die der Botenjunge mir brachte.«

Der Mann lachte heiser auf, doch gab keine Antwort.

»Sie war für den Erzprior bestimmt, nicht wahr?«, fragte Ashnada. »Warum habt Ihr sie mir geschickt? Gebt mir eine Antwort, sonst …«

»Was sonst?«, unterbrach der Alte sie harsch. »Willst du mir drohen, du Miststück?« Er lachte erneut auf. »Ich weiß, wer du bist. Ich kenne deine Geschichte. Bis vor einigen Jahren lebtest du auf der Insel Morthyl – als eine Verbrecherin und Mörderin; als Anführerin einer skrupellosen Bande, die im Auftrag von Gyrs König auf der Insel raubte und mordete.« Bedrohlich richtete er sich zu seiner vollen Größe auf. »Ihr nanntet euch die ›Krieger ohne Gnade‹ … und gnadenlos wart ihr in der Tat. Ihr habt die Kinder sitharischer Adeliger und Kaufleute entführt und umgebracht. Im Hafen von Galbar Arc habt ihr Schiffe in Brand gesetzt und in den Bergen Silber- und Eisenstollen zum Einsturz gebracht, ganz gleich, wie viele unschuldige Menschen dabei sterben mussten. Selbst vor der Kirche Tathrils habt ihr nicht zurückgeschreckt; ihr habt Tempel geplündert und verwüstet, Priester mit dem Schwert erschlagen, heilige Stätten entweiht. Und das alles tatet ihr aus fanatischem Gehorsam gegenüber eurem König Tarnac von Gyr, der euch als Instrumente seiner Rache gegen das Kaiserreich benutzte.«

Stumm ließ Ashnada die Worte des Mannes auf sie niederprasseln. In ihrem Kopf tobten Erinnerungen; Brandgeruch stieg ihr in die Nase, sie hörte Schreie, hörte Waffengeklirr, das helle Klingen von Goldmünzen, ein fanatisches Lachen, das aus ihrer Kehle drang – ein hässliches Lachen, hoch und verzerrt, ausgestoßen von einer Frau, die ihr heute fremd war.

»Sechs Jahre habt ihr die Einwohner Morthyls in Angst und Schrecken versetzt«, fuhr der Alte unerbittlich fort. »Dann besserten sich die Beziehungen zwischen Gyr und dem Kaiserreich, und euer König fiel euch in den Rücken! Alle dreißig Mitglieder eurer Bande wurden von den Gardisten Fürst Perjans verhaftet. Zehn wurden vor den Augen der Bevölkerung auf das Rad geflochten; zehn übergab Fürst Perjan den reißenden Gewässern vor Morthyls Küste, sodass ihre Leiber auf den Klippen zerschellten. Die Übrigen wurden der Kirche ausgeliefert und fanden ihren Tod im Feuer, auf Befehl des damaligen Kurators des Tempels.« Der Alte lächelte böse. »Außer dir, Ashnada … dich verschonte der Kurator.«

»Woher wisst ihr das?«, schrie Ashnada. Ihre Gedanken überschlugen sich.

Der Alte hob beschwichtigend die Hand. »Der fromme Kurator schmuggelte dich aus deiner Gefängniszelle, und stattdessen musste eine andere Gefangene, die dir ähnlich sah, im Feuer sterben. Denn die geifernde Masse wollte sie brennen sehen: die schöne Meuchelmörderin aus Gyr, die blonde Hexe, die ganz Morthyl gefürchtet hatte. Doch das Volk ergötzte sich an den Qualen einer Unschuldigen. Die wahre Ashnada hatte sich ihr Leben erkauft, indem sie sich jenem korrupten Kurator als Leibwächterin verdingte.« Mit spitzen Fingern drückte er den Docht der Kerze aus, und eine Rauchfahne stieg auf. »Wie viele Menschen hast du in seinem Auftrag getötet? Wie viele Priester hat Bars Balicor beiseite räumen lassen, um sich den Aufstieg zum Erzprior zu sichern?«

Ashnada schwieg. Dann, mit einer raschen Bewegung, stürzte sie nach vorne und stieß mit dem Schwert zu. Sie traf den Mann in der Brust; bis zur Hälfte drang die Klinge in seinen Leib. Ashnada wurde vom Schwung ihres Stoßes mitgerissen, knallte mit den Knien gegen den Tisch, fiel zu Boden, und der Griff des Schwertes entglitt ihren Fingern.

Ein Zittern ging durch den Leib des Alten. Stöhnend griff er nach dem Schwert. Dunkles Blut schoss aus der Wunde, als er die Klinge langsam herauszog. Er ließ Ashnada dabei nicht aus den Augen; und sie sah mit Grauen, dass ihr Stoß ihn nicht getötet hatte. Als die Spitze des Schwertes aus seinem Körper glitt, schoss ein letzter Blutschwall, schwarz und dickflüssig, aus der Wunde; doch er versiegte kurz darauf.

Kraftlos ließ der Alte die Waffe zu Boden fallen. Er nahm die Augen nicht von Ashnada. »Ein … guter Stoß«, stieß er mit angestrengter Stimme hervor. »Ich … hatte nicht … mit ihm gerechnet …«

Ashnada sprang empor und griff nach dem besudelten Schwert. Ihre Augen blitzten vor Zorn, als sie die Waffe hob.

Abwehrend hob der Alte die Hände. »Mich … kannst du nicht töten, Ashnada … und du würdest auch deinem Herrn Bars Balicor … einen … schlechten Dienst erweisen …«

Ashnada riss den Tisch beiseite. Der Alte wich zurück. »Ich bin sein Schicksal, Ashnada … er will das Amt des Hohenpriesters übernehmen … aber dazu braucht er meine Hilfe!«

Sie holte erneut aus und zielte auf seinen Hals. Der Alte duckte sich, versuchte sich mit den Händen zu schützen. Dann schlug Ashnada zu … und schriiiiiiiiie auf! Ein stechender, glühender Schmerz! Der Gestank versengenden Fleisches! Rot glühte das Schwert in ihrer Hand, zischend schälte sich die Haut von ihren Knochen, fiel in schwarzen Flocken herab. Brüllend ließ Ashnada das Schwert fallen, riss ihre Hand an sich, sackte zu Boden. Mit einem Klirren fiel die Öllampe zur Seite, und das Licht erlosch. Allein das verglühende Schwert war in der Finsternis zu erkennen.

»Auch Balicor hat versucht, mich zu töten«, zischte die Stimme des Alten, nun wieder voller Kraft. »Es ist sinnlos. Ich könnte dich jetzt mit deinem eigenen Schwert erschlagen, Ashnada, doch ich will dich am Leben lassen. Ich werde dich noch brauchen – so, wie Bars Balicor dich gebraucht hat.«

»Wer bist du?«, stieß Ashnada mit schmerzverzerrter Stimme hervor.

»Mein Name ist Rumos. Ich bin ein alter Gefährte Bars Balicors, ein Glaubensbruder. Ich bin gekommen, weil er meine Hilfe benötigt.« Der Alte stand nun direkt vor Ashnada; sie konnte den Schemen seiner riesigen Gestalt sehen. »Als Bars Balicor dich vor dem Feuer rettete, musstest du schwören, ihm zur Seite zu stehen, bis er das Amt des Hohepriesters erworben hat – nicht wahr, Ashnada?«

Sie nickte hastig. Die Furcht schnürte ihr noch immer die Kehle zu.

»Balicor wird sein Ziel bald erreicht haben. Der jetzige Hohepriester liegt im Sterben, und unser geschätzter Erzprior wird sein Nachfolger sein. Dann endet deine Verpflichtung gegenüber Bars Balicor. Und weil ich dich am Leben lasse, wirst du danach mir dienen – meinem Befehl.«

»Nein!«, zischte Ashnada. »Ich werde mich nicht ein zweites Mal einem Zauberer verpflichten.«

Die Stimme des Alten war voller Hohn. »Stolz ist in deiner jetzigen Lage unangebracht. Aber gut – ich will dir ein Angebot machen. Wenn du mir dienst, werde ich dir etwas gewähren, wonach du dich schon lange sehnst. Ich werde dir zur Rache an dem Mann verhelfen, der dich verriet: an Tarnac von Gyr, deinem einstigen König.«

Ashnada blickte ihn ungläubig an.

Der Alte lachte auf. »Ja, Ashnada – es wird der Tag kommen, an dem du Rache nehmen kannst – an dem Mann, den du so lange blind verehrt hast, für den du gemordet und geraubt hast, bis er dich ans Messer lieferte.«

Ashnada richtete sich auf. Das Blut schoss ihr in die schmerzende Hand, und mühsam presste sie ihre Worte hervor. »Tarnac ist vermutlich längst tot! Die Goldéi haben Gyr erobert. Er musste vor ihnen fliehen. Ich werde nicht die Gelegenheit haben, ihn …«

»Tarnac lebt«, unterbrach Rumos sie. »Und die Goldéi werden nicht lange über Gyr herrschen. Eine neue Zeit beginnt, Ashnada! Noch ahnt es niemand, auch dieser Schwachkopf Bars Balicor nicht. Doch wir sind zurückgekehrt – und dieses Mal wird man uns nicht vertreiben! Wir werden die neue Zeit gestalten, so wie es Tathrils Wunsch entspricht!«

Ashnada blickte verständnislos zu dem alten Mann auf. Dann, ganz leise, fragte sie: »Was bedeuten die Verse, die Ihr mir gesandt habt? Warum gabt Ihr sie mir und nicht Balicor?«

Rumos beugte sich zu ihr herab, und sie erschrak vor der Grausamkeit in seinen Augen. »Ich wollte dich kennen lernen, bevor ich an Balicors Seite trete, und du hast meine Erwartungen mehr als erfüllt.« Er richtete sich auf. »Sage ihm, dass ich ihn sprechen will und dass er sich nicht zu fürchten braucht. Ich will keine Rache nehmen. Ich will mich mit ihm verbünden.«

KAPITEL 8

Nebel

Sie hörten den Ruf des Horns schon aus weiter Ferne; leise hallte er ihnen aus dem Tal entgegen, in das sie hinab ritten. Wegen des Nebels konnten sie den Boten noch nicht sehen, doch dem näher kommenden Klang nach zu urteilen musste er in wenigen Minuten bei ihnen sein.

»Der Hornruf der Schluchtritter«, sagte Baniter erleichtert. »Wir haben endlich die Grenze erreicht!« Vorsichtig rückte er sich das schwarze Tuch zurecht, mit dem er Kopf und Hals gegen die Kälte schützte.

Es war der kälteste Tag seit ihrem Aufbruch. Die Täler des Hochlandes waren grau bereift. Feiner Nebel lag in der Luft, und aus den Nüstern der Pferde trat weißer Atem. Der neunte Kalender des Jahres hatte begonnen, der Herbst neigte sich dem Ende entgegen. Baniter war die Temperaturen des palidonischen Hochlandes nicht gewohnt. Zwar waren auch in seiner Heimat die Winter sehr kalt; Suuls Hauch, jener eisige Strom, der vom Ostmeer auf den Kontinent traf, streifte Ganatas Nordküste. Doch erst in Thax und Palidon zeigte Suuls Hauch seine ganze Kraft, und so waren die Winter im Hochland besonders lang und streng.

Missmutig blickte sich Baniter nach den Kutschen um, die zwanzig Schritt hinter ihm durch den Nebel rollten. Es handelte sich um zwei varonische Dreispänner, ausladende Ungetüme aus schwarzem Holz. In der ersten befanden sich die Geschenke für die arphatische Königin; goldene Teller und Becher, Edelsteine und Schmuckketten, feinste Schmiedearbeiten, seltene Gewürze von den Inseln Morthyl und Vodtiva. Sogar einen Kapuzenvogel hatte man für

Königin Inthara eingefangen; mit seinem schillernden Gefieder und seinem glasklaren Gesang sollte er sie besänftigen. Baniter bezweifelte allerdings, dass der Vogel die harschen Temperaturen des Hochlandes überleben würde.

In der zweiten Kutsche reiste ein bedeutendes Mitglied der Gesandtschaft: die Dichterin Lyndolin Sintiguren. Sie war zu alt, um auf dem Rücken eines Pferdes zu reiten. Selbst die Fahrt in der Kutsche strengte sie an; Baniter hatte mehrmals eine zusätzliche Rast befehlen müssen, wenn die Dichterin an das Ende ihrer Kräfte gelangt war.

Die Kutschen hatten das Fortkommen der Gesandtschaft stark beeinträchtigt. Zwei Wochen hatten sie gebraucht, um Palidon zu durchqueren; kostbare Zeit, die sich kaum wieder aufholen ließ.

»Es wird Zeit, dass wir diesen trostlosen Landstrich hinter uns lassen«, rief Baniter dem Mann zu, der an seiner Seite ritt. »Ich habe diese Wüste aus Gras und Geröll leidlich satt!«

»Ihr tut Palidon Unrecht«, belehrte ihn sein Begleiter. »Es ist von einer herben, doch atemberaubenden Schönheit. Wenn Ihr die tristen Straßen verlasst, werdet Ihr Orte finden, die man so schnell nicht vergessen kann – die Täler bei Ronamot, die phantastischen Steildörfer im Splittergebirge oder die sechshundert Seen westlich von Jocasta, die bei Sonnenuntergang wie Rubine funkeln ... Doch am eindrucksvollsten ist die Hauptstadt Palidons, das vielgesichtige Nandar, das sich über den Schwarzen Klippen aus dem Meer erhebt. Hat Euch Fürst Binhipar niemals dorthin eingeladen?«

»Er muss es wohl vergessen haben«, antwortete Baniter mit ätzender Stimme. »Es ist das erste Mal, dass ich so weit in den Norden vordringe. Die Wege eines Fürsten führen nur selten über die Grenzen seines Territoriums.«

»Dann bedaure ich Euch aufrichtig. Ein Privileg meines Amtes ist die Möglichkeit, jedem Winkel des Kaiserreiches einen Besuch abstatten zu können. Seitdem ich Siegelmeister des Kaisers geworden bin, habe ich sämtliche Fürstentümer Sithars bereist, von Aroc bis Vodtiva, von Thoka bis Palidon. So konnte ich die unterschiedlichen Menschen und Kulturen kennen lernen, die unter der Herrschaft des Silbernen Kreises vereint sind.«

Mestor Ulba war mit seinen über fünfzig Jahren noch immer eine stattliche Erscheinung; groß gewachsen und schlank, eine aufrechte Körperhaltung, das kaum ergraute Haar und der Vollbart kurz geschert. Wer Mestor Ulba zum erstenmal erblickte, konnte kaum glauben, dass dieser Mann bereits ein halbes Jahrhundert hinter sich gebracht hatte. Erst wenn man in seine Augen blickte, sah man das Alter: schmale, glanzlose Augen, die voller Müdigkeit und Schwermut waren.

Seit nunmehr fünfzehn Jahren hatte Mestor Ulba das Amt des kaiserlichen Siegelmeisters inne. Er wachte über den Gebrauch und die Erteilung von Wappen und Bannern, über die Besiegelung von Urkunden und Gerichtsurteilen, über die Ausstellung kaiserlicher Pfandbriefe und Gesetzesbullen, über das Erstellen und Entschlüsseln geheimer Botschaften. Nur ihm war es gestattet, Siegelringe oder Stempelbarren mit den Symbolen des Südbundes und des Silbernen Kreises herzustellen. Es war ein bedeutendes Hofamt, das großen Einfluss auf das Gerichts- und Steuerwesen ermöglichte. Mestor Ulba hatte es stets mit großem Pflichtgefühl und Verantwortungsbewusstsein ausgeführt.

»Wenn wir gerade vom Reisen sprechen – zum wievielten Male führen Eure Wege Euch nach Arphat?«, fragte Baniter.

»Es ist meine vierte Reise«, erwiderte Mestor Ulba. »Die letzte liegt einige Jahre zurück. Es war in dem Jahr, als die Königin die Volljährigkeit erreichte. Das ganze Land gab sich damals einem rauschenden Fest hin.« Ein Lächeln huschte über sein Gesicht, zweifellos ein Widerhall angenehmer Erinnerungen.

»Meine Mutter sagte mir stets, dass bei den Festen der Arphater Wein und Blut in Strömen fließen«, sagte Baniter. »Ich hoffe, wir werden die Gelegenheit bekommen, an einem solchen Fest teilzunehmen.«

Der Siegelmeister schüttelte den Kopf. »Rechnet nicht mit einem allzu freundlichen Empfang. Ob Fürst oder nicht: Gesandte aus Sithar müssen mit allerlei Anfeindungen rechnen. Man wird Euch mit Hochmut und Geringschätzung begegnen, und es liegt allein an Eurem Verhalten, wie lange dieser Zustand anhält.«

»Ihr werdet mir hoffentlich helfen, ihn zu verkürzen, Siegelmeister«, sagte Baniter lächelnd.

Mestor Ulba zuckte mit den Schultern. »Überschätzt nicht meine Fähigkeiten, Fürst Baniter. Ich war viele Male in Arphat, doch niemals hatte ich die Ehre, vor die Tochter des Sonnengottes zu treten. Ich kenne nicht jede Einzelheit des komplizierten Hofzeremoniells; und wie Ihr wisst, könnte der kleinste Fehltritt, die kleinste Unachtsamkeit als Missachtung der königlichen Autorität gewertet werden und unseren Tod zur Folge haben.«

Eine Gefahr, die Euch besser bekannt sein dürfte als mir, fuhr es Baniter durch den Kopf. Er fragte sich, was Arkon und Perjan dem Siegelmeister versprochen haben mochten, dass er freiwillig in Arphat sein Leben riskierte – er, der am Hof in Thax alles erreicht hatte, was einem Mann seines Standes möglich war.

»Ich reise nicht nach Arphat, um mich unter die Erde bringen zu lassen«, versprach Baniter. »Die Königin mag eine schwierige Vertragspartnerin sein, aber ich denke, dass die augenblickliche Lage ihren Hass auf das Kaiserreich zügeln wird. Wenn Arphat nicht das Schicksal von Gyr und Candacar erleiden will, wird es sich mit Sithar verbünden müssen.«

Mestor Ulba schüttelte den Kopf. »Ihr vergesst den Stolz der Arphater. In ihren Augen ist Sithar nichts weiter als ein – verzeiht meine Worte – abtrünniger Landesteil. Die Fürsten und der Kaiser gelten als Verräter, die sich ihre Titel selbst gegeben haben. Als die Führer des Südbundes vor dreihundertfünfzig Jahren in der Siegesstunde zu

Vara das Kaiserreich Sithar ausriefen, schwor der damalige arphatische König, Tharonn der Hetzer, dass weder er noch seine Nachfolger dieses Reich jemals anerkennen würden.«

»Der Südbund hat zwölf Jahre lang gegen die tyrannischen Königreiche des Nordens gekämpft und die Heere von Gyr, Candacar und Arphat vernichtend geschlagen«, warf Baniter ein. »Damit erkämpften sich die Führer des Bundes das Recht, ein eigenes Reich zu gründen und sich Fürsten- und Königstitel zu verleihen. Das Kaiserreich Sithar besteht nun seit dreihundertfünfzig Jahren, und kein anderes Land kann sich mit seiner Macht messen. Wie können die Arphater so starrsinnig sein, uns noch immer das Recht auf unsere Titel abzuerkennen?«

»Nach arphatischer Auffassung kann der Titel eines Herrschers weder im Krieg noch im Lauf der Jahrhunderte erlangt werden«, erklärte Mestor Ulba. »Nur der Gott der Sonne und des Regens, Agihor, der Gott mit den brennenden Lippen, kann einen König ernennen. Er gab Apetha, dem ersten König Arphats, eine Schale mit seinem Blut zu trinken, und dadurch wurde dieser zum Sohn aller Götter. Seit über tausend Jahren herrscht die Blutlinie Apethas auf dem Sonnenthron, und sie lebt in der jetzigen Königin fort. Die Arphater erkennen als gleichrangige Herrscher nur die Könige von Gyr und Candacar an, die ebenfalls Nachfahren der alten Götter sind.«

»Die alten Götter haben Gyr und Candacar nicht vor dem Untergang bewahrt«, erwiderte Baniter scharf. »Wenn Inthara Schutz vor den Goldéi sucht, wird sie sich wohl oder übel mit den minderwertigen Blutlinien der sitharischen Fürsten abgeben müssen.«

»Ich weise Euch nur darauf hin, was Euch in Praa erwartet«, betonte der Siegelmeister. »Man wird Euch als Gesandten empfangen, doch man wird Euch ohne Titel und Würden ansprechen, Euch vielleicht gar beschimpfen oder demütigen. Eine solche Behandlung seid Ihr gewiss nicht gewohnt.«

Da täuscht Ihr Euch! Nach zwölf Jahren im Silbernen Kreis bin ich bestens für eine Reise nach Arphat gerüstet. »Ich weiß Eure Warnungen zu schätzen, Ulba«, sagte Baniter laut. »Unfreundliche Worte werden mich gewiss nicht von meinem Vorhaben abbringen.«

Der Tross der voran reitenden Ritter kam zum Stehen. Leise Rufe wurden laut. Offenbar war der Bote, dessen Hornruf sie vernommen hatten, endlich eingetroffen.

Zwanzig Ritter begleiteten die Gesandtschaft. Baniter hatte ursprünglich nur zehn bewaffnete Reiter zu seinem Schutz gefordert, doch das ›Gespann‹ hatte ihm – zweifellos in großer Sorge um sein Wohlergehen – die doppelte Anzahl zugeteilt. Nur vier davon entstammten Baniters eigenem Gefolge. Zehn Krieger gehörten der kaiserlichen Garde und der thaxanischen Ritterschaft an. Die restlichen Männer entstammten jedoch der Ritterschaft der Weißen und der Schwarzen Klippen – ein Umstand, der Baniter nicht sonderlich behagte.

Dass ausgerechnet Binhipars Kettenhunde ihn beschützen sollten, war nicht das einzige Zugeständnis an das ›Gespann‹ gewesen. Nach der verlorenen Abstimmung hatte Scorutar gefordert, die Gesandtschaft durch ein weiteres Mitglied des Hochadels zu ergänzen; vordergründig, um nach der öffentlichen Bloßstellung sein Gesicht vor dem Rat zu wahren, tatsächlich aber, um über Baniters Unternehmungen in Arphat in Kenntnis gesetzt zu werden. Denn natürlich war dieses zusätzliche Mitglied der Gesandtschaft ein Verwandter Scorutars; genauer gesagt Scorutars Neffe dritten Grades, der jüngste Spross eines entfernten Vetters. Sein Name war Sadouter Suant. Er war ein kaum neunzehnjähriger Bengel, der für Scorutar die Garden einiger Küstenstädte auf dem Swaaing-Archipel befehligte. Sadouter ähnelte seinem berühmten Verwandten in vielerlei Hinsicht. Mit seinen dunklen, dichten Haaren und dem fein gezeichneten Gesicht war er sofort als Angehöriger seiner Familie zu erkennen, und auch die Arroganz der Suant schien ihm in die Wiege gelegt worden zu sein. Seinem Onkel Scorutar eiferte er nach bestem Gewissen in Rhetorik und Gestik nach, wenn ihm auch freilich dessen Erfahrung und Verschlagenheit fehlten. Doch Baniter hütete sich davor, Sadouter Suant zu unterschätzen. Er befürchtete, dass dieser junge Mann ihm noch einige Probleme bereiten würde.

Ein Reiter kam durch den Nebel auf Baniter zugeritten. Er trug die schwarz-blaue Gewandung der Ritter der Schlucht. Ein Horn baumelte an seiner Seite. Ehrfürchtig senkte er den Kopf. »Mein Fürst, die Wächter der Schlucht erbieten Euch Ihren Gruß und heißen Euch an der Nordgrenze des Kaiserreiches willkommen.«

Baniter nickte gnädig. »Ich danke dir. Hast du Nachricht aus Arphat erhalten?«

Der Bote nickte. »Die Kunde von Eurer Anreise ist der Königin überbracht worden, und sie bietet Euch freies Geleit bis nach Praa. Fünfzig arphatische Krieger erwarten Euch auf der anderen Seite der Schlucht.«

»Welch aufmerksame Geste der Königin«, bemerkte Baniter spitz. »Doch wie du siehst, führe ich bereits genügend Männer mit mir.«

»Ihr werdet Eure Ritter nicht über die Schlucht führen können«, entgegnete der Bote. »Der Geleitschutz gilt nur Euch und Euren unbewaffneten Begleitern.«

Baniter wechselte einen Blick mit Mestor Ulba. »Welch seltsame Sitte, eine friedliche Gesandtschaft aufzufordern, ihre Schutzritter an der Grenze zurückzulassen. Darüber wird mit dem Anführer der Arphater zu verhandeln sein.«

»Darüber gibt es nichts zu verhandeln!«, vernahm er hinter sich eine jähzornige Stimme. Sie gehörte Sadouter Suant, der zu ihnen aufgeschlossen hatte. Sein Pferd trabte unruhig auf der Stelle, irritiert durch die aufbrausenden Gesten seines Reiters. »Es kommt nicht in Frage, dass wir uns von den Arphatern unseren Geleitschutz verbieten lassen!« Er bedachte den Boten mit einem finsteren Blick. »Reite über die Schlucht und sage diesen Heuchlern, dass sie ihre Ritter nach Hause schicken sollen!«

Baniter fuhr herum. »Wie glücklich kann ich mich schätzen, auf das diplomatische Talent eines Suant zurückgreifen zu können. Ihr wollt offenbar die Arphater noch vor dem Übertritt der Grenze gegen uns aufbringen.«

Sadouter blickte ihn zornig an. »Wollt Ihr zulassen, dass wir ohne jeden Schutz in dieses verlogene Land reiten? Man will uns eine Falle stellen, Fürst Baniter! Ihr müsst blind sein, wenn Ihr das nicht seht.«

»Wenn man uns ernsthaft in eine Falle locken wollte, wären auch unsere zwanzig Ritter dagegen machtlos. Doch habt keine Angst, ich habe nicht vor, die Ritter an der Grenze zurückzulassen.«

»Ich habe keine Angst!«, rief Sadouter aufgebracht.

Mestor Ulba setzte eine sorgenvolle Miene auf. »Fürst Baniter, ich halte es für unklug, sich den Anordnungen der Arphater schon an der Grenze zu widersetzen. Man wird uns für Feiglinge halten und glauben, dass wir dem uns zugesicherten Geleitschutz misstrauen.«

»Und ob wir das tun!«, rief Sadouter. »Mag sein, dass man uns freies Geleit bis nach Praa zusichert. Von einer unversehrten Rückreise ist nicht die Rede! Man wird uns in die Hauptstadt führen – und dann zum Galgen!«

»Soweit ich weiß, richtet man in Arphat die Menschen nicht am Galgen hin. Man erstickt sie in nassem Sand«, erwiderte Baniter trocken.

Sadouter schüttelte angewidert den Kopf. »Eine barbarische Methode!«

»Findet Ihr?«, fragte Baniter mit gespieltem Erstaunen. »Ich halte sie für außerordentlich praktisch – sie stopft den Schwatzhaften das Maul.«

Sadouter blickte ihn grimmig an. »Ich reise nicht nach Arphat, weil ich mich für die dortigen Tötungsrituale interessiere! Ich bin an Eure Seite berufen worden, weil der Thronrat daran zweifelt, dass Ihr tatsächlich in der Lage seid, ein Bündnis mit der Königin zu schließen, ohne dabei unsere Ehre zu verkaufen. Mir persönlich ist es ein Rätsel, wie der Kaiser ausgerechnet Euch als

Anführer der Gesandtschaft bestätigen konnte – einen Geneder!«

»Ich bin sicher, Euer Onkel Scorutar hätte den Verkauf unserer Ehre zu gern selbst übernommen«, erwiderte Baniter. »Doch seine Anwesenheit im Thronrat ist leider unentbehrlich, und so wurde diese Aufgabe mir übertragen.«

Der Zorn verzerrte Sadouters Mund in abstoßender Weise. »Wie könnt Ihr darüber spotten? Dies ist kein Spiel, Fürst Baniter! Wir verhandeln mit unseren Todfeinden, die noch immer unsere Unterwerfung planen!«

Baniters Blick wurde mit einem Schlag ernst. »Nein, das ist kein Spiel; und Ihr tätet gut daran, Euch das zu merken, Sadouter Suant! Die Arphater sind aus einem anderen Holz geschnitzt als die Schiffsleute und Hafenarbeiter, die Ihr auf Swaaing herumzukommandieren pflegt. Wenn Ihr Eure Worte so unbedacht wählt, wie Ihr es mir gegenüber zu tun pflegt, werdet Ihr mehr über arphatische Tötungsrituale erfahren, als Euch lieb ist.« Voller Genugtuung sah er Sadouters Gesicht rot anlaufen. Ohne ihn zu Wort kommen zu lassen, fuhr Baniter fort. »Ich bin Fürst und Mitglied des Silbernen Kreises, und ich führe auf kaiserliche Weisung diese Gesandtschaft an. Ich werde es nicht dulden, dass Ihr unsere Mission durch Euer loses Mundwerk gefährdet. Also nehmt Euch in Acht, Sadouter Suant.«

Sadouter wollte widersprechen, doch er besann sich eines Besseren und schluckte den Zorn herunter. Mit gemäßigter Stimme erwiderte er: »Und wie werdet Ihr nun mit der frechen Forderung der Arphater verfahren?«

»Wie ich mit allen frechen Forderungen verfahre«, sagte Baniter unwirsch. »Ich werde sie ignorieren. Wahre Diplomatie, Sadouter Suant, wird nicht mit Verdächtigungen und Beleidigungen betrieben, sondern mit Bedacht und Schlauheit.« Er wandte sich wieder dem Boten zu. »Reite zur Schlucht und bereite alles für unsere Ankunft vor. Wir werden diese Nacht in euren Quartieren verbringen und erst morgen über die Grenze gehen. Bis dahin richte dem Anführer der Arphater meine Ehrerbietung aus. Ich werde ihn morgen beim höchsten Stand der Sonne auf der Bogenbrücke treffen.«

Der Bote deutete eine Verneigung an. Dann wandte er sein Pferd. Bald verschluckte der Nebel Ross und Reiter, und nur mehr das Getrappel der sich entfernenden Hufe war zu hören.

❦

Die Schlucht am nördlichen Ende des Hochlandes hatte viele Namen. Die Arphater nannten sie den Nebelriss; in ihm, so besagten alte Legenden, wurden die Wolken geboren. Sie drangen aus dem Erdinneren hervor, um die Welt mit Regen zu belohnen und mit Stürmen zu strafen. In den Sagen der Palidonier hieß die Schlucht Golganor, das Tor der Tiefe, der Eingang zum Reich der alten Götter, die über Steine und Felsen herrschten. Um sie zu besänftigen, trieben die palidonischen Stammesfürsten der Alten Zeit ganze Schafherden in die Schlucht. Erst die Eroberung des Hochlandes durch die Arphater hatte diesem Brauch ein Ende bereitet.

Nachdenklich starrte Baniter über den Rand der Schlucht. Wenige Schritte vor ihm stürzte das graue Gestein beinahe senkrecht in die Tiefe. Ein letzter, moosbewachsener Felsvorsprung ragte aus der Schlucht empor; darunter nichts als waberndes Weiß, dichter, langsam aufsteigender Nebel, der sich aus der Tiefe hervorhob und jede Sicht auf den Grund versperrte.

Auch die andere Seite der Schlucht lag im Nebel, obwohl Baniter wusste, dass sie kaum einen Steinwurf entfernt war. Dort drüben ragte Pryatt Parr auf, der höchste Berg des Hochlandes, und dort begann Arphat, das Land der Ewigen Sonne. Die Schlucht markierte die Grenze zwischen Arphat und dem Kaiserreich und zugleich das Ende des Hochlandes. Denn hinter Pryatt Parr führte der Weg stetig bergab, erstreckten sich die Täler und Geröllfelder nur noch wenige Meilen in den Norden, um dann in die Wüste von Praatien überzugehen.

Baniter wandte den Kopf und blickte auf das Steinhaus, in dem die Gesandtschaft untergebracht war. Aus dem Kamin des Hauses stieg Rauch empor, und aus den Ställen drang das Wiehern der Pferde. Aus der Ferne vernahm Baniter die undeutlichen Rufe der Krieger, die den Kopf der Bogenbrücke bewachten. Hin und wieder erblickte Baniter die Umrisse der Brücke im dahinwehenden Weiß: der Bogen von Pryatt Parr, der einzige befriedete Übergang zwischen Arphat und Sithar. Sieben Friedensverträge waren hier unterzeichnet worden, und selbst in Kriegszeiten hatten beide Seiten den Frieden von Pryatt Parr geachtet.

Das heisere Husten einer Frau ließ Baniter herumfahren. Er erblickte eine gebeugte Gestalt am Rand der Schlucht, nur undeutlich zu erkennen im Nebel. Vorsichtig näherte er sich. Als er hinter ihr stand, drehte die Frau den Kopf.

»Ihr seid früh auf den Beinen«, sagte Baniter. »Wir werden erst in einigen Stunden aufbrechen. Die Strecke, die vor uns liegt, wird ebenso anstrengend sein wie jene, die wir bereits bewältigt haben. Ihr braucht den Schlaf, um Euch zu erholen.«

Lyndolin Sintiguren war eine kleine, dürre Frau, vom Alter gebeugt, die schütteren Haare grau gelockt. Falten hatten sich tief in ihr Gesicht gegraben, die Haut war fleckig wie altes Pergament. Allein ihre Augen und ihr Mund hatten dem Alter getrotzt; die Lippen waren noch immer voll und rosig, ihre Augen klar und groß wie die eines Mädchens. »Ihr sorgt Euch rührend um mein Wohlergehen, Fürst Baniter«, antwortete Lyndolin. Auch ihre dunkle, angenehm weiche Stimme war vom Alter unberührt. »Der Schlaf hat mir in jungen Jahren genug Lebenskraft geschenkt, sodass ich noch heute davon zehre. Mein Geist bedarf nur noch weniger Stunden Schlaf; vielleicht ahnt er voraus, dass er bald all den versäumten Schlummer, all die ungeträumten Träume nachholen wird.«

»Euer Geist mag mit wenigen Stunden Schlaf auskommen, aber was ist mit Eurem Körper?«, erwiderte Baniter ungeduldig. »Ihr wart in den letzten Tagen oft erschöpft.«

Die Dichterin musterte ihn mit ihren wachen Augen. »Seid Ihr verärgert, weil sich unsere Ankunft in Praa verzögert? Habt Nachsicht mit der Langsamkeit einer alten Frau und nutzt die Zeit, die durch mich verloren geht, um Eure Eile zu zügeln. Die Hast der Jugend führt oft vom Wege ab.«

Es ist nicht die Hast der Jugend, die mich vorantreibt, sondern die Hast der Notwendigkeit, dachte Baniter. Je eher er die Hauptstadt Arphats erreichte, desto eher konnten die Verhandlungen mit der Königin beginnen. Jeder verlorene Tag spielte den Goldéi in die Hände.

»Zumindest ist es sinnvoller, sich auf die Weiterreise vorzubereiten, als in eine bodenlose Felsenspalte zu starren«, sagte er. »Was wollt Ihr dort unten schon erkennen? Der Nebel ist zu dicht, als dass Ihr auf den Grund sehen könntet.«

»Niemand kann auf den Grund des Nebelrisses sehen«, antwortete Lyndolin Sintiguren, »nicht am Morgen, nicht am Abend. Sommer wie Winter vergehen, doch der weiße Atem der Schlucht versiegt nie.« Sie beobachtete Baniter. »Was, Fürst von Ganata, befindet sich wohl dort unten in der Tiefe?«

»Soweit ich weiß, sind von all den Verrückten, die in die Schlucht herabgestiegen sind, nur wenige zurückgekehrt«, sagte Baniter. »Manche behaupteten, am Grund der Schlucht befinde sich ein See, aus dem der Nebel emporsteigt. Andere sprachen von einem dichten Wald, wilder noch als jener in der Regenebene von Gyr. Ich für meinen Teil vermute, dass keiner dieser Leute tatsächlich zum Grund vordringen konnte; dass die Schlucht zu tief ist, um ihn zu erreichen.«

Die Dichterin nickte. »Und doch haben immer wieder Menschen versucht, den Nebelriss zu erkunden – ist das nicht merkwürdig, Fürst Baniter?«

»Es ist unverständlich! Die Schlucht ist kaum zehn Meilen lang; wer vernünftig ist, umreitet sie einfach. Nur der Unvernünftige steigt in sie hinab.«

»Was ist mit dem, der über sie hinwegsteigt?«, fragte Lyndolin Sintiguren. »Gehört nicht auch er zu den Unvernünftigen?« Ohne seine Antwort abzuwarten, fuhr sie mit einem Lächeln auf den Lippen fort. »Wusstet Ihr, dass die weisen Priester der Palidonier sich zum Rand der Schlucht begaben, um aus dem Nebel den Lauf des Schicksals zu bestimmen? Sie glaubten, dass ihnen die Götter Botschaften aus der Tiefe sandten.« Sie wies in die Schlucht. Dort hatte sich ein Loch in der Nebelschicht aufgetan. Wie von einem mächtigen Sog wurde es nach unten gezogen, und die auseinander gerissenen Schwaden umstürzten es wie tobende Meeresgischt. »Sie standen wie wir an dieser Stelle, um im Spiel des Nebels die Wahrheit zu finden.«

Baniters grüne Augen blitzten voller Spott. »Ich dachte, Ihr sucht die Wahrheit in den Sternen. Ist Euer Genick so steif geworden, dass Ihr Euren weissagenden Blick nur noch zu Boden richten könnt?«

Sie beobachtete ihn aufmerksam. »Ich sehe, Ihr glaubt nicht an die Macht der Prophezeiung – anders als Eure Mutter. Sie schätzte meinen Rat und auch meine Balladen. Ich war oft in Vara zu Gast, um die Schönheit und Einzigartigkeit dieser Stadt zu besingen. Als Ihr noch ein Kind wart, Baniter, ein hübscher Junge mit leuchtend grünen Augen, habt Ihr oft auf meinem Schoß gesessen und meinen Worten gelauscht – erinnert Ihr Euch daran?«

Ja, Baniter erinnerte sich; er sah vor sich das Bild einer Frau mit wehendem Gewand und kurzem blondem Haar, deren Augen ebenso weise wie durchdringend waren. Er erinnerte sich, wie diese Frau am Fenster der großen Rundhalle gestanden hatte, in der seine Familie Gäste zu empfangen pflegte. Er hörte die weiche Stimme der Dichterin; die Worte hatte er kaum verstanden, doch der Gesang war ihm im Gedächtnis geblieben, und auch der verträumte Blick seiner Mutter, wenn sie Lyndolin Sintigurens Gedichten gelauscht hatte.

»Die Familie Geneder war der Kunst der Worte stets zugetan«, fuhr Lyndolin fort. »Als ich ein Mädchen war, jung und unerfahren – ich folgte damals dem Barden Welegar, der mein Onkel und Lehrmeister war –, sang ich zum ersten Mal auf Burg Trochtar, dem Stammsitz der Geneder auf der Eisernen Insel von Vara. Euer Großvater Norgon war ein großer Freund aller Barden und Dichter; ich weiß, dass er selbst Verse und Reime schrieb, die von großer Schönheit waren. Er war ein bewundernswerter Mann voller Tatendrang …«

»Leider beschränkte sich sein Tatendrang nicht auf das Reimen und Dichten«, unterbrach Baniter sie schroff. »Was Euch betrifft, so habt Ihr zweifellos an allen Höfen des Kaiserreiches Eure Kunst zum Besten gegeben. Doch wie steht es mit Arphat? Wie oft habt Ihr dieses Land besucht, Lyndolin Sintiguren?«

Die Dichterin schüttelte traurig den Kopf. »Niemals, mein Fürst; der Hass und die Kriege verhinderten es. Nur meine Balladen und Gedichte reisten nach Arphat, und soweit ich weiß, erreichten sie eine große Zuhörerschaft und noch größeren Ruhm.«

»Wie erklärt Ihr es Euch, dass die Arphater Eure Werke den Balladen ihrer eigenen Dichter vorziehen?«, fragte Baniter.

Lyndolin Sintiguren blickte wehmütig in die Schlucht hinab. »In Sithar dichtet man, um die Menschen zum Weinen oder Lachen zu bringen, zum Nachdenken oder zum Vergessen. In Arphat hingegen dichtet man nur, um zu erinnern – an gewonnene Kriege und verlorene Schlachten, an gefallene Könige und geschlagene Feinde, an verlorene Länder und geraubtes Gold. Arphats Dichter sind nichts als Geschichtsschreiber. Sie kämpfen mit Feder und Laute, um das Gedenken an die einstige Macht des arphatischen Volkes wach zu halten. Ihre Verse sind wortgewaltig, doch sie sind kalt. Meine hingegen handeln vom Leben. Wenn ich ein geschichtliches Ereignis beschreibe, lasse ich Trauer und Wut, Hoffnung und Freude in mein Lied einfließen, versuche die Zuhörer aufzurütteln und zum Nachdenken zu bewegen. Deshalb liebt man meine Lieder selbst am Hof in Praa. In ihnen entdecken die Arphater Gefühle, die ein Dichter ihres Volkes nicht kennen darf.«

»Ist das der Grund, wieso Ihr unsere Gesandtschaft begleitet?«, fragte Baniter. »Wollt Ihr Königin Intharas Dichter unterweisen, wie man Balladen schreibt?«

Die alte Frau wandte verärgert den Kopf zur Seite. »O nein, Fürst Baniter. Mir geht es darum, Frieden zu schaffen. Ich sah in den Sternen die Vorzeichen eines grausamen Krieges. Ich sah Tod und Verderben.« Ihre Stimme hatte sich zu einem Flüstern gewandelt. »Doch ich erkannte auch Hoffnung am nächtlichen Himmel; und ich sah meinen Geburtsstern in hellem Licht erstrahlen. Als Fürst Arkon mich bat, der Gesandtschaft mit meinem Rat beizustehen, wusste ich, was diese Prophezeiung bedeutete: dass ich mich nach Arphat begeben muss, um dort mit der Kraft meiner Worte einen Krieg zu verhindern.«

Das hatte ich befürchtet, fuhr es Baniter durch den Kopf. »Dann, verehrte Lyndolin Sintiguren, habt Ihr entweder die Prophezeiung oder den Auftrag unserer Gesandtschaft falsch verstanden. Wir reisen nicht nach Arphat, um einen Krieg zu verhindern, sondern um einen vorzubereiten – den Krieg gegen die Echsen, die unsere Welt bedrohen.«

»Die Sterne lügen nicht«, beharrte Lyndolin Sintiguren, »und die Zeit wird zeigen, wie wir sie zu deuten haben.«

»Die Deutung überlasse ich Euch«, sagte Baniter kalt. »Doch was die Verhandlungen mit der Königin betrifft, so haltet Euch dort mit Prophezeiungen zurück – ob Ihr sie nun aus den Sternen oder aus Nebelschwaden gewinnt! Das Bündnis mit Arphat ist zu wichtig, als dass wir es durch Wahrsagerei aufs Spiel setzen dürfen.«

In Lyndolins Augen schimmerte Enttäuschung. »Was hat Euch bloß so hartherzig werden lassen, Fürst Baniter? Ich erkenne in Euch nicht mehr den fröhlichen Jungen, der ihr einmal wart. Wisst ihr, dass ich ein Gast auf Eurer Hochzeit war? Damals wart Ihr noch nicht so verbittert, wie Ihr es heute seid!«

Baniter runzelte die Stirn. Er konnte sich nicht erinnern, die Dichterin auf seinem Hochzeitsfest gesehen zu haben. Über fünfzehn Jahre war dieser Tag nun her; er schien ihm so fern zu sein. Damals hatte er Jundala Bermaris, die Tochter des Barons von Bolmar, zur Frau genommen; eine reine Zweckehe, die dazu dienen sollte, den mächtigen Baron aus dem Süden Ganatas enger an das Fürstenhaus zu binden. Baniter hatte die anstrengende, aber prachtvolle Zeremonie noch gut in Erinnerung, und unwillkürlich musste er lächeln, als ihm der Augenblick in den Sinn kam, in dem die Priester seine junge Frau in den Tempel geführt hatten und er zum ersten Mal Jundalas Gesicht erblickt hatte. Ihr Anblick hatte ihn sogleich gefesselt: die nicht übermäßig hübschen, doch äußerst klugen Gesichtszüge; die blauen Augen, die voller Schläue gefunkelt hatten. Und als sich ihr Mund zu einem freundlichen Lächeln verzogen hatte, hatte Baniter erkannt, dass er in Jundala die Frau seines Lebens gefunden hatte. Es war nicht stürmische, jugendliche Liebe, die sie verband, nicht törichte Anbetung oder lustvolles Begehren. Es war der Ehrgeiz, der sie einte. Jundala hatte ihm drei Kinder geboren, und seit er selbst Fürst und Mitglied des Thronrates war, hatte sie ihm mit ihrem Rat stets zur Seite gestanden. Ohne ihren Beistand hätte Baniter die Demütigungen und Intrigen des ›Gespanns‹ kaum ertragen. Nun, da er am Rand der Schlucht von Pryatt Parr stand, dachte er voller Sorge an sie. Jundala würde bald am Hof in Thax eintreffen; sie sollte ihn während seiner Abwesenheit im Silbernen Kreis vertreten. Er hoffte, dass ihr kluger Kopf sie vor dem Ränkespiel der Fürsten bewahren würde.

»Zorn ist ein schlechter Lehrmeister«, hörte er Lyndolin Sintiguren sagen, »und Rache ein falscher Freund, Fürst Baniter. Lasst Euch in Arphat nicht von ihnen leiten, wenn Ihr den Nebelriss ein zweites Mal überschreiten wollt.«

»Zunächst will ich ihn heute überschreiten«, sagte Baniter leise, »und das wird schwierig genug sein.«

Seine Hand hielt die Schlinge fest umschlossen. Baniter spürte das raue, sprissige Leder, und immer, wenn das Maultier zögernd verharrte, schnitt es sich schmerzhaft in seine Finger.

Die Ritter der Schlucht hatten ihm das kräftigste Tier aus ihren Stallungen gegeben, eine groß gewachsene Stute mit dichtem Fell, kurzer Rückenmähne und breiten Hufen. Klaglos hatte sie sich das schwere Bündel aufbürden lassen, und ebenso klaglos war sie Baniter auf die Brücke gefolgt. Erst jetzt, auf der Mitte der Brücke, wurde das Tier unsicher. Irritiert ließ es die Augen umherrollen und starrte in die Schlucht herab, die sich unter ihm auftat.

Die Bogenbrücke von Pryatt Parr war ein Meisterwerk palidonischer Baukunst. Sie war vor über vierhundert Jahren von dem berühmten Baumeister Nahuan errichtet worden, im Auftrag eines arphatischen Königs, der es leid gewesen war, auf seinen Feldzügen in den Süden die Schlucht umreiten zu müssen. Fast dreihundert Schritt überspannte die Brücke; ihr gewaltiger Bogen, bestehend aus geharzten Eichenbalken und Tonziegeln, langte wie ein riesiger Arm zur anderen Seite der Schlucht hinüber. Gestützt wurde er von mächtigen Pfeilern, die zwischen den Felsabsätzen der Schluchtwände emporragten, jeder in einem anderen Winkel. Im Grau des Nebels wirkte das Gebälk wie ein grobes Spinnennetz, das sich über die Schlucht spannte. Die wirre Anordnung der Stützbalken verlieh der Brücke ein bedrohliches Aussehen. Wer sie überqueren musste, wurde von einem seltsamen Unbehagen erfasst; dem schien der Boden unter den Füßen zu schwinden, der fühlte sich wanken und fallen, der fürchtete, mit jedem Schritt den Zusammensturz des wahnwitzigen Bauwerks auszulösen. Doch obwohl es den Gesetzen der Vernunft widersprach, die Brücke stand unverrückbar seit Jahrhunderten und zeugte eindrucksvoll von der längst vergessenen Kunst der palidonischen Baumeister.

Vorsichtig setzte Baniter seine nächsten Schritte. Das Maultier folgte ihm widerwillig. Die Hufe klangen dumpf auf dem Boden der Brücke, wo sich quer liegende Balken und Reihen aus Tonziegeln abwechselten. An der Seite des Tiers schritten Mestor Ulba und Sadouter Suant. Auch sie wirkten verunsichert, und beide hatten den Blick starr geradeaus gerichtet. Zwei Ritter folgten ihnen; auf ihrer Brust prangte der ganatische Luchs. Es waren Merduk und Gahelin, zwei Angehörige der ganatischen Fürstengarde. Sie dienten Baniter seit vielen Jahren und waren ihm treu ergeben.

Die übrigen Ritter warteten gemeinsam mit Lyndolin Sintiguren am Kopf der Brücke. Immer wieder vergewisserte Baniter sich, ob er ihre Umrisse noch durch den Nebel erkennen konnte. Schließlich blieb er stehen, den Kopf rückwärts gewandt. In Gedanken maß er die zurückgelegte Strecke. Zwar war das gegenüberliegende Ende noch nicht zu erkennen, doch er vermutete, dass sie sich nun auf der Mitte der Bogenbrücke befanden.

Sein Blick fiel auf Sadouter, der ihn missmutig anstarrte. Dem jungen Adeligen klebte das dunkle Haar im Gesicht, und seine Hände glitten unruhig über das Geländer der Brücke. »Ihr glaubt doch nicht allen Ernstes, dass dieser Mummenschanz gelingen wird, Fürst Baniter«, rang er schließlich hervor. »Die Arphater werden niemals auf diesen Unsinn hereinfallen.«

Baniter lächelte. »Wartet es ab. Die Überraschung ist auf unserer Seite, und die Ungemütlichkeit dieses Ortes wird dazu beitragen, die Verhandlungen kurz zu halten.«

»Ja – denn die Arphater werden uns sofort nach Sithar zurückschicken«, schnaubte Sadouter, »oder uns an Ort und Stelle in die Schlucht werfen. Euer Plan ist lächerlich und eines Gesandten des Kaisers nicht würdig! Wir müssen den Arphatern mit gezogener Klinge entgegentreten und ihre beleidigende Forderung zurückweisen! Dann sollen sie es sich nur überlegen, ob sie mit uns verhandeln wollen. Mit geschliffenem Stahl vor dem Gesicht denkt es sich oft schneller!«

»Was dabei herauskommt, sieht man an Euch«, antwortete Baniter. »In unserer jetzigen Lage ist die List eine bessere Waffe. Wir treten ihnen mit der gleichen Unverfrorenheit entgegen, die sie uns gegenüber an den Tag legen.«

Aufmerksam beobachtete er den vor ihm liegenden Teil der Brücke. Er sah die Umrisse mehrerer Gestalten aus dem Nebelsud auftauchen. Zwei von ihnen trugen die Helme der Schluchtritter. Baniter hatte sie zum anderen Ende der Brücke gesandt, um den Arphatern mitzuteilen, dass er sie in der Mitte der Brücke zu treffen wünschte.

Hinter den Rittern schritten vier Männer. Ihre Gewänder bestanden aus gelben Tüchern, die sie mehrmals um den Körper gewickelt hatten und die von kreisförmig auslaufenden Spangen zusammengehalten wurden. Auf den Köpfen trugen die Männer geschwungene Kappen aus schwarzer Tierhaut, in die Ringe eingewirkt waren. Sie waren aus demselben grün glänzenden Metall gefertigt wie die Krummsäbel an ihrer Seite.

Mestor Ulba beugte sich zu Baniter herüber. »Es sind Geschworene der Anub-Ejan-Sekte«, flüsterte er. »Ihre Gemeinschaft stellt die Wachsoldaten und Scharfrichter der Königin.«

Baniter studierte die Gesichter der Arphater. Drei von ihnen waren recht jung; ihre olivfarbene Haut war straff und fest; den Mund und die dunklen, schräg stehenden Augen hatten sie voller Ernst zusammengekniffen. Der vierte Krieger war deutlich älter, sein Gesicht faltig und von Narben gezeichnet. Baniter konnte keine Regung in seiner Miene erkennen; allein die Körperhaltung des Mannes verriet seine innere Anspannung, als er den Gesandten gegenübertrat.

Mestor Ulba begab sich an Baniters Seite. »Ayum Farneth an Batna Ara«, sagte er mit kräftiger Stimme und deutete eine Verneigung an. »Die Gesandten des Kaisers grüßen Euch!«

Der Arphater würdigte ihn keines Blickes. Stattdessen starrte er Baniter an. »Ayum Farneth«, sagte er kühl. »Mein Name ist Ejo, und ich bin der Schechim der Anub-Ejan. Die Göttliche befahl, euch abzuholen.«

Abzuholen, nicht zu empfangen. Baniter trat einen Schritt vor. »Es ist mir eine Ehre, großer Ejo. Ich bin Baniter Geneder, Fürst von Ganata und Mitglied des Silbernen Kreises von Sithar. Mich sendet Akendor Thayrin, der Kaiser von Sithar, um mit der Königin von Arphat zu verhandeln.«

Ein herablassendes Lächeln umspielte die Lippen des arphatischen Anführers. »Der Fürst von Ganata«, stieß er hervor. Er zeigte auf das Maultier. »Ist das dein Wappentier, das du dort hinter dir herschleifst?« Die drei Begleiter des Schechims ließen ein höhnisches Lachen erklingen.

»Ganatas Zeichen ist der Luchs«, sagte Baniter mit gelassener Stimme, »der Luchs, der seinen Feinden an die Gurgel springt, wenn sie ihn reizen.«

Das Lächeln schwand vom Gesicht des Arphaters. »Der Luchs ist ein faules, feiges Tier, das selbst ein Schafbock niedertrampeln kann. Es ist eine kindische Sitte der Südländer, sich mit den Zeichen wilder Tiere zu schmücken. In Palidon setzt man sich den behäbigen Bären auf die Fahnen, in Thax das lächerliche Eichhorn und auf Vodtiva die verlogene Schlange.« Er wies zum Himmel. »Das göttergleiche Arphat kennt nur die Sonne als sein Zeichen: die ewige Glut, die Eure Schoßtiere im Zorn versengt – sei es ein Luchs, ein Bär oder ein Maultier.«

Baniter deutete lächelnd in den grauen Himmel. »Aber wo ist sie, Eure Sonne? Hier an der Grenze unserer Länder, großer Ejo, scheint sie zu schwach, um zu uns vorzudringen.«

Der Arphater runzelte die Stirn. »Verspotte nicht die Sonne, Luchs! Eines Tages werden ihre Strahlen dich verbrennen, dich und deinen Kaiser und sein jämmerliches Reich.«

Baniter hörte hinter sich Sadouter Suant erbost nach Luft schnappen. Hastig ergriff er das Wort, um einem Wutausbruch des Adeligen vorzukommen. »Nun, dieser Tag ist fern, und zurzeit scheint es so, dass zuvor andere Reiche fallen werden. Die fremden Wesen, die Gyr und Candacar vernichtet haben, bedrohen bald auch die Grenzen Arphats, und ebenso die unseren. Ich muss mit der Königin darüber sprechen.«

Ejos Blick blieb starr und unfreundlich. »Das wirst du, Luchs von Ganata. Ich werde dich nach Praa bringen. Was deine Begleiter betrifft …«

»Wie unhöflich von mir«, unterbrach Baniter ihn. »Ich vergaß, sie Euch vorzustellen. Dies ist Mestor Ulba, der Siegelmeister des Kaisers; soweit ich weiß, ist er in Eurem Land kein Unbekannter. Rechts neben mir steht Sadouter Suant, ein Neffe des Fürsten von Swaaing. Und dort«, er wies über die Schulter zum anderen Ende der Brücke, wo die Schemen seiner Ritter zu erkennen waren, »wartet Lyndolin Sintiguren, die große Dichterin, deren Balladen Ihr sicherlich schon einmal gehört habt.«

Für einen winzigen Moment leuchteten Ejos Augen auf. »Ja, ich kenne ihren Namen. Ihre Lieder singt man in Praa und Harsas, in Sajaka und Erep-Etru! Ich freue mich, sie kennen zu lernen.« Sein Blick wanderte erneut zu Baniter herüber. »Sie darf die Schlucht überqueren. Doch eure Ritter müssen zurückbleiben. Kein bewaffneter Krieger darf den Bogen von Pryatt Parr überqueren.«

»Kein bewaffneter Krieger?«, fragte Baniter mit gespieltem Erstaunen. »Ihr verlangt von mir, keinen von ihnen über die Schlucht zu führen, großer Ejo?«

»Die Göttergleiche befahl es selbst«, erwiderte Ejo. »Kein bewaffneter Sitharer darf über die Brücke schreiten, dies waren ihre Worte.«

»Was für eine Frechheit!«, schrie Sadouter Suant und schritt an Baniters Seite. »Wie kann sie es wagen, einer Gesandtschaft des Kaisers solch eine Forderung zu stellen? Wir werden es nicht dulden, dass …«

»Wir werden ihrem Wunsch entsprechen«, schnitt Baniter ihm das Wort ab. Dann drehte er sich um und gab den am Brückenkopf wartenden Rittern ein Zeichen. Langsam setzte der Tross sich in Bewegung.

Lächelnd wandte Baniter sich wieder den Arphatern zu. Sie hatten die Säbel erhoben; dicht vor Baniter glommen ihre grünen Klingen auf.

»Was soll das werden, Luchs von Ganata?«, schleuderte der Schechim ihm entgegen. »Du hast die Worte unserer Königin gehört! Füge dich oder stirb!«

Abwehrend hob Baniter die Hände. »Ich hörte die Worte und fügte mich ihnen.« Er warf einen kurzen Blick zur Seite. Zufrieden stellte er fest, dass Merduk und Gahelin, seine Leibritter, wie verabredet hinter ihm standen. »Kein bewaffneter Krieger darf die Schlucht überqueren – so wünscht es Eure Königin, nicht wahr?« Er wies auf Merduk und Gahelin, und diese rissen ihre Mäntel fort, die sie über der Rüstung trugen. »Seht – meine Ritter haben ihre Waffen abgelegt! Und ebenso sind jene, die uns folgen, unbewaffnet, so wie Eure Königin es verlangt.«

Ejo tauschte einen unsicheren Blick mit seinen Begleitern. Er suchte nach Worten. Dann stürzte er nach vorn, den Säbel auf Baniter gerichtet. Seine Stimme bebte. »Du lügst, elender Luchs! Niemals würden eure Ritter ohne das Schwert nach Arphat gehen! Wenn sie noch einen Schritt näher kommen, wird dies den Frieden zwischen unseren Völkern brechen!«

Baniter wich vor der Säbelspitze zurück. »Ich schwöre Euch, sie sind unbewaffnet«, sagte er triumphierend. »Denn ihre Schwerter, großer Ejo, nahm ich selbst an mich!« Er zog an der Leine, die er noch immer in der linken Hand hielt. Stockend machte das Maultier einige Schritte nach vorn. Baniter drehte sich um und schlug das Tuch des Bündels beiseite, das auf dem Rücken des Tieres befestigt war. Langsam strich seine Hand über den Schwertknauf, der darunter zum Vorschein kam; dann über den nächsten, dann über den dritten, über die gesamte Reihe der zusammengebundenen Waffen. »Ich selbst führe die Schwerter über die Schlucht; und dort, am Fuß von Pryatt Parr, werde ich sie meinen Rittern zurückgeben. Unbewaffnet betreten sie Euer Land, um Eure Forderung zu erfüllen.«

Ejo schien sprachlos. Er ließ den Säbel sinken und starrte auf den Tross der sitharischen Ritter, die bereits dicht zu Baniter aufgeschlossen hatten. »Was ist das für ein elendes Spiel, das du mit uns treibst?«, spie er aus. »Denkst du, du kannst die Krieger der Anub-Ejan überlisten, indem du ihnen die Worte im Mund verdrehst? Die Königin befahl, alle sitharischen Ritter an der Grenze zurückzulassen.«

Die Ritter befanden sich nun direkt hinter Baniter. Er hörte ihre Schritte, hörte das Klirren ihrer Rüstungen. »Dachtet Ihr im Ernst, ich würde mich Euch schutzlos ausliefern?«, rief Baniter. »Dachtet Ihr tatsächlich, den Fürsten von Ganata zwingen zu können, Eure dreiste Forderung zu akzeptieren?«

Ejo hatte den Blick zu Boden geworfen; doch nicht aus Scham oder Ratlosigkeit, wie Baniter zunächst annahm. Der Schechim schien abgelenkt zu sein; und schnell erkannte Baniter den Grund. Ein Knacken war unter ihren Füßen zu hören, ein dumpfes Ächzen; ganz kurz nur, dann verstummte es. Unruhig tanzte das Ende des Lederseils in Baniters Hand, knirschten die Hufe des Maultiers auf den Tonziegeln. Ein Raunen ging durch die Reihen der Ritter, die hinter Baniter standen; und auch die Arphater wurden von Unruhe erfasst. Selbst Baniter musste sich beherrschen. Plötzliche Furcht wallte in ihm auf; für einen Moment glaubte er, die Brücke unter seinen Füßen schwanken zu spüren, und er riss sich zusammen, um den Blick nicht in die Schlucht abschweifen zu lassen.

»Nun, großer Ejo«, stieß er hervor, »es liegt an Euch, uns jetzt zurückzuschicken oder uns den Weg zu räumen! Ihr selbst wisst am besten, was Eure Königin Euch auftrug; ob es ihr Wille war, uns herauszufordern, oder ob sie mit uns zu verhandeln wünscht.« Er wies spöttisch zu Boden. »Denkt nur in aller Ruhe nach. Wir haben alle Zeit der Welt.« Lächelnd musterte er den Arphater, der seinem Blick noch immer auswich; und er sah, wie Ejos Hand den Säbelgriff so fest umschloss, dass die olivfarbene Haut seiner Finger weiß anlief.

Schließlich richtete sich Ejo auf. »Als ich im Spott fragte, ob das Maultier an deiner Hand ein Wappenzeichen ist, ahnte ich nicht, dass dieses Tier für List und Schläue stehen kann. Wer du auch immer bist, Luchs von Ganata, du bist kein solch gutgläubiger Narr wie die Gesandten, die sich bisher nach Arphat wagten! Du scheinst zu wissen, worauf du dich einlässt. Also folge uns, Baniter Geneder, und nimm deine Krieger und dein Maultier mit.« Er musterte den Fürsten kalt. »Eines Tages wirst du es bereuen, diese Schlucht überquert zu haben.«

Baniter nickte. *Mag sein, vielleicht bereue ich es eines Tages; bereue es, mein Schicksal in die eigene Hand genommen zu haben und gleichzeitig das Schicksal meines Landes. Doch vielleicht, großer Ejo, werde ich auch mit beispielloser Macht nach Sithar zurückkehren. Dann wirst du es sein, der es bereut, mich jemals über die Schlucht gelassen zu haben.*

KAPITEL 9

Gänge

Die Zauberin trug ein Gewand aus dunkelgrüner Seide; es schmiegte sich eng an ihren schlanken Leib. Das dunkelblonde Haar war streng zu einem Zopf geflochten. Ihr Gesicht war nach alter Tradition der Loge weiß geschminkt; man musste es aufmerksam betrachten, um unter der weißen Farbe ihre feinen Gesichtszüge erkennen zu können: die hohen Backenknochen, die schmale Nase, die vollen Lippen und die ausgeprägte Stirn. Das helle Braun ihrer großen, runden Augen war von zahlreichen Sprenkeln durchbrochen, was ihrem Blick einen Hauch von Verwegenheit verlieh.

Je länger Cercinor die Zauberin betrachtete, desto schwerer fiel es ihm, dem Bann ihrer Schönheit zu widerstehen. Immer wieder ertappte er sich bei dem Versuch, sich ihr Gesicht ohne den kalten Glanz der weißen Farbe vorzustellen, sah in Gedanken, wie ihre Haare offen um die Schultern fielen, sah seine Hand unter ihr Gewand gleiten. Und diese Gedanken machten ihn wütend, wusste er doch, dass die Malkuda absichtlich eine so betörende Frau zu ihm geschickt hatte und dass ihre Taktik, ihn damit zu verwirren, durchaus Erfolg hatte.

»Die Rochenländer kennen ihre Freunde und Feinde«, sagte Cercinor mit kalter Stimme. »Dass die Malkuda stets den König in Larambroge unterstützt hat, haben wir nicht vergessen, und ebenso wenig, dass die Loge die Dörfer zwang, jeden Kalender ganze Wagenladungen an Brot und Fleisch, unzählige Fässer Wein, sackweise Korn und Obst nach Oors Caundis zu bringen, damit die Zauberer sich daran gütlich tun konnten. Wir fertigten Kleidung und Werkzeuge für Euch an, schlugen Euch das Holz für den Winter, sammelten Kräuter und Pilze für Eure Kochtöpfe, und oft genug holte ein Zauberer sich eine junge Frau, ohne dass wir Rechenschaft für ihre Schändung forderten. Sicherlich weiß Malcoran, Euer Logenmeister, dass wir dies alles nur taten, weil uns das Schwert des Königs dazu zwang.« Anklagend richtete er den Zeigefinger auf seinen Gast. »Die Zeiten haben sich geändert, Zauberin! König Eshandrom ist selbst zum Sklaven geworden, und eine fremde Macht herrscht im Rochenland. Die alten Regeln gelten nicht mehr. Es wird Zeit, dass Oors Caundis die Zeche bezahlt.«

Die Zauberin blickte ihn mitleidsvoll an. »Habt Ihr mich hergebeten, um über die Abgabenlast des Rochenlandes zu reden?« Ihre Finger spielten gelangweilt mit dem Saum ihres Gewandes. »Die Malkuda errichtete Oors Caundis vor über tausend Jahren im Rochengebirge, zu einer Zeit, als der Arkwald noch unbewohnt war. Ohne unsere Magie wäre er das noch immer. Unsere Zauber halten das wilde Getier von Euren Siedlungen fern und zähmen den unbändigen Wuchs des Waldes. Der Malkuda verdankt Ihr es, dass das Rochenland jemals von Menschen besiedelt werden konnte.«

Cercinor lachte auf. »Oh, dann müssen wir Euch wohl dankbar sein für die Jahrhunderte der Ausbeutung?« Sein Blick verfinsterte sich. »Die Malkuda sah stets tatenlos zu, wenn das Rochenland unter den Feldzügen der Kathyger litt. Nie half Oors Caundis uns, wenn die Truppen des Königs durch den Arkwald zogen, um zu plündern und zu morden. Und auch diesmal verkriecht Ihr Euch in Euren Höhlen im Rochen, während unsere Dörfer brennen. Die Menschen kämpfen verzweifelt gegen die Echsen, die das Rochenland verwüsten, doch in Oors Caundis schweigt man!« Wütend sprang er von dem Baumstumpf auf, auf dem er gesessen hatte. »Dabei waren wir es, die Euch vor den Goldéi retteten! Sie zogen in den Arkwald, um Eure Logenburg im Rochengebirge aufzuspüren, um sie einzuäschern, wie sie es zuvor mit den Universitäten in Kathyga taten. Hätten wir die Goldéi nicht bei den Ilmora-Steinen in einen Hinterhalt gelockt, wäre Oors Caundis heute nicht mehr als ein Häuflein zerschlagenes Gestein!«

Die Besucherin verzog herablassend den Mund. »Ihr führt euch auf, als hättet Ihr die Goldéi samt und sonders in die Flucht geschlagen. Musstet Ihr nicht vielmehr vor ihrer Übermacht zurückweichen?«

»Wir haben sie aufgehalten!«, schrie Cercinor erbost. »Vierzig Goldéi haben wir bei Ilmora erschlagen. So hinderten wir sie daran, ihren Weg nach Oors Caundis fortzusetzen. Die überlebenden Echsen halten sich noch immer bei den Steinen von Ilmora auf, und meine Bogenschützen wachen darüber, dass sie sich nicht nach Surgissa zurückziehen können.«

Die Zauberin schüttelte den Kopf. »Man sagte mir, Baron Eldrom in Surgissa habe sechshundert Mann zusammengetrommelt, um den Goldéi zu Hilfe zu eilen. In spätestens vier Tagen werden sie Ilmora erreicht haben, und wenn Ihr Euch nicht vorseht, wird man Eure Männer von den Baumwipfeln herunterholen wie reife Äpfel.«

»Wenn ich falle, wird Oors Caundis bald darauf fallen«, rief Cercinor. »All Eure Zauberei wird Euch nichts nützen, wenn die Goldéi die Logenburg erstürmen!«

»Das lasst unsere Sorge sein«, sagte die Zauberin, und stolz warf sie den Kopf zurück, sodass ihr Zopf durch die Luft tanzte. »Genug des Geplänkels, Cercinor! Ebenso wie ihr der Malkuda misstraut, misstraut die Malkuda Euch. Ich wäre nicht gekommen, wenn Euer Bote uns nicht eindringlich darum gebeten hätte – und wenn er nicht von dem seltsamen Jungen berichtet hätte, den Ihr angeblich aus der Gewalt der Goldéi befreien konntet.«

Cercinor strich sich über das kurz geschorene Haar. »Seltsam – in der Tat, Zauberin! Dieser Junge gibt uns einige Rätsel auf.«

»Es heißt, Ihr hättet ihn in einer Kiste aus Gold gefunden«, sagte die Zauberin. »Wo ist diese Kiste geblieben?«

»Wir mussten sie bei Ilmora zurücklassen«, erwiderte Cercinor. »Es schien mir wichtiger, den Jungen in Sicherheit zu bringen.« Er hielt inne, und seine Hand fuhr durch die Luft, als wollte er einen quälenden Gedanken vertreiben. »Drei Tage lang sprach er kein Wort, nahm kaum Wasser und Nahrung zu sich. Erst dann konnte ich sein Vertrauen gewinnen und ihm einige Worte entlocken. Sein Name ist Laghanos, und er war offenbar ein Schüler der Magischen Universität von Larambroge. Dort nahmen die Goldéi ihn gefangen. Was danach mit ihm geschah, kann er nicht sagen; er spürte es nicht, dass sie ihn ...«, er suchte nach Worten, »... dass sie sein Gesicht ... nun, Ihr werdet es selbst sehen.«

Ungläubig blickte die Frau ihn an. »Die Echsen nahmen ihn gefangen und sperrten ihn in eine goldene Kiste wie ein wildes Tier?«

»Es gab noch drei weitere Kisten«, fuhr Cercinor fort, »doch sie waren größer und schwerer. Ob sich auch in ihnen Menschen befanden, kann ich nicht sagen. Fest steht, dass der Junge mich bat, einen Boten nach Oors Caundis zu senden und den Logenmeister um Hilfe anzurufen.«

Die Frau nickte. »Malcoran wünscht, dass ich mir den Jungen näher ansehe.« Eindringlich blickte sie Cercinor in die Augen. »Zeigt ihn mir! Ich will sehen, ob Eure Geschichte wahr ist.« Langsam richtete sie sich auf.

Cercinor sprang auf sie zu und packte ihren Arm. »Nicht so schnell, Zauberin«, zischte er. »Mein Verstand sagt mir, dass dieser Junge für die Malkuda von großem Wert ist! Ich habe ihn den Klauen der Goldéi entrissen, und bevor ich ihn Euch übergebe, will ich den Anteil, die Belohnung, die mir zusteht.«

Die Zauberin legte langsam ihre Hand auf die seine. »Und was, glaubt Ihr, steht Euch als Belohnung zu, wenn Ihr mir den Jungen aushändigt?«

Cercinor stieß sie zurück. »Ich fordere von der Malkuda magischen Beistand bei der Eroberung Surgissas. Malcoran soll mir zwanzig Zauberer schicken, die sich meinem Befehl fügen. Mit ihrer Hilfe werden wir stark genug sein, um Surgissa zu befreien.«

Die Zauberin schüttelte den Kopf. »Die Malkuda kann in diesen Tagen niemanden entbehren. Oors Caundis muss sich gegen die Goldéi verteidigen, falls diese es wagen sollten, die Logenburg anzugreifen.«

»Die Entscheidung liegt bei Euch, Zauberin«, erwiderte Cercinor. »Ich bin fest entschlossen, Surgissa zurückzuerobern – mit oder ohne Eure Hilfe.« Er wandte sich ab. »Der Junge wird so lange in meiner Obhut bleiben, bis die Loge zur Besinnung kommt und sich endlich zum Rochenland bekennt. Es wird Zeit, dass Ihr die Zeche bezahlt! Es wird Zeit, dass Ihr denen, die Ihr so lange ausgebeutet habt, Eure Dankbarkeit zeigt.«

Die Zauberin musterte ihn nachdenklich. Dann, nach einem kurzen Augenblick des Schweigens, hob sie vorsichtig an: »Der Junge ist für uns zu wichtig, als dass wir ihn in Euren Händen lassen könnten. Wir werden Euch bei der Befreiung Surgissas zur Seite stehen. Doch es muss bald geschehen, Cercinor, noch bevor die Goldéi mit der Belagerung von Oors Caundis beginnen. Danach kann Euch die Malkuda nicht mehr helfen.«

Cercinor nickte grimmig. »Ich werde keine Zeit verlieren. Schon jetzt erkunden meine Gefährten die Lage in Surgissa. Es werden keine sechs Tage vergehen, bis die Stadt uns gehört.« Er ergriff die Hand der Zauberin. »Und jetzt folgt mir! Ich werde Euch zu dem Jungen führen. Vielleicht werdet Ihr aus seinem Gerede schlau.«

❦

Stumm ragten die verkohlten Balken aus der Asche, standen stumm und schwarz als letzte Überbleibsel des Hauses, das sie einst gestützt hatten. Sie gemahnten der Flammen, die sich durch das Gebälk von Stockwerk zu Stockwerk gefressen und nichts als schlierig weißen Staub zurückgelassen hatten, aus dem bereits die ersten Triebe der

Nesseln und Dotterblumen hervorbrachen; gieriges Unkraut, vom Arkwald gesät, um das im Feuer verendete Haus zu Grabe zu tragen.

Längst waren die Flammen über Surgissa erloschen. Statt Rauch wehte nun aufgewirbelte Asche über den Ruinen der ausgebrannten Häuser. Das Feuer hatte zahlreiche Narben in die Straßenzüge der Stadt gerissen, überall dort, wo Surgissas Bewohner sich den Echsen entgegengestellt hatten.

Surgissa war eine aus dem Wald geborene, eine mit dem Wald verschmolzene Stadt. Die meisten Gebäude waren aus Holz erbaut; manche standen auf Lichtungen und Rodungen, andere ragten im Schatten der Bäume bis zu ihren Wipfeln empor, schmiegten sich an die breiten Stämme oder waren mit ihnen verwachsen. Es gab in Surgissa keinen Ort, von dem aus sich die gesamte Ausdehnung der Stadt überblicken ließ. Selbst vom Turm der Burg Andelor, des höchsten Gebäudes der Stadt, konnte man nur zwei oder drei Acker weit sehen. Der Großteil Surgissas blieb im Dickicht des Waldes verborgen.

Surgissas Wege waren schmal und uneben; spanbestreute Pfade, die sich zwischen den Häuserzeilen entlang wanden. Um diese Jahreszeit waren sie kaum unter dem Laub zu erkennen, unter den vom Regen aufgedunsenen Blättern, deren fauliger Geruch die Luft erfüllte.

Es herrschte eine unheilvolle Stille in der Stadt. Nur vereinzelt erklangen hastige Schritte auf den Wegen, und verängstigte Bewohner stahlen sich aus den Schatten der Bäume, die Blicke gesenkt, sichtlich bemüht, kein Aufsehen zu erregen. Kein Geschrei, kein Lachen drang aus den Häusern. Die sonst so ameisengleiche Stadt war wie ausgestorben. Gelegentlich trug der Wind die Rufe der Stadtgardisten durch die Straßen, bellende Befehle, die dann von scharfen Luftstößen jäh abgeschnitten wurden.

An einem Baumstamm in der Nähe des ausgebrannten Hauses lehnte ein Stadtgardist. Er nestelte an seinem Umhang, legte den Kopf zurück, schloss die Augen und horchte, wie seine Lederhaube gegen die Baumrinde scharrte. Sein Auftrag war es, den Pfad zu bewachen, der aus der Stadt südwärts in den Arkwald führte. Seit Stunden schon stand er auf seinem Wachposten, hatte Bauern und Jägern vorüberziehen sehen, Gardisten des Barons, einige Greise, die sich wortlos an ihm vorbei geschlichen hatten.

Gähnend schob er sich die Haube von der Stirn und lauschte dem Wispern der Baumwipfel. Er dachte an seine Frau, die zu Hause am Feuer auf ihn wartete, vielleicht mit einer dampfenden Schale Suppe und einem Krug Bier. Grinsend fuhr der Krieger sich über den Mund, und seine Augen leuchteten voller Vorfreude. Eine Stunde noch bis zur Dunkelheit, dann endete sein Dienst; dann würden ihn die warmen Arme seiner Frau umschließen, und er würde für einige Zeit die Angst vergessen, die in ihm tobte, seit die Echsen nach Surgissa gekommen waren, seit …

Kalt! Kalter Stahl an seiner Kehle! Kalt blitzte eine Klinge im Licht auf. Keuchend wich der Gardist zurück, und sein Kopf prallte gegen den Baumstamm. Er spürte eine Hand in seinem Nacken.

»Keinen Laut!«, zischte die Stimme einer Frau dicht neben seinem Ohr, »ein Wort, und ich reiße dir die Klinge durch den Hals!«

Die Knie des Gardisten gaben nach. Hände schubsten ihn zu Boden, ergriffen ihn, schleiften ihn in ein nahe gelegenes Gebüsch. Panisch blickte er zu den Gestalten auf, die ihn überwältigt hatten. Sie waren zu sechst; Männer in schlichter Leinenkleidung und eine schlanke Frau mit kurz geschorenem Kopf, die sich über ihn beugte. Ihr rundes Gesicht schimmerte vor Anstrengung, und in ihrer Hand zuckte ein Messer wie ein aufgebrachtes Tier. »Keinen Laut«, wiederholte sie eindringlich, »dann wird dir nichts geschehen. Sag uns, wo die Echsen sind, und zwar schnell!«

»Ich weiß nicht … ich weiß es nicht«, stieß der Gardist hervor, »bitte, lasst mich gehen … lasst mich am Leben! Ich habe nichts getan!«

»Du dienst den Echsen, ist das nicht genug?«, fauchte die Frau. »Während andere bis zum Tod gegen sie kämpfen, kniest du dich vor ihnen in den Schlamm!«

»Ich folge nur dem Befehl des Barons«, jammerte der Soldat, »ich habe nichts Falsches getan … habe nichts getan …«

An die Seite der Frau trat einer ihrer Begleiter, ein kräftiger Mann mit blondem Bart. Es war Graman Serffa, einer der kathygischen Ritter, die sich Cercinor unterworfen hatten. »Lasst ihn in Frieden, Duane. Seht Ihr nicht, dass er Angst hat?«

Wütend blickte die Frau ihn an. »Was geht dich das an, Graman Serffa? Erkennst du dich in diesem Schwächling wieder? Das verwundert mich nicht! Er dient ebenso wie du einem feigen Menschenschinder.« Ihr Blick kehrte zu dem Gardisten zurück. »Sprich endlich, oder willst du die Klinge schmecken? Wo befinden sich die Echsen?«

»Sie sind nicht mehr in der Stadt«, beteuerte der Soldat, »nur ein knappes Dutzend ist zurückgeblieben, aber der Rest ist fort … sie wollten in den Süden, zum Rochen … ich schwöre Euch, mehr weiß ich nicht!«

Duane musterte ihn mit zusammengekniffenen Augen. Schließlich richtete sie sich auf. »Cercinor hatte also Recht! Die Echsen ziehen nach Oors Caundis, zur Ordensburg der Malkuda-Loge.« Sie ließ den Soldaten nicht aus den Augen. »Wo hat sich der Baron verkrochen, der Verräter Eldrom von Crusco? Befindet er sich noch in der Stadt?«

Eifrig nickte der Gardist. »Der Baron ist in der Burg. Sein Heer sammelt sich nördlich von Surgissa. Morgen sollen zusätzliche Krieger aus Kathyga hinzu stoßen; über tausend Männer, so heißt es.« Er versuchte sich aufzurichten. »Ihr seid die Gefährten des Unbeugsamen, nicht wahr? Wir alle hoffen, dass er Surgissa befreien wird. Die ganze Stadt wartet darauf, dass Cercinor uns zur Hilfe eilt, ich schwöre es!«

Duane hob drohend das Messer. »Spar dir deine Lügen und sprich weiter! Wie viele Männer befinden sich in der Burg?«

Der Mann dachte angestrengt nach. »Zwanzig, dreißig vielleicht, kaum mehr. Die Garde des Barons ist fort geritten, um das Heer des Rochenlandes aus den anderen Städten zusammenzurufen. Und es sind einige der Echsen in der Burg, unter ihnen ein Rotgeschuppter, ich schwöre es bei meinem Leben!«

»Dein Leben ist keinen Schwur mehr wert«, höhnte Duane. Sie versetzte dem Mann mit dem Knauf ihres Messers einen kräftigen Schlag auf die Schläfe. Stöhnend sackte er in sich zusammen, und Blut floss aus der aufgeplatzten Wunde, die der Messerknauf gerissen hatte.

Ein weiterer Mann trat an Duanes Seite. Es war Periston Aderint, der zweite kathygische Ritter. »Was soll die unnötige Grausamkeit? Auch wenn Eldrom von Crusco Euer Feind ist, müsst Ihr nicht seine Untergebenen mit Eurem Hass strafen!«

Duane wies auf den Gardisten, der regungslos vor ihr lag. »Dieser dort ist ein Rochenländer, und doch tritt er dem eigenen Volk mit dem Schwert entgegen. In den letzten Tagen hat Baron Eldrom dutzende Männer und Frauen in Surgissa abschlachten lassen, als sie sich gegen die Goldéi erhoben. Ich möchte nicht wissen, wie viel Blut an den Händen dieses Feiglings klebt. Doch ich vergaß, Periston, du bist ja selbst ein kathygischer Baron. In deinen Augen ist dieser Gardist ein braver Krieger, der es als seine Pflicht betrachtet, Häuser in Brand zu setzen, in denen Frauen und Kinder um ihr Leben schreien.«

»Ich bin nicht mehr der Baron von Locra«, erwiderte Periston Aderint zornig. »Und ich bin auf Eurer Seite, Duane! Wenn Ihr die Goldéi besiegen wollt, müsst Ihr endlich aufhören, der ganzen Welt zu misstrauen.«

Graman Serffa nickte zustimmend. »Selbst Cercinor brachte uns Vertrauen entgegen, als er uns mit Euch nach Surgissa schickte. Begrabt Euren Hass und lasst uns unseren Weg fortsetzen. Immerhin wissen wir nun ...«

»Gar nichts wissen wir!«, herrschte Duane ihn an. »Eldrom zieht sein Heer zusammen; nördlich von Surgissa stehen sechs- oder siebenhundert Krieger bereit, und König Eshandrom hat tausend zusätzliche Soldaten entsandt. Wahrscheinlich will der Baron gemeinsam mit den Echsen in den Arkwald ziehen, um unser Heer zu zerschlagen und Cercinor gefangen zu setzen.«

»Vielleicht will er auch den Goldéi bei der Erstürmung von Oors Caundis zur Seite stehen«, gab einer der übrigen Begleiter zu bedenken.

Graman Serffa betrachtete den bewusstlosen Soldaten. »Er sagte, dass sich ein Rotgeschuppter in der Burg befindet – ein Scaduif.« Er wechselte einen kurzen Blick mit Peristion Aderint. »Die Goldéi, die wir bei den Ilmora-Steinen überfielen, wurden ebenfalls von einem Rotgeschuppten angeführt. Cercinors Späher berichteten, dass er sich noch immer bei den Steinen befindet. Wenn der Gardist die Wahrheit sprach, muss es sich bei dem Goldéi in der Burg um einen zweiten Scaduif handeln.«

»Was macht das für einen Unterschied?«, fragte Duane ungeduldig.

»Die candacarischen Gesandten, die König Eshandrom vor einem Jahr empfing, berichteten von drei rotgeschuppten Goldéi, die während der Schlachten die Echsenheere anführten«, erklärte Periston Aderint. »Wo immer die Scaduif auftauchten, waren die Verluste der Candacarer verheerend. Doch dort, wo die Goldéi ohne ihre Anführer kämpften, war von ihrer Schlauheit und Gerissenheit kaum etwas zu spüren, und auch ihre Zauberkunst vermochten sie nicht einzusetzen. Es scheint, als wären die Goldéi ohne die Führung eines Scaduif hilflos.«

»Wenn es uns gelingen könnte, den Rotgeschuppten in der Burg zu töten oder gefangen zu setzen«, fuhr Graman Serffa fort, »wäre es ein Leichtes, die Schlacht um Surgissa zu gewinnen.«

Duane blickte ihn misstrauisch an. »Wer sagt uns, dass sich der Gardist nicht getäuscht hat? Viele der Echsen, die ich bisher sah, waren gelb oder braun geschuppt; man kann sie leicht mit einem Scaduif verwechseln.«

»Hättet Ihr den Mann nicht bewusstlos geschlagen, könnte er uns den Goldéi genauer beschreiben«, sagte Graman Serffa spitz.

Duane wischte den Einwand mit einer wütenden Handbewegung fort. »Er sagte, dass sich ungefähr dreißig Soldaten in der Burg befinden. Wenn das wahr ist, sind zahlreiche Tore und Wehranlagen unbesetzt. Dann wäre es möglich, unbemerkt in die Burg einzudringen.«

Periston Aderint blickte sie erschrocken an. »Das können wir nicht riskieren, Duane! Wir sind nur zu sechst, und …«

»Du hast Recht«, gab Duane zu. »Ich muss allein gehen. Eine einzelne Person wird kein Aufsehen erregen.«

»Was versprecht Ihr Euch davon?«, rief Periston Aderint. »Man wird Euch gefangen nehmen und hinrichten! Wir sind nach Surgissa gegangen, um herauszufinden, was die Goldéi planen, und nicht, um in Eldroms Burg einzudringen! Cercinor befahl …«

»Wir sind hier nicht in Larambroge«, unterbrach Duane ihn, »und Cercinor ist nicht der gottgleiche König, dessen Befehl Gesetz ist. Ihr wollt den Scaduif töten? Nun, dies ist die beste Gelegenheit! Dreißig Mann sind in der Burg, und ich kenne einen geheimen Schleichweg, der uns direkt unter die Mauern der Burg führt.« Sie steckte das Messer unter ihr Gewand. »Oder hat dich der Mut verlassen, Periston?«

»Ihr kennt einen Weg in die Burg?«, rief Periston Aderint erstaunt.

Duane zuckte mit den Achseln. »Ich kenne jeden verfluchten Winkel in den Mauern von Andelor«, murmelte sie, »jeden modrigen Gang, jede leer stehende Kammer.«

Periston Aderint schüttelte ungläubig den Kopf. »Aber woher? Und wieso erzählt Ihr uns erst jetzt davon?«

»Ich erzähle, was ich für richtig halte«, sagte Duane leise. Sie hatte den Blick in weite Ferne gerichtet, und alle Röte war aus ihrem Gesicht gewichen.

»Es ist dennoch Wahnsinn«, bekräftigte Periston Aderint. »Wer sagt uns, dass tatsächlich nur dreißig Mann in der Burg sind?«

»Wir werden es herausfinden«, zischte Duane. »Wenn ihr zu feige seid, bleibt hier im Busch sitzen und nässt euch die Hosen ein. Viel Zeit bleibt uns nicht; bald wird man den Soldaten vermissen und nach ihm suchen. Es ist besser, wenn ich sofort aufbreche!«

»Ich gehe mit Euch«, sagte Periston hastig, »und sei es nur, um Euch vor einer Irrsinnstat zu bewahren.«

Duane lächelte kalt. »Wie du willst, Periston Aderint. Es ist deine Entscheidung.« Sie wandte sich Graman Serffa zu. »Falls wir nicht vor Anbruch der Dunkelheit zurück sind, kehre zu Cercinors Lager zurück.« Sie suchte nach Worten. »Sage ihm, dass ich … dass ich den Lohn eintrieb, den man mir schuldete. Merke dir die Worte, Graman Serffa!« Sie blickte den Ritter beschwörend an, und dieser wiederholte stirnrunzelnd den Satz, den sie ihm aufgetragen hatte.

Schließlich drehte Duane sich zu Periston Aderint um. »Und du, hochgeschätzter Baron, wirst von nun an alles tun, was ich dir sage, und jede Anweisung ohne Widerspruch befolgen. Denn eine falsche Bewegung, und man wird unser Eindringen bemerken; doch bevor dies geschieht, werde ich dir eher mein Messer in die Brust rammen und dich zum Schweigen bringen.«

❦

Hilflosigkeit, dieses elende Gefühl der Hilflosigkeit … das Gefühl, dunklen Mächten ausgeliefert zu sein, verborgenen Zielen zu dienen, ohne sich auflehnen zu können. Wo war seine Macht, seine Zauberkunst? Hatte er nicht einst vermocht, allein durch seinen Willen alles nur Erdenkliche bewirken zu können, ALLEIN DURCH SEINEN WILLEN? Nun war er nicht mehr als eine Feder in einem mächtigen Sturm, mal vornüber, mal empor gerissen, mal zu Boden gedrückt, mal von gierigen Winden gen Himmel geschleudert.

Die Stimme Aquazzans war verstummt, sie suchte ihn nicht mehr in seinen Träumen heim, sandte ihn nicht mehr auf Irrpfade, verhöhnte ihn nicht länger. Nur der Schmerz war geblieben; ein dumpfes, ziehendes Gefühl in seinem Schädel, ein brennender Schmerz in seinem Gesicht. Als Laghanos zu Bewusstsein gekommen war, hatten seine Finger sogleich nach der Nase, nach den Lippen getastet, und voller Entsetzen hatte er die feinen Stäbe und Drähte, das zuckende Gestänge unter den Fingerkuppen gespürt.

Er hatte versucht zu schlafen ... zu schlafen, um zu vergessen, beseelt von der Hoffnung, dass sich all dies als ein Traum erweisen könnte. Doch er hatte kein Auge mehr zugetan. Schlaflos lag er auf seinem Lager unter den übereinander geschlagenen Tierfellen eines Zeltdaches. Vier knorrige Baumstämme bildeten die Pfeiler des Zeltes. Am Eingang hing ein fleckiger Vorhang, der Laghanos den Blick nach außen verwehrte.

In dem Zelt wurden Nahrungsvorräte gelagert. Gelegentlich betraten Leute das Zelt, um sich einen Krug Wasser zu holen. Sie vermieden es, Laghanos anzusehen; verstohlen schlichen sie sich an ihm vorbei. Es war offensichtlich, dass sein Anblick Furcht in ihnen weckte. Laghanos wusste nicht, wer die Fremden waren, die ihn aus den Klauen der Goldéi befreit hatten. Ihre Kleider waren schlicht, ihre Gesichter grimmig. Ihr Anführer – sein Name war Cercinor – kam immer wieder in das Zelt, um Laghanos zu sehen; oft verstrichen zwischen seinen Besuchen nur wenige Stunden. Stets musterte er Laghanos mit stechenden Augen und bedrängte ihn mit Fragen. Er wollte alles über seine Gefangenschaft bei den Goldéi erfahren, über den Rotgeschuppten und seine Worte. Anfangs hatte Laghanos bereitwillig Auskunft erteilt, soweit seine anhaltende Benommenheit es erlaubt hatte; doch inzwischen bemühte er sich, über gewisse Dinge Stillschweigen zu bewahren. Was er erlebt hatte, verwirrte ihn selbst zu sehr, und er konnte nicht erwarten, dass ein Fremder seine Erzählungen begreifen konnte.

Von Cercinor hatte er erfahren, dass er sich inzwischen im Arkwald befand. Diese Nachricht hatte ihn mit Hoffnung erfüllt, denn im Rochenland – so wusste er – lag Oors Caundis, die Logenburg der Malkuda. Er erinnerte sich daran, dass sein Lehrmeister Sorturo ihm aufgetragen hatte, nach Oors Caundis zu gehen und Malcoran, den Logenmeister der Malkuda, um Hilfe zu bitten. *Der mächtigste Zauberer von Kathyga … er wird etwas gegen diese Schmerzen tun. Er wird mir mein Gesicht zurückgeben.* Malcoran würde einen Schüler Sorturos bestimmt nicht abweisen. Zu seiner Erleichterung hatte Cercinor versprochen, einen Boten nach Oors Caundis zu senden.

Seine Gedanken nahmen seltsame Wege. Nachdenklich starrte er den Vorhang am Zeltausgang an, fixierte die winzigen Löcher im Stoff, durch die Sonnenlicht fiel, und versuchte sich die Worte des Rotgeschuppten ins Gedächtnis zu rufen. Oft fühlte er sich wieder in die Welt der Goldéi zurückversetzt; spürte den öligen Schlamm unter den Füßen und den glühenden Wind auf der Haut, hörte Aquazzans wispernde Stimme und die gierigen Schreie der ›Gehäuteten‹. Dann kehrte der Schmerz zurück; schreiend krümmte sich Laghanos auf dem Lager, tastete nach dem Metall, das sich über seine Stirn, seine Wangen, sein Kinn spannte. *Kein Mensch bin ich mehr, sondern ein Monster …*

In der Nacht drohten die Schmerzen übermächtig zu werden. Das Gesicht brannte wie Feuer, sodass Laghanos oft versucht war, sich das Metall mit Gewalt von der juckenden Haut zu reißen. Doch sobald sich seine Finger den Drähten näherten, glühte das Gesicht wie in Flammen auf, und stöhnend ließ Laghanos die Hände sinken und fügte sich in sein Schicksal.

Ein neuer Tag. Feiner Regen tropfte auf das Zeltdach. Stumm ruhte Laghanos auf seinem Lager und wartete darauf, dass die nächste Welle der Schmerzen einsetzte. Sein Blick war auf den Vorhang gerichtet.

Plötzlich hörte er Geräusche. Angst stieg in ihm auf und schnürte ihm die Kehle zu. Lärm dort draußen, Rufe, hastige Schritte. Hände rissen den Vorhang zurück.

Laghanos setzte sich ruckartig auf. Eine Gestalt betrat das Zelt: eine blonde Frau, grün ihr Gewand, das Gesicht weiß geschminkt. Sie schritt auf Laghanos zu, GRIFF NACH SEINEM ARM, UMKLAMMERTE IHN …

»Nein«, brüllte Laghanos auf, versuchte sie fort zu stoßen, »NEIN!!!«

»Du brauchst keine Angst zu haben«, beschwor ihn die Frau. Sie schüttelte ihn, um ihn zur Besinnung zu bringen. »Beruhige dich, Laghanos! Malcoran hat mich gesandt, der Logenmeister von Oors Caundis. Du bist in Sicherheit.«

Verwirrt starrte Laghanos sie an. Sein Gesicht brannte wie Feuer. »Malcoran …«, murmelte er. »Ich muss zu ihm … Sorturo hat es mir gesagt …«

Sie lockerte ihren Griff und nahm vorsichtig seine zitternden Hände auf. Dann zog sie ihn dicht zu sich heran, und er sah ihre großen, braunen Augen. Sie waren warm und voller Ruhe. »Ich kenne Sorturo. Ist er dein Lehrmeister?«

Laghanos nickte. Noch immer raste sein Herz, und er musste sich beherrschen, um nicht in Tränen auszubrechen.

»Mein Name ist Naikaya«, sagte sie, »und ich bin eine Zauberin der Malkuda. Ich werde dich nach Oors Caundis bringen; dort bist du in Sicherheit. Dort werden die Goldéi dir nichts mehr anhaben können.« Sie umarmte ihn. Er spürte ihr Haar, ihre warme Haut an seinem Hals. Schmerz zuckte durch seine Wangen, doch er nahm ihn kaum wahr, spürte nur die Zärtlichkeit ihrer Berührung.

Dann lockerte Naikaya die Umarmung und wisperte mit ruhiger Stimme: »Komm mit mir, Laghanos. Der Weg nach Oors Caundis ist lang. Ich werde dich tragen, und die Dunkelheit wird uns vor den Goldéi schützen.«

»Sie sind mächtiger als die Dunkelheit«, flüsterte Laghanos. »Sie durchdringen sie! Ich habe Angst … mein Gesicht …«

Er hörte ein Rascheln am Ende des Zeltes. Es war Cercinor. Unbemerkt hatte er das Zelt betreten und musterte Laghanos. »Ihr hört es, Zauberin – der Junge fürchtet sich.

Bleibt besser noch eine Nacht in meinem Lager und brecht erst morgen auf.«

Naikaya wandte sich zu ihm um. »Ich weiß Euer Angebot zu schätzen, Cercinor, doch Malcoran wies mich an, den Jungen so schnell wie möglich nach Oors Caundis zu bringen.«

Cercinor zuckte mit den Achseln. »Mir soll es recht sein. Meine Leute wollen ihn besser heute als morgen loswerden. Nehmt ihn mit … doch vergesst nicht Euren Teil der Abmachung. Zwanzig Zauberer hat die Malkuda mir versprochen!«

Naikaya nahm Laghanos auf den Arm und erhob sich. »Die Malkuda hält ihr Wort. Und nun geht aus dem Weg!«

Cercinor trat beiseite. Er warf Laghanos einen Blick zu, und es war Erleichterung in seinen Augen zu erkennen. »Ich wünsche dir alles Gute, mein Junge. Sei auf der Hut in Oors Caundis. Die Zauberer sind ein eitles, eigensüchtiges Pack. Sie werden dir nicht aus Güte, sondern aus Angst um ihr eigenes Schicksal helfen.«

❦

Die Luft in dem Gang war feucht und schwer. Breite Balken stützten die nasse Erde; an vielen Stellen quoll sie zwischen dem angefaulten Holz hervor. Vereinzelt waren die Stützbalken eingebrochen, sodass sie mühsam über die schlammigen Aufhäufungen hinwegsteigen mussten. Immer wieder ragten Wurzelenden aus den Wänden hervor und hakten sich in Peristons Kleidung fest, als wollten sie ihn zurückhalten, ihn davor warnen, den Weg fortzusetzen.

Schwer atmend wankte Periston Aderint, der ehemalige Baron von Locra, dem flackernden Licht hinterher, das Duanes Pechfackel warf. Er musste sich anstrengen, um ihr folgen zu können. Die Räuberin bewegte sich mit katzenartiger Geschwindigkeit durch den Gang, schien jede Abbiegung, jedes Hindernis zu kennen.

Sie hatten den Gang durch einen geheimen Eingang außerhalb der Stadt betreten, verborgen unter einem moosbewachsenen Stein. Durch einen steilen Schacht hatten sie sich in die Tiefe herabgelassen. Nun folgten sie dem Gang schon eine ganze Weile, und er schien tatsächlich zur Stadt zurückzuführen.

Immer wieder griff Periston nervös an seinen Gürtel, um sich des Säbels zu vergewissern, den er bei sich trug. Er fühlte sich unwohl in diesem engen Gang. Vor allem aber wollten die bohrenden Fragen in seinem Kopf nicht verstummen: wer diesen Gang erbaut hatte; warum er – wenn er tatsächlich die Wehrmauern der Burg von Surgissa unterlief – so unzureichend geschützt war; und nicht zuletzt, woher Duane ihn kannte. Ihr Schweigen hatte sein Misstrauen geweckt. Er wusste so gut wie nichts über diese Frau. Soweit er es beurteilen konnte, war sie eine Rochenländerin einfacher Herkunft. In ihrem ausgeprägten Hass auf Baron Eldrom übertraf sie selbst Cercinor, und sie war zweifellos eine geübte Kämpferin. In jungen Jahren musste sie ausgesprochen anziehend gewesen sein, doch nun hatten Hass und Verbitterung ihr Gesicht verhärmt. Periston Aderint vermutete insgeheim, dass sie Cercinors Geliebte war, wenn auch bestimmt nicht seine einzige.

Duane war stehen geblieben. Mit einer herrischen Geste befahl sie Periston zurückzubleiben. Jetzt erst bemerkte er die Nische, die rechts in die Wand eingelassen war. Mit klopfendem Herzen beobachtete er, wie Duane den Säbel zückte und um die Ecke sprang. Misstrauisch starrte sie in die Öffnung. Dann ließ sie den Säbel herabsinken. »Du kannst kommen, Baron«, sagte sie, und es war Enttäuschung in ihrer Stimme zu hören. »Es ist niemand hier.«

Periston warf einen Blick in die Nische. Ein Tisch, übersät mit Erdkrumen, die sich von der Decke gelöst hatten; zwei Schemel; ein Trog mit Deckel, der vermutlich als Abtritt diente.

»Manchmal stellt Eldrom Wächter an dieser Stelle auf«, sagte Duane leise. »Doch offenbar hat er seine Krieger an wichtigeren Stellen postiert.«

»An wichtigeren Stellen?«, entfuhr es Periston. »Wie kann Eldrom so leichtsinnig sein und einen Geheimgang, der mitten in die Burg führt, unbewacht lassen?«

»Der Gang führt nur in den äußeren Hof«, erklärte Duane. »Dort sind in der Regel genügend Wachen anwesend, um den Ausgang im Auge zu behalten. Um in die Gebäude der Burg zu gelangen, muss man die inneren Mauern überwinden.« Sie blickte verächtlich in die leere Nische. »Der Gang ist nicht so geheim, wie du glaubst. Es gibt sicher ein Dutzend Menschen in Surgissa, die um ihn wissen.«

»Kennt ihn auch Cercinor?«, fragte Periston misstrauisch.

»Er weiß, dass es ihn gibt«, sagte Duane kurz. »Doch er hat mich niemals gebeten, ihn in die Burg zu führen.«

»Cercinor weiß von einem geheimen Gang in die Burg und nutzt dieses Wissen nicht? Das erscheint mir recht merkwürdig!« Periston Aderint sah, dass Duane seinem Blick auswich. »Woher kennt Ihr diesen Gang?«

»Das geht dich nichts an«, erwiderte sie.

»Ich muss es wissen!«, rief Periston, und seine Hand wanderte zum Gürtel.

»Kehr um, wenn du mir nicht vertraust«, höhnte Duane. »Ansonsten schweig und folge mir. Es sind nur noch wenige Schritte bis zum Aufstieg.« Sie kehrte in den Gang zurück. Periston Aderint überwand seine Angst und folgte ihr. Doch eine innere Stimme mahnte ihn zur Vorsicht.

Der Gang endete in einer kesselförmigen Zisterne. Sie war offenbar seit langem nicht mehr in Gebrauch. Erde und Laub bedeckten den geziegelten Grund. Oben schimmerte trübes Abendlicht durch die Rillen eines Eisengitters.

Duane löschte die Fackel. Beunruhigt beobachtete Periston, wie sie den Säbel ablegte, ihr Messer aus dem Gürtel zog und an schmalen Eisenhaken, die in die Wand eingelassen waren, empor kletterte.

»Warte hier«, flüsterte Duane ihm zu. Sie stemmte das Eisengitter auf, blickte vorsichtig hinaus, und dann wälzte sie sich mit einem eleganten Sprung aus der Öffnung und war verschwunden.

Periston blieb zurück. Nervös starrte er zum Gitter empor. Das Licht schwand spürbar; die Nacht brach an. Minuten verstrichen, die wie Stunden schienen. Periston fühlte das Blut in seinen Schläfen pochen. Endlich hörte er, wie Duane oben scharrend die Klappe beiseite schlug.

»Beeil dich«, rief sie zu ihm herab. »Und vergiss meinen Säbel nicht.«

Hastig griff Periston nach Duanes Waffe; dann kletterte er empor. Das rostige Eisen der Haken schnitt sich in seine Handflächen. Duane zog ihn herauf. Ihre Finger waren feucht und klebrig.

Die Zisterne lag in einem Winkel zweier aufeinander zulaufender Mauern aus Holzbalken und Mörtel. Der Großteil der Burg war aus Holz erbaut, selbst der Friedturm, dessen spitzes Dach sich über ihnen erhob. Der Hof lag im Dunkeln. Nur am anderen Ende brannte ein kleines Feuer in einem Steinrund, und auf den Außenmauern sah man das Licht einiger Fackeln.

Duane zog Periston in den Schatten eines Holzkarrens, der unweit der Zisterne stand. Wieder spürte er ihre nassen, klebrigen Finger und machte sich angewidert von ihr los. Dabei bemerkte er, dass seine Hand rot war. Entsetzt starrte er Duane an; sah ihre blutige Hand, sah die besudelte Klinge ihres Messers.

»Was ... was ist geschehen?«, stieß er hervor.

Duane gab keine Antwort. Stattdessen deutete sie unter den Wagen, und Periston erkannte einen leblosen Körper: ein Gardist, die Glieder eigenartig verdreht.

Duane beugte sich herab und packte die Arme des Toten. »Nun hilf mir schon«, flüsterte sie.

Blass nickte Periston und half Duane, den noch warmen Körper zu der Zisterne zu schleifen und ihn hinab zu stoßen. Mit einem dumpfen Laut schlug er auf dem Grund auf.

Periston richtete sich auf. »Glaubt Ihr, dieser Mord wird unbemerkt bleiben?«, herrschte er sie an. »Wir müssen sofort umkehren, bevor die anderen Wachen nach ihm suchen.«

»Es ist beinahe dunkel. Sie werden das Blut nicht sehen«, entgegnete Duane unbekümmert. »Komm jetzt! Wir haben keine Zeit, um zu streiten.«

Periston starrte sie fassungslos an. »Hat Euch der Verstand verlassen? Man wird uns finden und töten!«

Ihre Augen verengten sich zu Schlitzen. Sie riss ihm den Säbel aus der Hand. »Dachtest du, ich wollte aus Abenteuerlust in die Burg eindringen? Wir kamen, um die rot geschuppte Echse zu ermorden, nicht um mit Baron Eldrom zu Abend zu speisen!«

Er sah den Wahnsinn in ihren Augen, und nun begriff er, dass Duane nicht damit rechnete, die Burg lebendig zu verlassen. »Euch geht es nicht um den Scaduif! Es ist der Baron, den Ihr ermorden wollt, nicht wahr? Seid keine Närrin, Duane! Es mögen nur wenige Gardisten in der Burg sein, doch Ihr werdet nie bis zu seinem Gemach vordringen!«

»Still!«, fauchte sie.

Periston erstarrte. Ihre Blicke wanderten zur Wehrmauer empor. Leise Schritte hallten zu ihnen herab, und der Umriss eines Gardisten erschien auf dem Wehrgang. Langsam schritt er die Mauer entlang, den Blick zur Stadt gewandt.

Sie warteten, bis er hinter dem nächsten Wachturm verschwunden war. Dann richtete sich Duane auf. »Ein einziger Wachtposten auf der Südseite! Eldrom muss sich sehr sicher fühlen. Es wird ein Leichtes sein, Andelor einzunehmen.«

»Dann lasst uns zu Cercinor zurückkehren«, beschwor Periston sie. »Die Burg kann in wenigen Tagen in unserer Hand sein! Lasst uns umkehren; wir haben genug Schaden angerichtet.«

Sie schüttelte den Kopf. »Nein! Noch nie war die Situation so günstig, noch nie war ich meinem Ziel so nahe! Die Burg ist unbewacht, und Eldrom wiegt sich dank seiner Echsenfreunde in Sicherheit. Dies ist die Nacht der Rache!« Sie wies auf das Fenster eines Turmes auf der gegenüberliegenden Seite des Hofes. »Wenn wir zu diesem Fenster empor klettern, gelangen wir in den Anbau, in dem die Gemächer des Barons liegen. Es gibt dort einen langen Gang, in dem Eldrom meist einen Wachtposten aufstellt. Wir müssen vorsichtig sein.«

Die Tatsache, dass Duane die Räumlichkeiten der Burg so verblüffend gut kannte, schürte Peristons Unbehagen. »Ich bin Euch gefolgt, um den Scaduif zu töten, nicht um Eure Rachepläne zu unterstützen! Nehmt Vernunft an, Duane, sonst gefährdet Ihr die Zukunft des Rochenlandes und die Zukunft ganz Kathygas.«

Sie gab keine Antwort. Doch das Funkeln ihrer Augen verriet grimmige Entschlossenheit. Periston erkannte, dass er sie nicht von ihrem Vorhaben abbringen konnte, und so gab er schließlich auf. »Nun gut, lasst uns die Angelegenheit zu Ende führen. Ich hoffe, Ihr wisst, wofür Ihr Euer Leben riskiert.«

❦

Finsternis herrschte über dem Arkwald. Die Walddecke verschloss sich dem Mondschein; und wo dennoch ein dünner Himmelsstreifen durch die Zweige zu erkennen war, da war er nicht mehr als ein schwarzblauer, glanzloser Strich inmitten der Schatten. Wer sich zu dieser Zeit im Arkwald aufhielt, musste sich auf sein Gehör verlassen, und dieses konnte leicht in die Irre geführt werden, wenn das Bersten der morschen Äste, das Schlürfen des auskühlenden Schlicks und das Rascheln und Schreien und Flattern der Nachtvögel sich mit Augenblicken unheilvoller Stille abwechselten.

Tief im überwachsenen Strauchwerk warteten Cercinors Gefährten auf den Anbruch des Morgens. Sie vermochten kein Auge zu schließen. Seit Tagen verharrten sie hier und beobachteten die Goldéi. Jeder Tag vergrößerte ihre Furcht. Denn die Echsen, die noch immer bei den Ilmora-Steinen lagerten, waren unheimlicher als alles, was sie bisher gesehen hatten. Seit Cercinors Angriff hatten sie sich nicht von den Ilmora-Steinen fortbewegt. Wenn man den Worten der

Späher glaubte, hatten sie die Steine und das sie umgebende Erdreich von Sträuchern und Gestrüpp befreit, um auf der so entstandenen Lichtung in eine Starre zu verfallen. Wie versteinert standen sie inmitten des Steinkreises, aßen nicht, tranken nicht und schliefen nicht. Alle Versuche der Rochenländer, sie durch gezielte Attacken zu provozieren, in den Wald zu locken und dann aus dem Hinterhalt zu erledigen, waren gescheitert. Die Goldéi verteidigten sich gegen jede unmittelbare Bedrohung, doch niemals verfolgten sie die Rochenländer. Sie blieben bei den Steinen von Ilmora und verharrten in ihrer Erstarrung.

Während die Belagerer in der Finsternis hockten und sich die Angst in ihren Köpfen zu unheilvollen Bildern verdichtete, floss viele Meilen von ihnen entfernt der Arkensprung. Ruhig und gleichmäßig suchte das Wasser seinen Weg nach Norden, entfernte sich langsam vom mächtigen Rochengebirge, dem es entsprang. Über dem Fluss war die Walddecke durchlässiger. Der Glanz des Mondes erhellte das dahinrauschende Wasser, das zugewachsene Ufer und den Pfad, der sich neben dem Fluss entlang schlängelte.

Ein Licht war zu sehen, der Schein einer Öllampe. Gestalten hasteten auf dem Pfad flussaufwärts, dem Rochen entgegen: die Zauberin Naikaya und ihre Begleiter, zwei Logenkrieger der Malkuda. Sie waren in großer Eile. Immer wieder blickte sich Naikaya um, suchte den Waldrand ab, über den der Lichtschein der Öllampe strich. Die Sträucher starrten ihr kalt und bösartig entgegen, als wären sie erzürnt, aus dem nächtlichen Schlaf gerissen worden zu sein.

In Naikayas Armen ruhte Laghanos. Seine Augen waren geschlossen, seine Arme lagen schlaff um ihren Hals. Obwohl er für sein Alter recht schmächtig war, vermochte Naikaya ihn nur mit Mühe zu tragen. Doch sie wagte nicht, den ruhig atmenden Körper einem der Krieger zu übergeben; sie fürchtete, dass der Junge dann erwachen, schreien, panisch um sich schlagen würde. Kurz nach ihrem Aufbruch hatte sie Laghanos für einen Augenblick abgesetzt, und sofort war er in einen Weinkrampf ausgebrochen. »Sie sind hier«, hatte er gebrüllt, »sie wissen, wo ich bin … sie wissen es …« Erst als sie ihn wieder auf den Arm genommen hatte, hatte er sich beruhigt.

Nervös schob Naikaya den Körper des Jungen ein wenig höher, um das Gewicht von dem einen Arm auf den anderen zu verlagern. Sie versuchte, mit ihren Begleitern Schritt zu halten, achtete nicht auf den Schmerz in ihren Fersen, das Stechen in ihrer Lunge. Die Angst vor den Goldéi beflügelte ihre Schritte.

❦

Nachdenklich betrachtete Eldrom von Crusco das Schwert in seinen Händen. Immer wieder hielt er es gegen das Licht der hellen Kandelaber, und seine Finger fuhren ehrfürchtig über den glitzernden Stahl. Sie hielten erst an der Stelle der Klinge inne, die sein Gesicht widerspiegelte. Zufrieden betrachtete er die schlanken Wangen, den dichten, grauen Bart, das noch immer volle Haar; und als sein Blick auf jenen des Spiegelbildes traf, sah er in ihm den Stolz und die unbändige Stärke, die er so an sich bewunderte. Oh, es gab so vieles, das er an sich bewunderte. Baron Eldroms Bewunderung der eigenen Person kannte keine Grenzen.

»Ich möchte doch nur, dass du es dir genau überlegst«, hörte er die Stimme seiner Frau aus dem Hintergrund. Sie riss Eldrom für einen kurzen Moment aus seiner Selbstverliebtheit, und ein wenig verärgert drehte er das Schwert so weit, dass Inja sich in der Klinge spiegelte. Sie hockte auf dem ehelichen Bett. Ihr Blick – das war selbst in der verzerrten Spiegelung des Schwertes zu erkennen – war voller Vorwürfe. »Bist du dir im Klaren, was diese Entscheidung für uns bedeutet? Du willst alles aufgeben, wofür wir lange Jahre gekämpft haben! Du willst Gefahren auf dich nehmen, die deinen Tod bedeuten können! Hast du dabei ein einziges Mal an mich gedacht?«

Baron Eldrom seufzte. »Ich denke nur an dich, Inja«, sagte er mit seiner auffallend weichen Stimme. Zärtlich betrachtete er ihr Abbild. »Allein deshalb muss ich diesen Feldzug auf mich nehmen.« Er wandte sich ihr zu. »Hier im Rochenland sind wir nicht mehr sicher; wir waren es nie, zu keiner Stunde. Als König Eshandrom mich zum Baron von Surgissa ernannte, tat er dies nicht aus Dankbarkeit. Er wusste, dass ich der Einzige bin, der diese aufständischen Waldbauern zur Ruhe zwingen kann. Und das tat ich, als treuer Vollstrecker des königlichen Willens. Doch zu welchem Preis, Inja? Die Menschen hassen mich, sie schließen sich zu hunderten dem Räubergesindel an; und wenn ich nicht jeden Tag einen Toten am Galgen baumeln lasse, wird das Volk aufmüpfig.« Er schüttelte den Kopf. »In diesen Zeiten, in denen Könige fallen und Städte brennen, würde meine Herrschaft kein Jahr mehr andauern. Der König kann mich nicht mehr beschützen. Ich muss mein Schicksal selbst in die Hand nehmen.« Er stand auf und schritt zum Bett herüber. Seine Augen blitzten auf, als er sich vor Inja niederkniete, das Schwert beiseite legte und die Hände seiner jungen Frau ergriff. »Es ist beileibe kein übles Schicksal, bei der Schaffung eines neuen Reiches zu helfen. Ich habe gelernt, dass es weise ist, auf der richtigen Seite zu stehen, auf der Seite der Herrschenden. Und glaube mir, Inja, es sind die Echsen, die herrschen werden. Sie streben danach, die Welt zu erobern – zu befreien, wie sie es nennen. Erst wird Arphat fallen, dann das Kaiserreich. Wer sich ihnen in den Weg stellt, wird sterben. Doch wer sich ihnen anschließt, wird selbst zum Herrscher werden! Denn die Goldéi mögen große Zauberer sein, von der Führung eines Staates aber verstehen sie nichts, sind sie doch weder mit unserer Welt noch mit den Menschen vertraut. Sie sind auf Leute wie mich angewiesen.«

Inja zog ihn zu sich empor und legte die Arme um ihn. »Diese Echsen machen mir Angst«, sagte sie leise. »Sie sind Ungeheuer. Allein ihr Anblick lässt mich schaudern.«

»Es ist besser, du gewöhnst dich an sie«, erwiderte Eldrom mit samtener Stimme und strich ihr über den Nacken, »denn es werden noch mehr von ihnen kommen. Ich habe lange genug mit dem Rotgeschuppten gesprochen, um zu wissen, dass viele seiner Brüder in unsere Welt gelangen werden.« Er küsste sie auf die Wange. »Ich kann diese Gelegenheit nicht verstreichen lassen. Nur so kann ich dem Rotgeschuppten beweisen, dass ich ihm treu ergeben bin. Durch meinen Feldzug kann ich dazu beitragen, den mächtigsten Gegner der Goldéi zu Fall zu bringen.«

»Warum gerade du?«, stieß Inja hervor.

Eldrom machte sich von ihr los. »Wer sonst? Etwa der König? Eshandrom hat einen weisen Entschluss gefällt, als er vor den Echsen das Knie beugte. Er hat uns allen ein schauderhaftes Gemetzel erspart. Doch er hat damit das Vertrauen seines Volkes verspielt. Die Kathyger werden ihm nicht mehr folgen. Und die übrigen Barone? Die einen haben sich feige in ihren Burgen verschanzt, andere sind geflohen oder haben sich den Goldéi in einer aussichtslosen Schlacht gestellt, als wäre ihr Stolz noch von Nutzen.« Erneut nahm er das Schwert vom Boden auf und betrachtete es. »Ich bin der Einzige, dem das kathygische Heer folgen wird. Meine Familie hat einst gegen Candacar gekämpft. In einer solchen Zeit wird der Name meiner Vorfahren voller Ehrfurcht ausgesprochen werden. Er wird mir helfen, die Kathyger hinter mir zu vereinen.« Er hob das Schwert empor. »Und ich habe dies hier, Inja! Dieses Schwert ist der Schlüssel. Wer mir nicht folgen will, wird ihm folgen.«

»Was ist, wenn das Ritual der Goldéi fehlschlägt?«, fragte Inja zweifelnd. »Hast du denn keine Angst? Und glaubst du wirklich, dass deine Krieger die Echsenmagie über sich ergehen lassen werden?«

Eldrom schien ihren Einwand kaum zu hören. Wie gebannt starrte er auf die Spitze des erhobenen Schwertes. »Sie werden ihm folgen, das weiß ich! Und sie werden den Sitharern das Fürchten lehren. Ich wünschte, ich könnte das Gesicht des falschen Kaisers sehen, wenn er die Botschaft erhält, dass ein unerwarteter Gegner sein Reich bedroht.«

Ein Klopfen hallte an der Tür. Eldrom ließ das Schwert sinken und richtete sich auf.

»Was gibt es?«, rief er unwirsch zur Tür.

Er bekam keine Antwort. Doch erneut erklang ein kräftiges Pochen an der Tür.

Wütend schritt der Baron durch den Raum. Die Dielen knirschten unter seinen Stiefeln. Schließlich riss er die Tür am Ende des Gemachs auf. Er erblickte den Wachtposten. Sein Gesicht war vor Schrecken verzerrt.

»Was ist geschehen?«, fragte Eldrom misstrauisch.

Der Gardist gab keine Antwort. Ein Zittern ging durch seinen Körper. Dann taumelte er auf Eldrom zu … nass! Blut! Blut ergoss sich über Eldroms Handgelenk. Immer weiter taumelte der Gardist in den Raum und brach zu Boden. Ein Schrei löste sich aus Injas Kehle.

In letzter Sekunde erkannte Eldrom von Crusco die Gefahr. Er riss das Schwert empor. Mit hellem Klang sprang ein Säbel an seiner Klinge ab. Eine Frau war in den Raum gestürzt, kurzes Haar, einen blitzenden Säbel in der rechten, ein blutiges Messer in der linken Hand. Ihre Augen funkelten voller Hass, ihr Gesicht war verschwitzt, den Mund hatte sie wütend aufgerissen … der Mund! Er kannte diesen Mund! Er kannte diese Augen, diese funkelnden Augen …

»Nun zeig mir, dass du nicht nur gegen Wehrlose kämpfst«, zischte die Frau und stürzte sich auf Eldrom. Nur mühsam konnte er ihrem Schlag ausweichen. Verwirrt starrte er sie an, und alle Farbe wich aus seinem Gesicht.

»Duane!«, stieß er hervor. »Ich kann es kaum glauben!«

»Oh, meinen Namen kennst du also noch?«, schrie die Angreiferin. Ihr Säbel fuhr herab, scharrte über den Boden. »Kennt sie ihn auch, deine süße Gattin? Hast du ihn ihr gebeichtet?«

Aus den Augenwinkeln sah Eldrom, dass sich eine zweite Person in den Raum drängte. Mit einem Satz sprang Eldrom über das Bett, um Distanz zwischen sich und Duane zu bringen. Mit der linken Hand packte er Injas Schulter und schleifte sie hinter sich her. Seine Finger verfingen sich in ihrem langen Haar. Eldrom warf einen hastigen Blick auf den zweiten Eindringling, und erneut blitzten seine Augen voller Erstaunen auf.

»Baron Periston!«, rief er laut. »Was, bei allen Göttern, sucht Ihr im Rochenland? Ich dachte, Ihr wäret nach Gyr geflohen!«

Duane stand kaum einen Schritt von ihm entfernt. Ihr Säbel war auf seinen Kopf gerichtet, und Eldrom bereitete sich darauf vor, ihm auszuweichen. »Halte dein Maul, Eldrom! Sieh mich an, sieh mich an, bevor ich dir den Säbel durch deine verlogenen Augen stoße!«

Eldrom vermied es, ihrer Aufforderung nachzukommen. Seine Augen blieben auf die Säbelspitze gerichtet. »Es ist Euch wirklich gelungen, mich zu überraschen, Baron Periston … oder welchen Titel gebt Ihr Euch zur Zeit? Wusstet ihr, dass König Eshandrom Euren jüngeren Bruder zum neuen Baron von Locra ernannt hat? Es hat mich, um ehrlich zu sein, recht verwundert, denn seit wann wird die Familie eines Eidbrechers auch noch belohnt?«

»Sieh mich an, Eldrom«, schrie Duane. Ihr Säbel zuckte unruhig, doch sie stieß nicht zu. »Oder willst du, dass deine Frau vor dir stirbt?«

Periston Aderint schritt an Duanes Seite. »Der König hat uns von unserem Schwur entbunden«, sagte er wütend. »Ich mag kein Baron mehr sein, doch ebenso wenig bin ich ein Eidbrecher!«

»Aber ein Einbrecher«, höhnte Eldrom. »Und wie ich sehe, treibt Ihr Euch mit entsprechendem Gesindel herum!«

Endlich kam er, der Stoß, begleitet von einem hasserfüllten Schrei. Blitzschnell tauchte Eldrom unter Duanes Säbel weg, und sein Schwert fuhr empor. Er traf Duane an der Hüfte, und sie taumelte mit einem Schmerzensschrei auf das Bett. Sogleich riss Eldrom die Waffe herum, wehrte Peristons Schlag ab und drängte Inja zurück. Sie standen nun in der hinteren Ecke des Raumes, vor ihnen das Bett, auf dem sich Duane krümmte. Gierig saugte die Daunendecke ihr hervorsprudelndes Blut auf.

»Wisst Ihr, wer sie ist?«, schrie Eldrom, und seine sonst so weiche Stimme klang entsetzlich schrill. »Eine kleine Hure, die glaubte, mich verführen zu können, um mein Herz für ihr Volk zu erweichen! Ich weiß noch, wie sie in meinen Armen lag und um Gnade für die Bauern flehte … Gnade! Das war alles, was aus ihrem Mund kam: Gnade für die Armen, Gnade für die Bettler, für die Holzfäller, selbst für die elenden Schmuggler, die den Aufständischen Schwerter in die Hand drückten. Dafür hat sie sich mir hingegeben, wieder und wieder; konnte gar nicht genug kriegen, das dumme Ding!« Das Schwert in seiner Hand zitterte. »Sag schon, Duane, wie oft habe ich dich in die Burg holen lassen, wie viele hundert Mal? Und bist du nicht jedes Mal freiwillig gekommen? ›Großer Herr Baron‹ nannte sie mich – könnt Ihr Euch das vorstellen?« Ein hässliches Lachen drang aus seiner Kehle. »Es muss zehn Jahre her sein, dass du zuletzt auf diesem Bett lagst, und damals hast du ebenso gestöhnt wie jetzt!«

Sie richtete sich auf, die Hand auf die klaffende Wunde gepresst. Zitternd hob sie den Säbel. »Eine Hure wird bezahlt«, stieß sie voller Hass hervor. »Hast du mich jemals bezahlt, Eldrom? Du weißt, ich hätte dein Geld nicht angenommen, denn ich hatte mich in dich verliebt. Ich liebte dich und glaubte deine Lügen. Ich wollte nicht wahrhaben, dass du jener grausame Tyrann warst, von dem in den Dörfern des Rochenlandes geredet wurde. Es kann nicht wahr sein, so dachte ich, dass ein Mann mit diesen Augen und dieser sanften Stimme ein rücksichtsloser Ausbeuter ist.« Ihre Augen waren auf Inja gerichtet. »Aber dann, als du mich fortbringen ließest … als du unser Kind umgebracht hast, elender Mörder …« Sie konnte sich nicht mehr aufrecht halten und sank auf das Bett zurück.

»Hätte ich einen Bastard durchfüttern sollen, der später unter Cercinors Befehl gegen seinen leiblichen Vater kämpft?«, zischte Eldrom. »Sei froh, dass ich dir damals nur das Kind aus dem Leib schneiden ließ und dein Leben verschonte, obwohl ich wusste, dass du mich für Cercinor ausspionierst!« Er blickte nervös zu Periston herüber, der sich scheinbar nicht entschließen konnte, ob er Duane zu Hilfe eilen oder Eldrom angreifen sollte. »Doch das alles ist unerheblich. Die Goldéi wissen, dass ihr hier seid! Sie wissen alles. Ein Rotgeschuppter ist unter ihnen. Wenn er Euch gegenübersteht, wird Euch die Kampfeslust vergehen, Periston. Seine Zauberkunst wird Euch zerschmettern, bevor Ihr einen Atemzug tut.«

»Warum dient Ihr den Echsen?«, schrie Periston. »Hofft Ihr, Euch mit Ihrer Hilfe den Königstitel aneignen zu können? Das kathygische Heer wird Euch niemals folgen – einem Baron, dem man selbst in Larambroge Habsucht und Niedertracht nachsagt.«

Zorn stieg in Eldrom auf. Mit gezücktem Schwert sprang er auf Periston zu. »Man wird mir folgen!«, schrie er. »Seht dieses Schwert! Seht es Euch genau an!«

Periston erbleichte, als er die Klinge sah. »Das Einende«, flüsterte er. Fassungslos starrte er Eldrom an. »Das Schwert des Königs! Wie in aller Welt ist es in Eure Hände gelangt?«

»Eshandrom hat es den Goldéi übergeben, als er in Larambroge sein Haupt vor ihnen beugte«, stieß Eldrom triumphierend hervor. »Und die Goldéi gaben es mir – *mir*, versteht Ihr? Diesem Schwert werden Kathygas Soldaten folgen! Denn wenn sie schon ihren König verloren haben, so haben sie doch nicht Kathygas Ehre vergessen, die an dieses Schwert gekettet ist.«

»Niemand wird sein Leben für Kathygas Ehre aufs Spiel setzen«, erwiderte Periston. »Niemand wird sich freiwillig dem Feldzug der Goldéi gegen Arphat anschließen!«

Eldrom warf mit einem überlegenen Lachen den Kopf in den Nacken. »Den Kampf gegen Arphat werden die Goldéi allein gewinnen. Das kathygische Heer aber wird gegen einen Feind ins Feld ziehen, dem die Echsen noch nicht gewachsen sind. Ich werde für sie das Kaiserreich Sithar erobern, das Reich der verräterischen Südländer.«

Periston schüttelte ratlos den Kopf. »Ihr seid noch wahnsinniger, als ich es annahm! Ihr wollt gegen den Südbund kämpfen? Ihr werdet kaum fünftausend Krieger zusammenbringen, und diese werden den Marsch über den Rochen nicht überstehen. Habt Ihr vergessen, dass der Winter heranzieht? Die Krieger werden allesamt im Gebirge erfrieren.«

Eldrom hob lachend das Schwert. »Wer sagt denn, dass ich über den Rochen ziehen will?« Er sprang auf Periston zu und ließ das ›Einende‹ auf ihn niederfahren. Periston wich der Klinge geschickt aus. »Ich werde einen anderen Weg gehen«, hörte er Eldrom schreien, »einen Weg, der den Echsen selbst verschlossen ist. Bald wird ein Aufschrei durch Sithar gehen, sodass die Krämerfürsten des Silbernen Kreises vor Schreck erblassen. Man wird meinen Namen in Thax voller Angst aussprechen! Man wird mich fürchten! Und man wird Kathyga fürchten – das Königreich, das an der Seite der Goldéi einem neuen Zeitalter entgegen schreitet.«

Er ist wahnsinnig, erkannte Periston. Er wich vor der Klinge des Einenden Schwertes zurück, verteidigte sich zögernd. Vor seinen Augen verschwamm der Raum; der Holzboden, der blass im Licht der Kerzen schimmerte; das Bett, auf dem sich Duane krümmte und hinter dem mit schreckensgeweiteten Augen die Frau des Barons stand. Periston sah nichts als die Spitze des Einenden Schwertes, die ihn umtanzte, ihn verfolgte. Bemerkte nicht die Schatten, die sich in den Raum schoben; hörte nicht die scharrenden Schritte auf dem Boden. Und als sich die gold glimmende Kralle, schärfer als jede Schwertklinge, in seine Kehle bohrte, spürte er nichts als grenzenlose Verwunderung.

KAPITEL 10

Bronze

Es hatte geschneit in der Nacht. Eine dünne Schneedecke lag über den Dächern und Straßen von Thax, und wenn sie auch während der Morgenstunden dahinschmolz, blieb hier und dort ein grauer, wässriger Streifen am Straßenrand zurück, ein Vorbote des kommenden Winters.

Musik lärmte in den Gassen; Flöten und Pauken, Schellen und Leiern, begleitet vom Gesang der Menschenmassen, die sich durch die Straßen schoben. Es herrschte ausgelassene Stimmung. Ein jeder hatte sein bestes Gewand angelegt; viele trugen blumengeschmückte Körbe in den Händen, die mit den Erntegaben des Jahres gefüllt waren: Brot, Obst und getrocknetes Fleisch. Immer wieder schwenkten die Menschen die Körbe über ihren Häuptern, stießen Jubelschreie aus, fassten sich an den Händen und tanzten zu der allgegenwärtigen Musik.

Der Tag der Ernte in der Mitte des neunten Kalenders war das bedeutendste und älteste Fest, das im palidonischen Hochland gefeiert wurde. Schon zur Zeit des Eroberers Apetha hatte das Volk mit diesem Fest den alten Göttern für die reiche Ernte des ausklingenden Jahres gedankt und sie um einen milden Winter gebeten. Und wenn jene Götter auch längst in Vergessenheit geraten waren, hatte der Tag der Ernte die Jahrhunderte überdauert. Nun war es Tathril, dem die Menschen ihre Erntegaben darbrachten. Überall wehten weiße Fahnen und Bänder, denn Weiß war die Farbe Tathrils, die Farbe seiner Gnade und seines Zorns.

Auf dem Platz der Gießer und Schmelzer bahnte sich Nhordukael einen Weg durch die Menschenmassen. Ehrfürchtig wichen die Leute vor ihm zurück, sobald sie seine weiße Priesterkutte erblickten, und wenn sich hinter ihm die Reihen schlossen, riefen sie den Namen des Gottes zum Himmel empor.

Auch Nhordukael trug einen Korb bei sich. Er enthielt Heilkräuter aus dem Tempelhain: Goldnessel und Schachtelhalm, Verlingdorn und Branddistel, Schattenwurz und Gharidanie. Am Tag der Ernte war es die Pflicht eines jeden Priesters, sich um die Kranken und Hilflosen zu kümmern, die kein Geld besaßen, um einen Arzt bezahlen zu können. Den ganzen Tag über verbrachten die Priester damit, Wunden mit heilsamen Umschlägen abzubinden, Sumpfginster gegen Fieber und Leibesschmerzen zu verteilen oder den Absud der Fachandelblüte in entzündete Augen zu träufeln. Die Menschen dankten es den Priestern mit Lobpreisungen auf Tathril und seine Kirche, die selbst den Ärmsten beiseite stand. *Ahnungslose Narren*, dachte Nhordukael. Sie wussten nicht, dass der Tempel am Tag der Ernte nur die minderwertigen Heilkräuter an das Volk verteilte – all die verwachsenen oder noch am Stängel verfaulten Pflanzen, die sich nicht für die Herstellung wertvoller Heiltinkturen verwenden ließen. Die Kräuter, die den Armen verabreicht wurden, waren nur selten von heilsamer Wirkung, mochten manchmal mehr Schaden anrichten als helfen. Fast die Hälfte seines Korbes hatte Nhordukael deshalb aussortiert und unweit des Tempels in einen Graben geworfen, angewidert vom Gestank der verwesenden Blüten und Wurzeln.

Der Platz der Gießer und Schmelzer lag im Norden der Stadt. Er war einer der größten Plätze von Thax. Unter der Woche polterten hier mächtige Eichenkarren über den Pflasterstein, beladen mit Holz aus den Wäldern Palguras und Kupfererz aus den Bergwerken des Hochlandes. Sieben Schmieden und Gießereien säumten den Platz; die größte war die Kaiserliche Bronzewerkstatt, ein steinernes Gebäude mit einem breiten, rußigen Schlot. Selbst heute, am Tag der Ernte, stieg dichter Rauch aus ihm empor, obwohl die Gießer ihre Arbeit ruhen ließen. Stattdessen ehrten sie Tathril mit dem traditionellen Bronzeguss der Heiligen. Wie in jedem Jahr hatten sie vor der Gießerei eine Reihe von Tonfiguren aufgestellt, übertüncht mit weißer Farbe. Es handelte sich um die Statuen bedeutender Heiliger und Hohepriester der Kirche. Auch wenn die Gesichter nur grob und konturenhaft gearbeitet waren, erkannte man doch, wen die Statuen darstellen sollten. In der Mitte stand Durta Slargin, der Bezwinger der Quellen, der Gründer der Tathrilya, ein hagerer Mann mit einem Wanderstock. Neben ihm, weiß und unnahbar, war die heilige Ladeja aufgestellt, die das Martyrium in den Folterkammern der Arphater erlitten hatte. Auch Jenos Agur war zu sehen, der Hohepriester, den die Bathaquar-Sekte beim Berg Amos getötet hatte, ein bärtiger Mann mit ernsten Gesichtszügen. Unwillkürlich musste Nhordukael an den Thiuron denken, den er am Rand des Vulkansees gesehen hatte – das steinerne Ungetüm, in dem die Seele des Jenos Agur gefangen war.

DAS BLEICHE KIND IST VOLLER ZWEIFEL …

Nhordukael wusste längst nicht mehr, wie oft er Magro Fargh in den vergangenen Wochen zur Quelle begleitet hatte. Der Hohepriester ließ sich inzwischen täglich von den Tempeldienern nach Amos bringen, verbrachte oft ganze Nächte in der Nähe der Quelle. Immer wieder schickte er nach Nhordukael und beschwor ihn, an seinen Ritualen teilzunehmen, die der junge Priester weder verstand noch verstehen wollte. Oft träumte Nhordukael von den düsteren Stunden im Schlund des Vulkans. Er sah das unheilvolle Flackern der Lavaströme, er hörte das Raunen der Thiurone, er sah Magro Farghs Gestalt auf dem Boden knien, unverständliche Worte vor sich hinflüstern, das Gesicht qualvoll verzerrt. Nhordukael konnte sich nicht erklären, woher der Greis die Kraft für die Beschwörung der Quelle nahm. Sein Zustand hatte sich stark verschlechtert, und die fortwährende Anstrengung schwächte ihn mehr und mehr. Magro Fargh schien dies selbst kaum zu merken. Seine Gedanken waren allein auf ein Ziel gerichtet – auf das Gelingen seines Rituals.

Unter dem Jubel der Menge schleiften die Gießer eine weitere Statue auf den Platz. Nhordukael beobachtete, wie sie die Tonfigur – kleiner und schmaler als die anderen – unter die anderen Statuen einreihten. Magro Fargh! Die Statue stellte den Hohepriester dar, so wie ihn die Menge in Erinnerung hatte; ein würdevoller alter Mann, langes Haar, ein gütiges Gesicht, das Kinn voller Entschlusskraft nach vorn gereckt, der Körper aufrecht und von innerer Kraft erfüllt. Je länger Nhordukael die weiße Statue anstarrte, desto mehr schienen sich ihre Gesichtszüge zu verfestigen. Beklommenheit stieg in ihm auf. So, genau so hatte er Magro Fargh aus seinen Kindertagen in Erinnerung.

›Auf die Knie mit dir … Beine werde ich dir machen …‹

»Tathril!«, schrie die Menge auf, und wieder schwenkten die Menschen ihre blumengeschmückten Opferkörbe über den Häuptern, verdeckten die Sicht auf das Abbild des Hohepriesters.

›Demut sollst du üben, Staub sollst du fressen und Tathril danken, deinem Herrn … beten sollst du, Nichtsnutz, beten und dein Haupt zu Boden senken …‹

Nhordukaels blickte auf seine Hände. Er sah die Narben, die sich über die Handrücken zogen. Ihm schien es, als schnitten sich erneut harte, fasrige Fesseln in seine Finger.

›Sieh seine Herrlichkeit, sieh Tathrils Größe … wie kannst du es wagen, ihm zu trotzen, ihm, Tathril, deinem Herrn …‹

Seit Wochen quälte ihn die Angst, dass Magro Farghs Ritual tatsächlich gelingen könnte; dass der Hohepriester, obwohl er damit gegen die heiligen Gesetze der Tathrilya verstieß, die Kraft der Quelle in seinen Körper binden könnte. Nhordukael sehnte den Tod des Greises seit Jahren schon herbei. Allein das Wissen um das allmähliche Dahinsiechen Magro Farghs hatte den Stumpfsinn seines Lebens erträglich werden lassen. Wie oft hatte Nhordukael sich die Todesstunde des Priesters ausgemalt; hatte in Gedanken den keuchenden Atem des Sterbenden schneller und schneller werden hören, hatte das qualvolle Aufbäumen des abgemagerten Körpers beobachtet. In seiner Phantasie hatte er schweigend an Magro Farghs Bett gestanden und voller Verachtung auf den Sterbenden herabgesehen.

Wieder blickte Nhordukael auf die Statue des Hohenpriesters. *Soll es so weitergehen, mein Leben lang? Sollen die zwanzig Jahre, die ich ihm gedient habe, nur der Anfang gewesen sein?* »Tathril!«, hörte er wieder den Ruf aus tausend Mündern. Ihm schien, als verhöhnte ihn die Menge, »Tathril!«, immer wieder und wieder, ein bösartiges Spottlied, »Tathril, Tathril …«

Es gibt ihn nicht! Tathril ist nichts als eine Lüge. Mit der Angst vor diesem gnadenlosen Gott hat Magro Fargh meinen Willen gebrochen, mit der Angst vor Tathrils Rache hat er mich zu Boden gezwungen! Doch es gibt ihn nicht; und es gibt keine Angst mehr, niemals mehr!

Nhordukael befand sich nun dicht vor der Kaiserlichen Bronzewerkstatt, ganz in der Nähe der vier Statuen, die am Abend in einer feierlichen Zeremonie mit Bronze übergossen werden sollten. Angewidert wandte er sich von ihnen ab.

Weitere Menschen drängten auf den Platz. Von allen Seiten erklang übermütige Musik, und auch zahlreiche Gaukler hatten sich eingefunden, bunt gekleidete Jongleure, Narren und Tänzer. Auf Holzkarren und umgedrehten Fässern gaben sie ihre Kunststücke zum Besten, und die Menge dankte es ihnen mit tosenden Beifallsstürmen.

Besonders ein Gaukler, der in Nhordukaels Nähe stand, begeisterte das Volk. Es handelte sich um einen Messerartisten. Auf einer schmalen Tribüne – ein paar Kisten, über die er fleckige Tierfelle geworfen hatte – führte er seine Kunst vor, die langen schwarzen Haare wild in den Nacken geworfen. Sein breiter, muskulöser Oberkörper war entblößt, um die Hautbilder zur Schau zu stellen, die sich über Brust und Oberarme zogen. Sie stellten eine Wolfsmeute dar: weit aufgerissene Mäuler, messerscharfe Zähne, von denen der Schaum troff, blutunterlaufene Augen, die zum Himmel aufstarrten. Wenn der Mann seine Arme streckte und die Muskeln sich eindrucksvoll unter der Haut spannten, gerieten die Bilder in Bewegung; dann schienen die Wölfe blutgierig übereinander herzufallen und sich ineinander zu verbeißen. Es war ein ebenso faszinierender wie abstoßender Anblick, der allein von der Kunstfertigkeit übertroffen wurde, mit der dieser Gaukler seine schartigen Dolche zu werfen wusste. Die glänzenden Klingen tanzten durch die Luft, schneller als das Auge ihnen folgen konnte – so schnell, dass sich die Lichtreflexionen auf dem Stahl zu Mustern fügten. Geschickt zog der Gaukler das Publikum in seinen Bann; anfangs ließ er sich einen Apfel zuwerfen, um ihn mit blitzschnellen Schnitten zu schälen und noch in der Luft zu zerlegen, sodass nichts als winzige Streifen klebrigen Fruchtfleisches zurückblieb. Doch er steigerte sich weiter; immer wuchtiger durchschnitten seine Dolche die Luft, sodass die Leute sich unter den Stößen duckten und angstvoll zurückwichen, als fürchteten sie, der Mann könnte im nächsten Moment von seiner Bühne springen und über sie herfallen.

Gebannt starrte Nhordukael auf die tanzenden Hände des unheimlichen Artisten. Er hatte noch nie ein Messer in der Hand gehabt. Wie fühlte sich wohl eine solche Waffe an – der kalte Stahl, das Gefühl der Macht, mit jedem Stoß zerstören, verwunden und töten zu können? *Wäre ich in der Lage zu töten? Wäre ich in der Lage, ein Messer in den Händen zu halten, einen Stoß zu führen, ohne zu zittern, ohne dass der Griff meinen Fingern entgleitet?*

Er spürte ein Zerren an seiner Kutte. Eine Frau stand hinter ihm, der Leib mit verdreckten Leinenstreifen umwickelt, das Gesicht von Furunkeln übersät. Flehend beugte sie ihr Haupt, und aus ihrem Weinen und Wehklagen konnte Nhordukael den Namen Tathrils heraushören, »Tathril … Tathril …« Hinter ihr drängten weitere zerrissene Gestalten auf den Priester zu. Die Menge machte ihnen widerwillig Platz.

Nhordukael stellte den Korb zu Boden. Er löste den Saum seiner Kutte aus dem Griff der Frau, um dann ein brauchbares Heilkraut hervorzusuchen, das ihr ein wenig Linderung verschaffen würde. Er ertappte sich dabei, eine leise Gebetsformel vor sich hinzumurmeln; hohle Phrasen, leere Worte. Er presste die Lippen aufeinander und fuhr schweigend fort, den Armen und Kranken Tathrils Gnade zu erweisen – Tathrils unendliche, wunderbare, verlogene Gnade.

❦

Natürlich war der Tag der Ernte ein Fest des Volkes, nicht des Adels, und so beging der Hofstaat diesen Tag in seiner eigenen Weise. Es wurde nicht geopfert, sondern genossen; nicht Tathril wurde gedankt, sondern dem gütigen Schicksal, das Reichtum und Sorglosigkeit bescherte.

Im großen Festsaal von Thakstel fand ein Gelage statt. Auf langen Tafeln waren die feinsten Köstlichkeiten angerichtet. Die Tische bogen sich förmlich unter der Last der Teller und Platten, der Schüsseln und Krüge, in denen die Herrlichkeiten der sitharischen Küche auf ihre Verköstigung warteten: gebratene Ferkel in Wacholdersoße, ausgelassener Gänseschmalz, auf Glaszwiebeln gedünsteter Lachs, geröstete Hahnenleber in Kräuterbutter, Wachtelpastete und gespickter Rehrücken, gezuckerte Bohnen und vodtivischer Reis, würziges Salzkraut und Erbsenschoten in Sahneschaum; Brombeerpudding und ganatische Äpfel in Blätterteig. Die Luft war erfüllt von Wohlgerüchen, und das heitere Lachen, das lustige Klappern der Teller und Gläser verriet, dass der Hofstaat durchaus Gefallen an diesem opulenten Mahl fand.

»Es ist ein wundervolles Fest, mein Kaiser«, flüsterte Ceyla. Ihre braunen Augen ruhten voller Bewunderung auf Akendor, der seine Hände um ihre Hüften gelegt hatte. Sie standen auf einer der Emporen, die sich in Hufeisenform am oberen Rand des Festsaals entlang zogen. Von hier aus hatten sie eine hervorragende Aussicht auf die Feiernden. Schon seit einer halben Stunde sahen sie dem Treiben der jungen Adeligen zu, die sich auf die angerichteten Tafeln stürzten, zu der Musik eines Harfenspielers tanzten und singend ihre Weinbecher leerten.

Ceyla trug heute ihr kostbarstes Kleid, ein schwarzes Seidengewand, das mit silbernen Stickereien durchwirkt war. Akendor selbst hatte es ihr geschenkt; damals, nach ihrer ersten gemeinsamen Nacht. Er hatte in ihre Augen geblickt, so wie er es auch heute tat, hatte ihr gelocktes Haar gestreichelt und ihren Namen geflüstert, »Ceyla, geliebte Ceyla«, und sie hatte sich vor seinen Augen entkleidet, um das Seidengewand anzulegen. Er hatte sie umarmt und geküsst, und sie war glücklich und zugleich verwirrt gewesen; sie, die doch das Leben am Hof kaum kannte, die kaum ahnte, was es bedeutete, Geliebte des Kaisers zu sein.

»Hoch lebe der Kaiser«, rief von unten einer der Grafen, den Blick auf Akendor gerichtet. Überall schossen die Gläser nach oben, und Akendor beugte sich über die hölzerne Brüstung und winkte den Feiernden zu. Sein Gesicht strahlte. Dann wandte er sich wieder Ceyla zu, die zärtlich ihre Hand auf die seine legte.

»Ich freue mich, dass Ihr guter Laune seid, mein Kaiser«, sagte sie fröhlich. »In den letzten Wochen wart Ihr oft in einer so seltsamen Stimmung.« Sie suchte nach den richtigen Worten. »All Eure Sorgen und Ängste … und nun steht Ihr hier und genießt dieses wundervolle Fest.«

Akendor blickte auf die feiernden Adeligen herab. »Ja, ich genieße es«, sagte er. »Und weißt du auch, weshalb, geliebte Ceyla?«

Ihre Finger schlossen sich liebevoll um sein Handgelenk. »Nein, mein Kaiser. Verratet es mir.«

»Weil es das letzte Fest ist«, sagte Akendor. Er beobachtete Ceyla und bemerkte zufrieden, wie sich ihr Mund in kindlichem Erstaunen öffnete. »Das letzte Fest, das in Thakstel gefeiert wird. Und es stimmt mich heiter, den Schmarotzern und Schmeichlern dort unten bei ihrer letzten Mahlzeit zuzusehen.«

Ceyla runzelte die Stirn. »Wie meint Ihr das, mein Kaiser?«

Er entwand sich ihrem Griff. »Mein Kaiser! Mein Kaiser!«, äffte er sie nach. »Warum nennst du mich nicht bei meinem Namen? Ich heiße Akendor Thayrin – geht das nicht in deinen hübschen Schädel?«

Sie senkte den Blick. »Verzeiht mir, mein – Akendor …«

Akendor lachte auf. »Du bist ein seltsames Mädchen! Wie kannst du mir gegenüber so schüchtern sein, obwohl du in meinem Bett gelegen hast, obwohl du mich nackt gesehen und mit mir geschlafen hast?« Er zog sie zu sich heran, bis ihr Kopf an seiner Schulter lag. »Wenn ich glücklich bin, dann nur deshalb, weil du bei mir bist, Ceyla, weil ich dich in meinen Armen halte, deinen Atem spüre, den Duft deiner Haare rieche.« Er ließ sie wieder los und wies erneut auf die Feiernden. »Was kümmern mich die dort unten, solange du bei mir bist.«

Ceyla blickte ihn erschrocken an. »Ihr dürft so nicht sprechen! Sie lieben Euch doch, mein Kaiser … Akendor«, verbesserte sie sich rasch, »sie verehren dich!«

Akendor schüttelte den Kopf. »Die Hälfte von ihnen spioniert mich für Scorutar aus, und sie alle sind nur deshalb am Hof, um mich abzulenken und zu täuschen. Dass ich unter all diesen Heuchlern einen Menschen gefunden habe, dem ich vertrauen kann, den ich lieben kann – dich, Ceyla! –, ist ohnehin erstaunlich.« Sein Blick verdüsterte sich. »Da unten feiern sie und ahnen nicht, dass sie sich heute zum letzten Mal auf meine Kosten den Wanst voll schlagen! Ich freue mich auf ihre Gesichter, wenn ich ihnen meinen Entschluss verkünde.«

»Welchen Entschluss?«, fragte Ceyla verwirrt.

Er strich ihr über das Haar. »Mache dir keine Sorgen, Ceyla. Genieße das Fest! Bald wirst du meine Worte besser verstehen.« Er wandte sich von ihr ab. Unten erklangen Jubelschreie, und vergnügt lehnte sich der Kaiser über die Empore. Einem plötzlichen Entschluss folgend, verbeugte er sich vor Ceyla und eilte dann zu der Wendeltreppe, die von der Empore in den Saal herabführte. Garalac, sein rothaariger Leibwächter, der hinter dem Vorhang der Empore gestanden hatte, hastete ihm nach.

Kopfschüttelnd beobachtete Ceyla, wie Akendor sich unter die Feiernden mischte. Sogleich wurde ihm ein Weinglas gereicht, und einige hübsche Gräfinnen hefteten sich an seine Fersen. Akendor wirbelte mit ausgebreiteten Armen durch die Menge, sein roter Mantel flog umher wie das Gewand eines Zauberers, und er lachte und schwenkte das Weinglas wie in alten Zeiten. Ceyla presste die Faust vor den Mund, um ein Lächeln zu verbergen.

»Akendor«, flüsterte sie vor sich hin. »Akendor Thayrin!«

Sie schreckte zusammen, als sie eine Berührung an der Hüfte spürte. Vor ihr stand ein kleines Mädchen in einem weißen Kleid, ein Mädchen mit kurzem braunem Haar.

Ceyla beugte sich zu dem Kind herab. »Du hast mich aber erschreckt!«, tadelte sie es scherzhaft. »Hast du dich die Treppe hoch geschlichen?«

Die Kleine schüttelte heftig den Kopf. Sie wies auf die Tür an der hinteren Wand der Empore, die auf den Nordgang hinausführte.

Ceyla nahm sie auf den Arm. Das Mädchen war so leicht, so winzig. »Du hast dich also doch angeschlichen! Hat dir deine Mutter nicht beigebracht, dass man so etwas nicht tut?«

Das Mädchen überhörte die Frage. Stattdessen griff es mit seinen winzigen Fingern in Ceylas Haar und betrachtete neugierig die braunen Locken. »Du hast sehr schöne Haare«, stellte es mit ernstem Gesichtsausdruck fest. »Du bist eine schöne Frau, fast so schön wie meine Mutter.«

Ceyla lachte hell auf. Dann blickte sie erneut zur Tür. Eine Frau war eingetreten, ebenso lautlos wie zuvor das Kind. Sie war groß und schlank, trug ein blaues Kleid, und ihre dunkelblonden Haare lagen offen um ihre Schultern. Ceyla erschrak vor der Strenge ihrer Augen und den groben, harten Gesichtszügen, die auf den ersten Blick sehr hässlich wirkten. Doch als die Frau ihr ein Lächeln schenkte, schien ihr Gesicht weicher und freundlicher zu werden.

»Ihr müsst meiner vorlauten Tochter vergeben«, bat sie. »Ich habe ihr so oft gesagt, dass man sich nicht an fremde Leute heranschleicht. Aber so sind Kinder – was man ihnen auch sagt, sie hören nur mit halbem Ohr hin.«

Ceyla nickte zögernd. Sie verstand wenig von Kindern; sie selbst hatte keine jüngeren Geschwister, und in Thakstel waren selten Kinder zu sehen. Vorsichtig setzte sie das Mädchen auf dem Boden ab.

Die Frau lächelte noch immer. »Da Ihr meine Tochter Suena bereits kennen gelernt habt, ist es nur gerecht, wenn Ihr auch meinen Namen erfahrt. Ich bin Tundia Thim, die Gemahlin des Barons Bliskor von Condul.«

Ceyla deutete einen Knicks an. »Es ist mir eine Ehre, Baronin«, sagte sie. »Mein Name ist …«

»Oh, ich weiß«, unterbrach die Fremde sie. »Ceyla Illiandrin. Die Geliebte des Kaisers.«

Ceyla spürte, wie ihr das Blut in die Wangen schoss. Sie senkte den Blick.

»Sie ist wunderschön, nicht wahr, Mama?«, hörte sie das Mädchen mit bewundernder Stimme sagen.

»Ja, Suena, das ist sie«, erwiderte die Frau langsam. »Und so jung … jünger noch als die andere!« Sie ließ sich kopfschüttelnd auf einen gepolsterten Stuhl nieder, der an der Wand der Empore stand. »Habt Ihr meinen Namen noch nie gehört?«

Ceyla schüttelte den Kopf. »Nein, verzeiht mir, Baronin. Ich weiß freilich, dass Euer Gemahl ein edler und großherziger Mann ist, der Bruder des Herrschers von Palgura, Fürst Vildor aus der Familie der Thim.«

»Bevor ich Bliskor Thim heiratete, war mein Name Tundia Suant«, stieß die Frau hervor. »Ich bin die Schwester des Fürsten Scorutar. Ihr müsst von mir gehört haben!«

Ceyla fasste sich nervös in den Nacken. Ihre Finger umspielten eine der Locken. »Nein, Baronin, ich fürchte, ich … verzeiht mir …«

»Ihr stellt Euch absichtlich dumm, nicht wahr?«, sagte Tundia Suant verärgert. »Jedes Kind weiß, dass ich einst die Verlobte des Kaisers war! Die Geschichte erzählt man sich in jedem Winkel des Kaiserreiches.«

Ceyla starrte die Baronin ungläubig an. »Ihr wart Akendors Verlobte?«

Tundia nicke. Sie beobachtete Suena, die sich gelangweilt auf dem Boden der Empore niedergelassen hatte und leise flüsternd mit den Samtvorhängen spielte. »Zehn Jahre ist es her. Ihr wart damals noch ein Kind, kaum älter als Suena! Doch ich bin überzeugt, dass Eure Eltern Euch von mir erzählt haben, bevor sie Euch nach Thax schickten! Es ist eine Geschichte, die man jedem jungen Mädchen erzählt, das an den Kaiserhof geschickt wird!«

Ceyla schüttelte den Kopf. »Euer Name wurde nie erwähnt. Meine Mutter erzählte mir nur von der Kaiserin Syllana, die Tathril so früh zu sich genommen hat.«

Tundia Suant warf den Kopf in den Nacken und lachte verbittert auf. »Kaiserin Syllana – zumindest ihren Namen kennt Ihr also!« Sie stand auf und näherte sich Ceyla. Dann ergriff sie die Hände der jungen Frau. »Akendor war siebzehn, als er sie heiratete, und sie war im gleichen Alter. Wie alt seid Ihr, Ceyla?«

»Sechzehn«, erwiderte Ceyla. Gebannt starrte sie die ältere Frau an.

»Dann seid Ihr noch jünger, als es die Kaiserin damals war«, sagte Tundia. »Syllana Nejori ... sie war die Tochter eines Goldschmieds aus Varona. Ihr wisst sicherlich, dass damals noch Vara die Hauptstadt des Kaiserreiches war. Syllanas Vater war am Hof als kaiserlicher Goldschmied angestellt. Dort traf Akendor das einfältige Ding, jung und hübsch und mit ebenso braunen Locken, wie Ihr sie tragt.« Tundias Stimme war zu einem Flüstern geworden. »Damals war Akendor bereits seit zwei Jahren mit mir verlobt. Es war bei seiner Thronbesteigung vereinbart worden, dass er mich nach drei Verlobungsjahren zur Frau nehmen sollte, so wie es das Ehegesetz der Tathril-Kirche vorsieht. Die Verlobung war eine bedeutende Angelegenheit; sie sollte die Familien Thayrin und Suant aneinander binden, denn Akendor war der letzte männliche Erbe der Thayrin. All seine Brüder und Onkel waren im Krieg gegen die Arphater gefallen. Die Verbindung der Thayrin und der Suant, dieser großen Fürstenfamilien, hätte das Kaiserreich gestärkt und die Wunden des Krieges geheilt.« Tundias Hände zitterten. Sie warf einen Seitenblick auf Suena, die noch immer in ihr Spiel mit den Samtvorhängen vertieft war. »Doch was tat Akendor, der große Kaiser von Sithar? Er verliebte sich in die Tochter eines Goldschmieds! Nicht nur das, er nahm sie sogar zu seiner Gemahlin, ohne die Erlaubnis des Silbernen Kreises. Mich wies er zurück; denn ich war neun Jahre älter als er«, ihre Hand fuhr empor und strich über Ceylas Haar, »und ich hatte nicht diese wunderschönen Locken. Ich war ihm zu dürr und zu alt und zu hässlich. Ihm war es gleich, dass er mich bloßstellte – mich, die ihm nichts getan hatte, die ihm zwei Jahre lang als Verlobte zur Seite gestanden und ihn vor den Intrigen der Fürsten beschützt hatte, obwohl er in meinen Augen nichts als ein dummer, unerfahrener Bengel war, von seiner Mutter verwöhnt und seinem Vater mit grausamer Härte erzogen. Er bedeutete mir nichts! Doch ich stand ihm zur Seite, und er stieß mich fort, um Syllana Nejori heiraten zu können. Anschließend zwang er mich zur Heirat mit Bliskor Thim, um jeden Widerspruch der Fürsten im Keim zu ersticken. Ein halbwüchsiger Junge, fast zehn Jahre jünger als ich, verfügte über mich wie ein Bauer über sein Zuchtvieh!« Sie blickte Ceyla finster an. »Diese Demütigung habe ich niemals vergessen! Niemals!«

Ceyla brachte kein Wort hervor. Stumm lauschte sie Tundias schrecklichen Worten.

»Er hat dafür bezahlt«, sagte Tundia verbittert. »Sie zwangen Akendor, den Palast in Vara aufzugeben und in die neue Hauptstadt Thax zu ziehen. Ihm machte es wenig aus, kannte er doch Thakstel seit Kindestagen; schließlich war er in diesen Mauern aufgewachsen. Doch der niedlichen Kaiserin bekam die neue Umgebung gar nicht gut. Sie hatte

Akendor kurz nach der Hochzeit einen Sohn geschenkt; Prinz Uliman, den Erben des Throns. Seit seiner Geburt war Syllana schwach und abgemagert, und in Thakstel welkte sie immer mehr dahin.«

»Sie starb zwei Jahre nach Ulimans Geburt«, erinnerte sich Ceyla. »Das ganze Reich trauerte um sie.«

»Das ganze Reich bestimmt nicht«, sagte Tundia mit trockener Stimme. Erneut warf sie einen vorsichtigen Seitenblick auf ihre Tochter. »Wisst Ihr denn nicht, wie Syllana zu Tode kam?« Ceyla konnte den Hauch der Worte an ihrer Wange spüren. »Es war, als der Kaiser zur Jagd ritt. Syllana war zurückgefallen, und ihre Begleiter hatten sie für einen Moment aus den Augen verloren. Dann hörte man ihre Schreie und ein wildes Bellen und Brüllen.« Tundia hielt kurz inne, um mit flüsternder Stimme fortzufahren. »Sie lebte noch, als man sie auf der Lichtung fand. Die Biester hatten ihr bereits die Arme abgerissen; es hieß, dass ihr weißes Kleid in Blut gebadet war und man ihr Gesicht kaum mehr erkennen konnte; nur ihre Schreie, ihre furchtbaren Schreie waren zu hören, doch auch die verstummten bald.«

Ceyla war kreideweiß angelaufen. Sie wich vor Tundia zurück, den Mund vor Entsetzen geöffnet.

»Neun wilde Hunde waren es«, sagte Tundia, »ein ganzes Rudel, vollkommen ausgehungert und gierig nach Blut. Sie haben sie zerrissen wie ein junges Reh. Es heißt, dass sie in ihrem Mordrausch nicht einmal merkten, wie sich die Krieger mit gezückten Schwertern auf sie stürzten; dass sie noch immer ihre Beute herunter schlangen, als man ihnen die Köpfe abschlug.«

Ceyla riss sich von Tundia los, strauchelte, hielt sich die Hände an die Ohren. »Hört auf!«, schrie sie. »Ich bitte Euch, hört auf!«

»Ich weiß, es ist eine furchtbare Geschichte«, erwiderte Tundia. »Ich erzähle sie Euch nur ungern. Akendor hat diesen Unfall, den schrecklichen Tod seiner geliebten Frau niemals überwunden. Ich wette, er hat Euch nie von Syllana erzählt, feige wie er ist.«

»Er ist nicht feige!«, stieß Ceyla verzweifelt hervor, »und ich glaube Euch kein Wort!« Sie stürzte zur Empore. Ihre tränenverhangenen Augen suchten Akendors Gestalt. »Er ist liebevoll und zärtlich … und er ist der Kaiser …«

Tundia blickte Ceyla kopfschüttelnd an. »Armes Mädchen! Du weißt nicht, wie feige ein Mensch sein kann, wenn man ihn in die Ecke treibt.« Sie beugte sich zu ihrer Tochter herab und nahm sie auf den Arm. »Du bist sehr jung, Ceyla, und offenbar nicht besonders klug. Doch ich sehe in deinen Augen, dass du dich in deiner Rolle unwohl fühlst. Ein inneres Gespür warnt dich vor Akendor – nicht wahr?« Zufrieden sah sie, dass Ceyla den Kopf senkte. »Höre auf deine Instinkte! Niemand kann dich zu etwas zwingen, das du nicht willst – auch Akendor nicht. Du kennst deinen Stand, und du weißt, dass sich ein Mädchen aus dem niederen Adel nicht als Kaiserin eignet! Geh fort aus Thax; geh fort, solange du noch kannst!«

Ceyla gab keine Antwort. Sie verbarg ihr Gesicht in den Händen. Ihr Körper zitterte. Unter sich hörte sie das Lachen und Singen der feiernden Menge; und in diesem Augenblick fühlte sie sich entsetzlich einsam.

Eine Tür klappte leise zu. Tundia Suant war gegangen. Langsam ließ Ceyla die Hände sinken. Ihre Augen waren voller Tränen. Als sie von der Empore herabblickte, bemerkte sie, dass zahlreiche Augenpaare auf sie gerichtet waren. Es sprach Hohn aus den Blicken der Adeligen. Schnell wandte Ceyla sich ab. Scham trieb ihr die Röte in das Gesicht. *Reiß dich zusammen*, befahl sie sich, *reiß dich zusammen!* Sie wischte sich die Tränen aus dem Gesicht und eilte die Treppe zum Saal hinab; dort, wo sich unter den Feiernden Akendor befand, ihr Geliebter, dessen Umarmung sie brauchte wie nie zuvor.

❦

Die Weihungshalle war das Herzstück des Tempels von Thax, der heiligste Ort innerhalb seiner Mauern. Ihre Wände hoben sich eindrucksvoll empor, um schließlich in eine silberne Kuppel überzugehen. Zahlreiche gläserne Fenster waren in die Strebungen der Kuppel eingefasst. Durch sie stürzte das Licht herab und ließ das Heiligtum in der Mitte der Halle erstrahlen: eine riesige, schmale Säule aus weißem Marmor, die bis zur Decke emporragte – das Symbol für Tathrils Erhabenheit.

Vor ihr stand Bars Balicor, der Erzprior des Tempels zum Silbernen Mund Tathrils. Schon seit Stunden verharrte er an diesem Ort, die Hände demutsvoll vor der Brust verschränkt. An seiner Seite knieten mehrere Priester und Tempelritter. Leise murmelten sie Bußformeln vor sich her, um Balicors Gebete zu unterstützen. Ab und zu warfen sie sich unsichere Blicke zu. Das Verhalten des Erzpriors erschien ihnen recht ungewöhnlich. Selten pflegte er Tathril derart lange und ausdauernd anzuflehen, zumal an einem so fröhlichen Festtag wie dem Tag der Ernte.

Bars Balicor konnte sich sein Verhalten selbst kaum erklären. Es war Jahre her, dass er so innig und ernsthaft gebetet hatte. Doch die Angst, die ihm seit Tagen den Schlaf raubte, hatte ihn zur Heiligen Säule getrieben. Die plötzliche Hoffnung, dass Tathril ihn von dieser Angst erlösen konnte, ließ ihn nun schon seit mehreren Stunden im Gebet verharren. *Tathril, du über alles erhabener Gott, lass es nicht wahr sein; lass es einen bösen Traum gewesen sein, ein Spukbild … mache, dass der dunkle Schatten, der in mein Leben getreten ist, sich als Betrug oder Täuschung erweist … hilf mir, Tathril, und ich schwöre dir, ich will dir zum Dank ein Opfer bringen, größer und wunderbarer als alle vorangegangenen … hilf deinem ergebenen Diener, Tathril, hilf mir …*

Nach Ashnadas Rückkehr hatte Bars Balicor nicht lange gezögert. Sogleich hatte er zwanzig Tempelritter zu dem verfallenen Haus entsandt, in dem Ashnada dem unheimlichen Bettler begegnet war. Doch die Ritter hatten das Haus leer vorgefunden, im Inneren nichts als Staub und Ratten, keine Spur von dem Mann oder der seltsamen Truhe, die Ashnada gesehen haben wollte. Laut den Aussagen der

Anwohner war die alte Schenke seit vielen Jahren unbewohnt. So waren die Ritter mit leeren Händen zurückgekehrt. Doch Balicor wusste, dass seine Leibwächterin die Wahrheit gesprochen hatte, auch wenn sein Gefühl ihm sagte, dass sie ihm nicht alles über ihr Zusammentreffen mit dem Bettler erzählt hatte. Noch immer befand Ashnada sich in der Obhut der Ordensschwestern, die sich um ihre verbrannte Hand kümmerten. *Es werden mehrere Wochen vergehen, bis sie wieder in der Lage ist, ein Schwert zu führen! Bei Tathril, was nützt mir eine Leibwache, deren Schwerthand zerschunden ist; eine Leibwache, die mich zudem belügt! Ich hätte die elende Gyranerin im Feuer brennen lassen sollen wie ihre Gefährten! Sicher, ihre Fähigkeiten waren recht hilfreich in all den Jahren; doch ich weiß wohl, dass sie mir nicht aus freiem Willen dient, sondern weil ich sie dazu zwinge; dass sie mich hasst und auf immer hassen wird!*

Die Stimme eines Tempeldieners riss ihn aus seinen Gedanken. Ein Novize stand mit gesenktem Haupt vor ihm. »Verzeiht, dass ich Euer Gebet unterbreche, Erzprior.«

»Bitte nicht mich um Verzeihung, sondern Tathril«, knurrte Balicor. »Was gibt es?«

»Eine Gesandtschaft von Kaufleuten wünscht von Euch empfangen zu werden. Sie behaupten, Ihr würdet sie erwarten.«

»Wen sollte ich am Tag der Ernte erwarten?«, rief Balicor. »Ist den Krämern nicht einmal dieser Festtag heilig?«

»Sie sagen, dass sie aus dem fernen Troublinien angereist seien, um Euch zu sehen«, antwortete der Novize eingeschüchtert.

Bars Balicor blickte ihn missmutig an. »Troublinische Kaufleute? Wozu soll ich meine Zeit mit solchem Krämerpack vergeuden? Sag ihnen, sie sollen sich …« Er hielt plötzlich inne. »Troublinische Kaufleute«, murmelte er. *Sagte Ashnada nicht, dass der Bettler ein troublinisches Kaufmannsgewand trug, als sie ihn in dem verfallenen Haus antraf? Dass er … Nein! Es kann nicht sein, es darf nicht sein … Tathril, steh mir bei!*

»Bringe sie herein!«, befahl er. Während der Novize sich entfernte, wandte er sich wieder der Säule zu. Mit einer herrischen Geste bedeutete er den Priestern und Rittern, sich zurückzuziehen. Rasch standen sie auf und verließen die Weihungshalle.

Angstvoll starrte Bars Balicor zur silbernen Kuppel der Halle hinauf. »Wenn dieser Albtraum wahr ist, dann lasse ihn jetzt beginnen, Tathril«, flüsterte er. »Quäle mich nicht länger mit Ungewissheit.«

Er hörte, wie das große Tor der Weihungshalle geöffnet wurde. Schritte erklangen auf dem marmornen Boden, das Rauschen von Mänteln, ein leises Flüstern.

Bars Balicor zog seine weiße Kutte glatt und drehte sich ruckartig um. Mit strengem Blick betrachtete er die Troublinier. Sie waren zu fünft gekommen; eine Frau und vier Männer, gekleidet in die roten Gewänder der troublinischen Kaufmannsschicht. Der Älteste von ihnen, ein graubärtiger Mann von auffallender Größe, tat einen Schritt vor. Seine blassen, fleischigen Lippen waren zu einem bösartigen Grinsen verzogen.

Bars Balicor erbleichte. Er hatte ihn nicht sofort erkannt; zu fremdartig wirkte das edle Kaufmannsgewand, das ordentlich geschnittene Haar. Nichts erinnerte an den ausgemergelten Bettler, der ihm vor dem Tempel aufgelauert hatte; nichts erinnerte an …

»Rumos!«, stieß Bars Balicor hervor. Seine Stimme zitterte. »Tathril sei uns allen gnädig!«

»Schrei nach Tathril, solange du willst«, höhnte der Troublinier. »Er wird dich gewiss erhören an diesem heiligen Ort. Und wenn nicht, dann kriech doch an dieser Steinsäule empor. Vielleicht findest du ihn dort oben.« Er schritt auf Bars Balicor zu, und dieser wich vor ihm zurück. »Hättest du es jemals für möglich gehalten, dass wir uns hier im Tempel von Thax wieder sehen – ich im Gewand eines troublinischen Kaufmanns und du in der weißen Robe des Erzpriors; ich mit stolz erhobenem Haupt und du schlotternd vor Angst? Welche Ironie!«

»Nein … es kann nicht sein«, flüsterte Bars Balicor. Er stieß mit dem Rücken an die Marmorsäule. Er konnte ihre Kälte durch sein Gewand spüren. »Es ist unmöglich! Ich habe dich getötet!«

»Nicht ganz, wie du siehst«, gab Rumos zurück. »Um mich zu töten, bedarf es eines weiseren Menschen! Auch deine Leibwächterin musste diese schmerzhafte Erfahrung machen.« Er ließ seinen Blick neugierig durch die Weihungshalle schweifen. »Wo ist sie überhaupt, die gyranische Meuchlerin? Ist ihre Schwerthand noch nicht verheilt, die sie törichterweise in eine allzu heiße Flamme hielt? Ist die Tathrilya so knauserig mit ihren Heilkräuterchen, dass sie keines mehr für eine so begabte Hand übrig hat? Dabei werft ihr doch heute eure Kräuter sogar unter das gemeine Volk.« Er musterte den Erzprior voller Häme. »Genug davon. Sie kann dir ohnehin nicht helfen.«

»Bleib stehen, Rumos!«, schrie Balicor, »keinen Schritt weiter, oder ich werde die Tempelritter rufen, damit sie dich …«

»Mich töten?« Rumos ließ ein heiseres Lachen erklingen, und seine Begleiter stimmten in das Gelächter ein. »Hast du noch immer nicht begriffen?« Er packte den Kragen von Bars Balicors Robe. Der Seidenstoff riss mit fauchendem Geräusch. »Erinnerst du dich, wie ich vor dir kniete, um von dir den Segen zu erhalten, den brüderlichen Segen unserer Gemeinschaft? Erinnerst du dich, wie ich zu dir aufblickte und darauf wartete, dass du mit dem Dolch das Zeichen über meine Lippen ritzt, damit mein Blut den Pakt zwischen uns besiegelt? Erinnerst du dich, wie du den Dolch an meinen Mund führtest, wie deine Hand zögerte, wie sie schließlich tiefer sank und mir den Dolch durch die Kehle stieß?« Rumos' Begleiter standen nun neben ihm; sie packten Balicor und drückten ihn gegen die Marmorsäule. »Erinnerst du dich daran, Bars Balicor?«, zischte Rumos. »Und weißt du, was es für ein Gefühl ist, einen Dolch in der Kehle zu spüren – zu spüren, wie er dir den Atem zerschneidet, wie dein eigenes Blut an deiner Brust herab läuft, wie dir schlagartig bewusst wird, dass dein Ende gekommen ist? Ahnst du, wie ich mich in diesem Augenblick fühlte?« Seine Augen flackerten im raschen Wechsel von Hass und schmerzvoller Erinnerung. »Doch es war sinnlos. Deine Tat kam zu spät! Du konntest nicht wissen, dass ich zu diesem Zeitpunkt bereits die Grenze überschritten hatte; dass ich das Ritual der Ewigen Flamme ohne dein Zutun ausgeführt hatte, um den Tod zu besiegen. Du hättest mich früher töten sollen, Balicor, als du noch die Macht dazu hattest.«

»Wie konnte dir das Ritual ohne meine Hilfe gelingen?«, flüsterte Bars Balicor. »Nur ich hatte Zugang zu der Quelle von Miras Arc! Keiner von euch war ein Priester der Tathrilya! Keiner von euch konnte auf die Macht der Quelle zurückgreifen!«

»Deine jämmerliche Quelle brauchten wir damals längst nicht mehr«, höhnte Rumos. »Tathril hat uns die Erleuchtung geschenkt, so wie der Prophet es uns weissagte! Dein Fehler war es, seinen Worten keinen Glauben zu schenken; du hast an der Wahrheit gezweifelt und dich lieber den falschen Lehren der Tathrilya zugewandt! Du hast all den Unsinn geglaubt, den die Kirche seit Jahrhunderten verbreitet. Wann erkennst du endlich, dass du einer Lüge gefolgt bist? Tathril ist nicht in marmornen Säulen und magischen Quellen zu finden. Er hat die Magie nicht den Gläubigen und Demütigen geschenkt! Der Prophet sprach die Wahrheit, als er sagte, dass Tathril in uns wohne – in unseren Köpfen, in unseren Gedanken – und dass er die Magie nur den Erwählten verleihe. Er ist kein Gott der Schwachen und Gewöhnlichen; er ist der Gott der Zauberer, der Mächtigen, der Herrschenden!« Rumos' Blick wanderte verächtlich zur Spitze der Marmornen Säule auf. »Als Durta Slargin, der erste Erleuchtete der Menschheit, die Quellen bändigte und die Tathrilya gründete, entstand eine Gemeinschaft der Auserwählten, eine Priesterschaft der Zauberer! Doch dann verriet Durta Slargin seine eigenen Grundsätze und machte aus unserem Orden eine lächerliche Kirche, die das einfache Volk mit der Lüge kaufte, es könne an Tathrils Gnade teilhaben. Welch ein Betrug! Tathrils einzige Gnade war es, uns siebenhundert Jahre später den Propheten zu senden, Bathos den Scharfzüngigen, der diesen Betrug entlarvte; der uns daran erinnerte, dass nur ein Zauberer zum Priester des Tathril werden kann. Für diese Wahrheit haben sie den Propheten eingekerkert und ermordet; doch seine Worte lebten im Gedenken der wahren Gläubigen weiter. Die Tathrilya hatte längst den Pfad Tathrils verlassen; allein die Schüler des Bathos bewahrten den rechten Glauben!« Er streckte seine Hand aus und presste sie auf den marmornen Stein. Ein Zischen erklang, und schwarzer Rauch drang zwischen den knochigen Fingern hervor. »Wir sind die wahre Priesterschaft! Die Tathrilya hat uns ausgestoßen und verfolgt, bis sie glaubte, uns vernichtet zu haben. Doch unsere Gemeinschaft hat die Jahrhunderte im Verborgenen überdauert. Die Bathaquar existiert! Sie lebt und wird zur Macht zurückkehren, die ihr von Tathril übertragen wurde.« Er zog seine Hand zurück. Auf dem Marmor hatte sich der Abdruck seiner Finger eingebrannt. »Einst warst du selbst ein Mitglied der Bathaquar. Wir haben dich mit der Zauberei vertraut gemacht, obwohl deine Fähigkeiten schwach waren. Wir haben dir die Geheimnisse der Magie eröffnet …«

»… weil ihr mich gebraucht habt«, fauchte Balicor. »Ihr wart ein versprengter, armseliger Haufen heruntergekommener Zauberer aus Troublinien, die sich ihre Kraft aus den äußeren Schichten der Logenquellen zusammenraubten. Ich hingegen war Tempelvorsteher in Miras Arc und ermöglichte euch den Zugang zur Quelle. Ohne meine Hilfe wären all eure Rituale gescheitert!«

Rumos musterte ihn kalt. »Ja, wir brauchten dich – vor allem, weil wir deinen Ehrgeiz und deine Skrupellosigkeit erkannt hatten. Ich hätte es zwar nicht für möglich gehalten, dass du trotz deiner mangelhaften Begabung zum Kurator von Morthyl und schließlich zum Erzprior von Thax aufsteigen würdest, doch mir war bewusst, dass du ein hohes Amt in der Kirche anstrebst. Ja, wir brauchten dich; doch vergiss nicht, dass auch du lange von der Macht der Bathaquar gezehrt hast. Als unser Bruder hättest du alles erreichen können, du Narr! Doch du hast den Verrat gewählt!«

»Ich habe auch ohne die Bathaquar alles erreicht«, rief Balicor triumphierend. »Ich habe dem Wahnsinn, dem ihr erlegen wart, ein Ende gemacht.«

»Du hattest Angst, dass die Bathaquar deinen weiteren Aufstieg behindern könnte«, warf ihm Rumos vor. »Deshalb hast du mich und meine Brüder ermordet, mit einer Niedertracht, die seinesgleichen sucht. Mein Respekt, Bars Balicor! Doch wie du siehst, schlug dein Plan fehl. Ich lebe! Und während du dir das Amt des Erzpriors erschlichen hast, erwachte die Bathaquar zu neuer Stärke! Unsere Macht ist größer als je zuvor. Die gesamte Tathril-Kirche von Troublinien ist in unserer Hand.«

»Was haben die Troublinier euch denn außer den roten Kutten gegeben?«, stieß Balicor hervor. »Oder habt ihr ihnen selbst die mit klingender Münze abkaufen müssen?«

Rumos packte die Schulter des Erzpriors. Balicor spürte die aufwallende Hitze, die von der Hand ausging; eine innere Glut, die in Rumos' Fingern pulsierte. »Wie gern würde ich deinen hässlichen Schädel gegen diese Götzensäule schmettern, bis dein Blut die gesamte Halle besudelt; oh, es wäre mir die größte Freude! Doch ich bin nicht gekommen, um Rache zu nehmen.« Er beugte sich zu dem Erzprior herab. »Kennst du noch die Worte unseres Schwurs? Kennst du sie noch?« Er blickte zu seinen Begleitern, die ihn umringten; und diese öffneten die Lippen und begannen mit leiser Stimme:

»Der Rosenstock trägt keine Blüten mehr
und Mondschlund schweigt
noch herrscht der Tag
doch bald sinkt schwer die Finsternis in unsre Sinne
und hüllt in Schatten, was kein Mensch erblicken darf …«

»Kennst du die Worte noch?«, flüsterte Rumos.

Bars Balicor nickte. »Die Prophezeiung des Bathos. Die verbotene Schrift des Propheten.« Er blickte zu den Bathaquari, die mit raunenden Stimmen fortfuhren:

»Der Schleier fällt
und Nebel dringt aus längst zergangnen Welten
er weht mit Zorn durch Hallen, die kein Schwert mehr trägt
in Gold gegossen bricht der Stein
und goldumflossen
stürzt der Narr, der sich erhob
zum selbst erwählten Knecht der Macht.«

»Hört auf damit!«, bat der Erzprior. Er versuchte sich aus den Griffen der Bathaquari zu befreien; doch sie rückten dichter an ihn heran und fuhren flüsternd fort:

»Der Schleier fällt
und tosend steigt das Salz in alte Wunden
zerreißt ein Schaf das nächste voller Gier
Glut geht auf Wanderschaft
brennt sich durch seine alten Pfade
so büßt die Welt den feigen Raub der Ahnen
denn sie vergaß, sich ihrer Sünden zu ermahnen
Der Kreis zerbricht
und nur ein Glied der Kette trotzt dem Sturm.

Tinte verblasst
und auch der Glanz des Silbers
Wer hat die Macht, ins Horn zu rufen,
das diese Schwaden bannt?
Zwei sind es, die dem Schmerz entwuchsen,
die einen unsichtbaren Weg beschreiten
und dem Blick des Bronzegottes widerstehen.
Einer errettet aus der Finsternis und einer aus den Flammen
und beide zweifelnd an dem Band, das sie vereint.
Einer dazu bestimmt, die rote Herrin zu erlösen

die in den Trümmern ihrer Stadt begraben liegt;
der andere, den Weltenwanderer zu blenden,
den Meister aller Masken, Dieb des schwarzen Schlüssels,
der dunkle Pfade in die Nebellande schlug.
Einer dazu bestimmt, das Leid zu tragen,
der andere, die Schatten zu zerschlagen,
bis dass der Rosenstock
in neuen Dornen neu erblüht.«

»... in neuen Dornen neu erblüht«, flüsterte Bars Balicor. Unwillkürlich hatte er die letzten Verse mitgesprochen.

»Die Prophezeiung des Bathos«, sagte Rumos. »Wir haben sie all die Jahrhunderte hindurch bewahrt, ohne ihren Sinn zu kennen. Doch nun erschließt sich uns langsam die Wahrheit. Die Goldéi sind in unsere Welt zurückgekehrt, so wie der Prophet es vorhersagte. Der Schleier fällt, und der Weltenwanderer spinnt im Verborgenen seine Intrigen, um die Welt seinem Willen zu unterwerfen. Das Zeitalter der Wandlung, vor dem Bathos uns warnte, hat begonnen.«

»Das unsinnige Gestammel eines Wahnsinnigen«, rief Bars Balicor. »Bathos war ein großer Zauberer, und zweifellos war seine Kritik an der Tathrilya berechtigt. Doch er war kein Prophet! Seine späten Schriften, die er im Kerker verfasst hat, sind im Wahn entstanden, geboren aus der Einsamkeit und geprägt von den Martern, die er erleiden musste.«

Rumos versetzte Bars Balicor mit dem Ellenbogen einen heftigen Stoß in den Magen. Würgend brach der Erzprior zu Boden, krümmte sich und rang nach Luft. »Wie kannst du es wagen, den Propheten zu schmähen?«, rief Rumos hasserfüllt. »Seine Worte werden uns vor den Goldéi retten! Wir müssen die Botschaft entschlüsseln und unsere Aufgabe erfüllen, für die Tathril uns auserwählt hat.«

»Was ... willst du von ... mir?«, stieß Balicor keuchend hervor.

»Bekenne dich zu unserer Gemeinschaft!«, beschwor Rumos ihn. »Kehre in unsere Mitte zurück! Bald wirst du das Amt des Hohepriesters übernehmen; dann wirst du unsere Hilfe brauchen. Deine Zauberkunst ist in all den Jahren nicht stärker geworden, und die Quelle unter dem Berg Amos ist ungleich gewaltiger als jene in Miras Arc. Auf Morthyl mochten deine jämmerlichen Künste ausreichen, doch der Quelle des Brennenden Berges bist du nicht gewachsen.«

Balicor wusste diesen Worten nichts entgegenzusetzen. Tatsächlich fürchtete er sich schon seit langem vor der Quelle von Amos, die schon manchen Priester in den Tod gerissen hatte. Oft hatte er sich gefragt, ob er überhaupt dazu fähig war, dem Auge der Glut gegenüberzutreten. Doch er hatte diese Gedanken stets verdrängt; hatte sich eingeredet, dass sich eine Lösung für dieses Problem finden werde, wenn Magro Fargh erst einmal verschieden war.

»Werde wieder zu einem Bathaquari«, rief Rumos voller Leidenschaft. »Wir werden dich zu einem Hohepriester machen, wie ihn die Welt seit Jahrhunderten nicht gesehen hat. Wir werden die Quelle ein zweites Mal unterwerfen! Unsere Rituale werden Sithar bis ins Mark erschüttern! Und während die Welt unter dem Ansturm der Goldéi in Trümmer fällt, werden wir uns auf den Anbeginn einer neuen Zeit vorbereiten!«

Balicor richtete sich langsam auf. »Noch bin ich nicht Hohepriester. Zwar sagen die Ärzte, dass Magro Fargh das Ende des Jahres nicht mehr erleben wird, aber …«

Rumos winkte ab. »Ich sah den Greis vor einigen Tagen. Er ließ sich von einem jungen Priester zu einer Sänfte begleiten, die ihn nach Amos trug. Sein Gesicht war vom Tod gezeichnet; die Blaufäule wuchert in ihm, und sein Körper zeigt die Male des baldigen Vergehens! Du wirst in wenigen Wochen sein Amt übernehmen; und mit dir wird die Bathaquar zur Quelle von Amos zurückkehren. Schon einmal hat sie uns gehört; damals, als wir uns von der Tathrilya lossagten und ihr den Krieg erklärten. Hundertundvierzig Jahre war das Auge der Glut in unseren Händen, bis wir es törichterweise im Aufstand gegen die Kaiserin Tira Aldra verloren. Doch nun wird uns die Quelle erneut gehören – uns, Balicor!« Er streckte dem Erzprior die Hand hin. »Was du mir angetan hast, war ein übler Verrat. Doch ich will alle Rachegedanken vergessen. Sei wieder einer der unseren! Tritt unserem Bund bei, besiegele ihn mit dem Blut deiner Lippen und den Worten der Prophezeiung!«

»Bleibt mir denn eine andere Wahl?«, entgegnete Bars Balicor.

Rumos schüttelte den Kopf. »Das Zeitalter der Wandlung lässt uns nur eine Wahl – wir können leben oder sterben, wir können herrschen oder untergehen! Dies ist Tathrils Wille. Er kennt keine Gnade, und die Prüfung, die er der Welt auferlegt, wird eine grausame sein.«

Leben oder sterben, herrschen oder untergehen! Balicor strich sich die filzigen Haare aus dem Nacken. *Es gibt keine andere Möglichkeit! Dieser Irrsinnige wird dich töten, wenn du dich nicht auf seine Seite stellst. Doch wer weiß, vielleicht ist es von Vorteil; vielleicht kann mir die Bathaquar gute Dienste leisten. Mit ihrer Hilfe werde ich die Kirche formen, wie es mir gefällt, und ich kann die Quelle bändigen, ohne mir Sorgen um mein Leben machen zu müssen.*

»Deine Worte überzeugen mich«, sagte er schließlich. »Doch wie kann ich den Schwur leisten, wenn ich an den Worten des Propheten zweifle? Überzeuge mich von der Wahrheit der Prophezeiung, und ich will der Bathaquar beitreten.«

»Du wirst ihre Wahrheit bald erkennen«, antwortete Rumos und wandte sich herablassend von dem Erzprior ab. »Sieh mich an! Du hast mich getötet, doch Tathril hat mich wieder zum Leben erweckt. Es ist ein Wunder, und andere Wunder werden folgen.« Er wies auf den schwarzen Abdruck der Finger, der sich in die Marmorsäule eingebrannt hatte. »Dieses Zeichen wird dich an meine Worte erinnern. Das Zeitalter der Wandlung hat begonnen!«

❦

Als Jundala Geneder das Gemach Arkon Fhonsas betrat, fand sie den Fürsten über einen wüsten Haufen Schriftstücke gebeugt vor. Die marmorne Tischplatte war ganz unter der Masse der Pergamentbögen, der ausgebreiteten Schriftrollen und Oktavbücher verschwunden. Eine wie auch immer geartete Ordnung war nicht zu erkennen; es war nur zu offensichtlich, dass Fürst Arkon, der sich nun mit gequältem Gesicht hinter dem Tisch erhob, jegliche Übersicht über dieses Chaos verloren hatte.

»Fürstin Jundala«, rief er, und ein Lächeln umspielte seine Lippen. »Es ist mir eine Ehre, Euch in diesen bescheidenen Räumen willkommen heißen zu dürfen!«

Jundala Geneder war eine große, schlanke Frau von etwa dreißig Jahren. Die blond gelockten Haare reichten ihr bis zu den Schultern und umrahmten ein ebenmäßiges, wenn auch nicht wirklich attraktives Gesicht; das Kinn ein wenig zu spitz, die Nase etwas zu klein. Doch dies wurde durch die außergewöhnliche Schönheit ihrer Augen ausgeglichen. Sie waren groß und von einem dunklen, kräftigen Blau. Die aufmerksamen Blicke, mit denen sie ihr Gegenüber musterte, verrieten ihre ausgeprägte Klugheit.

Jundala war die Tochter eines mächtigen ganatischen Adeligen, des Barons von Bolmar. Bolmar lag im Süden Ganatas; mehrere wichtige Handelsstraßen nach Troublinien führten durch diesen Landstrich. Die Bolmarer waren berüchtigt für ihr Selbstbewusstsein und ihre starrköpfige Ablehnung jeglicher Einflussnahme des Silbernen Kreises. Selbst gegenüber ihrem Fürsten in Gehani verhielten sie sich hochmütig und aufsässig. Baniters Vater hatte mit den Baronen von Bolmar lange im Streit gelegen – ein Streit, der erst durch Baniters Vermählung mit Jundala beigelegt worden war. Durch die Heirat war es dem jungen Fürsten gelungen, die störrische Baronie zu bändigen. Und er hatte es nicht bereut, Jundala von Bolmar zur Frau genommen zu haben. Sie war ihm an Intelligenz und Scharfzüngigkeit ebenbürtig und hatte seinen ohnehin stark ausgeprägten Ehrgeiz zusätzlich angestachelt.

»Es freut mich, dass Ihr endlich eingetroffen seid«, sagte Fürst Arkon. Mit einer eleganten Verbeugung bat er sie, am Tisch Platz zu nehmen. »Ihr wurdet sicher von dem Entschluss Eures Gemahls, die Gesandtschaft nach Arphat anzuführen, ebenso überrascht wie ich.«

»Bei einem Geneder muss man stets mit Überraschungen rechnen«, antwortete sie. »Als ich seinen Brief erhielt, bin ich sogleich nach Thax aufgebrochen.«

»Nun werdet Ihr wohl eine Weile hier verbringen müssen«, lachte Fürst Arkon. »Ich hoffe, Ihr habt gute Berater in Ganata zurückgelassen.«

»Meine älteste Tochter wird sich während meiner Abwesenheit um das Fürstentum kümmern«, sagte Jundala mit unüberhörbarem Stolz.

»Eure Tochter?«, fragte Fürst Arkon erstaunt. »Ist sie nicht erst vierzehn Jahre alt?«

»Sie ist eine Geneder«, gab Jundala zurück. »Ihr wurde alles beigebracht, was zur Führung eines Fürstentums benötigt wird.«

Arkon lachte gutmütig auf. »Ich wünschte, ich könnte das von meinen Söhnen sagen, und die haben das dreißigste Lebensjahr längst hinter sich gelassen. Doch genug davon! Ich hoffe, Ihr habt eine angemessene Unterbringung gefunden.«

»Ich kann nicht klagen«, erwiderte Jundala. »Der Kaiser war so freundlich, mir einige Räume im Nordflügel Thakstels zu überlassen. Er empfing mich gestern Abend zu einer kurzen Unterredung. Da er es bisher versäumt hat, Ganata einen Besuch abzustatten, hatte ich bisher keine Gelegenheit gehabt, ihn kennen zu lernen.«

»Habt Ihr Euch gut mit Seiner Majestät verstanden?«, fragte Fürst Arkon.

»Es war eine anregende Unterhaltung. Der Kaiser hat mich über die schwierige Lage in Kenntnis gesetzt, in der sich das Reich befindet – und über das Zerwürfnis des Thronrates.«

»Tatsächlich?« Fürst Arkons Augen flackerten voller Neugier auf.

Jundala lehnte sich zurück und strich sich die Haare aus dem Nacken. »Natürlich maße ich mir nicht an, die Gedanken des Kaisers nachvollziehen zu können; doch ganz offensichtlich erfüllen ihn die Ereignisse mit Sorge.«

»Zweifellos«, sagte Arkon langsam, und sein Lächeln wurde noch ein wenig breiter. »Zum Glück belastet sich unser Kaiser nicht allzu sehr mit diesen Dingen. Ich hörte, dass der Hof heute zu seiner Zerstreuung ein Fest anlässlich des Erntetages feiert.«

»Wie bedauerlich, dass die Mitglieder des Thronrates keine Zeit finden, an diesem Fest teilzunehmen«, fügte Jundala hinzu. »Die Fürsten Scorutar und Binhipar, denen ich meine Aufwartung machen wollte, ließen mir ausrichten, dass dringende Geschäfte ihre Zeit in Anspruch nehmen. Und auch Ihr, Fürst Arkon, scheint in Arbeit vertieft zu sein.«

Arkon blickte angewidert auf die Schriftstücke, die sich wie die Gebirgszüge einer bizarren Landschaft auf dem Tisch erhoben. »Daran sind eben jene dringenden Geschäfte der Fürsten Scorutar und Binhipar schuld. Was Ihr hier seht, sind die Unterlagen über die Lehensgelder und Besoldungen der Ritterorden; vom Orden der Sieben Hallen des Südens über den Bund der Südsegler bis zu den Rittern der Schwarzen und der Weißen Klippen.«

»Eine spannende Lektüre«, spottete Jundala. »Was hofft Ihr in diesem Zahlengewirr zu finden?«

Arkons Blick verdüsterte sich. »Es gibt verschiedene Dinge, die mich stutzig machen – vor allem, was die Zahlungen an die Ritter der Klippen betrifft. Noch habe ich keinen Beweis gefunden, aber ich bin davon überzeugt, dass einiges nicht mit rechten Dingen zugeht. Leider verwehrt mir Fürst Binhipar den Einblick in die Archive der Ritterschaft.« Er betrachtete Jundala aufmerksam. »Der Silberne Kreis ist gespalten, und der Kaiser hat sich gegen die Fürsten Binhipar und Scorutar gestellt. Ich hoffe, Ihr seid Euch der Gefährlichkeit dieser Situation bewusst. Euer Mann traf eine weise Entscheidung, als er sich auf unsere Seite schlug. Sithar braucht in diesen stürmischen Zeiten eine starke Führung.«

»Sicherlich werdet Ihr dafür sorgen, dass das Kaiserreich diese Führung erhält«, meinte Jundala.

»In der Tat«, erwiderte Arkon. »Doch dazu bin ich auf Eure Unterstützung angewiesen. Ihr vertretet Euren Mann während seiner Abwesenheit im Thronrat. In den nächsten Wochen stehen unangenehme Entscheidungen an, und ich muss mir der ganatischen Stimme sicher sein.«

Jundala schenkte ihm ein zuckersüßes Lächeln. »An Ganata werden Eure Pläne gewiss nicht scheitern.«

»Das hoffe ich.« Arkon lehnte sich zurück. »Ich habe Eurem Mann die Wiedervereinigung von Ganata und Varona in Aussicht gestellt – ein angemessener Lohn für seine Treue – vorausgesetzt, er kehrt von seiner Reise zurück.«

»Wenn es jemandem gelingen kann, mit den Arphatern zu verhandeln, dann ist er es«, sagte Jundala Geneder leise.

»Ein Scheitern seiner Mission wäre fatal«, stieß Arkon hervor. »Immerhin – der erste Schritt ist getan! Uns erreichte die Botschaft, dass Fürst Baniter die Brücke von Pryatt Parr überschritten hat. Nicht jeder Gesandte wurde von den Arphatern über den Nebelriss gelassen. Wir brauchen Arphat als Verbündeten im Kampf gegen die Echsen.«

»Zunächst müsst Ihr einen anderen Kampf führen«, sagte Jundala. Sie wies auf die aufgehäuften Schriftstücke. »Und ich glaube nicht, dass Ihr ihn an diesem Schreibtisch gewinnen werdet.«

Arkon runzelte die Stirn. »Was wollt Ihr damit sagen?«

»Ich halte es für unklug, sich mit den Rittern der Klippen anzulegen«, erwiderte sie, »mit dem mächtigsten Orden des Kaiserreiches.«

»Noch ist er das«, knurrte Arkon. »Fürst Binhipar hat es verstanden, die Ritter in all den Jahren mit Gold zu mästen, das ihnen nicht zusteht. Ich werde diesen Betrug aufdecken. Dann werden wir sehen, was vom mächtigsten Orden des Kaiserreiches übrig bleibt.«

»Die Ritter werden sich zur Wehr setzen«, warnte Jundala.

»Unsinn!«, widersprach der Fürst. »Der Kaiser ist auf meiner Seite, und der Thronrat ebenso! Mir bereitet ein anderes Problem größere Sorgen.« Er wischte sich mit dem Handrücken den Schweiß von der dunklen Stirn. »In den vergangenen zwei Wochen sind vier meiner Handelsschiffe im Silbermeer gekapert worden. Nach den Aussagen der Überlebenden waren es eindeutig troublinische Piraten, die den Überfall durchführten. Insgesamt sind in diesem Kalender bereits zehn sitharische Schiffe in die Hände dieser Schurken gefallen! Die Troublinier wollen uns auf die Probe stellen. Sie wissen, dass wir zurzeit andere Sorgen haben, und diese Lage nutzen sie aus.« Wütend ballte er die Faust. »Ich habe Waren im Wert von mehreren zehntausend Goldmünzen verloren! Was ist in die Troublinier gefahren, Jundala? Verratet es mir! Schließlich grenzt Troublinien an das ganatische Fürstentum.«

Es war ein seltsames Land, von dem Arkon sprach: Troublinien, gelegen am östlichen Ende des Kontinents; ein raues, kaltes Land, in dem sich Gebirgszüge mit schneeverwehten Fichtenwäldern abwechselten, das von reißenden Strömen und düsteren Moorgegenden durchschnitten wurde. Nur wenige Menschen lebten in Troublinien, und sie unterschieden sich stark von den übrigen Südländern. Die Troublinier waren ein Volk der Barden und Märchenerzähler, der Wanderer und Kaufleute. Immer wieder brachen Troublinier in ferne Länder auf, um dort in den Tavernen unheimliche Geistergeschichten oder düstere Balladen von den Schrecken ihrer Meere und Wälder vorzutragen. Sie waren tüchtige Seefahrer und geschickte Kaufleute. Schon vor zweitausend Jahren waren sie mit ihren Schiffen bis nach Gyr und Candacar gelangt und hatten dort mit den alten Stadtkönigreichen Handel getrieben. Und obwohl Troublinien, das seit jeher von einem gewählten Gildenrat geführt wurde, niemals zu einem machtvollen Reich aufgestiegen war, hatte es doch als einziger Landstrich des Südens den Eroberungsfeldzügen der Arphater, Candacarer und Gyraner widerstanden. Im Südkrieg hatte Troublinien den Südbund unterstützt und war ihm später gar beigetreten. Doch es war stets ein Rivale des Kaiserreiches geblieben.

Vor sieben Jahren schließlich hatte der Gildenrat überraschend den Austritt Troubliniens aus dem Südbund erklärt und den Gesandten, der das Land im Silbernen Kreis vertreten hatte, in die Hauptstadt Taruba zurückberufen. Seitdem machten die troublinischen Kaufleute dem Kaiserreich das Leben schwer. Mit skrupellosen Methoden hatten sie sich den Tuch- und Silberhandel unter den Nagel gerissen, und selbst vor der Unterstützung von Seeräubern und anderem Gesindel schreckten sie nicht zurück.

»Es dringen selten Nachrichten aus Troublinien zu uns«, erklärte Jundala. »Der Gildenrat lässt die Grenzen gut bewachen, und den durchreisenden Krämern ist außer ein paar Märchen nichts zu entlocken. Allerdings sind in letzter Zeit viele Troublinier nach Ganata geflohen. Sie klagen über die Herrschaft des Gildenrates, über hohe Abgaben und eine strenge Gesetzgebung.«

»Es ist nicht neu, dass der Gildenrat die Bevölkerung mit harter Hand führt«, erwiderte Arkon Fhonsa.

»Gewiss, doch die Klagen häufen sich, obgleich Troublinien in den vergangenen Jahren mehr Reichtümer anhäufen konnte als je zuvor. Seit der Gildenrat sich vom Südbund losgesagt hat, ist seine Macht in Troublinien unangefochten.«

»Wir hätten es niemals dulden dürfen, dass die Troublinier den Südbund verlassen!«, rief Arkon wütend. »Es konnte nur Unglück daraus entstehen. Sobald wir den Krieg gegen die Goldéi beginnen, werden die Troublinier uns in den Rücken fallen, um in den Besitz der Minen im Silbermeer zu gelangen.« Er blickte Jundala düster an. »Was sollen wir tun? Gebt mir einen Rat!«

Jundala sah ihn erstaunt an. Sie hatte nicht damit gerechnet, dass der mächtige Fürst von Thoka sie um Rat fragen würde. »Solange der Zwist im Thronrat anhält, könnt Ihr gegen die Troublinier nichts unternehmen. Die Fürsten können nur gemeinsam gegen den Gildenrat vorgehen. Schafft Klarheit darüber, wer den Silbernen Kreis in Zukunft anführt. Dies ist Eure wichtigste Aufgabe.«

»Ein weiser Rat.« Verschwörerisch schürzte Arkon die Lippen. »Ich beneide Fürst Baniter, dass er eine so kluge und hübsche Frau zum Altar geführt hat!«

Ihre Augen blitzten spöttisch auf. »Eure Komplimente lassen mich erröten, Fürst Arkon.«

Er lachte vergnügt. »Mein eigenes Weib hingegen war dumm wie die Nacht und plump wie ein Stein – eine Lomis, die Tante der Fürsten von Morthyl und Varona. Eine hervorragende Verbindung, die mir neben Perjans Freundschaft eine vortreffliche Summe Geld einbrachte.« Er betrachtete Jundala mit anzüglichem Grinsen. »Glücklicherweise holte Tathril meine Gemahlin schon vor vielen Jahren zu sich. Falls Fürst Baniter also wider Erwarten nicht aus Arphat zurückkehren sollte …«

»Macht Euch keine Sorgen«, schnitt Jundala ihm das Wort ab. »Er wird zurückkehren!«

»Das hoffe ich«, sagte Arkon, und sein Blick verdüsterte sich wieder. Leidgeprüft starrte er auf die Schriftstücke. »Bis dahin werde ich mich den Heereslisten der Ritterorden widmen. Selbst wenn es noch drei Kalender dauert, ich werde herausfinden, auf welche Weise Binhipar den Silbernen Kreis betrogen hat.«

Jundala hatte sich während Arkons Rede langsam erhoben. Sie beugte sich über den Tisch, und ihre Hand strich beiläufig über die Kanten der gestapelten Bücher. »Allein könnt Ihr diese Arbeit nicht schaffen. Wenn Ihr es gestattet, werde ich Euch zur Hand gehen.«

Arkon war sogleich hellauf begeistert. »Das wäre mir eine große Ehre, Fürstin Jundala! Vielleicht seid Ihr in der

Lage, den Betrug aufzudecken, den Binhipar so geschickt vor meinen Augen verborgen hält.«

»Falls die Heereslisten tatsächlich eine Unregelmäßigkeit enthalten, werde ich sie finden«, versprach Jundala. »Schickt mir eine Hand voll Schreiber, denen Ihr vertraut, und ich werde bis zum Ende der Woche den Beweis erbringen, nach dem Ihr sucht.«

»Ich werde es sogleich veranlassen«, rief Arkon eifrig. Neugierig beobachtete er, wie Jundala eine Pergamentrolle unter den Bücherstößen hervorzog. Mit ernster Miene entrollte sie das Schriftstück. Ihr Zeigefinger flog über die eng geschriebenen Zahlenreihen. An der Bewegung ihrer Lippen konnte Arkon erkennen, dass sie die Zahlen während des Lesens leise mitmurmelte. Und erst jetzt, als er sie so über den Marmortisch gebeugt sah, fest in die Lektüre der Schriftrolle vertieft, schlich sich Misstrauen in seinen Blick.

❦

Mit entschlossenen Schritten durchmaß Fürst Binhipar den Säulengang. Schwer hallten seine Stiefel auf dem hölzernen Boden. Sein Gesicht war zornesrot angelaufen, und die Enden des geflochtenen Bartes tanzten durch die Luft wie giftige Schlangen, die nach der Hand suchten, die sie aufgescheucht hatte.

»So beruhigt Euch doch endlich!«, erklang hinter ihm die Stimme Scorutars. »Noch wissen wir nicht, warum Akendor uns zu sich gebeten hat.«

Binhipars Lippen bebten vor Zorn. »Er lässt uns nicht zu sich bitten! Er hat uns herbefohlen, herzitiert wie einen niederen Dienstboten, wie einen geprügelten Hund!« Ruckartig blieb er stehen und drehte sich um. Sein Mantel brauste auf wie ein herannahender Sturm. »Es ist Eure Schuld, Scorutar! Ihr habt geschworen, den Kaiser zur Besinnung zu bringen. Stattdessen wird Akendor von Tag zu Tag aufsässiger!«

Scorutar packte Binhipar an den Schultern. »Ihr müsst

mir Zeit geben! Ich werde ihn schon einzuschüchtern wissen! Bald wird er Ruhe geben, bald schon. Vertraut mir!«

»Ich habe genug von Euren Beschwichtigungen!« Binhipar stieß den Fürsten von sich. »Wie lange soll ich noch zusehen, wie Arkon und Perjan ihren Einfluss im Thronrat ausweiten? Lasst uns klare Verhältnisse schaffen. Wenn der Kaiser nicht mehr auf unserer Seite steht, soll er spüren, was es heißt, sich gegen uns zu stellen; gegen uns, die einst die treuesten Stützen seines Vaters waren! Gegen uns, die das Reich in all den Jahren zusammengehalten haben, in denen er seine Unfähigkeit mit Wein und Weibern betäubte!«

»Zügelt Eure Zunge«, riet ihm Scorutar. »Wir dürfen Arkon und Perjan nicht durch eine unbedachte Provokation in die Hände spielen.«

Binhipar schüttelte den Kopf. »Unsere Position wird von Tag zu Tag schwächer! Im Volk brodelt es; die Angst vor den Goldéi wird bald zu Aufständen und Rebellionen führen. Im Silbermeer plündern troublinische Piraten frech unsere Schiffe. Und irgendwo in Arphat sitzt Baniter Geneder und lacht sich ins Fäustchen.« Er ließ die breiten Hände sinken. »Uns läuft die Zeit davon. Wir müssen Arkon und Perjan auf ihre Plätze verweisen!«

»Das werden wir«, versprach Scorutar. Wütend strich er sich die dunklen Locken aus dem Gesicht. »Sie glauben sich ihrer Mehrheit im Thronrat sicher; doch sie vergessen, dass diese Mehrheit allein von der Gunst des Kaisers abhängt! Auf Akendor ist kein Verlass; das werden sie bald feststellen.«

»Leere Worte!«, donnerte Binhipar. »Akendor ist unserem Einfluss längst entglitten. Dass er uns zu dieser Stunde in den Festsaal bittet, kann nur bedeuten, dass er uns vor den Augen des Hofes demütigen möchte. Ohne seine Speichellecker vermag er mir kaum in die Augen zu sehen, doch in der Masse des Provinzadels fühlt er sich sicher!«

»Wir werden sehen«, antwortete Scorutar. »Wenn Akendor tatsächlich so naiv ist und unsere Warnungen missachtet, können wir ihn nicht mehr schützen. Doch bis dahin zähmt Euren Zorn.«

Schweigend setzten sie ihren Weg fort, vorbei an Säulen aus schwarzem Sithalit, vorbei an Tierstatuen, die auf Sockeln kauerten und Fackeln in ihren steinernen Klauen und Mäulern hielten. Schließlich erreichten sie die Tür, die zum Festsaal führte. Vier Wachen standen davor. Beim Anblick der Fürsten sprangen sie dienstbeflissen zur Seite und zogen die Flügeltüren auf. Mit versteinerten Gesichtern schritten die Fürsten auf die Türöffnung zu, aus der ihnen das satte Licht zahlreicher Öllampen entgegenschlug.

Noch bevor Scorutar in den Saal trat, regte sich ein ungutes Gefühl in ihm. Er drängte sich dichter an Binhipar, und als dieser zu ihm herabblickte, flüsterte er: »Es ist keine Musik zu hören, keine Stimmen! Akendor muss das Fest aufgelöst haben.«

Der Saal war hell erleuchtet. An der Decke waren auf Ketten mehrere Öllampen aufgereiht. Von den Emporen, die sich oberhalb des Saales an den Wänden entlangzogen, hingen farbenfrohe Schmuckfahnen herab. Trotzdem wirkte der Saal gespenstisch; die runden Fensteröffnungen an der Decke starrten wie tote Augen herab, und aus den hinteren Winkeln schlug ihnen ein kalter Windhauch entgegen, der sie frösteln ließ.

Durch den Saal zog sich eine Reihe langer Tafeln, die von einem jäh geendeten Fest kündeten – mit Essensresten gefüllte Teller und Silberplatten, ausgeweidete Schüsseln, klebrige Glaskrüge und Töpfe, angenagte Knochen und halb leere Kristallgläser, deren Ränder einen fettigen Rand zeigten – ein kulinarisches Kunstwerk, durch gierige Finger und Mäuler entweiht.

Auf einer der Tafeln, zwischen Pfannen mit geschmorten Forellen und Schüsseln mit Bratensoße, stand Akendor Thayrin, den bleichen Oberkörper entblößt, barfüßig, lediglich mit einem um die Lenden geschlungenen Tuch bekleidet. In der rechten Hand hielt er eine tönerne Weinkaraffe; sein Mund glänzte vor herabtriefendem Fett.

Unweit von ihm hockte Ceyla Illiandrin. Ihre Beine hingen schlaff von der Tafel herab, das Kleid war verrutscht, eine Schulter lag frei, und ihre braunen Locken standen zerzaust vom Kopf ab. Aus ihrem Gesicht sprach nackte Furcht. Als sie die Fürsten eintreten sah, schlug sie den Blick nieder.

Neben ihr, die Hände um den Griff eines Langschwertes gelegt, stand Garalac, der Leibwächter des Kaisers. Das rote Haar glänzte kupfern im Licht der Öllampen. Seine Augen ruhten auf Akendor. Er schien die Fürsten kaum wahrzunehmen.

»Da sind sie ja endlich!«, rief Akendor mit schriller Stimme, als er Scorutar und Binhipar gewahr wurde. »Die Fürsten von Swaaing und Palidon; Scorutar Suant und Binhipar Nihirdi, die mächtigsten Fürsten des Thronrates!« Ein merkwürdiges Lachen löste sich aus seiner Kehle. Die Fürsten wechselten einen besorgten Blick. Doch Akendor ließ sie nicht zu Wort kommen. »Siehst du, wie schnell sie gekommen sind, Ceyla? Wenigstens dieses Mal gehorchen sie mir, selbst wenn ich nur der harmlose Sprössling des wahren Kaisers bin, der Sohn Torsunts.« Der Krug entglitt seinen Fingern und krachte in eine der Pfannen herab. Ein Schwall öligen Sudes schwappte über den Rand und lief über die nackten Füße des Kaisers. »Tretet näher«, befahl Akendor, »kommt und bedient Euch an meiner Tafel! Es ist genug übrig geblieben für alle!«

Binhipar tat einen Schritt auf den Kaiser zu. Er vermied es, Akendor anzusehen. Stattdessen behielt er Garalac im Auge. »Ich erwartete Euch inmitten eines Festes anzutreffen, Majestät. Wo sind Eure Gäste geblieben?«

Akendor stieß ein Kichern aus. »Auf dem Heimweg, Fürst Binhipar, zurück in die Dörfer und Burgen, von denen Ihr sie zusammengeklaubt habt!« Er trat gegen eine der Schüsseln, sodass sie mit einem Satz von der Tafel sprang und ihr Inhalt sich mit einem schmatzenden Laut über den Boden ergoss. »Ich habe den Hofstaat aufgelöst.«

»Ihr habt … was?«, entfuhr es Scorutar.

Akendor lachte erneut auf. »Ja, Fürst Scorutar; aufgelöst mit sofortiger Wirkung. Bis zum Sonnenaufgang müssen sie den Palast verlassen haben.«

»Aber weshalb, mein Kaiser?«, rief Scorutar irritiert. »Wisst Ihr nicht, welch unerhörte Beleidigung dies für die Väter der jungen Adeligen bedeutet? Sie werden es als bewusste Zurückweisung, als Entzug der kaiserlichen Gunst deuten.«

Ein Grinsen huschte über Akendors Gesicht. »Sollen sie doch! Ich habe keine Zeit mehr für diese Speichellecker; ich habe Wichtigeres zu tun.« Er sprang von der Tafel und schritt auf die Fürsten zu. Seine Füße ließen eine schlierige Spur auf dem Steinfußboden zurück. »Bedient Euch«, forderte er die Fürsten ein zweites Mal auf. »Es wird so bald kein Fest, kein verschwenderisches Gelage mehr geben. Angesichts der Schatten, die sich über Sithar zusammenbrauen, werde ich mich ab sofort den Staatsgeschäften widmen. Ich habe sie lange genug vernachlässigt – denkt Ihr nicht, Fürst Binhipar?« Er baute sich vor dem Fürsten von Palidon auf, der ihn um fast einen Kopf überragte.

Binhipar blickte kalt zu ihm herab. »Was soll das bedeuten, mein Kaiser?«

»Habe ich mich unklar ausgedrückt?«, schrie Akendor. »Ab sofort wünsche ich über alle Angelegenheiten des Kaiserreiches in Kenntnis gesetzt zu werden; über den Empfang der Gesandten und Kaufleute, über die Zusammensetzung des Heeres, über das Steuer- und Urkundenwesen, über die Besoldung und Belehnung der Ritter, über die Bestellung der Flotte, die Verwaltung der Kontore, die Tätigkeiten der Schreibstuben des Südbundes und des Silbernen Kreises – über alles!« Er wandte sich Scorutar zu, der mit versteinerter Miene seinen Worten folgte. »Oder gibt es irgendwelche Einwände?«

Scorutar setzte ein dünnes Lächeln auf. »Mit Verlaub, Majestät, Ihr habt Euch jahrelang von den Staatsgeschäften fern gehalten. Ihr kennt nicht die schwierigen Prozesse und Prozeduren, die gesetzlichen Bestimmungen, die zum Führen des Staates erforderlich sind. Es würde viele Kalender brauchen, um Euch in all diese Dinge einzuweisen ... Zeit, die wir nicht haben!«

»Bestimmungen lassen sich ändern«, zischte Akendor, »und Ihr werdet mich in die geheimnisvollen Prozesse und Prozeduren einweihen, von denen Ihr sprecht!«

»Nehmt doch Vernunft an!«, stieß Scorutar hervor. »Sithar steht kurz vor einem entscheidenden Krieg. Es ist nicht die Zeit für Lehrstunden! So bringt Ihr das gesamte Reich in Gefahr – und Euch in besonderer Weise.«

Akendor starrte ihn ungläubig an. »Ihr wagt es noch immer, mir zu drohen?« Seine Stimme überschlug sich. »Genügt es nicht, dass Ihr Eure Schwester schickt, um Euer Gift zu versprühen?« Er trat auf den Fürsten zu, bis ihre Gesichter sich beinahe berührten.

Verunsichert wich Scorutar vor dem Kaiser zurück. »Ich weiß nicht, wovon Ihr sprecht.«

»Ihr lügt«, spie Akendor aus, »Ihr lügt, lügt, lügt!« Er wandte sich ab und trat zu Ceyla, die noch immer auf der Tafel kauerte. »Ihr habt Eure Schwester ausgesandt, um Ceyla einzuschüchtern und mir zu drohen! Wie konntet Ihr es wagen!« Er packte Ceylas Hand und zog sie von der Tafel herab. Sie klammerte sich verängstigt an ihn. »Hört mir gut zu, Scorutar«, schrie Akendor. »Falls Tundia Suant sich noch ein einziges Mal in ihre Nähe wagt, werde ich sie vom Hof verbannen. Und jede weitere Drohung werdet Ihr bitter bereuen. Dann sollt Ihr sehen, wozu der Kaiser Sithars fähig ist!« Er umschlang Ceyla mit den Armen, und ihr Kleid rutschte von den Schultern herab, sodass sie mit entblößter Brust dastand, die Augen beschämt zu Boden geschlagen, den Kopf widerstrebend an Akendors Schulter gelegt. »Und eines noch: Lasst überall im Kaiserreich verkünden, dass ich mich vermählen will. Euch, Fürst Binhipar, beauftrage ich hiermit, alle Vorbereitungen für eine baldige Hochzeitszeremonie im Tempel von Thax zu treffen! Das Mädchen an meiner Seite, Ceyla Illiandrin, soll meine Gemahlin werden – die Kaiserin Sithars!«

Binhipar öffnete den Mund. Er ballte die Fäuste. Für einen Augenblick fürchtete Scorutar, der Fürst von Palidon werde sich auf Akendor stürzen. Doch Binhipar Nihirdi verharrte an seinem Platz. Düster starrte er den Kaiser an.

Akendor hielt dem Blick des Fürsten nur wenige Sekunden stand. Dann stieß er Ceyla von sich, sprang wie wild auf die Tafel, sodass die Teller und Gläser klirrend am Boden zerschellten, tobte, brüllte, »und nun hinaus, HINAUS, und denkt an meine Worte, denkt an sie!«

Hastig verließen Scorutar und Binhipar den Saal, die Stimme des Kaisers im Rücken. Sie stürzten auf den Gang hinaus und verlangsamten ihre Schritte erst, als sie den Festsaal weit hinter sich gelassen hatten.

»Bei Tathril, es muss etwas geschehen«, flüsterte Scorutar, als sie um die nächste Ecke bogen, »es muss schnell etwas geschehen!«

Binhipar gab keine Antwort. Doch sein Gesicht verriet, dass düstere Gedanken in seinem Kopf umhergingen.

❦

Der Korb war leer. Nhordukael hatte die letzten Heilkräuter verteilt. Mit enttäuschten Gesichtern waren die Armen und Siechen, die ihn bis zuletzt umringt hatten und nun leer ausgegangen waren, wieder in der Menge verschwunden.

Es war dunkel geworden. Ein satter Mond erhellte den Himmel, und auf dem Platz der Gießer und Schmelzer flammte das Licht zahlreicher Fackeln. Bis in die späte Nacht hinein sollte das Fest der Ernte andauern, und obwohl es mit dem Verschwinden der Sonne recht kalt geworden war, befanden sich noch immer zahlreiche Menschen auf dem Platz, tanzten und tranken und sahen den Artisten zu, die mit immer neuen Kunststücken die Menge ergötzten. Alle warteten auf den Höhepunkt des Festes – den Bronzeguss der Heiligen.

Vor der Kaiserlichen Bronzewerkstatt hatten sich Vertreter der verschiedenen Hochlandgilden versammelt: die Gießer mit ihren breitkragigen Lederkitteln, die Zinn- und Kupferbergleute mit ihren schwarzen Hauben, die in graues Leinen gewandeten Männer aus den Kohlenbergwerken. Gemeinsam mit ihren Frauen führten sie traditionelle Tänze auf, begleitet von Flöten und Pauken, und das Volk jubelte ihnen zu.

Nhordukael hatte eine hervorragende Sicht auf die tanzenden Paare. Er stand noch immer in der Nähe der Statuen und betrachtete die fröhlichen Gesichter der Gildenleute, ihre glänzenden Augen, ihre vom Gerstentrunk geröteten Wangen. Für den Augenblick vergaß Nhordukael seine Sorgen und teilte die Freude, die das Erntefest den Menschen von Thax bereitete.

Als die Tänze ein Ende gefunden hatten, wurden jene, die unmittelbar vor den Heiligenstatuen standen, von den Gießern zurückgetrieben. Lautes Jubeln erhob sich in der Menge, als die Gildenleute das mächtige Eisentor der Gießerei öffneten und ein großes Gestell aus dem Inneren des Gebäudes hervorzogen. Es handelte sich um eine Tribüne, aus zusammengebundenen Kiefernstämmen errichtet. Ihre Holzräder knirschten und ächzten auf dem Pflasterstein, und als die Gießer die Tribüne zu den Statuen herüberzogen, schwankte das hohe Gestell unheilvoll hin und her. Denn ein schweres Gewicht ruhte auf ihm: eine breite Eisenwanne, die bis zum Rand mit geschmolzener Bronze gefüllt war. Heiße Schwaden stiegen empor, und darüber flimmerte rotgolden die Luft. Als das Gestell zu sehr ins Wanken geriet, schoss eine Fontäne flüssigen Metalls aus der Wanne, und die Gießer stoben johlend auseinander und brachten sich vor der glühenden Bronze in Sicherheit.

Fasziniert beobachtete Nhordukael, wie die Gießer das Gestell dicht vor die Standbilder der Heiligen rollten. Ehrfürchtig bezogen die Gildenleute vor den Statuen Stellung, neigten ihre Häupter und dankten Tathril für das dahinscheidende Jahr, für Lohn und Brot und die Schätze der Erde.

Es hatte wieder zu schneien begonnen. Dicke Flocken sanken schwerfällig vom Himmel herab. Nur vor der Bronzewanne schienen sie zurückzuweichen, denn die Glut zerschmolz sie in der Luft. Nhordukael beobachtete die zergehenden Schneeflocken mit leisem Lächeln. Doch dann merkte er auf. Eine seltsame Unruhe hatte die Umherstehenden erfasst, abschätzige Rufe hallten über den Platz. Nhordukael erblickte inmitten der Menge einen Holzkarren. Er wurde von zwei Pferden gezogen. Murrend wichen die Leute vor dem Wagen zurück, auf dem eine seltsame Gestalt kauerte, die Zügel in der linken Hand erhoben. Sie war in eine schwarze Büßerkutte gewandet, deren rechter Ärmel schlaff und leer herabhing. Auf dem Kopf trug sie eine seltsame Kappe, zusammengesteckt aus Flicken und Leinenfetzen. Hinter der Gestalt ruhte eine große Kiste auf der Wagenfläche. Sie war mit einem verdreckten Sacktuch abgedeckt. Unter dem Stoff konnte man merkwürdige Ausbuchtungen erkennen.

Langsam bahnten die Pferde sich ihren Weg durch die Menge und steuerten auf die Bronzewerkstatt zu, wo die Gießer die Zeremonie vorbereiteten. Einige von ihnen waren auf das Gestell geklettert, um die Ketten zu lösen, mit denen die Wanne festgezurrt war. Ein mit eisernen Haken bewehrter Bock wurde über der Wanne aufgestellt, und Ketten wurden um die Haken geschlungen, um die Wanne später absenken zu können. Unten, am Fuß des Gestells, rannte ein kleines Mädchen umher, vermutlich die Tochter eines Gießers, und legte Blumensträuße um die Tonstatuen nieder.

Die Kutsche hatte indessen die Bronzewerkstatt fast erreicht. Unweit von Nhordukael kam sie zum Stehen. Die Gestalt ließ die Zügel sinken, erhob sich und schlug die Kutte zurück. Das Gesicht eines abgemagerten, ungepflegten Mannes war zu erkennen, offenbar ein Candacarer, wie die hellbraune Haut und die schräg stehenden Augen verrieten. Sein Blick zog die Menge sofort in den Bann; schreckensgeweitete Augen, in deren unergründlicher Schwärze der Schein der Fackeln tanzte. Als der Mann seine Kutte abstreifte, ging ein Raunen durch die Menge, denn darunter kam ein dürrer, zerschundener Körper zum Vorschein, von dunkelroten Wunden und Narben gezeichnet. Von der rechten Schulter ragte anstelle eines Armes ein schwarzer, schartiger Stumpf ab.

»Volk von Thax!«, schrie der Mann mit schriller Stimme, »hört mich an!« Er sprang auf die Kiste, die linke Hand zur Faust geballt. Das Raunen der Menge verebbte. Selbst die Gießer hielten verwundert inne. »Von weit her bin ich gekommen, aus dem fernen Candacar, um euch schreckliche Kunde zu bringen! Hört mich an und öffnet die Augen, ihr Blinden, die ihr nicht sehen wollt!« Anklagend wies er in die Menge. »Ich finde euch feiernd und lachend, wo ich euch klagend und elend erwartete! Ich sehe euch tanzen und singen, wo ihr euch gegen den Feind rüsten solltet. In euren Händen sehe ich Körbe mit Brot und Wein statt Schwerter und Speere!« Seine Hand fuhr gen Himmel, als wollte er ein Trugbild vertreiben. »Aus Candacar kam ich, um euch von den Wesen zu erzählen, die mein Land verwüstet haben und die bald auch über Thax herfallen werden!« Alle Stimmen waren verstummt; kein Flüstern, keine Rufe waren zu hören. Erschrocken lauschten die Menschen den Worten des Mannes. »Von Westen kamen sie auf goldenen Schiffen und gingen vor Candacars Küsten an Land. Wie ein Sturm brachen sie über die Dörfer und Städte herein, und sie kannten keine Gnade! Entsetzlich ist ihr Anblick; ihre Schuppen sind aus Bronze, ihre Zähne und Klauen aus Gold, und in ihren Augen brennt eine Mordlust, die jeden erschaudern lässt. Sie dürsten nach Rache für das, was unsere Vorfahren ihnen antaten vor langer Zeit.«

Stumm hingen die Menschen von Thax an seinen Lippen. Allein die Gießer hatten sich von dem Bann seiner Rede gelöst. Missmutig standen sie beinander und berieten sich im Flüsterton. Der Gildenälteste, ein beleibter Mann mit prächtigem Bart, deutete verärgert auf den Einarmigen, der die Zeremonie unterbrochen hatte.

»Niemand konnte sie aufhalten«, fuhr dieser mit verzweifelter Stimme fort, »selbst wir nicht, die Bewahrer des Pfades! Vor euch steht ein Mönch der Solcata, ein Zauberer der erhabenen Loge von Candacar! Mein Leben war der Magie gewidmet, den geheimen Kräften, die unsere Welt beherrschen. Doch als die Goldéi Candacar vernichteten, waren wir machtlos. Wir kämpften gegen sie vor der Küste von Bilmephal; wir entfesselten die Gewalten des Tobenden Meeres. Ich sah, wie ihre Schiffe den Wellen widerstanden; ich sah meine Brüder sterben – die mächtigsten Zauberer der Solcata, dahingerafft von der Magie der Goldéi! Ich erblickte das Antlitz der Roten Echse, und mein Arm verfaulte mir am Leib. Die Totenglocke von Bilmephal läutete Tag und Nacht, so entsetzlich wüteten die Echsen unter den Wehrlosen.«

Ein angstvolles Raunen schwoll auf dem Platz an, unterbrochen von Schreckensrufen. Vereinzelt wurden auch Schmähungen gegen den Einarmigen ausgestoßen. Und dort bahnten sich einige Männer der Gilde mit entschlossenem Blick ihren Weg durch die Massen, um zu dem Wagen zu gelangen.

»So ertrank Candacar im Blut, und die Mönche der Solcata wurden in alle Winde zerstreut«, hallte die Stimme des Mannes über den Platz. »Auch mir gelang die Flucht. Ich konnte ein Schiff der Goldéi in meine Gewalt bringen und floh damit auf die Weiten des Nordmeeres. Oh, ich wünschte, ich hätte gemeinsam mit meinen Brüdern den Tod auf Bilmephal gefunden. Denn was ich an Bord des goldenen Schiffes sah, raubte mir schier den Verstand.«

Die Gildenmänner hatten die Kutsche erreicht. Mit zornigen Rufen forderten sie den Einarmigen auf, vom Wagen herunterzusteigen. Doch dieser fuhr unbeirrt fort. »Bürger von Thax, ich kam, um euch zu warnen! Denkt an Candacars Schicksal und rüstet euch für die Schlacht. Nicht euer falscher Gott wird euch retten, nicht eure Priester, nicht eure Fürsten und euer Kaiser! Erhebt euch und kämpft, denn sonst endet ihr wie die Menschen von Bilmephal!«

Einer der Gießer war auf den Wagen geklettert und versuchte, den Einarmigen von der Kutsche herunterzuzerren. Mit einer unglaublichen Wendigkeit entzog der Redner sich seinem Griff und versetzte dem Angreifer einen brutalen Schlag mit der geballten Faust. Der Gießer taumelte und stürzte von der Kutsche. Ein Aufschrei ging durch die Menge. Zwei weitere Gießer erklommen den Wagen. Doch darauf schien der Einarmige nur gewartet zu haben. Blitzschnell sprang er ihnen entgegen und ließ seinen Ellbogen auf den Kopf des ersten Gildenmannes niederkrachen. Mit einem Schrei ging der Angreifer zu Boden. Der zweite Gildenmann, nun vorsichtig geworden, wich zurück. Doch der Einarmige setzte ihm nach, und mit einem gezielten Tritt brachte er auch ihn zu Fall.

Die Menge war in Bewegung geraten. Zahlreiche Menschen, von den drohenden Worten des Mannes eingeschüchtert, wollten den Platz verlassen; andere drängten neugierig näher zur Kutsche heran, um das Spektakel aus nächster Nähe verfolgen zu können. Nhordukael spürte ein Schubsen und Zerren. Er wurde von der Menge in Richtung der Heiligenstatuen abgedrängt, deren groteske Augen zu dem frevelhaften Redner herüberzuglotzen schienen. Nun waren auch Hornrufe zu hören; vom südlichen Ende des Platzes nahten die Stadtgardisten auf ihren Pferden. Vergeblich versuchten sie sich einen Weg durch die aufgebrachte Menge zu bahnen.

Aufrecht stand der Einarmige auf der Kutsche, ein Verkünder des Unheils. Die Augen funkelten im Wahn, der nackte Körper war von Schneeflocken umwirbelt, seine Hand zur Faust geballt. »Hört meine Worte! Die Goldéi sind nur der Anfang des Schreckens, der über unsere Welt hereinbricht!« Er bückte sich und ergriff das Tuch, mit der die neben ihm ruhende Kiste abgedeckt war. Mit einem Ruck zog er es fort. Die Menge hielt den Atem an. Unter dem Tuch war eine goldene Kiste zum Vorschein gekommen, mit seltsamen Einschnitten und Löchern versehen. Sie glänzte und funkelte im Licht des Mondes. »Dies fand ich an Bord des goldenen Schiffes, und es war nur eine Kiste von vielen. Ich bringe sie euch, Bürger von Thax; ich schenke sie euch! Sie soll euch eine Warnung sein!« Unzählige Augenpaare waren auf ihn gerichtet, als er sich herabbeugte und den Deckel der Kiste aufstemmte.

Aus dem Inneren der Kiste strömte weißer Nebel, tanzte in der Luft, mischte sich mit den herabsinkenden Schneeflocken. Dann war ein Geräusch zu hören, ein schriller, hoher Schrei, und ein Rascheln, ein rastloses Peitschen aus dem Inneren der Kiste. Die Menschen nahe der Kutsche wichen entsetzt zurück.

Zunächst war in den Schwaden des aufsteigenden Nebels nur ein Schemen zu erkennen. Nhordukael spürte, wie sein Herzschlag aussetzte, als sich das Wesen ganz aus dem Nebel erhob. »Seht her«, hörte er die verzerrte Stimme des Einarmigen schreien, »seht Drafurs Brut! Spürt Drafurs Zorn!« Schreckensrufe gellten über den Platz; panisch versuchte ein jeder sich in Sicherheit zu bringen. Heftiges Schubsen und Drängen setzte ein. Nhordukael bekam einen Ellbogen in die Seite gerammt; beinahe stürzte er, doch im letzten Moment konnte er sich fangen. Gebannt starrte er auf die Kreatur, die ihr metallisch glitzerndes Haupt reckte. Ihr goldener Kiefer klaffte auseinander, und sie stieß einen Schrei aus, ein grelles Kreischen. Dann wirbelte sie herum; messerscharfe Klauen entfalteten sich von ihrem Leib und umschlangen den Einarmigen, fast so, als wollte das Wesen sich an ihm festklammern. Der Mann stieß ein irres Lachen aus, »Spürt Drafurs Zorn, spürt Drafurs Hass!«, dann wandelten sich seine Schreie zu einem Gurgeln; Blut brach aus seinem Mund, seine Augen traten aus den Höhlen, ein Beben erfasste seinen Körper, sein Arm schlug verzweifelt nach dem Wesen, das seinen Unterleib zerfetzte.

Während auf dem Platz noch immer die Schreie der flüchtenden Menschen gellten, stieß das Wesen den leblosen Körper des Einarmigen von sich, und mit einem zweiten, schrillen Kreischen stürzte es sich von der Kutsche, sprang auf den noch immer am Boden liegenden Gildenmann zu. Schon war das Untier über ihm, das Maul gierig aufgerissen; knirschend zerbarst sein Schädel unter den gnadenlosen Fängen. Wieder richtete sich das Wesen auf, suchte mit schwarzkalten Augen ein neues Opfer.

Nhordukael erwachte aus seiner Erstarrung. Voller Entsetzen sah er, dass die Kreatur in seine Richtung schoss. Er wollte sich umdrehen und die Flucht ergreifen, doch seine Füße gehorchten nicht, und so blieb er wie angewurzelt stehen.

Dicht vor den Statuen hielt das Wesen inne, den Kopf emporgereckt, als schnüffelte es in der Luft nach etwas. Nun erst erkannte Nhordukael, auf wen es das Untier abgesehen hatte. Unter dem Gestell, den Rücken gegen eines der Holzräder gepresst, hockte das kleine Mädchen, das die Statuen mit Blumen geschmückt hatte. Es wimmerte. Sein rechtes Bein war auf seltsame Weise gekrümmt. Von den Gießern war keiner zu sehen; sie hatten angsterfüllt das Weite gesucht.

Nhordukael spürte ein Brennen in der Kehle. Mit aufgerissenen Augen starrte er auf die Kreatur, die sich zwischen den Statuen hindurchschlängelte, den hinteren Leib nachziehend. Ihre mordlustigen Augen waren auf das Mädchen gerichtet.

Ohne nachzudenken, rannte Nhordukael los. Mit wenigen Schritten hatte er das Gestell erreicht, duckte sich unter einem hervorstehenden Balken, ergriff das weinende Kind. Hinter sich hörte er erschrockene Rufe aus der Menge. Rasch wirbelte er herum. Seine weiße Kutte sank schützend um das Mädchen. Über sich spürte er die wallende Hitze der Bronzewanne. Und dicht vor ihm, kaum sechs Schritte entfernt, kauerte zwischen den Statuen der heiligen Ladeja und dem Abbild Magro Farghs das Furcht erregende Geschöpf, reglos und starr. Schneeflocken umtanzten sein aufgerichtetes Haupt. Aus schwarzen Augen funkelte es

Nhordukael an. Es schien verwirrt durch das plötzliche Auftauchen der weiß gewandeten Gestalt. Unentschlossen verharrte es zwischen den Statuen.

»Helft ihm doch«, gellte eine Stimme aus der Menge, »bei Tathril, helft dem Priester und dem Kind!«

Aug in Auge stand Nhordukael der Kreatur gegenüber, und nun sah er ihre ganze Scheußlichkeit – den verzerrten Leib, besetzt mit scharfen Spornen und Stacheln; die goldenen Schuppen, über die sich ein öliger Schleim zog; das blutbesudelte Maul, dessen Kiefer vor Gier bebten. Seine Glieder waren zum Sprung gespannt; die Krallen knirschten auf dem Pflasterstein.

»Nun spring endlich«, flüsterte Nhordukael. »Spring und mach ein Ende, was immer du auch bist!« Schweiß rann von seiner Stirn. In seinen Armen spürte er den zitternden Körper des Mädchens.

Als sich die Kreatur mit einem jähen Satz auf ihn stürzte, ließ Nhordukael sich blitzschnell zu Boden fallen. Seine Knie schlugen auf dem Pflaster auf. Das Wesen schoss über ihn hinweg, krrrrrrachte mit einem ohrenbetäubenden Lärm in das Gebälk des Gestells. Knirschend brach die Tribüne in sich zusammen. Nhordukael duckte sich vor den herabpolternden Balken, wich den rings um ihn niedergehenden Holzstützen aus … um ihn nichts als Lärm, hinter ihm ein wütendes Schreien; er sah, wie die Kreatur ihm nachsetzte, wie die scharfen Krallen nach ihm griffen, und sein Hals schien zu verdorren.

Und dann ertrank die Welt in einem Zischen. Gluthitze peitschte über seinen Körper hinweg. Nhordukael krümmte sich auf dem Boden, das Mädchen fest umklammernd; er schrie und wand sich in dem Feuer, das an ihm herabstürzte. Er vernahm ein unmenschliches Brüllen, einen Todesschrei …

..!…was.ge.sc.hieh.t…was.ge.sch.i.eh.t….h.i.er.!..!..

Noch immer ergoss sich die Glut über ihm, rauschte und dröhnte herab; doch Nhordukael verspürte das eigenartige Gefühl, zu frieren. Seine Kehle pochte wie ein zweites Herz.

...!..was.ge.sc.hi.eht..was.ge.s..chieht..mi.t..m.ir..!.!..

Dann spürte Nhordukael, wie das Feuer versiegte, wie das Rauschen der herabstürzenden Glut verebbte. Vorsichtig öffnete er die Augen. Sah seine Hand, bleich und zitternd, sah den Ärmel seiner Kutte – weiß! Strahlendes Weiß!

Kein Laut regte sich auf dem Platz der Gießer und Schmelzer. Lautlos sanken die Schneeflocken herab. Stumm starrten die Menschen auf die zur Seite fortgebrochene Tribüne, an deren Spitze die eiserne Wanne baumelte. Stumm starrten sie auf die schwadenumwehten Bäche und Rinnsale aus geschmolzener Bronze, die sich ihren Weg zwischen den Pflastersteinen suchte, bis die winterliche Kälte sie erhärten ließ. Stumm starrten sie auf das in Bronze erstarrte Wesen, das leblos am Boden lag. Dunkles Blut sprudelte aus seinem klaffenden Maul. Und stumm blickten die Menschen auf die vier Statuen. Auch über sie hatte sich das glühende Metall ergossen, hatte sie in einen Mantel aus Bronze gehüllt.

Doch zwischen ihnen richtete sich nun eine Gestalt auf: ein junger Mann, das Gesicht blass und vernarbt. In seinen Armen hielt er das zitternde Mädchen. Weiß schimmerte seine Priesterkutte im Mondlicht. Noch immer rann flüssige Bronze an ihm herab, perlte von seiner Haut und von dem Gewand wie Wasser. Und das ehrfürchtige Schweigen der Menschen löste sich in einem ohrenbetäubenden Jubelschrei, der nicht mehr abklingen wollte; ein Schrei, der selbst im Kaiserpalast zu vernehmen war.

KAPITEL 11

Sand

Die Leichen waren grauenhaft zugerichtet. Neben den zerschundenen Körpern lagen abgeschlagene Köpfe, abgehackte Arme und Beine; manche waren gar bis zur Unkenntlichkeit zerstückelt. Der glühende Wüstenwind hatte über die abgetrennten Glieder eine feine Sandschicht gebettet. Sie glich einer dünnen, gelben Haut und verlieh den Leichen ein fremdartiges Aussehen.

»Welch ein abscheuliches Gemetzel«, stieß Baniter Geneder hervor. Fassungslos starrte er von seinem Pferd auf die verstümmelten Körper herab, die teils am Wegrand, teils auf der steinernen Straße lagen. »Was kann einen Menschen dazu treiben, solche Grausamkeiten zu begehen!«

»Unbändiger Hass«, antwortete Mestor Ulba leise. Der Siegelmeister hatte sein Pferd neben Baniter zum Stehen gebracht. Vorsichtig wies er auf eine der Leichen. »Erkennt Ihr den blauen Waffenrock, den dieser Mann trägt? Diese Toten waren Mönche des Bena-Sajif-Ordens, Krieger des königlichen Heeres; vermutlich ein Trupp Wachsoldaten, die diesen Straßenabschnitt schützen sollten. Sie müssen in einen Hinterhalt geraten sein.«

Nachdenklich blickte Baniter den Siegelmeister an. »Ihre Gegner müssen ihnen zahlenmäßig weit überlegen gewesen sein. Soweit ich sehe, ist keiner der Angreifer unter den Toten.«

Mestor Ulba nickte. »Vermutlich waren es Stammeskrieger, die diesen Wachtrupp überfielen. In der praatischen Wüste leben wilde Stämme, die sich der arphatischen Herrschaft nicht beugen. Seit jeher gilt dieser Teil der Wüste als unregierbar; ein karges Land, bewohnt von Nomadenvölkern und Reitersippen. Sie wurden über Jahrhunderte hinweg verfolgt und geknechtet, und so verspüren sie einen glühenden Hass auf die arphatischen Siedler.«

»Ich wusste nicht, dass innerhalb des arphatischen Territoriums Nomadenstämme ihr Unwesen treiben«, erwiderte der Fürst, »zumal hier, auf der bedeutendsten Straße des Königreiches.«

Der Weg der Pracht verband das palidonische Hochland mit Praa, der sagenhaften Hauptstadt des arphatischen Reiches. Auf der uralten Straße waren einst die Heere der Arphater in den Süden vorgedrungen. In Sithar war der Weg der Pracht noch heute in Gebrauch; er verband die Städte Thax, Nandar und Vara. In der Wüste Praatiens fand er seine Fortsetzung, und hier war auch seine alte Bedeutung zu erkennen. Als fünfzehn Schritt breiter Streifen schlug er sich durch das Land – eine Heerstraße aus großen Steinblöcken, auf der ein berittener Trupp rasch voranpreschen konnte. Die Straße war erhöht gebaut und daher gut vor Verwehungen geschützt. Auf beiden Seiten hatte der Wind flache Sanddünen aufgehäuft, sodass die Straße auf einem lang gestreckten Wall ruhte.

Seit nunmehr vier Tagen ritt die Gesandtschaft auf dem Weg der Pracht. Der jähe Klimawechsel, der sich mit dem Eindringen in die Wüste eingestellt hatte, machte den Sitharern schwer zu schaffen. Vor allem Lyndolin Sintiguren litt unter der sengenden Hitze, zumal sie seit Pryatt Parr nicht mehr in einer Kutsche reisen konnte. Die Arphater hatten lediglich eine zwischen zwei Pferderücken gespannte Sänfte für die betagte Dichterin angefordert. Sie hatte bereits mehrere Schwächeanfälle erlitten; Baniter machte sich ernsthafte Sorgen um ihre Gesundheit. Auch er selbst fühlte sich matt. Der Pradan-Anuf, jener ostwärts wehende, glühende Wüstenwind, trocknete Lunge und Nase aus und machte das Atmen zur Qual. Allein Mestor Ulba schien das praatische Klima gewöhnt zu sein; seine Beteuerung, dass die Temperaturen im Sommer noch sehr viel unangenehmer seien, half den übrigen Reisenden nur bedingt.

Nachdem es Baniter gelungen war, alle zwanzig Krieger seines Trosses über die Bogenbrücke zu führen, hatten die Arphater ihnen eine »Begleitung« von nahezu fünfzig Soldaten zur Seite gestellt. Die meisten waren Mönche der Anub-Ejan und entstammten dem Gefolge des großen Ejo, bei den übrigen handelte es sich um Angehörige kleinerer Kriegersekten. Der Schechim selbst führte den gewaltigen Zug an.

Sie waren noch zwei Tagesreisen von der Hauptstadt entfernt. In der Ferne war bereits das Yanur-Se-Gebirge zu erkennen, hinter dem das Kernland Arphats begann. Bald würden sie das Tor von Talanur erreichen, jenen Pass, durch den einst Apetha der Eroberer seine Krieger geführt hatte, um die Welt in die Knie zu zwingen. Baniter erschauderte bei dem Gedanken, das sagenhafte Tor bald selbst zu durchqueren und kurz darauf die Häuser und Paläste von Praa zu erblicken. *Lass dich nicht von dieser Stadt blenden, nicht von diesem Land, von dieser Königin,* mahnte er sich im Stillen. *Der geringste Fehltritt kann den Tod bedeuten; und diesen Gefallen will ich Scorutar und Binhipar nicht tun, die meinen Kopf sicher längst auf einem arphatischen Spieß wähnen.*

Aufmerksam beobachtete er Ejo, den Anführer der Anub-Ejan. Der Schechim war von seinem Pferd gestiegen. Gemeinsam mit einigen Getreuen untersuchte er die Leichen, deren Fund die Gesandtschaft aufgehalten hatte. Sein gelbes Gewand hatte sich an einer Stelle gelöst; kläglich flatterte es im Wind wie die zerrissene Fahne eines Hilfesuchenden. Ejo hatte sichtliche Mühe, das Tuch wieder um den Körper zu wickeln. In seinem Gesicht war Zorn zu erkennen.

»Es kommt nicht oft vor, dass sich die Nomaden so weit in die Nähe der arphatischen Siedlungen trauen«, erklärte Mestor Ulba. »Vielleicht war es ein Rachefeldzug für die Vertreibung eines Stammes.«

»… oder ein Hinterhalt«, erklang hinter ihnen die schneidende Stimme Sadouter Suants. Die beiden Männer fuhren herum. Sadouter saß forsch auf dem Rücken seines Pferdes; mit der rechten Hand hatte er das Schwert gezückt. »Es kann kein Zufall sein, dass wir kurz vor Praa Zeugen eines solchen Massakers werden. Ich sage Euch, Fürst Baniter, die Arphater haben uns eine Falle gestellt, und wir sind hineingetappt.«

Baniter rollte entnervt mit den Augen. »Steckt Euer Schwert fort«, befahl er, »und, vor allem, behaltet Eure nutzlosen Gedanken für Euch. Diese Toten dort gehen uns nichts an.«

Sadouters Blick verdüsterte sich. »Ihr seid das Oberhaupt dieser Gesandtschaft, Fürst Baniter! Es ist Eure Pflicht, uns zu beschützen! Was wollt Ihr tun, wenn die Arphater über uns herfallen? Niemand wird Königin Inthara zur Rechenschaft ziehen; jeder wird glauben, wir seien Opfer dieser Nomaden geworden.«

»Die Sonne hat Euch den letzten Rest Verstand aus dem Kopf gebrannt!«, zischte Baniter. »Schweigt endlich!«

Wortlos steckte Sadouter das Schwert fort. Doch seine Augen ruhten voller Misstrauen auf den Anub-Ejan, und als Ejo sich aufrichtete und auf die Gesandten zuschritt, trieb Sadouter sein Pferd mit einem zischenden Laut zurück, als fürchtete er, der Schechim habe es auf ihn abgesehen.

Baniter ließ sich seine Unruhe nicht anmerken, als Ejo vor ihm zum Stehen kam. Lächelnd nickte er dem Anführer der Arphater zu. »Ayum Farneth, großer Ejo. Ich sehe, es gibt Schwierigkeiten. Meine Männer sind beunruhigt; wann, glaubt Ihr, können wir die Reise fortsetzen?«

Ejo wich seinem Blick aus. »Du brauchst dir keine Sorgen zu machen, Luchs von Ganata. Wir werden sogleich weiterreiten.«

»Wollt Ihr die Gefallenen nicht bestatten?«, fragte Baniter verwundert.

»Wer im Kampf gegen ehrloses Räubergesindel versagt, hat kein Begräbnis verdient«, stieß der Schechim hervor. »Ihre Gegner waren niedere Hirten, ungläubige Wilde, die sich von Kot ernähren und ihre Schafe begatten! Ihnen gegenüber sollte ein Mönch der Bena-Sajif im Kampf mühelos bestehen können.« Er spie in den Sand, um seiner Verachtung Ausdruck zu verleihen. »Wir werden ihre Körper von der Straße stoßen, damit sie im Sand verrotten. Sie sind es nicht wert, dass auch nur ein Gedanke an sie verschwendet wird.«

»Wie Ihr meint«, sagte Baniter. »Es geht uns nichts an, wie Ihr mit Euren Toten verfahrt. Doch da ich für die Sicherheit meiner Gefährten verantwortlich bin, muss ich Euch fragen, wie groß die Gefahr ist, dass die Nomaden zurückkehren. Sollen wir unsere Schwerter bereithalten?«

»Diese Hunde werden es nicht wagen, Krieger der Anub-Ejan anzugreifen«, bellte der Schechim. »Eure Schwerter sind hier ohne Nutzen; Ihr hättet sie auf dem Rücken des Maultiers lassen sollen.« Verärgert wandte sich der Arphater ab und schritt zu seinen Untergebenen zurück, die damit begonnen hatten, die Leichen von der Straße zu zerren und die Dünen herabzustoßen. Langsam rutschten die leblosen Körper abwärts, eine Wolke aufstäubenden Sandes hinter sich herziehend.

»Wie kann man so schmählich mit seinen gefallenen Kriegern umgehen?«, zischte Sadouter Suant. »Ist den Arphatern selbst der Tod nicht heilig?«

»Ihr solltet kein vorschnelles Urteil fällen«, warnte Mestor Ulba. »In der arphatischen Religion hat der Tod eine andere Bedeutung. Für die Arphater lebt die Seele eines Menschen, solange sein Körper unberührt ist. Tote werden einbalsamiert und in unterirdischen Schächten begraben. Dort liegen sie oft Jahrzehnte lang, umsorgt von ihren Angehörigen, bis ihr Körper langsam zerfällt und sie ewige Ruhe finden.« Er deutete auf die toten Krieger. »Im Gegensatz dazu gilt es als großes Unglück, wenn eine Leiche zerstückelt oder geschändet wird. Oft straft man Verbrecher, indem man ihre toten Körper nach der Hinrichtung misshandelt und foltert. Die Leichen der Könige hingegen werden von Priestern und Zauberern behütet, die Sorge tragen, dass die Körper niemals verwesen; so können die göttlichen Seelen der Herrscher weiterleben und für alle Ewigkeit das Reich beschützen.«

»Welch abstoßender Aberglaube!«, entrüstete sich Sadouter.

»Ihr müsst versuchen, ihn zu begreifen«, forderte der Siegelmeister. »Die Körper dieser Krieger waren entehrt. Als die Barbaren sie zerstückelten, raubten sie ihnen das Recht auf eine würdige Bestattung. Wer im Kampf gegen solch ehrlose Gegner stirbt, hat seine Seele verwirkt.«

»Es ist eine Sünde gegen Tathrils Gebot der Totenruhe, wenn ein Leichnam nicht bestattet wird«, behauptete Sadouter.

Der Siegelmeister warf ihm einen zornigen Blick zu. »Ihr vergesst, dass auch unsere Vorfahren einst die alten Götter verehrten, bevor Tathril unser Volk erleuchtete.«

Baniter Geneder hob beschwichtigend die Hand. »Es ist keine Zeit für religiöse Auseinandersetzungen.« Er wies auf Sadouter. »Unterrichtet unsere Gefährten, dass wir die Reise bald fortsetzen. Sie sollen wachsam sein; ich traue dem Frieden nicht. Es ist durchaus möglich, dass sich die Nomaden noch in der Nähe befinden und unserem Zug auflauern.«

Der Adelige verzog unwirsch die Mundwinkel, doch er nahm den Befehl ohne Widerworte hin und wendete sein Pferd.

Mestor Ulba wartete, bis Sadouter außer Hörweite war. Dann beugte er sich mit sorgenvoller Miene zu Baniter herüber. »Seine Unbeherrschtheit macht mir Sorgen. Er hat keinen Respekt vor den arphatischen Sitten. Er wird uns am Hof große Schwierigkeiten bereiten.«

»Sadouter Suant hat Euch nicht zu kümmern«, sagte Baniter schroff. »Erzählt mir lieber etwas über den Kriegerorden, dem diese Toten angehörten. Ich weiß noch zu wenig über das Heerwesen der Arphater.«

»Der Bena-Sajif ist der größte Kriegerbund Arphats«, erklärte Mestor Ulba. »Er untersteht der Priesterschaft des Todesgottes Kubeth, und durch ihn kontrollieren die Priester die Straßen und Städte. Das Heer hingegen – wenn man es so nennen kann – setzt sich aus den Einheiten anderer Orden zusammen; den Sajessin etwa, den Kriegern der Göttin der Nacht, oder den Balah-Sej, die den Gott der Strafe und Gerechtigkeit verehren. Ganz Arphat ist in der Hand dieser Sekten, und diese wiederum sind in blindem Gehorsam der obersten Priesterin ergeben – der Königin. Sie trägt das Blut des Sonnengottes Agihor in sich, des höchsten Gottes von Arphat. Ihr Wille ist Befehl, sie gebietet über Leben und Tod; eine Herrscherin mit dem Anspruch auf ungeteilte, absolute Macht.«

»Ein solcher Anspruch lässt sich selten durchsetzen«, erwiderte Baniter. »Gibt es keine Adeligen, keine Kaufleute oder Gilden, die ihre Macht beschränken?«

»Es gab Zeiten, in denen sich das Königshaus dem Willen einzelner Sekten und Kriegsherren beugen musste. Doch diese Zeiten sind lange vorbei. Intharas Vater, der gefürchtete König Brundir, ließ nach seiner Krönung sechshundert seiner Gegner hinrichten: Priester, Krieger und Zauberer, die sich ihm entgegenstellten. Als Inthara vor sieben Jahren den Sonnenthron bestieg, tat sie es ihm gleich – und damals war sie noch ein Kind, kaum vierzehn Jahre alt! Sie hat das Land seitdem mit unglaublicher Härte und Grausamkeit geführt, unterstützt von den Priestern des Agihor. Glaubt mir, Fürst Baniter, es gibt heute niemanden in Arphat, der es wagt, sich ihr entgegenzustellen.« Seine Stimme zitterte vor Ehrfurcht. »Sie herrscht in Praa wie eine Göttin! Das Volk fürchtet und verehrt sie, und sie gilt schon jetzt als eine der mächtigsten Herrscherinnen, die Arphat je gesehen hat.«

Akendor blickte den Siegelmeister nachdenklich an. »Mir kam zu Ohren, dass sie eine wahre Augenweide sein soll, eine Frau von nahezu vollkommener Schönheit.«

»In der Tat«, bestätigte Mestor Ulba. »Zwar sah ich sie nie mit eigenen Augen, doch allen Schilderungen nach muss sie die Schönheit einer Göttin besitzen. Ihr dunkles Haar soll schimmernder Seide gleichen, ihre Augen blitzenden Diamanten, und auch ihr Körper muss von unglaublicher Anmut sein. Als sie am Fest ihrer Volljährigkeit durch die Straßen von Praa zog, sanken zahllose Männer tot zu Boden, da ihnen der Anblick ihrer Vollkommenheit einen Stich ins Herz versetzte!«

»Solche Märchen lasse ich mir lieber von unserer Dichterin erzählen«, unterbrach Baniter ihn verärgert. »Mir genügt der Hinweis, dass Inthara von einem gewissen Liebreiz sein muss – eine Eigenschaft, die sich oft mit Eitelkeit paart. Vielleicht ist dies eine Schwäche, die sich ausnutzen lässt.«

»Oft paart sich Schönheit auch mit Selbstbewusstsein«, warnte Mestor Ulba. »Man sagt Inthara große Skrupellosigkeit nach. Ihre Geschwister hat sie bereits in jungen Jahren beiseite schaffen lassen; niemand weiß etwas über ihren Verbleib, doch es gilt als sicher, dass sie nicht mehr am Leben sind. Inthara ist inzwischen zweiundzwanzig; sie weiß, dass sie jung ist und ihre Herrschaft noch viele Jahre andauern wird. Ihr solltet sie nicht unterschätzen, mein Fürst.«

O nein, das werde ich nicht, dachte Baniter. Doch die Begeisterung des Siegelmeisters widerte ihn an. *Ulba lässt sich zu sehr von dieser allgegenwärtigen Inszenierung der Grausamkeit blenden. Er wagt nicht den Blick hinter die Fassade – den Blick auf das wahre Arphat, das ich zu finden hoffe und mir zu Diensten machen will.*

»Wie kommt es, dass eine so mächtige Frau unverheiratet geblieben ist? «, hakte er nach.

»Der Ehebund ist in Arphat ausgesprochen selten«, erklärte Ulba. »Er gilt als heiliger Akt; durch ihn werden zwei Seelen miteinander verbunden, und allein die Götter mögen das Urteil fällen, ob eine Seelenverwandtschaft zwischen Mann und Frau vorliegt. Gerade Könige und Königinnen verzichten meist auf den Ehebund, um die Götter nicht mit einer falschen Wahl zu erzürnen. Ohnehin sind eheliche und uneheliche Kinder vor dem Gesetz gleich. Das Erbe steht dem Erstgeborenen zu, unabhängig von seinem Geschlecht.«

Beachtenswert, dachte sich Baniter. »Arphat wird also von einer unverheirateten Frau und einem Haufen Priester geführt«, fasste er Ulbas Erläuterungen zusammen. »Welche Rolle bleibt dabei den Zauberern der Calindor vorbehalten?«

»Ihre Bedeutung ist gering. Als der Zauberer Durta Slargin – hierzulande nennt man ihn Durtha Slargo – durch Arphat zog und die Loge begründete, verbot er seinen Schülern, sich weiterhin an religiösen Praktiken zu beteiligen. Bis zum heutigen Tag ist die Calindor an keine der großen Sekten gebunden und hat deshalb nur geringen Einfluss auf die Geschicke des Landes, anders als die Malkuda in Kathyga oder die Tathrilya in unserem Land. Die Zauberer der Calindor unterstehen dem Willen der Königin; sie haben sich in Zirkeln zusammengeschlossen, die über die magischen Quellen wachen. Doch sie stehen unter der ständigen Aufsicht der Anub-Ejan.«

Zumindest in dieser Hinsicht sind uns die Arphater einen Schritt voraus, dachte Baniter. *Es kann nur von Unheil sein, wenn man den Zauberern zu große Eigenständigkeit einräumt.* Ihm selbst war die Kirche des Tathril ein Dorn im Auge. Wer vermochte zu ermessen, was die magisch bewanderten Priester in ihren Tempeln ausheckten, ohne dass der Silberne Kreis darauf Einfluss nehmen konnte?

Die Arphater hatten die Straße inzwischen frei geräumt. Ejo war zurück auf sein Pferd gestiegen, und mit einer herrischen Geste gab er den Befehl zum Weiterreiten. Langsam setzte sich der Zug in Bewegung, trabten die Hufe der Pferde über das steinerne Pflaster der Straße, auf dem dunkle Flecken von der Schlacht kündeten, die hier stattgefunden hatte.

❦

Sie nächtigten in einem Dorf am Fuß des Yanur-Se-Gebirges. Von den Bewohnern, vermutlich Ziegenhirten, war keine Spur zu sehen; sie schienen sich angstvoll in die Berge zurückgezogen zu haben, bevor die Gesandtschaft ihr Dorf erreicht hatte. Die Unterbringung war ebenso schlicht wie in den vorangegangenen Nächten; die Arphater scheuten keine Mühen, es den Gesandten so ungemütlich wie möglich zu machen. Zur Mahlzeit wurden salzige Kuchen aus Lauch und Rettich gereicht, als Schlafplatz dienten einfache Lager aus Wolldecken.

Mit Anbruch der Dunkelheit schwand die brütende Hitze, und es wurde so kalt, dass Baniter selbst unter der Wolldecke fror. Schlaflos wälzte er sich auf dem harten Lager umher. Seine Gedanken weilten bei Jundala, seiner Gemahlin. Er versuchte sich vorzustellen, wie sie im Thronsaal von Thax an der Seite der Fürsten saß, wie ihre klugen Augen aufmerksam das Geschehen verfolgten. *Ich weiß, du bist schlau und vorsichtig, Jundala; es ist unnötig, dass ich mir Sorgen mache.* Er presste eine Hand auf die Stirn; starrte mit weit aufgerissenen Augen in die Finsternis. *Doch warum habe ich dann solche Angst um dich? Warum fürchte ich – nun, da ich fern von Thax bin und keinen Einfluss auf die Geschehnisse im Silbernen Kreis habe –, dass dir etwas zustoßen könnte?* Es gelang ihm erst nach einer ganzen Weile, Schlaf zu finden.

Am nächsten Morgen brachen sie früh auf, noch vor Sonnenaufgang. Der Weg der Pracht führte nun aufwärts ins Gebirge, zum Pass von Yanur-Se. Das Gebirge bestand aus gelbem, sandigem Gestein; an einigen Stellen brachen zwischen den Felsbrocken verwachsene Sträucher hervor, deren Strünke wie vertrocknete Finger wirkten. Ein heißer, tückischer Wind begleitete sie; oft verlor er sich zwischen den Felsen, schien beinahe verschwunden. Dann aber setzte er mit jähem Brüllen wieder ein, riss den Reisenden die Tücher vom Kopf oder schlug ihnen Sandstaub ins Gesicht, bis ihre Augen zu tränen begannen.

Am Gipfel des Yanur-Se erkannte man die Umrisse einer mächtigen Festung; hohe Mauern aus rauem Gestein, über die sich ein zinnenloser Turm erhob. Die heiße Luft ließ sein Abbild flimmern und erweckte die drohende Festung zu unheimlichem Leben.

»Die Augen von Talanur«, wisperte Mestor Ulba, der erneut neben Baniter ritt, »die Stirn der Zornigen! König

Pakot-Naar ließ diese Burg errichten, um Candacars Heer schon von weitem seine Unbeugsamkeit zu zeigen. Dreimal wurde sie erstürmt, dreimal zerstört und dreimal wiedererrichtet. Sie ist das Zeichen für Arphats unbändigen Willen, die Welt zu bezwingen.«

Baniter schwieg. Die Burg erinnerte ihn auf unangenehme Weise an Thakstel, den Palast von Thax. Auch Thakstel war ein arphatisches Bauwerk und verströmte einen ähnlich morbiden Charme. Verärgert wandte er seinen Blick von der Festung ab. Stattdessen richtete er seine Aufmerksamkeit auf die Sänfte der Dichterin, hinter der er ritt. Sie schwankte heftig unter den strauchelnden Bewegungen der Pferde. Lyndolin Sintiguren hatte den Sonnenschutz der Sänfte zurückgeschlagen. Mit eingesunkenen Schultern kauerte sie auf dem unbequemen Sitz. Sie wirkte erschöpft; doch auch sie schaute zu der Festung auf, die Mestor Ulba ein weiteres Mal pries.

»Die Augen von Talanur blicken voller Stolz vom Yanur-Se herab. Im Süden sehen sie die Dünen der Wüste, im Norden das Flussbett des heiligen Stromes Nesfer, an dessen Ufern die glorreiche Stadt Praa liegt. Und sie sahen das Reich wachsen und gedeihen, sahen seinen glanzvollen Aufstieg und die Blüte seiner Macht.« Der Siegelmeister hielt ergriffen die Luft an. »Diese Zeiten mögen vorbei sein, Fürst Baniter, doch wer jene mächtige Burg auf dem Yanur-Se erblickt, den übermannt ein seltsames Gefühl der Ehrfurcht; der ahnt urplötzlich, welche Größe dieses Land besessen hat.«

Die Dichterin wandte den Kopf und blickte Mestor Ulba an. Ihre Augen waren stark gerötet, das faltige Gesicht fahl und schweißbedeckt. »Es ist seltsam … ich glaube, diese Festung in einem Traum gesehen zu haben«, sagte sie nachdenklich. »Ich sah mich am Fuß einer Burg stehen, die jener dort glich; sie war aus dunklem Gestein, ihre Mauern verwittert. Ich hörte Gesang aus dem Innern dringen, lachende Stimmen, den Klang von Harfen und Flöten. Als ich die Burg jedoch betrat, um an dem Fest teilzunehmen, fand ich sie verlassen vor; nichts als Staub und Moos und Ungeziefer war innerhalb der Mauern. Dennoch folgte ich den seltsamen Klängen; sie führten mich zu einem Festsaal, halb zerfallen und mit eingebrochenen Wänden. An der Festtafel, auf der fingerdick der Staub lag, saßen die zerschundenen Gerippe einstiger Krieger. Die Schwerter in ihren Händen waren schwarz vor Rost, die Rüstungen löchrig und zerbeult. Am Kopf der Tafel saß auf einem Thron ein dunkelhäutiger Mann mit einer roten Haube. Er war an die Tafel gekettet, sein Körper entblößt und mit Wunden übersät. In den Händen hielt er einen Reif aus Silber und einen schwarzen Schlüssel; er umklammerte sie und lachte dabei schallend, sodass die Wände der Burg bebten, und von seinen Finger rann Blut und benetzte die staubige Tafel.« Lyndolin Sintiguren stockte. »Dann fielen seine Augen auf mich. Schmerz und Trauer sprachen aus seinem Blick und berührten mich tief. Er rief mich zu sich und befahl mir, ein Lied auf seine Herrschaft zu singen; und ich tat es, denn ich fühlte mich ihm auf eigenartige Weise verbunden!« Sie hielt inne und öffnete die Augen. »Als ich das Lied anstimmte, erwachten die toten Krieger zum Leben; den Knochen wuchs neues Fleisch, und die Schwerter erstrahlten in neuem Glanz. Und die Krieger stimmten in mein Lied ein mit rauen Stimmen … ein merkwürdiger Gesang, den ich nicht vergessen kann.« Sie starrte wieder zur Festung von Talanur empor. »Es war diese Burg, die ich in meinem Traum sah – die Augen von Talanur, wie Ihr sie nennt! Ich erkenne sie wieder, Siegelmeister!«

Aus Mestor Ulbas Gesicht sprach Unverständnis. »Ein gefesselter König herrscht in den Mauern der Festung von Talanur – das ist fürwahr eine erstaunliche Vision. Was bedeutet sie, Lyndolin Sintiguren?«

Die Dichterin schüttelte den Kopf. »Sie war ein einziges Rätsel für mich, denn ich kannte weder die Burg noch ihre Bedeutung. Nun, da ich die Augen von Talanur erblickt habe, mag sich mir der Traum erschließen. Er mag mir etwas über Arphats Schicksal enthüllen.«

Baniters Blick verdüsterte sich. »Lasst Euch mit der Deutung dieses Traumes ruhig Zeit«, sagte er rasch, »viel Zeit!« *Hat sie vergessen, was ich ihr am Rand der Schlucht gesagt habe?* »Solche Visionen können uns am Hof von Praa nur Probleme bereiten! Hütet Euch davor, sie der Königin zum Besten zu geben.«

»Wie kann Euch ein Traum so ängstigen, wenn Ihr ohnehin nicht an die Wahrheit meiner Prophezeiungen glaubt?«, entgegnete die Dichterin sanft.

»Ich glaube nicht an ihre Wahrheit, aber durchaus an ihre Kraft«, erwiderte Baniter, »und mich ängstigt nicht der Traum, sondern die Frage, wie Inthara ihn deuten könnte.«

»Um diesen Traum zu deuten, braucht es keine Wahrsagerei«, sagte Mestor Ulba mit einer fast wehmütigen Stimme. »Einst war Arphat mächtig und stolz; man nannte es das Reich aus Gold und Eisen, das Reich der hundert Städte. Sein Name ließ die Welt erzittern! Heute ruft der Name nur Hass hervor. Niemand gedenkt mehr Arphats Ruhm und Größe.«

»Ein Ruhm, der auf Krieg und Sklaverei beruht«, spottete Baniter Geneder. »und eine Größe, die dahingegangen ist. Nichts davon ist geblieben.«

»O doch«, widersprach Mestor Ulba, »man spürt den Atem der Vergangenheit. Von diesem Punkt aus, Fürst Baniter, wurde einst die Welt regiert.« Er wies Richtung Norden, wo man den Pass von Talanur erkannte. Der Weg der Pracht mündete in einen schmalen Einschnitt des Gebirges und verschwand zwischen den klaffenden Felskeilen. Oberhalb dieser Felsen lag ein riesiger, rostroter Steinbrocken. Er hatte sich wie ein mächtiges Dach über sie gelegt. »Das Tor von Talanur ... hier stand vor eintausendneunhundert Jahren das Heer des großen Königs Apetha, das dieser aus Praa und anderen Städten herbeigerufen hatte. Apetha hatte den Kriegern verkündet, dass er der Sohn des Sonnengottes sei und von diesem dazu auserkoren, die Welt zu unterwerfen!« Mestor Ulba wies ergriffen auf das Felsentor, dem sie sich immer weiter näherten. »Als sie den Pass von Talanur erreichten, griff unter den Arphatern Furcht um sich. Einer glaubte, in den Steinen des Felsentores die Fratze der Todesgöttin Alunai zu erkennen; ein anderer wollte den klagenden Ruf des Blutvogels über sich vernommen haben. Die Krieger begannen zu zaudern und um ihr Leben zu bangen. Schließlich hielt ihr Zug, und die Anführer traten vor Apetha, um ihn zur Umkehr zu bewegen.«

Gebannt lauschten Baniter und Lyndolin Sintiguren der Erzählung des Siegelmeisters. Auch Merduk und Gahelin, die neben ihrem Fürsten reitenden ganatischen Ritter, starrten auf das Felsentor, von dem sie nun nur noch wenige hundert Schritt entfernt waren. Es war kleiner, als Baniter es sich vorgestellt hatte; recht schmal, nur halb so breit wie die Straße. Doch der blutrote Stein, der in wohl zehn Schritt Höhe über der Felseneinbuchtung thronte, gab dem Tor ein bedrohliches Aussehen. Es schien, als lauerte er nur auf den rechten Augenblick, um auf den Weg der Pracht herniederzukrachen und jeden unter sich zu begraben, der das Tor durchschreiten wollte.

»Apetha lauschte den Klagen seiner Kriegsherren, ohne sie zu unterbrechen«, fuhr Mestor Ulba fort. »Doch seine Miene verdüsterte sich mit jedem ihrer Worte. Als sie geendet hatten, zog er seine silberne Peitsche hervor, die er am Gürtel trug. Dann holte er aus und prügelte die feigen Kriegsherren mit Peitschenhieben durch das Felsentor, bis ihre Haut in Fetzen hing; und auch auf die einfachen Krieger drosch er so lange ein, bis sie aus Angst vor seinem Zorn durch das Tor eilten. Es war das einzige und letzte Mal, dass sie ihm zu widersprechen wagten.« Mestor Ulba schüttelte die Faust zum Himmel. »Bald darauf nahmen sie die Stadt Larambroge im Sturm, machten Kyrion dem Erdboden gleich, ließen Nagyra in Flammen aufgehen. Überall, wo Apethas Krieger den Fuß hinsetzten, errangen sie den Sieg, und von Gyr bis Candacar zitterten die Mächtigen bei der Erwähnung seines Namens. Zehn Jahre lang wütete sein Heer, und die Welt wurde eins unter Apethas Herrschaft. Hier, am Tor von Talanur, nahm dieser glorreiche

Feldzug seinen Anfang; hier, wo Apetha seine Gefolgsleute mit der Peitsche zwang, das Felsentor zu durchschreiten.«

»Vermutlich wurde er von seinen Untergebenen noch mehr gehasst als von seinen Feinden«, bemerkte Fürst Baniter. »Gewiss, Apethas erster Eroberungsfeldzug ging in die Geschichte ein. Doch wie wir wissen, nahm sein zweiter einen weniger glücklichen Verlauf – als sich der große Apetha vom erstarkten Heer der Candacarer durch das gesamte palidonische Hochland treiben ließ, bis ihm am Berg Amos der Atem ausging. Dort erschlugen ihn die Candacarer wie einen räudigen Hund.«

»Ihr solltet mehr Ehrfurcht vor diesen Legenden zeigen, Fürst Baniter!« In Mestor Ulbas Stimme schwang deutliches Missfallen mit. »Was immer aus Arphat geworden sein mag, es ist ein altes, ehrwürdiges Land, dessen Geschichte uns Respekt abnötigen muss!«

Baniter schwieg. Er legte keinen Wert darauf, weiter mit dem Siegelmeister zu streiten. Stattdessen starrte er auf das Felsentor. Der Weg der Pracht weitete sich vor dem Passdurchgang zu einem kleinen Platz, gesäumt von einer Mauer, die ihn von dem abfallenden Hang abgrenzte. An den Felsrücken, der die Rückwand des Platzes bildete, schmiegte sich ein turmähnliches Gebäude. Baniter konnte in den Fensteröffnungen mehrere mit Lanzen bewaffnete Wachen ausmachen, die den großen Ejo begrüßten. Der Schechim wechselte einige Worte mit ihnen. Dann gab er seinem Gefolge das Zeichen abzusteigen. Auch Baniter ließ sich vom Sattel seines Pferdes herab. Ein letztes Mal wandte er sich zurück, um die praatische Wüste zu betrachten, die trostlose Weite der Sanddünen und Felsbrocken. Die Sonne, die inzwischen ihren höchsten Stand erreicht hatte, war so heiß und unbarmherzig wie seit Tagen nicht mehr.

Ein Laut ließ Baniter herumfahren; ein klagender Ruf, vom Wind an sein Ohr getragen. Der Fürst lauschte. Ja, tatsächlich – ein Klagen, ein leises Weinen. Je näher es kam, desto deutlicher war zu erkennen, dass es sich um mehrere Stimmen handelte, verzerrt vom Wind. Die Laute kamen aus der Richtung des Felsentores. Langsam lösten sich mehrere Gestalten aus dem Schatten; eine Gruppe zerlumpter Frauen und Männer, die mit einem Seil aneinandergefesselt waren. Ihre zerschlissene Leinenkleidung entsprach nicht der arphatischen Tracht; auch ihre blasse Haut und das blonde Haar verrieten, dass sie keine Einheimischen waren. Mit schleppenden Schritten wankten sie durch das Felsentor, die Köpfe zu Boden gesenkt. Nun waren auch ihre Peiniger zu sehen: arphatische Krieger auf schwarzen Rössern, die ihre Gefangenen mit Peitschen und Stöcken vorantrieben.

»Was bei Tathril geht da vor sich?«, stieß Baniter zwischen den Zähnen hervor.

Mestor Ulba beobachtete stirnrunzelnd die Gefangenen. »Ein Flüchtlingszug, wie es scheint. Es müssen Kathyger sein, die vor den Goldéi über die Grenze nach Arphat geflohen sind. Die Arphater bringen sie vermutlich zur Oase El'Karnath, um sie bei der Reisernte einzusetzen.«

Baniter hob die Augenbrauen. »Seit wann versklaven die Arphater Flüchtlinge?« Er schüttelte den Kopf. »Es scheint mit ihrem Stolz nicht weit her zu sein, wenn sie das Elend der Kathyger auf diese Weise ausnutzen.«

Nachdenklich betrachtete er den Zug der wohl insgesamt fünfzig Gefangenen, die das Tor nun durchquert hatten. Einige brachen erschöpft auf dem Boden zusammen; doch sogleich ließen die Reiter ihre Stöcke und Peitschen auf sie niedergehen, bis die Gefangenen sich wieder aufrichteten, begleitet vom Gelächter der Arphater.

Schon wollte Baniter angewidert den Blick abwenden, als er plötzlich bemerkte, dass sich Sadouter Suant aus dem Tross der Gesandtschaft herausgelöst hatte. Entschlossen schritt der Adelige auf die Gefangenen zu. Er hatte sein Schwert gezückt. Vier Ritter eilten ihm nach, auch sie mit gezogenen Waffen. Es waren Klippenritter, jene Männer, die das ›Gespann‹ ausgewählt hatte.

Baniter reagierte sofort. Er bedeutete Merduk und Gahelin, ihm zu folgen, und hastete Sadouter hinterher. Der

Adelige hatte den Zug der Kathyger bereits erreicht. Einer der Gefangenen, ein abgemagerter Mann, war gestürzt. Die Arphater stießen mit den stumpfen Enden ihrer Lanzen nach ihm; doch als sie Sadouter gewahr wurden, ließen sie von dem Kathyger ab. Der Adelige hatte sein Schwert erhoben. Er brüllte einige unverständliche Worte. Dann, mit einem wuchtigen Hieb, durchtrennte er das Seil, mit dem der Kathyger an seine Mitgefangenen gefesselt war. Die Klippenritter umringten Sadouter und richteten ihre Waffen gegen die Arphater.

Baniter fluchte und riss sich das Tuch vom Kopf. Seine Augen glühten vor Zorn, als er vor Sadouter zum Stehen kam. »Haben Euch alle guten Geister verlassen?«, brüllte er. »Lasst Eure Waffe fallen, Sadouter Suant! Sofort!«

Der Adelige fuhr herum. »Seht Ihr nicht, dass diese Menschen unsere Hilfe brauchen?« Er beugte sich zu dem Gefangenen herab, der auf dem Boden zusammengesunken war. »Es sind Flüchtlinge aus dem Rochenland, Fürst Baniter – seht Euch ihre Kleidung an! Die Arphater haben sie versklavt; Tathril sei ihrer Seele gnädig!«

Baniters Augen hatten sich zu schmalen Schlitzen verengt. »Ich will kein Wort mehr hören! Legt Eure Waffe zu Boden!«

Ungläubig blickte Sadouter den Fürsten an. »Wollt Ihr mit ansehen, wie die Arphater diese unschuldigen Menschen misshandeln? Habt Ihr die Leiden unseres Volkes vergessen?« Entschlossen hob er sein Schwert. »Ein Sitharer darf nicht zusehen, wenn sich solches Unrecht vor seinen Augen wiederholt.«

»Gebt mir das Schwert!«, schrie Baniter. »Ich befehle es Euch im Namen des Kaisers, im Namen des Silbernen Kreises!« Unwillkürlich tastete er nach der Fürstenkette, die er sonst um den Hals trug; doch seine Finger griffen ins Leere, und er wurde sich gewahr, dass er die Kette in Thax zurückgelassen hatte, in der Obhut seiner Frau.

Der Gefangene hatte sich aufgerichtet. Angstvoll klammerte er sich an Sadouters Gewand. »Helft uns … ich bitte

Euch, beschützt uns, fremde Herren«, wimmerte er, »sie werden uns umbringen … helft uns!«

Baniter warf einen Blick über die Schulter. Er sah die Anub-Ejan mit gezückten Säbeln herbeieilen. »Ich sage es Euch zum letzten Mal, Sadouter Suant«, sagte er mit fester Stimme, »kommt zur Vernunft! Es steht uns nicht zu, uns in die Angelegenheiten der Arphater einzumischen!« Seine Hand fuhr an den Griff seines eigenen Schwertes. »Zwingt mich nicht, Euch vor den Augen Eurer Männer niederzustrecken. Denn das werde ich tun, wenn Ihr weiterhin die Sicherheit der Gesandtschaft gefährdet.«

Sadouter stieß ein dünnes Lachen aus. »Das wagt Ihr nicht!« Verunsichert starrte er auf den Gefangenen, der zu ihm aufblickte.

»Lasst nicht zu, dass sie uns töten«, flehte der Kathyger. »Lasst nicht zu, dass sie uns zurück zu den Echsen bringen! Ich habe sie gesehen … sie sind in Arphat … sie verfolgen uns«, die Stimme des Mannes wurde undeutlich; seine Worte erstickten in einem Schluchzen.

Sadouter Suant ließ das Schwert sinken. Dann stieß er den Kathyger von sich. Sein Gesicht war leichenblass, als er die Waffe zu Boden legte. Die Klippenritter taten es ihm gleich.

Im selben Augenblick ertönte hinter Baniter die wutentbrannte Stimme des großen Ejo. »Luchs von Ganata! Wie könnt Ihr es wagen, Eure Schwerter gegen unsere Krieger zu richten – hier, am heiligen Tor von Talanur?« Baniter spürte die Spitze eines Säbels in seinem Nacken. »Ich werde dir die Kehle aufschlitzen für diese Unverschämtheit! Agihors sengende Strahlen werden dein Blut von den Felsen des Yanur-Se lecken zur Genugtuung für diesen Frevel!«

Langsam drehte sich Baniter um, der Klinge geschickt ausweichend. »Ein Missverständnis, großer Ejo«, sagte er und blickte den Schechim voller Unschuld an. »Mein Gefährte glaubte, einen Feind in den Reihen der Gefangenen erkannt zu haben!«

Die Unverfrorenheit dieser Lüge verunsicherte Ejo. Verblüfft starrte er Baniter an. »Willst du mich erneut zum Narren halten? Denkst du, ich habe nicht gesehen, wie dein Bediensteter die Waffe gegen die Reiter erhob?«

Baniter musste bei dieser Bezeichnung Sadouters unwillkürlich lächeln. »Sein Geist war verwirrt; die Hitze hat seine Augen getrübt!« Er warf dem jungen Adeligen einen warnenden Blick zu. »Ich werde ihn für sein Verhalten bestrafen, das verspreche ich Euch.«

Der Schechim wies mit dem Säbel auf Sadouter. »Du hast deine Gefolgsleute schlecht ausgewählt, Baniter Geneder«, sagte er verächtlich. »Aus seinen Augen sprechen Falschheit und Dummheit. Niemals würde sich ein Arphater mit solchem Gewürm umgeben. Zertrete es, bevor es noch größeren Schaden anrichtet.«

Selten war ich so einer Meinung mit Euch, großer Ejo! Baniter senkte ergeben den Kopf. »Ich bitte Euch, ihm seinen Fehler zu vergeben. Ihr seht, er ist jung, unerfahren und ohne Verstand.«

Noch immer hielt Ejo den Säbel erhoben. Verächtlich blickte er auf den Gefangenen, der vor Sadouter kauerte. »In diesem Wurm glaubtest du einen Feind erkannt zu haben? Sind das die Feinde, vor denen wir euer jämmerliches Land beschützen sollen?« Mit einem mächtigen Hieb ließ er den Säbel auf den Gefangenen niedergehen. Die Klinge drang zwischen Schulter und Hals des Kathygers ein; ein roter Blutschwall schoss in die Höhe und besudelte Sadouters Gewand. Schreiend wichen die übrigen Gefangenen vor Ejo zurück. Auch die Sitharer wandten sich angewidert von dem Schechim ab, der seinen Säbel langsam aus dem leblosen Körper des Kathygers zog. »So verfährt man in Arphat mit seinen Feinden! Merk es dir gut, Luchs von Ganata, und gib Acht, dass auch deine Dienstboten es begreifen.«

Welch ein gewaltiger Strom war der Nesfer! Er entsprang am östlichen Ende des Rochens, und von dort aus führte er quer durch Arphat zu den Wassern des Nordmeeres.

Als die Gesandten vom Yanur-Se herabritten, blickten sie auf das Tal von Praa. Die Sonnenstrahlen brachen sich funkelnd auf dem dahinfließenden Wasser der beiden Flussarme, die am westlichen Ende des Tales aufeinander trafen und sich zu einem einzigen Strom vereinten. Auf der langen Insel in ihrer Mitte befanden sich die berühmten Felder von Praa. In engen Reihen standen Feigensträucher, Dattelpalmen und Apfelbäume beieinander; in ihrem Schatten gediehen Zwiebeln und Lauch, Gurken und Rettich. Das Ufer war mit Schilf bewachsen; zwischen den Halmen glitten Holzkähne über das Wasser.

Der Nesfer teilte die Stadt Praa. Schon auf den ersten Blick war zu erkennen, dass im südlichen Stadtteil, der sich zwischen dem absteigenden Hang des Yanur-Se-Gebirges und dem unteren Flussarm erstreckte, die ärmere Bevölkerung lebte. Schlichte Ziegelbauten mit schilfgedeckten Dächern reihten sich aneinander, nur durch schmale Wege voneinander getrennt. Kinder spielten in den Gassen; ihr Geschrei vermengte sich mit dem Meckern der Ziegen, die zwischen Felsbrocken nach Wurzeln und Gräsern suchten.

Am nördlichen Ufer des Nesfer hingegen lebten die Reichen und Mächtigen der Stadt. Hohe Turmbauten erhoben sich aus dem sandigen Boden; ihre vergoldeten Dächer funkelten im Sonnenlicht. *Die Stadt aus Gold und Eisen*, fuhr es Baniter durch den Kopf. *Als ob der Fluss den Reichtum vom einen Ufer ans andere gespült hätte.*

Praa mochte nicht so viele Einwohner wie Vara oder Thax haben, doch in seiner Ausdehnung übertraf es jede sitharische Stadt. Viele Dutzend Meilen zogen sich die Häuserzeilen Praas am Ufer des Nesfer entlang. In der Breite wurde die Stadt im Süden durch das Gebirge, im Norden durch die praatische Wüste begrenzt. Zwar führten einige Wasserkanäle vom Fluss ab und schlugen sich in die Wüste, doch offenbar war es nicht gelungen, die kargen

Sandflächen in Felder umzuwandeln; und so hatte sich Praa entlang des Flussufers ausgedehnt.

Als sie ins Tal herabritten, bemerkte Baniter unweit des nördlichen Ufers die Aru'Kahnar, die berühmten Quaderbauten von Praa. Wie riesige schwarze Würfel erhoben sie sich aus dem Wüstensand. Sie waren aus Sithalit gebaut, einem seltenen Gestein, das nur in den Steinbrüchen Palidoniens zu finden war. *Welch ein Aufwand muss es gewesen sein, all diese Steine vom Hochland bis nach Praa zu schaffen, durch die Wüste und über das Gebirge hinweg!* Baniter wusste, dass die Aru'Kahnar die Grabstätten der arphatischen Könige waren. In ihnen, so hatte Mestor Ulba ihm erzählt, waren die Nachfolger Apethas bestattet worden – mächtige Herrscher wie Pakot-Naar, Tharonn der Hetzer, Nupa'Sef oder Brundir, der Vater Intharas. Ihre Körper ruhten in riesigen Hallen, umsorgt von den Priestern des Todesgottes Kubeth.

Zwischen den Aru'Kahnar war ein Bauwerk zu erkennen, das alle anderen in den Schatten stellte. Es war das gewaltigste Gebäude, das Baniter jemals erblickt hatte; wohl hundert Schritt hoch und fünffach so breit, erbaut aus rostrotem Gestein. Von weitem wirkte es wie eine unvollendete Pyramide; die vier Seitenwände ragten im schrägen Winkel empor, brachen aber in halber Höhe ab. Das Innere der Pyramide öffnete sich dem Himmel; ihm entstieg ein eigenartiger, weißer Dunst.

»Das ist Aru'Amaneth, die Stufenpyramide der Königin«, erläuterte Mestor Ulba, als Baniter ihn nach dem Namen des imposanten Bauwerks fragte. »Als ich zuletzt in Praa war, stand es kurz vor der Fertigstellung. Seine Errichtung wurde von König Nak'Fu befohlen, dem König der tausend Ideen. Nak'Fu wollte, dass seine Nachfolger in einem Palast residieren, der sich dem Licht der Sonne öffnet. Sein Urenkel Brundir, Intharas Vater, war der erste König, der das Aru'Amaneth bezog – nach einer Bauzeit von über zweihundert Jahren! Aru'Amaneth gilt als das größte Gebäude der Welt.«

»Wieso sollten sich die Arphater auch mit weniger zufrieden geben«, erwiderte Baniter trocken. Beide fielen in ihr Schweigen zurück. Sie hatten nur wenige Worte gewechselt, seit sie das Felsentor durchritten hatten. Die Erschlagung des kathygischen Gefangenen war ihnen noch deutlich vor Augen.

Sie erreichten die Stadtgrenze am Fuß des Gebirges. Der Weg der Pracht führte zum Ufer des Nesfer herab und mündete in einen belebten Flusshafen. Händler priesen in gedrungenen Zelten ihre Waren an; Esel mit aufgeschnürten Tuchballen trotteten über den Platz. Kinder rannten neben den Pferden her, johlten und winkten und zeigten mit den Fingern auf die fremdartig aussehenden Sitharer.

Die Gesandten wurden zu einem Schilfboot geleitet. An zwei über den Fluss gespannten Seilen wurde es über das Wasser gezogen. So gelangten sie auf die Insel in der Mitte des Flusses. Auch hier herrschte reges Treiben; Kaufleute und Reisende überquerten an diesem Übergang den Nesfer. Bereitwillig machten sie den Sitharern Platz; vor den Anub-Ejan wichen sie gar ehrfürchtig zurück, waren diese doch Leibkrieger der Königin.

Bald erreichten sie den zweiten Flussarm und setzten erneut in einem Schilfboot zum anderen Ufer über. Dort erstreckte sich das Nordviertel von Praa. Die Häuser mit ihren goldenen Dächern wirkten noch abweisender als aus der Ferne. Auf den Straßen wimmelte es von bewaffneten Ordenskriegern, größtenteils Bena-Sajif-Mönche in ihren blauen Röcken.

Die Gesandten wurden zu einem Tempelbau geführt, der auf einem Hügel ruhte. Eine steile Treppe führte zum säulenbewehrten Eingang empor. An der Spitze der Treppe standen Mönche in weiten Gewändern; sie hielten Trompeten in den Händen, die im Licht der untergehenden Sonne rotgolden schimmerten. Als der große Ejo seinen Fuß auf die erste Treppenstufe setzte, begrüßten sie ihn mit einem schallenden Trompetenruf.

Am Eingang des Tempels wurden die Gesandten von einer Gruppe Priester empfangen. Ihr Wortführer war ein ausgesprochen beleibter Arphater mit einem ölig glänzenden Vollbart. Er trug eine orangefarbene Robe und eine unter dem Kinn geschnürte Zeremonienhaube. Er strahlte über das ganze Gesicht, als Baniter vor ihn trat.

»Ayum Farneth«, sagte er mit einer dunklen, rollenden Stimme. »Seid gegrüßt, Baniter Geneder, Sohn des Gadon, Sohn des Norgon! Im Namen der Königin heiße ich Euch in Praa willkommen, der Hauptstadt des arphatischen Reiches. Möge Euer Aufenthalt lang und voller Annehmlichkeiten sein.«

Baniter zog erstaunt die Augenbrauen empor. »Ich danke Euch für den freundlichen Empfang.«

Der Priester breitete einladend die Arme aus. »Wir haben Eure Ankunft sehnsüchtig erwartet. Erweist uns die Ehre, dieses bescheidene Bauwerk zu Eurem Domizil zu erwählen. Wir haben siebenundsiebzig Dienerinnen bereitgestellt, die Tag und Nacht zu Eurer Verfügung stehen und Euch jeden Wunsch von den Lippen ablesen werden. Es soll Euch und Euren Gefährten an nichts fehlen.«

Baniter warf einen spöttischen Seitenblick auf Ejo, der mit versteinerter Miene an seiner Seite stand. »Die arphatische Gastfreundschaft ist von erlesener Güte, wie uns bereits an der Grenze auffiel. Das freundliche Geleit der Anub-Ejan wird uns noch lange im Gedächtnis bleiben.«

Der Priester stieß ein falsches Lachen hervor. »Auch die Anub-Ejan bemühen sich redlich um Euer Wohlergehen, Baniter Geneder.« Er verschränkte die Arme vor der Brust. »Doch vergebt mir, dass ich meinen unwürdigen Namen nicht nannte. Ich bin Sentschake, der ergebene Diener des Sonnengottes Agihor. Neben mir seht Ihr Sai'Kanee, die oberste Geweihte des Kubeth«, er nickte in die Richtung einer hageren Frau in einem goldbestickten Gewand, »und den Großmeister der Calindor-Loge, Tene-Usfar«, er deutete auf einen alten, kahlköpfigen Mann, der an den Armen und Beinen zahlreiche Ringe trug, viele davon aus blitzendem Silber. Sein Gesicht war mit Schriftzeichen bemalt. Baniter vermutete, dass es sich um Schutzrunen handelte.

»Es ist mir eine große Ehre«, sagte Baniter, nachdem ihm auch die übrigen Priester vorgestellt worden waren. »Ich bin zutiefst beeindruckt, dass sich die Geweihten von Praa solche Mühe geben, uns willkommen zu heißen.« Er machte eine gewichtige Pause. »Nun aber hoffe ich, auch der Königin meine Aufwartung machen zu dürfen. Sagt mir, Sentschake, wann wird Inthara mich empfangen?«

Sentschakes unergründliches Lächeln wurde noch ein wenig breiter. »Ich fürchte, Ihr müsst Euch etwas gedulden. Bedauerlicherweise ritt die Königin vorgestern zur Gazellenjagd aus. Sie wird erst in einigen Tagen zurückkehren.« Er wies auf den Eingang des Gebäudes. »Wartet bis zu ihrer Rückkehr in diesen Hallen. Es ist für alles gesorgt.«

Baniter musterte den Priester. »Ihr seid Euch hoffentlich bewusst, ehrwürdiger Sentschake, dass mein Anliegen von großer Wichtigkeit ist. Unsere beiden Länder werden von einem gemeinsamen Feind bedroht. Ich muss so rasch wie möglich mit Königin Inthara darüber Rat halten.«

»Sicherlich«, versprach Sentschake eifrig, »sobald unsere Herrin von der Jagd zurückgekehrt ist, werde ich Bericht erstatten, sonst soll Agihors Zorn meine Hand versengen.«

»Ihr seid zu liebenswürdig«, erwiderte Baniter. »Nebenbei gesagt – ich hoffe, dass unsere Geschenke, die wir der Königin mitbrachten, den Weg zu ihr gefunden haben. Der große Ejo war so freundlich, sie an der Grenze in seine Obhut zu nehmen.«

»Die Geschenke sind der Königin überbracht worden«, versicherte Sentschake. »Sie war hocherfreut und zutiefst entzückt. Auch sie hat Euch ein Geschenk bereitet, das in Eurem Gemach auf Euch wartet.« Er wandte sich ab. »Doch nun tretet ein! Seid unser Gast für die nächsten Tage!«

Widerstrebend folgte Baniter dem Priester. Er winkte Mestor Ulba zu sich.

»Das Verhalten der Priester überrascht mich«, flüsterte Baniter dem Siegelmeister ins Ohr. »Ich ging davon aus, dass uns auch in Praa jene kalte Arroganz entgegenschlägt, die der große Ejo uns gegenüber an den Tag legte.«

»Der freundliche Empfang täuscht«, gab Mestor Ulba zurück. »Das Gebäude, in das uns Sentschake einquartiert hat, ist der Tempel des Norfes, des Gottes der Zwietracht und Lüge, des Herrn der Geister und Kobolde. Indem man Euch hier unterbringt, will man Euch demütigen, Fürst Baniter. Es ist eine bewusste Herabsetzung Eurer Person. Auch Teregon Horra, unser letzter Gesandter in Praa, wurde im Tempel des Norfes untergebracht. Bald darauf fiel er in Ungnade und wurde hingerichtet. Diese Mauern bringen nichts als Unglück!«

»Sentschake sprach von einem Geschenk, das in meinem Gemach auf mich wartet«, stieß Baniter hervor. »Ich hoffe nicht, dass es sich um einen vergifteten Pfeil handelt.«

»Ihr könnt unbesorgt sein«, beruhigte Mestor Ulba ihn. »Geschenke sind den Arphatern heilig. Niemals würden sie ein Geschenk bereiten, das Schaden mit sich bringt – so etwas wäre undenkbar, es wäre ein todeswürdiges Verbrechen.« Ein Lächeln huschte über sein Gesicht. »Ihr dürft Intharas Geschenk auf keinen Fall zurückweisen; sie würde es als große Beleidigung auffassen. Doch wie ich die arphatischen Sitten kenne, wird es Euch bestimmt gefallen.«

Baniter blickte ihn zweifelnd an. Doch er konnte dem Siegelmeister keine weitere Antwort entlocken.

Das Innere des Tempels war prächtig geschmückt. Zahlreiche Dienerinnen erwarteten die Gesandten, nahmen ihnen die Kleidung ab, brachten ihnen Brot und Wasser. Das Mahl verlief rasch und ohne weitere Gespräche. Bald erhob sich Baniter und ließ sich zu seinem Gemach bringen, begleitet von Merduk und Gahelin.

Man hatte für ihn einen Raum im oberen Stockwerk des Tempels hergerichtet. In der Mitte des Raumes befand sich ein erhöhtes Bett; die Laken waren aus weichem, dunkelgrünem Stoff. Baniter ließ sich für einige Minuten darauf nieder und streckte die Glieder aus. Es war ein wundervolles Gefühl, nach den Strapazen der Reise ein weiches Lager unter sich zu spüren.

Zur Gazellenjagd ausgeritten, höhnte er in Gedanken. *Dieser fette Priester glaubt, mich zum Narren halten zu können. Ich könnte wetten, dass Inthara in der Stadt ist! Sie will mich zappeln lassen … als ob uns die Goldéi Zeit für diese Spiele ließen.* Er richtete sich auf. *Die Lage ist schwieriger, als ich dachte. Doch ich werde dem ›Gespann‹ nicht den Triumph gönnen, mit leeren Händen aus Arphat zurückzukehren.*

Sein Blick fiel zur Tür. Einige Dienerinnen waren eingetreten. Sie trugen Schüsseln mit heißem Wasser herbei und leerten sie in einen marmornen Trog in der Ecke des Raumes. Baniter gab seinen Rittern ein Zeichen, ihn allein zu lassen. Während er langsam die schweren Schuhe abstreifte, beobachtete er zufrieden, wie die Dienerinnen das Bad vorbereiteten; wie sie Seife und Duftöl und ein Tuch bereitlegten, mit dem er sich später abtrocknen konnte. Schließlich wandten sich die Dienerinnen zum Gehen. Nur eine von ihnen blieb zurück. Schweigend wartete sie neben dem Bad, die Hände vor dem Schoß gefaltet. Sie war sehr jung, siebzehn oder achtzehn; ein anmutiges Mädchen mit schulterlangem schwarzem Haar und einem hübschen Gesicht. Sie trug ein eng anliegendes Gewand aus dunklem Stoff, unter dem sich ihre kleinen Brüste abzeichneten.

Baniter betrachtete sie eingehend. »Du kannst gehen«, sagte er leise. »Ich brauche deine Hilfe nicht.«

Sie blickte ihn mit dunklen Augen an. Dann schritt sie auf ihn zu. Vorsichtig ergriff sie seine Hand und führte sie an ihre Wange. Er spürte ihre samtene Haut. Baniter versuchte die Hand zurückzuziehen, doch das Mädchen hielt sie umschlossen, schmiegte sich an sie. Als sie ihn kurz darauf umarmte, übte Baniter keinen Widerstand; ließ sich die Kleider abstreifen, ließ sich küssen, ließ sich von ihr in das heiße Wasser des Bades herabziehen. Er genoss ihre sanften Berührungen, ihre Lippen, ihre weichen Hände, und wollte ihren Körper nicht mehr loslassen bis zum nächsten Morgen.

KAPITEL 12

Höhlen

Die Schüssel war aus gebranntem Ton. Auf ihrer schwarzen Außenseite schimmerten ineinander verschlungene Ornamente. Sie stand auf einer Erhebung inmitten der Höhle, einem abgeschliffenen Felsvorsprung. Ein kräftiger, weißer Dampf entstieg der Schüssel; denn sie war – zu Malcorans großer Freude – bis zum Rand mit einem heißen, dunkelbraunen Brei gefüllt, auf dem eine fingerdicke, goldene Fettschicht stand. Mit leuchtenden Augen senkte Malcoran seinen Löffel in die Schüssel, und entzückt lauschte er dem schmatzenden Geräusch, als die Löffelspitze die Fettschicht teilte und in den Brei glitt.

»So liebe ich meinen Sarsh: kräftig und fest! Sei ehrlich, mein junger Freund, ist dieser Geruch nicht göttlich?« Malcoran beugte sich über die Schüssel und sog den aufsteigenden Dampf ein, sodass sich seine mächtigen Nasenflügel blähten und Einblick in die großen, mit buschigen Haaren bewachsenen Nasenlöcher gewährten. »Ahhhh … dieser würzige Geruch ist mit nichts auf dieser Welt zu vergleichen, und glaube mir, ich habe so einiges in meinem Leben beschnuppert. Als ich in deinem Alter war, habe ich in einer Fettsiederei in Tarosage gearbeitet. Dort wurden Schweineschwarten zu Schmalz zerkocht und mit den wunderbarsten Kräutern versetzt. Was für herrliche Gerüche waren das – der Duft ausgelassenen Fetts, der beißende Geruch grünen Pfeffers, frischer Minze, gerebelten Thymians …« Malcoran verdrehte vor Wonne die Augen. »Doch das alles ist nichts gegen einen guten Sarsh. Ich schwöre dir, hier in Oors Caundis bekommst du den besten Sarsh von ganz Kathyga. Unser Koch Andrast ist ein Genie!« Malcoran hob den Löffel, auf dem sich ein faustgroßer Brocken Sarsh befand, spitzte die Lippen und pustete vorsichtig den Dampf beiseite. Er nagte mit den Zähnen ein Stück des zähen Breis ab und schlang es herunter. Auf seinen Lippen glänzte das Fett. »Köstlich!«, seufzte Malcoran, und schon ließ er den restlichen Sarsh in seinem Munde verschwinden. Mit gequälter Miene schob er den heißen Brei in der Mundhöhle hin und her, bis er genügend erkaltet war, um ihn dann unter lautem Schmatzen und Glucksen herunterzuschlucken.

Stumm beobachtete Laghanos den Essenden. Er stand vor Malcoran, der auf einem breiten Schemel vor dem Felsentisch hockte und sich gänzlich seiner Mahlzeit widmete. Fast schien es, als hätte er die Anwesenheit des Jungen vergessen, denn obwohl er gelegentlich ein paar Worte fallen ließ, schien Malcoran doch eher mit sich selbst zu sprechen. Auch die Zauberin Naikaya, die an Laghanos' Seite stand, beachtete er kaum.

Laghanos wusste nur wenig über den Großmeister der Malkuda. Weder Sorturo noch die übrigen Zauberer der Universität von Larambroge hatten Malcorans Namen oft erwähnt. Denn obwohl in der Universität zahlreiche Anhänger der Malkuda gelebt hatten, war ihr Kontakt zu Oors Caundis nie allzu eng gewesen. Hätte man Laghanos gefragt, wie er sich den großen Malcoran vorstellte, hätte er ihn wohl als ein Ebenbild Charogs beschrieben: als würdigen alten Mann, dürr und mit schlohweißem Haar. Doch mit Charog hatte Malcoran wenig gemein. Er hatte die vierzig kaum überschritten und war von imposanter Statur, groß gewachsen, auffallend muskulös und von stattlicher Leibesfülle; ein Mann wie ein Bär. Sein Brustkorb war breit wie ein Schild, sein Bauch kugelrund und ausladend, seine Oberarme fest und dick wie die Schenkel eines Pferdes. Seine Gesichtszüge wirkten grob, drückten jedoch Lebensfreude aus; ebenso die wuchtige Nase, der fleischige, zu einem breiten Lächeln verzogene Mund, die herabhängenden, mit Bartstoppeln besetzten Wangen. Sein fettiges schwarzes Haar, das an vielen Stellen bereits ausging, trug Malcoran lang und offen; es fiel bis auf die breiten Schultern herab. Hätte Laghanos es nicht besser gewusst, so hätte er Malcoran für einen Kesselflicker oder Schankwirt gehalten; dass er jedoch ein Zauberer war – ja, einer der mächtigsten Zauberer der Welt, der Großmeister der Malkuda-Loge –, ließ sich nur an seiner Kleidung erkennen, dem mit arkanen Symbolen bestickten grünen Mantel, der sich über seinen Bauch spannte.

»Ja, Andrast hat sich wieder mal selbst übertroffen«, sagte Malcoran schmatzend, »zumal es in dieser Gegend gar nicht einfach ist, an die Zutaten für einen richtigen Sarsh heranzukommen. Hirse müssen wir aus Larambroge dazukaufen; der Waldhafer, der im Arkwald angebaut ist, taugt nicht für einen schmackhaften Brei. Hammelfleisch ist noch schwieriger zu bekommen; und jeder weiß, dass ein echter Sarsh nur mit klein gehacktem Hammelfleisch mundet.« Er zog nachdenklich die Stirn in Falten. »Allerdings, wenn ich recht überlege, so ist auch ein Sarsh aus zartem Rehrücken nicht zu verachten. Gelegentlich kredenzt uns Andrast diese Variation. Nicht zu verachten, und an Rotwild herrscht kein Mangel im Rochenland.« Er tupfte sich mit dem Ärmel den Mund ab. »Übrigens war auch dein Lehrmeister ein großer Freund von Andrasts Kochkünsten. Wie oft habe ich mit Sorturo hier gesessen und ganze Tröge Sarsh geleert! Er konnte riesige Mengen vertilgen, wie ein Krokodil.« Er lachte dröhnend auf, und unwillkürlich musste Laghanos lächeln. Die Vorstellung, wie sich Malcoran und Sorturo gemeinsam über eine Schüssel Sarsh beugten und den Brei in ihre weit geöffneten Münder stopften, war zu komisch. Doch als sich während des Lächelns die Gesichtshaut zwischen den goldenen Speichen der Maske verzog, verspürte Laghanos einen stechenden Schmerz. Verzweifelt presste er die Faust an die Stirn.

Malcorans Lachen verebbte. »Der alte Sorturo ... ich bin zutiefst erschüttert über sein Schicksal. Was du uns berichtet hast, ist entsetzlich – die Art, wie er starb ...«

»Er ist nicht tot!«, stieß Laghanos hervor. »Die Goldéi haben ihn durch das Silber gehen lassen! Er lebte, als ich ihn zuletzt sah.«

»Niemand kann eine solche Prozedur überleben«, hörte Laghanos die sanfte Stimme Naikayas hinter sich. Sie stand dicht hinter ihm, und in diesem Moment legte sie ihre schmale Hand auf seine Schulter. »Falls die Goldéi ihn am Leben ließen, erlag er den Folgen der grausigen Folter. Du musst seinen Tod akzeptieren.«

Laghanos wollte widersprechen, doch die Worte blieben ihm im Hals stecken. Hilflos blickte er Malcoran an, der nun die Schüssel zur Seite schob.

»Sie spricht die Wahrheit«, bestätigte Malcoran. »Vielleicht setzte Sorturo seinem Leben selbst ein Ende; wir werden es nie erfahren.« Er schüttelte traurig den Kopf. »Ich werde ihn vermissen. Er war mir ein guter Freund, auch wenn er einige Jahre älter war. Wir hatten stets großen Spaß, wenn er nach Oors Caundis kam.« Er musterte Laghanos mit hochgezogenen Augenbrauen. »Auch über dich sprach er gelegentlich, Laghanos! Immer wieder schwärmte er von deinen Fähigkeiten, pries dich als seinen talentiertesten Schüler. Einmal wollte er gar, dass ich dich hier in Oors Caundis aufnehme und zu einem Zauberer des Inneren Zirkels ausbilde. Doch kaum hatte ich zugestimmt, schien Sorturo es sich wieder anders überlegt zu haben; nun behauptete er plötzlich, dein Talent sei geschwunden und habe sich als zu wechselhaft erwiesen. Kein Wort habe ich ihm geglaubt, dem alten Fuchs!« Er verschränkte die Hände vor dem breiten Bauch. »Nun hat also der Zufall dich nach Oors Caundis geführt. Es ist eine seltsame Fügung des Schicksals, dass du aus der Gefangenschaft der Goldéi befreit wurdest und den Weg zu uns fandest.«

»Sie werden mich zurückholen«, stieß Laghanos hervor. Er blickte Malcoran flehend an. »Der Rotgeschuppte wird alles daransetzen, mich in seine Gewalt zu bekommen. Ich bitte Euch, Malcoran, Ihr müsst mir helfen.«

»Du musst den Rotgeschuppten nicht mehr fürchten«, versprach Malcoran, »nicht hier in Oors Caundis. Für die Goldéi führt kein Weg in diese Höhlen; es wird ihnen niemals gelingen, in sie einzudringen.« Malcoran deutete um sich. »Dieser Ort ist ein einziges Rätsel, auch für uns, die seine Bewohner sind. Niemand kennt seine tatsächliche Ausdehnung. Seit Menschengedenken künden Sagen von den Höhlen unter dem Rochen. So soll einst ein seltsamer Kriegerorden in Oors Caundis residiert haben. Seine Anhänger folgten dem Irrglauben, nur dann im Kampf Glückseligkeit erlangen zu können, wenn sie mit ihrer Waffe – ihrem Schwert – im körperlichen Sinn verschmolzen. Aus diesem Grund formten sie die Griffe ihrer Schwerter auf besondere Weise. Die Finger der Schwerthand ließen sich in enge Metallrillen zwängen. Mit Lederriemen und Spangen wurden Hand und Schwert anschließend so zusammengepresst, dass sie untrennbar miteinander verbunden waren. Den meisten Kriegern begann die Hand bald zu faulen, sodass sie das Schwert wieder ablegen mussten. Man schlug ihnen die entzündete Hand ab, und unter Schimpf und Schande wurden sie aus dem Orden ausgestoßen. Doch bei einigen Auserwählten begann sich die Hand so zu verkrampfen und zu verkrüppeln, dass Knochen und Stahl tatsächlich eins wurden. Und sie vermochten ihre Schwerter zu führen, als wären sie Teile ihres Körpers. Diese Männer, so besagt die Legende, waren die furchtbarsten Krieger, die die Welt jemals gesehen hat. Jeder Schwerthieb bereitete ihnen unsagbare Schmerzen, doch umso furchtloser droschen sie auf ihre Feinde ein. Wo immer sie auftauchten, herrschten Angst und Schrecken.« Malcoran leckte sich nachdenklich über die breiten Lippen. »Das alles ist freilich lange her und vermutlich nur ein Märchen, schaurig anzuhören, doch ohne jeden Wahrheitsgehalt. Als Durta Slargin, unser Urahn und Lehrer, nach Oors Caundis kam, um die Malkuda zu gründen, fand er die Höhlen verlassen vor – keine Spur eines Kriegerordens, nicht einmal eine Schmiede war zu entdecken. Doch dass Oors Caundis bewohnt gewesen sein muss, daran gibt es keinen Zweifel. Ein weit verzweigtes Höhlennetz zieht sich unter dem Rochen entlang; riesige Gewölbe, unterirdische Kathedralen und Höhlen, mal durch Flüsse aus kristallklarem Wasser verbunden, mal durch enge und scharfkantige Felstunnel. An vielen Orten tun sich Schächte im Gestein auf, die in die Tiefe des Rochens herabstürzen oder bis zum Gipfel emporreichen. Dazwischen entdeckt man immer wieder ebene Tunnel, deren gehauene Stufen zu einer tiefer gelegenen Höhle führen; man findet in den Fels geschlagene Kammern mit glatten Wänden aus Stein und Bergkristall, kugelförmige Hallen und enge Seitenschächte. So verschmelzen die natürlichen Höhlen des Rochens mit jenen, die von Menschenhand geschaffen sind, bilden wahnwitzig anmutende Labyrinthe, deren Ausmaße jeden Betrachter mit ungläubigem Schweigen zurücklassen. Auch die Malkuda trug dazu bei, Oors Caundis zu formen. Wir schlugen neue Tunnel in das Gestein, erschlossen neue Ebenen in der Tiefe. Unter jedem Großmeister veränderte Oors Caundis seine Gestalt, und so wird es auch in Zukunft sein.«

Laghanos schüttelte den Kopf. »Nicht, wenn die Goldéi nach Oors Caundis kommen. Sie werden versuchen, die Logenburg zu erobern.«

Malcoran lachte auf. »Das wird ihnen nie gelingen! Sie werden schon daran scheitern, den Weg nach Oors Caundis zu entdecken! Diese Höhlen kann man nur finden, wenn sie gefunden werden wollen. Denke nach – entsinnst du dich des Weges, der dich in das Herz des Rochens führte? Was ist dir im Gedächtnis geblieben, Laghanos?«

Laghanos versuchte sich an die Nacht zu erinnern, in der er nach Oors Caundis gekommen war. Er entsann sich, wie er seine Arme um Naikayas Hals geschlungen hatte, wie sein Kopf mal auf ihrer Schulter, mal auf ihrer Brust geruht hatte. Ihm kamen die Ereignisse jener Nacht unwirklich vor; der nächtliche Aufbruch aus Cercinors Lager, das Glitzern des Mondes über ihren Häuptern, Naikayas warmer Atem auf seinem Haar und ihre Umarmung …

»Ich weiß, dass Naikaya mich durch den Arkwald trug«, sagte er leise. »Wir folgten dem Fluß bis zum Fuß des Rochens. Dort gab es einen ansteigenden Pfad, der zwischen den Felsen verschwand.« Er hielt inne. »Nein – er führte abwärts, ich erinnere mich wieder. Es war sehr dunkel …«

Malcoran lachte schallend. »Wohin führte der Pfad – aufwärts oder abwärts? Waren es tatsächlich Felsen, zwischen denen er verschwand, oder nur die Schatten des Rochens im Mondlicht?« Er betrachtete Laghanos schmunzelnd. »Siehst du, dies ist eines der Geheimnisse von Oors Caundis – dass der Pfad, der dorthin führt, stets im Ungewissen bleibt. Es gibt verschiedene Wege, in diese Höhlen zu gelangen oder sie zu verlassen; doch keinen vermag man mit dem Verstand zu fassen.«

Malcoran hatte Recht: Oors Caundis war ein rätselhafter Ort, dies hatte Laghanos vom ersten Augenblick an gespürt. Kein Sonnenstrahl drang in die Höhlen des Rochens, keine Fackeln oder Öllampen erhellten die Gänge. Stattdessen war Oors Caundis von einem pulsierenden Leuchten erfüllt, dessen Ursprung nicht auszumachen war. Waren es die steinernen Wände, die dieses Licht ausstrahlten? Laghanos vermochte es nicht zu sagen. Doch ihm fiel auf, dass es keine Schatten warf. Es war, als gaukelte ein mächtiger Zauberspruch seinen Augen nur vor, dass all jene verwinkelten Felsvorsprünge, Kalksäulen und scharfkantigen Steinblöcke von Helligkeit durchdrungen seien.

Und dann die Geräusche. Ein Knirschen und Stöhnen erfüllte Oors Caundis, als ob unsichtbare Kräfte an den Steinmassen zerrten, sie zermalmen und auseinandertreiben wollten. Manchmal erklang ein Grollen aus weiter Ferne, als wäre in der Tiefe ein Stollen zusammengestürzt. Dann wieder war das Rauschen und Plätschern eines unterirdischen Flusses zu vernehmen, dessen Lärmen an- und wieder abschwoll. Gelegentlich glaubte Laghanos schrilles Gelächter hinter den Steinen zu hören, das Tapsen kleiner

Füße oder Klauen, und er fragte sich, welch geheimnisvolles Getier wohl in den Gängen von Oors Caundis lebte, das diese Laute von sich gab.

Bisher kannte Laghanos nur einen Bruchteil der Logenburg. Man hatte ihn in einer gemütlich eingerichteten Höhle untergebracht, bestückt mit Flickenteppichen, einem Daunenlager und einer Kleidertruhe. Die Wände waren mit kunstvollen Fresken verziert. Sie zeigten die einstigen Großmeister der Malkuda, beginnend mit dem legendären Zauberer Durta Slargin. Er war als hagerer, dunkelhäutiger Mann dargestellt, der auf dem Kopf eine Flickenhaube trug und in der Hand einen knorrigen Zauberstab hielt. Auch die übrigen Großmeister waren mit entsprechenden Attributen abgebildet worden; manche trugen silberne Amulette, andere kunstvolle Hauben und Gewänder. Laghanos fragte sich, ob man eines Tages auch Malcorans Gesicht in dieses Wandgemälde einfügen würde, durch feine Pinselstriche verzerrt und geglättet, mit geweiteten Augen und harsch zusammengepressten Lippen.

»Es ist die magische Quelle von Oors Caundis, die diese Absonderlichkeiten hervorruft«, erklärte Malcoran. »Sie ist die seltsamste Quelle ihrer Art. Selbst uns, die wir sie zeit unseres Lebens erforscht haben, stellt sie vor immer neue Rätsel. Ihr Wohlwollen ist sprunghaft wie das einer Frau – mal verweigert sie sich, ohne dass du den Grund kennst, dann wieder dient sie sich dir an, auch wenn du ihrer überdrüssig bist.« Er lachte dröhnend.

»Du verwirrst den Jungen« ermahnte Naikaya den Großmeister.

»Sicher, sicher«, erwiderte Malcoran leutselig. »Was die Goldéi dir antaten, ist furchtbar.« Er betrachtete den Jungen aus feucht schimmernden Augen – ein Blick, den Laghanos nicht zu deuten vermochte. Waren es Tränen des Mitleids, die in Malcorans Augenwinkeln glänzten, oder lediglich eine Nachwirkung des hastig heruntergeschlungenen Sarshs? Waren es Pfeffer und Ingwer, die den großen Malcoran zum Weinen brachten?

Laghanos deutete auf die Maske in seinem Gesicht. »Ihr müsst sie mir abnehmen«, bat er mit zitternder Stimme. »Ich kann sie nicht mehr ertragen; ich will sie nicht mehr unter meiner Haut spüren! Nehmt sie mir ab! Ich will, dass diese Schmerzen aufhören!«

Malcoran hob hilflos die breiten Schultern. »Das ist nicht so einfach, mein Junge. Es bedarf eingehender Überlegung. Noch wissen wir nicht, warum die Goldéi dir die Maske aufsetzten.«

»Was gibt es da zu überlegen?«, empörte sich Naikaya. »Sie bereitet ihm Schmerzen. Wir dürfen keine Zeit verlieren, ihn davon zu befreien.«

Malcoran erhob sich. Mit gequälter Miene schritt er in der Höhle auf und ab. »Zunächst muss der Innere Zirkel der Loge über den Vorfall in Kenntnis gesetzt werden. Er muss entscheiden, wie wir zu verfahren haben.«

Naikaya schien wie vom Donner gerührt. »Wozu brauchst du die Zustimmung des Inneren Zirkels? Bist du zu feige, diese Entscheidung selbst zu fällen?«

»Ein bisschen mehr Respekt, Zauberin«, knurrte Malcoran. »Ich weiß, was ich tue. Laghanos muss dem Inneren Zirkel alles berichten, was er als Gefangener der Goldéi erlebte. Zu viele Einzelheiten seiner Geschichte sind unklar.«

Laghanos spürte, wie sich seine Kehle zusammenzog. »Warum wollt Ihr mir nicht helfen? Ich ertrage diese Schmerzen nicht länger. Ich bitte Euch, Malcoran, nehmt sie mir ab!«

Der Logenmeister stellte sich vor Laghanos auf und betrachtete die goldenen Speichen der Maske. »Ein wahres Kunstwerk«, murmelte er. »Kein Goldschmied dieser Welt könnte es anfertigen.« Er beobachtete die Bewegungen der dünnen Achsen und Spangen, die sich mit jeder Regung im Gesicht des Jungen diesem anzupassen schienen; er lauschte dem leisen, kaum hörbaren Sirren der ineinander verschlungenen Drähte. »Ja, ein wahres Kunstwerk ...«

»Es ist widerwärtig!«, zischte Naikaya. »Wie kann man einem Kind so eine Folter antun!« Sie betrachtete das Gesicht des Jungen mit Unbehagen. »Es ist eigenartig, Malcoran, doch der Anblick dieser Maske weckt in mir eine Erinnerung. Ich habe vor Jahren einmal eine Zeichnung gesehen …« Sie legte die Stirn in Falten.

Malcoran blickte die Zauberin ungläubig an. »Eine Zeichnung? Was willst du damit sagen?«

Naikaya zögerte. »Soweit ich mich erinnere, handelte es sich um eine Skizze in einem alten Buch – einem Buch unserer Bibliothek.«

Malcoran schüttelte verärgert den Kopf. »Komme mir nicht mit solchen Spinnereien! Ich kenne sämtliche Schriften unserer Bibliothek in- und auswendig. Mir ist keine solche Zeichnung bekannt.« Er streichelte Laghanos mit seiner fleischigen Hand über den Kopf. »Keine Angst, Laghanos – ich werde herausfinden, was es mit der Maske auf sich hat. So lange musst du allerdings die Schmerzen erdulden.« Unbeholfen griff er nach dem Arm des Jungen. »Folge mir! Ich will dir etwas zeigen; ein weiteres Geheimnis von Oors Caundis.« Mit wuchtigen Schritten durchmaß er die Höhle, den Jungen mit sich ziehend. Naikaya eilte ihnen hinterher.

Am Ende der Höhle tat sich ein Schacht im Boden auf. Er führte schräg in die Tiefe. Schroffes Gestein zirkelte seinen Rand ab, scharfkantig wie die Zähne eines Untiers. In den Stein getriebene Eisenhaken bildeten den Abstieg in den Schacht.

»Das kann nicht dein Ernst sein, Malcoran«, rief Naikaya entsetzt. »Du darfst den Jungen nicht dorthin mitnehmen!«

»Lass mich nur machen«, beruhigte Malcoran sie. »Ich werde dafür sorgen, dass ihm nichts geschieht.« Er blickte Laghanos eindringlich an. »Gib nur Acht, dass du dicht bei mir bleibst. Wenn du Gefahr spürst, halte dich an mir fest. In meiner Nähe kann dir nichts zustoßen!« Ohne ein weiteres Wort schwang er das Bein über den Rand des Schachtes, und ächzend schob er sich hinunter.

Laghanos starrte angewidert in den Schacht. *Ich will nicht hinunter; ich will nicht wieder in eine Finsternis schreiten, ohne zu wissen, wohin sie mich führt.* Verunsichert sah er sich nach Naikaya um.

Die Zauberin beugte sich zu ihm herab. »Ich weiß nicht, was Malcoran damit bezwecken will«, flüsterte sie. »Doch du musst ihm vertrauen. Er ist der Einzige, der dich von der Maske befreien kann.« Sie strich ihm über das Haar. »Gib auf dich Acht!«

Laghanos nickte. Dann setzte er den Fuß auf den obersten Eisenhaken und folgte Malcoran, dessen Schnaufen aus dem Schacht zu ihm empordrang.

Das Innere des Schachtes war von einem grünen Leuchten erfüllt, das in unregelmäßigen Abständen pulsierte. Es war von ähnlicher Beschaffenheit wie das Licht, das in den übrigen Höhlen von Oors Caundis vorherrschte – ein unwirkliches Licht, das keine Schatten warf.

»Gib mir deine Hand«, hörte er Malcorans Stimme. Zögernd kam Laghanos der Aufforderung nach. Der Zauberer zog ihn mit einem kräftigen Ruck zu sich herab. Beinahe wäre Laghanos auf dem Schlick ausgerutscht, der den Höhlengrund besetzte; ein Moosbewuchs, der im grünen Licht wie ein öliger Wasserfilm wirkte. Laghanos erinnerte sich an den Traum, der ihn während der Gefangenschaft bei den Goldéi heimgesucht hatte – sein Betreten jener fremden Gegenwelt, das Einsinken seines nackten Körpers in die zähe, schwarze Substanz, die den Grund dieser Welt bedeckt hatte. Dort unten in der Tiefe hatte der Gehäutete auf ihn gewartet, mordgierig, hasserfüllt, beseelt von dem Wunsch, ihn zu zerreißen. Aquazzans Worte kamen ihm in den Sinn. *Wirst bald hierher zurückkehren. Dann werde ich dir unsere Welt zeigen; wirst lernen, deine Augen für die Dinge zu öffnen, die du noch nicht sehen kannst; wirst lernen, dich von Drafurs Atem tragen zu lassen, damit du an Orte gelangst, die deine Füße nicht erreichen können.*

»Hörst du das, Junge?«, flüsterte Malcoran ihm ins Ohr. »Sei ganz still und spitz die Ohren!«

Laghanos lauschte. Er vernahm ein leises Kichern, hoch und schrill. Es kam aus unbestimmbarer Richtung. Verunsichert blickte er sich um. Der Schacht hatte sie in einen gewundenen Höhlengang geführt. Die Wände waren rau und standen schräg, die Decke war niedrig und mit Kalkzapfen besetzt.

Eine Berührung an der Schulter ließ Laghanos zusammenzucken. Ein Stein, kaum kieselgroß, hatte ihn getroffen und fiel ihm vor die Füße. Dort – ein zweiter Stein zischte dicht an seinem Kopf vorbei!

»Es sind Bosnickel«, stieß Malcoran grimmig hervor, »ein freches Koboldpack, unnützes Gelichter, eine Bande kleiner Strolche, Tunichtgute und Taugenichtse!« Fluchend hob er die Hand vor die Stirn, als ein Kiesel seine Wange streifte. »Es ist ihre größte Freude, uns Zauberer zu ärgern und zu malträtieren. Wenn ich einen dieser Lumpen erwische, wird ihm das Lachen vergehen!« Malcoran drohte dem verborgenen Steinewerfer mit der Faust. Als Antwort schallte ein hämisches Gelächter aus der Tiefe der Höhle.

»Was tun sie hier unter dem Berg?«, fragte Laghanos.

»Die Magie der Quelle zieht sie an«, erklärte der Logenmeister. »Selten wagen sie sich aus ihren Verstecken – meist, um Unfug anzurichten. Doch letzten Endes sind sie harmlos und entsetzlich feige.« Malcoran machte einen jähen Satz nach vorne, breitete die Arme aus und stieß ein lautes Gebrüll aus. Der Hall verstärkte es zu einem ohrenbetäubenden Donnern. Noch während es verklang, waren aus allen Winkeln der Höhle gellende Schreie zu hören, begleitet von dem Tapsen kleiner Füße. Laghanos sah schattenhafte Gestalten an sich vorbeiflitzen; handspannengroße, wild behaarte Wichte, die nun in die hintersten Winkel der Höhle flohen.

»Da rennen sie«, rief Malcoran voller Häme, »um sich schlotternd vor Angst in einem Felsenloch zusammenzukauern. Das sind mir wahre Helden!« Er wandte sich wieder Laghanos zu. »Lass uns weitergehen. Es gibt etwas, das ich dir zeigen möchte.«

Das Fortkommen auf dem schlickigen Grund war beschwerlich. Gelegentlich stieß Malcoran einen Fluch aus, wenn er mit dem Schädel die Decke streifte oder seine Füße an einem Felsen hängen blieben.

Laghanos hatte Mühe, mit dem Zauberer Schritt zu halten. Nach einer Weile vernahm er ein Geräusch aus der Ferne. Je näher sie ihm kamen, desto deutlicher war es als das Rauschen fließenden Wassers zu erkennen. Bald spürte Laghanos einen feinen Dunst, der ihnen aus dem Gang entgegenkam; ein kühler Hauch, winzige Wassertropfen mit sich tragend, der Lippen und Stirn benetzte.

Der Gang mündete in eine riesige Höhle. Hier endete der Weg, und vor ihnen tat sich ein gewaltiger Abgrund auf. Das grüne Licht, das den Gang erhellt hatte, verebbte und wurde von der Finsternis verschluckt. Das Rauschen war nun deutlich zu vernehmen. Es kam aus der Tiefe; dort unten musste sich ein unterirdischer Wasserfall befinden. Die Luft war erfüllt von Wassertropfen, aufgeworfen von einer ihren Blicken verborgenen Gischt. Laghanos konnte Schleier aus wässrigem Nebel aufsteigen sehen, die sich wie feine Netze über den Abgrund legten, niedersanken und in der Luft lösten.

Malcoran führte ihn zum Rand des Abgrunds. Laghanos erspähte zu seinen Füßen matt schimmernde Schriftzeichen, in Silber auf das Gestein gegossen. Er kannte die Zeichen aus seiner Lehrzeit. Es waren Schutzrunen, die der Unterwerfung und Beherrschung magischer Ströme dienten. Vorsichtig blickte er zu Malcoran auf. Der Zauberer hatte sich an den Rand des Abgrunds gestellt und seine Arme ausgebreitet. Die Augen hatte er geschlossen. Sein Mund aber war geöffnet; er schien das aufsteigende Wasser einzuatmen, streckte gar die Zungenspitze aus, um den Wasserdunst zu schmecken.

… und da war noch etwas in der Luft; etwas, das Laghanos neugierig umgarnte, ihn suchte, nach ihm griff, ohne ihn fassen zu können. Unsichtbare Finger strichen über ihn hinweg, ohne ihn zu spüren, Stimmen wisperten seinen Namen, als wollten sie ihn zu sich rufen. Doch sie konnten ihn nicht entdecken; er schien körperlos geworden zu sein, unfassbar, unauffindbar.

»Rühr dich nicht«, befahl ihm Malcoran. »Bleib dicht bei mir! Dieser Ort ist gefährlich und heimtückisch. Nur in meiner Nähe bist du sicher.«

Du irrst dich, Malcoran. Mir kann dieser Ort nichts anhaben. Die Erkenntnis erfasste Laghanos wie ein jäher Rausch. Ein Gefühl von Macht durchflößte ihn und ließ ihn den Schmerz in seinem Gesicht vergessen. Entschlossen drängte er sich an Malcorans Seite und breitete die Arme aus.

»Was tust du da?«, zischte Malcoran. »Du darfst nicht ihre Aufmerksamkeit auf dich lenken!« Er versuchte, den Jungen vom Rand der Schlucht fortzuziehen. »Nimm die Hände herab! Schnell!«

Du weißt nichts, Malcoran! Deine Quelle hat keine Macht über mich. Entschlossen blickte Laghanos in den Abgrund. Der Dunst des aufsteigenden Wassers umhüllte ihn. *Sie ist mir ausgeliefert. Ich kann sie lenken und formen, wie es mir gefällt!* Einem jähen Entschluss folgend, setzte Laghanos einen Schritt nach vorn, über den Rand des Abgrundes hinweg. Spürte den Boden unter den Füßen schwinden. Ein Gefühl der Befreiung durchflutete seinen Körper. Der Dunst des Wassers trug ihn! Er stürzte nicht, er fiel nicht, er wurde von den Wassertropfen in der Luft gehalten. Laghanos streckte alle Glieder von sich, und ein Jubelschrei löste sich aus seiner Kehle. *Ist es dies, wovon Aquazzan gesprochen hat? Ist es Drafurs Atem, der mich trägt?*

Der Schmerz kehrte schlagartig zurück, ebenso heftig wie unerwartet. Wie glühendes Feuer jagte er durch sein Gesicht; sein Kinn schien zu bersten, seine Wangen zu zerplatzen. Doch diesmal vermochten die Martern ihm nichts anzuhaben; sie waren bedeutungslos.

Er blickte sich nach Malcoran um. Der Zauberer starrte ihn aus schreckensgeweiteten Augen an. Er streckte Laghanos die Hand entgegen; fast flehend tasteten die fleischigen Finger nach ihm.

Laghanos zögerte. Dann ergriff er Malcorans Hand. Die Intensität der Berührung ließ ihn taumeln. Die Luft, die ihn getragen hatte, wich von ihm; er stürzte, fiel hinab. Doch Malcoran hielt sein Handgelenk eisern umschlossen. Mit einem Ruck zog er Laghanos über den Rand des Abgrunds. Zitternd blieb der Junge vor Malcorans Füßen liegen.

»Es ist also wahr«, hörte er den Zauberer murmeln. »Meine Vermutung hat sich bestätigt! Sie haben dir die Macht gegeben, die Quellen zu durchschreiten!«

❦

Die Burg stand in Flammen. Lichterloh brannten die Türme und Palisaden von Andelor, gewaltige Flammen leckten an den umstehenden Baumstämmen empor. Fauchend und krachend und knallend ertönte ihr zerstörerisches Werk. Zwischen den Baumwipfeln stieg pechschwarzer Rauch auf, doch der Regen drückte ihn wieder hinab, und so war ganz Surgissa in einen ungesunden, grauen Dunst gehüllt.

Mit zusammengekniffenen Augen starrte Cercinor der Unbeugsame auf die brennende Burg. Die Bewohner Surgissas hatten eine Menschenkette zum Fluss gebildet. Hastig wurden lederne Eimer von Hand zu Hand gereicht, laute Rufe tönten durch den herabströmenden Regen. Doch trotz des Wetters war der Kampf gegen das Feuer aussichtslos; die Burg war verloren. Die Brandstifter hatten ganze Arbeit geleistet.

Im Dunst wurden die Umrisse eines Mannes erkennbar, der sich mit schnellen Schritten näherte. Es war Graman Serffa, der kathygische Ritter, der sich Cercinor unterworfen hatte. Graman wirkte erschöpft; das blonde Haar klebte ihm im unrasierten Gesicht, die Augen waren rot unterlaufen.

Cercinor breitete erfreut die Arme aus, um den Ankömmling zu begrüßen. »Ritterchen! Wie gut, dass Ihr zurück seid! Ich hoffe, Ihr bringt gute Nachrichten aus den nördlichen Waldstädten.«

Der Ritter nickte. »Euer Plan ist aufgegangen, Cercinor. Das ganze Rochenland hat sich Eurem Kampf angeschlossen. Arktal und Neunwasser haben bereits die kathygische Fahne von ihren Türmen genommen. In beiden Städten war kein einziger Gefolgsmann des Barons mehr zu sehen; die meisten sind geflohen oder haben sich unserer Sache verschrieben. Seit Eldrom und seine Mitstreiter sich in den Schutz des Arkwaldes zurückgezogen haben, ist jede Unterstützung für ihn zusammengebrochen.«

Cercinor verzog abschätzig den Mund. »Dieser Feigling! Er ist dem Waffengang mit mir ausgewichen. In einem einzigen Atemzug hat er das Rochenland aufgegeben, nachdem er es so lange geknechtet hatte.« Er wies auf die brennende Burg. »Sein letzter Befehl war es, Andelor in Brand zu stecken – das stolze Andelor, Wahrzeichen des Arkwaldes. Glaubt er, die Rochenländer damit ihrer Hoffnung berauben zu können? Selbst wenn er ganz Surgissa dem Erdboden gleichgemacht hätte – die Tage seiner Herrschaft sind gezählt!«

Graman Serffa blickte ihn zweifelnd an. »Warum hat Eldrom von Crusco Euch das Rochenland kampflos überlassen, obwohl er die Echsen auf seiner Seite weiß?«

Cercinor lachte grimmig auf. »Vermutlich hat er den Verstand verloren! Nun marschiert sein Heer auf den Rochen zu. An die zweitausend Mann stehen unter seinem Befehl. Die eine Hälfte hat ihm Euer feiger König aus Larambroge geschickt, die andere besteht aus Rochenländern, deren Loyalität nicht lange anhalten wird. Mit diesem Heer zieht Eldrom nach Ilmora, wo seine goldéischen Verbündeten auf ihn warten.«

Graman Serffa schüttelte verwirrt den Kopf. »Ihr hattet also Recht – er will den Goldéi bei der Erstürmung von Oors Caundis zur Seite stehen. Welch ein Aufwand für einen Haufen verschrobener Zauberer.«

»Vermutlich glaubt Eldrom, dass nach der Eroberung der Logenburg auch das Rochenland wieder an ihn fallen wird«, erwiderte Cercinor. »Doch sein Plan wird nicht aufgehen. Eldrom wird bei den Ilmora-Steinen in eine Falle geraten, so wie zuvor die Goldéi! Als wir damals den Echsen auflauerten, waren wir zu schwach, um sie zu schlagen, doch wir haben sie inmitten des Waldes umzingelt. Wenn wir Baron Eldrom bis zu den Steinen vordringen lassen und den Belagerungsring schließen, ist jeder Ausbruchsversuch zum Scheitern verurteilt. Im Gegensatz zu unseren Feinden sind wir mit den Tücken des morastigen Bodens vertraut. Wir kennen die Gefahren, die zwischen den Bäumen lauern, und zwanzig Zauberer der Malkuda stehen uns zur Seite. Ilmora wird zur tödlichen Falle werden, der Eldrom nicht entrinnen kann.«

Der Ritter schüttelte den Kopf. »Unterschätzt ihn nicht, Cercinor. Am Ende seid Ihr es, der in eine Falle gerät.«

Wütend wandte Cercinor sich ab. »Was versteht schon ein Larambroger Geck von den Gesetzen des Arkwaldes! Ihr wäret besser als Speichellecker an der Seite Eures Königs geblieben, anstatt Euch aus Angst vor den Goldéi in die Hosen zu machen!«

Graman Serffa blickte ihn kalt an. »Seid es nicht Ihr, der Angst hat, Cercinor – Angst, dass Euch das Rochenland in dem Augenblick entgleitet, in dem seine Befreiung in greifbare Nähe rückt? Nie wart Ihr Eurem Ziel so nah. Gelingt es Euch, die Echsen zu besiegen, wird das Rochenland frei sein, und man wird Euch als rechtmäßigen Herrscher anerkennen. Scheitert Ihr aber, wird der Arkwald von der einen Knechtschaft in die nächste geraten, und die Furcht vor der Echsenherrschaft wird die Menschen in Scharen zur Flucht treiben. Wie lange, glaubt Ihr, wird es dauern, bis sich der Arkwald die gerodeten Flächen zurückholt und die Dörfer überwuchert, sodass jede Hoffnung auf eine neue Besiedelung vergeblich ist?«

»Wenn das Rochenland fällt, ist auch Kathyga verloren«, zischte Cercinor. »Nur hier kann der Widerstand gegen die Echsen beginnen!«

»Deshalb dürft Ihr die Gelegenheit nicht achtlos aus der Hand geben«, beschwor ihn Graman Serffa. »Zu viele Menschen mussten ihr Leben lassen, weil sie die Goldéi unterschätzten. Auch Periston Aderint wurde durch seinen Leichtsinn in den Tod getrieben. Mir kam zu Ohren, dass Eldrom seinen Kopf an einem Spieß im Burghof aufstellte – zur Belustigung der Soldaten!«

Betreten senkte Cercinor den Blick. »Ich bedauere das Schicksal Eures Freundes. Er hat sich in große Gefahr begeben, um Duane zu beschützen, ohne zu ahnen, dass sie ihn in den Tod führen würde.«

Graman Serffa ballte die Fäuste. »Ich hätte niemals zulassen dürfen, dass Periston ihr in die Burg folgt! Es war Wahnsinn, ein reiner Selbstmord!«

Cercinor nickte grimmig. »Duane wollte sich an Eldrom rächen. Es wäre nur gerecht gewesen, wenn er von ihrer Hand gestorben wäre. Stattdessen wurde Periston erschlagen und Duane gefangen genommen. Der Baron wird versuchen, mich zu erpressen, indem er mit ihrer Ermordung droht. Er weiß, wie viel sie mir bedeutet.«

»Auch deshalb müssen wir herausfinden, was bei den Ilmora-Steinen vor sich geht«, bekräftigte Graman Serffa. »Es geht nicht mit rechten Dingen zu, dass sich die Goldéi an diesem Ort verkrochen haben und seitdem nichts mehr unternehmen, Euren Belagerungsring zu durchbrechen. Wer weiß, was diese Wesen im Schilde führen! Und wer weiß, welche Rolle Eldrom dabei spielen soll.«

»Habt nur Geduld, Ritterchen«, sagte Cercinor mit fester Stimme. »Eldrom von Crusco wird seiner Strafe nicht entgehen. Er läuft in den sicheren Untergang, und niemand wird ihn vor meiner Rache bewahren.«

❦

Grün waren ihre Gewänder, kreideweiß ihre Gesichter. Stumm standen sie in der Mitte der Höhle, im Kreis um Laghanos versammelt wie ein Heer Gespenster. Ihre Augen, die sich auf unheimliche Weise von ihren geschminkten Gesichtern abhoben, waren auf den Jungen gerichtet;

aus den Blicken sprachen Abscheu und offene Ablehnung. Doch sie vermochten Laghanos keine Furcht einzuflößen – nicht, solange er Naikaya in seiner Nähe wusste. Auch sie befand sich unter den Grüngewandeten, gekleidet und geschminkt wie diese. Der Blick in ihre braunen Augen ließ ihn das Misstrauen vergessen, das die Zauberer ihm entgegenbrachten.

»Ein Schüler des Sorturo also«, sprach einer von ihnen, ein hagerer Mann mit candacarischen Gesichtszügen, dessen Stimme einen singenden Klang besaß. »Sorturo, der, obwohl selbst ein Mitglied der Malkuda, unserer Loge stets misstraute! Sorturo, der uns einst – erinnert ihr euch, Brüder und Schwestern? – weltfremde Narren schimpfte, uns Ignoranz und Überheblichkeit vorwarf! Der uns den Rücken kehrte, als wir ihn in den Inneren Zirkel aufzunehmen trachteten!«

»Jener Sorturo«, sekundierte ein neben ihm stehender Zauberer, ein kleinwüchsiger Mann, der Laghanos kaum bis zur Schulter reichte, »der einst in Gyr mit den Mönchen der Solcata zusammentraf, obgleich es der Innere Zirkel ausdrücklich untersagt hatte; der selbst mit Priestern des Tathril verkehrte, den Feinden der Malkuda; jener Sorturo, der stets aufsässig war und hochmütig …«

»… und der uns nun seinen Schüler schickt«, knüpfte der erste Zauberer in seinem weichen, singenden Tonfall an, »ein unerfahrenes Kind, ein Eleve unbekannter Herkunft, der uns nicht einmal den Namen seiner Eltern sagen kann; dessen merkwürdigen Bericht uns der Großmeister zu glauben befiehlt!«

»Was spielst du dich so auf, Bruder Flanon?«, dröhnte die Stimme Malcorans. Der Logenmeister stand dicht neben Naikaya. Durch die weiße Schminke hatte sein Gesicht alle Gemütlichkeit eingebüßt. Auf Laghanos wirkte es unnahbar, und zum ersten Mal ängstigte ihn die imposante Statur des Zauberers. »Ist es zu viel verlangt, den Jungen anzuhören? Wie hirnrissig musst du sein, Bruder Flanon, wenn du verkennst, wie bedeutsam sein Bericht für uns ist.«

»Oh, bedeutsam ohne Zweifel«, antwortete der hagere Zauberer. »Warum sonst hast du den Jungen nach Oors Caundis geholt? Warum sonst hast du ihn – ohne unser Wissen – zum Herz der Quelle mitgenommen?« Ein empörtes Raunen ging durch die Reihen der Zauberer. »Das, Malcoran, verlangt nach einer Erklärung!« Wuchtige Gesten begleiteten die Worte des Mannes. Die weiten Ärmel seines grünen Gewandes tanzten durch die Luft wie die Schwingen eines aufgeschreckten Vogels. Laghanos fragte sich insgeheim, welch unseliger Tradition die Malkuda wohl ihre Gewandung verdankte.

»Mach dich nicht lächerlich, Bruder Flanon«, meldete sich Naikaya zu Wort. »Du siehst die Antwort auf deine Fragen in dem Gesicht des Jungen oder bist du blind geworden über deinen Büchern?«

Flanon trat einen Schritt vor. Angewidert zeigte er auf Laghanos. »Ich sehe die böswillige Entstellung eines armen Kindes. Ich sehe ein grässliches, aus Gold gefertigtes Folterwerkzeug. Nennt man Gold nicht das unreine Metall? Das Metall der Formbarkeit und des Trugs? Wir alle wissen, welch großen Schaden es anrichten kann.«

»Willst du mich belehren?«, polterte Malcoran. »Denke an Durta Slargins Schriften, in denen steht, dass Gold die Magie besser zu lenken vermag als das Silber.«

Flanon lächelte. »Doch Durta Slargin warnte uns, dass die Macht des Goldes zu wild und unberechenbar sei, als dass ein Zauberer dieses Metall zur Formung der Magie anwenden dürfe.«

»Umso gefährlicher ist diese Maske«, ereiferte sich der kleinwüchsige Zauberer. »Wir wissen nichts von ihrer Macht. Wer vermag abzuschätzen, welch üble Zauberei die Echsen in sie gebunden haben? Du hättest den Jungen nicht nach Oors Caundis bringen dürfen!«

Malcoran schüttelte entnervt den Kopf. »Was für einen feigen Haufen habe ich hier um mich versammelt. Laghanos wurde dank eines glücklichen Zufalls aus der Gefangenschaft der Goldéi befreit. Dass er den Weg nach Oors

Caundis fand, mag sich als unsere Rettung herausstellen.« Er schritt auf Laghanos zu und legte seine Hand um die Schultern des Jungen. »Als ich ihn zur Quelle mitnahm, sah ich mit eigenen Augen, wie er sie bändigte – ohne jede Hilfe, ohne den Schutz von Silberstelen oder Blutkerzen. Er beherrschte sie besser als jeder aus unserem Zirkel, und die Quelle war nicht in der Lage, ihm ein Leid anzutun, obwohl er ein Fremder ist und ein Kind.« Die Augen der Zauberer ruhten ungläubig auf Laghanos. »Die Maske schützt ihn vor den magischen Strömen. Dies kann nur eines bedeuten: Er ist in der Lage, die Quellen zu durchschreiten.«

»Unsinn!«, rief Flanon. »Nur Durta Slargin besaß diese Fähigkeit, niemand vor und niemand nach ihm.«

Laghanos richtete den Blick zu Boden. »Der Rotgeschuppte gab mir die Maske, um mich vor der Quelle von Larambroge zu schützen. Er sagte, dass sie mich sonst zerreißen würde.«

Malcoran nickte zustimmend. »Die Quelle von Larambroge – wir nennen sie die Träne des Nordens – wurde von den Goldéi aus ihren Grenzen befreit. Es ist bekannt, welch vernichtende Kraft einer entfesselten Quelle innewohnt. Sie wird jeden, der aus ihr geschöpft hat, in der magischen Sphäre aufspüren und an ihm Rache nehmen. Die Maske bewahrt Laghanos vor diesem Schicksal. Solange er sie trägt, kann die Träne des Nordens ihm nichts anhaben.«

Dann verdanke ich der Maske mein Leben, dachte Laghanos. Der Gedanke verwirrte ihn. Sorturos Worte kamen ihm in den Sinn. *Die Träne des Nordens ist frei; sie folgt ihrem eigenen Willen. Es ist gefährlich, ihre Kraft zu benutzen; denn sie wird dich wiedererkennen als Mitglied der Universität, als einen derjenigen, der von ihr zehrte.*

»Sie beschützt ihn«, fuhr Malcoran fort, »und ermöglicht es ihm gleichzeitig, die Welt zu betreten, aus der die Goldéi zu uns kamen. Ihr habt seine Worte gehört! Sie bestätigen all unsere Vermutungen.« Er blickte in die Runde der Zauberer. »Wir ahnten, dass die Goldéi durch einen Riss in der Sphäre drangen; doch woher sie kamen und um welche Wesen es sich handelt, blieb uns ein Rätsel. Nun eröffnet uns der Bericht des Jungen die Wahrheit.« Er wandte sich wieder Laghanos zu. »Als der Rotgeschuppte dich in seine Welt mitnahm, erschien er dir dort in veränderter Gestalt, als nebelhafter Geist; und er sprach davon, dass ein Fluch ihn zwingt, auf unserer Welt die Gestalt einer Echse anzunehmen.«

Laghanos nickte. »Aquazzan sagte, die Feuerschänderin habe den Goldéi diese Gestalt gegeben – die Feuerschänderin, die die Freundschaft brach und die Tore verschloss. Ich verstand nicht, was er damit meinte, aber …«

»Hat dir Sorturo nie vom Reich der Kahida erzählt?«, rief Malcoran aufgeregt. »Eine Legende aus uralter Zeit, in der Schrift und Schmiedekunst noch unentdeckt waren; einer Zeit, als die Welt von Magie durchdrungen war, in der die Quellen wild und ungeordnet und die Menschen nicht der Zauberei fähig waren. Blutrünstige Wesen und Ungeheuer beherrschten die Welt, die Sphäre vergiftete die Meere und das Land; die Wälder waren voller Schrecken, bewohnt von Geistern und Dämonen. Die Menschen litten unter der ungestümen Magie. Rastlos zogen sie von Ort zu Ort, um in einer grausamen Natur überleben zu können.« Malcoran schritt vor Laghanos langsam auf und ab, sichtlich bewegt von seiner Erzählung. »Im fernen Westen, vor der Küste von Candacar, liegt die Insel Tyran, heute verlassen und unbewohnt, ein Eiland aus Fels und Geröll. Damals war Tyran von Wäldern bedeckt, und es lebten zahlreiche Menschen in kleinen Dörfern an der Küste. In einem dieser Dörfer, so besagt die Legende, wurde Kahida geboren, die Tochter eines Fischers; ein Mädchen von solcher Freundlichkeit und Warmherzigkeit, dass sie die Herzen aller Menschen gewann. Selbst die Geister und Kobolde fanden an ihr Gefallen; die Raunenden des Waldes riefen sie zu sich, die Kinder der Wellen nahmen sie mit auf den Grund des Ozeans, die Windgänger umwarben sie mit ihren Liedern. Als sie zu einer jungen Frau heranwuchs, schloss sie im Namen der Menschen von Tyran Frieden mit den Völkern der Sphäre. Sie bereiste die Welten jenseits der Sinne und schritt auf den sieben Pfaden des Lichts. Tyran wurde zu einem Ort des Friedens. Das Chaos der ungezügelten Magie schwand, und zum ersten Mal vermochten die Menschen ein sorgloses Leben zu führen. Kahida errichtete eine große Stadt, Athyr'Tyran mit Namen, und das hieß: glückliches Tyran. Dreihundert Jahre herrschte Kahida auf der Insel. Dämonen, Geister und Menschen verehrten und liebten sie gleichermaßen, und man nannte sie die Rote Herrin und die Geliebte des Feuers. Dann aber«, Malcorans Stimme verdüsterte sich, »kam es zu einem Zwist mit den Völkern der Sphäre, niemand weiß, warum. Fest steht, dass Tyran verwüstet und seine menschlichen Bewohner getötet wurden. Daraufhin schloss Kahida die Tore zu den Welten jenseits der Sphäre, auf dass dieser Krieg ein Ende nehmen konnte. Seitdem vermag es kein Wesen der Sphäre mehr, in unsere Welt zu gelangen. Der Weg war für immer verschlossen, und auch wenn die magischen Ströme weiterhin wild und unberechenbar über die Welt tobten, war die Macht der Magie gebrochen. Überall konnten die Menschen ohne Angst umherziehen, Dörfer und Städte gründen. Kahida hatte die Menschheit von der Tyrannei der Sphäre befreit und damit das Werk begonnen, das Durta Slargin viele Jahrhunderte später vollenden sollte.« Malcoran blickte in die Runde. »Dies ist die Legende der Kahida, die man auch die Geliebte des Feuers nannte. Sie muss jene Feuerschänderin sein, die der Scaduif gegenüber Laghanos erwähnte!«

»Dann sind die Goldéi Abkömmlinge jener Wesen, die Tyran verwüsteten«, fügte Naikaya hinzu. »Sie haben einen Weg gefunden, die Tore aufzustoßen, die Kahida einst verschloss.«

»Keine überstürzten Gedankenspiele, Schwester Naikaya«, riet Flanon mit lauter Stimme. »Wie viel dieser Legende ist wahr und wie viel frommes Wunschdenken? Kahidas Reich ging vor dreitausend Jahren unter. Viele hundert Jahre später wurde ihre Geschichte zum ersten Mal aufgezeichnet. Wollt Ihr sie nun für bare Münze nehmen?«

»Sie deckt sich mit Laghanos' Bericht«, erwiderte Naikaya. »Die Goldéi sind zurückgekehrt, um die Quellen, die Durta Slargin bändigte, aus ihren Grenzen zu lassen. Wenn ihnen das gelingt, wird die Magie unkontrollierbar sein und die Welt erneut im Chaos versinken.«

»Sorturo sagte, dass es nur einen Weg gibt, um die Goldéi aufzuhalten«, sagte Laghanos leise. Er spürte, dass sämtliche Augen auf ihn gerichtet waren. »Ihr müsst die Quellen schließen. Sie sind die Tore, die ihnen den Zugang zu unserer Welt ermöglichen.«

Malcoran winkte verärgert ab. »Sorturo war verzweifelt. Er sah die Goldéi nahen und ahnte den Untergang der Universität voraus. In seiner Lage schien ihm diese unsinnige Idee die einzige Lösung zu sein. Wir aber …«

Laghanos spürte Zorn in sich aufsteigen. »Warum hört Ihr mir nicht zu? Aquazzan sagte selbst zu mir, dass er die Quellen befreien will! Die Goldéi werden nicht ruhen, bis die letzte Quelle in ihrer Gewalt ist.« *Und dann wird Drafur kommen … erkennt ihr das nicht?*

»Der Junge ist von Sinnen!«, schrie Flanon entrüstet. »Sollen wir die eigene Macht aufgeben? Ist die Magie nicht unsere einzige Hoffnung, den Echsen Einhalt zu gebieten?«

Laghanos blickte Malcoran beschwörend an. »Ich war dabei, als die Goldéi die Quelle von Larambroge befreiten. Ich habe gesehen, wie ein ›Gehäuteter‹ aus ihr hervorstieg und Charog zerriss. Wenn Ihr die Quellen nicht schließt, werden noch mehr dieser Wesen zu uns kommen.«

»Das werden wir zu verhindern wissen«, beruhigte Malcoran ihn. »Glaube mir, Junge, es wäre unsinnig, die Quellen zu schließen. Wir müssen die Goldéi mit ihren eigenen Waffen schlagen.« Er musterte Laghanos eingehend. »Wenn sie in unsere Welt gelangen können, muss es auch einen Weg geben, in ihre einzudringen. Dank der Maske bist du, Laghanos, in der Lage, diese Welt zu betreten. Uns fehlt diese Gabe; doch vielleicht ist es möglich, einen Pfad zwischen der Welt der Goldéi und der unseren zu errichten …

ein Weltentor, das es uns erlaubt, die Goldéi dort zu schlagen, wo sie keine Gegenwehr erwarten.«

»Wie soll das funktionieren?«, rief Flanon abschätzig. »Niemand von uns kennt das Ritual, um einen solchen Pfad zu errichten. Dieses Wissen ist seit Durta Slargins Tod verloren gegangen.«

Malcoran wies auf Laghanos. »Der Junge wird uns den Weg weisen. Er wird herausfinden, wie wir die Sphäre überwinden können.«

Laghanos blickte entsetzt auf. »Ich kann nicht dorthin zurückkehren!«

»Wir haben keine Wahl«, sagte Malcoran. »Du bist der Einzige, der die Welt der Goldéi betreten kann, das verstehst du doch, nicht wahr?«

»Malcoran! Er ist ein Kind«, rief Naikaya. »Du kannst nicht zulassen, dass er sich nochmals diesem Grauen aussetzt.«

Malcorans Augen schienen Laghanos zu durchbohren. »Wenn du die Maske loswerden willst, musst du tun, was ich sage.« Seine Stimme klang unbarmherzig. »Zeig uns den Weg, Laghanos! Du bist der Einzige, der es vermag.«

Das können sie nicht von mir verlangen, schrie es in Laghanos auf, *das dürfen sie nicht!*

»Warum sollte dieser ungebildete Eleve die Fähigkeit besitzen, ein solches Werk zu vollbringen?«, rief Flanon verächtlich. »Die Maske mag es ihm ermöglichen, die Welt der Goldéi zu betreten, doch darauf können wir uns nicht verlassen. Vergiss nicht, Malcoran, dass sich im Arkwald bereits die Goldéi zusammenrotten. Bei den Ilmora-Steinen steht ein Heer bereit, um Oors Caundis zu stürmen. Es ist seltsam, dass die Echsen sich ausgerechnet an diesem Ort versammeln.« Die übrigen Zauberer nickten zustimmend. »Ilmora ist eine alte Kultstätte. Bevor Durta Slargin die Quelle des Rochens bezwang, nutzten die Zauberer der Alten Zeit die Macht der Ilmora-Steine, um die Magie zu bändigen und zu lenken. Was, Malcoran, treibt die Echsen an diesen Ort?«

»Das ist unerheblich«, polterte Malcoran. »Solange die Quelle in unserer Gewalt ist, sind die Steine von Ilmora nichts als tote Felsbrocken.«

»Aber ist es nicht so«, fuhr Flanon unbeirrt fort, »dass selbst die Malkuda in früheren Zeiten die Ilmora-Steine verwendete, um den Zauber des Wandelnden Schrittes zu beschwören – jenes Ritual, mit dem man in einem winzigen Augenblick große Entfernungen überwinden kann?«

Auf Malcorans Gesicht war deutlicher Unwillen zu erkennen. »Ja, ja, ich weiß davon. Nur die Malkuda beherrschte dieses Ritual. Es ermöglichte den Zauberern, die Küste von Gyr oder die Südspitze Thokas mit einem einzigen Schritt zu erreichen. Es war ein Kräfte zehrendes, gefährliches Ritual, das wir seit Jahrhunderten nicht mehr beherrschen.«

»Was aber wäre, wenn die Goldéi diesen Zauber kennen?«, rief Flanon. »Wären sie dann nicht in der Lage, den Schutz zu brechen, der Oors Caundis umgibt? Sie könnten mithilfe der Ilmora-Steine in die Logenburg eindringen! Dann wären wir machtlos; der Tod wäre uns gewiss. Anstatt uns mit dem Jungen abzugeben, sollten wir uns besser dieser Gefahr zuwenden.«

Ein aufgeregtes Flüstern war aus den Reihen der Zauberer zu hören. Flanons Rede hatte sie sichtlich erschreckt. Malcoran hob beschwichtigend die Hände. »Du willst Angst schüren, Flanon. Dabei weißt du, dass die Ilmora-Steine nutzlos sind, solange keine Verbindung zwischen ihr und der Quelle besteht. Diese Verbindung wurde vor langer Zeit aufgehoben!«

»Woher willst du wissen, dass die Goldéi sie nicht erneuert haben?«, warnte Flanon. »Was wissen wir schon von ihren Zauberkräften? Bei der Eroberung von Gyr und Candacar waren sie auf keine Quelle angewiesen.«

»Die Echsen können die Macht dieser Steine unmöglich nutzen, wenn ihnen die Quelle nicht untertan ist«, wiederholte Malcoran. »Ich sage euch, kein Weg führt nach Oors Caundis; hier, am Rochen, werden die Goldéi scheitern! Sie werden vergeblich gegen unsere unsichtbaren Mauern anrennen.« Er ballte die Faust. »Oors Caundis ist ein uneinnehmbarer Ort. Hier wird der Kampf beginnen! Von hier aus werden wir den ersten Schlag gegen die Goldéi führen.«

Das dachte auch Charog, als die Goldéi sich Larambroge näherten, durchfuhr es Laghanos. *Bis zur letzten Stunde hielt er die Universität für uneinnehmbar.*

»Habt Vertrauen!«, fuhr Malcoran fort. »Mit der goldenen Maske des Jungen halten wir die Waffe in den Händen, die uns den Sieg bringen wird.« Er blickte Laghanos erwartungsvoll an. »All unsere Hoffnung richtet sich auf dich!«

Langsam begriff Laghanos die Bedeutung von Malcorans Worten. *Er wird mir die Maske nicht abnehmen. Er will, dass ich sie weiter trage.* Verwirrt senkte er den Blick, und bei dieser Bewegung seines Kopfes spürte er den Schmerz in seine ertaubte Gesichtshaut zurückkehren. Der Gedanke, die Maske noch weiter tragen zu müssen, entsetzte ihn. Gleichzeitig jedoch entsann er sich des Gefühls der Überlegenheit, das er verspürt hatte, als er die Quelle von Oors Caundis unterworfen hatte. Machttrunkenheit und Furcht … welch seltsamen Taumel löste dieser Gegensatz in ihm aus. Er erkannte, dass es nur eine Möglichkeit gab, von diesem Taumel nicht erfasst zu werden: die Welt der Goldéi ein zweites Mal zu beschreiten, so wie Malcoran es von ihm verlangte; nicht, um der Malkuda einen Dienst zu erweisen, sondern um herauszufinden, welche Veränderung die Maske in ihm hervorgerufen hatte.

KAPITEL 13

Türme

Es war erstaunlich, wie lange sich eine Gazellenjagd in Arphat hinziehen konnte. Seit elf Tagen warteten die Gesandten nun schon auf die Rückkehr der arphatischen Königin. Doch bedauerlicherweise musste ihnen der ehrwürdige Sentschake, seines Zeichens oberster Priester des Sonnengottes Agihor, auch an diesem Morgen wieder die enttäuschende Nachricht überbringen, dass Inthara noch immer abwesend war, dass sie noch immer fern von Praa die arphatische Wüste auf der Suche nach Jagdbeute durchstreifte. Und mit einem gequälten Lächeln, in dem Bedauern und Sorge gleichermaßen zum Ausdruck kamen, zog Sentschake sich zurück und ließ die Gesandten einen weiteren Tag schmoren.

»Welch bodenlose Frechheit«, spie Sadouter Suant aus, als der Priester verschwunden war. »Wie lange wollt Ihr Euch diese Farce noch bieten lassen, Fürst Baniter? Die Königin wird uns niemals empfangen. Sie hält uns als Geiseln in diesem verfluchten Tempel fest.«

»Macht Euch keine Sorgen, mein Freund«, gab Baniter zurück. »Als Geiseln taugen wir wenig. Weder für mich noch für Euch würden die Arphater auch nur ein einziges Goldstück bekommen.« Er hockte auf den Stufen der Treppe, die zum Norfes-Tempel emporführten. In den Händen hielt er ein kunstvoll geschnitztes Spielbrett aus Holz. Mehrere Stäbe ragten daraus hervor. Auf diesen wiederum steckten hölzerne Scheiben, die sich in Form und Färbung unterschieden. Mit spitzen Fingern hob Baniter gerade eine blaue, fünfeckig zulaufende Scheibe an und setzte sie nach kurzem Zögern auf den benachbarten Stab. Ein hölzerner Laut erklang, als die Scheibe auf den Boden des Spielbrettes auftraf.

Baniter hob den Kopf. Sein Blick schweifte über den Platz vor dem Tempel, über den ein Trupp bewaffneter Bena-Sajif-Krieger seine Kreise zog. Am Himmel räkelte sich die goldfarbene Wintersonne, heiß genug, um während ihres höchsten Standes das Leben in der Stadt für Stunden zum Erliegen zu bringen.

»Die Arphater führen Euch an der Nase herum«, beharrte Sadouter, der neben dem Fürsten auf der Treppe hockte. »Ihr solltet gegenüber dem fetten Priester einen härteren Tonfall anschlagen, anstatt Euch mit albernen Brettspielen die Zeit zu vertreiben.«

»Albern ist, wer dieses Brettspiel als albern bezeichnet«, erklang hinter ihnen die Stimme Mestor Ulbas. Der Siegelmeister stand neben dem Eingang des Tempels im Schatten des säulengetragenen Vordaches und blickte verärgert auf Sadouter herab. »Das Turmspiel von Dalal'Sarmanch ist eines der ältesten Spiele der Menschheit! Der Sage nach soll es König Apetha während der Belagerung der abtrünnigen Stadt Dalal'Sarmanch selbst erfunden haben.«

Baniter wandte den Kopf. »Welch eine Geistesgröße war doch dieser Apetha! Wer neben einer zweifachen Welteroberung noch Zeit findet, solch raffinierte Spiele auszuklügeln, verdient meinen Respekt.«

In der Tat war das Turmspiel von Dalal'Sarmanch ein faszinierender Zeitvertreib. Es galt, eine Reihe von Türmen, dargestellt durch bis zu fünf aufeinander gesetzte schwarze Holzscheiben, zu Fall zu bringen; indem man seine eigenen Spielsteine zu gleicher Höhe aufstapelte, brachte man den Turm zum Einsturz. Allerdings ließen sich die Spielsteine nur in einer bestimmten Reihenfolge setzen. Die auf das Brett gemalten Symbole schrieben eine bestimmte Zugrichtung vor oder gaben an, wie sich die Steine auf dem jeweiligen Feld anzuordnen hatten. Zudem verbrauchte jeder Stein, abhängig von seiner Form und von der Höhe des ihm am nächsten liegenden Turmes, eine gewisse Anzahl an Zugpunkten. Nach jeweils dreißig Spielzügen wuchs einer der Türme um eine weitere schwarze Holzscheibe, wodurch der Spieler gezwungen war, seine Strategie neu zu überdenken.

Seit Tagen versuchte Baniter, die Türme von Dalal'Sarmanch zum Einsturz zu bringen. Doch bisher hatte er nicht mehr als zwei Türme bezwingen können. Mestor Ulbas tröstende Worte, dass es selbst den größten Weisen nicht gelungen sei, alle sechs Türme zu Fall zu bringen, hatten seinen Ehrgeiz nur zusätzlich angestachelt. *Dieses Spiel scheint so einfach zu sein; die Regeln hat man nach wenigen Minuten begriffen, doch seine Lösung rückt in immer weitere Ferne, je länger man über dem Brett sitzt.* Er blickte zu Sadouter herüber. »Vielleicht solltet auch Ihr Euch an diesem Spiel versuchen, junger Suant. Es könnte Euch helfen, eine Tugend zu erlernen, die hier in Praa gute Dienste leistet: Geduld!« Lächelnd schob er dem jungen Adeligen das Spielbrett zu.

Sadouter hob abwehrend die Hand. »Meine Geduld ist in der Tat erschöpft. Wir werden in diesem Tempel festgehalten! Es ist uns sogar verboten, uns in der Stadt umzusehen. Als ich zum Nesfer heruntergehen wollte, zwangen mich die Bena-Sajif zur Umkehr!«

Tathril sei Dank! Wer weiß, welches Unheil du angerichtet hättest. Baniter war sich ihrer misslichen Lage durchaus bewusst. Die Mönche des Bena-Sajif-Ordens ließen sie für keinen Moment aus den Augen, und auch die großzügige Versorgung mit erlesenen arphatischen Köstlichkeiten konnte nicht darüber hinwegtäuschen, dass man sie mehr als Gefangene denn als Gesandte betrachtete. Auch Baniter bereitete es zunehmend Sorgen, dass die Königin sich weigerte, ihn zu empfangen. Das Märchen von der nicht enden wollenden Gazellenjagd hatte er keinen Augenblick lang für bare Münze genommen. *Sie spielt ein gefährliches Spiel, wenn sie uns weiter zappeln lässt. Mit jeder Stunde, die verstreicht, wird der Sieg der Goldéi wahrscheinlicher.*

»Ich bin überzeugt, dass die Königin uns bald empfangen wird«, sagte Mestor Ulba. »Bisher wurden Gesandte aus Sithar stets mit großer Unfreundlichkeit behandelt. Uns aber scheint man wohler gesonnen, sonst hätte man uns kaum gebeten, dem heutigen Har'buthi-Fest beizuwohnen. Das ist bemerkenswert, Fürst Baniter! Fremde werden an diesem hohen Festtag üblicherweise der Stadt verwiesen. Mit der Har'buthi-Zeremonie wird der arphatische Winter eingeläutet, die dritte Jahreszeit. Den Göttern des Flusses werden Opfer dargebracht, damit der Nesfer im Frühjahr wieder reichlich Wasser mit sich führt und die Erde fruchtbar hält. Die gesamte hohe Priesterschaft von Praa wird anwesend sein! Es ist eine Ehre, dass man dieses großartige Fest in unserem Beisein begehen will.«

»So großartig kann es nicht sein, wenn die Königin ihm fern bleibt und stattdessen Gazellen jagt«, höhnte Baniter.

»Das ist in der Tat merkwürdig«, gab Ulba zu. »Ihre Abwesenheit könnte von den Göttern als Beleidigung empfunden werden. Umso erstaunlicher ist es, dass man uns die Gnade gewährt, der Zeremonie beizuwohnen.«

»Ich kann auf diesen Götzendienst verzichten«, zischte Sadouter Suant. »Geht hin, wenn Ihr daran Freude habt, Siegelmeister! Ich werde im Tempel bleiben!«

Ausgezeichnet! Hier bist du am besten aufgehoben. Baniter erhob sich. »Wann werden die Festlichkeiten beginnen, Ulba?«

Dem Siegelmeister war seine Aufregung anzumerken. »Seht zum Fluss! Die Menschen versammeln sich bereits am Ufer des Nesfer. Ich denke, dass in wenigen Stunden die ersten Opferungen stattfinden.«

»Dann werde ich mich solange zurückziehen«, gab Baniter zurück. »Die Sonne brennt mir ohnehin zu heiß vom Himmel. Vielleicht gelingt es Euch unterdessen, den jungen Suant in die Geheimnisse des Turmspiels einzuweisen.« Ohne das Protestgeheul des Adeligen abzuwarten, schritt er zurück in die Tempelhalle.

Es dauerte eine Weile, bis seine Augen sich an das Dämmerlicht gewöhnt hatten, das im Inneren des Tempels herrschte. Nur wenige Sonnenstrahlen fanden ihren Weg durch die zahlreichen bunten Tücher, die zwischen den Säulen gespannt waren. Ihre Ränder waren mit flachen Eisenscheiben besetzt, die mit hellem Klang aneinander schlugen, wenn der Wind von außen über sie strich.

Als Baniter eintrat, blickten die arphatischen Dienerinnen auf, die auf dem Boden der Halle beieinander saßen. Dienstbeflissen eilten sie dem Fürsten entgegen, doch Baniter wies sie an, ihn allein zu lassen. Höflich zogen sie sich zurück. Nur ein junges Mädchen, das dunkle Haar zu einem Zopf zusammengebunden, verweilte in der Tempelhalle, um den Fürsten mit scheuen Augen anzusehen.

Baniter schritt auf sie zu und blieb vor ihr stehen. Er hob die Hand, und zärtlich strich er über ihren bloß liegenden Arm, über die glatte, hellbraune Haut. Sie lächelte und schlug die Augen zu Boden. Dann drehte sie sich um und zog sich zurück.

Baniter blickte ihr wehmütig nach. *Ich muss wahnsinnig sein, mich von ihr verführen zu lassen.* Seit seiner Ankunft in Praa war keine Nacht vergangen, in der das Mädchen nicht bei ihm gewesen war. Er hatte erst gar nicht versucht, sie zurückzuweisen; und er konnte nicht leugnen, dass er es genoss, ihren gerade erst erblühten Körper zu besitzen. Doch seine Angst wuchs, dass ein Gerücht über das ›Geschenk‹ der Königin den Weg nach Thax finden könnte. Zwar hatte Baniter auch in Gehani, der Hauptstadt seines Fürstentums, so manche Geliebte gehabt – geduldet von seiner Gemahlin Jundala, die sich selbst ihre Freiheiten gönnte. Doch was würde der Thronrat zu seinen Liebesnächten mit der jungen Arphaterin sagen? Das ›Gespann‹ hatte seine Kundschafter überall. *Du bist ein Narr, Baniter Geneder, wenn du glaubst, in Arphat ohne Gefahr herumhuren zu können!* Auch wenn Baniter das ›Geschenk‹ der Königin weder zurückweisen konnte noch wollte, nahm er sich vor, über dem Liebesspiel mit der jungen Arphaterin nicht seine Wachsamkeit zu vergessen.

Seufzend ließ Baniter sich auf einem Seidenkissen in der Mitte der Halle nieder. Es ruhte vor einem mannshohen Standbild aus Marmor, welches den Gott darstellte, dem dieser Tempel geweiht war: Norfes, Gott der Zwietracht und Lüge, ein feister, sich auf dem steinernen Sockel räkelnder Mann, umschwärmt von zahlreichen Kobolden und Geistern, die sich an seinen üppigen nackten Leib schmiegten, mit ihren aus absurd geweiteten Mäulern hängenden Zungen an seinen Armen entlangleckten oder rittlings auf seinen Schenkeln hockten und sich an diesen rieben. Norfes selbst, der mit den Händen einen Giftbecher umklammerte, ließ die eigene Zunge bis auf den feisten Wanst herabhängen. Es war die Zunge einer Schlange – lang, dürr und gespalten. Auch sein erhobenes Gemächt war einer Schlange nachempfunden, die das Maul angriffslustig aufgerissen hatte; und die Krone, die der Gott auf seinem nackten Schädel trug, entpuppte sich bei genauer Betrachtung als ein wildes Knäuel ineinander verhedderter Schlangen, deren Giftzähne die Zacken der Krone bildeten.

Baniter blickte kopfschüttelnd zu der Statue auf. *Wie kann man für einen solchen Unhold einen so prächtigen Tempel unterhalten?* Mestor Ulba hatte ihm erzählt, dass Norfes im Volk gefürchtet war, denn er herrschte über die Wesen der Dunkelheit, über die Geister und Dämonen. Der Siegelmeister hatte ihm weiterhin verraten, dass die Norfes-Priester der Königin als Spione, geheime Boten und Meuchelmörder dienten, Kreaturen der Verschlagenheit und Hinterlist. *Wie viele von ihnen treiben sich wohl am Palast in Thax herum, ohne dass der Silberne Kreis es ahnt? Und wie viele der Dienerinnen, die Sentschake uns unterstellte, sprechen nachts ein Gebet für den Schlangengott?*

Langsam ließ Baniter die Hand in die Tasche seines Gewandes gleiten und zog eine Schriftrolle hervor. Es war eine Nachricht von Jundala; Sentschake hatte sie ihm am Morgen überbracht. Auf dem Siegel prangte der ganatische Luchs, ein unverkennbarer Abdruck der Fürstenkette, die nun Jundala um den Hals trug. Das Siegel war ungebrochen; die Arphater hatten offenbar der Versuchung widerstanden, einen verstohlenen Blick auf das Schriftstück zu werfen.

Baniter hatte die Botschaft nicht sofort gelesen. Er hatte auf einen unbeobachteten Augenblick gewartet, und dieser schien nun gekommen. Vorsichtig brach er das Siegel und entrollte das Schriftstück. Hastig überflog er die Zeilen, die in Jundalas geschwungener, verschnörkelter Handschrift geschrieben waren. Ein Lächeln ging über seine Lippen. Selbst wenn es die Arphater gewagt hätten, die Schriftrolle zu öffnen, hätte ihr Inhalt sie wohl ratlos zurückgelassen. Denn was Jundala ihm schrieb, schien kaum mehr als belangloses Geplänkel zu sein. »Geliebter Gemahl«, so begann der Brief, »seit einigen Tagen befinde ich mich nun in Thax, der Hauptstadt unseres Reiches! Doch wie trostlos ist mein Aufenthalt an diesem Ort, wenn ich weiß, dass du, Geliebter, in der Fremde weilst.« In diesem Stil setzte das Schreiben sich fort; Elegien der Sehnsucht, die sich zur Verheißung rauschhafter Liebesnächte steigerten, sollte Baniter in die Arme seiner Gattin zurückkehren. »Mit heißen Tränen erwarte ich dich«, so schloss der Brief, »Deine sich nach dir verzehrende Jundala!«

Jedem ahnungslosen Leser musste der Brief als das liebestrunkene Gestammel einer ihrem Ehemann rettungslos verfallenen Frau erscheinen; die wahre Botschaft aber bliebe seinen Augen verborgen. Denn die kunstvollen Schnörkel und Verzierungen, die sich an die Wörter schmiegten, die winzigen Striche und Bögen, welche die geschwungenen Buchstaben umtanzten – sie enthielten den eigentlichen Sinn des Briefes. Es waren die geheimen Zeichen der Luchsschrift, die nur die engsten Angehörigen der Familie Geneder zu lesen vermochten.

Seit vielen Jahrhunderten wurde die Luchsschrift von den Genedern verwendet, um bedeutende Familiengeheimnisse vor fremden Augen zu schützen. Baniter hatte sie einst von seinem Vater Gadon erlernt. Seit Gadons Tod gab es nur noch sechs Personen, die das Geheimnis der

Schrift kannten; jene, die Gadon unterrichtet hatte – Baniter und seine Mutter Hjele, sein Onkel Orusit und dessen Frau Mirna –, sowie jene, die ihre Kenntnis von Baniter erworben hatten, Jundala Geneder und Sinsala, die älteste Tochter des Fürsten. Es war eine hohe Kunst, Nachrichten in der Luchsschrift zu verfassen; mit feinen Federstrichen mussten die Zeichen so gesetzt werden, dass sie dem unwissenden Leser als harmlose Verzierungen erschienen. Noch schwieriger war das Deuten der verschlüsselten Botschaft, denn stets bezogen sich die geheimen Zeichen auf einzelne Worte oder Buchstaben des offensichtlichen Textes. Gerade dieser Zusammenhang zwischen dem scheinbaren und dem verborgenen Sinn eines Briefes machte das Erlernen der Luchsschrift so schwer. Jundala hatte mehrere Jahre dafür gebraucht. Sinsala hingegen, Baniters Tochter, hatte sich als ausgesprochen talentiert darin erwiesen. Sie konnte in wenigen Minuten einen Brief mit den Geheimzeichen versehen, wo Baniter Stunden benötigte, und sie beherrschte die Verschmelzung der beiden Schriftebenen in wahrer Vollendung. *In ihrem Scharfsinn übertrifft sie sowohl Jundala als auch mich,* dachte Baniter voller Stolz. *Sinsala wird sich als eine würdige Nachfolgerin erweisen – und die Fürstenkette um ihren Hals wird jene des vereinigten Ganata sein!*

Baniter schob den Gedanken an seine Tochter fort und konzentrierte sich auf die Entschlüsselung der Luchszeichen. Es dauerte eine Weile, bis sich ihm der Sinn der geheimen Botschaft erschloss, und was er las, war Besorgnis erregend. Jundala schrieb, dass die Lage in Thax sich zum Schlechten verändert habe. Der Streit im Thronrat habe sich dramatisch zugespitzt und stünde kurz vor dem Ausbruch. Zudem hielte ein Volksaufstand die Stadt in Atem, hervorgerufen durch ein wundersames Ereignis, auf das Jundala nicht näher einging. Auch in den Fürstentümern sei eine Rebellion ausgebrochen; empörte Grafen und Barone hätten sich vom Kaiser losgesagt, seit dieser überraschend die Adeligen seines Hofes fortgeschickt habe. Akendor sei wie verwandelt; er regiere eigenmächtig am Silbernen Kreis vorbei. Zudem plane der Kaiser, sich mit seiner Mätresse Ceyla Illiandrin zu vermählen.

Entsetzt ließ Baniter das Schriftstück sinken. *Kaum bin ich für einige Tage fort, lässt das ›Gespann‹ die Zügel der Macht schleifen.* Besonders die letzte Botschaft versetzte ihn in Aufregung. *Will Akendor ein zweites Mal denselben Fehler begehen? Er kann unmöglich die Tochter eines einfachen Ritters zur Kaiserin machen!* Nervös schloss Baniter die Augen. *Sadouter Suant hat trotz all seiner Dämlichkeit in einem Punkt Recht: Mir läuft die Zeit davon! Inthara muss mich endlich empfangen! Wie kann ich dieser eitlen Königin bloß den Ernst der Lage vor Augen führen? Diesem Priester traue ich nicht über den Weg; alles, was ich der Königin durch Sentschakes Mund übermittle, erreicht ihr Ohr mit einem falschen Klang! Nein, es muss einen anderen Weg geben!* Er dachte angestrengt nach. *Das Fest! Wenn dieses Har'buthi-Fest tatsächlich von so großer Bedeutung ist, kann es Inthara sich nicht erlauben, abwesend zu sein. Sie würde dadurch die Götter erzürnen – oder jene Teile der Priesterschaft, die an sie glauben.* Er blickte zu der Statue des Norfes empor. *Wer würde ernsthaft den Zorn eines solchen Gottes herausfordern? Und Norfes scheint mir noch der harmloseste Vertreter des arphatischen Pantheons zu sein. Nein, Inthara wird es nicht wagen, dem Har'buthi-Fest fern zu bleiben! Sie wird anwesend sein … vielleicht verhüllt, um das Märchen von der angeblichen Gazellenjagd aufrechtzuerhalten. Vielleicht will sie mich auf dem Fest beobachten, einen Blick auf mein Gesicht werfen, ohne dass ich von ihrer Anwesenheit weiß. Warum sonst wurden wir ausdrücklich eingeladen, an der Zeremonie teilzunehmen? Sie scheint diese Spielchen zu lieben, die gottgleiche Königin. Doch wer der beste Spieler ist, wird sich noch zeigen.*

Ein Plan reifte in seinem Kopf, und mit jähem Tatendrang sprang er von dem Kissen auf und eilte zum Ende der Tempelhalle. Er hastete die steinerne Treppe zum nächsten Stockwerk empor. Mit wenigen Schritten nahm er die Stufen, stürzte in den dunklen Gang und eilte zielstrebig auf die letzte Tür zu. Sie stand offen. Mit einem höflichen Räuspern machte Baniter sich bemerkbar. Dann trat er ein.

In dem prächtig geschmückten Raum hockte auf einem samtschwarzen Kissen Lyndolin Sintiguren. Sie trug ein einfaches weißes Gewand; ihre drahtigen grauen Haare hatte sie hochgesteckt. Vor ihr lag eine zerschlissene, lederne Sternkarte. Mit dem dürren Zeigefinger der rechten Hand fuhr die alte Frau die blassen Linien nach, die sich über die Karte zogen. Ihre Lippen formten leise Worte. Offenbar hatte sie das Räuspern des Fürsten überhört.

Vorsichtig sah Baniter Geneder sich um. Er entdeckte in der Ecke des Raumes, gebettet auf einem Seidentuch, Lyndolins Harfe. Sie war aus goldfarbenem Holz; die Saiten hoben sich deutlich von dem hellen Tuch ab. Langsam schlich sich Baniter zu dem Instrument, beugte sich herab und fuhr mit dem Finger über die Saiten. Ein weicher Laut erklang, und Lyndolin Sintiguren blickte erschrocken auf.

»Fürst Baniter!« Sie nahm ihre Hand von der Karte. »Ich habe Euch nicht eintreten hören!«

»Ihr wart zu sehr in den Lauf der Sterne vertieft«, antwortete Baniter lächelnd. »Habt Ihr mein Kommen nicht vorausgeahnt? Wie kann man jemanden überraschen, der in die Zukunft blicken kann?«

Lyndolin war deutlich aufgeblüht, seit sie in Praa eingetroffen waren. Schon nach wenigen Tagen war von ihrer Erschöpfung nichts mehr zu spüren gewesen. Voller Begeisterung hatte sie sich unter die arphatischen Priester gemischt, die in den Tempel geeilt waren, um die berühmte Dichterin zu sehen. Vor allem der feiste Agihor-Priester Sentschake hatte stundenlange Gespräche mit Lyndolin geführt. Obwohl Baniter keinen Grund hatte, argwöhnisch zu sein, beunruhigte ihn die Verehrung, die der Dichterin entgegengebracht wurde. Er konnte nur hoffen, dass Lyndolin sich an seine Worte hielt und sich nicht zu unbedachten Prophezeiungen hinreißen ließ. Denn eines war gewiss: Die Arphater würden jedes ihrer Worte auf die Goldwaage legen.

Lyndolin erhob sich. »Wart es nicht Ihr, der mir untersagte, in die Zukunft zu blicken?« Sie hielt die Sternkarte empor. »Ich weiß, Ihr haltet nichts von der Kunst der Sterndeutung, obwohl sie Euch hier in Praa gute Dienste leisten könnte. Dies ist die Sternkarte des Cladimor, eines großen Wahrsagers und Zauberers aus Kathyga. Vor vielen Jahrhunderten hat Cladimor den Himmel beobachtet; seine Berechnungen lassen auch heute noch erstaunliche Deutungen zu. Anhand dieser Sternkarte vermag man präzise Angaben über den Lauf des Schicksals zu treffen. Schon mehrmals wurde ich von den arphatischen Priestern gebeten, ihr Schicksal in den Sternen zu lesen. Doch da Ihr es mir verboten habt, musste ich sie schweren Herzens zurückweisen.«

»Und Ihr tatet gut daran«, sagte Baniter. »Wozu einem frommen Priester das Schicksal vorhersagen, das dieser in die Hände seiner Gottheit gelegt hat? Wollt Ihr die Arphater vom rechten Pfad des Glaubens abbringen?«

»Das könnte ich ebenso wenig, wie Euch vom Pfad des Spötters abzubringen.« Lyndolin Sintiguren schritt langsam auf ihn zu. Sie hinkte ein wenig; während der Reise hatte sie ihr linkes Knie ausgerenkt, und seitdem wollte das Gelenk nicht mehr heilen. »Wie lange werdet Ihr auf ihm wandeln, bis Ihr erkennt, dass er von Eurem Ziel fortführt?«

»Solange ich untätig im Tempel herumsitze, erscheint mir dieser Pfad der einzig richtige«, sagte Baniter. »Auch heute gibt sich die Königin wieder abwesend! Mit ihren Jagdkünsten kann es nicht weit her sein, wenn sie innerhalb von zwei Wochen keine Gazelle erlegen konnte. Vielleicht hätte sie sich zuvor von der großen Lyndolin Sintiguren ihr Jagdglück voraussagen lassen sollen.«

Die Sterndeuterin blickte Baniter aus ihren unergründlichen Augen an. »Hättet Ihr mir denn erlaubt, der Königin zu prophezeien, dass ihre Jagd vergeblich sein wird?«

Der Fürst schüttelte den Kopf. »Mein Wort gilt nach wie vor: keine Prophezeiungen, keine Sterndeuterei!« Er brachte erneut die Saiten der Harfe zum Schwingen. »Legt deshalb Eure Sternkarte aus der Hand und greift stattdessen zur Harfe. So erweist Ihr unserer Gesandtschaft einen besseren Dienst.«

Das Gesicht der alten Frau blieb unverändert. »Ich wusste nicht, dass Ihr ein Freund meines Harfenspiels seid. Wollt Ihr, dass ich Euch ein Lied spiele?«

Baniter nahm die Harfe vorsichtig auf. »Nicht mir – dem arphatischen Volk!« Er reichte Lyndolin das Instrument. »In ein paar Stunden findet am Ufer des Nesfer ein heiliges Fest statt: die Har'buthi-Zeremonie, mit der man in Praa den Winter begrüßt, sofern man in diesem Land von einem Winter sprechen kann. Wäre es nicht ein großer Akt der Freundschaft, wenn die berühmte Lyndolin Sintiguren anlässlich dieses hohen Festes eine Ballade zum Besten gäbe?«

Lyndolin nahm die Harfe an sich. »Ich bin überzeugt, dass die Arphater daran Gefallen fänden«, gab sie zu. »Seine Hochwürden Sentschake bat mich bereits, vor den Geweihten zu spielen.«

»Dann bietet sich heute die beste Gelegenheit dafür«, rief Baniter hocherfreut. »Die gesamte Priesterschaft wird anwesend sein.«

Lyndolin Sintiguren umschloss die Harfe mit beiden Händen. Ihre faltigen Finger fuhren sanft über das helle Holz des Rahmens. »Und welche Ballade haltet Ihr für diesen Anlass geeignet?«

Baniter lächelte. *Kluges Mädchen!* »Ihr solltet den Priestern Eure ganze Kunstfertigkeit unter Beweis stellen. Warum gebt Ihr nicht einfach eine eigene Dichtung zum Besten – ein Lied, das eigens für dieses Fest geschrieben wurde?« Er hielt kurz inne. »Das könnt Ihr doch, nicht wahr – ein Lied erdichten?«

Falls Lyndolin Sintiguren überrascht war, konnte sie dies fabelhaft verbergen. »Selbstverständlich, Baniter Geneder. Doch das benötigt mehr als ein paar Stunden! Eine solche Dichtung braucht seine Zeit.«

»Oh, ich werde Euch zur Hand gehen«, sagte Baniter lächelnd. »Wie Ihr wisst, stamme ich aus einer musikalischen Familie. Meine Mutter hat mich lange Jahre in der Bardenkunst unterwiesen – die sie von Euch erlernte, Lyndolin! Gemeinsam sollten wir in Windeseile ein passendes Lied erdichten können. Ich habe sogar schon eine Idee, was den Inhalt betrifft …«

Sie blickte ihn zweifelnd an. »Die Worte eines Liedes wollen sorgfältig gewählt sein. Ich hoffe, Ihr wisst, dass eine unbedachte Zeile den Sinn einer ganzen Ballade verändern kann, und wo eine Rede schnell vergessen ist, bleibt ein Lied lange im Gedächtnis. Überlegt Euch gut, Baniter Geneder, ob mein Gesang die richtige Form für Euer Anliegen ist.«

Baniter nickte entschlossen. »Meine Stimme verhallt seit elf Tagen ungehört in diesem Tempel. Eurer aber wird man lauschen, davon bin ich überzeugt.« *Und es werden meine Worte sein, die Ihr auf der Zunge führt.*

❦

Baniter hatte schon eine Menge von den rauschenden Festen der Arphater gehört. *Wenn die Arphater feiern*, so hatte seine Mutter ihm einst erzählt, *fließt Wein und Blut in Strömen.* Als Kind hatte ihn das stark beeindruckt; vergeblich hatte er versucht, sich ein solches Fest vorzustellen. Nun, da er Zeuge der Har'buthi-Zeremonie wurde, kamen ihm die Worte seiner Mutter wiederum in den Sinn.

Tausende von Menschen hatten sich zum Nesfer begeben, sich an seinen Ufern und auf der Insel inmitten des Stromes versammelt. Manche waren in den Fluss herabgestiegen; sie standen im brackigen Wasser zwischen Schilf und Farn oder ließen sich von der Strömung treiben. Die Luft war erfüllt von ihren Stimmen, und hätte Baniter nicht gewusst, dass ein Fest begangen wurde, hätte er aus dem ohrenbetäubenden Geschrei, dem Jammern, dem Weinen geschlossen, dass eine panische Menschenmasse sich voller Angst zusammengerottet hatte. Doch es war keine Furcht – es war religiöser Wahn, der die Menschen erfasst hatte. Baniter erspähte einen Mann, der in seiner Hand ein Messer hielt, mit dem er sich die entblößte Brust geöffnet hatte.

Blut rann aus der Wunde, rann an der Klinge des Messers herab; und der Wahnsinnige leckte es mit der Zunge auf, bis roter Speichel aus beiden Mundwinkeln lief. Unweit davon war eine Frau zu sehen, auch sie nackt, Arme und Körper blutig gerissen von den eigenen Fingernägeln. Und dort, im Wasser, stand ein junges Mädchen, das sich den linken Arm von der Schulter bis zum Handknöchel aufgeschlitzt hatte. Mit den Fingern seiner rechten Hand fuhr es der breiten Wunde nach, und das schmutzige Flusswasser spülte das Blut aus ihrem Körper. Aus ihrem Mund gellten Schreie innigster Verzückung.

»Der Nesfer tränkt die Felder von Praa, doch einmal im Jahr tränken die Menschen den Fluss«, wisperte Mestor Ulba dem Fürsten zu. »Aus ihrem Blut wird das Wasser für die nächste Ernte geboren.«

Sie standen auf einer Erhöhung am Ufer des nördlichen Flussarmes. Von hier aus hatten sie eine hervorragende Sicht auf die Zeremonie. Unmittelbar vor ihnen schwamm ein Floß, von dem aus die Götter ihre Opfergaben in Empfang nehmen sollten. Mächtige Ketten hielten es in seiner Position. In der Mitte brannte in einer Schale, die von zwei kräftigen Sklaven emporgehalten wurde, ein heiliges Feuer. Ringsumher hatten sich zahlreiche Priester versammelt. Baniter erkannte die orangefarbenen Roben der Geweihten des Agihor, die goldenen Mäntel der Diener des Totengottes Kubeth und die grünen Hauben der Mönche des Balah-Sej, Gott des Gesetzes. Die meisten Gewänder aber waren ihm unbekannt. *So viele Priester, so viele Götter … falls dieses Floß kentert, steckt die arphatische Religion in einer tiefen Krise.*

Baniter warf einen Seitenblick auf den großen Ejo. Der Anführer der Anub-Ejan stand dicht neben ihm, umringt von sieben Ordensbrüdern. Sie trugen ihre grellgelben Gewänder und schwarzen Kappen; ihre grünen Säbel blinkten im Sonnenlicht. Statt die Zeremonie zu beobachten, starrten sie mit reglosen Gesichtern auf die Gesandten. Baniter fragte sich, warum nicht die Bena-Sajif, sondern die Anub-

Ejan sie zum Ufer eskortiert hatten – die Leibwächter und Scharfrichter der Königin.

Die Opferzeremonie zog sich mehrere Stunden hin. Immer wieder schallten Trompetenklänge vom Floß herab und ließen die Schreie der aufgewühlten Menge für einige Momente verstummen. Dann war die dunkle Stimme des Agihor-Priesters Sentschake zu hören, der mit düsteren liturgischen Gesängen den Wahn der Menschen noch anzustacheln schien. Die Worte seines Gebetes waren Baniter fremd; als er Mestor Ulba nach ihrem Sinn fragte, erklärte der Siegelmeister ihm, dass Sentschakes Gebet in der arphatischen Hochsprache verfasst war. »Sie wird nur noch von den Priestern gesprochen«, raunte Ulba. »Im einfachen Volk ist sie längst verklungen und durch die candacarische Sprache ersetzt worden.«

Auf dem Floß wurde nun ein Käfig nach vorn gezerrt. In ihm erkannte man die ausgemergelten Leiber zweier Sklaven, eines Mannes und einer Frau. Sie klammerten sich an die Gitterstäbe; ihre Augen waren vor Entsetzen geweitet. Als die Priester den Käfig an den Rand des Floßes brachten, begann der Mann wie wild an den Stäben seines Gefängnisses zu rütteln. Baniter hörte ihn verzweifelt nach Gnade rufen. Doch sein Flehen war vergeblich; schon machten sich die Priester daran, den Käfig ins Wasser abzusenken.

»Der Fluss nimmt ihre Seelen auf«, wisperte Mestor Ulba. »Es heißt, dass der Nesfer jene, die sich ihm hingeben, bis in das Meer der Ewigkeit trägt.«

»Ob sich diese zwei ihm wohl ganz freiwillig hingeben?«, fragte Baniter mit trockener Stimme.

Der Siegelmeister nickte. »Ihr habt Recht … es ist eine Schande!« Sein Blick verdüsterte sich. »In früheren Tagen waren es hunderte, die am Har'buthi-Fest ihre Seelen dem Nesfer anvertrauten – aus freiem Willen, ohne jeden Zwang! Damals war Arphat mächtig, und die Priester wussten die alten Traditionen zu schätzen. Doch heute?« Es lag Verachtung in seiner Stimme. »Heute bringen sie dem

Nesfer ein paar Sklaven dar! Ich habe lange auf den Tag gewartet, an dem ich einer Har'buthi-Zeremonie beiwohnen darf. Doch dies, Fürst Baniter«, er wies auf den Fluss, »ist eine jämmerliche Parodie des Festes! Har'buthi galt als Tag der Ekstase und des Einswerdens mit den Göttern. Die Menge war von heiligem Ernst erfasst; die Menschen von Praa fanden sich am Ufer des Nesfers zusammen und gaben sich im Bewusstsein der Vollkommenheit Arphats ihren Göttern hin. Die Zeremonie band sie aneinander, öffnete ihnen die Augen für die Erhabenheit ihres Weltreiches; und jene, die erwählt waren, sich dem Nesfer zu opfern, gingen freiwillig in die Fluten.« Er schüttelte den Kopf. »Was ist aus diesem Festtag geworden! Dieses Geheul und Gezeter entbehrt jeder Ekstase, es ist bloßer Wahn! Jene, die dort ihr Blut in den Nesfer vergießen, hat der Fluss nicht zu sich gerufen. Und wo ist die Königin, die Tochter des Sonnengottes? Sie sollte hier am Ufer des Flusses stehen und den Zorn der Götter besänftigen.« Mestor Ulba wandte sich ab. »Lasst uns zum Tempel zurückgehen, mein Fürst. Wir haben genug gesehen.«

»Noch nicht«, widersprach Baniter. »Für meinen Geschmack ist dieses Fest ekstatisch genug. Vergesst nicht, Siegelmeister, im palidonischen Hochland werden am Tag der Ernte Obstkörbchen in der Luft umhergeschwenkt und ein paar Statuen mit Bronze übergossen. Verglichen damit ist dieses Fest ein wahres Feuerwerk der Ekstase.«

Ulba schien ihm nicht zuzuhören. »Versteht Ihr nicht, dass es mich schmerzt, zu sehen, wie tief dieses Reich gesunken ist? Sein Glanz ist Vergangenheit – nie sah ich es deutlicher als zu dieser Stunde. Als Arphats Herrschaft über den Süden endete, brach eine neue Epoche an; und diese Epoche gehört dem Kaiserreich Sithar!«

Baniter runzelte die Stirn. *Diese Rede wird Inthara gar nicht gern hören.* »Lasst uns hoffen, dass ihr nicht eine Epoche der Echsen folgt«, sagte er. Sein Blick wanderte zum Floß zurück. Die Priester hatten den Käfig ins Wasser herabgelassen. Er sank sofort auf den Grund, die Eisenkette hinter sich herziehend. Die Schreie der Sklaven erstickten im Wasser und wurden vom frenetischen Jubel der Menge abgelöst.

Langsam schritt Baniter an die Seite von Lyndolin Sintiguren. Auch sie starrte auf den Fluss. Ihr runzeliges Gesicht verriet keine Gefühlsregung. *Ob sie mit ihren schwachen Augen überhaupt sieht, was dort vor sich geht?* Vorsichtig beugte er sich zu ihr herüber. »Haltet Euch bereit, Lyndolin«, flüsterte er. »Der Opferritus nähert sich dem Ende.«

Die Dichterin nickte. Sie hielt die in ein Tuch gewickelte Harfe wie ein Kind in ihren Armen. *Ich hoffe, sie weiß die Worte, die wir ersonnen haben, gut vorzutragen.*

Baniters Augen sprangen zwischen Floß und Ufer hin und her. *Wo hält sich die Königin wohl verborgen? Sie muss irgendwo sein … sonst ist mein Plan zum Scheitern verurteilt!*

Er entdeckte schließlich am Ufer, kaum zehn Schritt entfernt, einige vermummte Gestalten, die sich unter das Volk gemischt hatten. Sie trugen graue Gewänder, auf denen das Zeichen einer Vogelschwinge prangte und deren herabhängende Ärmel mit grauen Federn besetzt waren. Die Gesichter waren mit weißen Masken verhüllt, die dem Kopf eines Raubvogels nachempfunden waren. Auch sie wurden von einem Trupp Anub-Ejan-Mönchen bewacht.

Baniter winkte Mestor Ulba zu sich. »Welcher Priesterschaft gehören diese Maskierten an?«, fragte er und wies verstohlen auf die geheimnisvollen Gestalten.

»Es sind die Geweihten der Todesgöttin Alunai«, gab der Siegelmeister zurück. »Kubeth ist nicht der einzige Gott des Totenreiches. Er nimmt sich jener Seelen an, die im Frieden dahingegangen sind. Alunai hingegen ist die Herrin der Rastlosen, der Ermordeten, Gefolterten und Kranken, die vor ihrer Zeit ins Totenreich gerufen wurden. Sie verhilft ihnen zu ihrer letzten Rache, und zugleich sorgt sie dafür, dass die verlorenen Seelen niemals Frieden finden. Wo Alunais Schwingen schlagen, herrschen Trauer und Trostlosigkeit. Nur Jungfrauen dürfen zu einer Priesterin der Alunai geweiht werden. In ganz Arphat gibt es wohl kaum hundert von ihnen.«

Baniter musterte die Vermummten. *Ob Inthara sich hinter einer dieser Masken verbirgt? Vom Ufer aus wäre sie in der Lage, mich genau zu beobachten. Und sie wäre in der Lage, Lyndolins Stimme deutlich zu vernehmen.*

»Gott Nesfer hat das Opfer angenommen!«, schallte die Stimme Sentschakes über den Fluss. Der Priester stand an der Spitze des Floßes, die Arme ergriffen ausgebreitet. Auf seinem aufgedunsenen Gesicht glänzte der Schweiß. »Die Ernte des kommenden Jahres ist von den Göttern gesegnet! Ke'shai wird uns Regen schenken und Agihor Licht; Tanete wird das Korn sprießen lassen und K'aalun die Heuschrecken von unseren Feldern fern halten.« Eine Welle des Jubels erfasste die Menschen. Doch Sentschake bedeutete ihnen zu schweigen. Er streckte die Hand in Baniters Richtung aus. »Vor wenigen Tagen erreichte uns eine Gesandtschaft des abtrünnigen Südens!« Empörung brandete in der Menge auf, während Sentschake fortfuhr: »Wir haben die Südländer in Freundschaft aufgenommen. Solange sie bei uns sind, soll Praa ihnen eine zweite Heimat sein. Deswegen luden wir sie zu unserem heiligen Fest; und auch wenn unser Glaube und unsere Sitten ihnen fremd sind, wollen sie den Göttern Arphats ein Geschenk darbringen!« Noch immer herrschte Unmut unter den Arphatern; eine Frau spie den Namen Kaiser Akendors hervor, und Gelächter erklang ringsum. Sentschake aber ließ sich nicht beirren. »Lyndolin Sintiguren befindet sich unter den Gesandten … jene Lyndolin Sintiguren, deren Lieder unsere Herzen bewegen.« Das Gelächter verebbte. Staunend wandten sich die Arphater der alten Frau zu. »Sie will diesen Tag mit ihrem Gesang ehren! Denn heute blicken die Götter auf uns herab. Sie sind es, denen ihr Lied gilt.«

Es gilt vor allem einer Göttin, dachte Baniter, *der Tochter des Sonnengottes*. Er beobachtete die vermummten Priesterinnen. Auch sie hatten sich Lyndolin Sintiguren zugewandt.

Die Dichterin hatte unterdessen das Tuch, in dem die

Harfe eingeschlagen gewesen war, zu Boden sinken lassen. Zögernd wandte sie sich der Menge zu. »Ich danke Euch, Bürger von Praa. Gern trete ich heute vor Euch. Mein Weg durch die Wüste war lang und beschwerlich; umso glücklicher bin ich, wohlbehalten in Eurer gastfreundlichen Stadt eingetroffen zu sein!«

Was soll das Gefasel?, ärgerte sich Baniter. *Es ist nicht das Hohelied auf die arphatische Gastfreundschaft, das du singen sollst!* Schon hörte man einige der Menschen aufmurren. Zweifellos hatten sie sich die legendäre Dichterin anders vorgestellt, vermutlich jünger und attraktiver.

»Ich will Euch ein Lied vortragen«, rief Lyndolin. Sie rückte die Harfe in ihrer linken Hand zurecht. »Ein Lied, um den König zu preisen, der Arphat seinen Namen und seine Gestalt gab. Ich will von seinem Feldzug singen, durch den er das Land einte und jene strafte, die sich weigerten, mit ihm in den Krieg zu ziehen.« Sie schlug sanft die Saiten der Harfe an, und ein weicher Klang hüllte ihre letzten Worte ein. »Es ist das Lied von der aufständischen Stadt Dalal'Sarmanch, die der große Apetha niederrang, als sie sich ihm in den Weg stellte.«

Aus den Gesichtern der Arphater sprach Verwunderung. Die Legende von Dalal'Sarmanch war jedem von ihnen vertraut; umso erstaunlicher war es, sie aus dem Mund einer sitharischen Dichterin zu vernehmen. Auch die Priester warfen sich fragende Blicke zu.

Lyndolins Finger griffen in die Saiten, und ein dunkler, rollender Akkord baute sich auf. Die Arphater hielten den Atem an. Selbst der Wind schwieg, als die Dichterin mit voller, kräftiger Stimme anhob:

»Wie viele Tage und Stunden vergehn
bis sie fallen, die Türme von Dalal'Sarmanch?
Wie viele Strahlen der Sonne benetzen
und küssen die Zinnen von Dalal'Sarmanch?
Wie viele Kinder gebären die Frauen
die hinter den Mauern ihr Tagewerk tun?

Wie viele hämische Lieder erschallen
vom herrischen Fried dieser störrischen Stadt?
Wann werden sie stürzen, die ewigen Spötter,
die Türme von Dalal'Sarmanch?

Hört ihr denn nicht, überhebliche Narren,
die haltlosen Heere vor Dalal'Sarmanch?
Wisst ihr denn nicht, wie entschlossen sie nahen
zu schleifen die Türme von Dalal'Sarmanch?
Goldenes Rüstzeug und klirrende Schwerter
am Rochen geschärft und an Candacars Stahl
getaucht in das Blut der gefallenen Gegner
bald richten sie sich gegen euch! Ja, bald
umschließt der Griff der goldenen Klaue
die Türme von Dalal'Sarmanch.

Glaubt ihr tatsächlich, ihr könntet ihm trotzen
dem Zorn des Feindes von Dalal'Sarmanch?
Ihr habt ihn verlacht, ihr habt ihn gefordert,
ihr törichten Bürger von Dalal'Sarmanch!
Vertraut ihr dem Schutz eurer pechschwarzen Mauern?
Niemand steht bei euch, ihr streitet allein!
Allein wollt ihr schlagen den mächtigen König
und hofft, dass die Zeit seine Stärke zermürbt.
Doch in dreißig Zügen sind sie schon in Trümmern:
die Türme von Dalal'Sarmanch!«

Nicht in seinen kühnsten Träumen hatte Baniter sich eine so überwältigende Wirkung von Lyndolins Gesang erhofft. Waren die ersten Zeilen ihres Liedes noch von leisem Gemurmel und gelegentlichen Zwischenrufen begleitet worden, war die Menge gegen Ende der ersten Strophe in andächtiges Schweigen versunken, gefesselt von Lyndolins klarer Stimme. Es war, als hätte die Welt für einen Moment innegehalten, als hätten die grausamen Götter der Arphater Lyndolins Gesang tatsächlich gelauscht. Vergessen war der Anblick, den die gebeugte Frau ihrem Publikum bot; so schwach und alt sie auch wirkte, ihr Gesang war von einer Kraft, die jeden Zuhörer tief berührte.

Als Lyndolin geendet hatte und ihre Harfe verklang, herrschte noch immer Schweigen am Ufer des Flusses. Sentschake war der Erste, der seine Stimme erhob. »Ich habe selten ein Lied von solcher Schönheit gehört«, stieß er hervor und presste die Hand an die Brust. »Mir war, als hätte Agihor während Eures Gesangs mitten in mein Herz geblickt!«

Ich möchte nicht wissen, was er dort gesehen hat. Baniter wandte sich Lyndolin Sintiguren zu. »Ihr habt Euch selbst übertroffen«, lobte er sie. Er wies auf die Menschen, die nun begeisterte Jubelschreie hervorstießen und den Namen der Dichterin gen Himmel riefen, LYNDOLIN, LYNDOLIIIIN … »Dieses Lied wird den Arphatern im Gedächtnis bleiben.«

Sie ließ die Harfe sinken. »Dann hat es wohl seinen Zweck erfüllt«, erwiderte sie ruhig. »Ich hoffe, es schmerzt Euch nicht, dass der Jubel allein mir gilt, wo doch die Urheberschaft …«

»Oh, mein Beitrag war gering«, unterbrach Baniter sie lächelnd. »Eure Stimme erst hat die Worte zum Leben erweckt.«

Er bemerkte, dass einer der Anub-Ejan-Mönche, der zuvor die Alunai-Priesterinnen bewacht hatte, sich ihnen näherte. Er tauschte einige Worte mit dem großen Ejo, worauf sich dieser dem Fürsten zuwandte.

Baniter lächelte den Schechim erwartungsvoll an. »Hat der Gesang Euch gefallen, großer Ejo? Das traurige Schicksal von Dalal'Sarmanch dürfte selbst das grimmige Kriegerherz eines Anub-Ejan rühren.«

Ejo musterte Baniter kalt. »Spar dir die süßen Worte, Luchs von Ganata«, knurrte er. »Die Königin möchte dich sehen! Sie wird dich in einigen Stunden im Aru'Amaneth empfangen, im königlichen Palast – dich allein!« Er deutete auf Merduk und Gahelin, die hinter Baniter Stellung bezogen hatten. »Schick deine Leibritter fort und folge mir. Die Königin duldet es nicht, wenn man sie warten lässt.«

Baniter deutete eine Verneigung an. »Wie könnte ich die Königin warten lassen? Ich folge Euch flink wie eine Gazelle.« Seine Augen funkelten vor Vergnügen.

❦

Es ließ sich als deutliches Zeichen für Tathrils Wohlwollen deuten, dass der Kapuzenvogel am Leben war. Seit der Überquerung der Bogenbrücke von Pryatt Parr hatte Baniter ihn nicht mehr zu Gesicht bekommen; schließlich hatte der große Ejo die Kutsche mit den Geschenken für die arphatische Königin am Rand des Nebelrisses beschlagnahmt. Es war nahezu unglaublich, dass das Tier die Reise unbeschadet überstanden hatte: die harsche Kälte des palidonischen Winters, die Glut der praatischen Wüste und schließlich die Fürsorge der Anub-Ejan, die von der Haltung südländischer Ziervögel sicher nicht allzu viel verstanden. Doch er lebte; mit seinem leuchtenden Gesang begrüßte er Baniter, als dieser das Innere der Stufenpyramide betrat, und als der Vogel dicht am Kopf des Fürsten vorbeiflog und dabei eine hellrote Feder seines schimmernden Schweifes verlor, gab es keinen Zweifel mehr: Das Glück war auf Baniters Seite.

Es war ein seltsames Gefühl gewesen, am Fuße des Aru'Amaneth zu stehen. Die Stufenpyramide bot schon aus der Ferne einen imposanten Anblick, doch aus der Nähe betrachtet war ihre Größe geradezu beängstigend. Es war weniger die Höhe der Pyramide als ihre Länge und Breite; auf der Fläche, die Aru'Amaneth einnahm, hätte mühelos eine kleine Stadt errichtet werden können. Rostrot erhoben sich die schrägen Außenwände aus dem sandigen Boden; die Luft über dem Gestein flimmerte in der brütenden Hitze. Die im spitzen Winkel emporführenden Wände brachen in einer Höhe von wohl hundert Schritt ab, wodurch das Aru'Amaneth einer unfertigen Pyramide glich. Weißer Dunst schwebte über dem Bauwerk, stieg aus dem Inneren des Aru'Amaneth empor.

Ejo hatte den Fürsten zunächst in einen gedrungenen Gang geführt, düster und schmucklos, erleuchtet nur durch seine Pechfackel. Der Gang hatte stetig geradeaus geführt. An einigen Stellen hatte er sich verzweigt; Anub-Ejan-Mönche hatten an diesen Weggabelungen Wache gehalten. Sonst aber war der Gang menschenleer gewesen.

Schließlich, nach einem etwa zehnminütigen Marsch, hatte Ejo innegehalten. »Wir sind am Ziel, Luchs von Ganata! Ab hier musst du den Weg allein fortsetzen.« Am Ende des Ganges war einfallendes Licht zu erkennen gewesen. »Worauf wartest du? Die Geduld der Königin ist begrenzt!«

So war Baniter allein weitergegangen. Mit jedem Schritt war der Schein von Ejos Fackel schwächer geworden; die Helligkeit am Ende des Ganges hatte hingegen zugenommen. Und dann war Baniter aus der Dunkelheit getreten, um vom Licht der Sonne und vom vertrauten Gesang des Kapuzenvogels begrüßt zu werden.

Sechs Terrassen bildeten das Innere von Aru'Amaneth. Wie die Stufen einer Treppe führten sie vom Grund der Pyramide bis nach oben. Die unterste Terrasse, auf der Baniter stand, schloss an einen quadratischen See an. Funkelnd reflektierte die Wasseroberfläche die einfallenden Sonnenstrahlen. Von den oben liegenden Ecken der Pyramide führten vier steinerne Rinnen zum See hinab. Das herabfließende Wasser stammte vermutlich aus einer Quelle unter der Pyramide. Baniter fragte sich, ob es Zauberei oder Sklavenarbeit war, die das Wasser emporbeförderte. Die Rinnen verzweigten sich auf dem Weg über die Terrassen; es handelte sich um ein wohl durchdachtes Bewässerungssystem. Denn das Innere von Aru'Amaneth war ein riesiger Garten, prächtiger als alles, was Baniter in seinem Leben gesehen hatte. Riesige Bäume wuchsen auf den Terrassen: Palmen mit breiten, dunkelgrünen Blättern; lianenverhangene Dreiwurzler mit gewundenen, porös wirkenden Stämmen; pfeilartig aufragende Schattenbrecher, auf deren öliger Rinde Wassertropfen glänzten; kraftstrotzende Windfänger mit ausladenden Baumkronen, von deren Ästen die Fasern abstanden wie borstige Haare. Unter den Bäumen gediehen Sträucher und Blumen von unglaublicher Schönheit; Farngewächse, die in einem edlen Blauton schimmerten; Orchideen, deren vielfarbige Blüten mit goldenem Staub überzogen waren; fremdartige Pflanzen, deren Blättern von solch feiner Struktur waren, dass die Sonnenstrahlen hindurchfielen wie durch das Netz einer Spinne.

Die Luft im Innern der Pyramide war feucht und schwer. Dunst lag in der Luft und filterte das Sonnenlicht. Der Gesang unzähliger Vögel war zu hören. Bunt gefiederte Papageien flogen über den Fürsten hinweg, und auch eine handspannengroße Flugechse segelte aus dem Dickicht, um sich in Baniters Nähe zu Boden fallen zu lassen und flugs unter einem Farnstrauch zu verschwinden. Von den höher gelegenen Ebenen drang das närrische Kreischen eines Affen herab.

Aufmerksam suchten Baniters Augen die nächste Terrasse ab. Es war keine Menschenseele zu sehen. Über sich vernahm er den schmerzhaft schönen Gesang des Kapuzenvogels. *Er scheint sich hier wohl zu fühlen,* dachte Baniter. *Ich wünschte, ich könnte mir sein einfaches Gemüt für einen Augenblick aneignen und alles Misstrauen abstreifen.* Baniter näherte sich der flechtenbewachsenen Steintreppe, die zur nächsten Terrasse emporführte. Er musste Acht geben, um auf den steilen Stufen nicht auszugleiten.

Oben angelangt, fand er ein Dickicht staudenartiger Pflanzen vor, die ihm den Weg versperrten. Blassgrüne Strünke wanden sich aus der Erdkrume, wirr ineinander verschlungen, teils zum Himmel aufstrebend, teils zum Boden zurückfliehend. Sie trugen große, muschelförmige Blüten, die einen süßlichen Duft verströmten. Aus den Blütenkelchen, deren Blätter seidig glänzten, reckten sich fleischfarbene Stempel ans Licht. Sie boten einen Ekel erregenden Anblick. Ihre Unförmigkeit passte nicht zu der natürlichen Schönheit der Blüten; sie waren faltig und gekrümmt, mit kreuzförmigen Einkerbungen versehen, bedeckt von einer nassschwarzen, seifigen Substanz. Angewidert ergriff Baniter einen der Strünke und zog ihn zu sich heran, um die Blüte aus der Nähe betrachten zu können.

»Lasst besser die Finger davon, Luchs von Ganata!«

Baniter fuhr herum. Eine Stimme war hinter ihm erklungen – doch da war niemand! Verwirrt suchten seine Augen das Dickicht ab.

»Hat Euch niemand vor der Schönheit fremder Blüten gewarnt?« Wieder schienen die Worte in seiner unmittelbaren Nähe gesprochen zu werden. »Wisst Ihr nicht, wie gefährlich sie sein können? Ich hatte den Luchs von Ganata für vorsichtiger gehalten!« Ein helles Lachen löste den letzten Satz ab; das Lachen einer jungen Frau.

Nun erst entdeckte er sie! Hinter dem Geflecht der wirren Pflanzenarme, kaum eine Armeslänge von ihm entfernt, war ein Augenpaar zu sehen: große dunkle Augen, nussbraun, in ihrer Mitte zwei schwarze Pupillen, in denen Baniter sein Spiegelbild erkannte. Die Haut unter ihren Augenlidern lag auf den Wangenknochen wie seidener Stoff, ein hellbrauner Schimmer, gebrochen vom Schattenwurf der Pflanzen. Der Rest ihres Gesichts verschwand hinter den Blättern eines Farns, der sich zwischen den Blütengewächsen emporwand.

»Ich ging nicht davon aus, dass sich die arphatische Königin mit gefährlichen Pflanzen umgibt«, sagte Baniter langsam, gefesselt von ihrem Blick.

Ihre Pupillen verengten sich. »Gefährlich nur für den Unwissenden. Ich kenne jedes Gewächs in meinem Garten.« Sie bewegte den Kopf, und das Augenpaar verschwand hinter den Farnen. Baniter hielt den Atem an. Er lauschte dem Rascheln des Dickichts – und fuhr erschrocken zusammen, als sich eine Hand auf seine Schulter legte.

Sie stand neben ihm, ein winziges Stück kleiner als er, den Kopf zur Seite geneigt, sodass ihr nachtschwarzes Haar offen zur Hüfte herabfiel. Es war dicht und ein wenig zerzaust, als hätte der Wind es umworben. Die Sonne verlieh ihm den verhaltenen Glanz dunklen Rots, einen purpurnen Hauch aus Licht. Sie trug ein schlichtes Leinengewand; der Stoff war abgetragen, an den Schultern klebten Erdbrocken. Ein Gürtel schnürte das Gewand um ihre schlanke Taille; darin steckte ein grün schimmernder Dolch, die Klinge gewunden wie eine Flamme. Und wie eine Flamme war auch ihr Körper geformt; die Hüften, die biegsame Taille, die vom Leinenstoff umschmiegten Brüste. Ihre Arme wirkten sehr kräftig; am Handgelenk, das auf Baniters Schulter ruhte, traten deutlich die Adern und Sehnen unter der olivfarbenen Haut hervor. Ihre nackten Füße, die unter dem Gewand hervorragten, waren schmal und verstaubt.

»Was Ihr dort in den Händen haltet«, sagte sie leise, »ist die Blüte des Kubethibusches, den man auch den Atemfänger nennt – wisst Ihr, warum?« Ihre Hand löste sich von seiner Schulter und entwand ihm den Blütenstängel, den er noch immer umklammerte. Dann kniete sie sich zu Boden und zog die Blüte zu sich heran. Ihr Gesicht war von ovaler Form, mit hohen Wangenknochen und einem weichen Kinn. Die Haut war von einer angenehmen braunen Färbung; allein die Wangen waren leicht gerötet. Die Nase war klein und rund; sie verlieh ihrem Gesicht etwas Kindliches. Doch von besonderer Anmut war ihr Mund: breit und selbstbewusst, die Lippen sanft geschwungen. Im linken Mundwinkel war eine weißliche Narbe zu erkennen, die sich bis zum Ohr zog; sie schien wie die Fortführung des Lächelns, das auf ihren Lippen lag.

Mit dem Zeigefinger der rechten Hand fuhr sie über den Stempel, der sich aus der Blüte krümmte. Das schwarz schillernde Sekret blieb an ihrer Fingerspitze haften. »Der Saft, den diese Blüte absondert, ist ein tödliches Gift, tödlicher als Ihr Euch vorstellen könnt!« Sie richtete sich auf und streckte Baniter den Finger entgegen. »Wollt Ihr kosten, Luchs von Ganata? Sein Geschmack wäre süß und angenehm; doch dieser winzige Tropfen würde Euch den sofortigen Tod bescheren!« Unwillkürlich wich Baniter zurück. Sie lachte, zog ihre Hand fort und hielt sich den Finger dicht vor den Mund. »Es wäre ein grausamer Tod. Minutenlang würdet Ihr Euch auf dem Boden krümmen und spüren, wie das Gift die Macht über Euren Körper ergreift, während es gleichzeitig Eure Sinneswahrnehmung ins Unerträgliche steigert. Es gibt nur wenige vergleichbare Schmerzen auf dieser Welt.« Spielerisch streckte sie die Zungenspitze aus, bis sie beinahe den Finger berührte. Nass schimmerte der Tropfen des Giftes im Sonnenlicht, als sammelte er seine böse Kraft, um zu der fordernden Zunge überzuspringen. Doch dann, mit einer raschen Bewegung, zog sie die Hand zurück und wischte sie an ihrem Gewand ab, um sich wieder auf den Fürsten zu konzentrieren. »Wie schön, dass Ihr zu mir gekommen seid, Luchs von Ganata. Ich habe schon viel von Euch gehört – und eines zumindest ist wahr.« Sie lächelte. »Eure Augen sind tatsächlich zwei grüne Smaragde, so wie An'Chaki sie mir beschrieb.«

An'Chaki? Der unbekannte Name verwirrte Baniter für einen Augenblick. Dann erst begriff er. *Es ist der Name des Mädchens aus dem Tempel! Ich habe es tatsächlich versäumt, nach dem Namen des ›Geschenkes‹ zu fragen, mit dem man mir das Warten im Norfes-Tempel versüßte.* »Auch von Euch, meine Königin, habe ich manche Beschreibung gehört«, begann er, »doch wie ich sehe, vermochte kein Bericht, kein Lied Eure Schönheit wiederzugeben.« *Ja, ihr Anblick ist atemberaubend, ich muss es zugeben; und sie ist jung, schrecklich jung; zweiundzwanzig, wenn ich mich recht entsinne.*

»Nicht einmal ein Lied?« Inthara blickte ihm prüfend in die Augen. »Selbst wenn Eure grauhaarige Sängerin es schreiben würde? Sie kann geschickt mit Worten umgehen, das hat sie heute bewiesen.«

»Ihr habt Lyndolin Sintigurens Lied vernommen?«, rief Baniter mit gespieltem Erstaunen. »Ich wähnte Euch außerhalb der Stadt auf Gazellenjagd.«

Inthara stieß ein Kichern aus. »Nun, Ihr habt Euch geirrt. Ich war am Ufer des Nesfer, hielt mich jedoch vor Euren Blicken verborgen.« Überheblichkeit schwang in ihrer Stimme mit. »Ich trug die Tracht einer Alunai-Priesterin; deshalb konntet Ihr mich nicht erkennen.«

Was du nicht sagst! »Ich wusste nicht, dass Ihr eine Geweihte der Alunai seid«, erwiderte Baniter. »Lassen sich denn die strengen Auflagen dieses Ordens erfüllen?«

»Werdet nicht unverschämt!«, warnte Inthara den Fürsten. »Ihr seid hier nicht am Hof des Südbundes, und ich bin nicht der machtlose Trottel Akendor. Für eine solche Bemerkung kann ich Euch die Zunge herausreißen lassen.« Sie kam ein wenig näher zu ihm heran; ihre Augen funkelten. »Es ist bestimmt eine hübsche Zunge, doch voller Lügen. Ich sollte Euch von ihr befreien, bevor sie Euch Ärger bereitet.«

Baniters Gesicht nahm einen bestürzten Ausdruck an. »Wirke ich wie jemand, der Ärger bereitet und Lügen erzählt?«

Die Königin lachte auf. »Ich kenne Eure Geschichte, Luchs von Ganata! Ihr seid der Enkel des berüchtigten Norgon Geneder, jenes ganatischen Fürsten, der vor fünfundzwanzig Jahren versuchte, Kaiser Torsunt zu stürzen und den falschen Thron für sich zu gewinnen.« Sie ließ Baniter nicht aus den Augen. »Während der so genannten Feier zu Vara ließ Euer Großvater drei Angehörige der kaiserlichen Familie ermorden und die engsten Vertrauten Torsunts einkerkern. Sechs Tage lang herrschte Norgon Geneder in Vara; doch der Silberne Kreis, den er auf seiner Seite glaubte, fiel ihm in den Rücken, und so scheiterte sein Verrat! Torsunt schlug ihm mit eigenen Händen den Kopf ab, war es nicht so?«

Baniter blieb stumm. Er versuchte sich seine Wut nicht anmerken zu lassen. *Was muss ich mir von diesem halben Kind die Geschichte meiner Familie erzählen lassen? Klebt nicht genug Blut an ihren eigenen Händen?*

Inthara lächelte ihn herausfordernd an. »Doch wen kümmern schon die Ränke Eures Großvaters? Wen kümmert es, wenn ein Verräter den anderen verrät? Euer Reich wurde von ein paar Krämern errichtet, die sich widerrechtlich zu

Fürsten erklärten. Euer Fürstentum, Luchs von Ganata, ist arphatischer Besitz; Ihr beherrscht es ohne jede Legitimation.« Sie verschränkte die Arme vor der Brust. »Und dennoch wagt es ein Fürst des Silbernen Kreises, ein Mitglied des Südbundes, vor mich zu treten! Ist dies Mut oder Unverfrorenheit?«

Baniter schluckte seinen Zorn herunter. »Mit Verlaub, Königin, Eure Ansprüche auf die sitharischen Gebiete sind heute ohne jeden Belang. Erhebt sie ruhig noch tausend Jahre, doch glaubt nicht, dass Ihr den Silbernen Kreis damit beeindrucken könnt. Arphat hat offenbar seine Niederlage im Südkrieg noch immer nicht verschmerzen können.«

Ihr Gesicht nahm die hässlichen Züge eines beleidigten Kindes an. »Eure Vorfahren waren nur deshalb siegreich, weil sie sich der Zauberei bedienten. Ohne die Schlacht bei Nekon wäre der Sieg den Königreichen zugefallen.«

Baniter lauschte ihr mit wachsendem Staunen. Inthara kannte sich bestens in der Geschichte des Südkrieges aus. Die Schlacht bei Nekon war ein Wendepunkt im Kampf des Südbundes gegen die drei Königreiche gewesen. Zwölf Jahre hatte der Krieg bereits getobt; Candacar war daran zerbrochen, die Heere Gyrs und Arphats waren zerschlissen und des Kämpfens müde gewesen. Seit die Inseln des Silbermeeres sich dem Südbund angeschlossen hatten, war dessen Sieg zur Gewissheit geworden. Dann aber hatten Arphat und Gyr ein letztes gemeinsames Heer aufgestellt. Von Siccelda aus waren die Kriegsschiffe zur thokischen Küste gesegelt. In dieser Stunde waren es die Zauberer gewesen, die Thoka gerettet hatten. Die Priester der Bathaquar, eine Sekte der Tathril-Kirche, hatten den Zauber des tödlichen Atems gesprochen. Kaum ein Krieger des arphatischen Heeres war dem giftigen Nebel entkommen, der sich über das Tal von Nekon gelegt hatte. *Kein Sieg, auf den der Südbund stolz sein kann. Doch auch ohne die Hilfe der Bathaquar wäre die Invasion Thokas früher oder später gescheitert. Die Königreiche hatten den Südkrieg längst verloren, als ihr Heer bei Nekon unterging. Wenn Inthara das*

Gegenteil glaubt, ist dies nichts als die übliche arphatische Selbstüberschätzung.

»Ich bin nicht gekommen, um mit Euch über den Südkrieg zu streiten«, sagte Baniter. »Lasst die Geschichte ruhen! Es sind andere Ereignisse, denen wir uns zuwenden sollten – jener Gefahr, die unsere Länder gleichermaßen bedroht.«

Sie legte den Kopf in den Nacken. »Oh, ich habe nicht vergessen, was Eure Sängerin am Ufer des Nesfer sang. ›Hört ihr denn nicht, überhebliche Narren, die haltlosen Heere vor Dalal'Sarmanch …‹« Ihre Augen verengten sich zu schmalen Schlitzen. »Ein ebenso schönes wie anmaßendes Lied. Man wird es im Volk nachsingen und weiter tragen, bis seine gefährliche Botschaft ganz Arphat durchdrungen hat. War es das, was Ihr erreichen wolltet? Wollt Ihr mein Volk verwirren, verängstigen, aufwiegeln?«

»Die Goldéi stehen an Euren Grenzen, und Ihr sorgt Euch um die Wirkung eines Liedes?« Baniter schüttelte den Kopf. »Gyr und Candacar wurden von den Echsen überrannt, und Kathygas König beugte sein Haupt vor ihnen. Arphat wird ihr nächstes Opfer sein.«

»Und? Was kümmert es Euch?« Von einem Augenblick auf den anderen schien Inthara das Interesse an Baniter verloren zu haben. Gelangweilt wanderte ihr Blick an ihm vorbei, verlor sich in der Weite des künstlichen Gartens. »Was kümmert es den Südbund, wie Arphat seine Grenzen verteidigt?«

»Wenn Arphat fällt, werden die Goldéi eines Tages auch vor unseren Toren stehen«, sagte Baniter. »Noch wissen wir nicht, wer diese Wesen sind, woher sie kommen und welche Macht sie beseelt. Doch wir werden sie erbittert bekämpfen. Wir werden nicht dulden, dass sie sich in unserer Welt festsetzen und die Herrschaft an sich reißen. Arphat und Sithar müssen dieser Bedrohung gemeinsam entgegentreten!«

Sie brach in lautes Gelächter aus. »An der Seite der einstigen Sklaven sollen wir kämpfen? Welchem Hirn ist dieser Wahnsinn entsprungen?«

Baniter zwang sich zu einem Lächeln. »Ich verstehe … Arphat will also die Goldéi aus eigener Kraft schlagen. Arphat mit seiner glorreichen Geschichte, seinem tapferen Heer, seinem kriegerischen Geschick. Gewiss werdet Ihr siegreich sein, wo Gyr und Candacar versagten; gewiss werdet Ihr standhalten, wo andere vergeblich kämpften.«

Inthara ergriff seinen Ellbogen. Ihre Finger waren rau und warm. »Genug davon«, bat sie. »Kommt, Luchs von Ganata; ich will Euch weitere Geheimnisse meines Gartens zeigen; wundersame Pflanzen und Tiere, die Ihr gewiss noch nie gesehen habt.«

Spreche ich mit einer Königin oder einem Kind? Entschlossen löste sich Baniter aus ihrem Griff. »Allein ist Euer Kampf zum Scheitern verurteilt! Wenn Arphat und Sithar nicht zusammenstehen, sind beide Länder verloren. Gleich, welches Schicksal unsere Völker aneinander band, gleich, welche Kriege wir gegeneinander führten und welcher Hass zwischen uns schwelt – im Angesicht dieser Gefahr müssen wir all dies überwinden. Lasst die Geschichte ruhen, Inthara! Ihr wisst, dass Ihr den Sturm der Goldéi nicht ohne unsere Hilfe aufhalten könnt.«

Sie drängte sich dicht an ihn heran; schon spürte er ihre Haarspitzen über seine Arme streichen. »Glaubt Ihr allen Ernstes, ich würde Eure Truppen auf arphatisches Gebiet dringen lassen? Eure Krieger unsere Grenzen verteidigen lassen? Es gestatten, dass Eure Priester unserem Heer den Glauben an den falschen Gott Tathril predigen? Wer sagt uns, dass sich Eure Soldaten nicht von einem Augenblick auf den anderen gegen uns wenden? Wer könnte für Arphats Sicherheit garantieren? Ach, ich will nichts mehr davon hören.« Sie wandte sich von ihm ab. »Kommt, ich werde Euch die oberste Stufe der Pyramide zeigen! Nur von dort oben könnt Ihr die ganze Pracht von Aru'Amaneth ermessen.«

»Ich kann Euch eine Garantie für Arphats Sicherheit geben«, sagte Baniter mit fester Stimme, »die beste, die Ihr Euch vorstellen könnt.«

Sie drehte sich ungeduldig um. »So? Woran denkt Ihr, Luchs von Ganata?«

Baniter zögerte. »Es wird Euch zunächst absurd erscheinen. Ihr werdet mich auslachen oder Euch voller Wut gegen mich wenden. Ich bin mir nicht sicher, ob ...« Er hielt inne. »Nein, vielleicht ist es besser, wenn ich schweige. Vergesst es, meine Königin.«

Ihre braunen Augen waren voller Misstrauen. »Sagt es mir!«, forderte sie. »Ich befehle es Euch.«

Hervorragend! Die Neugier hat sie gepackt. Verschwörerisch beugte sich Baniter zu Inthara herab. Seine Hand teilte das Haar über ihrem Ohr, und leise flüsterte er ihr jene Worte zu, die selbst ihm zu gewagt schienen, als dass er sie laut aussprechen konnte.

Als er geendet hatte, wich Inthara fassungslos zurück. »Das ist nicht Euer Ernst!« Ein Lachen schüttelte sie. »Das ist – unglaublich! Ihr seid irrsinnig, verrückt!« Sie presste die Hand vor den Mund.

»Denkt in Ruhe darüber nach, bevor Ihr mich verlacht«, beschwor Baniter sie. »Besprecht es mit Euren Priestern, mit Euren engsten Vertrauten – und bald werdet Ihr sehen, dass es gerade deshalb möglich ist, weil es undenkbar scheint.«

»Undenkbar, in der Tat!«, stieß sie hervor. »Dass Euer Kaiser mir ein solches Angebot unterbreitet, ist unglaublich!«

Ich fürchte, weder der Silberne Kreis noch Akendor haben die leiseste Ahnung davon, süße Inthara, dachte Baniter. *Selbst vor Arkon Fhonsa und Perjan Lomis habe ich diesen Teil meines Plans geheim gehalten. Noch ist die Zeit nicht reif ... doch wenn ich erst deine Zustimmung habe, wird auch der Thronrat sich nicht mehr verweigern können.* »Ich weiß, wie gewagt es Euch erscheinen muss. Doch bedenkt, was Ihr dadurch gewinnt! Nicht nur, dass sich auf diese Weise ein starkes Bündnis gegen die Echsen schmieden lässt, auch für die Zukunft wird der Frieden zwischen unseren Völkern gesichert sein. Wenn Ihr den Mut aufbringt und das Angebot annehmt, wird dies der Feindschaft zwischen Arphat und Sithar ein Ende bereiten.«

Inthara schüttelte den Kopf. »Glaubt Ihr allen Ernstes, ich könnte in diesen Wahnsinn einwilligen? Ich würde die Götter gegen mich aufbringen und mir ihren ewigen Zorn zuziehen. Ich warne Euch, Luchs von Ganata – treibt es nicht zu weit!«

Oh, für den Anfang will ich mich begnügen. »Denkt in aller Ruhe über mein Angebot nach. Ihr allein wisst, was für Arphat das Beste ist: sich in einen vernichtenden Krieg mit den Echsen zu stürzen oder ein neues Kapitel in den Geschichtsbüchern aufzuschlagen.« Zufrieden beobachtete er, wie Inthara den Blick zu Boden warf, sich zögernd über die Oberarme strich und mit den weißen Zähnen an ihrer Unterlippe nagte. *Sie denkt ernsthaft über mein Angebot nach; das ist Erfolg genug. Bald wird sie begreifen, welche Macht ich ihr anbiete. Dann wird die Gier sie packen.* Ein seltsames Hochgefühl stieg in ihm auf. *So viele Zweifel hatte ich; nun scheint mein Plan tatsächlich aufzugehen. Es wird Zeit, dass ich mich dem letzten Problem zuwende, das noch im Wege steht.* Er beschloss, noch heute einen Brief an Jundala zu verfassen. Sie musste erfahren, welch erstaunliche Entwicklungen sich in Praa abzeichneten.

KAPITEL 14

Rebellion

»Wir wollen ihn sehen!« Die Augen des jungen Mannes funkelten, als er seine Forderung vorbrachte. »Wir werden nicht länger warten! Er soll sich uns endlich zeigen.«

Lautstarker Beifall brandete in der Menge auf. In den zustimmenden Rufen lag etwas Aggressives, ein reizbarer Unterton, der nach Wut klang und nach Wahn und nach Gewalt. Die Menschen, die sich vor dem Tempel zum Silbernen Mund Tathrils versammelt hatten, waren zu allem bereit, das sah man ihnen an: die Münder zornig aufgerissen, die Augen beseelt von fanatischem Eifer. Es waren junge Gesichter; wenige der Aufständischen waren älter als dreißig, die meisten deutlich darunter: Handwerksburschen, Eleven der thaxanischen Handelsakademie, Töchter und Söhne aus der Kaufmannsschicht. Als Erkennungszeichen hatten sie sich weiße Tücher um die Stirn gebunden. Vor einer Woche waren die Stirnbänder zum ersten Mal aufgetaucht, während des Zusammenstoßes auf der Kaiser-Akrin-Brücke, die zum Palast führte. Die Aufständischen hatten gefordert, zum Kaiser vorgelassen zu werden, und als die Palastgarde es ihnen verweigert hatte, hatten sie die Brücke erstürmt. Siebzehn von ihnen waren an diesem Tag erschlagen worden. Auf der Gegenseite hatten zwei kaiserliche Soldaten ihr Leben gelassen, gemeuchelt von der aufgebrachten Menge. An diesem Tag hatten die Aufständischen die weißen Stirnbänder zum ersten Mal getragen. Sie waren schnell zum Symbol der täglich wachsenden Bewegung geworden. ›Weißstirne‹, so nannte man die fanatischen Jugendlichen bereits – ein Wort, das sich in Windeseile in Thax verbreitet hatte.

»Er muss sich uns zeigen!«, beharrte der junge Mann. Auch er trug ein weißes Stirnband. Nahe dem linken Ohr waren die Spuren verkrusteten Blutes zu erkennen. Er hatte sich den Priestern mit dem Namen Drun vorgestellt. Ashnada vermutete, dass er der Sohn eines Kaufmanns oder Zunftmeisters war, denn er trug ein sorgfältig geschneidertes Leinengewand nach Art der höheren Bürgerschicht. Die Weißstirne hatten ihn zum Wortführer ernannt; er sollte mit den Priestern des Tempels verhandeln – ein kaum zwanzigjähriger Bengel von hitzigem Temperament, in dem der Zorn und Leichtsinn der Jugend wallte. Das machte ihn so gefährlich. Seine Mitstreiter schienen nur auf sein Zeichen zu warten, um den Tempel zu erstürmen.

Es war der achtzehnte Tag des neunten Kalenders, ein kalter, wenn auch schneeloser Morgen. Die Dächer der Häuser, die den Platz vor dem Tempel säumten, waren weiß bereift. Seit dreizehn Tagen tobte der Aufstand; er hatte bereits über fünfzig Menschenleben gefordert. Die Stimmung in der sonst so friedlichen Stadt war gereizt. Noch verkrochen sich die meisten Bürger von Thax ängstlich in ihren Häusern; doch je länger die Erhebung andauerte, desto mehr Menschen schlossen sich ihr an. Längst gelang es der Stadtgarde nicht mehr, alle Versammlungen in den Straßen auseinander zu treiben.

Die Weißstirne bildeten dabei nur die Speerspitze der Erhebung. Die ersten Tumulte waren von den Angehörigen der Gießer- und Schmelzerzunft ausgegangen; jenen Menschen, die das Wunder von Thax mit eigenen Augen gesehen hatten. Dann hatten sich die unteren Volksschichten den zunächst friedlichen Protesten angeschlossen. Doch spätestens seit dem ersten Zusammenstoß vor dem Tempel, an dem die Menge von der Ritterschaft brutal auseinander getrieben worden war, hatten die Gewaltbereiten das Ruder übernommen. So hatte sich eine rund sechzigköpfige Gemeinschaft fanatischer Wandermönche aus umliegenden Dörfern eingefunden, die mit der Zerstörung heiliger Schreine ihrem Zorn auf die Kirche Ausdruck verliehen. Und schließlich hatte sich mit den Weißstirnen eine Gruppe gebildet, die auch vor Totschlag und Mordbrennerei nicht zurückschreckte. Nach fünf gewaltsamen Zusammenstößen mit den Weißstirnen war es unmöglich, sie weiter zu ignorieren, und so hatte sich der Erzprior bereit erklärt, mit ihnen zu verhandeln.

»Bist du eigentlich taub, Junge?« Bars Balicor hatte sich für den heutigen Tag schlicht gekleidet. In seinem Leinengewand, über dessen Kragen das graue Haar fiel, wirkte er kaum wie ein kirchlicher Würdenträger. Seine stechenden Augen waren auf den Wortführer der Weißstirne gerichtet. »Ich habe dir gesagt, dass Nhordukael sich nicht im Tempel befindet. Ihr seid vergeblich gekommen. Löst diese alberne Veranstaltung auf und geht nach Hause!«

Druns Gesicht verfärbte sich rot. »Ihr lügt, Priester, und das seit Tagen! Wir wissen, dass Ihr den Auserkorenen in Euren Mauern versteckt.«

»Der Auserkorene!« Bars Balicors Mund verzog sich zu einem hässlichen Grinsen. »Es gibt nur Auserkorene in diesem Tempel! Hier leben fromme Novizen, Priester und Ritter, die sich Tathril verschrieben haben, dem einzigen und wahrhaftigen Gott. Wenn ihr jemanden braucht, der euren kümmerlichen Aufstand anführt, so sucht ihn in euren eigenen Reihen. Doch lasst diese gottesfürchtigen Menschen aus dem Spiel.«

»Ihr wisst genau, wen ich meine«, schrie Drun, und für einen Moment sah es so aus, als wollte er sich auf den Erzprior stürzen. Doch schon stellte sich Ashnada schützend vor ihn, und auch die sechs Tempelritter, die einen Kreis um Bars Balicor gebildet hatten, hoben drohend die Schwerter. Wütende Schreie gellten aus der Menge, doch Drun hob die Hand. Er musterte Bars Balicor kalt. »Ihr seid ein übler Dämon, Erzprior – ich sehe es in Euren Augen! Ihr habt Tathril verraten und solltet Euch hüten, seinen Namen in den Mund zu nehmen. Ich habe mit eigenen Augen die Zeichen gesehen, die Tathril uns offenbarte. Er hat uns einen Retter gesandt; einen Retter, der uns vor den Echsen beschützen wird.« Zustimmende Rufe wurden laut. »Einen Retter, der keine Furcht kennt und den weder Feuer noch Stahl verletzen können. Ich sah mit eigenen Augen, wie er dem Feuer trotzte, wie er das Untier in den Tod riss und selbst von den Flammen verschont wurde.«

»Es war die Macht der Kirche, die diesen Priester beschützte«, behauptete Bars Balicor. »Doch was versuche ich einem Gottlosen die Macht der Kirche nahe zu bringen? Ich verschwende hier nur meine Zeit.«

»Ihr verschwendet unser aller Zeit«, stieß Drun hervor. »Wir werden nicht eher gehen, bis Ihr den Auserkorenen freigelassen habt.«

»Dann richtet euch auf ein langes Warten ein«, höhnte Bars Balicor. »Der junge Nhordukael, den ihr sucht, befindet sich nicht im Tempel zum Silbernen Mund Tathrils. Er ist an einem sicheren Ort, wo er vor euch Wirrköpfen geschützt ist.«

Drun ballte die Fäuste. »Wo? Sagt es mir! Sagt es mir, Dämon!« Er machte einen Schritt auf den Erzprior zu, bis Ashnadas Hand ihn aufhielt. Die blonde Kriegerin schob ihn mit sanftem Druck zurück.

»Beherrsche dich!«, ermahnte sie ihn.

»Wir haben genug von Euren Lügen«, brüllte Drun, und seine Faust flog gen Himmel. »Wenn Ihr uns nicht freiwillig in den Tempel lassen wollt, werden wir uns den Weg erkämpfen!« Wie von Sinnen gellte seine Stimme über den Platz, »TATHRIL! TATHRIL!«, und aus unzähligen Mündern wurde der Ruf aufgenommen.

Ashnada drängte sich an Balicors Seite. »Wir sollten uns zurückziehen, Erzprior«, flüsterte sie. »Sie haben schon einmal versucht, den Tempel zu stürmen.«

»Diese Wahnsinnigen!« Bars Balicors Stimme zitterte vor Entrüstung. Er beobachtete, wie Drun sich seinen Weg durch die Reihen der Tempelritter bahnte, um sich an die Spitze der Weißstirne zu stellen. Schon drängten die Aufständischen voran, die Fäuste erhoben; immer lauter wurden ihre Schreie, »TAAAATHRIL ... TAAAATHRIL«, ein obszöner Schlachtruf. Ein Tempelritter hob schützend seinen Schild, als ein Stein aus der Menge auf ihn niederging. Mit einem dumpfen Laut prallte er von dem Holzschild ab. Dieser Laut stachelte die Jugendlichen nur noch weiter auf, und schon flog ein zweiter, ein dritter Stein.

»Wir müssen in den Tempel zurück!«, zischte Ashnada.

Balicor gab den Rittern ein Zeichen. Sie zückten ihre Schwerter, und mit lauten Rufen drängten sie die Weißstirne zurück. Wut brandete in der Menge auf, und als Balicor an Ashnadas Seite im Inneren des Tempels verschwand, gellte der erste Todesschrei.

»Sie sollen sehen, was es bedeutet, den heiligen Tempel zu entweihen«, stieß Balicor hervor, als das Tor sich hinter ihnen schloss. Er winkte einen der Tempelritter zu sich. »Deckt sie mit Pfeilen ein, bis der Platz vor dem Tempel mit Leichen gepflastert ist! Keine Gnade heute!«

Der Tempelritter erblasste. »Eure Heiligkeit – ist das unbedingt nötig? Ein solches Massaker vor Tathrils Augen ... es sind verblendete Kinder! Habt Mitleid!«

Balicor lachte auf. »Hört Ihr, was sie rufen? Sie brüllen Tathrils Namen, während sie seinen Tempel niederreißen! Diese Gotteslästerei muss ein Ende haben.«

Der Ritter senkte den Blick. »Ich flehe Euch an, Erzprior, zwingt die Tempelritter nicht zu dieser Grausamkeit. Es besteht die Gefahr ...«, er suchte nach Worten, »... nun, es gibt auch in unseren Reihen einige, die Eure Ansicht über das Wunder nicht teilen.«

»Was wollt Ihr damit sagen?« Balicors Stimme war scharf wie Stahl.

»Manche halten es für durchaus möglich, dass die Forderungen der Weißstirne berechtigt sind. Einige der Ritter fragen sich, ob der junge Nhordukael nicht tatsächlich von Tathril auserkoren wurde. Erzprior, er wurde vor den Augen tausender mit kochender Bronze übergossen und überlebte, während das Ungeheuer an seiner Seite ...«

»Ich möchte nichts mehr davon hören!«, bellte der Priester und warf die grauen Haare zurück. »Erfülle deine Pflicht und sorge dafür, dass dieses Geschwätz in meinem Tempel aufhört.« Wütend wandte er sich ab und schritt weiter. Ashnada folgte ihm.

»Wie eine Seuche greift der Irrsinn um sich«, stieß Balicor hervor, als der Ritter außer Hörweite war. »Zehn Priester haben schon ihre Kutten abgelegt und sich den Weißstirnen angeschlossen. Auch unter den Novizen brodelt es. Wenn dieser Aufstand weitergeht, mündet er in eine Katastrophe.« Er blieb ruckartig stehen, und seine Augen wanderten zu Ashnada herüber. »Bin ich nur von Verrätern und Wahnsinnigen umgeben?«

Den Wahnsinn habt Ihr selbst heraufbeschworen, dachte Ashnada. Sie warf einen Blick auf ihre rechte Hand. Sie war inzwischen gut verheilt; schon konnte sie wieder ohne Schmerzen das Schwert führen. Doch die Verbrennung hatte die Haut für immer gezeichnet; sie war rosig und dünn wie die Haut eines Kindes, durchwirkt von weißen Flecken. Voller Grauen dachte Ashnada an den Mann, der ihr dies angetan hatte – der Zauberer, durch dessen Leib sie ihr Schwert gestoßen hatte. *Er wollte nicht sterben … ich konnte ihn nicht töten, bei allen Göttern!*

Er war nun stets in Balicors Nähe. Seit dem Tag, an dem Ashnada von ihrer Verletzung genesen und an Balicors Seite zurückgekehrt war, musste sie mit ansehen, wie der Erzprior mehr und mehr unter den Einfluss des Fremden geriet. Rumos Rokariac nannte er sich. Balicor hatte ihm die weiße Priesterrobe angelegt, und ebenso den fünf anderen Troubliniern, die Rumos wie ein Schwarm Fliegen umgaben. Ashnada wusste, dass der Erzprior damit gegen das Kirchengesetz verstoßen hatte. Nur der Hohepriester konnte Personen, die nicht das Noviziat durchlaufen hatten, in den Priesterstand erheben. Doch der Hohepriester war seit Wochen nicht im Tempel gesehen worden; vermutlich wusste Magro Fargh nichts von der Priesterweihe der fünf Troublinier.

Seit Rumos an Balicors Seite getreten war, hatte sich die Stimmung im Tempel gegen den Erzprior gewandt. Schon immer war Bars Balicor in der Priesterschaft umstritten gewesen, doch selten war die Ablehnung so offen zu Tage getreten. Gegen die neuesten Verfügungen des Erzpriors hatten einige Priester lautstark Protest geübt. So hatte Balicor die Weihungshalle sperren lassen, in der sich das Heiligtum des Tempels befand, die Säule des Lichts. Niemand außer Balicor und Rumos durfte die Halle noch betreten – ein unglaublicher Vorgang! Der Erzprior hatte zudem eine Reihe von Kultgegenständen beschlagnahmt, die sonst dem Hohepriester vorbehalten waren; den silbernen Tathrilsbecher, das Medaillon der Erleuchtung, das Segnungsöl, mit dem die Schwerter geweiht wurden. Es hieß, dass Balicor in der Weihungshalle Rituale abhielt, die sonst in Magro Farghs Verantwortung lagen. Es war kaum verwunderlich, dass Mitglieder der Priesterschaft Balicor bezichtigten, gegen das Tempelgesetz zu verstoßen und den Zorn Tathrils heraufzubeschwören.

»Feiglinge und Verräter, wohin ich auch blicke«, zischte Balicor. »Wem kann ich noch trauen? Etwa dir, Ashnada?« Er starrte sie lauernd an.

»Ich habe mein Bestes getan, seit ich in Euren Diensten bin«, erwiderte Ashnada. »Wenn Ihr unzufrieden seid, entbindet mich von dem Schwur, den ich Euch geleistet habe, und schickt mich fort.«

»Das hättest du wohl gern!« Er ließ ein böses Kichern vernehmen. »Ich soll dich gehen lassen, damit du an einem anderen Ort dein Mordhandwerk wieder aufnimmst! O nein, noch ist deine Schuld nicht abgetragen. So lange ich Erzprior bin, wirst du mir dienen. Und dann, Ashnada, werde ich mir überlegen, wie ich mit dir zu verfahren habe.«

Ihre Augen funkelten. »Ihr habt versprochen, mich gehen zu lassen, sobald Ihr Hohepriester geworden seid.«

Sein Mund nahm einen spöttischen Ausdruck an. »Ein Versprechen gegenüber einer Mörderin – soll ich mich daran gebunden fühlen? Dass ich dein Leben geschont habe, ist Dank genug.« Er lachte auf. »Vielleicht werde ich dich tatsächlich gehen lassen … oder dich zurück in den Kerker stecken. Es kommt allein auf dich an, Ashnada. Die nächsten Tage und Wochen werden große Gefahren mit sich bringen; ich muss mich auf dein Schwert verlassen können.« Er packte sie am Ellenbogen und zog sie zu sich heran, sodass sie seinen sauren Atem riechen konnte. »Rumos denkt, er habe vollkommene Macht über mich gewonnen. Er glaubt, mich als Werkzeug benutzen zu können, um sich so die Tathril-Kirche untertan zu machen. Er wird sich noch wundern! Er begeht denselben Fehler, den er schon einmal tat: mich zu unterschätzen.«

Ashnada blickte den Prior angewidert an. *Er hat Angst; er fürchtet Rumos ebenso wie ich; und doch glaubt er, ihn überwinden zu können.* Ihr kam das Angebot in den Sinn, das Rumos ihr an jenem Abend in der verfallenen Schenke gemacht hatte. *Wenn du mir dienst, werde ich dir etwas gewähren, wonach du dich schon lange sehnst. Ich werde dir zur Rache an dem Mann verhelfen, der dich verriet: an Tarnac von Gyr, deinem einstigen König.* War es tatsächlich das, wonach sie sich sehnte? War sie bereit, für diese Rache in den Dienst eines Zauberers zu treten, der noch unberechenbarer war als Balicor?

Immer wieder hatte sich Ashnada gefragt, warum sie Balicor jenen Schwur geleistet hatte, der sie in seinen Dienst zwang. Balicor hatte ihr Leben verschont, und seitdem war sie ihm gefolgt, hatte sein Leben beschützt und in seinem Namen gemordet, um ihm den Aufstieg in der Tathril-Kirche zu sichern. Hatte sie sich je an den Schwur gebunden gefühlt? Oft genug hatte sie mit dem Gedanken gespielt, dem verhassten Prior des Nachts die Kehle durchzuschneiden und sich so von ihm zu befreien. Es gab nichts, was sie daran gehindert hätte. Ihr Ehrgefühl war in dem Augenblick gestorben, als Tarnac von Gyr sie und ihre Gefährten verraten hatte.

Tarnac von Gyr – immer wieder führten ihre Gedanken zu diesem Namen zurück. Tarnac von Gyr! Ashnada war sechzehn gewesen, als sie in die Gemeinschaft der Gnadenlosen aufgenommen worden war. Ihr Vater, ein Feldherr mit großem Einfluss am Hof in Nagyra, hatte diesen Weg für sie vorgesehen. *›Es mangelt dir an der Stärke eines Mannes, doch mit dem Schwert bist du so flink und gnadenlos, dass es mir Angst macht‹*, hatte er stets gesagt. Und so hatte er dafür gesorgt, dass Ashnada in die ehrenvolle Gemeinschaft der Gnadenlosen aufgenommen wurde – die Meuchler der Krone, die allein dem König verantwortlich waren. Man fürchtete sie wegen ihrer Grausamkeit, doch gleichzeitig brachte man ihnen Bewunderung entgegen, denn sie gehörten zu den Igrydes, den Geschworenen des Königs, denen es gestattet war, mit ihm zu speisen und seine Hand zu berühren. Denn der König war ein Sohn der Götter, und die Igrydes waren durch den Umgang mit ihm gesegnet. Ashnada erinnerte sich, wie stolz sie gewesen war, als Tarnac sie zum ersten Mal berührt hatte, im zweiten Jahr ihrer Ausbildung. Er hatte seine Hand auf ihren Kopf gelegt, auf ihre Schultern, *›meine Schwester‹*, hatte er ihr ins Ohr geflüstert, *›Blut von meinem Blut, Fleisch von meinem Fleisch, beseelt von meinem Willen‹* – die heiligen Worte, die sie endgültig zur Igrydes geweiht hatten. *›Meine Schwester‹*, so hatte Tarnac sie genannt, und sie hatte sich ihm in blinder Verehrung unterworfen, so wie es ihr seit Kindestagen eingetrichtert worden war. Jeder Blick seiner Augen hatte ihr fortan als höchste Ehre gegolten, jede Berührung als besondere Auszeichnung. Die Nähe und das Wohlwollen des Königs waren für sie, der mit Abstand jüngsten Frau in den Reihen der Igrydes, zum einzigen Lebenssinn geworden. Gleich, welchen Befehl der König ihr in diesen Jahren erteilt hätte, sie hätte ihn ohne zu zögern ausgeführt, und wenn es ihren Tod bedeutet hätte.

Im siebten Jahr nach ihrer Berufung hatte Tarnac von Gyr sie zu sich gerufen. Er hatte sie lange gemustert, sie von oben bis unten prüfend angesehen. *›Das wilde Mädchen ist zu einer Frau herangewachsen‹*, hatte er mit seiner eigentümlichen, leisen Stimme gewispert. *›Als ich dich zum ersten Mal* *sah, entdeckte ich in deinen Augen ein Funkeln, das mir deine bedingungslose Treue verriet, und wie ich sehe, hast du es dir bewahrt!‹* Voller Stolz hatte Ashnada ihren König angeblickt; den schlanken, zähen Körper, den kahl rasierten Schädel, das schmale Gesicht mit den raubtierhaften Zügen, die viele als Ausdruck seiner Grausamkeit deuteten. *›Ich diene Euch, mein König‹*, hatte sie geantwortet, *›gleich, welche Aufgabe Ihr für mich vorgesehen habt.‹* Tarnac von Gyr hatte sie aufmerksam betrachtet. *›Oh, dieses Funkeln – da ist es wieder!‹* Er hatte ein heiseres Lachen ausgestoßen. *›Neun Jahre lang hat man dich in der Gemeinschaft der Gnadenlosen ausgebildet, und man sagt, du seiest mit dem Schwert begabter als jeder Mann. Meine Feinde sollen deine Klinge zu spüren bekommen, und das Funkeln deiner Augen sollen sie fürchten.‹* Mit diesen Worten hatte er sie nach Morthyl entsandt, als Anführerin einer Gruppe von dreißig weiteren Igrydes, um dort Chaos und Verwirrung zu stiften, um Angst und Schrecken auf der Insel zu verbreiten, die das Königreich Gyr verraten und sich dem Südbund angeschlossen hatte. Dies war der Weg gewesen, den König Tarnac für sie vorgesehen hatte, und in blinder Treue hatte Ashnada ihn eingeschlagen, hatte in Tarnacs Namen geraubt und geplündert, gemordet und gefoltert. *›Meine Schwester‹*, so hatte er sie genannt, *›Blut von meinem Blut, Fleisch von meinem Fleisch‹* – um sie und ihre Gefährten an die Sitharer zu verraten, als sie ihm lästig geworden waren.

»Ashnada! Wo bleibst du, bei Tathril?« Bars Balicors Stimme riss sie aus ihren Gedanken. Der Erzprior hatte den Weg zur Weihungshalle eingeschlagen; ungeduldig winkte er ihr zu.

Ashnada folgte ihm schweigend. *Es ist nicht der Eid, der mich an dich bindet, Balicor. Ich hätte in all den Jahren keinen Augenblick gezögert, ihn zu brechen, wenn ich nur gewollt hätte. Ich bin dir gefolgt, weil ich hoffte, eines Tages mit deiner Hilfe Rache nehmen zu können. Und ich werde nicht zögern, auch Rumos zu dienen, wenn er mich diesem Ziel näher bringt.*

Sie überquerten den Hof, in dem heute nur wenige Novizen versammelt waren. Als sie den Erzprior erblickten, schlugen sie rasch die Augen zu Boden – ob aus Ehrerbietung, Schuldbewusstsein oder Aufmüpfigkeit, war schwer zu sagen. Balicor ignorierte sie. Er schritt geradewegs auf die Weihungshalle zu und wies die zwei wachhabenden Ritter an, ihm das Tor zu öffnen. »Bleib dich hinter mir«, zischte er Ashnada zu, bevor er eintrat. »Man kann nie wissen, was Rumos im Schilde führt.«

Ashnada folgte dem Erzprior durch das geöffnete Tor, die Hand auf dem Schwertgriff. Aus dem Innern der Weihungshalle schlug ihnen ein süßlicher Geruch entgegen, der Ashnada an faulende Pflanzen erinnerte. Schleier aus Rauch trübten ihre Sicht. Unter der Kuppel spannte sich ein purpurnes Tuch und färbte das einfallende Licht blutrot. Am Fuß der heiligen Säule erkannte Ashnada eine Schale mit schwelenden Zweigen, aus der sich neuer Rauch emporwand. Und inmitten der Schwaden standen weiß gewandete Gestalten, von denen eine durch ihre Größe auffiel – der Bettler, der troublinische Kaufmann, Rumos Rokariac, sofern dies sein richtiger Name war.

»Seht her! Welch hoher Besuch!«, hörte Ashnada ihn ausrufen. »Der Erzprior und seine Schwerthand.« Mit ausgebreiteten Armen schritt Rumos auf sie zu. »Wie es scheint, will der Herr des Tempels nach dem Rechten sehen.« Er blieb vor ihnen stehen, die Augen auf Balicor gerichtet. Sein altes Gesicht schimmerte im rötlichen Licht wie eine Maske.

»Was, bei Tathril, tust du hier?«, fauchte Bars Balicor. »Wie kannst du es wagen, ein offenes Feuer in der Nähe des Heiligtums zu entzünden? Das ist schwerer Frevel gegen die Gesetze der Kirche.«

»Die Gesetze der Kirche werden zurzeit ein wenig umgeschrieben«, gab Rumos zurück. »Mit den hohlen Ritualen der Tathrilya ist es ein für allemal vorbei. Es wird Zeit, dass dieses Heiligtum zum tatsächlichen Ort göttlichen Wirkens wird.« Er warf einen Blick auf Ashnada. »Du solltest deine blonde Meuchlerin in Zukunft nicht mehr in diesen Raum mitbringen, Balicor. Es könnte gefährlich für sie werden und sie mehr kosten als eine Hand.«

Bars Balicor verzog abschätzig den Mund. »Ein Narr musst du sein, wenn du die Weihungshalle tatsächlich zur rituellen Stätte umwandeln willst. Die Sphäre des Tempels ist zu schwach, um mächtige Rituale zu wirken, und solange wir keinen Zugang zur Quelle haben …«

»Genau darüber wollte ich mit dir sprechen«, unterbrach Rumos ihn. »Die magischen Ströme, die vom Brennenden Berg fließen, sind in den letzten Tagen verdächtig schwach geworden. Mir kommt es so vor, als nabelte unser geschätztes Kirchenoberhaupt den Tempel heimlich von seiner Macht ab.«

»Ich habe nicht die leiseste Ahnung, was Magro Fargh in den verdammten Kammern von Amos treibt«, stieß der Erzprior hervor. »Er antwortet auf keine meiner Anfragen, und seine Untergebenen schweigen hartnäckig. Es heißt jedoch, dass sein Zustand dramatisch sei. Angeblich kann er sich ohne Hilfe nicht mehr bewegen und Nahrung nur noch in flüssiger Form zu sich nehmen.« Er ballte die Fäuste. »Doch sterben will er nicht, bei Tathril; den Gefallen will er uns nicht tun!«

Rumos strich sich über den grauen Kinnbart. »Sein Tod ist unausweichlich, und das weiß er. Dennoch besitzt er die Unverfrorenheit, dem Tempel die magischen Ströme zu entziehen.«

»Ohne die Schutzzauber sind diese Mauern nicht zu halten«, gab Balicor zurück. »Es wird nicht das letzte Mal sein, dass die Weißstirne gegen sie anrennen. Beim nächsten Mal werden sie nicht mehr verhandeln wollen!«

»Es ist der Junge, den sie wollen«, sagte Rumos mit ruhiger Stimme, »der Junge, der dank deiner Unfähigkeit nach Amos flüchten konnte, in die schützenden Arme seines Herrn und Meisters.« Er warf Balicor einen herablassenden Blick zu. »Du hättest ihn im Tempel festhalten müssen.«

»Konnte ich ahnen, dass ihn die Masse kurz darauf zum Heiligen ausruft?« Bars Balicor rückte sich wütend den

Kragen seines Gewands zurecht. »Ein Wunder, so hieß es plötzlich, ein Zeichen Tathrils – doch da war Nhordukael schon fort, um sich bei dem elenden Greis zu verstecken.«

Ashnada verstand nur wenig von dem Gespräch der beiden Zauberer, doch eines war offensichtlich: Rumos und Balicor hatten sich gegen den Hohepriester verschworen, und sie warteten auf seinen Tod, um in den Besitz der magischen Quelle zu gelangen. Was aber hatte dieser Nhordukael damit zu tun? Ashnada hatte ihn nur wenige Male gesehen, einen zwanzigjährigen, unscheinbaren Mann mit vernarbtem Gesicht, der stetige Schatten des Hohepriesters und diesem bedingungslos ergeben. Dass ausgerechnet dieser bleiche Priester der ›Auserkorene‹ sein sollte, der am Tag der Ernte das Wunder von Thax vollbracht hatte, wollte Ashnada nicht in den Kopf. *Er taugt nicht zu einem Heiligen, das sieht man auf den ersten Blick.*

»Noch immer wissen wir nicht, was es mit diesem Ereignis auf sich hat«, sagte Rumos. »Die Überreste der Kreatur hat bedauerlicherweise die Stadtgarde an sich gebracht. Ein Goldéi sei es gewesen, so wird behauptet; andere wollen ein sehr viel größeres Wesen gesehen haben.«

»Glaubst du, der Einarmige war tatsächlich ein Zauberer der Solcata, wie er vor dem Volk behauptete?« Zweifel lagen in Balicors Stimme. »Hat sich an diesem Tag etwa doch ein Wunder ereignet?«

Rumos blickte ihn verachtend an. »Dass der Junge von heißer Bronze übergossen wurde und dennoch überlebte – nicht ohne nebenbei ein Untier zu töten und ein kleines Kind zu retten –, klingt für mich eher nach einem Märchen denn nach einem Wunder Tathrils! Es muss ein übler Trick dahinter stecken, eine Täuschung, die von der Menge zum Wunder verklärt wurde.«

Balicor dachte angestrengt nach. »Kein Zauber wäre so mächtig, einen Menschen vor der Hitze glühender Bronze zu bewahren. Zinn und Kupfer gehören zu den heiligen Metallen, in denen sich die Sphäre bricht.«

»Die Bathaquar hat ähnliche Wunder vollbracht, als sie über das Auge der Glut herrschte«, gab Rumos zurück. »Hitze und Glut und Feuer, dies sind die Kräfte, die unter dem Berg Amos wallen. Was am Tag der Ernte geschah, klingt verdächtig nach dem Werk eines Zauberers, der mit diesen Kräften vertraut ist.«

»Ihr glaubt, dass Magro Fargh dahintersteckt?« Ungläubig starrte der Erzprior Rumos an. »Aber aus welchem Grunde?«

»Eben das müssen wir herausfinden«, erwiderte Rumos. »Es wird Zeit, dass du nach Amos reitest und dem Hohepriester einen Besuch am Sterbebett abstattest!«

»Er wird mich nicht zu sich lassen«, sagte Bars Balicor missmutig. »Fargh hasst mich! Er hat mich in all den Jahren nur empfangen, wenn es sich nicht vermeiden ließ. Ich bin nicht der Nachfolger, den er sich wünscht.«

»Wer wünscht sich schon eine solche Ratte wie dich zum Nachfolger«, höhnte Rumos. »Tu, was ich dir sage, und reite nach Amos. Heute wird Magro Fargh dich empfangen.« Er rückte dicht an den Erzprior heran. »Richte ihm die Worte der Prophezeiung aus. Der Rosenstock trägt keine Blüten mehr …«

… und Mondschlund schweigt, ergänzte Ashnada in Gedanken.

Bars Balicor winkte ab. »Du kennst den Hohepriester schlecht, wenn du glaubst, ihn mit ein paar netten Wörtern einschüchtern zu können.«

»Es sind mehr als ein paar nette Wörter«, schrie Rumos. Er packte Bars Balicor an seiner Kutte und schüttelte ihn drohend. »Dein Hohepriester wird sich ihrer schon entsinnen, selbst wenn sein Geist in den letzten Zügen liegt!« Seine Hand krallte sich in Balicors Umhang fest, und Ashnada sah voller Entsetzen, wie der Stoff zwischen den Fingern Feuer fing.

»Lass mich los!«, keuchte Balicor und versuchte sich zu befreien.

»Wage es nicht, mich zu erzürnen«, brüllte Rumos. Mit beiden Händen umfasste er Balicors Kutte; der Gestank verglühenden Leinenstoffs breitete sich aus. Doch urplötzlich ließ Rumos von dem Erzprior ab und wandte sich Ashnada zu. Sie hatte ihr Schwert gezogen. Ihre Augen funkelten voller Entschlossenheit.

Rumos setzte ein Lächeln auf. »Bist du versessen darauf, ein zweites Mal zu erfahren, dass deine Klinge mir nichts anhaben kann? Bei Tathril, ich kann dir auch die andere Hand verbrennen und dein schönes Gesicht dazu!«

»Wenn ich Euch mit einem Hieb den Kopf vom Hals trenne, möchte ich sehen, mit welcher Zauberei Ihr ihn wieder aufsetzt«, erwiderte Ashnada.

Für einen kurzen Moment schien Rumos sprachlos. Dann lachte er auf. »Deine gyranische Mörderin dient dir wirklich vortrefflich, Bars Balicor! Ich hoffe, du wirst ihr die Treue entsprechend vergelten, sonst wechselt sie eines Tages den Herrn und richtet ihre Klinge gegen dich.« Während dieser Worte lächelte er Ashnada verschwörerisch zu, und sie ließ ihr Schwert langsam sinken.

Balicor hatte das Gewand unterdessen abgestreift und zu Boden geworfen. Noch immer schwelte schwarzer Rauch aus dem Stoff. Ein dünnes Hemd war alles, was der Erzprior noch anhatte. Sein schmaler Körper wirkte lächerlich und schwach neben der Gestalt des Troubliniers.

»Verflucht sollst du sein, Rumos«, stieß Balicor hervor, »du und deine verdorbene Zauberkunst!«

»Diese Zauberkunst hat dich dorthin gebracht, wo du jetzt stehst«, sagte Rumos ungerührt. »Wenn du Amos noch heute erreichen willst, solltest du dich beeilen. Gib Acht, dass dir die Weißstirne nicht den hässlichen Kopf von den Schultern schlagen, wenn du aus dem Tempel reitest. Und nimm die Gyranerin mit, falls du dich vor Magro Fargh fürchtest.« Er faltete die Hände. »Ich werde mich unterdessen um die Zukunft der Kirche kümmern. Es wird sich einiges ändern müssen, damit unsere Gemeinschaft die Wirren der kommenden Zeit übersteht.«

»Unsere Gemeinschaft?«, fauchte Bars Balicor. »Du bist kein Angehöriger der Tathrilya!«

Rumos musterte ihn kalt. »Ich spreche von der einzigen Gemeinschaft, die Bestand haben wird: der Kirche des Tathril, und diese wird ab sofort wieder von den wahren Dienern des Glaubens geführt. Was von der Tathrilya übrig ist, wird zusammen mit Magro Fargh untergehen.« Und lachend wandte er sich der marmornen Säule zu.

Schwarz schimmerte der Thron des Kaisers, schwarz die Krone auf seinem Kopf; das Licht schmolz dahin im dunklen Glanz des Sithalits. Auch Akendors schwarzes Gewand glitzerte infolge der in den Stoff eingewirkten Silberfäden. Es handelte sich um den traditionellen Kaufmannsrock, den einst die Fürsten bei den Sitzungen des Südbundes angelegt hatten. Inzwischen wurde er nur noch bei zeremoniellen Anlässen getragen, denn der Südbund war längst im Kaiserreich aufgegangen. Seit Kaiser Ewaron vor zweihundert Jahren das Bundesmitglied Troublinien in das sitharische Reich eingebunden und ihm einen Sitz im Silbernen Kreis eingeräumt hatte, traten die Führer des Südbundes nur noch als Fürsten des Kaiserreiches zusammen. Mit den Ratssitzungen war auch der schwarze Rock verschwunden, der die Fürsten als Angehörige der alten Kaufmannsschicht ausgewiesen hatte. Zuletzt hatten sie ihn vor sieben Jahren angelegt, als Troublinien sich wieder von Sithar losgesagt hatte. Während der Verhandlungen mit dem troublinischen Gildenrat war der Silberne Kreis gesammelt in Schwarz erschienen, um den Abtrünnigen ihren Verrat an der Gemeinschaft des Südbundes vor Augen zu führen.

Nun war es der Kaiser, ausgerechnet der Kaiser, der das Kaufmannsgewand wieder im Thronrat trug. Die Fürsten hatten es mit Erstaunen, ja, mit Unbehagen aufgenommen. Was, so fragte sich mancher, wollte Akendor Thayrin mit der Gewandung zum Ausdruck bringen? War es eine neue Laune des Kaisers oder eine bewusste Provokation? Doch wer konnte in diesen Tagen schon sicher sein, was in des Kaisers Kopf vor sich ging.

»Ich begreife das nicht«, rief Akendor voller Entrüstung. »Wie kann so etwas geschehen? Der siebte erschlagene Gardist in dieser Woche – könnt Ihr dem Morden nicht Einhalt gebieten?«

»Wir geben unser Bestes«, beteuerte Graf Tarmin. Er stand neben dem Thron, ein korpulenter Mann mit gelocktem, zum Scheitel aufgeworfenem Haar. Sein Blick hastete durch die Reihe der Fürsten, die schweigend an der steinernen Tafel hockten. »Die Lage ist schwieriger, als wir annahmen. Ihr ahnt nicht, wie viele Menschen sich inzwischen auf den Straßen zusammenrotten.« Graf Tarmin war der Anführer der Stadtgarde von Thax, ein Emporkömmling aus dem thaxanischen Kaufmannsadel. Seine Unfähigkeit war allseits bekannt. Seit er die Garde vor vier Jahren übernommen hatte, war diese auf knapp zweihundert Mann zusammengeschrumpft, und kein Kalender verging ohne Beschwerden der Gardisten über niedrige Bezahlung und miserable Zustände.

»Es kann nicht sein, dass auf den Straßen der Hauptstadt der Pöbel herrscht«, empörte sich Akendor. »Sorgt dafür, dass dieser Spuk ein Ende hat!«

Graf Tarmin wischte sich mit dem Handrücken über die schweißnasse Stirn. »Wir haben zu wenig Männer, um die Weißstirne in die Schranken zu weisen. Es fehlen die nötigen Mittel.«

»Unsinn«, rief Arkon Fhonsa, der Fürst von Thoka. »Wir stopfen der Garde seit Jahren das Geld in den Rachen. Erst vor einem Jahr haben wir euch zwölftausend Goldmünzen bewilligt.«

»Der Schutz unserer Stadt ist mit großen Ausgaben verbunden«, behauptete Tarmin. »Rüstungen wollen erneuert, Türme und Wehranlagen instand gesetzt werden. Die Zuwendungen des Silbernen Kreises sind da nur ein Tropfen auf den heißen Stein.«

Perjan Lomis, der an Arkons Seite saß, brach in Gelächter

aus. »In der Tat, das Geld scheint in Euren Händen zu verdampfen.« Er warf einen gehässigen Seitenblick in Richtung der Fürsten Binhipar und Scorutar, die am Ende der Tafel saßen. »In diesem Land herrscht ohnehin ein seltsamer Umgang mit Geld.«

Fürst Scorutars Augen funkelten. »Vor allem herrscht in diesem Land ein seltsamer Umgang mit losen Worten! Manch einer in dieser Runde scheint sich darin zu gefallen, wider besseres Wissen Unwahrheiten zu verbreiten, ohne die entsprechenden Beweise ...«

»Ich habe nicht nach Eurer Meinung gefragt, Fürst Scorutar«, unterbrach der Kaiser ihn kühl. Er wandte sich wieder dem Anführer der Stadtgarde zu. »Ich will, dass auf den Straßen von Thax Ruhe einkehrt, Graf Tarmin! Wenn Euch die Leute fehlen, ruft von mir aus die thaxanische Ritterschaft zur Hilfe. Schließlich bin ich nicht nur Kaiser von Sithar, sondern auch Fürst des südlichen Hochlandes. Sollte dieser Aufstand nicht binnen einer Woche zerschlagen sein, werde ich Euren Titel und Euer Amt einem fähigeren Mann verleihen. Aus meinen Augen!«

Erschrocken verneigte sich der Graf und entfernte sich. Die Fürsten warfen sich erstaunte Blicke zu. Selten hatten sie den Kaiser so entschlossen, so konzentriert erlebt wie in der heutigen Sitzung.

Als Graf Tarmin verschwunden war, schlug Akendor wütend auf die Lehnen des Throns. »Es kann doch nicht so schwer sein, diese jugendlichen Fanatiker zum Schweigen zu bringen! Thax war immer eine friedliche Stadt. Was ist plötzlich in die Köpfe der Menschen gefahren?«

»Die Angst vor dem Ungewissen«, meinte Fürst Arkon. »Es ist, wie Baniter damals voraussagte – die Furcht vor den Goldéi greift im Lande um sich. Wir sollten dem Aufstand ein schnelles Ende bereiten.«

»Dann verlasst Euch besser nicht auf die thaxanische Ritterschaft«, sagte Scorutar gehässig. »Mit Verlaub, mein Kaiser, Ihr habt den thaxanischen Adel gegen Euch aufgebracht, als Ihr seinen Nachwuchs vom Hof vertrieben habt.« Er strich sich die kastanienbraunen Locken aus dem Gesicht. »Vor allem die Barone von Blanvart und Travid sollen ausgesprochen erzürnt gewesen sein, als ihre Töchter so plötzlich nach Hause zurückkehrten. Nun müssen sie wieder aus eigener Tasche die hungrigen Münder stopfen, die sie eben noch zwischen Euren Schenkeln wähnten.«

Akendors Gesicht verfärbte sich rot. »Spart Euch die Anzüglichkeiten, Scorutar! Und was die zwei Barone betrifft …«

»… so haben beide öffentlich verkündet, keinen einzigen Soldaten nach Thax zu schicken«, fuhr Scorutar leutselig fort. »Man könnte das als offenen Widerstand bezeichnen – doch wer sollte es ihnen verdenken? Auch in Blanvart und Travid hat es Aufstände gegeben; selbst im kaisertreuen Movimar gehen die Menschen auf die Straße. Die Weißstirne haben ihre frohe Botschaft im ganzen Fürstentum verbreitet.«

»Die varonischen Städte sind vom selben Fieber erfasst«, jammerte Hamalov Lomis, der Fürst von Varona. »Die Bürgerschaften von Vara und Mhenic erdreisteten sich, mich, ihren Fürsten, in einem rüden Tonfall aufzufordern, ihnen die Pläne des Silbernen Kreises bezüglich der goldéischen Invasion offen zu legen!« Er schien selbst fassungslos über diese Nachricht. Kopfschüttelnd starrte er zum Kaiser, als erhoffte er sich von diesem eine Antwort.

»Wir dürfen nicht zulassen, dass der Aufstand weiter um sich greift«, warf Fürst Vildor Thim ein. »Wer weiß, bald legt man sich am Ende auch in Palgura und Palidon das weiße Band um die Stirn. Lasst uns mit aller Härte gegen die Aufrührer vorgehen.«

Scorutar richtete sich auf. »Hättet Ihr auf mich gehört, wäre uns diese Katastrophe erspart geblieben. Als sich die Aufständischen an den Kaiser wandten, um ihm ihre Forderungen vorzutragen, hätten wir sie mit ein paar guten Worten und einer Hand voll Gold zur Besinnung bringen können. Doch Seine Majestät hielt es für angebracht, die Weißstirne gewaltsam von der Kaiser-Akrin-Brücke zu vertreiben. Nun verbindet sich ihre Furcht vor den Echsen mit dem Hass auf die Obrigkeit … eine gefährliche Mischung.«

Akendor schien verunsichert. »Hätte ich diese Irrsinnigen empfangen sollen, die zuvor plündernd durch die Stadt gezogen waren?«

»Hört nicht auf Scorutars Geschwätz, mein Kaiser«, zischte Arkon Fhonsa. »Er hat dieses Chaos zu verantworten! Dass die Furcht vor den Goldéi solche Ausmaße annehmen konnte, ist auf die Untätigkeit der Fürsten von Swaaing und Palidon zurückzuführen, denen Ihr die Führung des Kaiserreiches anvertraut hattet.«

»Hättet Ihr uns die Führung weiterhin überlassen, wäre der Aufstand im Keim erstickt worden«, behauptete Scorutar kühn. »Ich habe Euch gewarnt, Akendor! Das Staatsgeschäft ist ein schwieriges Unterfangen. Ihr wart es, der all meine Ratschläge in den Wind schlug.«

Akendor nagte an seiner Unterlippe. »Es mag sein, dass ich einen Fehler begangen habe«, gab er zu. »Nun, Scorutar, wie sollte ich Eurer Meinung nach gegen die Weißstirne vorgehen?«

Scorutar wies lächelnd auf Fürst Binhipar. Dieser hatte bisher schweigend an der Tafel gesessen, das Gesicht wie versteinert. Nun nahm er langsam die breiten Hände von der Tischplatte. »Wenn Ihr tatsächlich entschlossen seid, die Weißstirne zu vernichten, gibt es nur eine Möglichkeit – ihre Rädelsführer müssen sterben.« Seine rechte Hand fuhr zum Hals und begann mit der Fürstenkette zu spielen, auf deren Plakette der palidonische Bär zu sehen war, der seine Klauen drohend erhoben hatte. »Gebt mir die Erlaubnis, die Ritter der Klippen nach Thax zu entsenden. Ich schwöre Euch, in drei Tagen wird Ruhe auf den Straßen herrschen.«

Für einen Augenblick herrschte Stille. Dann sprang Fürst Arkon aufgebracht von seinem Schemel. »Selbst jetzt denkt der Fürst von Palidon nur an die Ausweitung seiner Macht! Die Ritter der Klippen haben in Thax nichts verloren! Ihre Aufgabe ist es, die Küsten vor unseren Feinden zu schützen.«

Binhipar fuhr zu ihm herum. »Ich habe nicht vor, mit Euch über die Kompetenzen der Ritterorden zu streiten, Arkon!«

»Aber ich!«, bellte Arkon. Sein Blick wanderte zur anderen Seite der Tafel hinüber, an dem Jundala Geneder saß. Sie trug ein schlichtes, dunkelblaues Kleid; die blonden Haare waren zu einer kunstvollen Frisur aufgesteckt. Um den Hals trug sie die ganatische Fürstenkette, die sie als rechtmäßige Vertreterin ihres Gemahls auswies. Aufmunternd nickte sie Arkon zu, und so fuhr der thokische Fürst mit seiner Rede fort: »Ich denke, es wird Zeit, zum zweiten Punkt der Thronratssitzung überzugehen.« Er winkte einen Bediensteten zu sich, der mit einem Bündel Schriftstücke hinter seinem Schemel gewartet hatte. »In den letzten Wochen habe ich mich ein wenig mit dem Ritterorden auseinander gesetzt, von dem Binhipar spricht.« Er entriss dem Diener die Schriftstücke und schleuderte sie auf den Tisch. »Die Ritter der Weißen und der Schwarzen Klippen scheinen sich während der Jahre, in denen die kaiserlichen Steuern von den Fürsten Scorutar und Binhipar verwaltet wurden, nicht ausschließlich mit dem Schutz der Küsten beschäftigt zu haben. Diese Dokumente beweisen, dass die edlen Ritter sich nebenbei großzügig aus der kaiserlichen Schatulle bedienten. In Palidon wurden im Namen des Klippenordens Burgen und Wehrtürme errichtet; und in Palideyra, dem Hafen von Nandar, wurden vier kaiserliche Schiffe dem Orden unterstellt – ein besonders dreister Gesetzesbruch.«

»Muss ich mir diesen Unsinn anhören?«, rief Binhipar empört. »Die Ritter der Klippen sind treue Verteidiger der sitharischen Grenzen! Was im Namen des Ordens errichtet wurde, geschah rechtmäßig und mit Duldung des Silbernen Kreises.«

»Das sehe ich anders«, höhnte Arkon. Er warf Jundala Geneder ein siegessicheres Lächeln zu. »Ihr habt es verstanden, die Geldzuweisungen an die Klippenritter geschickt in den Archiven zu verbergen.« Er tippte mit dem

Zeigefinger auf die Schriftstücke. »Doch hier liegen die Beweise. Ihr werdet dem Thronrat einiges zu erklären haben, Binhipar.«

»Einem thokischen Krämer bin ich keine Rechenschaft schuldig«, fluchte Binhipar. »Haltet Euer Maul – oder erhebt Anklage gegen mich und den Orden, wenn Ihr es wagt.«

»Das werde ich«, versicherte Arkon, »o ja, das werde ich!«

Scorutar schien der Verlauf der Sitzung nicht zu behagen. Rasch wandte er sich dem Kaiser zu. »Gibt es nichts Wichtigeres, als über Steuern und ihre Verwendung zu streiten? Dort draußen tobt ein blutiger Volksaufstand! Fürst Binhipars Vorschlag war gut gemeint und tapfer dazu; niemand in diesem Saal wusste einen besseren vorzubringen.«

»Verschont mich mit Eurer Heuchelei«, rief der Kaiser angewidert. »Ich werde die Beweise prüfen, die Fürst Arkon vorbringt. Falls die Ritter der Klippen tatsächlich kaiserliche Gelder unterschlagen haben, werde ich für eine angemessene Bestrafung sorgen.« Er blickte Binhipar tapfer in die Augen. »Ich verspreche Euch eine gerechte Behandlung der Anklage.«

»Auf Eure Gerechtigkeit kann ich verzichten«, stieß der Fürst von Palidon hervor. »Dieses Verfahren stellt eine Beleidigung für die Ritter dar, die dem Reich die Treue geschworen haben. Nun seht zu, wie Ihr Euch die Weißstirne ohne ihre Hilfe vom Hals schafft!«

»Was ist mit dem Priester, der die Tumulte ausgelöst hat?«, warf Jundala Geneder mit bedächtiger Stimme ein. »Er ist es, nach dem die Weißstirne schreien. Ich hoffe, Ihr habt Euch seiner angenommen!«

»Ich sehe, Ihr wollt Euren Gemahl an Schlauheit noch übertreffen«, höhnte Scorutar. »Selbstverständlich haben wir alles über den Priester in Erfahrung gebracht. Sein Name ist Nhordukael, ein Schoßhund des Hohepriesters Magro Fargh. Leider schweigt sich die Tathrilya darüber aus, wo sie den Jungen versteckt. Auch eine Erklärung für das angebliche Wunder ist sie uns schuldig geblieben. Es scheint, als ob Magro Fargh die Zügel in seiner Kirche schleifen lässt. Der Gute ist, wie wir uns selbst überzeugen konnten, ernsthaft krank. Er siecht in Amos vor sich hin, während sein Nachfolger Bars Balicor die Amtsübernahme vorbereitet.«

»Warum kommt Magro Fargh nicht meinem Befehl nach und liefert Nhordukael der Stadtgarde aus?«, fragte Akendor verärgert.

Scorutar lächelte. »Gelegentlich werden Befehle, selbst kaiserliche, ignoriert. Magro Fargh ist vermutlich nicht mehr in der Lage, sie zu lesen, und der Erzprior ist ein machthungriger Emporkömmling, dem man nicht trauen kann.«

»Das ist leider wahr«, bestätigte Perjan Lomis. »Ich kenne Bars Balicor nur zu gut. Er war Kurator auf Morthyl, und schon dort fiel mir sein übler Charakter auf. Rechnet nicht damit, dass Ihr aus seinem Munde auch nur ein wahres Wort über das Wunder erfahrt.«

Jundala Geneder zog nachdenklich die Stirn in Falten. »Das Wunder … noch immer wissen wir nicht, was tatsächlich am Tag der Ernte geschah.«

»Wir haben die Kreatur, die in der flüssigen Bronze verendet ist, ausführlich untersuchen lassen«, erklärte Scorutar. »Es handelt sich um ein echsenartiges Wesen; den Klauen und Zähnen nach zu urteilen ist es ausgesprochen gefährlich. Allerdings widerspricht seine Gestalt den Berichten, die uns von den Goldéi überliefert wurden. Die Goldéi, so heißt es, laufen aufrecht, und ihre Körper sind menschengroß. Dieses Wesen muss einer anderen Art angehören.«

»Und die Kiste?«, fragte Akendor beunruhigt. »Ist es wahr, dass auf ihr goldéische Schriftzeichen zu sehen waren?«

»Ja, es gibt diese Schriftzeichen«, gab Fürst Scorutar zurück. »Wir können sie leider nicht entziffern. Der einarmige Fremde soll behauptet haben, dass er die Kiste von einem goldéischen Schiff entwendete. Warum er sie allerdings nach Thax brachte und die darin gefangene Kreatur auf die Menge losließ, wird wohl immer ein Rätsel bleiben.«

»Die Tat eines Wahnsinnigen«, sagte Binhipar mit düsterer Stimme. »Er hat das Volk in große Panik versetzt.«

»Immerhin wissen wir nun, womit wir bei einem Krieg gegen die Echsen zu rechnen haben«, sagte Fürst Arkon. »Wir können uns glücklich schätzen, dass der junge Priester die Kreatur in die Bronzeglut riss, bevor sie weitere Morde begehen konnte.«

»Er muss uns Rede und Antwort stehen«, rief Akendor entschlossen. »Lasst dem Hohepriester eine neue Botschaft zukommen – doch diesmal in einem schärferen Tonfall. Wenn die Tathrilya uns Nhordukael nicht freiwillig ausliefert, werde ich ihn gewaltsam aus dem Tempel holen lassen!« Ungeduldig trommelten seine Finger auf der steinernen Lehne. »Was wäre der nächste Punkt?«

Fürst Arkons Miene verdüsterte sich. »Troublinien!«, zischte er. »Die Freibeuter des Gildenrates werden von Woche zu Woche dreister. Es sind bereits Dörfer an der thokischen Küste überfallen worden.«

»Die troublinischen Schiffe wagen sich immer weiter ins Silbermeer vor«, berichtete Perjan Lomis. »Von der Insel Fareghi erreichte mich die Botschaft, dass vor kurzem acht ungemeldete Segler mit troublinischer Flagge vom Leuchtturm aus gesichtet wurden.«

»Der Gildenrat treibt ein übles Spiel mit uns«, stieß Arkon hervor. »Wenn sie bereits Segel auf Fareghi setzen, kann das nur bedeuten, dass sie die sitharische Herrschaft über das Silbermeer nicht mehr anerkennen!« Die Fürsten nickten zustimmend. Die Insel Fareghi war mit ihrem Leuchtturm der strategische Mittelpunkt des Silbermeeres; sein magisches Licht wies die Schiffe der Sitharer sicher durch die tückischen Stürme, die immer wieder über den südlichen Ozean tobten. »Wie lange sollen wir diese Provokation noch dulden?«

Der Kaiser blickte ihn fragend an. »Was verlangt Ihr von

mir? Soll ich unseren einstigen Bündnispartnern den Krieg erklären?«

»Wir sollten uns auf das Schlimmste vorbereiten«, sagte Arkon. »Vorerst schlage ich vor, den Troubliniern eine deutliche Warnung zukommen zu lassen.«

»Oh, welch genialer Plan«, kicherte Scorutar. »Habt Ihr vergessen, dass Prinz Uliman, der Sohn unseres Kaisers, in Troublinien weilt? Seine Majestät bestand darauf, ihm dort eine Handelslehre angedeihen zu lassen. Wie wollt Ihr den Gildenrat einschüchtern, solange dieser eine so vortreffliche Geisel besitzt?«

Akendors Gesicht wurde leichenblass. »Ihr habt Recht. Erlasst sofort die Verfügung, meinen Sohn nach Hause zu holen.«

»Dann lasst uns hoffen, dass die Troublinier dieser Verfügung nachkommen«, erwiderte Scorutar. »Wäre ich freilich Mitglied des Gildenrates, würde ich den sitharischen Erben nicht aus der Hand geben.«

»Nehmt Eure Verdorbenheit nicht als Maßstab für das Verhalten anderer«, empfahl Perjan Lomis. »Mir persönlich bereiten nicht die Troublinier Kopfschmerzen, sondern die Goldéi. In Gyr rennen sie noch immer gegen die Truppen König Tarnacs an, und aus Kathyga hört man beunruhigende Nachrichten. Die Goldéi scheinen sich aus dem Rochenland zurückzuziehen, und ihr Heer steht dicht vor der arphatischen Grenze.«

»Und was hört man derweil von unserem werten Gesandten Baniter Geneder?«, fragte Scorutar. »Nichts! Die letzte Botschaft kündete von Baniters Ankunft in Praa, und sie ist nun schon einige Wochen alt.«

»Vielleicht hat ihn die Reise so überanstrengt, dass er seinen Auftrag vergessen hat«, warf Hamalov Lomis gehässig ein.

Jundala musterte den varonischen Fürsten abschätzig. »Ein Baniter Geneder vergisst nichts«, antwortete sie. »Er wird dieses Bündnis zustande bringen, seid Euch gewiss!«

»Aber wann, Fürstin Jundala?«, rief Scorutar. »Baniter

selbst war es, der uns so vortrefflich vor Augen führte, dass uns die Zeit davonläuft und dass dieses Bündnis von immenser Bedeutung ist. Seit seiner Ankunft in Praa scheint er es nicht mehr ganz so eilig zu haben, seinem Auftrag nachzukommen.« Er hielt kurz inne. »Nun, Praa ist eine schöne Stadt mit schönen Frauen. Wer will es Baniter Geneder verdenken, wenn er sich von den Strapazen seiner Reise erholt?«

»Er wird das Bündnis zustande bringen«, wiederholte Jundala zornig.

Scorutar lächelte. »Dann soll er sich sputen! Wenn wir nicht nur gegen die Goldéi, sondern auch gegen die Troublinier Krieg führen wollen, müssen wir die Arphater auf unserer Seite wissen. Ich frage mich, ob es klug war, ausgerechnet einen Geneder für diese Mission auszuwählen.«

Seine Frage blieb unbeantwortet, denn der Kaiser hatte in plötzlicher Wut die Krone abgenommen. »Ich habe genug von Euren Hetzreden! Fürst Baniter hat sich in all den Jahren loyal gegenüber dem Kaiserreich verhalten; das ist nicht das, was ich von Euch sagen könnte, Scorutar.« Er stieg vom Thron herab. »Die Sitzung ist für heute beendet. Lasst ein Pferd für mich satteln; ich möchte zu meiner Verlobten reiten.« Er blickte Binhipar an. »Nebenbei, Fürst Binhipar, wie weit sind die Hochzeitsvorbereitungen gediehen?«

Binhipars geflochtener Bart zuckte verdächtig. »Es ist nicht einfach, eine Hochzeit vorzubereiten, wenn die Braut außerhalb der Stadt weilt.«

»Was geht es Euch an, wo Ceyla Illiandrin sich aufhält?«, fuhr der Kaiser ihn an. »Ich möchte, dass sie in Ruhe gelassen wird – von Euch und vor allem von Tundia Suant! Habt Ihr meinen Entschluss inzwischen öffentlich verkündet?«

»Wir hielten es für verfrüht«, hakte sich Scorutar in das Gespräch ein. »In der jetzigen Situation wäre es unklug, Eure Heiratspläne bekannt zu geben. Ihr würdet die Grafen und Barone, deren Töchter Ihr vom Hof vertrieben habt, zusätzliche Schmach antun, wenn Ihr die Vermählung mit einer Frau aus der untersten Adelsschicht …«

»Überlegt Euch gut, wie Ihr von Eurer zukünftigen Kaiserin sprecht«, warnte ihn Akendor. Dann verließ er ohne ein weiteres Wort den Thronsaal.

Binhipar wartete, bis die Schritte des Kaisers und seines Leibwächters endgültig verhallt waren. Dann fuhr er zu Arkon und Perjan herum. Seine Augen sprühten vor Zorn. »Ihr tragt die Verantwortung dafür! Noch Anfang dieses Jahres hätte der Kaiser es nicht gewagt, eine so demütigende Verbindung einzugehen. Diese Hochzeit ist reiner Wahnsinn, sie ist …«

»Lasst es gut sein, Binhipar«, unterbrach Scorutar ihn. Ein mildes Lächeln umspielte seine Lippen. »Die Fürsten von Thoka und Morthyl haben sich für ein Spiel entschieden, dessen Regeln sie selbst nicht begriffen haben. Sie werden es schmerzhaft zu spüren bekommen, wenn die zweite Runde beginnt.«

❦

Heiß – unerträglich heiß. Jeder Atemzug fiel schwer in dieser Hitze. Nhordukaels Kehle glühte, als brennte ein Feuer sie von innen aus. Doch es bedeutete ihm nichts. Feuer konnte ihm nichts anhaben. Glut und Feuer und Hitze, sie hatten keine Macht mehr über ihn.

GEH NICHT WEITER, raunte eine Stimme aus dem ihn umgebenden Rauch, *BIST VERFLUCHT … DU HAST DEINE SEELE VERWIRKT IN DER BRONZE …*

Nhordukael wirbelte herum. Er sah den Schemen Thiurons inmitten der Glutschwaden auftauchen. Der steinerne Wächter war ihm gefolgt! Seine Augen waren leer und tot. *DAS BLEICHE KIND MUSS STERBEN,* hallte die körperlose Stimme ihm entgegen, *DER ZWEIFLER MUSS STERBEN, DAMIT DER GOTT LEBEN KANN …*

Nhordukael hob die Hand. »Bleib stehen!«, befahl er. Der Thiuron hielt inne. Schon wurde sein Bild von einem neuen

Rauchschleier fortgewischt. *Er gehorcht mir,* triumphierte Nhordukael. *Alles gehorcht mir – der Stein und die Glut und die Bronze!* Vorsichtig weitergehen, Schritt für Schritt. Ja, dort war die Treppe, die zum Rand des Kraters emporführte. *Der Stein und die Glut und die Bronze …*

Schwankend erklomm Nhordukael die ersten Stufen. Er spürte dickflüssigen, trägen Schweiß seine Wangen herabrinnen, fuhr sich mit der Zungenspitze über die Lippen und kostete die salzigen Tropfen. *Lerne Tathrils Macht kennen, glückliches Kind, schmecke sie, nimm sie in dir auf …* Vier Stufen noch. Dort waren bereits die Schemen zu erkennen, die Umrisse des Priors und seiner Leibwächterin. Nhordukael schleppte sich auf sie zu.

»Der Hohepriester ist bereit, Euch zu empfangen«, stieß er hervor.

»Ich danke dir, Bruder Nhordukael«, erwiderte Bars Balicor. Auch sein Gesicht glänzte vor Schweiß. Das graue Gewand war an den Achseln durchnässt. »Ich wusste, Magro Fargh würde ein Einsehen haben, nachdem er meine Botschaft vernahm.«

»Er wird nur wenige Minuten mit Euch sprechen können«, sagte Nhordukael. »Er ist sehr krank. Jedes Wort kostet ihn große Anstrengung.«

Ein abstoßendes Grinsen schlich sich auf Bars Balicors Lippen. »Was ich Magro Fargh zu sagen habe, wird nicht viel Zeit in Anspruch nehmen.«

Nhordukael warf einen Blick auf die Begleiterin des Erzpriors. Sie trug einen Lederhelm; unter dem Mantel zeichnete sich der Griff eines Schwertes ab. »Ihr müsst Eure Leibwächterin zurücklassen. Der Hohepriester duldet keine Bewaffneten am Rande der Quelle.«

»Tatsächlich?«, fragte Bars Balicor verwundert. »Wovor hat der alte Mann bloß Angst? Selbstverständlich werde ich Ashnada zurücklassen. Es wäre nicht zu verantworten, einen unerfahrenen Geist in die Nähe der Quelle zu lassen.« Er zog ein Messer unter der Kutte hervor und reichte es dem jungen Priester. »Hier, Bruder – selbst meine eigene

Klinge überlasse ich dir. Magro Fargh soll meinen Besuch nicht fürchten.«

Zögernd nahm Nhordukael die Waffe an sich. »Ihr müsst Euch beeilen«, fügte er hinzu. »Oft übermannt ihn die Müdigkeit; dann ist er für mehrere Stunden nicht ansprechbar.«

»Ihm tut die schwere Luft des Vulkans nicht gut«, mutmaßte Bars Balicor. »Er sollte in den Tempel zurückkehren und sich von der Priesterschaft gesund pflegen lassen.« Vertraulich legte er die Hand auf Nhordukaels Schulter. »Es freut mich, wenigstens dich wohlbehalten vorzufinden, Bruder Nhordukael. In Thax gehen wilde Gerüchte um. Man macht sich Sorgen um deine Gesundheit. Welcher Mensch hat schon unbeschadet ein Bad in glühender Bronze überlebt?«

»Mir geht es gut«, sagte Nhordukael leise.

»So? Du siehst bleich aus – müde und erschöpft!« In Balicors Stimme war fast eine Spur Mitleid zu erkennen. »Was genau ist damals geschehen am Tag der Ernte?«

Nhordukael schlug die Augen nieder. »Ich kann nicht darüber sprechen. Der Hohepriester hat es mir untersagt.«

»Der Hohepriester liegt im Sterben«, erwiderte Bars Balicor kalt. »Sei kein Narr, Nhordukael! Du weißt, dass Magro Fargh nicht mehr lange zu leben hat. Bald werde ich sein Amt übernehmen.« Er beobachtete den jungen Priester lauernd. »Nicht wahr, dir ist bewusst, dass laut Gesetz der Erzprior von Thax die Nachfolge antritt?«

Nhordukael gab keine Antwort. Regungslos stand er vor dem Erzprior. Es schwindelte ihn, und das Brennen in seiner Kehle machte ihm das Atmen zur Qual.

»Ich hoffe, du wirst mir treu dienen«, fuhr Bars Balicor fort, »so wie du Magro Fargh gedient hast. Ich kann dich reich belohnen, Nhordukael! Ich kann dich zu meiner rechten Hand machen, zu meinem engsten Vertrauten. Das Ereignis am Tag der Ernte hat deine magische Begabung eindrucksvoll bewiesen. Ich kann dir helfen, sie zu entfalten.«

Noch immer antwortete Nhordukael nicht. Er starrte auf den Boden, wo der Schatten des Erzpriors im Abglanz der fernen Glut zuckte und bebte. *Warum geht er nicht endlich?*

»Ich sehe, wir werden eine Menge zu besprechen haben, wenn ich erst Hohepriester geworden bin«, sagte Balicor ungeduldig. »Doch nun lass mich vorbei, Bruder. Das Oberhaupt der Kirche lässt man nicht warten.«

Nhordukael trat einen Schritt zur Seite und ließ den Erzprior vorbei. Schweigend beobachtete er, wie Balicor die Stufen herabstieg, wie seine Gestalt von den rot glühenden Schwaden verschlungen wurde. Er lauschte dem Scharren seiner Stiefel auf dem Gestein, bis es im Grollen des Berges unterging; und er stellte sich vor, wie er dem Erzprior durch den Rauch folgte, ihm nachschlich, die Stufen hinab, dem dunkelroten Leuchten entgegen ...

»Bist du dir der Gefahr bewusst, in der du schwebst?«, hörte er eine Stimme neben sich. Benommen blickte Nhordukael auf. Er erkannte die Leibwächterin des Erzpriors. Sie hatte den Lederhelm abgenommen. Langes, weißblondes Haar fiel auf ihre Schultern herab, und gebannt starrte er in ihre seltsamen, schmalen Augen; dunkel, schwarz beinahe, und von einem Funkeln erfüllt, das ihn frösteln ließ. »Er wird keinen Atemzug zögern, dich zu beseitigen, wenn du Anspruch auf sein Amt erhebst.«

Wovon spricht sie? Nhordukael taumelte. Er versuchte sich zu konzentrieren. *Die Stufen hinab ... vorbei an den dunklen Säulen ... erkaltetes Gestein zu meinen Füßen. Lauf, Erzprior, setz deine Schritte, schneller, schneller ...*

Ashnada starrte den jungen Priester eindringlich an. »Du solltest fliehen«, riet sie ihm. »Sie werden nicht dulden, dass du die Weißstirne weiter gegen die Kirche aufhetzt.« Sie hielt kurz inne. »Doch davon weißt du vermutlich nichts. Es hat dir niemand von dem Aufstand in Thax erzählt, nicht wahr?«

Nhordukaels Knie gaben nach. Ashnada stürzte nach vorn und bekam seinen Ellbogen zu fassen. Vorsichtig half sie ihm, sich am Boden niederzukauern.

Nhordukael schloss die Augen, versuchte seinen rasenden Atem unter Kontrolle zu bekommen. *... vorbei an den Steinen mit ihren Inschriften ... über die schützenden Kreise und Zeichen hinweg ... geh weiter, Erzprior ... dort liegt Magro Fargh auf seinem Sterbebett, siehst du ihn?*

Ashnada erhob sich. Ungläubig betrachtete sie Nhordukael, der schlotternd auf dem Boden kauerte, das narbenbedeckte Gesicht kalkweiß, der Körper ausgezehrt.

»Der Auserkorene«, sagte sie verächtlich und wandte sich kopfschüttelnd ab.

❦

Fünf Steinfiguren umringten das Lager des Hohepriesters. Eine von ihnen war starr und tot; die anderen jedoch bewegten ihre Glieder, als der Erzprior aus dem Nebel auf sie zuschritt. Drohend erhoben sie die Arme, und durch ihre leeren Augen fiel der rote Schein des Lavasees.

Erschrocken wich Bars Balicor vor den Ungetümen zurück. Dann aber entdeckte er in ihrer Mitte die Gestalt des Hohepriesters. Magro Fargh ruhte auf einem Deckenlager; eine weiße Seidendecke spannte sich über den dürren Körper. An der Brust und an den Beinen war die Seide von schwarzen, klebrigen Flecken verfärbt. Der Gestank der offenen Wunden, der faule Geruch des Todes durchdrang selbst den Schwefeldampf. Am furchtbarsten aber war der Anblick von Magro Farghs Gesicht. Sein Schädel war dunkelblau angelaufen; eine schwarz verfärbte Eiterung hatte sich durch die hohlen Wangen gefressen und ließ den Ansatz des Kiefers erkennen, fahlgelbe Zahnhälse in schwärendem Fleisch. Die Augen des Priesters waren vollkommen in ihre Höhlen zurückgefallen; unterhalb der Lider sah man geschwollene Adern hervortreten. Sie bebten in einem quälenden Takt. *Es ist die Blaufäule, so wie Rumos es voraussah,* dachte Balicor angewidert. *Wie kann in diesem Bündel Fleisch noch Leben sein?*

»Eure Heiligkeit«, sagte er mit fester Stimme. »Euer ergebener Diener tritt vor Euch!«

Die eingefallenen Lippen bewegten sich, befeuchteten sich mit seifigem Speichel. Es war schwer, die Worte des Sterbenden zu verstehen. »Spar dir … die … Heucheleien … Balicor! Der Rosenstock trägt … keine Blüten mehr …« Ein Zittern ging durch den Körper des Greises, und die ihn umringenden Thiurone schienen von derselben Bewegung erfasst zu werden. Dumpf grollten ihre Stimmen aus allen Richtungen: *DIE QUELLEN GESCHÄNDET*, jammerten sie, *JENOS AGUR GEFOLTERT, GETÖTET … EWIGES LEID ERSCHAFFEN DIE HÄNDE DER BATHAQUAR …*

Bars Balicor lächelte. »Ihr wisst es also! Die Bathaquar ist zurückgekehrt, und es gibt nichts, was Ihr dagegen tun könnt.« Er überwand seine Angst und trat einen Schritt vor. Sofort stellten sich ihm die Thiurone in den Weg und erhoben ihre steinernen Klauen.

Blut sickerte aus Magro Farghs offenen Wangen, während er sprach. »Die Bathaquar war niemals fort … wir konnten sie nicht ausrotten … weil es Menschen wie dich gibt, Balicor, die nach Macht gieren …«

»Ihr irrt Euch«, erwiderte der Erzprior. »Die Bathaquar existiert, weil die Tathrilya ihre Versprechen nicht eingehalten hat. Besagt unser Glauben nicht, dass wir, die Zauberer, die Erwählten Gottes sind, Tathrils edelste Kinder? Doch welchen Einfluss besitzen wir? Wir kuschen vor den Fürsten und Königen und stellen unsere Magie in ihre Dienste. Ist es verwunderlich, dass mancher Zauberer sich damit nicht zufrieden geben will und sich deshalb der Bathaquar zuwendet?« Er musterte den Hohepriester. »Seit Jahrhunderten wuchert die Bathaquar im Untergrund. In Troublinien hat sie bereits die gesamte Tathril-Kirche unterwandert. Ihr könnt sie nicht aufhalten.«

»Du hast … dich mit ihnen … verschworen«, stieß Magro Fargh hervor, »… ich wusste es … seit ich dich kenne, wusste ich, dass du verdorben bist, Balicor …«

»Ich stand in Eurer Wertschätzung nie sonderlich hoch«, sagte Balicor, »nicht so hoch wie der junge Nhordukael.«

Angewidert beobachtete er den Greis, der bei der Nennung des Namens von einem krampfartigen Husten geschüttelt wurde. »Was genau hat es mit dem Wunder von Thax auf sich, Eure Heiligkeit?«

Magro Farghs Husten verstärkte sich. Schleim- und Blutströpfchen schossen aus seinem Mund. Jetzt erst erkannte Bars Balicor, dass der Hohepriester lachte. Er lachte ihn aus! »Das Wunder … Schwachkopf! Du wirst niemals Hohepriester sein, Balicor!« Er streckte dem Erzprior seine Arme entgegen, die mit blauen Geschwülsten bedeckt waren. »Tathril hat sein … Urteil gesprochen! Er hat … Nhordukael auserkoren, uns vor den Echsen zu retten …«, das Kichern zerschlierte im eitrigen Gurgeln seiner Kehle, »… das Wunder war Tathrils Zeichen … Nhordukael wird mein Nachfolger sein!«

Bars Balicors Schädel raste. »Nein!«, brüllte er. »Dazu besitzt Ihr kein Recht! Das Gesetz der Kirche besagt …«

»Ich bin … das Gesetz«, kicherte Magro Fargh. »Ich habe im Beisein der Priesterschaft von Amos … das Wunder bestätigt … es als Zeichen Tathrils anerkannt … und angeordnet, nach meinem Tod Nhordukael zum Hohepriester zu ernennen … Was meinst du, wem sie wohl gehorchen werden? Mir … oder einem Schergen der Bathaquar?« Seine Hände zuckten im Takt seines Gelächters. »Da siehst du es, Balicor … dich besiege ich … selbst von diesem Lager aus … selbst jetzt kann ich dich noch … wie Papier zerfetzen …«

Die Thiurone setzten sich in Bewegung und stampften auf Balicor zu. In ihren Augen brannte die Glut, während sie den Erzprior zurückdrängten.

Sprachlos starrte Balicor auf den Greis, dessen Kichern lauter und lauter wurde. »Stirb endlich«, spie er hasserfüllt hervor, »erweise Tathril den letzten Dienst und STIRB!« Doch er wich vor den belebten Statuen zurück, die auf ihn zukamen. Rauch brandete auf, und er verlor Magro Farghs Sterbelager aus den Augen. Nur sein Gelächter konnte er hören; hörte es noch, als er die Treppen emporhastete. Und er wusste, dass Magro Fargh weiterlachen würde bis zum letzten Atemzug.

❦

Haus Durdun hatte ihr vom ersten Augenblick an gefallen, ein kleines, gemütliches Gut nördlich von Thax. Es war still hier draußen auf dem Land, nur einige Hirten und Bauern lebten in diesem Teil des Hochlandes.

An diesem Nachmittag legte Ceyla den warmen Pelzmantel an, den der Kaiser ihr geschenkt hatte, und spazierte über den abschüssigen Hof; vorbei an den mit Laken abgedeckten Kutschen, vorbei an den Ställen, an der Hütte, in der die Dienerschaft lebte. In der Ferne erstreckten sich die Hügel des Hochlandes, bedeckt von einer Schicht schimmernden Schnees. Bald erreichte Ceyla den Waldrand; ein Forst aus dicht zusammenstehenden Fichten, auch sie weiß bereift. Wann immer Ceyla einen der herabhängenden Zweige streifte, stob der Schnee auf sie herab wie feiner Staub. Sie liebte es, wenn er auf ihren Wangen zerschmolz.

Sie musste an Akendor denken. Er kam meistens am Abend nach Durdun, kurz nach Einbruch der Dunkelheit, begleitet von seinem Leibwächter und einer Hand voll Reiter. Meist zog er Ceyla bereits im Treppengang voller Gier an sich, riss ihr vor den Augen seiner Begleiter das Kleid herunter; seine Hände waren eisig nach dem Ritt durch die Kälte. Er zog sie herab auf das ausgetretene Fell, das in der holzgetäfelten Vorhalle auslag, preßte seine Zunge in ihren Mund. Es schauderte sie, wenn ihre nackten Füße das Leder seiner verdreckten Stiefel streiften. Anschließend führte Akendor sie die knirschende Treppe herauf, um sie im schmalen Zimmer am Ende des Ganges auf das Bett zu zerren, wo die Dienerschaft bereits ein schwarzes Samttuch ausgebreitet hatte. Ceyla ekelte sich vor dem weichen, glatten Samt; es schien sich lüstern an ihren Rücken zu schmiegen, und wenn es Falten warf, fühlte es sich an, als leckten kleine, verdorrte Zungen über ihre Haut. Dennoch wagte Ceyla nicht, das Tuch fortzunehmen. Sie wusste, dass es auf Akendors ausdrücklichen Wunsch ausgebreitet worden war. Er wollte Ceyla stets auf dem schwarzen Samttuch nehmen, und wer war sie, dass sie seinem Verlangen widersprochen hätte? An manchen Tagen, wenn Akendors Gier sie nicht abstieß, wenn sie gar Gefallen an seiner Liebe fand, machte ihr das obszöne Lecken des Samtes nichts aus. Doch da waren die anderen Tage; dann fürchtete sie das Tuch und Akendors Berührungen.

Wenn er von ihr abgelassen hatte, legte er sich meist neben sie und starrte sie aus großen Augen an. Dann begann er zu sprechen, voller Hast; sprach von den Fürsten, die er so verabscheute; von Binhipar und Scorutar, vor allem aber von Tundia Suant, seiner einstigen Verlobten, die es gewagt hatte, Ceyla einzuschüchtern. Um sie vor dieser Frau zu schützen, hatte er Ceyla nach Durdun gebracht. »Hier bist du vor ihr sicher«, hatte er ihr versprochen. »Hier brauchst du nicht zu fürchten, dass Tundia Suant dir auflauert und das Gift ihres Bruders versprüht.«

Ceyla hatte sich schnell an Haus Durdun gewöhnt. Sie weinte dem düsteren Thakstel keine Träne hinterher. Allerdings war ihr Leben recht einsam geworden, denn Akendor war nur während der Abendstunden bei ihr. Am Tag und in der Nacht aber war Ceyla allein.

Dann kamen die Gedanken. Sie dachte an die gedrungene Burg nahe der palgurischen Küste, in der sie aufgewachsen war; an den verfallenen Turm, den sie in ihren Kindertagen so manches Mal erklommen hatte, um von dort auf das glitzernde Wasser der Silberbucht zu blicken; an den Weiher am anderen Ende des Dorfes, in dem sie mit ihrem älteren Bruder Fische gefangen hatte. Sie dachte an ihre schweigsame Mutter, die ihr beigebracht hatte, wie eine Adelige sich kleidete und schminkte und sich im Beisein hoher Gesellschaft verhielt. Sie dachte an den jähzornigen Vater, einen palgurischen Ritter, der sich zumeist in der Fürstenstadt Persys aufhielt und nur selten zu Hause war; der erst dann begonnen hatte, sich für Ceyla zu interessieren, als ihr Körper weibliche Formen angenommen hatte.

Er war es gewesen, der sie nach Thax geschickt hatte, in der Hoffnung, dass dort ein wohlhabender Graf oder Baron Gefallen an ihr fände. ›*Wer weiß*‹, hatte er zum Abschied scherzend gesagt, ›*vielleicht wirft gar der Kaiser ein Auge auf dich. Vielleicht wird meine hübsche Tochter noch Kaiserin!*‹

Ceyla schritt auf dem verschneiten Pfad, der in den Wald führte. Sie presste die Lippen aufeinander. ›*Du weißt, dass sich ein Mädchen aus dem niederen Adel nicht als Kaiserin eignet*‹, sprach eine Stimme in ihr. Es war die Stimme Tundia Suants. Ceyla sah das Gesicht der Baronin vor sich, die strengen Augen, das hervorspringende Kinn, die breiten Wangenknochen, und sie spürte die Kälte, die von ihrer Stimme ausging. ›*Geh fort aus Thax; geh fort, solange du noch kannst.*‹ Sie spürte, dass Tränen in ihre Augen stiegen. *Kann ich es denn? Ist es nicht längst zu spät?* Sie hatte niemals Kaiserin werden wollen. Als Akendor sie zum ersten Mal in sein Schlafgemach gebeten hatte, hatte sie nicht gewagt, seine Einladung zurückzuweisen. Zudem hatte sie durchaus Gefallen gefunden an dem jungen Kaiser, der ihr seit ihrer Ankunft in Thax begehrliche Blicke zugeworfen hatte. Was er mit ihr getan hatte, war fremd für sie gewesen, ungewohnt und aufregend zugleich. Sie hatte Dinge getan, von denen ihr die Eltern nie erzählt hatten; allein ihr Körper hatte sie erahnt.

Am Anfang war es wie ein Rausch gewesen. Dann aber war die Angst gekommen – Angst vor Akendors Gegenwart. Diese Angst wurde so stark, dass sie bald jedes andere Gefühl verdrängte. Verwirrt fragte sich Ceyla, ob die Liebe zu Akendor nur Einbildung gewesen war. Warum fühlte sie sich oft so unwohl in seinen Armen, warum fühlte sie sich so schmutzig, wenn er sie berührte? Warum sehnte sie ihn manchmal trotzdem herbei oder träumte von ihm oder ertappte sich dabei, leise seinen Namen vor sich hinzuflüstern? Es machte alles keinen Sinn, keinen Sinn …

›*Sie haben sie zerrissen wie ein junges Reh*‹, hörte sie wieder Tundias Stimme in Gedanken. Ceyla blieb stehen, die Augen geschlossen, und lauschte dem Wind, der kalt ihren Nacken streifte. *Keinen Sinn … all das macht keinen Sinn …*

Jäh schreckte sie auf. Pferdegetrappel! Eine Gruppe von acht Reitern schnellte zwischen den Bäumen hervor. Wehende Mäntel, die Köpfe unter Fellmützen verborgen. Wie angewurzelt blieb Ceyla auf dem Pfad stehen und starrte ihnen entgegen.

Sie kamen dicht vor ihr zu stehen. Der erste Reiter sprang vom Pferd und eilte auf Ceyla zu, die Fellmütze herabreißend. »Ceyla!«, rief er ihr zu. Dann war er bei ihr, packte ihre Schultern, riss sie an sich. Kalt und rau waren seine Wangen, doch seine Zunge war nass und warm. Sie schloss die Augen. *Es macht keinen Sinn, sich aufzulehnen.*

»Was tust du hier draußen?«, fragte Akendor vorwurfsvoll. »Und warum bist du allein? Du hättest einen Ritter zur Begleitung mitnehmen sollen!«

Ceyla öffnete die Augen. »Verzeiht mir, mein Kaiser.«

»Du kannst meinen Namen ruhig aussprechen«, zischte er. »Noch gilt er etwas in diesem Land!«

Die anderen Reiter waren unterdessen abgestiegen. Ceyla erkannte den Troublinier Garalac, der sie aus trüben Augen anstarrte.

»Du kommst heute sehr früh«, sagte sie ausweichend. »Ich dachte, dass heute der Thronrat tagt und du deshalb später bei mir sein würdest.«

Akendor lachte auf. »Der Thronrat … du hättest dabei sein sollen!« Seine Augen glänzten. »Sie gehen sich bereits gegenseitig an die Kehle! Es ist eine Freude mit anzusehen, wie sie um meine Gunst streiten. Und sie alle hören auf mich – sie kuschen vor mir! Selbst Binhipar wagt es nicht, mir zu widersprechen.« Er küsste Ceyla übermütig auf die Stirn. »Ich war ein Narr, dass ich ihnen so lange die Führung des Reiches überließ. Jetzt erst bin ich, was ich immer hätte sein sollen – ihr Herrscher! Ihr Kaiser!« Er strich zärtlich über ihre Wange. »Und du wirst meine Kaiserin sein, Ceyla.«

Sie antwortete nicht. Doch sie wandte den Kopf ab, um seiner Berührung auszuweichen. Er schien es nicht zu bemerken.

»Sobald der Aufstand in Thax niedergeschlagen ist, werde ich unsere Vermählung bekannt geben«, fuhr Akendor fort. »Was meinst du, welche Schmach es für Binhipar bedeutet, dass ich ausgerechnet ihm die Vorbereitungen für das Fest übertragen habe!« Seine Hand glitt unter Ceylas Pelzmantel. Sie fühlte seine eiskalten Finger über ihre Brüste wandern, und ihre Haut schien unter der Berührung zu ertauben. »Ich möchte sein Gesicht sehen, wenn ich dir noch während der Zeremonie im Tempel die Kleider vom Leib reiße und vor den Augen des Silbernen Kreises die Ehe vollziehe. Binhipar wird vor Scham im Boden versinken … und doch schweigen müssen, da ich sein Kaiser bin – Torsunts Sohn, der Sohn seines vergötterten Schwertbruders!« Die Vorstellung schien ihn zu erregen. Er presste Ceyla an sich. »Lass uns ins Haus gehen«, stieß er hervor, »komm, meine Geliebte, meine süße Kaiserin!«

Ceyla machte sich mit einem Ruck von ihm los. »Nein!«, rief sie und warf den Blick zu Boden. »Ich will das nicht.« Sie hörte, wie Akendor vor Erstaunen den Atem anhielt. »Bitte lasst mich … bitte bleibt fort. Ich kann nicht Eure Kaiserin werden.«

Er griff nach ihrem Ellenbogen. »Natürlich kannst du es«, zischte er. »Und du wirst es! Es gibt niemanden, der es uns verbieten kann.«

»Aber ich will nicht«, stieß sie hervor. »Seht es doch ein, mein Kaiser!«

Er packte sie im Nacken. »Auch du wirst mir nicht widersprechen«, schrie er, »niemand wird das mehr wagen! Bevor ich dich aufgebe, würde ich dich eher …«, ihm versagte die Stimme. Dann umschlang er sie erneut, leidenschaftlich, wild, hilflos. Küsste sie. Seine Lippen umschlossen die ihren, und ein Schauer ging durch Ceylas Körper. *Ist das Liebe?*, fragte sie sich. *Ist es Angst, ist es Ekel?* Erneut riss sie sich los. »Warum lasst Ihr mich nicht in Ruhe?«, flehte sie.

»Weil du mir gehörst«, antwortete er kalt. »Wage es nie mehr, das in Frage zu stellen!« Er wandte sich zu seinem Leibwächter um. »Ich möchte, dass du ab sofort im Haus

Durdun bleibst, Garalac. Sie ist es, die in diesen Tagen Schutz braucht – Ceyla Illiandrin, die zukünftige Kaiserin.«

Garalac starrte den Kaiser mit ausdruckslosen Augen an. »Diesen Befehl kann ich nicht befolgen«, sagte er leise. Seine Stimme war dunkel, gefärbt vom troublinischen Akzent. Noch nie zuvor hatte Ceyla ihn ein Wort sagen hören; sie hatte ihn stets für stumm gehalten. »Ich darf nicht von Eurer Seite weichen, Akendor. Lasst das Mädchen von einem anderen bewachen.«

»Du widersetzt dich?«, schrie Akendor zornig. »Hast du nicht gehört, was ich gesagt habe?«

»Das habe ich, klar und deutlich«, gab der Troublinier zurück. »Doch ich habe geschworen, Euer Leben zu schützen, nicht das Eurer Mätresse.«

»Was?«, brüllte der Kaiser. Wutentbrannt tastete er nach seinem Schwert.

»Es ist zu viel geschehen, als dass Ihr es Euch erlauben könntet, mich von Eurer Seite zu schicken«, erwiderte Garalac. »Ihr solltet Euch vorsehen, Akendor. Ihr seid in Gefahr!«

Akendor hatte sein Schwert gezogen. »Glaubst du, ich habe Angst vor dem Tod? Glaubst du, die Drohungen der Fürsten könnten mich einschüchtern?« Er wies auf Ceyla. »Sie ist es, um die ich Angst habe! Ich befehle dir noch einmal: Beschütze sie! Erst wenn ich dich in ihrer Nähe weiß, kann ich mich sicher fühlen.«

Garalac schüttelte den Kopf. »Diesen Befehl kann ich nicht befolgen. Euer Leben ist in Gefahr, und ich darf Euch nicht allein lassen!«

Akendor ließ das Schwert sinken. »Dann geh!«, schrie er. »Mach dich davon, Verräter! Wage es nicht mehr, mir unter die Augen zu kommen, sonst werde ich dir den Kopf abschlagen, wie du es verdienst.«

Ceyla blickte den Kaiser sprachlos an. *Nein … das darfst du nicht tun! Schick ihn nicht fort!*

Garalac verneigte sich. »Wie Ihr wünscht, Akendor. Es spielt keine Rolle, ob Ihr mich fortschickt. Ob aus der Nähe oder aus der Ferne – ich werde Euch beschützen, egal wo Ihr seid, ob Ihr es gestattet oder nicht. Das habe ich Eurem Vater geschworen, und Ihr könnt mich nicht davon abhalten.«

»Wachen!«, brüllte Akendor. »Jagt ihn fort! Und wenn er nicht verschwinden will, erschlagt ihn.«

Die Krieger zögerten. Dann stiegen sie auf ihre Pferde und ritten langsam auf Garalac zu. Der Troublinier warf Akendor einen letzten Blick zu, wandte sich schließlich um und begann zu laufen. Die Reiter setzten ihm nach; der Schnee stob zwischen den Hufen der Pferde auf. Schon war Garalacs Gestalt zwischen den Bäumen verschwunden, und Ceyla fuhr entsetzt zu Akendor herum.

»Warum habt Ihr das getan?«, schrie sie schrill. »Er war Euer Leibwächter! Er hat Euch beschützt!«

»Ich konnte sein hässliches Gesicht ohnehin nicht mehr ertragen«, unterbrach Akendor sie. »Seit ich vierzehn bin, ist Garalac mein ewiger Schatten, eingesetzt auf Befehl meines Vaters, des großen, mächtigen Torsunt!« Er spuckte verächtlich in den Schnee. »Ich kann selbst auf mich achten. Sie sollen sehen, dass ich sie nicht fürchte. Nicht Binhipar! Nicht Scorutar! Niemanden!« Er legte den Arm um ihre Schulter. »Niemanden«, wiederholte er leise.

❦

Magro Fargh schien zu schlafen. Reglos ruhte er auf dem Deckenlager. Das Seidentuch hatte er abgestreift. Schweigend betrachtete Nhordukael den nackten, faulenden Körper des Hohepriesters.

»Ist … er fort?« Magro Farghs Stimme war kaum zu verstehen. Es war, als ob er die Worte aushauchte, getragen allein von seinem dünnen Atem. Die Lippen bebten unmerklich; vielleicht war es auch nur der flackernde Schein der Glut.

Nhordukael richtete sich auf. »Ja, er ist fort. Ich befolgte Euren Rat und ging ihm aus dem Weg, als er von Eurem Lager zurückkam.« Als der Erzprior die Treppe des Kraters hinaufgehastet war, hatte sich Nhordukael in den schützenden Rauchschwaden verborgen.

»Gut ... sehr gut, Nhordukael«, wisperte Magro Fargh. Ein Zittern ging durch seinen Körper. »Er wird zurück nach Thax reiten ... und seine Ränke schmieden! Doch das ... soll uns nicht kümmern.« Er hob die Hand, deren blau verfärbte Finger sich zur Faust gekrümmt hatten, und deutete auf die silberne Schüssel, die am Fuß seines Lagers stand. »Das Ritual ... heute müssen wir es zu Ende führen! Es ist so weit, Nhordukael!«

Nhordukael blickte auf die Thiurone, die sich hinter Magro Fargh aufgestellt hatten. Fünf Thiurone, vier davon belebt. Er bückte sich langsam nach der Schüssel, in der das geweihte Öl glänzte. Er nahm sie auf. Das Öl schwappte schwerfällig gegen den Rand der Schüssel.

Magro Fargh seufzte. »Ich muss leben ... Tathril wird mir neues Leben schenken ... damit ich den Kampf gegen die Goldéi ... aufnehmen kann ... so hat es Durta Slargin ... mir aufgetragen ...«

»Durta Slargin?«, fragte Nhordukael verwundert.

»Er hat ... zu mir gesprochen ... der heilige Durta Slargin ... der Gründer unserer Kirche.« Magro Fargh richtete den Kopf ein wenig auf. »Er sprach zu mir in meinen Träumen! Er will ... dass ich lebe ...«

Das Öl in der Schüssel begann zu brennen; blaues, durchscheinendes Feuer warf sich auf. Nhordukael hob die Schüssel an seine Lippen. Aufmerksam betrachtete er das Spiel der Flammen.

»Lass es uns ... zu Ende führen«, keuchte Magro Fargh. »... trinke, Nhordukael ... beende das Ritual ...«

Durch die Flammen sah Nhordukael den Körper des Greises, sah die rot glühenden Augen der Thiurone, sah den Lavasee, über dem die Kraft der Quelle tobte. Das Auge der Glut – es lauschte, es wartete. Wieder spürte Nhordukael das eigenartige Brennen in seinem Hals, während sich die Schüssel in seiner Hand erwärmte.

»Trinke das Öl, Nhordukael«, wiederholte Magro Fargh,

eine Spur lauter als zuvor. Blutiger Schaum bildete sich in den Wunden der aufgesprungenen Wangen.

Nhordukael ließ die Schüssel sinken. »Ihr wart es, Hohepriester«, sagte er ruhig. Im Hintergrund hörte er das Grollen des Vulkans. »Das Wunder war Euer Werk. Ihr habt mich vor der glühenden Bronze bewahrt.«

Magro Fargh ließ den Kopf sinken. Sein Atem war zu einem hastigen Keuchen geworden. Die vier Thiurone neben ihm gerieten in Unruhe; ihre Glieder bebten und wankten. *DAS BLEICHE KIND ZWEIFELT … DAS BLEICHE KIND HASST … KENNT KEINE ANGST MEHR, KEINE FURCHT …*

»Schweigt!«, befahl Nhordukael den steinernen Wächtern. Sein Blick blieb auf den Hohepriester gerichtet. »Sagt mir die Wahrheit, Magro Fargh! Handelte der Einarmige in Eurem Auftrag? Wart Ihr es, der ihm befahl, die Kreatur nach Thax zu bringen und auf die Menge zu hetzen, damit ich …«

Der Hohepriester richtete sich ruckartig auf. Die blauschwarze Geschwulst auf seiner Brust platzte mit einem schmatzenden Geräusch auf. Dickflüssiger, blutiger Schleim sickerte aus dem Riss. »Trinke das Öl«, stieß er hervor und richtete den dürren Greisenarm auf Nhordukael. »Du musst es tun! Uns … bleibt nicht mehr … viel Zeit!«

Nhordukael nickte. »Dann ist es also wahr. Jetzt begreife ich! Deshalb das Wunder; deshalb Euer Plan, mich zum neuen Hohepriester ausrufen zu lassen.«

Magro Fargh presste keuchend die rechte Hand auf die Wunde in seiner Brust. »Du hast mein Gespräch … mit Bars Balicor belauscht«, zischte er. Die Adern unter seinen Augenhöhlen schwollen an. »Wie hast … du das angestellt? WIE?« Er versuchte sich aufzurichten, doch sein Fuß rutschte auf den Decken fort, und mit einem hässlichen Knirschen brach der Knöchel. Magro Fargh schrie gequält auf. »Du musst das Öl trinken«, flehte er plötzlich. »Ich brauche … deinen Körper! Ich muss … weiterleben! ES MUSS SEIN! ES IST VORHERBESTIMMT!«

Ein Brüllen hob rings um Nhordukael an: die Schreie Magro Farghs, das Stöhnen der Thiurone – und da war noch etwas, ein dumpfes Singen. *Das Auge der Glut*, fuhr es Nhordukael durch den Kopf. *Er beschwört die Kräfte der Quelle!*

»Mein Körper … zerfällt«, keuchte der Hohepriester. »Aber ich muss leben … in dir, Nhordukael! Dich hat … Tathril erwählt! Trinke das Öl … trink, du Wurm! Hast du denn … keine Demut in dir?«

Nhordukael spürte, wie eine Kraft seine Hände erfasste. Verzweifelt sah er, wie seine Finger die Schüssel hoben, wie sein Mund sich öffnete. Blaue Flammen schlugen ihm entgegen, er atmete ihren bitteren Rauch ein. Panisch rang er mit seinen eigenen Muskeln.

»Wage es nicht … dich gegen Tathril aufzulehnen«, stieß Magro Fargh hervor. »Dir werde ich … den Gehorsam noch beibringen … trink jetzt und erlöse mich … von diesen Qualen!«

Nhordukael brach würgend auf dem Boden zusammen. Er spürte den Rand der Schüssel an seinem Mund. *Tathril – es gibt ihn nicht*, fuhr es ihm durch den Kopf, *er kann dir nichts anhaben!* Seine Augen erfassten die Umrisse der Thiurone. *Helft mir*, schrie es in ihm, *ich befehle es euch!*

Und sie gehorchten; sie bäumten sich auf und schritten auf Nhordukael zu, taumelten an seine Seite. Seine Lippen verkrampften sich am Rand der Schüssel; schon schmeckte er den ersten Schluck des heißen, bitteren Öls. Dann waren die Thiurone bei ihm und schlugen ihm die Schüssel aus der Hand. Das Öl spritzte herab, Schleier aus blauen Flammen hinter sich herziehend. Nhordukael duckte sich vor den ungelenkigen Schlägen der steinernen Wächter, die sich über ihm erhoben, *DAS BLEICHE KIND … ES IST IN UNS … ZU STARK FÜR UNSEREN WILLEN …*

»Das ist unmöglich!«, kreischte Magro Fargh. »Woher kennst du diesen Zauber?«

Nhordukael richtete sich auf, tauchte unter den taumelnden Gliedern der Thiurone hindurch. Starr blickte er auf den Hohepriester, der vor ihm auf dem Boden lag, die Glieder eigenartig verdreht.

»Wer … bist du … bei Tathril?«, schrie Magro Fargh voller Entsetzen. »Wer … bist du?«

Nhordukael zog langsam das Messer unter seiner Kutte hervor, das der Erzprior ihm gegeben hatte. »Der Auserkorene«, sagte er. »Das wolltet Ihr doch, Hohepriester!« Er stellte sich breitbeinig über den Greis. Nachdenklich blickte er auf ihn herab; sah, wie sich Magro Fargh schützend die Hände vor das Gesicht hielt, wie sein Atem schneller und schneller ging. Vorsichtig senkte Nhordukael das Messer und setzte es an Magro Farghs Hals. Er schnitt ganz langsam; die Klinge sank geräuschlos in das faulende Fleisch. Ein Stöhnen kroch aus dem Mund des Greises, als Nhordukael ihm die Kehle öffnete. Schwarzes Blut quoll über die Hand des jungen Priesters. Nhordukael schloss die Augen. Seine Hand schien mit dem Messer zu verschmelzen; er spürte, wie die feinen Fasern unter der Klinge rissen, spürte die Adern am Stahl zerplatzen, spürte den Widerstand der Sehnen, genoss den Druck in seinem Handgelenk, als er die Luftröhre des Hohepriesters durchtrennte.

Magro Fargh war nun still, ganz still; er ruhte unter seinen Händen. Es war eine Wonne, ihn so unter sich zu wissen – diese Stille und das warme Blut, das seine Hand umfloss. Nhordukael legte das Messer beiseite, packte den Kopf des Greises mit beiden Händen und trennte ihn mit einem letzten Ruck vom Rumpf. *Spürst du sie jetzt, Magro Fargh – die Herrlichkeit und Größe Tathrils?*

Sein Blick fiel auf den fünften Thiuron, der noch immer starr und stumm hinter dem blutbesudelten Deckenlager stand. Er schritt auf ihn zu und legte die rechte Hand auf das steinerne Haupt der Statue. Dunkles Blut tropfte von seinen Fingern und kroch über das sandige Gestein in die leeren Augenhöhlen des Thiurons. »Das Schicksal, das du für mich ausgewählt hast«, flüsterte er, »ist jetzt dein eigenes, Magro Fargh!« Seine Augen wanderten zu dem Lavasee, dessen Hitze ihn umgab wie ein schützender Schild. Und er lächelte, als ein Beben durch die Glieder des Thiurons ging.

Das Auge der Glut hatte seinen neuen Herrn anerkannt.

KAPITEL 15

Erlösung

»Du musst dir keine Sorgen machen, Flanon«, beteuerte Malcoran zum wiederholten Mal und rieb sich die breite Nase. »Wir haben siebenundvierzig Blutkerzen entzündet, deren Rauch die Quelle in Zaum halten wird. Sein Körper ist umgeben von Silber, und vierzehn Mitglieder des Inneren Zirkels wachen über das Ritual! Es kann nichts geschehen!«

Der angesprochene Zauberer antwortete nicht. Stattdessen starrte Flanon auf den schmalen Körper des Jungen, der am Rand der Schlucht lag – dort, wo er vor wenigen Tagen der Quelle von Oors Caundis die Stirn geboten hatte. Mit geschlossenen Augen ruhte Laghanos auf einem silbernen Sockel, in den die Schutzrunen der Malkuda eingestanzt waren. Arme und Beine waren mit Silberdraht umwickelt; auf seiner Brust lagen Amulette, geschmiedet aus den fünf magischen Metallen. Um ihn standen die Zauberer der Malkuda in ihren grünen Gewändern. Auf ihren weiß geschminkten Gesichtern tanzte der Schein der Blutkerzen, die am Rand der Schlucht aufgestellt waren und einen Wall aus Rauch aufsteigen ließen.

Flanon wandte sich dem Logenmeister zu. In seinem hageren Gesicht schimmerte Furcht. »Die Maske«, sagte er leise. »Sieh die Maske in seinem Gesicht! Sie bewegt sich!«

Malcoran warf einen Blick auf Laghanos. Wie eine Spinne hatte sich das goldene Konstrukt über seinem Gesicht aufgerichtet. Die kleinen Stangen und Drähte vibrierten und bebten in schnellem Takt, zogen die dünne Haut an den Wangen und der Stirn nach oben, als gälte es, das Gesicht des Jungen in Stücke zu reißen. Hastig wandte sich Malcoran ab. »Zum Henker mit dir, Flanon! Ich habe jede nötige Vorsichtsmaßnahme getroffen. Was erwartest du noch von mir?

»Dieses Ritual liegt in deiner Verantwortung, Malcoran«, antwortete der hagere Zauberer. »Es wäre besser gewesen, den Jungen aus Oors Caundis fortzubringen. Du hättest uns allen damit einen großen Dienst erwiesen.«

»Es geht hier um ein höheres Ziel als die Sicherheit der Logenburg«, polterte Malcoran. Er sah sich wütend um. »Wo ist Naikaya? Warum ist sie nicht hier, um dem Ritual beizuwohnen?«

Flanon zuckte mit den Schultern. »Sie war dagegen, den Jungen ein zweites Mal der Quelle auszusetzen. Er ist ihr ans Herz gewachsen. Du kannst nicht von ihr verlangen, dass sie mit ansieht, wie …«

Ein Geräusch brachte ihn zum Verstummen. Das Rauschen der Quelle hatte sich gewandelt. Der aus der Tiefe der Schlucht aufsteigende Dunst vermischte sich mit dem Rauch der Blutkerzen. Eine Wand aus weißem Nebel kroch empor und schob sich über den Rand hinweg. Die Zauberer der Malkuda wichen zurück, als sie sahen, wie die Flammen der Blutkerzen im nassen Schleier ersoffen. Ungläubige Rufe wurden laut, als der Nebel den Körper des Jungen umhüllte und schließlich verschluckte. Angsterfüllt tasteten die Zauberer nach den silbernen Amuletten, die sie zum Schutz um den Hals trugen.

»Die Quelle zerreißt«, schrie Flanon auf. »Sie versucht aus ihren Grenzen zu brechen!«

Malcoran hob beschwichtigend die Hand. »Nein, keine Angst!« Er deutete auf Laghanos. »Sein Geist hat die Schwelle überschritten; nun folgt sein Körper ihm nach.« Er lächelte zufrieden. »Ich wusste, dass er einen Weg finden würde. Wir müssen ihm folgen!«

Flanon schüttelte den Kopf. »Es ist zu gefährlich! Die Blutkerzen sind erloschen. Wenn die Hülle der inneren Schicht reißt, gibt es für uns keinen Schutz mehr. Lass uns das Ritual abbrechen!«

Malcoran würdigte ihn keines Blickes. »Es gibt zwei Dinge, die ich verabscheue – schlechtes Essen und Feigheit.« Er breitete seine Arme aus und schloss die Augen. »Der Pfad in das Reich der Goldéi liegt vor uns. Laghanos wird uns in ihre Sphäre führen. Kommt jetzt! Kommt!«

Flanon sah sich unentschlossen nach den anderen Zauberern um. Die meisten folgten Malcorans Befehl; sie ließen die Amulette los, hoben die Hände und gaben sich dem Sphärenstrom hin. Andere zögerten. Ihre Blicke trafen sich, und einige von ihnen setzten einen Schritt zurück, starrten angstvoll auf den wabernden Dunst über der Schlucht.

Flanon wischte sich über die Stirn. Weiße Schminke blieb an seinem Handrücken haften. Er rang sich zu einer Entscheidung durch. »Die Gemeinschaft der Malkuda trotzt jeder Gefahr. Wir dürfen unsere Brüder und Schwestern nicht allein lassen. Wir werden siegen oder gemeinsam untergehen.«

Er trat an Malcorans Seite und hob die Hände. Schon spürte er den Dunst der Quelle in sein Haar greifen, das Rauschen in seinem Kopf anschwellen, und seine Sinne wurden fortgerissen vom Strom der Magie.

❦

Regenschauer jagten über den Arkwald. Wüst peitschten der Wind und das Wasser gegen die leeren Äste der Eichen, gegen die herabhängenden Zweige der Fichten, gegen die hohlen Stämme der Arkenwurzler. Heulend strich der nahende Sturm über die Baumwipfel, und manch ein Krieger aus Baron Eldroms Heer duckte sich, wenn über ihm knarzend das Holz dem Wind nachzugeben drohte.

Doch da war mehr als der Sturm zwischen den Bäumen. Da waren die Steine von Ilmora, die sich wie drohende Mauerreste aus dem aufgeweichten Waldboden erhoben, ihre Oberflächen schwarz gefärbt vom Regen. Da waren die Goldéi, die zwischen den Steinen verharrten, die goldenen Schwerter fest umschlossen, ihre Kutten und Gewänder in Fetzen. Da waren die notdürftig errichteten Zelte des Barons, halb im Schlamm versunken, die einst weißen Planen dunkel vor Schmutz.

Baron Eldrom lehnte an einem der Steine, auf dem Haupt ein Lederhelm, den Mantel aus Hirschfell um die Schultern geschlungen. In seinen Händen ruhte das ›Einende‹, das kathygische Reichsschwert, und er war umringt von seinen engsten Vertrauten. Mit einem feinen Lächeln blickte er in die unergründliche Finsternis des Arkwaldes.

»Ich habe diesen Wald vom ersten Augenblick an gehasst«, sagte er leise. »Es wird Zeit, ihn ein für allemal hinter uns zu lassen.« Er wandte sich seinen Gefolgsleuten zu. »Heute noch wird mein Name voller Verachtung von den Menschen des Rochenlandes ausgesprochen. Morgen aber, um dieselbe Stunde, wird man ihn mit Furcht und Bewunderung in die Nacht flüstern; und wer mir folgt, wird Anteil an meinem Ruhm haben.«

Die Männer des Barons wechselten unsichere Blicke. Einer von ihnen, der Hauptmann seines Heers, erhob schließlich das Wort. »Wir folgen Euch, Baron, wohin Ihr auch geht. Doch den Echsen trauen wir nicht.« Er wies auf die Goldéi. »Seht sie Euch an! Seit Tagen haben sie sich nicht bewegt. Sie stehen einfach dort und starren auf den Waldboden. Ich sage Euch, Baron, diese Wesen sind …«

»Diese Wesen sind unsere neuen Herren«, unterbrach Eldrom ihn. »Ihr solltet ihnen ein wenig mehr Respekt zollen. Sie sind es, die uns von diesem verfluchten Ort fortbringen werden.«

»Ich verstehe nichts von diesen Dingen«, antwortete der Hauptmann. »Seit Tagen versprecht Ihr uns, dass uns die Zauberkunst der Goldéi aus dem Arkwald führen wird. Doch noch immer sind wir hier bei Ilmora, und lange ertragen wir die Nähe der Goldéi nicht mehr. Viele von uns haben Angst, Baron!«

»Ihr Feiglinge«, schnaubte Eldrom verächtlich. »Wollt Ihr etwa zu Cercinor überlaufen?«

»Seine Leute haben unser Lager umzingelt«, warnte der Hauptmann. »Den Weg nach Surgissa hat Cercinor mit Baumstämmen und Fallgruben versperrt. Die Nachhut aus Andelark konnte uns nicht erreichen; es heißt, Cercinor habe sie bis auf den letzten Mann niedergemetzelt. Wir sind hier gefangen, Baron! Unsere Vorräte gehen zur Neige. Der Regen hat das Erdreich in einen Sumpf verwandelt, in dem wir uns kaum bewegen können. Wenn der Unbeugsame angreift, sind wir ihm ausgeliefert.«

Eldrom riss das Schwert empor, sodass sich die eindrucksvolle Klinge über den Köpfen seiner Männer erhob. »Habt Vertrauen! Ihr habt mein Wort, dass wir diesen Ort in Kürze hinter uns lassen – und wo wir hingehen, kann Cercinor uns nichts mehr anhaben! Er wird …«

Ein dumpfes Geräusch aus der Ferne ließ ihn innehalten. Ein Krachen war zu hören, begleitet von einem Prasseln, das dem Geräusch von Regentropfen auf einem Eisenschild glich. Eldrom warf seinem Hauptmann einen fragenden Blick zu.

»Sie haben einen weiteren Baum gefällt, um neue Barrieren gegen uns zu errichten«, sagte der Krieger mit düsterer Miene. »Ilmora soll unser Grab werden, in dem wir zugrunde gehen.«

Eldrom ließ wütend das Schwert sinken. Dann gab er den Männern ein Zeichen, ihm zu folgen. Entschlossen schritt er in die Richtung, aus der das Geräusch erklungen war. Tief sanken seine Stiefel in das aufgeweichte Erdreich ein. Es kostete ihn große Anstrengung, zu den Wachtposten vorzudringen. An die fünfzig Mann standen an dieser Stelle bereit, um das Lager gegen einen möglichen Angriff zu verteidigen. Sie hatten einen Wall aus Zweigwerk und Baumstämmen errichtet, der Schutz vor den Feinden bieten sollte.

»Was ist hier los?«, herrschte Eldrom einen nahe stehenden Wachtposten an. »Lasst ihr euch von diesem dahergelaufenen Haufen Waldbauern an der Nase herumführen?«

Eilig verbeugte sich der Soldat. Sein Gesicht starrte vor Schmutz, die Haare standen wirr unter dem Helm hervor. »Verzeiht, Baron, wir sind machtlos! Sie halten sich vor unseren Augen verborgen.« Er wies auf das wirre Gestrüpp, das sich jenseits des Schutzwalls erstreckte; eine undurchdringliche Schwärze, vor der sich allein die schlierigen Fäden des Regens abhoben. »Zweimal haben wir einen Vorstoß gewagt; es hat uns zehn Mann gekostet! Diese Halunken sitzen überall, in den Bäumen, in den Sträuchern. Sie warten nur darauf, dass wir uns zeigen, um uns mit Pfeilen und Steinwürfen niederzustrecken.«

»Geh zur Seite, Feigling«, sagte Eldrom unfreundlich. Er drängte sich an dem Mann vorbei und erklomm den Wall. Das Zweigwerk knackte unter seinen schweren Stiefeln; fast glitt er auf der nassen Rinde der darunter verborgenen Holzstämme ab. Endlich stand er auf dem höchsten Punkt des wohl einen Schritt hohen Walls. Seine Augen suchten das Dickicht ab.

»Wo versteckst du dich, Cercinor?«, brüllte er, so laut er es vermochte. »Hier stehe ich, Eldrom von Crusco, der rechtmäßige Herrscher des Rochenlandes! Ich habe mit dir zu reden!«

Nur der Wind schien zu antworten; ein zorniger Stoß fuhr durch die Zweige, brachte seinen Mantel zum Flattern. Eldrom verlor den Halt, drohte vom Wall zu rutschen. Dann aber fanden seine Füße wieder festen Stand. Er ignorierte die warnenden Rufe seiner Gefolgsleute und baute sich erneut auf dem Wall auf. »Was ist mit dir, Cercinor? Bist du zu feige, um mit mir zu reden? Vielleicht sollte ich unsere gemeinsame Freundin aus meinem Zelt holen lassen! In Duanes Anwesenheit wirst du dein Maul sicher aufbringen.«

Noch immer Stille. Angestrengt lauschte Eldrom. Hörte er leise Rufe aus der Ferne, verwischt durch den Regenschauer? Sah er dort drüben, zwischen den herabhängenden Ästen jener verkrüppelten Fichte, eine Bewegung?

Die Antwort erfolgte früher, als er erwartet hatte. Der Wind trug die Worte zu ihm herüber, leise und verzerrt aus unbestimmbarer Richtung, doch sie waren deutlich zu vernehmen. »Ich kann dich hören, Eldrom, und ich kann dich auch sehen! Du gibst ein hervorragendes Ziel für meine Bogenschützen ab. Tu mir den Gefallen und bleib dort auf dem Wall stehen, damit wir dich nicht verfehlen.«

Eldrom lächelte und strich sich die grauen Locken von der Stirn. »Ich möchte sehen, wie gut deine Bogenschützen bei diesem Wind zu treffen vermögen«, brüllte er zurück. Gleichzeitig versuchte er, den verborgenen Sprecher ausfindig zu machen. »Warum versteckst du dich hinter den Bäumen, Cercinor? Stell dich in einer offenen Schlacht, damit ich das Rochenland endgültig von dir befreien kann.«

Ein Gelächter erklang. Der Wind fuhr dazwischen, zerschnitt es, und es dauerte eine Weile, bis Eldrom die ferne Stimme wieder vernehmen konnte. »… ein Fehler, dich in den Arkwald zu begeben. Hier zählt jeder meiner Leute dreifach gegen die deinen! Du bist mir ins Netz gegangen, und ich werde dich so lange darin zappeln lassen, bis dir der Atem ausgeht.«

»Hört, hört, der Unbeugsame ist unter die Fischer gegangen«, spottete Eldrom. Noch immer versuchte er, Cercinor ausfindig zu machen. »Nun denn, Fischer – zieh dein Netz ruhig heraus, und du wirst sehen, dass es schlecht gestopft ist.« Eldrom wandte sich rasch seinen Gefolgsleuten zu, die mit angespannter Miene hinter dem Wall die Stellung hielten. »Holt die beiden Rotgeschuppten«, sagte er leise. »Vielleicht können sie mir diesen Vogel vom Ast holen.« Er drehte sich um. »Sag mir, Cercinor, wie steht es um Surgissa? Hat dir das Feuer gefallen, das ich dir zu Ehren auf Andelor entfacht habe?«

Die Antwort erfolgte prompt. »Die Zerstörung Surgissas wirst du teuer bezahlen! Mit dieser Schandtat hast du endgültig deine Herrschaft über das Rochenland verspielt!«

Eldrom lachte auf. »Das Rochenland … weißt du was, Cercinor? Ich schenke es dir!« Er breitete gönnerisch die

Arme aus. »Der ganze verfluchte Arkwald soll dir gehören. Erhebe dich ruhig zum König über das Rochenland; die Zeiten sind günstig, weder die Goldéi noch der Hof in Larambroge werden dich daran hindern. Flechte dir eine Krone aus Dornenranken und Fichtenzweigen, errichte eine neue Burg auf Andelors Asche, und dann herrsche über den Arkwald, dessen Bewohner dumm genug waren, jahrhundertlang für den hirnrissigen Traum von der Unabhängigkeit ihr kostbares Blut zu vergießen! Es ist eine undankbare Aufgabe, über diese Trottel zu gebieten, lass dir das gesagt sein. Denn die Kassen sind leer, und ich bezweifle, dass die Rochenländer sie dir füllen werden. Wenn es um die Münze geht, ist es den Menschen gleich, welchem König sie ihre Steuern entrichten. Gewiss, am Anfang werden sie dich lieben, Cercinor, dich verehren als den Helden, der ihnen die Freiheit brachte. Doch mit der Zeit wird ihre Begeisterung dahinschmelzen, und sie werden merken, dass Freiheit ein hohles Wort ist, von dem sich nicht lange zehren lässt. Wen kümmert es wirklich, ob auf den Zinnen von Andelor die kathygische Fahne weht oder eine andere? Bald werden deine Bürger zu murren anfangen; manch einer wird sich nach der guten alten Zeit zurücksehnen, als der König noch Eshandrom hieß und im fernen Larambroge regierte. Dann wirst du den Gehorsam deiner Untertanen ebenso erzwingen müssen wie ich. Nur mit Gewalt lässt sich dauerhaft herrschen – eine bittere Lektion, die jeder lernen muss, der sich zum Anführer berufen fühlt.«

Cercinors Antwort ließ auf sich warten. Als die Stimme wieder ansetzte, schwang Zorn in ihr mit. »Willst du mit diesem Unsinn von den Verbrechen ablenken, die du im Rochenland begangen hast? Ich werde dich zur Rechenschaft ziehen für die Vertriebenen, Beraubten, Ermordeten! Auch die Goldéi werden dich nicht vor meiner Rache bewahren.«

Eldrom lachte auf. »Dann sei so gut und beeile dich mit deiner Rache. Auf mich warten höhere Aufgaben.« Er wandte sich ab, um von dem Wall herabzusteigen.

»Du sitzt in der Falle«, schrie Cercinor erbost. »Wenn mein Heer angreift, wirst du sterben! Ergib dich, und ich werde das Leben deiner Männer schonen.«

Eldrom wandte sich ein letztes Mal um. Aufmerksam blickte er in die Richtung, aus der er Cercinors Stimme vernommen hatte. »Das ist ein schlechter Handel, den du mir vorschlägst. Willst du mein Angebot hören? Zieh mit deinem Heer ab, und ich werde Duane am Leben lassen. Was hältst du davon?«

»Damit hast du dein Todesurteil gesprochen«, hörte er Cercinors wütende Antwort. »Bereite dich auf unseren Angriff vor.«

Eldrom zog sich rasch von dem Wall zurück. Er winkte seine Gefolgsleute zu sich. »Wo sind die Rotgeschuppten? Habt ihr sie verständigt, wie ich es euch auftrug?«

Der Hauptmann schüttelte den Kopf. »Es tut mir Leid, Baron – sie waren nicht ansprechbar.« Er verzog angewidert die Mundwinkel. »Sie nahmen weder mich noch meine Worte wahr, blickten durch mich hindurch, als bestünde ich aus Luft. Und da war noch etwas – wie kann ich es Euch erklären?« Furcht glitzerte in seinen Augen. »Ihre Körper, Baron – sie sahen eigenartig aus. Ich stand direkt vor ihnen, hätte sie berühren können, wenn ich die Hand ausgestreckt hätte. Und doch waren sie – unwirklich. Sie waren da und schienen gleichzeitig verschwunden zu sein. Mir war, als ob ich durch Glas blickte.« Er schüttelte den Kopf. »Ich kann es mir nicht erklären, Baron.«

»Das Ritual hat begonnen«, sagte Eldrom leise. Er schlug seinen Mantel zurück. »Bring mich zu ihnen, und sorge dafür, dass sich das Heer von den Wällen zurückzieht. Sag allen Männern, dass sie sich um die Ilmora-Steine versammeln sollen. Die große Stunde ist gekommen.«

Drafurs Hauch … nun spürte Laghanos ihn! Er trug ihn, riss ihn mit sich, fügte sich seinem Willen. ALLEIN DURCH

SEINEN WILLEN vermochte sich Laghanos über die Welt erheben, sie durchschreiten, sie durchfliegen. Doch nicht er war es, der sich bewegte – der Hauch zog die Welt unter ihm fort, brachte nicht ihn an jeden gewünschten Ort, sondern den Ort zu ihm.

Und es waren seltsame Orte, seltsamer noch als jener, den Laghanos bei seinem ersten Aufenthalt erblickt hatte. Sie waren anders beschaffen als die Welt, die er kannte. Sie krümmten und bogen, überlagerten und schichteten sich, eröffneten seinen Augen eine neue Art des Sehens. Manche erinnerten an gewöhnliche Ebenen, über die sich ein rubinroter Himmel wölbte. Andere hingegen waren vollkommen bizarr, mit nichts zu vergleichen, das er kannte. In ihnen schien sich der Raum zu wölben; er ließ sich nicht außerhalb des Körpers wahrnehmen, sondern verschmolz mit ihm. Da wurde sein Körper selbst zum Raum, und allein Drafurs Hauch ermöglichte es ihm, sich in diesem absurden Universum zu bewegen. Seine Gestalt war wandelbar geworden, ebenso vielfältig wie die Welt um ihn.

Und diese Welt war beherrscht von Gestank. Er verfolgte Laghanos, klebrig, bitter und faul. Die Welt der Goldéi war durchtränkt von dem üblen Geruch nach Verwesung und Zerfall. Es war der ölige Schlamm, der ihn absonderte; jener Schlamm, den Laghanos schon bei seiner ersten Reise gesehen hatte. Er überzog alles wie eine fahle Haut, er war ein feuchter Morast, der alles unter sich begrub und erstickte, in dessen Tiefen die Gehäuteten lauerten und sich in ohnmächtigem Hass verzehrten.

Wohin bringt mich der Hauch?, fragte sich Laghanos. *Was ist mein Ziel?* Er beschloss, sich treiben zu lassen, wohin der Hauch ihn auch führte.

Als sich die Welt um ihn veränderte, bemerkte Laghanos es zunächst kaum. Das wirre Farbenspiel des Hauches verglühte. Dunkle Wände schoben sich aus verborgenen Winkeln hervor wie Kulissen aus der Versenkung einer Bühne. Der Raum verengte sich, umschloss Laghanos, nahm die Gestalt einer gedrungenen Höhle an, deren Wände aus schwarzem Lehm bestanden. Laghanos spürte, wie auch sein eigener Körper sich verdichtete und seine ursprüngliche Form annahm, wie sich Arme und Beine von seinem Leib entfalteten wie Insektenflügel. Er fühlte Schlamm zwischen den Zehen emporkriechen, er spürte ölige Tropfen von der Decke auf seinen nackten Rücken tropfen.

Vorsichtig blickte Laghanos sich in der Höhle um. Er entdeckte zwei am Boden kauernde, menschliche Gestalten, gehüllt in Lumpen. Er hörte ihren scharrenden, feuchten Atem, unterbrochen von gehetztem Flüstern. Sie hielten sich an den Händen und rangen miteinander, als ob sie um etwas stritten. Sobald sie seiner gewahr wurden, fuhren sie jäh auf. Zwei grässliche Augenpaare starrten Laghanos an.

›Du hast uns verraten‹, zischte die kleinere Gestalt. Laghanos erkannte unter der zerlumpten Kapuze das wirre Haar und den Bart eines Mannes, der ihm auf unheimliche Weise vertraut schien.

›Schändlich und schamlos bist du‹, stieß die zweite Gestalt hervor. ›Wir dachten, dass du uns beschützt, dass du uns liebst.‹ Ein hageres Gesicht, faltenzerfurchte Wangen, der Kopf kahl und glatt.

›Alles haben wir dir gegeben‹, rief der Erste, ›unser Wissen, unsere Macht! Doch du hast uns nur benutzt.‹ Er wand sich wie unter Schmerzen. Stöhnend krampfte er sich zusammen, und seine Augen platzten auf. Flüssiges Silber tropfte hervor.

Sorturo, schrie es in Laghanos auf. Er wich ungläubig vor den beiden Gestalten zurück. Ja, es war Sorturo, sein Lehrer, sein Meister! ›Sorturo‹, stammelte er fassungslos. ›Ihr … Ihr lebt?‹ Auch die zweite Gestalt erkannte er nun: Es war Charog, der Großmeister seiner Universität!

›Nennst du das Leben?‹, höhnte Charog. Er streckte Laghanos die Arme entgegen. Silbern blitzten die Adern auf seinen Handflächen, seinen Unterarmen. ›Das ist kein Leben – es ist jahrhundertlange Qual. Du hast uns verraten, uns geschändet, uns diesem Elend überlassen.‹

Laghanos starrte ihn entsetzt an. Er schüttelte den Kopf. ›Nein, Ihr könnt es nicht sein‹, flüsterte er. ›Charog ist tot! Ich habe gesehen, wie der Gehäutete ihn zerriss!‹

›All das Leid‹, brüllte Sorturo. Er griff nach Laghanos' Händen. ›Dafür sollst du büßen! Rache für unseren Schmerz.‹

›Ja, lass ihn leiden‹, fauchte Charog, ›er soll spüren, was er uns antat, er und seine Brüder!‹

Ein Verdacht stieg in Laghanos auf. Dies waren nicht Sorturo und Charog; es waren Visionen, Erscheinungen, Geister …

›Ihr könnt mir nichts anhaben‹, stieß er hervor. ›Ich trage die Maske Drafurs!‹ Er deutete auf sein Gesicht. ›Seht ihr sie? Erkennt ihr das Zeichen?‹

Die Gestalten verharrten. Ihre Münder weiteten sich, als wollten sie einen Schrei ausstoßen. ›Drafur!‹, keuchte die Erscheinung Sorturos. ›Sei gnädig!‹

›Drafur‹, flehte die zweite Gestalt und brach in sich zusammen. ›Erlöse uns! Du hast versprochen, unserem Leiden ein Ende zu setzen! Erlöse uns endlich …‹

Laghanos blickte die beiden Gestalten mit weit aufgerissenen Augen an. *Die Träne des Nordens, das Auge der Allmacht, der schlummernde Diener der Hügelfeste* … Die Quelle von Larambroge hatte ihn zu sich gerufen wie einst in seiner Kindheit, als er sie seinem Willen unterwarf, ohne zu ahnen, woher diese Macht kam und warum er sie zu lenken vermochte. Er griff nach den Händen der beiden Erscheinungen. ›Hab keine Angst, Träne des Nordens‹, sagte er ruhig. ›Ich werde dir nicht mehr wehtun. Du sollst nie wieder Schmerzen haben.‹

Die Geister der Quelle drängten sich ihm entgegen. ›Frei‹, murmelten sie erschöpft, ihre Stimmen vereint zu einem Chor, ›ich will frei sein, frei von dir und deinesgleichen.‹

›Du bist frei‹, erwiderte Laghanos. ›Niemand kann dich mehr in seinen Willen zwingen.‹ Er führte die Hände der Geister an sein Gesicht; spürte die Kälte seiner Maske in ihre Finger übergehen. Sie atmeten nun ruhig, und ihre silbernen Augen waren geschlossen.

Es war ein Augenblick der Stille. Alles um Laghanos kam zur Ruhe; jede Bewegung verharrte. Die Höhle entschwand, und Laghanos fühlte sich von Drafurs Atem emporgerissen. Ein Gefühl grenzenloser Freude durchflutete ihn. *Nun erst ist die Träne des Nordens wirklich frei. Sie hat sich von mir gelöst und ich von ihr; sie wird mich nicht mehr hassen und verfolgen.*

Doch seine Freude verging schlagartig, als er die Stimme vernahm – eine Stimme, die zu lange in ihm gewohnt hatte, als dass er sie vergessen konnte.

❦

Behutsam blätterte Naikaya die Seiten des Folianten um. Das hauchdünne Papier knisterte unter ihren Fingern. Es war sehr brüchig; bei jeder unsanften Berührung drohten die beinahe durchsichtigen Buchseiten in ihrer Hand zu zersplittern wie dünnes Glas.

Das Buch, in dem die Zauberin seit Stunden las, war das älteste Schriftstück der Bibliothek von Oors Caundis, ein uralter Foliant mit einem zerschlissenen Ledereinband. Es handelte sich um Cladimors Schriften, die Aufzeichnungen des ersten Logenmeisters von Oors Caundis. Er war ein Schüler Durta Slargins gewesen, zudem ein bedeutender Zauberer und Sterndeuter. Unter seiner Führung hatte die Malkuda die Quellen von Candacar erschlossen und war zur mächtigsten Loge des Nordens aufgestiegen. Cladimors Aufzeichnungen berichteten von der wechselhaften Geschichte der Malkuda; von der Erschließung der Höhlen unter dem Rochen, von dem Kampf gegen die Geister und Dämonen des Arkwaldes und den Schlachten mit den feindlichen Logen. Leider hatte Cladimor das Buch nicht in der candacarischen Sprache verfasst, sondern eine uralte Schrift verwendet, die längst in Vergessenheit geraten war. Allein die Zeichnungen, die auf jeder

Seite zu finden waren, gaben Aufschluss über den Inhalt des Buches.

Seit Stunden hockte Naikaya an ihrem Schreibpult in der Bibliothek von Oors Caundis und blätterte in dem uralten Folianten. Es war kein leichtes Unterfangen, denn oft klebten die spröden Seiten aneinander oder rissen bei der geringsten Berührung ein. War es Naikaya gelungen, eine Seite umzuschlagen, warf sie einen raschen Blick auf die Zeichnungen und tastete sofort nach der nächsten Seite. Immer wieder warf sie nervös den blonden Zopf über die Schulter zurück, und während des Lesens nagte sie an der Unterlippe, denn sie hatte noch immer nicht gefunden, wonach sie seit Tagen suchte.

Gelegentlich schreckte die Zauberin auf, hielt den Atem an und fasste sich an den Hals, wo sie ein Kribbeln verspürte. Denn in diesen Stunden wogten wilde Sphärenströme durch Oors Caundis. Selten wurde in den Höhlen unter dem Rochen ein so machtvolles Ritual abgehalten wie an diesem Tag. Der Innere Zirkel der Malkuda hatte sich bei der Quelle versammelt, um Laghanos in die Welt der Goldéi zu folgen. Nur Naikaya hatte sich geweigert, daran teilzunehmen. Am Vortag hatte sie einen letzten Versuch unternommen, Malcoran von der Durchführung des Rituals abzubringen. Sie hatte ihn beschworen, nicht mit dem Leben des Jungen zu spielen, die Maske von seinem Gesicht zu entfernen und ihn von den Schmerzen zu befreien, die ihn quälten. Doch Malcoran hatte nicht auf sie gehört und Laghanos ein zweites Mal zur Quelle gebracht. Das Ritual währte bereits mehrere Stunden. Je länger es dauerte, desto mehr wuchs Naikayas Furcht.

Ungeduldig schlug sie die nächste Seite des Buches auf. Auch diese wies deutliche Beschädigungen auf; ihr Rand war eingerissen, und das untere Drittel war abgesplittert wie das Perlmutt von der Innenseite einer Muschel. Vorsichtig bettete Naikaya ein schwarzes Seidentuch unter das transparente Papier. Der dunkle Hintergrund ließ eine Abbildung auf dem Papier hervortreten, die Naikaya sofort wieder erkannte. Es waren die blassen Konturen eines Gesichts. Stirn, Haaransatz und Ohren waren lediglich angedeutet, die Augen als schmale Schlitze dargestellt. Der untere Teil des Gesichts verschwand unter einem Geflecht dünner Striche. Winzige Zahlen fanden sich in den Achsen und Winkeln; kleine Pfeile deuteten zu einem nahe stehenden Text, dessen Worte unverständlich blieben. Andere Pfeile wiesen auf den unteren Teil der Seite, der verloren gegangen war.

»Ich wusste es«, flüsterte Naikaya, »ich wusste, dass ich die Zeichnung wieder finde.« Verblüfft betrachtete sie die Skizze in Cladimors Buch – die exakte Abbildung der goldenen Maske, die Laghanos trug. Die Linien auf dem Papier entsprachen den Speichen, die sich über den Mund, die Stirn und die Wangen des Kindes spannten. Feine Striche deuteten die Drähte an, mit der die Maske in Laghanos' Gesicht verankert war.

»Es ist also wahr«, murmelte Naikaya entsetzt. »Das Geheimnis der Maske reicht in die Zeit zurück, als Durta Slargin die Quellen bezwang.« Erschüttert schob sie das Buch zur Seite. »Malcoran muss davon erfahren! Er muss das Ritual abbrechen. Er muss Laghanos die Maske abnehmen – sofort!«

Hastig erhob sich die Zauberin und eilte zur Tür. Das Brennen in ihrem Hals wurde stärker, als sie durch den abschüssigen Gang zur Haupthalle rannte, und sie befiel die jähe Furcht, zu spät zu kommen. Doch sie schob diesen Gedanken von sich, und so hallten ihre schnellen Schritte durch die dunklen Gänge von Oors Caundis.

❦

Und wieder war die Stimme in ihm, körperlos und fremd; sie ließ Laghanos erstarren. Atemlos lauschte er ihren Worten.

›Welch ein Wunder‹, wisperte die Stimme. ›Du hast großen Mut bewiesen!‹ Fast schien es Laghanos, als klänge

Stolz in den Worten mit. ›Wusste immer, dass du die Träne des Nordens überwinden kannst.‹

Laghanos blickte sich verzweifelt um. Inmitten der Wogen von Drafurs Hauch erkannte er die Konturen des Wesens, das zu ihm sprach; sah den weißen Nebel, der sich aus den Strömen des Hauchs hervorschälte.

›Aquazzan!‹, schrie Laghanos auf. Er versuchte zurückzuweichen; doch hier gab es kein Zurück, in einer Welt ohne Richtung. Er konnte ihnen nicht entfliehen, den unerbittlichen Augen des Rotgeschuppten.

›Hast dir die Maske rasch zu Eigen gemacht‹, hörte er den Scaduif flüstern, ›sie angenommen und ihre Macht genutzt. Hast mit ihrer Hilfe den Zorn der Quelle gebändigt und die Fesseln der Malkuda abgeschüttelt!‹ Die weiße, kühle Hand der Nebelgestalt strich zärtlich über sein Gesicht. ›Warst mir ein guter Schüler, Laghanos.‹

Laghanos schrie auf. ›Wie hast du mich gefunden? Ich dachte …‹ Er hielt inne. *Hat Malcoran mich belogen? Hat er nicht versprochen, dass ich vor den Goldéi sicher bin? Dass niemand den Pfad nach Oors Caundis kennt?*

›Armer Laghanos‹, raunte der Goldéi. ›Hast tatsächlich geglaubt, mich vertreiben zu können. Sagte ich dir nicht, dass ich an deiner Seite bleibe, wohin du auch gehst?‹

Laghanos gab keine Antwort. Malcorans Worte kamen ihm in den Sinn, Malcorans verlogene Worte. *Die Goldéi werden schon daran scheitern, den Weg nach Oors Caundis zu entdecken! Diese Höhlen kann man nur finden, wenn sie gefunden werden wollen.* Er sah Malcorans feistes Gesicht vor sich, die glänzenden Lippen, die kugelrunden Augen, die voller Überzeugung schienen. *Nichts wusstest du, Malcoran!*

›Malcoran trifft keine Schuld‹, flüsterte Aquazzan. ›Der Weg nach Oors Caundis war uns verborgen, wir suchten ihn vergebens.‹ Die schwarzen Augen starrten Laghanos abwartend an. ›Haben ihn allein durch dich gefunden; du hast ihn uns gezeigt und uns nach Oors Caundis geführt.‹

Laghanos' Kehle schien sich zusammenzuschnüren. ›Was? Ich habe …‹ Er starrte den Scaduif entsetzt an.

Die nebelhafte Gestalt des Goldéi wirbelte über ihn hinweg. ›Die Maske, Laghanos! Dank ihr kannst du die Sphäre durchschreiten, doch sie fesselt dich an uns. Du wirst immer einer der unseren sein. Es ist, wie Drafur uns versprach: Durch dich fällt Oors Caundis, durch dich fällt der letzte Wall, der uns hält.‹

Das ist nicht wahr! Das kann nicht wahr sein! Laghanos presste die Hände an sein Gesicht. Er spürte die Maske – ihre böse Präsenz, ihre tückische Magie. *Es darf nicht wahr sein!*

Der Hauch schleuderte die schimmernde Gestalt des Goldéi von ihm fort. Aquazzans Stimme war nur noch als ein Summen zu vernehmen, das in den goldenen Drähten der Maske sang, ein feines Vibrieren, das sich in seine Haut schnitt: ›Wir kommen bald zu dir, sind bald bei dir, Laghanos! Kämpfst bald an unserer Seite, wirst schon sehen.‹

Laghanos schloss die Augen. *Malcoran,* schoss es ihm durch den Kopf, *Naikaya … ich muss sie warnen,* der Hauch drohte seine Gedanken zu zerreißen, *ich muss sie warnen,* und da war wieder der unerträgliche Gestank, der ihn umschloss; der zähe Schlamm, der an seinem Leib emporkroch und sich wie eine ölige Haut um ihn legte, *ICH MUSS SIE WARNEN !!!*

❦

Sie stolperte durch den engen Gang, den Kopf eingezogen, die Hände schützend nach unten gerichtet. Immer wieder glitt sie auf dem moosbedeckten Grund aus, riss sich an scharfkantigen Steinen Knöchel und Handflächen auf. Um sie pulsierte im raschen Takt das magische Licht der Quelle.

Schließlich endete der Gang und mündete in eine Höhle. Weißer Nebel waberte Naikaya entgegen und nahm ihr die Sicht. Sie griff nach dem silbernen Amulett, das um ihren Hals hing. Dann trat sie aus dem Gang und wisperte die Worte des Schutzes.

Es war entsetzlich kalt, als sie in den Nebel der Höhle eintauchte. Wie ein eisiger Hauch kroch er unter ihr Gewand, hüllte ihren Körper in frostige Nässe. Naikaya kniff die Augen zusammen und versuchte in der weißen Leere etwas zu erkennen. Vergeblich; allein der Boden hob sich als graue Fläche ab. Gelegentlich schimmerten die bleichen Zeichen der in Silber gefassten Schutzrunen auf.

»Malcoran«, schrie sie, so laut sie es vermochte. »Malcoran, wo bist du?« Der Dunst saugte ihre Worte auf wie Watte. Sie hob das Amulett empor. »Malcoran! Du musst mich anhören!« Sie fühlte, wie sich der schläfrige Geist der Quelle ihr zuwandte. Verunsichert setzte sie einen Schritt zurück. Es gelang ihr mithilfe des Amuletts, die Nebelschwaden zurückzutreiben. Mit einem schlürfenden Geräusch flohen sie, stürzten wie gebrochene Wellen in die Schlucht zurück, die sich nun dicht vor Naikaya abzeichnete.

Im schwindenden Dunst erkannte Naikaya die Konturen einer Gestalt. Es war Malcoran! Mit ausgebreiteten Armen stand der Logenmeister am Rand der Schlucht; er hatte ihr den Rücken zugewandt. Das schwarze Haar hing nass auf seine Schultern herab. Sein Körper war steif und starr; das grüne Gewand spannte sich über den kräftigen Oberarmen.

Naikaya stürzte auf ihn zu. »Malcoran … ich habe die Zeichnung gefunden«, rief sie. »Die Maske, die Laghanos trägt, ist von größerer Macht, als wir ahnten. Du musst das Ritual abbrechen!«

Malcoran gab keine Antwort. Der Saum seines Gewandes wehte sanft im Sog des niedersinkenden Nebels. Vorsichtig legte Naikaya ihre Hand auf seine Schulter.

»Komm zu Bewusstsein«, bat sie leise. Langsam drehte sie den starren Körper zu sich herum.

Das Amulett entglitt ihren Fingern, als sie sein Gesicht erblickte. Es war schwarz eingefallen, Nase und Mund nichts als dunkle Löcher, von verkrusteter Haut umgeben. Aus den leeren Augenhöhlen des Zauberers tropfte schlieriges Blut. Dort, wo einst die Stirn, wo die Wangen des Logenmeisters gewesen waren, klebten blaue, rissige Klumpen verkohlter Haut auf den Schädelknochen.

Zitternd wich Naikaya zurück. Sie hörte das Raunen der Quelle, das leise Rauschen aus der Schlucht. Ihre Knie gaben nach, sie brach zu Boden. Ihre Finger streiften etwas Kaltes, Weiches: den zusammengefallenen Körper eines Zauberers, kenntlich allein durch die Robe, die er trug. Es war Flanon. Sein Kopf war zusammengeschrumpft zu einem faustgroßen blauschwarzen Klumpen, von dem die Haare abstanden wie verdorrte Strohhalme.

Der Nebel hatte sich nun endgültig zurückgezogen. Hell und fahl eröffnete sich die Höhle ihren Augen. Überall lagen die leblosen Körper der Zauberer, teils auf dem Boden zusammengesunken, teils aufrecht stehend mit erstarrten Gliedern. Der Innere Zirkel der Malkuda …

»Tot«, flüsterte Naikaya mit heiserer Stimme, »sie sind alle tot!« Das höhnische Raunen der Quelle klirrte aus der Schlucht. Naikaya rutschte auf dem seifigen Boden zurück, fort, fort von den Leichen. Ihr Blick streifte den silbernen Sockel am Rand der Schlucht. Dort lag regungslos der Körper des Jungen.

»Laghanos«, flüsterte Naikaya. Sie erhob sich und taumelte auf ihn zu.

Das Kind hatte die Augen geschlossen. Die Maske in seinem Gesicht war starr. Auf seinen Lippen bebte ein hastiger Atem. Seine Hände waren von den Fingerspitzen bis zum Ellenbogen mit Blut besudelt. Als die Zauberin sich über Laghanos beugte, öffnete er die Augen. Langsam richtete er sich auf. Die Amulette auf seiner Brust schlugen mit einem Klirren gegeneinander.

»Sie sind hier, Naikaya«, stieß er hervor. »Es ist meine Schuld.«

Ihr lief ein Schauer über den Rücken. »Was ist geschehen, Laghanos?«

Ein heiseres Lachen löste sich aus seiner Kehle. »Die Goldéi … ich habe sie nach Oors Caundis gebracht. Ich habe sie zu Euch geführt.« Er blickte sie aus rot unterlaufenen Augen an. »Ihr werdet alle sterben, alle. Ihr könnt ihnen nicht entkommen.«

Sie schrie auf und setzte einen Schritt zurück. Laghanos lachte erneut auf. Er versuchte sich zu erheben, doch seine Beine gehorchten ihm nicht, und so rutschte er von dem Sockel herab und blieb am Rand der Schlucht liegen.

»Dann hast du die ganze Zeit zu ihnen gehört!«, stieß Naikaya hervor. »Sie haben dich nach Oors Caundis geschickt, um uns zu vernichten!«

Laghanos gab keine Antwort. Doch die Maske in seinem Gesicht begann sich zu bewegen. Eines der Pendel richtete sich auf, schlug wie ein zuckender Stachel in Naikayas Richtung aus.

Angewidert starrte die Zauberin den Jungen an. Dann, ohne zu zögern, packte sie seine dürren Schultern, und mit einem wütenden Schrei stieß sie Laghanos über den Rand der Schlucht. Lautlos verschwand der Körper des Kindes im wabernden Nebel.

Naikaya wandte sich um und rannte. Der grausige Gesang der Quelle dröhnte in ihren Ohren. Fort … fort, von hier! Sie hatte Mühe, auf dem glatten Boden nicht auszurutschen. Dort, der Gang; sie stürzte sich in die rettende Öffnung. »Sie sind tot«, brüllte sie verzweifelt, und ihre Stimme drohte sich zu überschlagen, »sie sind alle tot! Sie sind alle …«

Ihre Stimme setzte aus, als sie das Wesen erblickte. Es hockte an der Biegung des Ganges und krallte sich mit pechschwarzen Klauen an dem Gestein fest. Sein Kopf fuhr zu Naikaya herum, als es ihre Schritte vernahm; feine Blutstropfen lösten sich von seinem Maul und klatschten vor ihr auf den Boden. Mit einem knirschenden Laut öffneten sich die goldglimmenden Kiefer, und ein gieriges Kreischen erklang. Und hinter ihm schoben sich fremdartige Gestalten aus dem Gang; ein Dutzend, zwei Dutzend Goldéi. Ihre Krallen scharrten auf dem Gestein, ihre goldenen Schwerter und Rüstungen funkelten im Licht. »Drafur«, so zischten sie, und die Quelle begrüßte sie mit einem hellen Gesang in den Höhlen von Oors Caundis, die ihnen so lange verschlossen gewesen waren.

❦

Der Angriff erfolgte beim Anbruch der Dämmerung, als das schwindende Licht die Konturen des Arkwaldes verwischte. Lautlos brach Cercinors Heer aus dem Dunkel des Waldes hervor, Säbel und Speere gezückt. Ohne Gegenwehr stürmten sie die Schutzwälle, die Baron Eldrom um sein Lager errichtet hatte, und mit siegessicherem Schrei stießen sie zum Steinkreis von Ilmora vor, wo sich ihre Feinde verschanzt hielten.

Eine halbe Stunde später war der Kampf vorbei – der Kampf, der keiner gewesen war, der nicht stattgefunden hatte. Als Cercinor in die Mitte des Steinkreises trat, herrschte betretenes Schweigen in den Reihen der Rochenländer. Verunsichert starrten sie auf ihren Anführer, dessen Gesicht im unsteten Fackelschein aufleuchtete.

Langsam schritt Cercinor zu einem der Steine, die aus dem schlammigen Erdreich aufragten. Vorsichtig strich er mit der Hand über die glatte Oberfläche. Dann blickte er Graman Serffa an, der im Kreis der übrigen Gefolgsleute wartete.

»Habt Ihr das Gebiet gründlich abgesucht?«, fragte Cercinor.

Der Kathyger nickte. »Es ist niemand hier, keine Menschenseele.«

»Seid Ihr Euch sicher?« Cercinor rieb sich die Stirn, als ob ein übler Schmerz ihn plagte. »Verflucht, seid Ihr Euch ganz sicher?«

Graman Serffa trat einen Schritt nach vorne. »Ich kann es mir selbst nicht erklären. Eldroms Heer hat sich in Luft aufgelöst. Auch von den Goldéi fehlt jede Spur. Es ist niemand hier, niemand!«

Ungläubig wandte sich Cercinor den grün gewandeten Zauberern zu, die ihm die Malkuda geschickt hatte. »Was, in aller Welt, ist hier geschehen? Wie kann ein ganzes Heer von einem Augenblick auf den anderen verschwinden, einfach so? Antwortet mir!«

Die Zauberer wechselten verunsicherte Blicke. Schließlich erwiderte einer von ihnen kleinlaut: »Wir sind ebenso ratlos wie Ihr, Cercinor. Uns ist kein Ritual bekannt, das eine so große Anzahl von Menschen entrücken kann. Wir stehen vor einem Rätsel.«

»Es ist, wie Eldrom gesagt hat«, sagte Graman Serffa leise. »Er verkündete in Surgissa, dass er sein Heer auf einen glorreichen Feldzug jenseits des Rochens führen werde. Wohin er auch immer gegangen ist – seine Krieger sind ihm gefolgt, und wir sind dagegen machtlos.«

»Verflucht!«, schrie Cercinor. »Wir waren dicht davor, Eldrom für seine Untaten zur Rechenschaft zu ziehen!« Er ballte die Fäuste. »Und Duane? Habt Ihr sie nirgends gefunden?« Erschöpft ließ er sich auf dem Stein nieder. »Hätte ich Eldroms Heer heute bei Ilmora vernichtet, wäre sein Name endgültig aus den Geschichtsbüchern getilgt worden – der Name des besiegten Tyrannen, den die gerechte Strafe ereilt. Stattdessen wird seine Flucht nun in den Legenden und Liedern besungen werden, und seine grausame Herrschaft wird man bald vergessen. Das Volk vergisst schnell.« Er blickte Graman Serffa entmutigt an. »Hat er mich letzten Endes doch besiegt?«

Der Ritter schüttelte den Kopf. »Wo immer Eldrom von Crusco sich befinden mag, es ist allein die Zauberkunst der Goldéi, die ihm zur Flucht verholfen hat. Seine Macht beruht nur auf ihrer Stärke. Wenn sie siegen, wird er nach Kathyga zurückkehren, um eines Tages den Thron zu erringen. Doch wenn die Goldéi stürzen, wird er mit ihnen untergehen.«

Cercinor erhob sich. Mit grimmigem Gesicht wandte er sich seinen Kriegern zu. »Ihr habt Recht. Dieser Kampf ist nicht vorbei, er hat erst begonnen.« Er wies auf den Steinkreis von Ilmora. »Unsere Feinde haben uns heute in die Irre geführt. Doch das Rochenland ist frei, und wir werden diese Gelegenheit nicht ungenutzt lassen! Die Goldéi werden es noch bereuen, den Arkwald kampflos aufgegeben zu haben. Wir werden ihnen über unsere Grenzen hinaus Widerstand leisten.«

Die Entschlossenheit seiner Worte zeigte Wirkung. Die Rochenländer streckten ihre Säbel empor. Jubel wurde laut, und Cercinors Name hallte durch die Nacht.

»Das Volk vergisst schnell«, sagte Cercinor leise zu Graman Serffa. »Ihr habt mich überzeugt, Ritterchen. Ich werde Euch helfen, Kathyga von den Goldéi zu befreien.«

Graman Serffa blickte ihn bewundernd an. »Dann besteht Hoffnung! Glaubt mir, überall im Königreich wird man sich Eurem Widerstand anschließen.«

»Ich tauge gewiss nicht zum Befreier Kathygas«, gab Cercinor verbittert zurück. »Doch ich erkenne nun, dass der Arkwald nicht sicher ist, solange diese Wesen in Larambroge herrschen. Der nächsten Schlacht werden sie nicht ausweichen können; dann wird ihnen das Heer des Rochenlandes das Genick brechen!«

KAPITEL 16

Verrat

Baniter Geneder lag auf seinem Bett und starrte durch das offene Fenster in die Nacht. Hell funkelten die Sterne am Himmel, ein unergründliches Lichtermeer. *Was würde Lyndolin Sintiguren aus diesen Gestirnen lesen, wenn ich sie nach meinem Schicksal fragte?*, dachte sich Baniter. *Würde sie mir Triumph oder Tod verkünden?*

Er spürte, wie sich das Mädchen in seinem Arm regte. An'Chaki hatte ihren Kopf auf seine Brust gebettet. Ihr schwarzes Haar fiel über seinen Hals und seine Schulter; er spürte ihren ruhigen Atem auf der Haut. Baniter schmiegte sich fester an ihren warmen, unendlich weichen Körper. »Ich weiß nicht, wie ich ohne dich diese entsetzliche Warterei ertragen könnte«, flüsterte er. Sie gab keine Antwort; fest schlief sie in seiner Umarmung – seine Geliebte, Intharas Geschenk.

Vierzehn Tage waren seit dem Gespräch mit der Königin im Aru'Amaneth vergangen. Seitdem hatte er kein Wort mehr von Inthara gehört. Das Warten zerrte an seinen Nerven; er begriff nicht, welches Spiel sie mit ihm trieb. Baniter wusste, wie ungeheuerlich der Vorschlag war, den er ihr unterbreitet hatte. *Was ich ihr vorgeschlagen habe, bedeutet einen Bruch der arphatischen Tradition. Ihr bleiben nur zwei Möglichkeiten: Sie kann auf meinen dreisten Vorschlag eingehen oder mich für meine Worte mit dem Tod bestrafen. Triumph oder Tod …* Jeden Tag rechnete Baniter damit, dass die Krieger der Anub-Ejan in seine Kammer stürzen würden, um ihn festzunehmen. Doch nichts geschah. Inthara schwieg, und dem Agihor-Priester Sentschake, der seinen fetten Wanst tagtäglich zum Norfes-Tempel schleppte, war nichts zu entlocken. *Worauf wartet Inthara? Ihr läuft die Zeit davon; die Goldéi stehen bald an Arphats Grenzen. Wenn sie mein Angebot anzunehmen gedenkt, zählt jede Stunde, und will sie es ausschlagen, gibt es keinen Grund, mich weiterhin in Praa zu dulden. Dann kann sie getrost den Scharfrichter kommen lassen.* Gähnend starrte er durch das offene Fenster. *Zermartere dir nicht sinnlos das Hirn. Du wirst ihr Handeln nicht begreifen … musst dich gedulden … dich gedulden …* Die Augen fielen ihm zu. Langsam sank er in den Schlaf, um ihn die betäubende Wärme des Mädchens.

Ein seltsamer Traum suchte ihn heim. Er sah sich auf einem einsamen Felsen stehen, in seiner Hand ein schimmerndes, gebogenes Schwert. Von der Klinge tropfte dunkles Blut. Zu seinen Füßen lagen mehrere Leichen, ihre Gesichter bläulich angelaufen, die Augen weit aufgerissen. Sie trugen schwarze Kaufmannsgewänder. Als Baniter sich über sie beugte, erkannte er zu seinem Entsetzen die Fürsten des sitharischen Thronrates: Scorutar Suant, Fürst Perjan … dort, Hamalov Lomis, sein Kopf durch einen Hieb gespalten. Der Silberne Kreis lag zu seinen Füßen, tot, erschlagen! ›Habe ich das getan?‹, stieß Baniter heiser hervor. ›War das mein Werk?‹ Entsetzt starrte er auf das blutige Schwert in seiner Hand. Doch es war verschwunden! Stattdessen entdeckte er vor sich einen jungen Mann. Sein Gesicht war schlank und schwarz, das dunkle Lockenhaar reichte ihm bis zur Schulter. Er trug ein schmutziges weißes Gewand und eine rotbraune Haube aus Leinenfetzen. In der Hand hielt er einen knorrigen Stock. Seine Fußknöchel waren schlammverkrustet; an den Handgelenken baumelten eiserne Ketten. Es fiel Baniter schwer, das Alter des Mannes zu schätzen; das dunkle Gesicht war glatt und kindlich, die Augen aber schienen die eines Greises zu sein. Zornig starrte er Baniter an.

›Du spielst dein eigenes Spiel, Baniter Geneder‹, sagte er mit einer auffallend hellen Stimme, ›und dies zu einer Zeit, die äußerst unpassend ist, äußerst unpassend.‹ Er bohrte den Stock in eine Ritze zwischen den Steinplatten zu seinen Füßen; denn die Umgebung hatte sich jäh gewandelt. Baniter befand sich nun in einem dunklen Gewölbe, einem Verlies, dessen Steinboden von Staub und grünem Schimmel besetzt war. ›Ich dulde es nicht, dass du meinen Plänen in die Quere kommst.‹

Baniter wollte antworten, doch seine Zunge gehorchte ihm nicht. Er fühlte, wie schwere Fesseln ihn herabzogen. Auch um seine Handgelenke hatten sich Ketten aus Eisen gelegt, zwangen ihn zu Boden. In der Ferne hörte er Gesang, Lachen, leise Musik – ein Fest …

›Mich kümmern deine kläglichen Intrigen nicht‹, zischte der Fremde. ›Es ist mir gleich, mit welchem Schurkenstück du dir dein Fürstentum zurückzuholen gedenkst. Selbst wenn du den wertlosen Thron in Thax erklimmen willst, werde ich dich nicht daran hindern. Ich halte nicht grundlos meine schützende Hand über dich. Doch treibe es nicht zu weit! Stellst du dich mir in den Weg, so vernichte ich dich.‹ Er beugte sich zu ihm herab. ›Gib ihn mir! Gib ihn mir zurück!‹

Baniter starrte auf seine rechte Hand. Blut quoll zwischen den Fingern hervor. Als er die Faust öffnete, erkannte er einen Gegenstand aus schwarzem Metall – einen Schlüssel. Rasch schloss er die Hand wieder. Er glühte in seinen Fingern.

›Gib ihn mir‹, fauchte der Fremde. Sein Kopf wandelte sich; der Schädel einer Echse brach unter der Haut hervor, schwarz funkelnde Augen und goldene Schuppen. Der grässliche Kiefer klaffte auseinander und zeigte eine Reihe messerscharfer Zähne. ›Er gehört mir! Ich habe ihn erschaffen!‹

Die Musik wurde lauter, schwoll an. Baniter spürte, wie mehrere Hände ihn ergriffen und aufrichteten. Sie zogen ihn von dem Fremden fort, so sehr dieser auch fluchte und mit seinem Stock drohte. Jubelnde Menschen umtanzten Baniter; manche von ihnen trugen sitharische Gewänder, andere die bunten Tücher der Arphater. Die Ketten an Baniters Handgelenken rasselten und klirrten auf dem Steinboden. Als er an sich herabblickte, sah er voller Erstaunen, dass er ein Kind in seinen Armen trug, einen Säugling, gewickelt in ein prachtvolles Seidentuch. Rasch drückte Baniter ihn an sich, damit er ihm nicht entglitt. Doch er spürte den kleinen Körper nicht mehr; seine Hände griffen ins Leere, rutschten an der glatten Seide ab. Das Kind war verschwunden, es war …

Schweißgebadet fuhr Baniter auf. Sein Herz raste. Er brauchte einen Moment, um zu begreifen, dass es nur ein Traum gewesen war, ein Albtraum, aus dem er erwacht war. Er saß aufrecht im Bett in seinem Zimmer, um ihn nichts als Finsternis. Baniter musste die Augen zusammenkneifen, um die blassen Umrisse des Fensters zu erkennen. Irgendjemand hatte den Vorhang zugezogen. Er hörte leise den Wind gegen den schweren Stoff schlagen.

»An'Chaki?«, flüsterte er. Vorsichtig tastete er nach ihr. Sie war fort! Das Bett war leer, und kalt die Stelle, an der sie gelegen hatte.

Und doch war jemand im Raum. Er hörte Fußsohlen über den Boden huschen, er hörte einen leisen, unterdrückten Atem. Kerzengrade setzte sich Baniter auf und lauschte. Dort, vor dem Fenster … für einen kurzen Augenblick wurde das dunkelblaue Viereck von den Konturen einer Gestalt verdeckt.

Sie kommen, um mich im Schlaf zu ermorden! Baniter verfluchte seine Gutgläubigkeit. Er hatte sich sicher gefühlt, zu sicher. *Ich hätte dem Mädchen nicht trauen dürfen. Verflucht, ich hätte wissen müssen, dass mein ›Geschenk‹ sich eines Nachts mit dem Dolch in der Hand zu mir legt.* Kurz erwog er, Merduk und Gahelin zur Hilfe zur rufen, die vor seiner Kammer Wache hielten. Doch dann ließ er den Gedanken fallen. *Es wäre sinnlos; sie würden ebenso sterben wie ich. Vielleicht sind sie schon tot, hinterrücks erdolcht oder erwürgt.* Mit weit aufgerissenen Augen starrte er in die Finsternis. Die leisen Geräusche waren verstummt. Nichts war zu hören, kein noch so geringer Laut. Doch Baniter wusste, dass das Mädchen ganz in seiner Nähe war, dass es vor seinem Bett stand und wartete. *Es musste so kommen! Du hast zu viel riskiert; dein Spiel ist verloren.* Zitternd sank er zurück auf das Bett. Er zwang sich, ruhig zu atmen, keine Angst und keine Blöße zu zeigen.

Dann spürte er, wie sie sich über ihn beugte. Sie duftete warm und süß und verschwitzt. Ihre Haare fielen herab, streiften seine Nase, seine Wange. Sein Kiefer versteifte sich. *Nun stoß schon zu! Bring es hinter dich.* Sein Herz raste, als sie seine Handgelenke umschloss. Ihre Finger waren rau und warm; die Daumen bohrten sich sanft in seine Handflächen, als sie diese neben seinen Kopf bettete. Mit einer raschen Bewegung schwang sie sich über ihn. Ihr Körper war federleicht. Er spürte ihre nackte, samtene Haut, ihre festen Brüste, ihre harten Beckenknochen. Als sie ihn küsste, zuckte Baniter erschrocken zurück. Ihr Mund schmeckte heiß und salzig; vorsichtig stupste ihre Zunge gegen seine Zähne. Zögernd erwiderte er den Kuss. Es gelang ihm, eine Hand zu befreien und auf ihren Rücken zu legen. Ihre Beine gingen auseinander; wild waren ihre Küsse, wild ihre Umarmungen, als sie ihn in sich aufnahm. Ihr Atem ging rasch und flach, während sie sich über ihm aufbäumte. Baniters Hände umschlossen die schlanke Taille; sein Herz raste vor Erregung und Angst. *Hält sie die Klinge unter den Kissen verborgen? Tastet sie mit der rechten Hand schon nach dem Messergriff?* Er versuchte, sie zu sich herabzuziehen, doch mit erstaunlicher Kraft drückte sie ihn in die Kissen. Für einen winzigen Moment berührten sich ihre Lippen. Baniter versuchte ihre linke Wange zu küssen, doch sie wandte den Kopf zur Seite.

Es war wie ein Rausch, der nur wenige Momente währte. Als Baniter sich in ihr ergossen hatte, glitt sie von ihm herab, und ihr Körper verschmolz wieder mit der Dunkelheit, aus der sie gekommen war.

Erschöpft blieb Baniter auf dem Bett zurück. Seine Haut klebte in Schweiß und Speichel und Leidenschaft. *Sie kam nicht, um mich zu töten! Sie hat mich am Leben gelassen!* Noch immer schwebte ihr süßer Geruch in der Luft, und er rollte sich zur Seite, vergrub sein Gesicht in das seidene Tuch, das zerwühlt unter ihm lag.

Bis zum Morgen verharrte er so, halb wach, halb in traumlosem Schlaf versunken. Sein Geist war unfähig zu denken. Die Erinnerung an das Erlebte verwirrte und erregte, erregte und verwirrte ihn. Er wollte nicht nachdenken – nicht jetzt, nicht in dieser Nacht.

Doch als der Morgen graute, riss lautes Hämmern ihn aus seinem Halbschlaf. Eine Faust schlug gegen die Tür seiner Kammer. Benommen richtete Baniter sich auf. Die Tür wurde aufgerissen, und Mestor Ulba stürzte in den Raum.

»Fürst Baniter! Es tut mir Leid, dass ich Euch wecken muss!« Ulbas Stimme überschlug sich fast.

Baniter zog rasch das Seidentuch über seinen nackten Körper. »Ich hoffe, Ihr habt einen triftigen Grund, mich um diese Zeit zu stören«, knurrte er.

Der Siegelmeister nickte. »Es handelt sich um Sadouter Suant. Er ist verschwunden.«

Baniter erstarrte. »Verschwunden? Was soll das heißen?«

»Er muss sich in der Nacht aus dem Tempel gestohlen haben«, fuhr Ulba fort. »Auch drei Ritter des Klippenordens fehlen. Ihre Rüstungen sind noch an Ort und Stelle, doch von den Schwertern fehlt jede Spur. Draußen vor dem Tempel wurden zwei Mönche der Anub-Ejan gefunden; einer ist auf den Stufen verblutet, der zweite schwer verwundet. Beide wurden durch Schwerthiebe niedergestreckt.«

Baniter stieß einen Fluch aus. »Die Ritter der Klippen … ich hätte Binhipars Kettenhunde niemals in der Gesandtschaft dulden dürfen!«

»Ihr müsst sofort handeln«, beschwor Mestor Ulba ihn. »Der Schechim der Anub-Ejan kocht vor Zorn. Er verlangt euren Kopf für die Ermordung seiner Männer.«

»Es wird nicht das letzte Mal sein, dass Ejo meinen Kopf fordert«, erwiderte Baniter. »Hat man eine Spur von Sadouter entdeckt?«

Der Siegelmeister schüttelte den Kopf. »Bisher nicht. Die Anub-Ejan und Bena-Sajif durchkämmen die gesamte Stadt. Sadouter wird nicht weit kommen.« Grimmig blickte er zu dem Fürsten. »Ich habe Euch gewarnt, dass der junge Suant uns nichts als Ärger bereiten wird. Diese Tat kann unseren Tod bedeuten! Inthara wird die Erschlagung von zwei Anub-Ejan-Mönchen kaum dulden.«

Baniter musterte ihn erschrocken. »Was ratet Ihr mir?«

»Sobald Sadouter gefasst ist, müsst Ihr ein Exempel statuieren«, beschwor ihn der Siegelmeister. »Nur so könnt Ihr den Zorn der Arphater besänftigen.«

Baniter schüttelte den Kopf. »Sadouter Suant ist der Angehörige einer Fürstenfamilie. Allein dem Silbernen Kreis steht es zu, über ihn zu richten.«

»Dann müsst Ihr zumindest die Klippenritter bestrafen«, erwiderte Mestor Ulba. »Sie haben sich Eurem Befehl widersetzt und unsere Mission gefährdet. Verurteilt sie zum Tode, um den Arphatern Genugtuung zu verschaffen. Man wird Euch in Thax keinen Vorwurf daraus machen – eher wird man Euch dankbar sein, wenn Ihr im Prozess gegen die Klippenritter neue Beweise für die Verkommenheit des Ordens liefert.«

Baniter musterte Mestor Ulba nachdenklich. Dann griff er nach seinem Gewand, das neben dem Bett bereit lag. »Verflucht sei dieser Schafskopf Sadouter! Ich hätte ihn nicht aus den Augen lassen dürfen.« Vergeblich versuchte er zu ergründen, was den Adeligen zu seiner Wahnsinnstat getrieben hatte. Er konnte nur hoffen, dass die Anub-Ejan ihn fanden, bevor er weiteres Unheil anrichten konnte.

❦

Gespenstische Ruhe herrschte in der großen Halle des Norfes-Tempels. Rotgolden fiel das Licht der Abendsonne durch die bunten Tücher, die sich zwischen den Säulen spannten. Leise klirrten die in den Stoff eingewirkten Ringe, wenn der Wind gegen sie schlug.

Baniter stand in der Mitte der Halle und spielte ungeduldig mit dem Saum seines Gewandes. Sein Blick sprang zwischen den übrigen Anwesenden hin und her. Dort, am Fuß einer Säule, hockte auf einem Kissen Lyndolin Sintiguren und studierte ihre alte Sternkarte. Die grauen Haare verdeckten ihr Gesicht, doch Baniter konnte gelegentlich ein Murmeln aus ihrer Richtung vernehmen. Daneben stand Mestor Ulba; nervös strich er sich durch den grauen Vollbart und starrte zum Eingang des Tempels, wo mit ausdruckslosen Gesichtern vier Bena-Sajif-Mönche Wache hielten. Ihre grünen Klingen glitzerten gefährlich im Sonnenlicht. Am anderen Ende der Halle, unweit der Götzenstatue des Norfes, standen die sitharischen Ritter, angeführt von Merduk und Gahelin. Baniter hatte ihnen befohlen, ihre Schwerter abzulegen, um die Bena-Sajif nicht zu provozieren.

Von den arphatischen Dienerinnen war hingegen keine Spur zu entdecken. Sie hatten den Tempel in den Morgenstunden verlassen, ohne jede Vorwarnung. Warum und wohin sie gegangen waren, erfuhren die Gesandten nicht. Baniters Bitte um eine Unterredung mit dem Priester Sentschake oder zumindest mit Ejo, dem Schechim der Anub-Ejan, hatten die Wachen mit unfreundlichen Gesten zurückgewiesen. So war den Gesandten nichts anderes übrig geblieben, als zu warten. Der Morgen, der Mittag verstrich, ohne dass man ihnen eine Mahlzeit brachte; nicht einen einzigen Krug Wasser bekamen sie. Ihre Kehlen waren ausgetrocknet, in ihren Bäuchen nagte der Hunger. Doch stärker noch plagte sie die Ungewissheit, was mit ihnen geschehen würde.

Baniters Blick wanderte zu der grässlichen Statue in der Mitte der Halle. Mit breitem Grinsen räkelte sich der Dämonengott Norfes auf seinem Sockel; sein schlangenartiges Glied ragte obszön in die Höhe. Es schien Baniter, als prostete Norfes ihm mit dem Becher in der Hand höhnisch zu.

»Auf dich, Norfes«, murmelte Baniter vor sich hin. »Dein Tempel ist mir endgültig zum Gefängnis geworden.« Er musste an Teregon Horra denken, den früheren Gesandten Sithars. Auch ihm war der Aufenthalt im Norfes-Tempel nicht gut bekommen. *Sie haben ihm die Hände abgetrennt und ihn durch die Stadt getragen. Welchen Körperteil wird man wohl mir abschlagen, um mich zu verhöhnen?*

Das Licht draußen schwand spürbar. Die Dämmerung flutete den Tempel; das Tuch, das den Eingang verhüllte, glomm wie eine Feuerwand, vor der sich unheimlich die Gestalten der Bena-Sajif abhoben. Doch plötzlich geriet dieses Feuer in Wallung. Stimmen wurden hinter dem Tuch laut, dann wurde es hastig zur Seite gerissen. Die üppige Gestalt des Agihor-Geweihten Sentschake schob sich in die Tempelhalle, gefolgt von einer Gruppe weiterer Priester. Baniter erkannte die bleiche, in eine goldene Robe gewandete Priesterin des Totengottes, die ihm mit dem Namen Sai'Kanee vorgestellt worden war. Auch der greisenhafte Großmeister der Calindor-Loge, Tene-Usfar, begleitete die Priesterschaft. An seinen Armen klirrten zahlreiche Metallringe, und sein Gesicht war erneut mit seltsamen Symbolen bemalt.

»Baniter Geneder!«, rief Sentschake und wälzte sich auf den Gesandten zu, die speckigen Arme freundlich ausgebreitet. »Ich hoffe, Ihr seid wohlauf!«

»Abgesehen von einem etwas flauen Gefühl im Magen geht es mir prächtig«, erwiderte Baniter.

Sentschakes Gesicht nahm einen bestürzten Ausdruck an. »Wie unhöflich von mir – ich vergaß, dass Ihr heute noch keinen Bissen zu Euch genommen habt. Hoffentlich wird Euch das Festmahl entschädigen, das die Königin für diesen Abend vorgesehen hat.« Er klatschte in die Hände. Zahlreiche Diener und Dienerinnen eilten herbei; sie mussten bereits hinter dem Vorhang gewartet haben. Prächtig bestickte Sitzkissen wurden in den Tempel geschleift. Schalen mit Feigen und Datteln, getaucht in einen verführerisch duftenden Sirup, wurden in der Mitte der Halle abgestellt. Auf ovalen Eisenplatten, deren Ränder noch glühten, wurden geröstete Lammspieße kredenzt. Der Tempel füllte sich mit dem Duft fremder Gewürze, und die Sitharer starrten mit wachsender Gier auf die Köstlichkeiten, die vor ihnen angehäuft wurden.

Argwöhnisch musterte Baniter den Agihor-Priester. »Man hat uns über dieses Festmahl nicht unterrichtet.«

»Es handelt sich um eine spontane Geste der Freundschaft«, behauptete Sentschake. »Gern hätten wir Euch früher davon in Kenntnis versetzt, doch nach der Aufregung, die Euer junger Freund verursacht hat …«

Baniter spürte sein Herz schneller schlagen. »Wurde Sadouter Suant gefasst?«

Sentschake nickte. »Eure Männer wurden im Aru'Amaneth aufgegriffen. Sie hatten sich in arphatische Gewänder gekleidet und waren mit Schwertern bewaffnet. Fast könnte man meinen, sie hätten es auf das Leben der Königin abgesehen.«

»Ich werde sie auf das Schärfste bestrafen«, versprach Baniter Geneder hastig.

»Das wird kaum nötig sein«, antwortete der Priester. »Die Anub-Ejan haben bereits Recht gesprochen. Wer bewaffnet in das Aru'Amaneth eindringt, hat sein Leben verwirkt. Allein der junge Suant wurde verschont; über sein Schicksal wird die Königin entscheiden.« Er setzte ein falsches Lächeln auf. »Doch nun wollen wir nicht mehr davon reden. Setzt Euch, Baniter Geneder. Heute Abend soll gefeiert werden.«

Benommen sank Baniter auf eines der Kissen herab. *Eine Katastrophe! Wie kann Inthara nach diesem Vorfall noch auf meinen Vorschlag eingehen? Wie kann jetzt noch ein Pakt zwischen Arphat und Sithar geschlossen werden, wenn ein Mitglied unserer Gesandtschaft verdächtigt wird, einen Anschlag auf die Königin geplant zu haben?* Stumm beobachtete er, wie sich die Priester auf den Sitzkissen niederließen. Auch die übrigen Gesandten wurden gebeten, Platz zu nehmen; Mestor Ulba und Lyndolin Sintiguren setzten sich links und rechts neben den ganatischen Fürsten.

Inzwischen eilten weitere Dienerinnen in die Tempelhalle. Nahe dem Standbild des Norfes wurde eine Feuerschale aufgestellt. Helle Flammen schlugen aus ihr empor, und auf den Tüchern im Hintergrund zeichnete sich scharf gestochen der bewegte Schatten der Statue ab. Der Gott der Geister und Dämonen schien zum Leben zu erwachen; unruhig sprang sein düsteres Abbild über die Wände des Tempels.

Ein ungutes Gefühl beschlich Baniter. Seine Augen wanderten zwischen dem penetrant lächelnden Sentschake und den übrigen Priestern hin und her, folgten dem Tanz des Schattens und den hastigen Schritten der Dienerinnen, die noch immer Töpfe und Teller mit arphatischen Köstlichkeiten herbeibrachten. *Bereitet man uns die Henkersmahlzeit?* Ihm kamen die Geschehnisse der vergangenen Nacht in den Sinn – der Traum, das jähe Erwachen, die Angst und die Gier und die Lust. Er versuchte unter den umhereilenden Dienerinnen An'Chaki auszumachen, doch sie war nirgends zu entdecken.

Trompetenklänge schreckten ihn auf. Die Bena-Sajif-Mönche rissen das schwere Tuch vom Eingang fort und traten beiseite. Ein blutroter Himmelsstreifen war zu sehen, in dem vereinzelt die ersten Sterne auffunkelten – Vorboten der Nacht. Darunter erschienen die Köpfe einiger Anub-Ejan-Mönche, die gerade die Treppe zum Tempel hinaufstiegen. Sie stellten sich neben den Eingang, die Krummschwerter gezückt. Kurz darauf schritt ihr Anführer, der Schechim Ejo, die Treppen empor. An einer Kette schleifte er einen Gefangenen hinter sich her. Baniter erkannte sofort, um wen es sich handelte.

»Sadouter Suant«, murmelte er. Er tauschte einen viel sagenden Blick mit Mestor Ulba.

Ejo zerrte den jungen Adeligen vor Baniters Füße. Dort schmiss er die Kette verächtlich zu Boden. »Hier bringe ich dir deinen niederträchtigen Diener, Luchs von Ganata!« Seine Stimme war hasserfüllt. »Du hättest dir einen besseren Mann für deinen feigen Anschlag aussuchen sollen! Es war ein Kinderspiel, diesen Wurm zur Strecke zu bringen.«

Stumm blickte Baniter auf Sadouter Suant. Sein Gesicht war kaum wiederzuerkennen. Platzwunden zierten Stirn und Wangen, Nase und Kiefer schienen gebrochen zu sein. Die Kleidung, die er trug – ein arphatisches Gewand – war zerrissen und blutbefleckt. An den Händen war der Adelige mit schweren Ketten gefesselt; die Handgelenke waren bis auf die Knochen durchgescheuert.

Angst flackerte in Sadouters Blick, als er den Fürsten erkannte. »Baniter ... Fürst Baniter!« Er konnte nur unter Mühen sprechen. Sein Kiefer war auf der linken Seite zerschmettert; man hörte die geborstenen Knochen aufeinander schaben. »Ich hatte Recht ... ich wusste, dass sie uns betrügt ...«

Baniter packte ihn an der Schulter. »Ich wünschte, ich hätte Euch an der arphatischen Grenze in den Nebelriss hinabgestoßen«, spie er ihm ins Gesicht. »Schon vom ersten Tag an wolltet Ihr unsere Gesandtschaft zugrunde richten! War es Euer Onkel Scorutar, der Euch dies auftrug?« Seine Finger bohrten sich unter das Schulterblatt des Adeligen. Sadouter keuchte vor Schmerz auf; gleichzeitig reckte er sein blutiges Haupt empor, um näher an Baniters Ohr zu gelangen.

»Ich habe sie gesehen, Baniter ... sie sind in der Stadt, hier in Praa ...« Er verschluckte sich an seinem Speichel, und seine Stimme erstickte in einem Hustenanfall.

»Wovon sprecht Ihr? Was habt Ihr gesehen?« Baniter schüttelte den Adeligen unsanft. »Wo seid Ihr gewesen, Sadouter?«

Sadouter gelang es, den Husten unter Kontrolle zu bringen. »Wir waren im Aru'Amaneth ... in den unterirdischen Kellern der Stufenpyramide ... dort hält die Königin sie versteckt ... die ganze Zeit hat sie uns belogen ...«

Der große Ejo, der mit unbeweglichem Gesicht vor Baniter gestanden hatte, bückte sich nach der Kette und riss Sadouter von dem Fürsten fort. »Will sich dein schändlicher Diener noch damit brüsten, in den heiligen Palast eingedrungen zu sein? Du hast unsere Gastfreundschaft schamlos ausgenutzt, Luchs von Ganata! Am Tag heuchelst du uns die Freundschaft vor, um in der Nacht deine Mordgesellen auszusenden. Ich schwöre dir, du wirst den nächsten Morgen nicht mehr erleben.«

Baniter zermarterte sich den Kopf über Sadouters Worte. Doch bevor er ihren Sinn entschlüsseln konnte, wurde er von einer hellen Stimme in seinen Überlegungen unterbrochen.

»Ihr vergesst Eure Manieren, Schechim. Der Fürst von Ganata ist unser Gast, und der heutige Abend ist die falsche Zeit für gegenseitige Beschuldigungen.«

Baniters Kopf fuhr herum. Im Eingang des Tempels stand Inthara, gekleidet in eine prächtige orangefarbene Robe, die sich eng um ihren schlanken Leib schmiegte. Auf dem Kopf trug die Königin eine ebenfalls orangefarbene Haube, auf der das Zeichen der Sonne prangte. Die Gewandung entsprach der Kleidung Sentschakes. Offenbar wollte Inthara ihre Position als oberste Geweihte des Sonnengottes unterstreichen.

Langsam trat Inthara näher. Sie schenkte Baniter ein Lächeln. »Ich habe Euch wieder einmal warten lassen, Baniter Geneder.« Sie stand nun direkt vor Baniter, und erneut raubte ihm die Schönheit ihres Gesichts den Atem. »Unsere letzte Begegnung hat uns beide mit einer Menge offener Fragen zurückgelassen.«

»Das kann man wohl sagen«, erwiderte Baniter. »Ich bin zutiefst betroffen über die Ereignisse des heutigen Tages. Es gibt kein Wort der Entschuldigung für das Verhalten meiner Leute, die sich ohne mein Wissen aus dem Tempel stahlen. Dass von sitharischer Hand zwei Mönche der Anub-Ejan verletzt wurden, bedauere ich zutiefst. Ich werde jede Strafe, die Ihr für angemessen haltet, widerstandslos akzeptieren.«

Der Schechim ließ ein höhnisches Lachen erklingen. »Die angemessene Strafe ist der Tod, Luchs von Ganata!« Er wandte sich der Königin zu. »Lasst mich die abtrünnigen Südländer nach As'Farkal bringen. Sie sollen den Blassen

Sand schmecken wie all jene, die den Frieden von Praa schänden.«

Inthara ließ sich vor Baniter auf dem Boden nieder. Mit angewinkelten Beinen hockte sie vor dem Fürsten. »Wir wollen die Sache im rechten Licht betrachten«, sagte sie. In ihren dunklen Augen spiegelten sich die Flammen des offenen Feuers. »Dass Ihr die Angehörigen Eurer Gesandtschaft nicht besser im Auge hattet, ist bedauerlich; doch ebenso bedauerlich ist das Versagen der Anub-Ejan, die Euch bewachen sollten.« Sie blickte über die Schulter zu Ejo empor. »Hättet Ihr besser Acht gegeben, Schechim, hätte Sadouter Suant niemals aus dem Tempel ausbrechen und in meinen Palast eindringen können!« Ejo senkte beschämt den Blick. Inthara wandte sich wieder dem Fürsten zu. »Doch vielleicht hat der Vorfall auch sein Gutes. Die Neugier Eures jungen Freundes zwingt mich, eine Entscheidung zu fällen, die ich seit vielen Wochen mit mir herumtrage. Es macht wenig Sinn, sie länger hinauszuzögern, nachdem Sadouter Suant unser wohlbehütetes Geheimnis entdeckt hat.« Sie wandte sich den Wachen zu, die am Eingang bereitstanden. »Es wird Zeit, der Geheimniskrämerei ein Ende zu setzen. Bringt den Goldéi herein!«

Baniters Gesicht verfärbte sich kreideweiß. Fassungslos starrte er zum Eingang des Tempels.

Langsam stieg der Goldéi die Stufen empor. Schreckensrufe erklangen von den Sitharern, als sie die Kreatur erblickten. Auch Baniter konnte kaum glauben, was er sah. Es war das erste Mal, dass er einem dieser Wesen begegnete. Er hatte manches über sie gehört, doch ihr tatsächliches Aussehen überstieg jede Erwartung: ein menschenähnlicher Körper, der Kopf die grässliche Parodie eines Echsenschädels, besetzt mit rotgoldenen Schuppen, das Maul aufgerissen und eine Reihe messerscharfer Zähne entblößend. *Es ist wie in meinem Traum …*

»Er nennt sich Quazzusdon«, wisperte Inthara ihm zu. »Er ist einer der drei Anführer der Goldéi, ein Scaduif! Ein seltsames Geschöpf, findet Ihr nicht?«

Baniter blickte sie kalt an. »Nun begreife ich! Dies war der Grund für Eure wochenlange Abwesenheit! Ihr habt keine Gazellen gejagt, sondern hinter meinem Rücken mit den Goldéi verhandelt!«

Inthara setzte ein unschuldiges Lächeln auf. »Haltet Ihr das für verwerflich? Hätte Euer Kaiser nicht ebenso gehandelt, wenn die Goldéi ihm den Frieden angeboten hätten?« Sie seufzte und umschlang mit den Armen ihre aufgerichteten Knie. »Auch König Eshandrom bewahrte sein Volk vor dem Krieg, als er Frieden mit den Echsen schloss.«

Angewidert starrte Baniter auf den Goldéi, der am Eingang zum Tempel verharrte, umringt von vier Anub-Ejan-Kriegern. »Das mächtige Arphat beugt sein Haupt vor den Eindringlingen«, spottete Baniter. »Wer hätte das je für möglich gehalten!«

»Ihr seid ungerecht, Baniter Geneder«, sagte die Königin vorwurfsvoll, »zumal Ihr mich nicht ausreden lasst. Habe ich denn gesagt, dass ich auf das Friedensangebot der Goldéi eingegangen bin?« Sie winkte eine Dienerin heran. »Bring mir einen Becher. Verhandlungen sollte man stets mit einem Schluck Wein begießen.«

Man brachte ihr einen silbernen Becher. Eine zweite Dienerin trat mit einer Weinkaraffe heran und füllte den Becher. Der Wein sprudelte dunkelrot und dickflüssig aus der Karaffe.

»Es ist nämlich folgendermaßen«, erklärte Inthara mit leutseliger Stimme, »dass Eure Gesandtschaft zeitgleich mit den Goldéi in Praa eintraf. Ich war überrascht von dieser eigenartigen Fügung, und mir schien es das Beste, zunächst anzuhören, welche Vorschläge beide Seiten unterbreiten würden. Es sind außergewöhnliche Zeiten, und Arphat muss weise Entscheidungen treffen.« Sie setzte den Becher auf dem Boden ab. Baniter musste die Füße zurückziehen, um ihn nicht umzustoßen. »Die Goldéi bieten uns Frieden, doch zugleich fordern sie die Unterwerfung unter ihre Herrschaft. Ginge ich auf ihr Angebot ein, würde ich meinem Volk großes Leid ersparen. Doch auf der anderen Seite steht

Eure Forderung, Baniter Geneder – das Schwert zu ergreifen und den Echsen die Stirn zu bieten. An der Seite unserer einstigen Sklaven sollen wir gegen die Echsen kämpfen, und um diesen Pakt zu besiegeln, soll ich auf Euren absurden, wahnwitzigen Vorschlag eingehen.« Sie seufzte. »Ich muss Euch gratulieren, Baniter Geneder – es ist Euch gelungen, mich zu verunsichern. Wie soll ich mich entscheiden? Wähle ich den Frieden oder den Krieg? Beuge ich mich der goldéischen Streitmacht oder trete ich ihr entgegen?«

»Wir können sie besiegen«, beschwor Baniter sie. Er ließ den Goldéi nicht aus den Augen. »Gemeinsam sind unsere Länder stark genug, um die Echsen zu schlagen!«

Der Goldéi wandte den Schädel. Seine Augen schimmerten schwarz und kalt im Licht der Flammen, die noch immer aus der Feuerschale emporschlugen. »Ihr kämpft vergebens«, vernahm Baniter eine heisere Stimme, »seid machtlos gegen uns. Werdet sterben, wenn ihr euch nicht unterwerft.«

Intharas Blick fiel auf Lyndolin Sintiguren, die neben Baniter saß. »Welchen Rat gebt Ihr mir, weise Sängerin? Euer Lied am Ufer des Nesfer hat mein Herz bewegt und meine Zweifel genährt. Wie soll ich mich entscheiden?«

Lyndolin Sintiguren blickte auf. »Ich kann mir kein Urteil anmaßen, meine Königin«, sagte sie leise. Sie zog die Sternkarte hervor, die zusammengerollt auf ihrem Schoß lag. »Doch ich folgte Eurem Wunsch, den Lauf der Gestirne zu beobachten. Unser aller Schicksal ist vorherbestimmt, und die Sterne weisen uns den Weg.«

Baniter fuhr zu der Dichterin herum. Seine grünen Augen sprühten Gift und Galle. »Bin ich nur von Verrätern umgeben?«, fauchte er. »Habe ich Euch nicht befohlen, Eure Prophezeiungen für Euch zu behalten?«

Die alte Frau wich seinem Blick aus. »Es tut mir Leid, Fürst Baniter, doch der Macht des Schicksals kann sich niemand entziehen. Ich kam nach Arphat, um einen Krieg zu verhindern, und dies werde ich mit den Mitteln tun, die mir zur Verfügung stehen.«

»Ihr setzt Euch über mein ausdrückliches Verbot hinweg«, schrie Baniter. »Das werdet Ihr bitter bereuen.«

»Mäßigt Euren Tonfall«, meldete sich Sentschake zu Wort. »Die Sängerin handelt auf Wunsch unserer Königin. Ich selbst habe ihr die Anweisung übermittelt.«

Inthara rutschte auf den Knien zu Lyndolin herüber und ergriff ihre faltigen Hände. »Sagt mir, was Ihr in den Sternen gesehen habt.« Ihre Augen funkelten vor Neugier.

Triumph oder Tod, dachte Baniter verbittert. *Sithars Schicksal entscheidet sich in den wirren Worten einer Sterndeuterin.* Er wechselte einen verzweifelten Blick mit Mestor Ulba, der an seiner Seite saß. Doch der Siegelmeister zuckte nur hilflos mit den Achseln.

Lyndolin entrollte die Sternkarte. Ihre Finger fuhren über die blassen Linien und Schriftzeichen. »Die Sterne folgten in den letzten Tagen ungewöhnlichen Bahnen. Wirre Zeiten erwarten uns, meine Königin, und mit Schrecken musste ich erkennen, dass auch Euer Schicksal davon beeinflusst wird.« Lyndolins knochige Hand wies auf den Nachthimmel, der am Eingang zu erkennen war. »Unheilvolle Mächte umwölben Euer Sternbild. Die gebogene Sichel verdeckt es, und der rote Stern kreuzt seine Bahnen. Euch droht große Gefahr, Inthara, denn dunkle Tage werden kommen.«

Inthara starrte die alte Frau erschrocken an. »Was wollt Ihr damit sagen?«, fragte sie mit schneidender Stimme. »Was prophezeien mir die Sterne für den heutigen Tag? Los, sprecht schon!«

Lyndolin deutete erneut auf den Himmelsstreifen am Eingang. »Auch über diesen Stunden liegen düstere Schatten – die Schatten des Todes. Die Sterne verraten wenig über die Gestalt der Euch drohenden Gefahr, doch sie mahnen zur Vorsicht.« Sie ließ die Hand sinken, erschüttert von den eigenen Worten. »Die Schatten des Todes … ich wünschte, ich könnte ein anderes Schicksal aus den Sternen lesen.«

Stille herrschte im Tempel. Nichts war zu hören außer dem Knistern der Flammen, die noch immer aus der Schale emporschlugen. In den Gesichtern der Arphater war Entsetzen zu erkennen.

Es war Ejo, der das Schweigen brach. »Hört nicht auf die Lügen der Südländerin!« Er ließ erbost die Kette fallen, mit der Sadouter gefesselt war. »Sie will Euch Angst einjagen, Euch einschüchtern.«

»Seid endlich still, Schechim«, befahl Inthara. Sie erhob sich; dabei griff sie nach dem Weinbecher, der vor ihr auf dem Boden stand. Sie schritt an den Priestern vorbei zur Nordseite der Halle. Sämtliche Blicke folgten ihr. Ihre Robe schimmerte im Licht der Flammen; in ihrem Rücken tanzte der unheimliche Schatten der Statue an den Wänden. Mit einer raschen Bewegung fuhr sie herum. »Niemandem wird es gelingen, mich einzuschüchtern! Ich bin die Königin Arphats, die Tochter des Sonnengottes. Mich kann keine Drohung schrecken und keine Prophezeiung.« Sie streckte den Becher empor und blickte in Baniters Richtung. »Niemand wird es wagen, mir etwas anzuhaben!«

Ein plötzlicher Wind brandete außerhalb des Tempels auf. Die Tücher gerieten ins Flattern, und die eingenähten Eisenringe klirrten gegeneinander. Wild schlugen die Flammen aus der Feuerschale empor und wurden vom Wind aufgepeitscht. Der Schatten des Norfes bäumte sich auf; die Arme des Schlangengottes schienen nach Inthara zu greifen und verdunkelten ihre Hand.

Ein Schrei gellte aus den Reihen der Priester. Sentschake sprang auf, das Gesicht vor Schreck verzerrt. »Seht! Der Schatten des Dämonengottes! Er greift nach dem Becher!«

»Trinkt nicht, Königin«, brüllte ein anderer Priester. »Dies ist ein Zeichen der Götter – eine Warnung!«

Inthara ließ den Becher verblüfft sinken. Sie starrte auf den Schatten, der inzwischen wieder zur Ruhe gekommen war. Scharf gestochen war das Abbild der Statue auf den Tüchern zu erkennen – die schlangenhafte Zunge, das schlangenhafte Glied, die emporgereckte Hand mit dem Giftbecher.

Baniter fröstelte. *In welches Schauspiel bin ich hineingeraten?* Er blickte auf die Stelle vor seinen Füßen, wo der Becher gestanden hatte. *Dort, genau dort hatte Inthara ihn abgestellt! Soll dies …*

Intharas Blick verdüsterte sich. Sie starrte in Baniters Richtung. »Man hat oft versucht, mich zu ermorden! Als ich sechs Jahre alt war, sandte mir meine eigene Mutter einen Attentäter, der mich mit dem Messer erdolchen sollte.« Sie schritt langsam auf den Fürsten zu. Dabei wies sie auf die weiße Narbe, die sich über ihre linke Wange zog. »Er verfehlte nur knapp meine Kehle, als er sich aus der jubelnden Menge auf mich stürzte. Ich erinnere mich noch, wie mein Gesicht und meine Lippen voller Blut waren und wie ich schrie vor Schmerz und Angst.« Der Becher in ihrer Hand zitterte. »Zweimal hat man versucht, mich zu erdrosseln; dreimal fand sich Gift in meinem Essen, und einmal entdeckte ich eine Natter unter den Decken meines Bettes.« Sie stand nun direkt vor Baniter. Langsam streckte sie ihm den Becher entgegen. »Wollt Ihr trinken, Luchs von Ganata? Wollt Ihr auf mein Wohl anstoßen?«

Baniter gab keine Antwort. Er starrte wie benommen auf den Becher und die Hand, die ihn umklammerte. Im Hintergrund hörte er Sadouter Suant ein irres Kichern ausstoßen, doch ein Fausthieb Ejos brachte ihn zum Verstummen.

»Eine Verschwörung«, brüllte der Schechim und drängte sich an Intharas Seite. »Der Becher stand vor dem Südländer! Der falsche Kaiser des Südbundes schickt uns seine Schlangen, um die Tochter des Sonnengottes zu ermorden!«

Intharas Augen waren noch immer auf Baniter gerichtet. »Ihr wollt nicht trinken?«, fragte sie leise. Sie wandte den Kopf zur Seite. »An'Chaki! Komm zu mir!«

Ein Mädchen löste sich aus den Reihen der Dienerinnen und schritt auf die Königin zu. Baniter erbleichte. *Das ist nicht wahr … das kann alles nicht wahr sein!* Es war tatsächlich An'Chaki, gewandet in ein hellblaues Tuch, die schwarzen Haare zu einer kunstvollen Frisur aufgesteckt. Mit gesenktem Blick blieb sie vor Inthara stehen.

Die Königin streckte ihr langsam den Becher entgegen. »Trink«, befahl sie. Ihr Blick war auf den Fürsten gerichtet.

Baniter sprang auf. »Nein«, schrie er. »Seid gnädig, Inthara! Wenn dieser Wein tatsächlich vergiftet ist …«

»Du gibst es also zu!«, zischte Ejo und zog sein Schwert. »Senke dein Haupt, Schlange, damit ich es dir abschlagen kann!«

Inthara hob gebieterisch die Hand. Sie streckte An'Chaki erneut den Becher entgegen. »Trink!«, wiederholte sie.

An'Chaki ergriff den Becher. Ohne zu zögern setzte sie ihn an die Lippen. Baniter konnte hören, wie sie den Wein hinunterschluckte.

Alle Augen waren auf sie gerichtet, als sie den Becher sinken ließ. Als er ihren Fingern entglitt. Als sie taumelte und nach der Königin griff, um sich an ihr festzuhalten. Als ihre Hand an Intharas Robe abglitt und sie zu Boden brach. Ein Schrei löste sich aus ihrer Kehle, ging in ein Keuchen über. Ihr Gesicht färbte sich dunkelrot, ihre Arme krampften sich um den Leib. Ein Schütteln ging durch ihren Körper; sie krümmte sich auf dem Boden, und aus dem weit aufgerissenen Mund ragte ihre bebende Zunge hervor, von der noch der dickflüssige Wein troff. Ihre Augen glitzerten in panischer Angst; und dann sprühte wie ein feiner, roter Regen Blut aus ihren Nasenlöchern und besudelte ihr Gesicht.

Baniter starrte auf das sterbende Mädchen. Vor seinen Augen schien eine obszöne Theateraufführung stattzufinden, eine Inszenierung, in der er Protagonist und Zuschauer zugleich war. Was sich vor seinen Augen ereignete, war so unwirklich: Das Mädchen, das er in seinen Armen gehalten, das er geküsst und geliebt hatte, starb dort zu seinen Füßen. Es erschien ihm wie ein makaberes Schauspiel, und es hätte ihn kaum verwundert, wenn die Arphater ringsum in jähen Applaus ausgebrochen wären, wenn Mestor Ulba, Sentschake, der große Ejo, ja, selbst der Goldéi mit seinem maskenartigen Gesicht der dahinscheidenden Schauspielerin anerkennend Beifall gezollt hätten, während sie in ihrem Blut verendete.

»Der Atemfänger«, hörte er die Königin hervorstoßen. Verachtung funkelte in ihren Augen. »Als ich Euch im Aru'Amaneth empfing, zeigte ich Euch den Kubethibusch, erinnert Ihr Euch?« Sie wies auf das würgende Mädchen zu ihren Füßen. »Es ist das grausamste Gift, das in Arphat zu finden ist. Nur an wenigen Orten gedeiht dieses tödliche Gewächs, und nur wenige kennen das Geheimnis seiner Blüten.« Sie wich vor dem Fürsten zurück. »Welch ein Dämon seid Ihr, dass Ihr das Gift, mit dem Ihr mich ermorden wollt, aus meinem eigenen Palast stehlt?«

Baniter nahm einen tiefen Atemzug. »Ob das Gift aus dem Aru'Amaneth stammt, kann ich nicht sagen«, antwortete er mit fester Stimme. Er vermied es, zu dem sich am Boden krümmenden Mädchen zu sehen. »Es ist möglich, aber nicht wahrscheinlich. Doch was ich Euch sagen kann, ist der Name des Attentäters.«

»Willst du uns erneut verhöhnen?«, schrie Ejo und hob sein Schwert. »Deine feige Tat ist bewiesen, Schlange! Du kannst sie nicht abstreiten.«

»Großer Ejo, ich weiß, wie gern Ihr mich als Mörder sehen würdet, nachdem ich Euch an der Grenze mit einem Maultier gedemütigt habe«, erwiderte Baniter gelassen. »Doch diese Tat habe ich nicht zu verantworten.« Er blickte Inthara fest ins Gesicht. »Der wahre Attentäter hat sich in seinem Eifer, mich als Schuldigen zu belasten, mehrfach verraten. Ihr werdet das Gift in den Taschen seines Gewandes entdecken.«

Mit diesen Worten hob Baniter Geneder, Fürst von Ganata, die Hand und wies auf den Mörder, der fassungslos und vollkommen überrumpelt zu ihm aufblickte.

KAPITEL 17

Rache

Als die Arphater Thakstel errichtet hatten, um das südliche Hochland vor den Heeren der Candacarer zu schützen, hatten sie einen weisen Ort gewählt. Die Zwingburg stand auf einem schroffen, steil aufragenden Felsrücken. Allein die steinerne Kaiser-Akrin-Brücke verband sie mit der Stadt Thax, die sich auf dem gegenüberliegenden Hügel angesiedelt hatte.

Thakstel galt als uneinnehmbar. Die Candacarer waren vergeblich gegen die düsteren Mauern angerannt, und auch im Südkrieg war die Burg erst nach zweijähriger Belagerung gefallen. Den letzten Ansturm hatte Thakstel vor vierzehn Jahren erlebt, als die Arphater versucht hatten, das Hochland zurückzuerobern. Vor Thakstels Toren waren sie vernichtend geschlagen worden. Man erzählte sich, dass nach der Schlacht die Kaiser-Akrin-Brücke mit den Leichen der Arphater gepflastert gewesen sei.

Jundala Geneder blickte von den Zinnen des Südturmes auf die legendäre Brücke herab. Sie hatte sich ein Tuch um den Hals gewickelt, um ihn vor der harschen Kälte zu schützen. Kampfgeschrei drang zu ihr empor; die Belagerer hatten den vorderen Brückenabschnitt erstürmt. Doch schon ging von Thakstels Zinnen ein Meer von Pfeilen auf sie nieder. Wieder und wieder feuerten die kaiserlichen Soldaten ihre Bögen ab, und auf der Brücke sanken zahlreiche junge Männer und Frauen zu Boden.

»Sie werden alle sterben«, sagte Arkon Fhonsa mit ruhiger Stimme. Der Fürst von Thoka stand neben Jundala und beugte sich über die Burgzinnen. »Wie kann man so leichtsinnig sein, ungerüstet und nur mit Knüppeln bewaffnet gegen Thakstels Mauern anzurennen!«

»Den Weißstirnen geht es längst nicht mehr darum, den Palast zu stürmen«, erwiderte Jundala. »Sie wollen weitere Märtyrer in ihren Reihen schaffen.«

»Davon haben sie bereits mehr als genug«, sagte Perjan Lomis. Auch er stand auf dem Turm, nervös mit der Fürstenkette spielend, die um seinen Hals baumelte. »Wie viele Weißstirne sind in den letzten Wochen ums Leben gekommen? Allein bei dem jüngsten Angriff auf den Tempel sollen über hundert von den Tempelwachen niedergemetzelt worden sein.«

»Es wird noch schlimmer kommen«, fürchtete Arkon Fhonsa. »Seit Magro Farghs Tod ist im Reich das Chaos ausgebrochen. Nun gibt es plötzlich zwei Hohepriester in Sithar, und das Volk lässt keinen Zweifel, welchem der beiden seine Sympathie gilt.«

Seit sich der junge Priester, dem man die wundersame Tötung eines Untieres am Tag der Ernte nachsagte, zu Magro Farghs Nachfolger ausgerufen hatte, war der Aufstand in Thax eskaliert. Die Weißstirne hatten Nhordukaels dreiste Erhebung lautstark bejubelt. Kurz darauf hatten zahlreiche Tempel im gesamten Reich Nhordukael als Oberhaupt der Kirche anerkannt. Doch auch Bars Balicor, der vormalige Erzprior von Thax und somit legitime Nachfolger Magro Farghs, hatte seine Anhänger um sich geschart. Die troublinischen Tempel hatten keinen Augenblick gezögert, ihn als wahren Hohepriester der Kirche auszurufen. Auch im Silbermeer gab es breite Unterstützung für den einstigen Kurator von Morthyl.

»Eine Kirchenspaltung hat uns gerade noch gefehlt«, stöhnte Arkon Fhonsa. »Schon einmal in unserer Geschichte bekriegte sich die Priesterschaft. Der Kampf zwischen der Bathaquar und der Tathrilya wuchs sich zum Bürgerkrieg aus. Die erneute Spaltung wird einen ähnlich hohen Blutzoll fordern.«

»Vergesst nicht den Adelsaufstand in Thax«, rief ihm Perjan Lomis in Erinnerung. »Er droht inzwischen auch auf andere Fürstentümer überzugreifen. Zahlreiche Grafen und Barone weigern sich, die Hoheit des Silbernen Kreises anzuerkennen. Sie fordern Mitbestimmung in den Fragen der Heereseinberufung und Kriegsbesteuerung.«

»Ich könnte wetten, dass Scorutar Suant und Binhipar Nihirdi hinter diesen Forderungen stecken«, wetterte Arkon Fhonsa. »Sie hetzen den Kleinadel gegen uns auf. Seit sie die Macht im Thronrat verloren haben, versuchen sie die Handlungsfähigkeit des Silbernen Kreises zu untergraben.«

Perjan Lomis nickte verbittert. »Lange können wir dem Druck nicht mehr standhalten. Auf den Straßen von Thax herrschen die Weißstirne, das Reich wird durch die Adelsrevolte und den Kirchenkrieg gelähmt, und ein unbekanntes Heer hat die Insel Fareghi besetzt und Varyns Leuchtturm in seine Gewalt gebracht!«

Jundala blickte ihn nachdenklich an. »Weiß man noch immer nicht, wer hinter der Eroberung Fareghis steckt?«

Fürst Perjan schüttelte den Kopf. »Niemand weiß, wie es geschah! Niemand sah die Schiffe, mit denen das Heer zu der Insel übersetzte, ein Heer von über zweitausend Mann. Es nahm die Insel im Sturm! Fareghi war auf einen solchen Angriff nicht vorbereitet. Viele behaupten, die Angreifer stünden mit den Goldéi im Bunde. Man will kathygische Rüstungen auf Fareghi gesehen haben.«

Arkon Fhonsa lachte grimmig auf. »Welch ein Unsinn! Wie sollten die Kathyger nach Fareghi gelangen? Haben sie heimlich das Fliegen erlernt und sind über den Rochen geflattert?«

»Ich vermute, dass die Troublinier hinter dem Anschlag stecken«, sagte Perjan. »Ihre Schiffe wagen sich seit einigen Kalendern verdächtig weit ins Silbermeer.«

Jundala Geneder zog das Tuch fester um ihren Hals. »Fest steht, dass die Insel verloren ist. Ganz Sithar wird unter der Besetzung des Leuchtturms leiden. Welcher Händler sollte während der Stürme, die im Winter und

Frühjahr über das Meer peitschen, eine Überfahrt riskieren, wenn er nicht auf die magischen Lichter von Fareghi vertrauen kann?«

Arkon Fhonsa ballte die Fäuste. »Sithar versinkt im Chaos, und der Grund ist allein die Spaltung des Thronrates. Solange Scorutar Suant und Binhipar Nihirdi uns Steine in den Weg legen, wird das Reich nicht zum Frieden kommen.« Er musterte Jundala verärgert. »Wann kehrt Euer Gemahl endlich aus Praa zurück? Es würde unsere Position ungemein stärken, wenn wir uns des Bündnisses mit Arphat sicher sein könnten.«

Jundala lächelte. »Baniter schreibt in seinem Brief, dass die Königin einem Bündnis nicht abgeneigt ist. Es wird nicht mehr lange dauern, bis er ihre Zweifel zerstreut hat.«

Misstrauen lag in Arkon Fhonsas Blick. »Warum zeigt Ihr uns diesen Brief nicht, damit wir ihn im Thronrat verlesen können?«

Jundala schüttelte den Kopf. »Ihr würdet ihn nicht verstehen, glaubt mir.« Sie blickte erneut auf die Brücke herab. Ein kaiserlicher Reitertrupp preschte über die Leichname hinweg und setzte den flüchtenden Weißstirnen nach. »Wichtiger ist, dass Ihr auf den Kaiser Acht gebt. Mit ihm entscheidet sich Sithars Zukunft.«

Perjan Lomis warf ihr einen fragenden Blick zu. »Haltet Ihr sein Leben für bedroht? Selbst Scorutar und Binhipar würden es nicht wagen, ihm etwas anzutun.«

»Nein, das würden sie nicht wagen«, erklang eine Stimme aus dem Hintergrund. Die drei Adeligen fuhren herum. Sie erblickten den Kaiser. Er stand am Treppenaufgang – allein, ohne jede Begleitung. Auch heute trug er sein schwarzes Kaufmannsgewand; es war stark zerknittert und verschmutzt. Zudem hatte Akendor sich seit Tagen nicht rasiert; ein dunkler Flaum bedeckte Wangen, Kinn und Hals. »Sie würden nicht gegen Torsunts Sohn die Hand erheben, und falls doch, wäre es ihr Ende! Dann würde ich sie aus Thax hinausjagen und den Silbernen Kreis ein für alle Mal auflösen.«

Arkon und Perjan wechselten beunruhigte Blicke. »Ihr solltet vorsichtig mit solchen Äußerungen sein«, stieß Arkon hervor. »Die Fürsten könnten sie missdeuten!«

Akendor lachte auf. »Niemand wird mir jemals mehr den Mund verbieten – auch Ihr nicht, Fürst Arkon! Ich habe lange genug geschwiegen, habe all die Jahre das Maul gehalten, während der Silberne Kreis mein Leben verpfuscht hat.« Er trat an Jundalas Seite und blickte zur Brücke hinab. »Dort unten seht Ihr die Ernte Eurer Herrschaft! Das Volk rennt in fanatischem Hass gegen den Palast seines Kaisers an. Es hasst mich, und das verdanke ich den Fürsten – Euch allen!«

Perjan Lomis schüttelte empört den Kopf. »Wir sind es, die Euch in den letzten Wochen verteidigt haben, Majestät. Wir haben all Eure Schritte und Erlasse mitgetragen! Selbst Eure Verlobung mit diesem Mädchen haben wir …«

»Dieses Mädchen«, unterbrach ihn Akendor scharf, »wird bald Eure Kaiserin sein, also überlegt Euch, was Ihr sagt.« Er blickte trotzig zu Jundala Geneder hinüber, doch sie wich seinem Blick aus. Akendor wandte sich ab und holte eine Schriftrolle aus der Tasche. Er überreichte sie Arkon. »Dieses Schreiben erreichte Thax vor zwei Stunden, ein Brief aus Fareghi. Ich möchte Eure Meinung dazu hören.«

Arkon entrollte das Pergament. Seine Augen weiteten sich, während er die Zeilen des Schreibens überflog. »Ultimatum an Akendor Thayrin, Kaiser von Sithar, und an die Fürsten des Thronrates«, las er vor. »Hiermit erhebt das Königreich Fareghi Anspruch auf die Inseln Morthyl und Thaira, auf den Swaaing-Archipel sowie auf die Inseln Vrynn, Vodtiva, Strega, Tula und Pendekowin. Der König auf Fareghi fordert die Fürsten des Silbermeeres – namentlich Scorutar Suant, Ascolar Suant und Perjan Lomis – hiermit auf, sich umgehend seiner Macht zu beugen und ihre Fürstenketten abzulegen. Der König auf Fareghi fordert weiterhin Akendor Thayrin auf, das Königreich im Silbermeer anzuerkennen, ihm den Friedens- und Freundschaftsschwur zu leisten und für alle Zeiten auf die abgetretenen

Inseln zu verzichten.« Fassungslos blickte er auf. »Unterzeichnet: Eldrom von Crusco, König auf Fareghi, König des Silbermeeres!«

Perjan Lomis starrte Arkon entgeistert an. »König des Silbermeeres? Wer ist dieser Wahnsinnige?«

Jundala dachte angestrengt nach. »Eldrom von Crusco ... ich kenne diesen Namen. Ein kathygischer Baron, zuletzt Herr über das Rochenland, berüchtigt für seine Grausamkeit gegenüber der dortigen Bevölkerung.«

»Aber das ist unmöglich«, schrie Perjan Lomis. »Wie kommt ein kathygischer Baron nach Fareghi? Und wie in aller Welt kann er die Insel im Handstreich einnehmen?«

»Ein Irrer, ganz ohne Zweifel«, zischte Arkon Fhonsa. »Wer sich zum König des Silbermeeres ausruft, muss größenwahnsinnig sein.« Er wandte sich Akendor zu. »Es kann nur Zauberei hinter diesem Anschlag stecken! Die Zauberkunst der Goldéi hat die Kathyger nach Fareghi geführt. König Eshandrom hat sein Haupt vor den Echsen gebeugt; nun sendet er in ihrem Auftrag seine Soldaten gegen uns!«

»Wir dürfen das nicht dulden«, rief Perjan Lomis. »Lasst uns die gesamte Flotte nach Fareghi entsenden, um diesem selbst ernannten König zu zeigen, was wir von seinem Ultimatum halten!«

»Der Großteil unserer Kriegsschiffe liegt nahe Vodtiva und Swaaing vor Anker, den suantischen Fürstentümern«, erinnerte Arkon Fhonsa ihn. »Scorutar wird sich weigern, sie von dort abzuziehen. Noch ist er Befehlshaber der kaiserlichen Flotte.«

»Dann müssen wir ihm dieses Amt entziehen«, sagte Perjan Lomis entschlossen. »Auf die Familie Suant ist kein Verlass in diesen Tagen.«

Akendor zögerte. Er blickte zu Jundala Geneder herüber. »Was meint Ihr dazu, Fürstin?«

Jundala zog die Stirn in Falten. »Ihr habt Scorutar und Binhipar in den vergangenen Wochen zahlreiche Machtbefugnisse abgerungen. Der Prozess gegen die Klippenritter stellt eine zusätzliche Demütigung für sie dar. Sie werden es kaum hinnehmen, dass Ihr ihnen nun auch die Befehlsgewalt über die Flotte entzieht!«

Akendor nickte. »Ich sehe die Gefahr. Doch ich bin entschlossen, diesen Kampf auszufechten.« Er glättete eine Falte seines Gewandes und fixierte Perjan Lomis. »Fürst Perjan, wäret Ihr bereit, die Verantwortung für die Flotte zu übernehmen?« Dann blickte er zu Arkon Fhonsa hinüber. »Und Ihr, Fürst Arkon, traut Ihr Euch zu, den Orden der Weißen und der Schwarzen Klippen anzuführen, wenn ich in einem Urteilsspruch seine Schuld bestätige und die Ritter aus Binhipars Gewalt entlasse?«

Erschrockenes Schweigen. Sprachlos blickten sich die beiden Fürsten an. Auch Jundala Geneder konnte ihr Erstaunen kaum verbergen. »Denkt daran, Akendor, noch sind vier Fürsten des Silbernen Kreises gegen uns«, warnte sie. »Vildor Thim und Hamalov Lomis stehen fest an der Seite unserer Gegner. Und auch wenn Ascolar Suant, der Fürst von Vodtiva, uns bisher unterstützt hat, so ist er Scorutars Vetter. Er würde niemals gegen seine Familie das Schwert erheben.«

»Wer spricht hier vom Schwert?«, empörte sich Arkon. »Es ist an der Zeit, klare Verhältnisse im Silbernen Kreis zu schaffen! Wenn sich Scorutar und Binhipar dem Befehl des Kaisers beugen, wird es kein Blutvergießen geben.« Entschlossen blickte er Akendor an. »Ich stehe an Eurer Seite, mein Kaiser.«

»Auch meine Unterstützung habt Ihr«, fügte Perjan Lomis grimmig hinzu.

Ein zufriedenes Lächeln wanderte über Akendors Lippen. »Dann haltet Euch für den heutigen Abend bereit, wenn der Silberne Kreis zusammentritt. Man wird noch lange von dieser Sitzung sprechen.« Er wandte sich ab. »Bis dahin werde ich nach Durdun reiten, um meine Verlobte zu sehen.«

Arkon Fhonsa schien nicht erfreut über diese Nachricht. »Bleibt besser im Palast, Majestät! Die Straßen von Thax sind umkämpft, niemand ist dort mehr sicher. Die Weißstirne …«

Akendor lachte. »Das Volk hat mein Gesicht längst vergessen, und in diesem Gewand sehe ich aus wie ein gewöhnlicher Kaufmann. In den Abendstunden werde ich zurück sein.« Mit diesen Worten schritt er die steinerne Treppe hinab und ließ die Fürsten auf dem Turm zurück.

»Er ist ohne jeden Schutz«, flüsterte Perjan Lomis. »Seinen Leibwächter hat er fortgejagt, und auch von den Rittern lässt er sich nicht mehr bewachen.«

»Offenbar hält unser Kaiser sich für unverwundbar«, stieß Arkon wütend hervor. »Welch ein Leichtsinn! Lasst uns Vorsorge treffen, dass heute Abend einige kaiserliche Soldaten im Thronsaal bereitstehen.«

Jundala Geneder wandte sich von den Fürsten ab. Gedankenverloren starrte sie auf die Brücke, auf die Leiber der gefallenen Weißstirne. »Man wird noch lange von dieser Sitzung sprechen«, wiederholte sie leise die Worte des Kaisers. Ein Schauer fuhr ihr über den Rücken, und sie schlang sich das Tuch noch enger um den Hals, während der Wind heulend um die Zinnen des Turms fuhr – ein hämisches Gelächter, das sich in den Fluchten der Burg verlor.

❦

Sie warfen sich ihm zu Füßen, einer nach dem anderen. »Tathril«, flüsterten sie und knieten sich in den festgefrorenen Schlamm. Ihre Augen glänzten vor Feuereifer und blinder Verehrung.

»Steh auf«, befahl Nhordukael und beugte sich zu einem der jungen Männer herab, die vor ihm kauerten. »Niemand soll vor mir niederknien.« Er reichte ihm die Hand, und der Junge ergriff sie zögernd. Langsam richtete er sich auf.

»Mein Hohepriester«, stammelte er, »Eure Heiligkeit, verzeiht mir.«

Nhordukael betrachtete sein Gegenüber aufmerksam. Er schien in seinem Alter zu sein, achtzehn oder neunzehn;

ein schlanker Junge, dessen Gesicht vor Entschlossenheit glühte. Er trug ein ausgefranstes weißes Stirnband, unter dem seine blonden Locken hervorquollen.

»Wie heißt du?«, fragte Nhordukael, ohne die Hand des anderen loszulassen.

»Drun«, stieß der Junge hervor und schlug den Blick nieder. »Ich bin es nicht wert, dass Ihr Euch meinen Namen merkt.«

»Ich kenne ihn längst«, erwiderte Nhordukael. »Du führst die Weißstirne an.«

»Wir kämpfen allein für Euch«, rief Drun eifrig. »Wir sahen das Wunder am Tag der Ernte.« Er deutete auf die weiße Kutte, die Nhordukael trug. »Weder das Untier noch die glühende Bronze konnten Euch etwas anhaben. Ihr seid der Auserkorene!«

Nhordukael schwieg. Er ließ seinen Blick langsam über den Platz schweifen, ein Marktflecken im Gerberviertel von Thax. Über zweihundert Weißstirne hatten sich versammelt, um den neuen Hohepriester zu empfangen. Sie knieten auf dem Boden, den Blick auf Nhordukael gerichtet.

Es war das erste Mal seit Magro Farghs Tod, dass Nhordukael nach Thax ritt. Noch immer war die Lage in der Hauptstadt unsicher. Zwar waren die südlichen Viertel fest in der Hand der Weißstirne, doch im Nordteil der Stadt kam es weiterhin zu Kämpfen mit kaiserlichen Soldaten und Tempelrittern. Der Kampf der Weißstirne, der inzwischen sogar von einigen Adeligen aus dem Umland unterstützt wurde, war zum Bürgerkrieg geworden.

»Der Auserkorene …«, wiederholte Nhordukael leise. Seine dunkelgrauen Augen waren auf Drun gerichtet. »Ja, Tathril hat mich auserkoren; doch mein Kampf beginnt erst. Ich habe viele Feinde, selbst hier in Thax.«

Druns Augen blitzten auf. »Der falsche Hohepriester Bars Balicor wird nicht mehr lange unseren Glauben besudeln. Noch heute werden wir den entweihten Tempel bis auf die Grundmauern niederreißen. Diesmal wird uns die

Tempelgarde nicht zurückhalten können. Über die Hälfte der Ritter sind zu uns übergelaufen!«

Nhordukael zog seine Hand zurück. »Bars Balicor steht mit dunklen Mächten im Bunde. Er will die Kirche in einen Hort des Bösen verwandeln. Ihr müsst ihn vernichten!«

Drun ballte die Fäuste. »Das werden wir! Tathril stehe uns bei in diesem Kampf.« Ehrfurchtsvoll verneigte er sich vor Nhordukael und schritt zurück, die Augen weiterhin auf den Hohepriester geheftet.

Nhordukael wandte sich um. Eine Gruppe Tempelritter wartete auf ihn; sie hatte sich ihm als Leibgarde angeboten. In den Augen der Ritter glänzte derselbe Fanatismus, den er in Druns Gesicht gesehen hatte. *Vor wenigen Wochen kannten sie nicht einmal meinen Namen. Heute verehren sie mich als ihren Hohepriester, als den Auserkorenen! Wie kann der Glaube die Menschen so blind machen?* Er musste sich beherrschen, um nicht in Gelächter auszubrechen. *Die Kirche schart sich um ihr neues Oberhaupt und glaubt in ihm den Weltretter gefunden zu haben. Alles verläuft so, wie Magro Fargh es geplant hat – mit dem winzigen Unterschied, dass er den Krieg gegen die Goldéi selbst nicht miterleben wird. Ich habe ihn besiegt, und ebenso werde ich Bars Balicor besiegen.* Er blinzelte in den grauen Winterhimmel. *Siehst du auf mich herab, Tathril? Siehst du, wie dein ›Auserkorener‹ sein Werk beginnt? Auch dich werde ich besiegen, du jämmerlicher Gott, du lächerliches Phantom! Dich werde ich zertrümmern, dir werde ich die Maske herunterreißen, damit alle Welt dein wahres Gesicht erblickt.*

»Tathril behüte Euch, Hohepriester«, hörte er eine Stimme rufen. Ein untersetzter Mann schob sich durch die Reihen der Tempelritter, ein wohl sechzigjähriger, langnasiger Priester mit Halbglatze und kühnem Schnurrbart. Es war kein Geringerer als Alplaudo Carxives, der Kurator von Vara. Vor zwei Tagen war er zum Brennenden Berg gekommen, um Nhordukael die Treue zu schwören. Carxives galt als dritthöchster Priester der Kirche, denn in der einstigen Kaiserstadt Vara stand der Erhabene Dom, der bedeutendste Tempel des Tathril.

»Ihr solltet nicht hier sein, Eure Heiligkeit«, sagte Carxives, als er an Nhordukaels Seite trat. »Diese Stadt ist umkämpft. Es ist besser, wenn Ihr nach Amos zurückreitet.«

Nhordukael lächelte. »Ich musste nach Thax kommen, um jenen, die seit Wochen für mich kämpfen, Mut zuzusprechen.«

»Es sind tapfere und gottesfürchtige Menschen«, gab Carxives zu. »Ich hoffe, sie werden den Tempel endlich erstürmen. Es wird Zeit, dass Bars Balicor verhaftet und eingekerkert wird.« Er setzte eine ernste Miene auf. »Ihr wisst, dass Eure Erhebung umstritten ist. Laut Gesetz ist Bars Balicor der rechtmäßige Nachfolger Magro Farghs. Viele Tempel im Silbermeer und in Troublinien haben sich für ihn ausgesprochen.«

Nhordukael musterte Carxives. »Warum nicht auch Ihr, Kurator?«

Entrüstet schnaubte der Priester auf. »Weil Ihr der Auserkorene seid, Nhordukael! Das Wunder sprach eine deutliche Sprache. Wie ein Lauffeuer hat sich die Kunde von Eurer Rettung aus der glühenden Bronze verbreitet. Und als Magro Fargh Euch zu seinem Nachfolger bestimmte, gab es für mich keinen Zweifel mehr.« Er blickte Nhordukael freundlich an. »Als ich vorgestern nach Amos kam, spürte ich die Macht der Quelle. Sie ist wie verwandelt! Sie fügt sich willig Eurer Herrschaft, und ich konnte keine Feindseligkeit in ihr erkennen. Auch sie spürt, dass Ihr der wahre Hohepriester seid.«

Nhordukael strich sich die Kutte glatt. »Ich habe Euch viel zu verdanken, Kurator. Ihr habt mir die Treue geschworen, und viele Tempel folgten Eurem Beispiel.«

»Glaubt mir, in ganz Sithar nahm man Eure Erhebung mit großem Jubel auf«, versicherte Alplaudo Carxives. »Wir alle fürchteten uns vor dem Tag, an dem Balicor das höchste Amt übernehmen würde. Wir spürten, dass dieser Mann nicht der wahre Hohepriester sein kann.« Er beugte sich verschwörerisch zu Nhordukael hinüber. »In der Nacht, in der Magro Fargh starb, erschien mir im Traum der heilige Durta Slargin, der Gründer unserer Kirche. Er verkündete mir den Tod des Hohepriesters und warnte mich vor Bars Balicor. Er sagte mir, dass Balicor seine Seele verkauft und Tathril verraten habe.«

Nhordukael horchte auf. »Ein seltsamer Traum …«

Carxives nickte. »Tathril weiß um die Schrecken, die unsere Welt bedrohen. Er will uns beschützen, und so sendete er uns den Auserkorenen – Euch, Nhordukael! ›Suche den Auserkorenen‹, so sprach Durta Slargin in meinem Traum zu mir, ›und begleite ihn auf seinem schweren Weg.‹ Deshalb kam ich zu Euch, Eure Heiligkeit, und ich werde nicht von Eurer Seite weichen.«

Nhordukael lächelte. *Wie Ihr wollt, Kurator! Bleibt bei mir, begleitet mich auf meinem Weg. Ich hoffe, ich werde Euch nicht enttäuschen!*

Fort, ich muss fort; ich will nicht mehr zurück, nie mehr! Ich will nicht, dass er mich noch einmal berührt, dass er mich küsst, dass er mich festhält, ich will nicht seine Kaiserin werden, wollte es nie, ich muss fort, fort …

Ceyla rannte. Der verkrustete Schnee knirschte unter ihren Stiefeln. Gelegentlich blieb sie stehen, um sich zu vergewissern, dass ihr niemand folgte. Doch da war keine Menschenseele. Ceyla setzte ihren Weg fort, rannte, so schnell die Füße sie trugen; und wusste doch, dass sie am Abend aus eigenen Stücken zurückkehren würde ins Haus Durdun – aus Angst, aus Verzweiflung, aus Ratlosigkeit.

›*Höre auf deine Instinkte*‹, wisperte eine Stimme in ihr, ›*niemand kann dich zu etwas zwingen, das du nicht willst*‹, die Stimme Tundia Suants, die sie bis in ihre Träume verfolgte, ›*du kennst deinen Stand, und du weißt, dass sich ein Mädchen aus dem niederen Adel nicht als Kaiserin eignet! Geh fort aus Thax, solange du noch kannst!*‹ Doch sie konnte nicht fort; Akendor würde sie niemals gehen lassen. Und Ceyla war sich längst nicht sicher, ob sie tatsächlich fliehen wollte. Denn obwohl sie seine Nähe fürchtete und sich vor seinen

Berührungen ekelte, empfand sie noch immer vage Zuneigung für ihn, ein widersinniges Gefühl, das nicht weichen wollte. Seit Akendor seinen Leibwächter Garalac davongejagt hatte, bangte sie oft um sein Leben. »Das hätte er nicht tun dürfen«, flüsterte sie, während sie durch den Wald lief. Anstatt sich um seine eigene Sicherheit zu kümmern, hatte Akendor sechs Ritter zum Schutz seiner Verlobten in Durdun zurückgelassen und sie angewiesen, Ceyla nicht aus den Augen zu lassen.

Die ersten Tage waren entsetzlich gewesen; die Ritter hatten Ceyla auf Schritt und Tritt verfolgt, und sie hatte die teils herablassenden, teils gierigen Blicke der Männer über sich ergehen lassen müssen. Ceyla hatte den Kaiser schließlich gebeten, die Ritter wieder fortzuschicken. Zu ihrem Erstaunen hatte Akendor nachgegeben. »Sie werden es nicht wagen«, hatte er dabei gemurmelt, »nicht ein zweites Mal«, und fortan war ihr Leben in Durdun wieder erträglicher geworden.

Früher Mittag. Auch heute war der Himmel grau und wolkenverhangen. Ceyla fror; es war eisig kalt, auch wenn es seit Tagen nicht geschneit hatte. Noch immer rannte sie. *Fort, ich muss fort …* doch wohin sollte sie fliehen? Zu ihren Eltern? Ihr Vater hätte sie eigenhändig nach Thax zurückgeprügelt. Es gab keinen Ort, an dem sich Ceyla sicher fühlen konnte. *Du bist dumm, du verhältst dich wie ein Kind*, schalt sie sich. Sie blieb stehen, schloss die Augen, lauschte ihrem rasenden Herzen. *Du kannst nicht fortlaufen!*

Sie machte auf dem Pfad kehrt. Wohl eine Stunde war sie gerannt; es lagen mindestens sechs Acker zwischen ihr und Haus Durdun, und sie würde einige Stunden für den Rückweg brauchen. Ihr Atem beruhigte sich. *Du musst stark sein, Ceyla*, befahl sie sich. *Es ist dein Schicksal, Akendors Frau zu werden. Nimm es endlich an, anstatt dich …*

Erschrocken blieb sie auf der Mitte des Pfades stehen. Ein Mann war an der Wegbiegung erschienen. Gemächlich ging er ihr entgegen. Ein Schauer lief über Ceylas Rücken.

Ich habe niemanden gesehen, als ich den Weg entlanglief! Wo kommt er so plötzlich her? Ihr Herz pochte schneller, als die Gestalt sich näherte. Es handelte sich um einen großen, wohl dreißigjährigen Mann. Die schwarzen Haare hingen lang und verfilzt in seinem Nacken. Trotz der winterlichen Kälte trug der Mann nur eine zerfetzte Leinenhose. Sein muskulöser Oberkörper war entblößt, sodass man das prächtige Hautbild sehen konnte, das Brust und Oberarme bedeckte.

Er hatte sich ihr auf wenige Schritte genähert. Sein Gesicht wirkte verschlossen, die Augen grausam, der Mund war ein verhärmter Spalt unter der scharf geschnittenen Nase. Ceylas Blick wanderte zu dem Hautbild auf seiner Brust herab. Es zeigte ein Rudel wilder Tiere, scheußliche Kreaturen mit roten Augen, zotteligem Fell und aufgerissenen Mäulern, vermutlich Wölfe. Angewidert setzte Ceyla einen Schritt zurück.

»Ceyla Illiandrin«, sagte der Fremde. Seine Stimme klang gepresst, quäkend. »Das bist du doch, nicht wahr?«

Sie wollte antworten, doch ihr versagte die Stimme. Sie versuchte den Blick von der Tätowierung abzuwenden, doch das Bild der Wölfe ließ sie nicht los.

»Lass mich dein Gesicht sehen«, stieß der Mann hervor und verschränkte die Arme vor der Brust. Als die Muskeln seiner Oberarme sich spannten, geriet das Bild in Bewegung, und die Wölfe stürzten sich übereinander. Es schien, als ob sie sich ineinander verbissen.

Mit zitternden Fingern schlug Ceyla ihre Kapuze zurück. Der Fremde musterte sie mit gleichgültigem Blick. »Sie hat mir nicht gesagt, dass du so jung bist«, zischte er. »Du bist ja noch ein halbes Kind!«

Nun erst bemerkte Ceyla die Messer, die der Mann an seinem Gürtel trug; zwei große, blitzende Messer mit breiten Klingen. Sie spürte, wie ihre Knie weich wurden, wie sie ins Taumeln geriet und zu Boden sank. Doch ihre Augen konnte sie nicht von ihm nehmen – von den Messern, von den rasenden Wölfen …

»Das hat sie mir nicht gesagt«, wiederholte der Mann voller Empörung. »Ist ein Jammer, ein so junges Ding, und so hübsch! Sie wird mir das Doppelte bezahlen müssen.« Er beugte sich zu ihr herab. »Zieh deinen Mantel aus.«

»Bitte lasst mich«, flehte Ceyla und presste sich die Fäuste vor den Mund. »Lasst mich in Ruhe, ich bitte Euch!«

Der Mann legte den Zeigefinger vor den Mund. »Sei still, kleines Mädchen«, flüsterte er. Seine rechte Hand tastete nach den Messern. »Ich will dir ein Kunststück vorführen. Du wirst staunen.« Er kniete sich vor Ceyla auf den Boden nieder, und mit einer raschen Bewegung riss er ihren Mantel auf, während seine andere Hand die Messergriffe umschlossen. »Ein Kunststück, kleines Mädchen, eine Aufführung ganz für dich allein.« Die Messerklingen glänzten matt im Licht, und die Wölfe auf seiner Brust warfen sich aufeinander, verbissen sich in den Gurgeln ihrer Brüder – eine entfesselte Meute, die keinen Halt mehr kannte.

❦

Rotes Licht flutete die Weihungshalle und tauchte die Marmorsäule in ihrer Mitte in blutigen Schein. Auf der glänzenden Oberfläche der Säule zeichnete sich der Abdruck einer Hand ab, ein schwarzer Stempel, der sich tief in den Stein gebrannt hatte.

Ein grauhaariger Priester stürzte durch die geöffnete Tür in den Saal. Er trug eine edle weiße Kutte, deren Ränder mit einem grünen Saum bestickt waren. Es war die Kutte des Hohepriesters, und sie stand Bars Balicor ganz vorzüglich.

»Rumos«, schrie Balicor, »wo steckst du?« Nervös fuhr sein Blick durch die Weihungshalle. Schließlich entdeckte er den Bathaquari, der in einer dunklen Ecke der Halle stand und damit beschäftigt war, ein zu seinen Füßen liegendes Bündel zu schnüren.

Als Balicor ihm entgegeneilte, richtete sich Rumos gemächlich auf. »Tathril zum Gruß, Eure Heiligkeit.« Er trug heute weder eine Priesterkutte noch sein troublinisches Kaufmannsgewand. Stattdessen hatte er sich in Lumpen gehüllt. Sie starrten vor Schmutz, und ein säuerlicher Geruch ging von ihnen aus. Auch die Haare und der Bart des Bathaquaris wirkten ungepflegt. »Was kann ich für unseren frisch gebackenen Hohepriester tun?«

»Die Weißstirne haben das äußere Tor durchbrochen«, keuchte Bars Balicor. »Hörst du nicht den Lärm?«

Rumos legte den Kopf in den Nacken und lauschte. Tatsächlich – aus der Ferne klangen Schreie, das Klirren aufeinander treffender Schwerter, das Wiehern aufgepeitschter Pferde. »Der Eifer dieser jungen Wirrköpfe ist erstaunlich«, sagte Rumos anerkennend. »Sie haben sich von drei gescheiterten Versuchen nicht einschüchtern lassen und rennen ein weiteres Mal gegen den Tempel an.«

»Diesmal werden sie ihn niederreißen, wenn du nicht endlich etwas unternimmst«, schrie Balicor. »Die Tempelritter haben mich verraten und kämpfen an der Seite der Rebellen! Und der Palast wird uns keine Hilfe senden; Thakstel wird selbst belagert.« Er starrte Rumos voller Zorn an. »Warum setzt du nicht endlich die magischen Kräfte der Bathaquar ein? Seit Tagen verkriechst du dich hier, ohne ein Ritual zu unserem Schutz zustande zu bringen!«

Rumos schüttelte bedauernd den Kopf. »Unser Freund Nhordukael ist recht geschickt darin, uns vom Sphärenstrom der Quelle abzuschneiden. Das Auge der Glut scheint sich prächtig mit dem neuen Hohepriester zu verstehen.«

»Ich bin der neue Hohepriester«, fauchte Balicor, »ich allein! Dieser dreiste Junge hat kein Recht, sich den Titel anzueignen!«

»Manche Leute sehen das anders«, erwiderte Rumos. »Es ist erstaunlich, wie viele Feinde du dir in der Kirche gemacht hast.«

Balicor wies erneut zur Tür. »Wir können den Tempel nicht halten. Die Weißstirne werden mich umbringen und Nhordukael zum alleinigen Hohepriester ausrufen. Und der Bathaquar wird es nicht besser ergehen! Wenn ich sterbe, bedeutet dies das Ende deiner elenden Sekte!«

Rumos Rokariac lachte auf. »Die Bathaquar wird niemals untergehen. Viele Jahrhunderte glaubte man, sie sei im Heiligen Prozess ausgerottet worden. Doch im Verborgenen bestand unsere Gemeinschaft fort, bis zum heutigen Tag.« Rumos griff nach dem Bündel zu seinen Füßen, ein schmutziges Tuch, in das er seine Habseligkeiten gewickelt hatte. »Ich würde mich gern weiter mit dir über die Geschichte der Bathaquar unterhalten, doch leider fehlt mir die Zeit. In einigen Tagen legt im Hafen von Vara ein Schiff ab, das ich auf keinen Fall verpassen darf.«

Bars Balicor starrte ihn ungläubig an. »Du willst Thax verlassen?«

»Es gibt wichtigere Aufgaben, als diesen jämmerlichen Tempel zu hüten«, erwiderte Rumos. »Ich weiß ihn ja bei dir in guten Händen.«

»Der Tempel wird fallen!«, rief Balicor erbost. »Die Weißstirne werden ihn niederbrennen!«

Rumos schob sich das Bündel unter den Arm. »Mach dir nicht ins Hemd, Hohepriester. Dein Tempel wird nicht fallen. Hilfe ist bereits unterwegs.«

Balicor starrte ihn verwirrt an. »Was soll das heißen?«

Rumos wandte sich gelangweilt ab. »Ein kleines Wort in das richtige Ohr gesprochen, und schon löst sich jedes Problem. Dein Fehler ist es, die Geschehnisse um dich herum nicht wahrzunehmen. Der Krieg, in dem wir uns befinden, tobt nicht allein innerhalb der Kirche.« Er schritt zur Tür der Weihungshalle. »Ich werde für einige Kalender die Stadt verlassen. Die Prophezeiung ruft mich an einen anderen Ort, weit entfernt von hier. Du wirst den Kampf gegen die Tathrilya allein zu Ende führen müssen. Der junge Nhordukael ist ein harter Gegner, sei dir dessen gewiss! Seine Ernennung wurde geschickt vom alten Fargh eingefädelt. Fargh ahnte wohl, dass wir versuchen würden, die Macht der Kirche an uns zu reißen.« Er blieb am Eingang stehen. »Du wirst einiges zu tun haben, während ich fort bin. Besetze die wichtigsten Kirchenämter mit Angehörigen der Bathaquar und zwinge die Priester zu absolutem Gehorsam. Sorge dafür, dass die Quelle von Amos in unsere Gewalt kommt, und beseitige die Spaltung der Kirche.«

»Oh, natürlich«, spottete Bars Balicor. »Ich werde Nhordukael eigenhändig das hohepriesterliche Gewand vom Leib reißen!«

»Werde nicht unverschämt«, gab Rumos zurück. »Wir haben einen mächtigen Verbündeten an unserer Seite: den Gildenrat von Troublinien.« Er lächelte selbstzufrieden. »Die Troublinier haben uns eine wertvolle Geisel entsendet. Sie wird in wenigen Tagen in Thax eintreffen.«

»Von wem sprichst du?«, fragte der Hohepriester.

»Prinz Uliman«, antwortete Rumos, »Sohn des Kaisers.« Er bemerkte Bars Balicors verdutztes Gesicht. »Er wurde in Troublinien zum Kaufmann ausgebildet – eine großartige Fügung des Schicksals. Mit dem Prinzen als Faustpfand können wir den Thronrat auf deine Seite ziehen. Wenn du geschickt mit den Fürsten über Ulimans Auslieferung verhandelst, werden sie dir helfen, Nhordukael zu besiegen.«

»Wo kann ich dich finden, wenn ich deine Hilfe brauche?«, fragte Bars Balicor verwirrt.

Der Blick des Bathaquaris verdüsterte sich. Mit heiserer Stimme begann er die Worte der Prophezeiung zu rezitieren:

»Zwei sind es, die dem Schmerz entwuchsen
die einen unsichtbaren Weg beschreiten
und dem Blick des Bronzegottes widerstehen.
Einer errettet aus der Finsternis und einer aus den Flammen
und beide zweifelnd an dem Band, das sie vereint.
Einer dazu bestimmt, die rote Herrin zu erlösen
die in den Trümmern ihrer Stadt begraben liegt;
der andere, den Weltenwanderer zu blenden,
den Meister aller Masken, Dieb des schwarzen Schlüssels,
der dunkle Pfade in die Nebellande schlug.

Einer dazu bestimmt, das Leid zu tragen,
der andere, die Schatten zu zerschlagen,
bis dass der Rosenstock
in neuen Dornen neu erblüht.«

Er blickte zu Bars Balicor auf, doch in dem Gesicht des Hohepriesters war nichts als Unverständnis zu erkennen. Verächtlich drehte Rumos sich von ihm fort. »Du wirst es nie begreifen! Du weißt nichts von der Macht des Weltenwanderers, von der Niederlage der roten Herrin. Vielleicht ist es besser so. Wissen kann sich als gefährlich erweisen.« Er schritt durch die Tür, doch hinter der Schwelle blieb er stehen. Seine Augen blinzelten in den Innenhof des Tempels. Schließlich winkte er Bars Balicor triumphierend herbei. »Da siehst du es! Dein Tempel ist gerettet, habe ich es dir nicht gesagt?«

Rasch eilte der Hohepriester an seine Seite und starrte in den Hof. An die fünfzig Tempelritter standen dort, Rüstungen und Schwerter blutig verkrustet, die Häupter müde zu Boden gesenkt. Zahlreiche Verwundete lagen zu ihren Füßen und wurden notdürftig von den Novizen des Tempels versorgt.

Und dort, durch das weit geöffnete Tor, gegen das bis vor wenigen Minuten noch die Weißstirne angerannt waren, ritt ein Trupp schwer gerüsteter Krieger. Matt schimmernde Harnische; schwarze, gusseiserne Helme, nietenbewehrte Kriegskeulen. Auf dem Banner, das sie mit sich führten, prangte ein weißer, gischtumspülter Felsen auf schwarzem Grund.

»Die Klippenritter von Palidon!«, entfuhr es Bars Balicor. »Die Ritter der Schwarzen und der Weißen Klippen …«

»Habe ich es dir nicht gesagt?«, hörte er Rumos' beißende Stimme. »Der Tempel wird nicht fallen. Niemand wird die Bathaquar mehr aus Thax vertreiben.«

Mit diesen Worten ließ er den Hohepriester stehen. Er verließ den Tempel in derselben Maskerade, in der er einst Bars Balicor vor dem Tor aufgelauert hatte – als ein schmutziger, ausgemergelter Bettler, der allein durch seine Größe auffiel.

❦

Es herrschte eisiges Schweigen im Silbernen Kreis, als Arkon Fhonsa und Perjan Lomis den Thronsaal betraten. Langsam schritten die beiden Fürsten zu ihren Plätzen. Jundala Geneder folgte ihnen, begleitet von zehn kaiserlichen Soldaten.

Steif rückte Fürst Arkon den Schemel zurück und ließ seinen Blick durch den Raum schweifen. Nicht alle Thronratsmitglieder waren anwesend; es fehlten die Fürsten von Vodtiva und Aroc, Ascolar Suant und Stanthimor Imer. »Feiglinge«, murmelte Arkon. Auch der Platz des Kaisers war leer. Hinter seinem Thron aber standen fünfzig Ritter, bewaffnet mit Schwertern und Streitkolben. Das Wappen auf ihren pechschwarzen Helmen wies sie als Ritter der Weißen und der Schwarzen Klippen aus.

Arkons Blick wanderte zu Scorutar hinüber, der an der Spitze der Tafel saß. Er hatte das kastanienbraune Haar zu einem Zopf zusammengebunden; seine Lippen glänzten feuerrot. Neben ihm hockte Fürst Binhipar und trommelte ungeduldig mit den Fingerkuppen auf der Tischplatte.

»Wie schön, dass Ihr endlich den Weg zum Thronsaal gefunden habt«, begrüßte Scorutar die Fürsten. »Nun können wir gemeinsam auf den Kaiser warten.«

»Ich bin gespannt, was er dazu sagen wird, dass während seiner Abwesenheit sein Palast besetzt wurde«, erwiderte Arkon und deutete auf die schwer gerüsteten Krieger. »Ihr habt die Klippenritter ohne Erlaubnis des Kaisers und des Silbernen Kreises nach Thax gerufen.«

Fürst Binhipar blickte auf. »Es war an der Zeit, dem Aufstand ein Ende zu setzen«, sagte er mit erstaunlich ruhiger Stimme. »Er drohte das ganze Reich zu erfassen. Nachdem Graf Tarmins Stadtgarde jämmerlich versagt hatte, mussten wir die Klippenritter zur Hilfe rufen.« Er versuchte sich an einem Lächeln, das jedoch zur schauderhaften Grimasse missriet. »Vor drei Stunden befreite die Ritterschaft den belagerten Tathril-Tempel und räumte anschließend die Südstadt. Zweihundert Weißstirne wurden getötet, weitere dreihundert gefangen genommen.« Er richtete sich voller Stolz auf. »In ein paar Tagen werden wieder Ruhe und Ordnung in der Stadt herrschen.«

»Die Klippenritter hatten kein Recht, in Thax einzumarschieren«, zischte Perjan Lomis, der an Arkons Seite stand. »Ihr hättet die Niederschlagung des Aufstandes dem Silbernen Kreis überlassen sollen!«

»Ihr habt wochenlang tatenlos zugesehen, wie die Fanatiker das Fürstentum verwüsteten«, erwiderte Binhipar. »Nun habe ich die Sache in die Hand genommen. Ihr solltet mir dankbar sein!« Er gab den Klippenrittern ein Zeichen. Sie legten ihre Hände an die Griffe ihrer Schwerter und zogen diese einen Spann weit aus der Scheide. Das metallene Sirren der fünfzig Klingen glich dem Fauchen eines gefährlichen Tieres. »Die Klippenritter haben ihr Leben für Thax riskiert! Viele sind gefallen, um die Stadt von den Weißstirnen zu befreien – und das, obwohl sie jener schändlichen Anklage ausgesetzt sind, die Fürst Arkon gegen sie erhoben hat. Wird es nicht Zeit, die Ritter von den falschen Anschuldigungen loszusprechen?«

Arkon murmelte einige unverständliche Worte. Dann setzte er sich, ohne die Augen von den Klippenrittern zu nehmen. Auch Perjan Lomis schien auf ein Widerwort verzichten zu wollen. Hastig ließ er sich an der Tafel nieder.

»Wie schön, dass zumindest in dieser Frage Einigkeit besteht«, sagte Scorutar lächelnd. »Der ewige Streit im Silbernen Kreis lähmt unsere Handlungsfähigkeit. In diesen Zeiten, in denen die Goldéi an unseren Grenzen stehen und fremde Mächte die Insel Fareghi besetzt halten, muss der Thronrat geschlossen zusammenstehen.«

»Geschlossenheit war schon immer Euer oberstes Anliegen«, sagte Jundala Geneder mit trockener Stimme. »Doch selten wart Ihr so skrupellos in der Wahl Eurer Mittel!«

»Jeder versucht für das Kaiserreich sein Bestes zu geben – wir in Thax und Euer Gemahl in Praa.« Ein boshaftes Lächeln huschte über Scorutars Gesicht.

Doch dann lenkte ein Geräusch ihn ab. Die Flügeltüren waren aufgestoßen worden. Eine Frau eilte in den Saal. Es war Tundia Suant, Scorutars Schwester. Sie trug ein grünes Samtkleid; auf dem Arm trug sie ihre Tochter Suena. Aufgebracht blieb sie vor der Tafel stehen und setzte das Kind ab. Das blonde Haar hing zerzaust auf ihre Schultern herab.

Scorutar musterte sie verärgert. »Du störst die Sitzung des Thronrates, Schwester! Was in aller Welt …«

Tundias Blick brachte ihn zum Schweigen. »Der Kaiser«, stieß sie hervor. »Er ist aus Durdun zurückgekehrt!«

Scorutar stieß ein nervöses Kichern aus. »Hervorragend. Wir warten bereits auf ihn, um …«

»Er ist wahnsinnig geworden«, unterbrach ihn Tundia. Sie stieß ihre kleine Tochter von sich, die sich verängstigt an ihr Bein geklammert hatte. »Akendor ritt in die Burg, blutüberströmt, und brüllte wirres Zeug vor sich hin. Als einer der Stallknechte ihm vom Pferd helfen wollte, zog er sein Schwert und hätte den unschuldigen Mann beinahe erschlagen.«

»Wo hast du ihn gesehen?«, fragte Scorutar beunruhigt.

»Ich sah ihn im Burghof, vom Fenster meines Gemachs aus«, berichtete Tundia und strich sich über das erhitzte Gesicht. Es wirkte grob und aufgedunsen, das Gegenbild zu den fein geschnittenen Gesichtszügen ihres Bruders. »Niemals zuvor habe ich Akendor in solcher Verfassung gesehen! Etwas Entsetzliches muss geschehen sein!«

»Ist er verwundet?«, fragte Perjan Lomis erschüttert.

Tundia schüttelte den Kopf. »Ich weiß es nicht! Aber er ist auf dem Weg zum Thronsaal. Ich hörte, wie er den Wachen zuschrie, dass er am Silbernen Kreis Rache nehmen wolle.« Sie beugte sich zu ihrer Tochter herab, die sich leise schluchzend an sie drängte. Hastig streichelte sie Suenas Kopf und versuchte sie zu beruhigen.

Ratloses Schweigen herrschte im Thronsaal. Dann wanderten alle Augen zu den geöffneten Flügeltüren. Auf dem Gang waren Schritte zu hören, das Rauschen eines Mantels. Akendor stürzte in den Saal. Sein Gesicht und seine Haare waren blutverschmiert. Panische Angst glitzerte in seinem Blick. Er wankte noch einige Schritte in den Saal. Dann blieb er stehen. Mit den Händen wischte er sich über die Stirn; auch an seinen Fingern klebte getrocknetes Blut. Ein Schluchzen drang aus seiner Kehle. Mit tränenverhangenen Augen blickte er auf die Fürsten. Die Klippenritter schien er nicht zu bemerken.

»Tot«, flüsterte er, »sie ist tot!« Ein Beben ging durch seinen Körper. »Der Weg, die Steine, rot von Blut … Vögel! Sie waren überall, ein ganzer Schwarm! Sie hackten mit ihren Schnäbeln auf ihren Schädel ein!« Er blickte auf seine verkrusteten Finger. »Ceyla … ich sehe sie noch vor mir … ihr Gesicht, ihre Augen, ich sehe sie ganz deutlich vor mir …«

Scorutar erhob sich. »Was ist geschehen, Majestät?«

Akendor ließ die Hände sinken. Fassungslos starrte er den Fürsten an. »Zerfetzt! Ihr Körper zerfetzt, zerrissen, mit sauberen Schnitten«, seine Stimme überschlug sich, steigerte sich zu einem schrillen Kreischen, »ihre Arme, ihre Brüste, ihr Gesicht … ich konnte nicht alles finden, es war unmöglich … im Schnee lag ihr Fuß, ihr schlanker Knöchel … könnt Ihr Euch das vorstellen? Ihr kleiner Fuß!« Ein Würgen erfasste ihn. »Der Weg, die Steine, der Schnee, alles bedeckt mit ihrem Blut … ein zweites Mal, ein zweites Mal, ich Narr!« Er taumelte auf Scorutar zu. Es war nichts Menschliches in seinem Blick. »Ihr habt sie umgebracht! Ihr habt sie umgebracht!!!«

Scorutar erbleichte. »Ich weiß nicht, wovon Ihr sprecht, Majestät!«

»Erst Syllana und nun Ceyla«, flüsterte Akendor verzweifelt. »Ich hätte sie nicht allein lassen dürfen, niemals!« Er blieb vor Tundia Suant stehen. Sein Gesicht wandelte sich zu einer Fratze des Hasses. »Du hast mich gewarnt,

Tundia, ja, du hast mich gewarnt«, seine Worte wurden undeutlich, »… habe dir nicht geglaubt, habe nicht geglaubt, dass es ein zweites Mal geschehen kann, ein zweites Mal!« Er taumelte ihr entgegen. »Erst Syllana und nun Ceyla … oh, ihr Mörder!«

»Beruhigt Euch, Akendor!«, erklang die donnernde Stimme Binhipars. Mit großen Schritten umrundete der Fürst von Palidon die Tafel, seine mächtige Gestalt zur vollen Größe aufgerichtet. »Was immer geschehen sein mag, lasst uns Vernunft bewahren!«

»Zerfetzt von wilden Hunden«, brüllte Akendor, »zerrissen von Messern, von Zähnen, von Klauen! Zerrissen von Eurer Machtgier!« Er deutete auf Tundia Suant, die wie erstarrt vor ihm stand.

»Ich wusste nichts davon, Akendor«, stieß sie hervor. »Du musst mir glauben! Ich habe nichts davon gewusst.«

Akendor starrte sie an. Dann, mit einer raschen Bewegung, beugte er sich herab und griff nach dem Mädchen, das sich an Tundia drängte. Er packte Suena und riss sie hoch. Das Kind schrie auf, als Akendor es an sich drückte, versuchte vergeblich, sich aus seiner Umklammerung zu befreien. Tundia Suant erwachte aus ihrer Erstarrung. Mit einem schrillen Schrei stürzte sie sich auf den Kaiser, schlug mit den Fäusten auf ihn ein. Doch Akendor wirbelte zur Seite und versetzte ihr einen Tritt mit dem Stiefel. Er traf sie in den Unterleib. Keuchend brach Tundia Suant auf dem Boden zusammen.

»Ihr habt sie umgebracht«, brüllte Akendor. Seine Augen flackerten voller Wahn, während er das weinende Kind umklammerte. »Ihr alle, ihr alle! Erst Syllana und nun Ceyla … Ihr Mörder! Ihr Mörder!«

Binhipar war stehen geblieben. Er hob seine Hand und gab den Klippenrittern ein Zeichen. Langsam schoben sich die Krieger aus dem Schatten des Throns. »Gebt das Kind frei«, zischte er. Die Enden seines geflochtenen Barts zuckten umher. »Wie würde Euer Vater sich schämen, wenn er Euch jetzt sehen könnte!«

Akendor hielt Suena fest in seinen Armen. Er schüttelte den Kopf. »Ich habe sie geliebt«, flüsterte er. Seine Worte gingen im verzweifelten Weinen des Mädchens beinahe unter. »… habe sie so sehr geliebt!« Er schloss die Augen. Dann verkrampfte sich sein Körper. Er schlang die Arme fest um das Kind und drückte mit dem Kinn den kleinen Kopf herab. Ein knirschender Laut erklang, und Suenas Schreie brachen jäh ab.

»Nein!«, stieß Tundia verzweifelt hervor. Sie versuchte sich aufzurichten, doch ihre Knie rutschten fort. Kraftlos schlugen ihre Fäuste auf den Boden, wieder und wieder.

Akendor öffnete die Augen. Ekel war in seinem Gesicht zu lesen, als er die Umklammerung löste und den Körper des Mädchens fallen ließ. Suena sackte leblos herab; ihre Arme verdrehten sich im Fall, der Kopf schlug mit einem dumpfen Geräusch auf dem Boden auf.

Mit düsterer Miene wandte sich Binhipar Nihirdi den Klippenrittern zu. »Nehmt ihn in Gewahrsam«, sagte er mit müder Stimme. »Und bringt ihn fort. Ich kann seinen Anblick nicht mehr ertragen.« Er beugte sich zu Tundia herab, ganz vorsichtig und zärtlich, und hielt sie fest, während die Ritter mit gezückten Schwertern auf Akendor Thayrin zuschritten.

Keiner der Fürsten erhob Einspruch, als die Ritter den Kaiser zu Boden warfen, weder Arkon Fhonsa noch Perjan Lomis noch Jundala Geneder. Wie benommen starrten sie auf den Körper des toten Kindes, und lähmende Stille breitete sich im Thronsaal aus.

KAPITEL 18

Hinrichtung

»Du wirst zum Tode verurteilt«, schrie der Priester, »zum Tode wegen des feigen Mordanschlags auf die Tochter des Sonnengottes. Als unser Gast bist du nach Arphat gekommen; du hast in unseren Häusern gewohnt und an unserer Tafel gespeist.« Mit finsterer Miene starrte Sentschake, oberster Geweihter des Agihor, auf den Gefangenen. Zorn schwelte in seiner Stimme. »Du hast unsere Gastfreundschaft schändlich missbraucht! Mit dem Gift des Kubethibusches wolltest du Arphat seiner göttlichen Herrscherin berauben und Zwietracht zwischen den Völkern von Arphat und Sithar säen. Welch Niedertracht!«

Der Gefangene schien ihm nicht zuzuhören. Mit gesenktem Blick stand er vor dem Priester. Er war nur mit einem dünnen Seidentuch bekleidet, Arme und Beine waren mit Stricken gefesselt.

Sentschake wies auf den Abhang. Unterhalb der Felsenkette, kaum zwei Schritt unter ihren Füßen, erstreckte sich das Tal von As'Farkal. Der Wind hatte feine Muster in den mattgrauen Sand gezeichnet, schmale Linien und Wellen. Die Arphater nannten ihn den Blassen Sand oder Alunais Staub. »Dein Tod soll ebenso grausam sein wie deine Taten. Möge dein Geist niemals Frieden finden und deine Schmerzen bis in alle Ewigkeit andauern.«

Nur wenige Priester wohnten der Hinrichtung bei. Neben Sentschake und Sai'Kanee, der Geweihten des Kubeth, waren einige Priesterinnen der Alunai anwesend. Unter ihnen befand sich auch die Königin. Zwar war Inthara nicht vermummt, doch sie trug das Schwingengewand, mit dem sie sich einst am Har'buthi-Fest vor Baniters Blicken verborgen hatte. In sicherer Entfernung stand sie hinter Sentschake, die Augen auf den Mann gerichtet, der versucht hatte, sie zu vergiften.

»Spüre den Zorn der Götter, die du geschmäht hast«, schrie Sentschake erbost. »Kubeth und Alunai sollen dich verfluchen und deiner rastlosen Seele den Eintritt ins Jenseits verwehren!« Er wandte sich zu Baniter Geneder um. Der Gesandte, der hinter ihm an der Seite Lyndolin Sintigurens stand, wurde von mehreren Anub-Ejan-Mönchen bewacht. »Luchs von Ganata, wollt Ihr ein letztes Wort an die Giftschlange richten, die Ihr nach Praa gebracht habt?«

Baniter nickte. Langsam schritt er auf den Attentäter zu, und dieser blickte auf.

»Fürst Baniter«, sagte er leise. Seine Augen wirkten müde. »Welch eine Ehre, dass Ihr Euch Zeit für meine Hinrichtung nehmt.«

»Ich hätte sie lieber für andere Dinge verwendet, Siegelmeister«, antwortete Baniter. »Es war der ausdrückliche Wunsch der Königin, dass ich dieser Veranstaltung beiwohne.«

Mestor Ulba lachte auf. »Es ist selten, dass Gefangene im Tal von As'Farkal hingerichtet werden. Nur die übelsten Verbrecher werden dem Blassen Sand übergeben, habt Ihr das gewusst?« Er strich sich mit den zusammengebundenen Händen über den grauen Bart. »Dieses Tal ist ein traditionsreicher Ort. Hier starben der Ketzer Nuber und der falsche König Fal'Karil, hier hauchten die glücklosen Feldherren König Apethas und die candacarische Zauberin Senque ihr Leben aus. Niemals hätte ich mir erträumt, eines Tages selbst den Blassen Sand zu schmecken.«

»Ihr habt ihn Euch redlich verdient«, stieß Baniter Geneder hervor. »Beinahe wäre allerdings ich an Eurer Stelle in den Genuss dieser Tradition gekommen.«

»Wie habt Ihr es herausgefunden, Fürst Baniter?«, fragte Mestor Ulba. »Ich habe mir in den letzten zwei Tagen das

Hirn darüber zermartert. Woher wusstet Ihr, dass ich das Gift in den Becher gab?«

»Es war nicht schwer, Euch zu entlarven«, erwiderte Baniter. »Der Kubethibusch ist ein seltenes Gewächs, und kaum einer weiß um die Gefährlichkeit seiner Blüten. Warum also wählte der Attentäter dieses bizarre Gift? Es konnte nur einen Grund geben: um mich als Mörder zu belasten.« Er blickte den Siegelmeister fest in die Augen. »Als ich aus dem Aru'Amaneth zurückkehrte, erzählte ich niemandem von meiner Begegnung mit der Königin. Doch ich schrieb sie in einem Brief an meine Gemahlin nieder, verschlüsselt in der Luchsschrift. Nur diesem Brief konnte der Mörder entnommen haben, dass Inthara mir den Kubethibusch gezeigt hatte. Die Luchsschrift aber ist allein der Familie Geneder bekannt! Um sie zu entschlüsseln, bedarf es eines scharfsinnigen Geistes, der mit Geheimschriften vertraut ist. Nur Ihr, der kaiserliche Siegelmeister, hättet das Briefsiegel fälschen und die Luchsschrift entziffern können! Ihr verrietet Euch selbst, als Ihr in meinem Schlafgemach von dem Prozess gegen die Klippenritter spracht, der in Thax eingeleitet wurde. Dies konntet Ihr nur Jundalas Brief entnommen haben. Von diesem Moment an wusste ich, dass Ihr die Luchsschrift lesen könnt, auch wenn ich nicht begreife, von wem Ihr sie erlernt habt.« Er schüttelte voller Unverständnis den Kopf. »Warum wolltet Ihr Inthara vergiften – ausgerechnet Ihr, der Arphat so liebt und bewundert?«

»Ihr habt kein Recht, auf mich herabzusehen, Baniter Geneder«, stieß der Siegelmeister hervor. »Ihr seid nicht besser als die anderen Fürsten des Silbernen Kreises: ein Krämer, der seine Hände zur Macht ausstreckt! Jahrzehntelang sah ich dem Treiben des Thronrates zu, den Machtspielen, den Lügen und Intrigen. Sithar ist ein verkommenes, traditionsloses Reich, ein Sklavenstaat, der nie zu wahrer Größe aufsteigen wird.« Verachtung lag in seiner Stimme. »Denkt Ihr, ich weiß nicht, warum unsere Gesandtschaft nach Praa aufbrach? Das Bündnis gegen die Goldéi ist nichts als ein

Vorwand, um Arphat zu zerschlagen und zu einem Teil des Kaiserreiches zu machen. Oh, nicht dass ich etwas dagegen einzuwenden hätte! Das heutige Arphat ist im Inneren verfault; es ergötzt sich am verblassenden Glanz seiner Geschichte. Längst hat das Volk vergessen, dass es einst die Welt beherrschte, dass seine Feinde einst vor Arphats Heeren erzitterten! Es schmäht die eigene Tradition und lässt sich von den einstigen Sklaven an der Nase herumführen.« Sein Blick wanderte zu Inthara hinüber. »Sollte ich mit ansehen, wie die Tochter des Sonnengottes die Ehre des arphatischen Volks verkauft und sich Sithar unterwirft? Eine wahre Königin hätte unsere Gesandtschaft am ersten Tag davongejagt und ihr geballtes Heer gegen die Echsen ins Feld geführt! Eine wahre Königin beugt nicht ihr Haupt, selbst wenn es Arphats Untergang bedeutet! Nein, Arphat darf nicht zu einer sitharischen Provinz herabsinken. Es ist besser, wenn es in einem Meer von Blut untergeht! Inthara ist die letzte Tochter des Sonnengottes, und sie ist kinderlos. Stirbt sie, ist Arphats Ende besiegelt. Es soll sich selbst zerreißen und in Trümmer fallen, sodass nichts zurückbleibt als die Erinnerung an seine ruhmvolle Geschichte!«

Baniter schüttelte den Kopf. »Mir ist unbegreiflich, wie Ihr in all den Jahren, die Ihr Siegelmeister am kaiserlichen Hof wart, Euren krankhaften Wahn verbergen konntet.«

Mestor Ulba stieß ein bösartiges Lachen aus. »Ihr selbst seid der Wahnsinnige, der das Blut des Sonnengottes mit dem schwächlichen Krämerkaiser Akendor verbinden will! Das nenne ich Wahn! Das nenne ich krankhafte Schändung!«

Baniter trat einen Schritt zurück. »Es wird Zeit, dass der Blasse Sand Euch von Euren wirren Gedanken erlöst.« Er blickte Sentschake an, der das Gespräch der Sitharer schweigend mitverfolgt hatte. »Ich habe diesem Mörder nichts mehr zu sagen.«

»Ihr seid nicht besser als ich!«, schrie Mestor Ulba hasserfüllt. »Ich weiß es, Baniter Geneder! Ich habe Eure Briefe gelesen … Ihr seid nicht besser als ich!«

Zwei Anub-Ejan-Mönche schritten auf den Siegelmeister zu und rissen ihm das Seidentuch vom Leib, sodass er vollkommen nackt war. Er leistete keinen Widerstand, als sie ihn über den Rand des Abhanges auf die Sandfläche stießen. Er rollte sich auf dem Boden ab und blieb mit dem Rücken im Sand liegen. Sein Blick wanderte zu Baniter empor.

»Ihr werdet mich nicht schreien hören«, zischte er.

Das wird sich zeigen, dachte Baniter.

Es begann langsam, entsetzlich langsam. Ulba winkelte den rechten Arm an und starrte auf seinen Ellenbogen. Dort, wo die Haut den Sand berührt hatte, war eine weiße Verfärbung zu sehen, ein Ausschlag, der sich rasch ausbreitete. Ulba presste die linke Hand auf die Wunde. Sein Kiefer versteifte sich; er versuchte, seinen Schmerz nicht zu zeigen. Doch es gelang ihm nicht, die Hand still zu halten. Nach kurzer Zeit begannen seine Fingernägel an der Stelle zu kratzen. Die Blasen sprangen auf, und eine milchige Flüssigkeit quoll hervor. Der Siegelmeister stöhnte auf. Auch an seinen Beinen waren nun Wunden zu erkennen, an seiner Schulter, an seinem Unterleib. Ulba rollte sich auf dem Sand hin und her. Für einen Moment konnte man seinen Rücken sehen, auf dem die Haut bereits in Fetzen hing.

Angewidert wandte sich Baniter ab. *Oh, du wirst schreien, Mestor Ulba! Deine Schmerzen werden noch größer sein als jene, die An'Chaki erleiden musste, als sie dein Gift trank. Ich habe kein Mitleid mit dir!*

Er spürte eine Berührung an der Schulter. Lyndolin Sintiguren war neben ihn getreten und hatte ihre knochige Hand auf seine Schulter gelegt. »Es ist nicht Eure Schuld«, sagte sie sanft.

Baniter glaubte seinen Ohren nicht zu trauen. »Natürlich ist es nicht meine Schuld«, höhnte er. »Soll ich ein schlechtes Gewissen haben, weil nicht ich dort unten liege, so wie Mestor Ulba es sich ausgerechnet hatte?« Er lachte auf. »Wir wären wohl alle im Blassen Sand geendet, wenn Eure

Prophezeiung nicht gewesen wäre ... sofern man Eure obskure Sterndeuterei so nennen kann.«

Enttäuscht zog Lyndolin die Hand zurück. »Ihr glaubt mir noch immer nicht, Fürst Baniter? Sagte ich Euch nicht, dass meine Anwesenheit in Praa einen Krieg verhindern wird? Hätte ich nicht Intharas Schicksal in den Sternen gelesen, wäre Ulbas Attentat geglückt, und zwischen Arphat und Sithar wäre ein mörderischer Krieg entbrannt. Wie könnt Ihr noch immer an der Macht des Schicksals zweifeln?«

»An jenem Abend saßet Ihr an meiner Seite«, erwiderte Baniter. »Mir kam der Gedanke, Ihr hättet vielleicht beobachtet, wie Mestor Ulba das Gift in den Becher gab – und hättet mich dennoch ins offene Messer laufen lassen!« Er senkte die Stimme. »Sollte ich jemals herausfinden, dass Eure Prophezeiung auf diese Weise zustande kam, werdet Ihr bitter dafür bezahlen!«

»Wie könnt Ihr so von mir denken!«, sagte Lyndolin vorwurfsvoll. »Ich schwöre Euch, allein der Lauf der Sterne verriet mir, in welcher Gefahr die Königin schwebte. Ich deutete die Zeichen anhand von Cladimors Sternkarte und konnte so Schlimmeres verhindern. Was an diesem Abend geschah, war vorherbestimmt!«

Ja, aber von wem?, grübelte Baniter. *Der Traum! Lyndolins Prophezeiung! Der Windstoß, der den Schatten des Norfes tanzen ließ! Dies alles kann kein Zufall gewesen sein.*

Ein gedehnter Schrei riss ihn aus seinen Gedanken. Baniters Augen wanderten zum Grund von As'Farkal zurück, doch er ertrug den Anblick nicht lange. *Nun schreist du also doch, Siegelmeister! Du zahlst einen hohen Preis für deinen Wahn. Vielleicht hast du Glück; vielleicht hast du dir mit deinem Attentat einen Platz in den arphatischen Geschichtsbüchern erobert, deren Schlusskapitel du eigenhändig schreiben wolltest.*

Er wandte sich von der Dichterin ab und schritt auf die Königin zu. Inthara wirkte erschöpft; mit hängenden Schultern stand sie zwischen den vermummten Alunai-Priesterinnen. Sie erschien Baniter schöner als je zuvor. Das schwarz schimmernde Haar umrahmte ihr Gesicht wie ein dunkler Schleier, ihre Augen wirkten schüchtern und verängstigt. Das zu weit geschnittene Priestergewand wirkte an ihrem schlanken Leib wie das zerzauste Gefieder einer Dohle.

»Ich hasse diesen Ort«, sagte sie leise, als der Fürst vor ihr stand. »In diesem Tal spuken die Geister der Verstorbenen, die keine Ruhe finden.« Im Hintergrund gellten Mestor Ulbas Schreie. Sie wurden immer lauter, immer entsetzlicher, das schrille Kreischen eines Wahnsinnigen. »Spürt Ihr ihre Nähe, Baniter? Sie warten auf uns. Sie ergötzen sich an unserer Angst.«

»Mich würde es nicht wundern, wenn es an diesem Ort spukte«, erwiderte Baniter. »Diese Hinrichtungsart ist an Grausamkeit nicht zu überbieten. Sicher, er hat den Tod verdient, doch musste es auf diese Weise geschehen?«

Inthara beobachtete ihn aufmerksam. »Es war nicht leicht, die Priester davon abzubringen, auch Euch dem Blassen Sand zu übergeben. Der Schechim Ejo ist der Überzeugung, dass Mestor Ulba in Eurem Auftrag handelte.«

Baniter lächelte. »Ejo war gewiss nicht der Einzige, der meinen Tod forderte. Dennoch habt Ihr mich am Leben gelassen. Warum, Königin Inthara?«

»Könnt Ihr Euch das nicht denken?« Sie ließ einen Augenblick verstreichen, bevor sie fortfuhr. »Ich habe mich für das Bündnis mit Sithar und gegen den Frieden mit den Goldéi entschieden. Ich habe mein Heer angewiesen, die Grenzen nach Kathyga zu überschreiten und den Echsen entgegenzuziehen. Es wird ein langer und furchtbarer Krieg werden.«

»Arphat und Sithar werden ihn gemeinsam gewinnen«, versicherte Baniter. »Was aber werdet Ihr mit dem Goldéi machen, der nach Praa kam und Euch den Frieden anbot?«

»Der Scaduif?« Inthara dachte nach. »Was meint Ihr – sollte ich ihn meinem zukünftigen Gemahl zum Geschenk machen? Er hat sicher nie zuvor einen Goldéi gesehen, vielleicht findet er Gefallen an der Echse.« Sie blickte den Fürsten entschlossen an. »Ich will, dass die Hochzeit so bald wie möglich stattfindet! Gleich morgen werde ich nach Thax aufbrechen.«

Baniter konnte sein Erstaunen kaum verbergen. »Warum solche Eile? Könnt Ihr es nicht erwarten, Akendor Thayrin zu ehelichen?«

»Nur mit dieser Heirat kann ich ein Bündnis mit dem Kaiserreich vor meinem Volk rechtfertigen. Je eher Akendor Thayrin mein Gemahl wird, desto besser.«

Wenn sie wüsste, dass ihr zukünftiger Gemahl noch nichts von seinem Glück ahnt, würde Inthara mich wohl doch in den Blassen Sand hinabstoßen, dachte Baniter. *Keiner der Fürsten weiß von meinem Plan. Doch wenn Inthara erst einmal mit ihren Soldaten in Thax eintrifft, werden sie sich der Hochzeit nicht mehr in den Weg stellen können.* Er deutete eine Verneigung an. »Gebt mir ein schnelles Pferd, damit ich Thax noch vor Euch erreiche. Ich werde dafür sorgen, dass alle notwendigen Vorbereitungen getroffen werden.«

Die Schreie des Siegelmeisters verebbten. Der Priester Sentschake wandte sich zu Inthara um. »Alunai hat seine rastlose Seele aufgenommen«, sagte er feierlich.

Inthara beachtete ihn nicht. Vorsichtig, fast schüchtern tastete sie nach Baniters Hand. »Beeilt Euch«, wisperte sie, »reitet los, bevor ich es mir anders überlege. Ich werde Euch in Thax wieder sehen, Luchs von Ganata, und dort werdet Ihr Zeuge sein, wie sich Arphat in einem Akt der Gnade mit dem abtrünnigen Süden versöhnt.«

Baniter musste sich beherrschen, um sich seine tiefen Selbstzweifel nicht anmerken zu lassen. *Auf welch gefährliches Spiel habe ich mich bloß eingelassen! Hier in Praa bin ich knapp dem Tod entronnen, doch in Thax werden ganz andere Gefahren auf mich warten. Mestor Ulbas Schicksal sollte mir eine Warnung sein. Er wurde Opfer seines Größenwahns, der ihn glauben ließ, die Geschichte eines Reiches zu Ende schreiben zu können. Ich muss vorsichtiger sein; ich darf mich nicht dazu hinreißen lassen, meine Möglichkeiten zu überschätzen.*

KAPITEL 19

Flucht

Der Hengst scheute. Schnaubend scherte er zur Seite aus, als Ashnada ihn auf den abwärts führenden Pfad lenken wollte. Er blieb stehen, trabte auf der Stelle und warf den Kopf hin und her, um seinen Unwillen auszudrücken.

»Elendes Biest«, zischte Ashnada. Sie ließ die Zügel sinken und rieb sich die erstarrten Handknöchel. Es war bitterkalt an diesem Morgen im zehnten Kalender, dem letzten des Jahres. Dichter Schnee bedeckte die Hänge und Wege des Hochlandes, und je weiter Ashnada nach Osten ritt, desto kälter wurde es.

Seit einigen Stunden war sie keiner Menschenseele mehr begegnet. Sie war nicht undankbar darüber, denn das Hochland war unsicher in diesen Tagen. Seit die Klippenritter den Aufstand in Thax niedergeschlagen und die Weißstirne aus der Stadt vertrieben hatten, herrschte Krieg im Fürstentum Thax. Die Aufständischen hatten sich in den Süden des Hochlandes zurückgezogen. Die Straße des geronnenen Blutes war fest in ihrer Hand, ebenso die Wege nach Varona und Palgura. Sie wurden von Soldaten aus Blanvart und Travid unterstützt, denn die Barone beider Städte hatten sich auf die Seite des Hohepriesters Nhordukael geschlagen.

Seufzend schwang sich Ashnada aus dem Sattel. Sie war es leid, das störrische Pferd zum Weiterreiten zu bewegen. Der Hengst, ein gescheckter Vollblütiger, hatte von Anfang an Probleme bereitet. Ashnada fragte sich, warum Bars Balicor ihr kein zuverlässigeres Tier gegeben hatte, wenn ihr Auftrag von solch großer Bedeutung war.

Balicor hatte sie in den Südosten des Hochlandes gesandt, in die Nähe von Travid. Die näheren Hintergründe des Auftrages hatte er verschwiegen, doch an seinem Tonfall hatte Ashnada gemerkt, wie wichtig die Angelegenheit für ihn war. Er hatte alle Hände voll zu tun, seit er Hohepriester geworden war. Mit Feuereifer hatte er begonnen, die Kirche in seinem Sinn umzugestalten. In seiner Geschäftigkeit schien er vergessen zu haben, dass mit der Übernahme des hohepriesterlichen Amtes auch der Schwur erloschen war, den Ashnada ihm geleistet hatte. Ashnada selbst hatte es vermieden, Bars Balicor darauf hinzuweisen. Sie erledigte weiterhin widerspruchslos die Aufträge des Priesters, denn sie hatte beschlossen, vorerst in Thax zu bleiben. *Rumos Rokariac hat versprochen, mir zu meiner Rache zu verhelfen. Nun muss ich mich gedulden, bis er nach Thax zurückkehrt.*

Sie blickte auf den schneebedeckten Pfad, der sich in das bewaldete Tal hinabschlängelte. In der Ferne war zwischen den Bergkuppen ein Dorf zu sehen – Narva, eine einsame Siedlung an der Grenze zu Ganata. An der Straße nach Narva, so hatte Bars Balicor ihr gesagt, lag ein verfallener Tempel, in dem sie einen geheimnisvollen Gefangenen in Empfang nehmen sollte. ›Behandle ihn gut‹, hatte der Hohepriester sie ermahnt. ›Es wäre eine Katastrophe, wenn er zu Schaden käme.‹

Vorsichtig strich Ashnada über den Hals des Pferdes. »Du wirst jetzt brav weiterreiten«, sagte sie leise, »oder ich werde dich windelweich prügeln, das schwöre ich dir.« Das Tier schien sie verstanden zu haben. Es ließ Ashnada aufsteigen und schritt auf dem abschüssigen Pfad voran.

Es dauerte nicht lange, bis sie die Ruine des Tempels erreicht hatte: ein verwittertes Gemäuer mitten im Wald; schemenhaft war es zwischen den Bäumen zu erkennen. Ashnada stieg vom Pferd und schritt durch den knirschenden Schnee auf das Gebäude zu. Mauerreste und Steinblöcke ragten aus dem Waldboden und versperrten ihr den Weg. Offenbar hatte hier einmal ein Dorf gestanden, das in einem der letzten Kriege zerstört oder verlassen worden war.

Sie band das Pferd an einen Baum und näherte sich dem düsteren Bau. Deutlich war das kuppelförmige Dach des einstigen Tempels zu erkennen. Die Wände standen schief und waren von Flechten umrankt. Der Eingang war halb eingestürzt; Ashnada musste über mächtige Steinquader steigen, um einen Blick ins Innere des Tempels werfen zu können.

Brandgeruch stieg ihr in die Nase. Dort drinnen musste ein Feuer brennen, vielleicht eine Fackel. Ashnada legte die Hand an den Schwertgriff. Dann quetschte sie sich durch den engen Eingang.

Rötlicher Fackelschein schlug ihr entgegen. Sie erkannte zwei Gestalten, die in der Mitte des Raumes standen. Bei der ersten handelte es sich um ein Kind, ein wohl zwölfjähriger Junge mit kurzen blonden Locken, gekleidet in eine rote Robe. Er stand mit gesenktem Kopf auf einem umgestürzten Altarstein und schien Ashnada nicht zu bemerken, denn selbst als sie näher trat, blickte er nicht auf.

Die zweite Gestalt war groß und hager. Sie war in Lumpen gehüllt, der Kopf war mit einem schmutzigen Tuch verhüllt. In den Händen trug sie eine Pechfackel, von der in dicken Schwaden der Rauch aufstieg.

»Wer da, wer da?«, krächzte die hagere Gestalt. »Wer bist du?« Es handelte sich um eine Männerstimme, verzerrt und unfreundlich.

Misstrauisch betrachtete Ashnada den Fremden. »Was geht dich mein Name an? Ich bin nicht hier, um Höflichkeiten auszutauschen.«

Der Mann kicherte auf. »So? Warum dann? Was suchst du, Weib?«

»Mich schickt der Hohepriester«, erwiderte Ashnada.

Der Fremde ließ die Fackel sinken. »Welcher Hohepriester? Wir haben zwei, wenn ich mich nicht irre, und wer in diesen Tagen dem Falschen dient, bezahlt dafür oft mit dem Leben.«

Die Stimme kam Ashnada bekannt vor. »Mir ist es gleich, welcher Hohepriester der richtige und welcher der falsche ist. Ich kam hierher, um jemanden abzuholen. Falls Ihr diese Person seid, hört auf, mir Scherereien zu machen. Seid Ihr es aber nicht, so macht, dass Ihr fortkommt.« Langsam zog sie ihr Schwert.

Der Mann lachte erneut auf. Mit einem Ruck riss er sich das Tuch vom Kopf. Ein struppiger Bart kam zum Vorschein.

Ungläubig riss Ashnada die Augen auf. »Rumos!«, stieß sie hervor.

»Sei mir willkommen, Ashnada«, antwortete der Zauberer. »Der Zufall will es, dass wir uns stets in solch alten Gemäuern begegnen.«

Ashnada versuchte, ihre Fassung wiederzugewinnen. »Ich dachte, Ihr hättet Thax verlassen. Balicor sagte, dass Ihr nach Vara aufgebrochen seid.«

»Die Umstände zwangen mich zu einem kleinen Umweg, den ich Balicor verschwieg. Unser geschätzter Hohepriester muss nicht alles wissen.« Rumos wies auf das Kind, das in der Mitte des Raumes stand. Es hatte noch immer die Augen geschlossen, wirkte abwesend und apathisch. »Ich musste einen hohen Gast in Empfang nehmen. Der junge Herr befindet sich auf der Reise nach Thax, wo seine Anwesenheit dringend erforderlich ist. Es war mir eine Ehre, ihn ein Stück des Weges zu begleiten.«

In diesem Moment öffnete der Junge die Augen und starrte Ashnada an. Sein Blick wirkte fest und erwachsen; es war nichts Kindliches darin. »Wer ist diese Frau?«, fragte er mit heller Stimme. »Ich kenne sie nicht!«

»Sie wird dich nach Thax bringen«, sagte Rumos und schritt zu dem Kind hinüber. Väterlich legte er ihm die Hand auf die Schulter. »Du kannst ihr vertrauen.«

Der Junge ließ Ashnada nicht aus den Augen. »Sie hat einen grausamen Mund«, stieß er hervor. »Ich mag sie nicht!«

»Oh, ich finde ihren Mund entzückend«, gab Rumos zurück. »Sie wird dich auf deiner Reise begleiten und jeden, der sich dir in den Weg zu stellen wagt, mit dem Schwert erschlagen.« Er wandte sich Ashnada zu. »Bringe ihn sicher nach Thax und übergib ihn dem Hohepriester. Doch verrate Balicor nicht, dass du mich gesehen hast. Er soll sich in Sicherheit wiegen, der machtgierige Narr.«

»Warum bringt Ihr den Knaben nicht selbst nach Thax?«, fragte Ashnada zornig. »Und was soll dieses alberne Versteckspiel, für das Ihr mich in den Osten des Fürstentums gelockt habt?«

Rumos strich sich über den verfilzten Bart. »Ich musste den jungen Herrn aus Troublinien abholen. Zudem verspürte ich das Verlangen, dich noch einmal zu sehen, ohne dass jemand unsere Unterhaltung stört.« Er nahm die Hand von der Schulter des Kindes. Augenblicklich fiel der Junge in seinen apathischen Zustand zurück. »Ich werde dieses Land für eine Weile verlassen. In Vara wartet ein Schiff auf mich. Es wird mich nach Tyran bringen, einer Insel vor der candacarischen Küste. Dort, so besagt die Prophezeiung, werde ich den Auserkorenen treffen, den Auserwählten, der die rote Herrin aus der Finsternis erretten wird.«

Ashnada verzog abschätzig den Mund. »Ich schere mich nicht um die Legenden Eures Kultes. Ihr habt geschworen, mir zur Rache an Tarnac von Gyr zu verhelfen! Wann werdet Ihr Euer Versprechen wahr machen?«

»Gedulde dich und höre mir zu«, sagte Rumos ungehalten. »Die Prophezeiung spricht von zwei Auserkorenen. Dem einen werde ich auf Tyran begegnen; den anderen habe ich bereits ausfindig gemacht. Ich werde dir ein Geheimnis verraten, das selbst Bars Balicor nicht kennt. Das Wunder von Thax war kein Werk Magro Farghs, wie ich ihn glauben machte. Es war ein wahrhaftiges Zeichen Tathrils. Nhordukael ist einer der beiden Auserkorenen, der wahre Hohepriester unserer Kirche.«

Ashnada blickte den Zauberer verblüfft an. »Warum bekämpft Ihr ihn dann? Warum unterstützt Ihr Bars Balicor, wenn Nhordukael der Auserkorene ist?«

»Nhordukael hat seine Bestimmung noch nicht erkannt«, sagte Rumos. »Er kämpft auf der falschen Seite, und sein Glaube an Tathril ist gebrochen. Er muss erst fallen, um sich endgültig aus dem Bann des Weltenwanderers befreien zu können.« Rumos starrte auf die Fackel, deren Schein sein Gesicht in rötlichen Schimmer tauchte. »Die Spaltung der Kirche ist ärgerlich, doch unausweichlich. Die Bathaquar muss die falschen Priester des Tathril vernichten, bevor sie den Kampf gegen den wahren Feind aufnehmen kann. Bars Balicor ist der richtige Mann, um die Tathrilya zu zertrümmern; er ist ehrgeizig und verschlagen. Niemand wäre besser geeignet, um die Bathaquar zurück zur Macht zu führen.«

»Bars Balicor hat Macht stets nur für sich selbst, niemals für andere errungen«, warnte Ashnada. »Er wird sie nicht aus den Händen geben, wenn er erst Nhordukael beseitigt und die Quelle von Amos erobert hat.«

»Balicor wird es nicht wagen, die Bathaquar ein zweites Mal zu verraten«, zischte Rumos. »Und was Nhordukael angeht – dieser Junge ist zu Höherem auserkoren! Balicor wird ihn stürzen, aber niemals vernichten können. Tathril wird seine schützende Hand über ihn halten.«

Ashnada beobachtete den Zauberer misstrauisch. »Warum erzählt Ihr mir das alles? Welche Rolle habt Ihr mir in diesem Spiel zugedacht?«

»Deine Begabungen hast du im Dienste Bars Balicors eindrucksvoll unter Beweis gestellt«, antwortete Rumos. »Nun will ich sie mir zu Nutze machen. Du wirst mich auf meiner Überfahrt nach Tyran begleiten, Ashnada. Ich brauche deinen wachen Geist und deinen Schwertarm, denn das Silbermeer ist zurzeit ein gefährlicher Ort.«

»Wie stellt Ihr Euch das vor?«, herrschte Ashnada den Zauberer an. »Soll ich Balicor von einem Tag auf den anderen verkünden, dass ich in Euren Dienst übergetreten bin?«

Rumos schürzte spöttisch die Lippen. »Was du ihm erzählst, ist mir gleich. Sieh zu, dass du den Jungen schnell in Thax ablieferst und mich nicht allzu lange in Vara warten lässt. Ich bin, wie du weißt, kein geduldiger Mensch.«

Ashnada zögerte. »Nun gut ... ich werde Euch nach Tyran begleiten. Doch dann müsst Ihr Euren Teil der Abmachung erfüllen! Ihr habt mir ein Versprechen gegeben ...«

Ein Lächeln huschte über die eingetrockneten Lippen des Bathaquari. »Ist dein Herz tatsächlich von solchem Hass erfüllt? Keine Angst, ich werde dafür sorgen, dass du an Tarnac von Gyr Rache nehmen kannst.« Er wies erneut auf den Jungen, der mit gesenktem Kopf auf dem Altarstein stand. »Zunächst aber bringe dieses Kind nach Thax. Gib Acht, dass die Weißstirne dir nicht auflauern. Das Hochland ist voll von diesen Schurken.«

Ashnada musterte das Kind. Sein Anblick flößte ihr Unbehagen ein. »Wer ist der Junge?«

Rumos griff nach der Hand des Kindes und zog es behutsam von dem Stein zu sich herab. »Prinz Uliman Thayrin«, sagte er mit unverkennbarem Stolz, »der zukünftige Kaiser Sithars.«

❦

»Ihr dürft nicht gehen!« Fürst Arkons Stimme war schneidend wie Stahl. Er stand im Türrahmen seiner Kammer, den Blick auf Perjan Lomis gerichtet. »Das könnt Ihr mir nicht antun! Wenn Ihr Thax verlasst, ist alles verloren.«

Perjan Lomis stand am Fenster. Er hatte einen blauschwarzen Reisemantel angelegt. »Es tut mir Leid, Arkon. Mir bleibt keine Wahl.« Er zog ein Paar Handschuhe hervor und streifte sie sich über. »Ich kann nicht untätig in Thax herumsitzen, während mein Fürstentum von den Kathygern bedroht wird. Eldrom von Crusco muss aus dem Silbermeer vertrieben werden.« Langsam schritt er auf Arkon zu. »Auch Ihr solltet besser nach Thoka zurückkehren.

Wenn Ihr im Palast bleibt, seid Ihr bald ebenso ein Gefangener des Klippenordens wie der Kaiser.«

Arkon verschränkte die Arme, als wollte er Perjan die Türöffnung versperren. »Wir dürfen jetzt nicht die Waffen strecken! Wenn wir aufgeben, haben Binhipar und Scorutar gesiegt. Die Klippenritter haben den Palast und die Hauptstadt widerrechtlich besetzt und Akendor Thayrin gefangen genommen.«

»Ich hätte an ihrer Stelle ebenso gehandelt«, erwiderte Perjan. »Akendor hat vor unseren Augen ein unschuldiges Kind kaltblütig ermordet.«

»Dennoch ist er unser Kaiser«, rief ihm Arkon in Erinnerung. »Ohne ihn ist der Thronrat nicht beschlussfähig. Seit zwei Wochen regieren Binhipar und Scorutar am Silbernen Kreis vorbei. Wenn wir dies weiter hinnehmen, ist unser Schicksal besiegelt.«

Perjan zuckte hilflos mit den Schultern. »Uns sind die Hände gebunden. Gegen die Macht des Klippenordens kommen wir nicht an.«

Mit einem Räuspern machte sich Jundala Geneder bemerkbar, die im hinteren Winkel des Raumes stand. »Ihr solltet nichts überstürzen, Fürst Perjan.« Langsam schritt sie auf ihn zu. In ihrer Hand hielt sie eine Schriftrolle. »Ohne die Unterstützung des Silbernen Kreises werdet Ihr Fareghi nicht zurückerobern können. Hier in Thax fällt die Entscheidung über die Zukunft Eures Fürstentums.« Sie hob die Schriftrolle empor. »In diesem Brief kündigt mein Gemahl seine Rückkehr an. Das Bündnis mit den Arphatern ist besiegelt! Fürst Baniter befindet sich auf dem Weg nach Thax, und in seinem Gefolge reist die arphatische Königin. Wenn Inthara in Thax eintrifft, werden Binhipar und Scorutar gezwungen sein, den Kaiser freizulassen.«

»Das werden sie niemals tun«, sagte Perjan, »nicht nach dem Mord an Scorutars Nichte.«

»Ich will Akendors Tat nicht beschönigen, doch die Hintergründe sind mehr als seltsam«, erwiderte Arkon. »Wer will es dem Kaiser verdenken, dass er sich an diesem

Abend nicht unter Kontrolle hatte? Er fand seine Verlobte tot im Wald, zerfetzt von unbekannter Hand.« Arkon senkte die Stimme. »Ist es nicht ein seltsamer Zufall, dass Ceyla Illiandrin auf ähnliche Weise starb wie einst die Kaiserin?«

Perjan blickte Fürst Arkon erschrocken an. »Ich würde an Eurer Stelle vorsichtig sein, einen solchen Vergleich zu ziehen. Syllana Nejori wurde von wilden Hunden zerrissen – ein bedauerlicher Unfall! Ceyla Illiandrin hingegen wurde heimtückisch ermordet.« Er schritt weiter zur Tür.

Arkon gab widerwillig den Weg frei. »Bleibt zumindest so lange, bis Baniter Geneder in Thax eintrifft. Dann wird sich der Kampf um die Führung des Thronrats entscheiden!«

»Er ist bereits entschieden«, erwiderte Perjan. »Wir haben verloren, Arkon! Hört auf meinen Rat und verlasst Thax, am besten noch heute.« Mit diesen Worten trat er aus dem Gemach.

Fürst Arkon wandte sich wütend Jundala Geneder zu. »Damit verlässt der dritte Fürst die Hauptstadt. Ascolar Suant und Stanthimor Imer haben sich bereits in der vergangenen Woche in ihre Fürstentümer abgesetzt.«

»Noch ist nichts verloren«, versprach Jundala Geneder. »Scorutar und Binhipar wiegen sich in Sicherheit, doch das Bündnis mit Arphat wird ihre Pläne durchkreuzen. Wartet nur, bald wird der Wind sich drehen.« Sie schien sich ihrer Sache sicher zu sein. Ihre Finger umschlossen die Fürstenkette, die sie um den Hals trug: die Kette mit dem ganatischen Luchs, der zum Sprung ansetzte.

❦

Bars Balicor trug seine Robe mit sichtbarem Stolz. Immer wieder strich seine Hand über den weißen Stoff, glättete die Falten des grünen Saumes, rückte den Kragen zurecht.

»Ihr versteht mich falsch, edle Fürsten«, säuselte er mit honigsüßer Stimme. »Selbstverständlich bin ich dem Orden der Weißen und der Schwarzen Klippen zu großem Dank verpflichtet. Er hat den heiligen Tempel vor dem Untergang bewahrt und die gottlosen Weißstirne aus Thax vertrieben. Doch das ändert nichts daran, dass die Kirche in großer Gefahr ist.«

Die Fürsten hatten Bars Balicor in einem Turmzimmer im Südflügel Thakstels empfangen. Es war ein karger Raum; kein Stuhl lud den Hohepriester ein, sich niederzulassen, kein Diener stand bereit, ihm den Mantel abzunehmen. Auch in den Gesichtern seiner Gastgeber erkannte Balicor, dass er alles andere als willkommen war. Der Fürst von Palidon, Binhipar Nihirdi, bedachte ihn mit Furcht erregenden Blicken, und Fürst Scorutar, der am Fenster des Turmzimmers stand, rümpfte immer wieder verächtlich die Nase, während der Hohepriester sprach.

»Unsere Lage ist ernst«, fuhr Balicor fort. »Noch immer ist der Brennende Berg in der Hand des Ketzers Nhordukael. Er wird von zahlreichen Priestern und Kuratoren unterstützt. Die Folgen sind Euch bekannt, hohe Herren – Tumult und Aufstand.« Er blickte Fürst Binhipar beschwörend an. »Wann wird der Silberne Kreis mich endlich als wahren und einzigen Hohepriester anerkennen? Seit Wochen hüllen die Fürsten sich in Schweigen.«

»Wenn Ihr meint, dass der Silberne Kreis sich in diese Angelegenheit einmischen wird, so hofft Ihr vergebens«, antwortete Binhipar. »Die Klippenritter haben den Tempel befreit, um Ruhe in Thax zu schaffen, nicht um Euch in den Sattel zu helfen.«

Balicor schüttelte bedauernd den Kopf. »Dann wird der Aufstand der Weißstirne bald auch Eure Fürstentümer erreichen. Sithar wird nicht zur Ruhe kommen, solange der Ketzer am Leben ist.«

Scorutar löste sich vom Fenster. »Was verlangt Ihr von uns, Balicor? Sollen wir ein Heer nach Amos schicken und den Brennenden Berg belagern? Sollen wir alle aufständischen Tempel im Reich besetzen und einen Krieg im eigenen Reich führen?«

»Ich verlange nichts weiter, als dass der Silberne Kreis Stellung bezieht«, sagte der Hohepriester. »Auch Euch sollte daran gelegen sein, die Spaltung der Kirche zu beenden. Schließlich hat das Reich zurzeit andere Probleme, oder irre ich?«

»Eines davon ist Troublinien«, knurrte Binhipar. »Der Gildenrat spielt seit einigen Kalendern ein falsches Spiel mit uns.« Er starrte den Hohepriester lauernd an. »Es heißt, Ihr stündet im engen Kontakt mit dem Rat!«

Balicor lächelte. »Die Troublinier sind gottesfürchtige Leute, die keinen Augenblick zögerten, mich als Hohepriester anzuerkennen.«

»Habt Ihr den Gildenrat nach dem Schicksal des Prinzen befragt, wie ich Euch befahl?«, erkundigte sich Binhipar zornig.

»Selbstverständlich«, säuselte Balicor. »Der Gildenrat ist über die Ereignisse in Sithar äußerst besorgt. Er will auf jeden Fall vermeiden, dass Prinz Uliman in Gefahr gerät. In Taruba, so schrieben mir die Gildenräte, ist Uliman in Sicherheit.«

»Sie wagen es, sich unserem Befehl zu widersetzen?«, schrie Binhipar.

Bars Balicor hob beschwichtigend die Hände. »Es wäre denkbar, dass der Gildenrat den Jungen der Obhut der Kirche anvertraut, wenn ich ihn darum bitte. Troublinien wird sich dem Wunsch ihres Hohepriesters gewiss beugen.« Er seufzte. »Doch solange mein Amt umstritten ist …«

»Erspart uns Eure Tränen«, zischte Fürst Scorutar. »Was verlangt Ihr, Balicor?«

Forsch baute sich Bars Balicor vor den Fürsten auf. »Bestätigt mich als alleinigen Hohepriester und sprecht den Bann über den Ketzer Nhordukael. Zudem müsst Ihr der Kirche einen Sitz im Thronrat einräumen, so wie es unter Kaiser Torsunt üblich war. Wenn diese Bedingungen erfüllt sind, wird Uliman wohlbehalten in Thax eintreffen.«

Scorutars Augen funkelten. »Ihr habt Euch verdächtig schnell in Euer Amt eingefunden, Hohepriester. Überspannt den Bogen nicht! Der Silberne Kreis lässt sich nicht erpressen!«

»Die Sicherheit des Prinzen hat seinen Preis«, erwiderte Balicor ungerührt, »zumal sein Vater im Kerker sitzt.«

»Lügenmärchen!«, knurrte Binhipar. »Der Kaiser ist lediglich erkrankt.«

»Dann übermittelt ihm meine besten Genesungswünsche«, höhnte Balicor. »Vielleicht möchte er selbst die Entscheidung treffen, ob sein Sohn in Troublinien bleiben oder nach Sithar zurückkehren soll.«

Er verneigte sich und zog sich zurück. Die Blicke der Fürsten folgten ihm, und als die Tür hinter ihm ins Schloss fiel, wandte sich Binhipar mit finsterer Miene zu Scorutar um.

»Diese hinterhältige Ratte«, zischte er. »Wie kann er es wagen, so mit uns zu sprechen?«

»Er glaubt, uns in der Hand zu haben«, antwortete Scorutar. »Uliman ist zu wichtig für das Reich und für unsere Pläne, als dass wir ihn in den Klauen der Troublinier lassen könnten.«

Binhipar schritt wütend auf und ab. »Habt Ihr nicht gehört, was er fordert? Einen Sitz im Thronrat! Sollen wir uns in Zukunft von diesem machtgierigen Priester vorschreiben lassen, wie wir den Krieg gegen die Goldéi zu führen haben?«

»Es bleibt uns keine andere Wahl«, erwiderte Scorutar. »Doch vergesst nicht, dass Balicor in den eigenen Reihen verhasst ist. Nhordukaels Position ist stark; so schnell wird Balicor ihn nicht besiegen können.« Er seufzte. »Für den Augenblick müssen wir uns seinen Wünschen beugen. Uliman muss so bald wie möglich in unsere Hände gelangen. Die Frage ist, was unterdessen mit Akendor geschehen soll. Wir können ihn nicht ewig gefangen halten.«

Ein Geräusch schreckte ihn auf. Er erblickte seine Schwester Tundia; sie hatte unbemerkt den Raum betreten. Tundia Suant trug ein schwarzes Trauergewand, das Gesicht war unter einem Schleier verborgen. Zitternd stand sie im Türrahmen und starrte ihren Bruder an.

»Er muss sterben.« Ihre Stimme klang heiser. »Ich werde nicht zulassen, dass ihr ihn aus dem Kerker lasst! Der Mörder meines Kindes muss sterben!«

Scorutar schritt auf sie zu. Er versuchte den Arm um ihre Schultern zu legen, doch Tundia schlug die Hand zurück.

»Er muss sterben«, wiederholte sie ruhig. »Ihr habt zugesehen, wie er Suena ermordete. Ihr habt zugesehen und nichts dagegen unternommen!«

Bedauern spiegelte sich in Scorutars Gesicht wider. »Wir können Akendor Thayrin nicht einfach umbringen, liebste Schwester! Noch ist er der Kaiser von Sithar. Ich verstehe deinen Hass, aber …«

»Nichts verstehst du!«, zischte Tundia. Sie schlug den Schleier zurück. Ihr Gesicht sah entsetzlich aus, aufgequollen und totenbleich, die wulstigen Lippen blutig gebissen. »Er hat ihr das Genick gebrochen! Ihr wart dabei! Ihr habt es geschehen lassen!« Sie hob zitternd die Hand und wies auf ihren Bruder. »Sieh mich an, Scorutar, sieh mir in die Augen und sage mir, wer den Befehl gab, Akendors Geliebte zu töten! Wer war es, der Ceyla Illiandrin ermordete?«

»Damit habe ich nichts zu tun«, beteuerte Scorutar. »Wir wollten sie aus dem Weg haben, sie einschüchtern und aus Thax verjagen – doch von einem Mord war niemals die Rede.«

»Erspar mir deine Lügen«, fauchte Tundia. »Ihr seid verantwortlich, dass Akendor meine Tochter ermordete! Und nun wollt ihr ihn freilassen?«

Fürst Binhipar schüttelte den Kopf. »Akendor wird niemals mehr auf dem Thron sitzen, dafür werde ich sorgen.«

»Ich will, dass er stirbt«, schrie Tundia. »Ich werde ihn selbst töten, wenn ihr zu feige seid. Gebt mit ein Messer; mehr brauche ich nicht. Ich will in seine Augen sehen, wenn er den letzten Atemzug tut!«

»Rede keinen Unsinn«, herrschte Scorutar sie an. »Akendors Tod könnte zum Zerfall des gesamten Reiches führen. Die Familie Thayrin hat nur einen einzigen Erben: Prinz

Uliman, und dieser ist in der Hand der Troublinier oder vielleicht gar nicht mehr am Leben. Wenn die Kaiserfamilie ausstirbt, müssen die Fürsten einen neuen Kaiser wählen. In der jetzigen Lage ließe sich keine Einigung im Silbernen Kreis erzielen. Es wäre das Ende Sithars!«

Tundia ließ die Hand sinken. »Es ist mir gleich, was mit Sithar geschieht! Akendor muss sterben!«

Scorutar wandte sich zu Binhipar um, und ein bitteres Lächeln umspielte seinen Mund. »Fest steht, dass wir den Forderungen des Hohepriesters nachkommen sollten«, sagte er. »Prinz Uliman wird dringend in Thax gebraucht.«

❦

Nhordukael packte den steinernen Kopf des Thiurons. Voller Spott starrte er in die leeren Augenhöhlen des Stummen Wächters, durch die das rote Licht der Glut fiel. »Erkennst du mich wieder?«, spie er der Statue mit unverhohlenem Triumph ins Gesicht. »Siehst du, wer ich bin?«

Ein körperloses Stöhnen hallte durch die Gänge unter dem Brennenden Berg. *DAS BLEICHE KIND HAT MICH BETROGEN*, eine dumpfe Stimme, in der sich Angst und Wut mischten, *KENNT KEINE DEMUT … KEINE DEMUT …*

Nhordukael ließ die Hände herabsinken. Der weiße Stoff seines hohepriesterlichen Gewandes knisterte, als er einen Schritt von dem Stummen Wächter zurücktrat. »Du wirst dabei sein, Magro Fargh. Du wirst erleben, wie ich deine Kirche zertrümmere und deinen Gott als Trugbild enttarne. Und du wirst nichts dagegen tun können; denn nun herrsche ich über Amos! Das Auge der Glut ist in meiner Gewalt!«

Das Raunen wich einem verzweifelten Wimmern. Der Thiuron bäumte sich auf, hielt sich die klobigen Hände vor sein Gesicht, als ob Nhordukaels Nähe ihm Schmerzen bereitete. *WIE KANNST DU ES WAGEN, IHM ZU TROTZEN … TATHRIL, DEINEM HERRN … SEI VERNÜNFTIG … KEHRE UM …*

Nhordukael wandte sich ab. »Ich kann nicht umkehren. Du selbst hast mir den Weg bereitet, den ich nun gehen muss.« Er griff nach dem silbernen, mit religiösen Symbolen versehenen Stab, der zu seinen Füßen lag. Langsam schritt er zum Vulkansee hinüber. Ruhig und gleichmäßig floss dort das geschmolzene Gestein, die Oberfläche des Sees war eben und glatt. Die Quelle von Amos schlummerte, war ganz in sich versunken. Sie hatte sich Nhordukael erstaunlich rasch unterworfen. Alplaudo Carxives, der Kurator von Vara, sah darin einen Beweis für die Rechtmäßigkeit von Nhordukaels Amtserhebung. Für ihn stand fest, dass Nhordukael der Auserkorene war. Carxives war nach der Vertreibung der Weißstirne aus Thax in die alte Kaiserstadt Vara zurückgekehrt, um weitere Priester und Kuratoren gegen Bars Balicor aufzustacheln. Es galt als sicher, dass die Spaltung der Kirche bald eskalieren würde; auch im Silbermeer wurde bereits von Weißstirnen berichtet, die sich gegen Bars Balicors Anhänger zur Wehr setzten. Und im palidonischen Hochland hatte Drun, der Anführer der Weißstirne, neue Gefolgsleute um sich versammelt, die sich für den Kampf gegen Bars Balicor rüsteten.

Mit beiden Händen umschloss Nhordukael den silbernen Stab. Er spürte die Macht des Silbers in seine Finger übergehen. Behutsam bog er den Sphärenstrom, der ihn umflutete. Seine dunkelgrauen Augen waren auf den Vulkansee gerichtet. »Zeige dich mir, Tathril«, flüsterte er, »zeige dich, wenn du es wagst!«

Das Auge der Glut erwachte. Schläfrig wandte es sich Nhordukael zu und fügte sich seiner Macht. Wirbel bildeten sich auf der Oberfläche des Sees; die Lava begann schneller zu fließen. Ein Rauschen schwoll an; schmerzhaft dröhnte es in Nhordukaels Ohren. In der Mitte des Vulkansees warf sich eine Fontäne aus Glut auf und zerfiel in zähe Tropfen. Mit dumpfem Glucksen sanken sie in den See zurück; und dort, wo sie niedergingen, erhob sich nun eine Gestalt aus dem See. Inmitten der Lava waren die glutumwobenen Konturen eines Menschen zu erkennen: ein Kopf,

Arme und Beine, ein schmaler Leib. Er richtete sich auf, sodass er nur noch bis zu den Knien im See stand. Die rotglühende Lava perlte wie Wasser von seiner Haut. Bald waren seine Gesichtszüge zu erkennen, die Gesichtszüge eines dunkelhäutigen Mannes mit schwarzem Lockenhaar. Er trug eine goldene Rüstung, auf deren Brustplatte seltsam verschlungene Zeichen eingeätzt waren. In den Händen hielt er einen gewundenen Stock, mit dem er auf Nhordukael deutete.

»Der Auserkorene«, sagte er mit heller Stimme. »Nhordukael, der neue Diener Tathrils, der Hohepriester Sithars, der Gebieter über die Quelle des Brennenden Berges! Sei mir gegrüßt.«

Nhordukael schwieg. Fassungslos starrte er den Fremden an, der durch die Glut auf ihn zuwatete. Seine Augen waren alt und schrecklich, und sein Mund, den ein gekrauster schwarzer Bart umgab, hatte einen grausamen Zug.

»Tathril wacht schon seit langem über dich«, sagte der Fremde. »Er hat schützend die Hände über dich gehalten, seit er dich zu seinem Diener auserkoren hat.«

»So, hat er das?«, fragte Nhordukael spöttisch. »Und wer bist du, der mir diese frohe Botschaft überbringt?«

Der Fremde hatte den Rand des Vulkansees erreicht. Sein Gesicht war glatt und makellos, doch auf seltsame Weise künstlich. »Du weißt, wer ich bin. Tathril sendet seinen höchsten Propheten zu dir, um dir die Augen zu öffnen.«

Nhordukael verstärkte den Griff um den silbernen Stab. »Oh, meine Augen sind weit geöffnet. Ich sehe und erkenne dich! Du bist Durta Slargin, der Bezwinger der Quellen, der Gründer der Logen, der erste Priester der Tathrilya.« Seine Stimme bebte, während er sprach. »Ich wusste es! Du warst es, der Magro Fargh im Traum erschien und ihm einflüsterte, dem Tod zu trotzen.«

Der Fremde nickte. »Ich tat es auf Befehl unseres allmächtigen Gottes – deines Gottes, Nhordukael! Er wollte Magro Fargh auf die Probe stellen – und ebenso dich.« Er wies mit dem knorrigen Holzstab auf den jungen Hohepriester. »Du hast dich als stark und schlau erwiesen, als du Magro Fargh besiegt hast! Tathril ist stolz auf deinen Triumph.«

Nhordukael stieß ein trockenes Lachen aus. »In meiner Gegenwart kannst du getrost darauf verzichten, dich auf Tathril zu berufen. Ich habe dich durchschaut, Durta Slargin – sofern dies dein wirklicher Name ist.« Er näherte sich der Erscheinung, den silbernen Stab drohend erhoben. »Deine Einflüsterungen brachten Magro Fargh auf den Gedanken, in meinem Körper weiterzuleben! Du warst es, der das Wunder von Thax inszenierte, der mich aus der Bronze rettete.« Er baute sich vor dem Fremden auf. »War es von Anfang an dein Plan, Magro Fargh zu betrügen und mich zum Hohepriester zu erheben? Oder habe ich deine Pläne durchkreuzt, als ich den Greis tötete?«

Durta Slargins Augen wandelten sich zu schmalen Schlitzen. »Wie sprichst du mit mir? Willst du dich mir in den Weg stellen, Nhordukael – ausgerechnet du, der sich zwanzig Jahre lang von einem schwächlichen Greis unterjochen ließ?«

Nhordukael hielt dem stechenden Blick der Erscheinung mühelos stand. »Ich weiß nicht, wer du bist und was du bist, doch deine Ziele habe ich durchschaut. Seit Jahrhunderten beherrschst du die Hohepriester der Tathrilya durch deine Einflüsterungen, um so die Kirche zu lenken, die du selbst erschaffen hast.«

»Ich lenke nicht die Kirche, ich lenke die ganze Welt«, fauchte Durta Slargin. »Tathril ist nichts als ein Name für meine unendliche Macht.« Er stieg aus dem See, sodass er nun kaum einen Schritt von Nhordukael entfernt war. »Ich kann sie mit dir teilen, Nhordukael. Ich brauche deine Hilfe! Die Welt muss geformt werden, so wie es schon einmal geschah. Doch dieses Mal reichen meine Kräfte nicht aus.« Fast klang seine Stimme bittend, und in seine Miene stahl sich ein Anflug von Hilflosigkeit. »Ich habe lange gewartet, bis die Zeit reif war! So viele Jahrhunderte sind verstrichen, bis zwei Kinder geboren wurden, deren magisches

Talent dem meinen gleicht. Nur gemeinsam können wir die Aufgabe bewältigen, die sich uns stellt.« Er streckte Nhordukael die rechte Hand entgegen – eine mit goldenen Schuppen besetzte Klaue. Scharf geschliffene Sporne ersetzten die Finger, und ihre Gelenke knirschten leise, als sie sich spannten. »Ich brauche dich, Nhordukael! Komm mit mir, und ich werde dir die Geheimnisse der Magie offenbaren! Ich werde dir zeigen, welche Dimensionen sich jenseits der Sphäre erstrecken. Komm mit mir! Tritt an meine Seite!«

Nhordukael starrte den Zauberer ungläubig an. »Welche Angst musst du haben, dass du mir dieses Angebot machst. Hast du es auch dem anderen ›Auserkorenen‹ unterbreitet, von dem du sprichst?« Er richtete das Ende seines silbernen Stabes auf Durta Slargin, und dieser wich vor der Macht des Silbers zurück. »Wir sind für dich nichts als Figuren eines Brettspiels. Doch nun sind die Regeln dieses Spiels aufgehoben! Ich gebiete über das Auge der Glut. Hier endet deine Macht.«

»Du machst einen gewaltigen Fehler«, zischte Durta Slargin. »Willst du dich mir entgegenstellen? Es wäre ein ungleicher Kampf!« Er starrte auf den silbernen Stab, den Nhordukael in der Hand hielt. »Nimm Vernunft an! Lass die Quelle aus ihren Grenzen. Es muss ein weiteres Tor im Süden geben, das die Goldéi durchschreiten können.«

Nhordukael trat näher auf Durta Slargin zu. »Sind auch die Echsen deine Spielfiguren? Belügst und missbrauchst du sie ebenso wie uns Menschen?« Fassungslos schüttelte er den Kopf. »Offenbar hältst du dich tatsächlich für einen Gott!«

»Einer muss diese Welt lenken«, schrie Durta Slargin voller Zorn. »Nimm Vernunft an und senke diesen grässlichen Stab! Ich habe dich zu dem gemacht, was du bist; du solltest mir ein wenig mehr Respekt entgegenbringen.«

Ohne zu zögern holte Nhordukael aus und ließ den Silberstab auf den Schädel des Zauberers niederkrachen. Durta Slargin stieß einen grässlichen Schrei aus. Sein Körper fiel in sich zusammen und löste sich auf. Der Schrei verhallte im Rauschen der Quelle. Nichts blieb von seinem Spukbild zurück.

»Das also verbirgt sich hinter Tathril«, murmelte Nhordukael, »Trugbilder und faule Zaubereien!« Sein Blick verdüsterte sich. »Was du auch sein magst, Durta Slargin: In mir hast du dir einen Feind geschaffen, der keine Angst vor dir hat. Mir wurde jede Angst ausgetrieben.« Grimmig streckte er den silbernen Stab empor und lauschte dem Gesang der Quelle, die ihn voller Inbrunst pries; und Nhordukael wusste, dass sie ihm beistehen würde im Kampf gegen den Zauberer, der sie einst in ihre elende Form gezwungen hatte.

❦

Kalt, schrecklich kalt war die Wand, steinern und rau. Seine Finger glitten über die schwarzen Steine; die Fingerkuppen tasteten nach den Rillen und Vertiefungen, spürten den krustigen Mörtel, die nasse Krume des Moosbewuchses. Er legte den Kopf an das Gestein, schloss die Augen, spürte die Kälte der Mauer in sein Gesicht kriechen und sein Fieber kühlen. »Ceyla«, flüsterte er, seine Lippen schabten über das Gestein und rissen sich blutig, »Ceyla, Syllana … Ceyla, Syllana.« Wieder und wieder sprach er die beiden Namen aus, hauchte sie in die Ritzen der Wand, spie sie in die Mauern von Thakstel, die entsetzlichen Mauern, die ihn seit Kindestagen gefangen hielten, diese düsteren Mauern, vor denen jeder Lichtstrahl floh.

›*Wie würde Euer Vater sich schämen, wenn er Euch jetzt sehen könnte*‹, so hatte Binhipar im Thronsaal zu ihm gesprochen, als Akendor das Mädchen in seinen Armen gehalten hatte, ›*gebt das Kind frei*‹; er spürte noch Suenas warmen Körper in seinen Armen, hörte das Geräusch, als der Halswirbel des Kindes geborsten war. »Es hat so wundervoll geknackt«, kicherte Akendor und schlug seinen Kopf gegen den Stein, »was für ein lustiges Geräusch war das! Was für ein Spaß!« Er sah Tundia Suant vor sich auf dem

Boden liegen, sah, wie sie sich auf dem Boden krümmte und hilflos mit ansah, wie er das Kind in seinen Armen erdrückte. »Habe dich gewarnt, Tundia«, flüsterte Akendor, und Tränen stiegen ihm in die Augen, »habe euch alle gewarnt … ihr, die ihr mir Ceyla genommen habt und Syllana …«

Syllana Nejori, dieses Mädchen mit den strahlend blauen Augen und den dunkelbraunen Locken, die so wunderschön um ihre Schultern gefallen waren … wie hatte er sie geliebt! Akendor erinnerte sich daran, welche Angst er gehabt hatte, dass Fürst Binhipar von seiner Liebschaft mit der Tochter des Goldschmieds erfahre könnte. »Syllana«, wisperte er vor sich hin, »kleine, verrückte Syllana«, seine Geliebte, seine Gemahlin, die Mutter seines Sohnes … von wilden Hunden zerrissen! Oh, er entsann sich des Bildes, als er die Lichtung betreten hatte, auf der das Rudel Syllana zu Boden gezerrt, auf der die Hunde ihr die Arme abgerissen hatten. Er entsann sich noch des Blutes und des weißlichen Fleisches, dazwischen die kopflosen Hundeleiber und die Krieger mit blutigen Schwertern und betretenen Gesichtern und daneben Fürst Scorutar, leichenblass, ›Wie furchtbar, Majestät, welch ein Unglück!‹ – Mörder, dieses Mörderpack!

»Mörder!«, schrie Akendor gequält auf. »Erst Syllana und nun Ceyla …« Auch Ceyla hatten sie umgebracht, die einzige Frau, die er seit Syllanas Tod wirklich geliebt hatte. Auch sie zerrissen, zerfetzt von Messern, von Klauen, von gierigen Zähnen; er hatte noch das grauenvolle Bild ihres abgetrennten Fußes vor Augen, der im blutigen Schnee gelegen hatte wie ein abgeknickter Zweig, »Ceyla … Syllana … oh, diese feigen Mörder!«

Er musste an seinen Vater denken, den großen Kaiser Torsunt. Wie hätte er einen solchen Mord gerächt, wie nur? Akendor wusste aus Erzählungen seines Vaters von dem Verrat des Fürsten Norgon Geneder, der einst versucht hatte, Torsunt zu stürzen und den Thron zu erringen. Mehrere Mitglieder der kaiserlichen Familie waren von Norgon ermordet worden, als er die Macht in Vara ergriffen hatte. Nach dem Sturz des Verräters war Torsunts Strafe erstaunlich milde ausgefallen; allein Norgon Geneder war hingerichtet worden, und das Fürstentum Ganata hatte Torsunt geteilt, um die Familie Geneder zu bestrafen. Doch er hatte sie nicht ausgerottet, hatte nicht Gleiches mit Gleichem vergolten. Was hätte er, der große, gütige Kaiser Torsunt gesagt, wenn er Akendors Rache beigewohnt hätte? *Wie würde Euer Vater sich schämen,* klang Binhipars Stimme in seinem Schädel, und erneut fühlte Akendor den warmen Körper von Suena Suant in seinem Arm, ein lebloser Brocken, und hörte das widerliche Geräusch ihres brechenden Halswirbels …

Ein Knirschen erklang von der Tür. Ein Schlüssel drehte sich im Schloss. Panisch wich Akendor in die Ecke des Raumes zurück, sodass er mit der Schulter gegen die Wand stieß. Zitternd starrte er auf die Gestalt, die sich durch die Türöffnung schob: ein Mann in einem grauen Mantel, den Kopf unter einer Kapuze verborgen.

»Bleib weg, bleib weg«, flüsterte Akendor verzweifelt, »ich will dich nicht sehen!« Seine Hand krallte sich im Gestein fest. »Wollt ihr auch mich umbringen? Jämmerlich, jämmerlich seid ihr … erst Syllana und dann Ceyla … und ich bin nicht besser, nicht besser … das kleine, harmlose Kind!« Er sprang auf die Gestalt zu, packte ihren Mantel. »Was habe ich getan«, wimmerte er, »was habe ich getan!«

Der Mann schlug die Kapuze zurück. Struppiges rotes Haar quoll unter dem Stoff hervor. »Seid still, mein Kaiser«, flüsterte er und griff nach Akendors Hand. »Wir müssen fort, jetzt gleich.«

Akendor starrte den Mann ungläubig an. »Garalac«, stieß er hervor. »Was tust du hier? Hab dich doch fortgeschickt … du solltest nicht hier sein! Du solltest nicht …«

Garalac packte den Kaiser an den Schultern. »Ich habe Eurem Vater geschworen, Euer Leben zu verteidigen, und das werde ich tun.« Er wies auf den Gang. »Wir haben nicht viel Zeit, mein Kaiser. Sie werden Euch im Kerker ermorden und Euren Sohn Uliman auf den Thron setzen. Kommt! Folgt mir!«

Akendor schüttelte den Kopf. »Nein« flüsterte er, »lasst mich zurück. Ich habe den Tod verdient. Ich bin nicht besser als sie, nicht besser ...«

Zorn flackerte in Garalacs Augen auf. »Kommt jetzt, oder muss ich Euch zwingen, mir zu folgen?« Er schüttelte den Kaiser brutal an den Schultern.

Damit war Akendors Widerstand gebrochen. Er ließ sich von Garalac ein graues Gewand überstreifen und auf den Gang zerren.

Eine Tür fiel zu. Ein Schlüssel drehte sich im Schloss. Dann herrschte Stille im Kerker. Nur leise, ganz leise war der Wind zu vernehmen, der gegen Thakstels Mauern schlug; Thakstels Mauern, in denen so bald kein Kaiser mehr regieren sollte.

EPILOG

Der Sturz … er konnte sich genau an ihn erinnern. Immer tiefer war sein Körper gefallen, tief hinab in die Schlucht, um ihn nichts als der nasskalte Dunst und der Gesang der Quelle. Er war bewusstlos geworden während des Falls; war erst erwacht, als sein Körper in die Fluten eingetaucht war: Eiskalt schäumte und sprudelte das Wasser um ihn, als er kopfüber darin versank. Der Strom drückte ihn nach unten und riss ihn gleichzeitig mit sich. Wie eine achtlos fortgeworfene Puppe wurde er umhergeschleudert; seine Hand prallte gegen einen Felsen, seine Lunge füllte sich mit Wasser.

Wieder und wieder sah er Naikayas Gesicht vor sich; sah das Entsetzen und den Ekel in ihren Augen, als sie ihn in die Schlucht gestoßen hatte. ›*Sie haben dich nach Oors Caundis geschickt, um uns zu vernichten*‹, hatte sie ihm ins Gesicht gespieen, ihn gepackt und in die Tiefe hinabgeworfen. Er konnte es ihr nicht verdenken. *Ich brachte ihnen den Tod. Ich habe die Goldéi nach Oors Caundis gebracht*, fuhr es ihm durch den Kopf, während sein Körper sich erneut überschlug, *die Maske hat mich zu einem der ihren gemacht.* Er wehrte sich nicht gegen den reißenden Strudel, der ihn in die Tiefe zog. *Es ist besser, wenn ich sterbe. Ich bin verflucht; ich bringe den Tod, wohin ich auch gehe!*

Als ihm die Sinne zu schwinden drohten, fühlte er sich plötzlich emporgezogen. Kleine Hände griffen nach seinen Unterarmen und Füßen, zerrten an den Amuletten, die um seinen Hals hingen. Sein Kopf tauchte aus dem Strom, und hustend erbrach er das Wasser, das er geschluckt hatte.

Es war finster um ihn, er vermochte nichts zu erkennen. Doch er spürte, wie unzählige Hände an ihm zogen, und er glaubte in der tobenden Flut ein Raunen zu vernehmen. Seine Finger ertasteten einen Felsen; er versuchte sich emporzuziehen, doch seine Kräfte versagten. Schließlich erfasste ihn ein Schwindel, und er sank zurück in das eisige Wasser, wo er endgültig das Bewusstsein verlor.

Stille. Schweigen. Traumlose Bewusstlosigkeit. Sein Geist ruhte. Endlich holte die Erschöpfung ihn ein. So viele Wochen der unerfüllten Sehnsucht nach Ruhe und Schlaf, ohne dass Angst und Schmerz ihn lähmten. Laghanos sank dahin; sein Widerstand war gebrochen, sein Lebenswille erschöpft. Er war bereit zu sterben, zu sterben …

Als er aus seinem tiefen Schlaf erwachte, brach die Welt mit grellem Licht in sein Bewusstsein. Er öffnete die Augen – und musste sie sogleich wieder schließen, als funkelnde Strahlen ihn blendeten. Er spürte ein Poltern unter sich, ein Beben, das seinen ganzen Körper erfasste. Er lag auf hartem Untergrund – Holz, wie seine Fingerkuppen ertasteten. Um ihn dröhnten Männerstimmen, die ein Lied sangen; unverständliche Worte, die in seinen Ohren hart und fremd klangen. Und das Poltern … erneut öffnete Laghanos die Augen. Er blickte zur Decke einer Höhle empor – auf ein Meer aus funkelnden Kristallen, auf Kaskaden durchsichtigen Gesteins: glitzernde Edelsteine, in denen sich als ein Funkenspiel aus ozeanblauen, bernsteingelben und rubinroten Spiegelungen das Licht brach. Unter dieser phantastischen Kathedrale lag Laghanos, blickte staunend zu ihr auf wie zu einem fernen Himmel; und dieser Himmel zog über ihn hinweg, schob sich wie ein Wolkenmeer durch sein Sichtfeld.

Erst nach einer Weile begriff Laghanos, dass er selbst es war, der sich bewegte; dass er auf einem Karren lag, der durch einen Gang geschoben wurde. Unter ihm knirschten die Räder auf rauem Untergrund, und jede Unebenheit äußerte sich in einem Rütteln, das sowohl den Karren als auch den auf ihm ruhenden Jungen erfasste.

Das Lied verstummte. Ein älterer Mann beugte sich über Laghanos. Sein Gesicht war gelb und wachsartig, besetzt mit weißlichen Bartstoppeln. Die Augen waren von wässriger Färbung. Auf dem Kopf trug der Fremde eine absurde Haube, ein Flickenwerk aus roten Fetzen, die mit verrosteten Nadeln zusammengesteckt waren. Sein Mund formte ein freundliches Lächeln, während er Laghanos betrachtete.

»Er ist erwacht«, rief er mit lauter Stimme. »Er ist bei uns, endlich!«

Verwirrt blickte Laghanos zur Seite. Er erkannte eine zweite Gestalt, einen groß gewachsenen, dürren Mann mit halb nacktem Oberkörper. Sein Kopf war kahl rasiert; das Gesicht war unter den zahlreichen Tuschestrichen, die sich über Stirn und Wangen zogen, kaum zu erkennen. Auch dieser Mann, der offenbar den Karren schob, wandte sich Laghanos zu.

»Gut«, brummte er düster, »sehr gut. Die Prophezeiung erfüllt sich.«

»Die Prophezeiung erfüllt sich«, wiederholte der erste Mann. Beide redeten in einem Dialekt, der Laghanos unbekannt war; nie zuvor hatte er Menschen getroffen, die das Candacarische in solch schroffer Weise aussprachen.

Vorsichtig hob Laghanos den Kopf. Er spürte einen heftigen Schmerz in seiner Kehle brennen. »Wo bin ich?«, krächzte er. »Wer seid ihr?«

»Nur ruhig, mein Junge«, antwortete der erste Mann. »Du brauchst keine Angst zu haben. Wir bringen dich an den Ort deiner Bestimmung. Dort bist du in Sicherheit.«

Laghanos versuchte sich aufzurichten. Sein Körper fühlte sich matt an; ein Husten schüttelte ihn. Der Mann mit der roten Haube drückte ihn auf den Karren zurück.

»Du musst dich ausruhen«, sagte er streng. »Dein Hals ist entzündet; er muss erst ausheilen, bis du den Weltengang antreten kannst.«

Laghanos packte die Hand des Mannes. »Wo bin ich? Bin ich noch in Oors Caundis?« Die Erinnerung an das Ritual kehrte zurück. »Malcoran ... Naikaya ... sind sie noch am Leben?«

Der Kahlköpfige wandte sich ihm zu. »Du befindest dich in den Kammern des Heiligen Spektakels – für dich errichtet, um deinen Weg zu erleichtern.« Mit verbissenem Gesicht rollte er den Karren weiter. »Doch nun ist nicht die Zeit für Fragen. Schlafe dich aus, mein Junge! Du musst Kraft sammeln.«

Laghanos tastete nach seinem Gesicht. Er spürte die Drähte der Maske. Noch immer war sie dort, fest und unverrückbar auf seiner Haut. Seine Augen füllten sich mit Tränen.

Der Mann mit der Haube legte ihm beruhigend die Hand auf die Stirn. »Du hast Angst, mein Junge«, sagte er bedauernd, »ebenso wie wir. Auch wir fürchteten uns vor dem Tag, an dem du zu uns kommst und sich die Prophezeiung erfüllt. Seit Jahrhunderten wartet das Heilige Spektakel auf deine Ankunft; nun bist du hier, und diese Tatsache erfüllt uns alle mit Ungewissheit.«

Laghanos schloss die Augen. *Wovon spricht er? Und wo bin ich, wo?* Ein Rascheln an seinem Fußende schreckte ihn auf. Er bemerkte ein handspannengroßes Wesen, das sich neben seinen Füßen auf dem Karren lümmelte – ein pelziges, hässliches Tier, das ihn aus giftgrünen Augen anstarrte. Es nagte an einem blank polierten Apfel; der Saft rann an seinen haarigen Fingern herab. Misstrauisch musterte es Laghanos; und als dieser erschrocken die Beine anzog, stieß es ein schrilles Kichern aus. Schließlich spuckte es ein Fruchtstück auf Laghanos, das seinen Kopf nur knapp verfehlte.

Zornig wandte sich der Haubenträger zu dem Wesen um. »Werde nicht frech, du Lump! Auf diesem Karren liegt der Auserwählte, der Sehende, der Wandelbare! Untersteh dich, ihn zu belästigen. Er braucht Ruhe und Schlaf.« Er beugte sich zu Laghanos herüber. »Beachte ihn nicht! Er ist eifersüchtig, dass wir dich mitgenommen haben. Er war so stolz, dich gemeinsam mit den Angehörigen seiner Sippe aus dem Wasser gezogen zu haben.«

Laghanos starrte die Kreatur an. »Ein Bosnickel«, flüsterte er. »Ich habe diese Wesen schon einmal gesehen, als ich mit Malcoran zur Quelle von Oors Caundis ging.«

»Die Quelle von Oors Caundis?« Der Mann schüttelte den Kopf. »Vergiss sie, vergiss sie ganz schnell, mein Junge. Hier unten besitzt sie keine Macht. Du bist nun in den tiefsten Höhlen unter dem Rochen, nahe der Unterwelt, unweit des Tores zur ewigen Glut. Seit vielen Jahrhunderten wartet man hier auf deine Ankunft, die uns der Weltenschmied verkündete. Dies sind die Kammern, die für dich errichtet wurden, die Kammern, in denen du geformt werden sollst, so wie die Prophezeiung es vorsieht.«

Laghanos starrte ihn an. »Ich weiß nichts von einer Prophezeiung. Ich weiß nichts von …« Die Worte blieben ihm im Hals stecken. Ein erneuter Hustenanfall packte ihn.

»Oh, du brauchst nichts zu wissen«, flüsterte der Haubenträger. »Es ist alles vorbereitet für den Weltengang. Ruhe dich aus, mein Junge! Das Heilige Spektakel kann warten.« Gemeinsam mit dem Kahlköpfigen stimmte er erneut ein Lied an; ein fremdartiger Gesang, der durch den kristallenen Gang hallte. Er mischte sich mit dem Krachen und Knirschen des Holzkarrens, der über den Boden polterte.

Verzweifelt schaute Laghanos zur funkelnden Decke empor. *Wieder bringt man mich an einen unbekannten Ort; wieder bin ich unbekannten Mächten ausgeliefert. Was habe ich getan, dass ich dieses Schicksal erleiden muss? Wer steckt dahinter? Wer ist es, der mich nicht in Frieden lassen will?*

Doch auch wenn Laghanos es sich nicht eingestehen wollte – er kannte die Antwort längst. Er ahnte, wer ihn verfolgte und sich seiner bediente. Und er wusste, dass er ihm bald gegenübertreten musste, so wie es der Rotgeschuppte gesagt hatte.

›Drafur … ich werde ihn dir zeigen; wirst ihn sehen, und nichts wird sein wie zuvor.‹

DANKSAGUNG

Ich danke meinen Freunden Hannes, Georg und Marco, die den Roman in unterschiedlichen Schaffensphasen gelesen haben und mir mit Ratschlägen und Kritik zur Seite standen.

Meiner Schwester Hjördis danke ich für die Anfertigung diverser Karten der Welt Gharax.

Außerdem danke ich meiner Mutter, die mich in meiner literarischen Tätigkeit stets unterstützt hat.